아버지의 깃발

상

아버지의 깃발 상

발행일   2024년 10월 11일

지은이   김창휘
펴낸이   손형국
펴낸곳   (주)북랩
편집인   선일영   편집   김은수, 배진용, 김현아, 김다빈, 김부경
디자인   이현수, 김민하, 임진형, 안유경, 신혜림   제작   박기성, 구성우, 이창영, 배상진
마케팅   김회란, 박진관
출판등록   2004. 12. 1(제2012-000051호)
주소   서울특별시 금천구 가산디지털 1로 168, 우림라이온스밸리 B동 B111호, B113~115호
홈페이지   www.book.co.kr
전화번호   (02)2026-5777   팩스   (02)3159-9637

ISBN   979-11-7224-308-1 03810 (종이책)   979-11-7224-309-8 05810 (전자책)

(주)북랩 성공출판의 파트너

북랩 홈페이지와 패밀리 사이트에서 다양한 출판 솔루션을 만나 보세요!

홈페이지 book.co.kr   •   **블로그** blog.naver.com/essaybook   •   **출판문의** text@book.co.kr

작가 연락처 문의 ▶ ask.book.co.kr

작가 연락처는 개인정보이므로 북랩에서 알려드릴 수 없습니다.

김창휘 장편소설

아버지의
깃발

상

북랩

종이여, 울려라

종이여, 울려라
온몸 부서지도록 울려라
분노의 피울음으로 울려라
새벽빛 깨우침으로 울려라

어떻게 되찾은 나라인가
강토는 강탈당했으나 얼은
도도히 살아 있음에
허기지고 외롭고 두려운 곳에서도
상상에서 신념으로 투쟁으로
임들 계셨기에
오늘이 있지 아니한가.

어떻게 계승된 역사인가
당 태종 이세민의 백만 대군도
풍신수길 왜구무리 7년 전쟁도
오만한 침략자들의
정권 붕괴로 이어졌거늘

언제부터 이 땅 이 사람들의 의식은
스스로를 반도(半島)에 가둬버렸나
언제부터 왜국의 충견들이
활개치기 시작했나

인간이 인간다움은
양심과 깨달음에 있거늘
보라,
인류가 억겁을 살아갈 바다에
방사능폐기물을 방류하고,
진솔한 반성조차 없이
군화 소리 핏자국과
약탈의 흔적 지우기에 급급하면서
세계문화유산 등재를 탐하는
2중성의 교활한 군국주의 망령을!

도탄과 암흑의 36년,
한민족 가슴 가슴마다

쓰리고 아픈 흡혈의 상처가
핏빛 마그마로 끓고 있거늘
사죄는 고사하고
궤변만 되풀이하는 저들,

해적과 사무라이와 하라키리(腹切)와
가미카제와 인간 사냥의 야만과,
남의 땅을 제 것이라 주장하는
날강도의 본성이
아득한 예부터나, 임진년에나, 을사년에나,
또 지금이나,
1만 년이 가고 또 가도 변하지 않을
저 섬나라 반(反) 문명인들을
앞장서 찬양 비호(庇護)하는 변종들은
대체 누구인가

어느 음습한 곳에서 태어나
메두사의 대가리를 흔들어대고 있나

어떤 혈통을 지녔고
어느 대(代)로부터
어떤 썩은 음식을 얻어먹었고
어느 깊은 지심까지 꼬리가 박혔기에
건국 백년이 넘었어도

동굴에 숨어 눈알을 굴리고 있었던가

정치 외교 종교 문화계에서, 강단에서
혹은 군중 속에 꼬리를 감추고
그럴듯한 논리와 궤변을 조작하여
찬란한 한민족 역사를 토막 내 던지고자
눈과 귀를 혼란케 하고 있으니
저 자들의 조상은
임진 7년 전쟁에도 편안히 살았던가

일본의 주구(走狗) 중 어떤 자라도
능히 국민을 무시할 힘이 있다면
독도와 동해를 기꺼이 저들에 넘기거나
창자를 비워놓고 군국주의 망령을
영접할 것이 아닌가

종이여 울려라
잠자는 민족의 귀에
경고의 소리 울려
온몸 세포마다 소름 돋워라.

깨어나라, 행동하라
가슴 울리는 저 종소리
피 토하는 저 종소리

무지한 자는 깨달아 돌아오고
잠자는 이는 일어나
군국주의 망령을 쓸어내자
민족혼의 깃발을 높이 들자
1만 년 고고한 역사를 지켜내자

대한이여, 힘차게 뻗어라
잃어버린 고토로, 대륙으로!
민족이여, 쉼 없이 저어가자
5대양 6대주로!

그리하여 다시 천하의 중심
고구려의 역사로!

시상대 위로, 위로
애국가 울리며 솟구칠 때마다
눈시울 뜨거워지는
아아 태극기여, 나의 태극기여
우리들의 태극기여!

아버지의 깃발 상

작가의 말

　요즈음 일본 제국주의 식민 지배에 관해 '과거사 청산'이니, '친일'이니 '밀정'이니 하는 말들로 언론을 비롯하여 나라 안팎이 시끌벅적하다.

　이런 말을 들을 때 필자의 머릿속에 떠오르는 두 개의 문장이 있다.

　하나는

　"역사를 잊은 민족에게 미래는 없다."는 단재(丹齋) 신채호(申采浩) 선생님의 유명한 말씀이고,

　다른 하나는

　"역사에서 가장 큰 교훈은 인간이 역사를 통해 배우지 못한다는 것이다."라는 조지 산타야나(George Santayana) 교수의 말씀이다.

　주지하는 것처럼 단재 선생님께서는 일제의 침략에 맞서 혹독한 시련을 겪으며 국권과 정체성, 자아와 자존을 수호하기 위해 불꽃 같은 인생을 사셨다. 이 문장이 비록 짧지만, 죽음의 위기를 넘나들며 침략자의 압제와 폭력에 맞서 온몸으로 싸운 생생한 체험으로부터 비롯된 것이므로 가슴에 울리는 반향이 클 수밖에 없다.

　선생님께서는 민족자존 수호를 위한 언론인으로, 배달민족의 고대사 규명을 위한 역사학자(조선 상고사, 강역고 등)로, 현실 인식에 기반한 비타협 무장투쟁의 독립운동가로 한시도 자신을 돌봄이 없는 활동을 하

시다가 가석방 제의마저 거절하고 고문 후유증과 영양실조, 동상 등이 겹쳐 향년 57세로 뤼순 감옥에서 지키는 이 없이 외롭게 순국하셨다.

스페인 태생의 철학자이며 시인인 조지 산타야나 교수가 한 이 말씀의 본래 취지는 '진보의 발전'에 관한 것이라 하더라도 문장 그대로 해석하고자 하는 이유는 지나온 우리 역사에 투영된 바로 지금의 우리들 모습이 이와 같기 때문이다.

고래로부터 일본 해적들의 침입으로 입은 수많은 피해는 차치하고라도, 불과 3백 년 전에 있었던 임진왜란의 참혹한 7년 전쟁을 뼈아프게 경험한 민족이 또다시 같은 자들로부터 같은 침략을 받아 급기야는 나라를 점령 당했으니 단재 선생님의 말씀은 우리 민족에게 하시는 불호령인 셈이고, 조지 산타야나 교수의 말씀은 우리의 어리석음을 지적한 것으로 해석할 수밖에 없다.

도대체 지금이 어느 때인데 일제가 쫓겨간 지 80년에 이르는 지금까지도 과거사 문제나 반일과 친일이 화두가 되어 국론이 분열되고 민족 간에 갈등이 발생하는가.

가해자인 일본은 우리에게 말장난이나 하면서 전 국민이 하나 되어 머리띠를 두르고 제 나라 잇속 챙기기에 급급한데 피해자인 우리 가운데는 아직도 친일파의 무리가 알에서 나온 독사의 무리처럼 번성하고 있고, 현대에도 밀정이 존재하고 있다는 사실은 대체 어떻게 해석해야 하는가.

자다가 한밤중에 경기(驚氣)할 일이고, 밥 먹다가 폭소를 터뜨릴 일이다. 필자가 과문한 탓인지 모르나 성서를 제외하고 이스라엘 민족에 배신자나 밀정이 있었다는 말을 들어보지 못했다.

거슬러 올라가 보면, 1948.9.22. 제헌국회가 제정한 '반민족행위처벌법'이 단 한 명의 친일 부역자 처벌의 성과도 없이 1949.6.6. 이승만 정권과 친일 경찰의 조직적 방해로 강제해산 된 것에 원인이 있으나 민주 정부들이 들어선 이후에도 구체적인 조치가 없었으니 독사의 알들에서 나온 새끼들이 커다란 뱀이 되어 낙토를 어지럽힐 수밖에 없다.

일제 강점기 조선인들이 일제를 대하는 모습은 각양각색이었다. 왕조와 나라의 힘없음을 원망하며 말없이 명령에 따르는 이가 대부분이었고, 혹은 일제에 소극적 협력의 방법으로 자신과 가족의 안녕을 도모한 사람들도 있었다. 군인이나 경찰이나 밀정처럼 그들의 힘에 적극적으로 편승하여 생존의 방법을 찾은 자들도 있었다.

그런가 하면 오직 신념과 확신 하나로 암흑 속에서 횃불을 든 애국지사와 열사님들이 계셨고 그분들로 인해 오늘의 우리가 존재한다.

아주 드물게는 잘못된 길에 발을 들여놓았다가 자아를 찾는 이들도 있었다.

우리 소설에서 조선인으로 일본 순사나 밀정이 된 사람들의 모습을 그린 작품들이 더러 있지만, 기존 소설들과는 다른 시선에서 우연한 기회에 일본 경찰이 된 한 산골 청년이 겪게 되는 고뇌와 번민, 사랑과 애환, 심리적 갈등, 자아를 찾아가는 과정 등을 그려보고 싶었다.

여기 소설 속에 한 인물이 등장한다.

경술국치가 있고 7년이 지난 10월의 어느 날 강원도 오대산 아랫마을 을수동에 호랑이가 출몰하여 마을을 공포로 몰아넣는다. 인근 마을에서 창으로 사냥을 하며 생활하는 개동이는 호랑이와의 대결장에서 위기에 처한 창꾼의 생명을 구한다. 한편 조선총독부 정무총감 야마가타 이사부로(山伊三郎)는 일본 육군의 아버지라 불리는 양부 야마가타 아리토모(山縣有朋) 장군이 병석에 있으므로 그에게 살아있는 호랑이와 창꾼의 대결을 그림과 사진으로 보여주기 위해 밤중에 먼 길을 달려 을수골까지 와서 은밀하게 이 모습을 구경한다. 아리토모는 일본에는 없는 조선 호랑이 예찬자다. 이사부로와 함께 온 송창양행(松昌洋行) 사장 야마모토 다다사부로(山本唯三郎)는 조선 호랑이를 대대적으로 사냥하기 위한 정호군(征虎軍) 출발을 한 달 앞두고 있다. 출정의 목적은 사방에서 불끈거리는 조선인들의 기를 꺾어놓고 일본의 위세를 세계 만방에 과시하려 함이다. 개동이는 정호군의 일원으로 함경도 팀에 소속되어 유명한 강용근 포수를 따라 백두산을 누비는데 이곳에서 중국인 사냥꾼들로부터 총을 맞은 남매를 구해준다. 훗날 이들과는 또 다른 인연으로 이어진다.

정무총감의 건강을 위해 강원도 산골에서 한성의 총감 관저까지 먼 길을 다니던 개동이는 어느 날 호시노(星野)집사의 안내로 야마가타 정무총감을 직접 만나게 되는데 총감의 질문으로 평소 동경하던 일본 순사가 되고 싶다는 소원을 말한다. 주구장창 나물죽 먹을 일 없고, 까만 정복에 칼을 차고 다니며 아무에게나 명령하는 모습이 부러웠기 때문이다.

총감은 말한다.

"좋아! 대일본제국의 신민은 오직 하나가 되어야 한다. 열이 하나가 되는 것이 필요할 뿐, 하나가 열이 돼선 안 된다. 천황폐하를 중심으로 오직 하나가 되는 일에 신명을 바쳐라. 그것이 야마토 정신인 영원한 마코토(誠, 성실)요, 기무(務, 충성)이며, 온가시에(来可視に, 은혜)에 대한 보답이다. 앞으로 군(君, 자네)이 어떻게 행동하는지 특별히 눈여겨 볼 것이니 실망시키지 않도록 하라!"면서 황제 폐하를 위하는 일에는 가족이니 부모 형제니, 사랑이니 하는 것도 다만 부속품에 지나지 않는 것이라며, 오늘부터 우수꽝스런 이름을 버리고 일본 고유종인 삼나무 가운데에서도 태양(일본의 상징)을 향해 가장 곧게 뻗은 삼나무가 되라며 '스기야마 나오키(杉山直樹)'라는 이름을 지어준다.

경찰이 되는 길은 세 갈래가 있는데 개동이, 즉 스기야마는 헌병 부사관이 되는 과정을 거쳐 일본 순사부장으로 전직하여 만주 봉천(펑톈) 영사관 경찰로 근무하게 된다.

고향에서 사랑하던 연인과의 관계마저 끊고 제국을 위해 열심히 일하며 신뢰와 명성을 얻어가지만 노예처럼 살아가는 동포들의 모습을 보면서 차츰 내적 갈등이 쌓여간다.

특히 아버지의 사망으로 고향을 찾게 되는데 평소 아버지가 자주 드나들던 광(창고)에서 지하실과 연결된 통로를 발견하고 아버지가 동학농민군 전사였으며 그가 생전에 했던 일이 무엇인지를 알게 된다.

우리 현대사에서 3·1운동과 더불어 민중의 승리 양대 축인 갑오농민혁명의 최종 결전장인 홍천 서석면 풍암리 자작고개 전투에 관해

묘사한 것도 크나큰 보람으로 여긴다. 어느 일에나 시작이 있으면 끝이 있게 마련이다. 시작은 영광스러우나 끝이 보잘것없다면 그 의미는 반감될 수밖에 없다. 갑오농민혁명은 처음도 끝도 역사의 찬란한 무지개다.

주인공의 활동공간은 만주 여러 지역과 조선 국내는 물론 러시아 연해주를 넘나드는 광범위한 지역이다.

당시의 정치 군사적 상황이나 만주나 연해주의 지리, 함경도와 평안도 지방 옛 방언 등 어려움이 많아 몇 번인가 접으려 했으나 미력이나마 뜨거운 사명감이 종결까지 이어지도록 나 자신에게 힘을 부여했다.

지면을 빌어 소설의 미진한 부분들을 다듬고 보완하기 위해 노력을 아끼지 않으신 출판사 북랩(www.book.co.kr)의 사장님과 김은수 팀장님을 비롯한 관계자 여러분의 세심하고 깊은 배려에 특별히 감사의 말씀을 드립니다.

끝으로, 필자로서는 최선을 다했다고 생각되나 독자 여러분이 보실 때 미흡한 부분이 많을 것으로 여겨져 한편으로는 두려운 마음이 앞섭니다. 깊은 이해가 있으시기 바랍니다.

2024년 9월

저자 김창회

차례

종이여, 울려라 _ 4

작가의 말 _ 9

제1부

제1편 호랑이 사냥 _ 18

제2편 음전이 _ 133

제3편 삼원보(三源堡)의 촌장 _ 268

제4편 통곡의 땅 _ 381

제5편 동학, 최후의 결전 _ 468

제6편 뗏목 위의 결투

제7편 잿더미 속 뼈의 의미

제8편 함정에 들다

제2부

제1편 백두산 그곳

제2편 가와모토의 그물

제3편 종로 시전(市廛)의 낯선 거지

제4편 한밤의 무기 거래

제5편 마상의 복면 여인

제6편 악의 제국, 광란의 춤

제7편 어떤 사랑

제8편 죄수 구출 작전

제9편 진홍색 면사포

그 후의 이야기

제1부

제1편

호랑이 사냥

어둠은 좀체 걷힐 기미가 없어 보인다. 검은 하늘은 영원히 아침이 오지 않을 것만 같다. 문득 두려운 생각마저 든다.

돌멩이가 불쑥불쑥 튀어나온 길은 양옆으로 이슬에 젖은 풀들이 고개를 숙여 걸음을 더욱 방해하고 있다. 어둠 속을 헤아려 좁은 산길을 오르기란 여간 신경 쓰지 않으면 넘어지기 십상이다. 선두가 조심하느라 걸음이 늦어지는 까닭에 후미의 속도는 갈수록 지체되고 있었다. 게다가 이제부터는 더욱 가파른 오르막길이다.

골짜기 가득 떠돌고 있는 음습한 안개비로 인해 얼굴에서 물방울이 흘러내리고 축축하게 옷이 젖었다.

"날씨가 왜 이 모양이여?"

찝찝한 기분을 떨쳐버리려는 듯 중얼거렸다.

그렇게 또 한참을 걸었다. 꺼뭇한 시야 속으로 땅과 하늘이 구별되더니 오래지 않아 커다란 바위가 괴수 같은 모습으로 눈앞을 가로막는다. 코에서 단내가 나는 것을 알아차리기라도 한 듯 조장 장만오(張

萬昨)가 전달한 말을 뒷사람이 다가와 귀에다 속삭인다.

"개동이 그 자리에!"

신작로 옆에 있는 칡소폭포에서 2시간 반쯤 걸어온 지점에서 마침내 호랑이몰이를 시작할 자리를 지정받았다.

앞선 사람들과 달리 더는 급경사를 오르지 않아 다행이라는 생각이 든다. 가장 후미에 있는 사람까지 자리가 지정되려면 시간이 좀 걸릴 것이다.

그 자리에 서서 잠시 가쁜 숨을 가라앉힌다. 그러나 움직이지 않고 얼마쯤 지나자, 젖은 옷을 뚫고 서서히 한기가 엄습해 온다. 빨리 햇볕이 들고 안개가 걷히기를 바라는 마음 간절하다.

커다란 나무 아래에서 뜀뛰기를 한다. 그래도 오한 들린 사람처럼 몸이 떨려온다. 팔을 좌우로 펴 어깨를 벌려도 보고 양손을 바꿔가며 손등을 비벼봐도 효과가 없다. 축축하게 젖은 홑바지 저고리가 몸에 찰싹 붙으면서 체온을 더욱 끌어내리고 있기 때문이다. 뱀의 껍질이 살갗에 닿는 것처럼 징그럽게 느껴지기까지 하다.

낮 기온이 그냥 앉아만 있어도 등에 땀이 날 정도의 가을빛인 것만 생각하고 별 신경 쓰지 않고 입던 옷을 그대로 입고 왔는데 새벽공기가 이 정도일 줄은 예상하지 못했다. 산에 살면서 더욱이나 사냥을 다니는 놈이 계절의 습성을 잊고 있었다니, 꼼꼼하지 못한 자신을 책망하지만 무슨 소용이랴. 하기야 듬성듬성 꿰맨 자리가 군데군데 붙어 있는 누더기 홑바지 저고리 두 벌로 봄부터 가을까지 지내고 있으니 마땅한 방법이 있을까마는 그래도 어머니의 말씀에 귀를 기울였어야 했다. 산속의 새벽 공기는 차다며 장롱에서 꺼내주시는 광목 저고리를 께름칙하다며 뿌리친 것이 후회된다. 공연한 오기를 부렸다는 생각이다. 그 저고리는 어머니가 장에 가셨다가 어느 부잣집 마당 구석에 버려진 것을 주워 온 것이기 때문이다. 양잿물에 끓이고 몇 번을 깨끗하게 빨았다고는 하지만 께름칙한 기분을 떨쳐버릴 수는 없었다. 사람이란 아쉬운 일이 있어야 뒤를 돌아보게 마련인가 보다. 지금에서야 알뜰하고 철저한 어머니의 성격을 생각하게 되고 하얗게 빨아 양지쪽 빨랫줄에 하루 종일 걸어놓았던 옷이 떠오른다.

처마 밑에 매달아 둔 산토끼 가죽이라도 몸 안에 감고 올 걸….

지금은 계곡에 바람이 불지 않고 있는 것이 그나마 다행이라면 다행이다.

문득 도야마(遠山) 포수의 얼굴이 떠오르면서 공연히 부아가 치밀어 오른다.

'일본인 주제에 왜놈의 나라엔 없다는 호랑이 사냥인데 뭘 아는 게 있다고 경찰파출소를 들쑤셔서 이 새벽부터 산을 오르게 한담….'

조선에 온 지 얼마 되지 않았으니 이 일은 그렇다 치고 사내자식이 목소리는 왜 그 모양인가. 월매(月梅) 술잔 권하듯 코맹맹이 소리로 어눌한 조선말을 느릿느릿 뱉어내는 꼴이라니, 보다 못한 자칭 일본어 박사라는 얼뜨기 오망달(吳望達)이가 옆에 서서 통역이라고 되고말고 읊어댔으니 온전히 알아듣기나 했으랴. 손짓을 보면서 겨우 무슨 말인지 이해하고 조(組) 편성을 했다. 그러나 주어진 시간 내에 자리를 잡기 위해 빠른 걸음으로, 더욱이나 호랑이가 눈치채지 못하도록 은밀하게 행군하라는 도야마의 말은 어리석기가 그지없다. 그런다고 호랑이란 놈이 잠에 빠져서 코를 골고 있을까. 긴장을 더한 탓으로 공연히 힘만 들었고 입에서 단내만 났다. 하긴 도 경무국장의 친구라는 도야마가 면 소재지인 양수교에 와서 자리를 잡은 지 5년이나 됐고, 어느 눈 많이 오던 해엔 오대산 천왕봉 부근에서 호랑이 한 마리를 총으로 잡은 일도 있었다니까 사냥에 대해 어깨를 들썩이는 것이 무리는 아니라는 생각이 든다. 도야마의 이름이 근동에 퍼지기 시작하고 그가 조선에는 없다는 사냥총을 들고 어깨를 으스댄 것도 그 시기부터였으리라.

"쳇 으리으리한 집을 짓고 하릴없이 이 동네 저 동네 기웃거리며 돌아다니다가 때 되면 사냥이나 다니는 일본 놈!"

홧김에 욕설을 퍼붓고는 다시 주위를 둘러본다.

만일에 호랑이란 놈이 이 일대 어딘가에 잠복해 있다면 아무리 은밀하게 행동한다고 해도 놈의 예민한 촉수에 걸리지 않을 리 없다. 시력은 사람의 6배, 청각은 3배나 된다고 한다. 특히 야간 시력이 강해 밤에도 상대의 움직임을 꿰뚫어 보는 예리한 눈을 갖고 있고, 바스락대는 가랑잎 소리를 십 리 밖에서도 감지한다니까 그 예민한 눈과 귀와 코를 속이며 몰이꾼들이 산으로 숨어든다는 건 참으로 웃기는 생각이다.

개동이와 승구가 속한 착호대(捉虎隊) 제2조는 새벽 4시 반에 경찰과 출소를 출발하여 능선과 계곡 요소요소에 일곱 명의 포수와 50명의 몰이꾼 배치를 완료하는 시간을 6시로 잡고, 각자가 채비할 시간을 여유로 셈하여 대략 6시 반 경이면 모든 준비가 완료될 것으로 얘기가 돼 있었다. 그리고 자신은 대열의 가운데쯤이니까 대략 스무 나문 되는 인원이 골짜기 앞과 뒤로 배치를 끝내려면 그로부터 30분 정도로 계산했는데 얼추 그 시간이 되지 않았나 싶다. 아마도 지금쯤은 몰이꾼들이 모두 각자의 자리에서 해가 뜨고 신호가 울릴 때를 기다리고 있을 것이다. 하지만 골짜기 위로 바라보이는 하늘은 두껍고 흰 천으로 장막을 친 것 같은 안개가 덮었다. 졸졸 어둠의 침묵 사이로 오솔길을 내면서 흘러가는 물소리가 유리구슬 구르는 소리처럼 귀를 간지럽힌다.

그런데 놈이 정말 이 일대 어딘가에 있을까?

만일 있다면 왜 지난 나흘 동안 그토록 많은 사람이 아우성을 치면서 곳곳을 훑고 다녔는데 고라니의 뼈가 발견된 제1구역 이외에서는 발자국이나 한 오라기의 털조차 발견하지 못했을까? 그동안 2인 1조로 하던 몰이를 오늘은 한 사람씩으로 줄이면서 몰이꾼 간의 거리를 넓게 배치한 것은 경찰파출소장 간다(神田)와 도야마 포수조차 확신을 잃어가고 있기 때문일 것이다.

놈은 아주 멀리 사라진 것일까?

둘째 날 제1구역에서 발견된 고라니의 머리에 박힌 이빨 자국은 다른 동물의 악력으로는 도저히 설명이 안 된다고들 했다. 가로 7치(약 22㎝)에 높이 1자 3치(약 40㎝)에 달하는 커다란 머리뼈에 폭이 무려 3치(약 9㎝)에 가까운 어금니가 찍힌 자국이 뚜렷하다. 그것은 650근(400㎏) 이상에 달하는 치악력과 또한 그만큼의 무게로 후려치는 앞발의 타격력을 소유한 짐승에 의해서만 만들어질 수 있다는 것이 포수들의 일치된 생각이었다.

한편 각도를 달리해 보면, 인간의 상식으로만 단정 지을 일이 아니라는 생각이 든다.

분명 놈은 사람들의 생각이 미치지 못하는 고도로 높은 지능과 경험을 가지고 사냥꾼들을 상대로 장난을 치고 있는지도 모른다. 산돼지나 노루 등 잡은 짐승들을 어딘가 귀신도 모를 은밀한 곳에 숨겨놓고는 포만한 배를 깔고 엎드려서 인간들이 하는 가소로운 행동을 그 커다란 눈알을 굴리며 빙긋이 내려다보고 있을지도 모른다. 아니, 인간처럼 탐욕이 많은 존재가 아니므로 특별히 쌓아놓지는 않았을 것이다. 동물들은 배고픔을 해결하기 위한 필요 이상으로 남을 죽이지 않는다. 배부르면 쉬고 즐기는 일 밖에 무엇이 더 소용이 있겠는가. 토끼를 데리고 장난을 치는 그림도 있지 않은가.

갈천(葛川)에서 마구간에 매 둔 커다란 화소를 몰고 간 놈이라면 발자국이나 터럭은 고사하고 귀신처럼 행동할 수도 있을 것이다. 더욱이나 지금은 낙엽이 쌓이는 계절이라 산중의 왕이라는 놈이 발자국 정도 숨기는 것이야 대수로운 것일까. 설사 갈천의 그놈이 아니라 하더라도 얼마 전 보름날 밤에 노인이 직접 본 놈도 대호(大虎) 중의 대호라고 했다. 오래 묵은 놈이니까 그만큼 노회하고 영악스러울 것이다.

하지만 갈천에서 온 호랑이가 틀림이 없다면 사방에 먹잇감이 지천인데 왜 군이 내면 지역까지 왔을까? 주변에 먹잇감이 없으면 영역을 넓게 잡는 성격이라고는 했으나 내면이나 갈천이나 구룡령 하나를 사이에 둔 깊은 밀림지대는 마찬가지다. 영을 넘어왔을 것이라고 말들을 하지만 나무 기둥에 발톱을 할퀴어 영역표시를 한 그런 자국 같은 것도 없다. 쫓기는 몸이라 그럴 만한 마음의 여유가 없었을까. 아니면 영역표시를 할 이유조차 없이 갈천과 내면이 자신의 영역이라는 생각이기 때문일까. 그도 저도 아니면 이 일대에서는 설사 다른 호랑이가 있다고 해도 자신에게 당할 수는 없을 것이라는 자신감에서일까. 하기야 그 힘이라면 군이 영역표시를 할 이유가 없을 것이다. 수컷의 경우는 암컷을 찾기 위해 멀리까지도 간다고 한다. 짝을 찾아왔을 수도 있다.

생각해 보면 산짐승에게 군이니 면이니 하는 경계가 있을 리 없다. 하룻밤에도 천 리를 간다는 놈이니까 어딘들 못 가랴. 높은 준령 몇 개쯤은 밤에 마실 다니듯이 넘나들 수도 있을 것이다. 아무리 높고 험해도 구룡령(九龍嶺) 같은 게 뭔 대수일까. 어쩌면 아침 산보 삼아 운두령이나, 더 멀리 횡성의 태기산이나 강릉의 소금강 계곡을 어슬렁거리고 있을지도 모른다. 그렇다면 인간들이 하는 이 짓거리는 어리석기 짝이 없는 행동이다.

이런저런 생각을 하는 동안 계곡에 어둠이 점점 엷어지고 가랑비 같은 이슬도 점차 사라지고 있었다. 해가 산마루 뒤편에 거의 다다르고 있음을 짐작한다.

시작하기 전에 차림새를 점검해 본다. 이마에 맨 명주 수건을 다시 힘주어 질끈 동여맨다. 허리에 두어 번 감은 노끈도 끄트머리를 비벼 넣어 나무나 넝쿨에 옷자락이 걸리지 않도록 매무시를 단단히 했다. 가랑이 끝을 안으로 접어 묶은 신들메가 골짜기를 올라올 때 행여 느슨해지지 않았나 하여 당겨 보지만 장딴지가 아플 정도로 단단하게 동여맨 탓에 이상은 없다. 이슬에 젖어 질겅거리는 짚신으로 인해 쓰라린 발은 어쩔 수 없다. 하지만 아직은 동상에 걸릴 계절이 아니다. 아마도 몰이에 나서면서부터는 쓰라림을 잊게 될 터이고, 능선에 닿을 때쯤이면 뽀송하게 말라 있을 것이다.

몸이 떨려오기 때문인지 허기도 몰려오는 것 같다. 새벽에 등잔불 밑에서 '조약돌 삶은 물 먹듯' 보리죽 한 사발을, 그마저도 꿈에 떡 맛보듯 그러넣고는 산골길 수십 리를 달려왔으니 배가 고프지 않으면 오히려 이상한 일이다.

저 멀리 상목을 지키고 있는 승구 아재의 주루먹 안에는 점심으로 먹을 보리개떡 몇 개가 호박잎에 싸인 채 얌전한 신부처럼 기다리고 있을 것이다.

참나무 가지 사이로 까마득한 능선 쪽을 올려다보며 그가 지키고 있을 곳을 가늠해 본다. 텁수룩한 수염에 농담과 진담을 구분하기 어려울 정도로 느물거리는 얼굴이 떠올라 미소를 짓게 한다.

이윽고 어둠에 덮인 골짜기 위로 늦게 오른 해가 희미한 모습을 드러내자 높은 봉우리 위에 안개들이 바람에 불리는 민들레 솜털처럼 움직이기 시작한다. 쪽으로 물을 들인 옷감 같은 남빛 하늘 아래로 갖가지 보석처럼 울긋불긋 치장한 바위들이 선명하게 머리를 든다.

황금색 햇살이 산등성이로부터 아래로 서서히 비탈들을 녹이면서 밀려오는가 싶더니 오래지 않아 골짜기는 밝고 따스한 빛으로 넘실거렸다. 오그라들었던 몸이 금방 풀리는 기분이다.

빠앙!

순간, 총소리가 호령봉 능선 쪽에서 쪽빛 하늘을 흔들었다. 드디어 신호가 떨어졌다. 숨죽였던 숲이 갑자기 소란스러워지기 시작했다.

"와와~~."

"나와라 이노옴~."

"두둥둥둥두둥~."

계곡에 숨어 있던 몰이꾼들이 일제히 행동에 돌입했다.

여기저기서 꽹과리 소리 북소리와 함께 능선을 향해 사람들이 내지르는 소리가 요란하다.

함성과 더불어 돌들이 굴러가는 소리와 이따금 공포탄을 터뜨리는 총소리들이 한데 섞여 고요하던 가을 산을 흔들어 놓고 있다. 멀리서 개 짖는 소리도 들린다. 입마개와 목줄을 풀어 놓은 모양이다.

개동이는 창대로 나무를 두들기면서도 앞뒤 좌우 사방으로 신경을 바짝 세우고 산비탈을 오르고 있다. 여태껏 한 번도 호랑이와 대결을 해 본 적은 없다. 그러나 선배 사냥꾼들을 따라다니는 동안 귀동냥으로 들은 말들이 있어서 호랑이란 놈이 얼마나 사납고 머리를 잘 굴리는 놈인지는 알고 있다. 성격이 사나울 뿐만 아니라 꾀 많은 노인 같고 말 그대로 비호같이 빠르다고 한다. 한 번 공격했다 하면 그 결과는 상상 이상으로 참혹하다고들 했다. 아무리 담력이 강한 포수도 처음 호랑이를 만나면 그 눈빛에 질려 싸울 생각은커녕 바지에 오줌을 지린다. 앞발로 공격할 때는 4치(12cm)나 되는 날카로운 발톱이 튀어나와 단 1격으로 황소를 쓰러트린다. 웬만한 짐승은 뼈가 으스러진다. 혀에 돋은 돌기는 핥기만 해도 살갗이 벗겨진다. 도망가는 말의 등에 뛰어올라 끌려가면서도 한쪽 발로 목에다 비수 같은 발톱을 꽂아놓고 다른 쪽 발톱으로는 말의 껍질을 훑었다는 이야기를 들은 적도 있다. 선불 맞은 호랑이라는 말도 있다. 자신들을 공격하는 상대에 대해선 더욱 잔인하다고 한다. 둘이 다니다가 하나가 죽으면 숨어 있다가 덮쳐 발톱과 이빨로 갈기갈기 찢어버린다니 얼마나 소름이 돋도록 복수심이 강한 짐승인가!

전국 각처에는 호환으로 죽은 사람들의 무덤인 호식총(虎食塚)이 수백 기나 있다고 한다. 당장 우리 내면 일대에도 운두골과 명지거리와 방내 맹현봉 어느 곳에나 있으니 말이다. 운두골에 있는 호식총은 아장살이(어린아이의 무덤) 돌무덤인데 열두 살 어린 나이에 호랑이에게 당했으므로 너무도 억울하여 저승에도 못 가고 밤마다 무덤 부근에서 어린아이의 울음소리가 들린다고 한다. 창귀(悵鬼)는 '홍살이 귀신' 또는 '가문닭기'라고도 하는데 호랑이의 호위무사로 따라다니면서 가장 가까웠던 사람부터 먹잇감으로 지명해 준다고 한다. 생전의 인연을 무시하는 참으로 악질 배신자 같은 놈이다. 운두골 아장살이가 방내(坊內)에 사는 외삼촌을 점찍었으므로 방내에도 호식총이 생겼다는 말들이 떠돌았다. 창귀는 얼굴이 창백하고 세로로 찢어진 눈을 한 어린아이의 모습을 하고 있는데 항상 배가 고프고 갈증을 느끼는 까닭에 몰래 마을로 들어와 소나 개, 염소 같은 짐승들의 피를 빨아먹다가 점점 맛을 들이면 사람의 피를 빨아먹는다고 한다. 신맛이 나는 매화 열매나 골뱅이 같은 것들을 좋아해서 이것들만 눈에 띄면 호랑이를 호위하는 일도 잊어버린단다. 이것을 아는 사람들은 창귀가 가까이 오는 것을 피하려고 마을에서 멀리 떨어진 나무에 매화 열매나 골뱅이를 매달아 놓는다. 그런데 걱정이다.

이 고장은 지대가 높은 곳이라 매화나무가 제대로 자라지 않아 열매를 구할 수가 없다. 어머니도 재작년에 멀리 남도 어느 고장 사돈집에 가는 봉길이 아버지한테 부탁하여 몇 개를 얻어왔다. 괴나리봇짐에 짚신을 여섯 켤레나 매달고 오가는 먼 길이라 많이 가져올 수가 없다고 하더란다.

그런데 며칠 전 늘원(광원, 사람들은 '느른'이라고 불렀다)에 또 호식총이 생겼다. 우리 내면에 더는 창귀나 호식총 같은 것이 없어야 한다. 저녁에 집에 가면 어머니에게 매화 열매를 동네 서낭당에 하나 걸어놓고 느른에도 보내주자고 해야겠다.

개동이는 이런 생각을 하며 주위를 살펴본다. 창을 잡은 손에 힘을 주었다.

호랑이란 놈은 사람보다 영특하다고 한다. 뒤로 오는 호랑이는 속여도 앞으로 오는 팔자는 못 속인다는 속담이 있다지만 사냥꾼이 계속해서 추적해 오면 원을 그리며 뒤로 돌아가 덮친다는데 사람도 아닌 짐승이 가당키나 한 말인가. 그러나 고개가 자꾸만 뒤로 돌아간다. 이따금 앞쪽에서 고라니나 오소리가 뛰쳐나오거나 넝쿨 속에서 고슴도

치란 놈이 바스락거리는 소리라도 낼라치면 간이 오그라들어서 자신도 모르게 화들짝 놀라 창을 겨누곤 한다.

"겨울이라면 발자국이라도 밟을 텐데 어디에 숨어있는지 도통 알 수가 있을까. 몰이꾼으로 동원됐다가 만에 하나 재수 사나우면 목숨을 내놔야 하니 이거야말로 '경주인(京主人) 집에 똥 누러 갔다가 잡혀가는' 꼴이 날지도 모르는 일이군."

혼잣말을 뇌까리며 혀를 끌끌 찬다.

그때다,

갑자기 개들이 사납게 짖는 소리가 들리고 곧이어 아래쪽 어딘가에서 외친다.

"서쪽 방향으로 뭔가 큰 놈이 달아나고 있다아. 모두들 조심해라아!"

허리를 낮췄다. 재빠르게 옆에 보이는 바위 뒤로 몸을 숨기고는 창을 뒤로 젖히고 주위를 살폈다. 개 짖는 소리가 더욱 요란하더니 맞은편 산허리 나무들 사이로 커다란 산양 한 마리가 황급히 달려가는 모습이 눈에 들어온다. 휴~ 안도와 아쉬움이 섞인 한숨이다.

겨울 사냥에는 호랑이란 놈이 머리가 좋아서 눈 위에 발자국을 무질서하게 마구 찍어놓아 사냥꾼에게 혼란을 주기도 한다니 대단한 영물이다. 그 흔적을 찾기 위해 사냥개가 필요하다. 지금은 눈이 없는 가을철이지만 개가 필요하긴 마찬가지다. 이래저래 호랑이 사냥에 개들이 없어서는 안 될 존재이고, 이번에도 십여 마리가 동원되고는 있으나 막상 놈이 나타났을 때 어떤 태도를 보일지는 예상할 수 없다. 고도로 훈련된 개들은 호랑이를 중심으로 주변에 흩어져서 큰 소리로 짖어대며 사냥꾼이 올 때까지 도망을 못 가게 견제를 한다지만 어지간한 녀석들은 한곳에 모여 징징대기만 하다가 한꺼번에 생명을 잃게 된다고 한다.

　호랑이가 공격하는 방법은 3~4미터의 높이로부터 급강하하면서 앞발을 쇠몽둥이처럼 후려치면 어지간한 동물은 단 한방으로 두개골이 부서지거나 허리가 부러진다니 놈의 힘이 얼마나 센지 짐작이나 할 수 있을 것인가! 게다가 악귀처럼 모질고 끈질기기까지 하다. 총을 맞아 밖으로 나온 창자를 끌면서도 삼십여 리를 도망치다가 더는 도망가기 어렵게 되자 숲속에 잠복하고 있다가 불시에 추적자를 공격했다는 이야기도 있다. 언젠가 호랑이와 싸우다 단 일격에 한쪽 눈을 잃었고 어깨로부터 팔에 이르기까지 반신불수가 된 사람을 본 적이 있다. 그는 호랑이 얘기가 나오자마자 손사래를 쳤다. 화마에 몹시 데이면 회(膾)도 입으로 불어서 먹는다고 그는 가까운 산에 올라서도 사방을 두리번거렸다. 또한 마을 사람들이 나물을 뜯거나 약초를 캐기 위해 산에 갔다가 더러는 먼발치에서 호랑이를 보거나 으르렁거리는 소리를 듣고는 보따리를 집어 던지고 걸음아 나 살려라 도망쳐 온 모습을 보기도 했다. 그들 중 어떤 여인들은 집에 와서도 며칠간은 마치 혼을 빼앗긴 사람처럼 멍하니 천장을 바라보거나 오뉴월 학질에 걸린 사람처럼 이불을 뒤집어쓰고 오돌오돌 떨기도 했다. 그런데 호랑이란 놈은 이빨과 발톱이 사나우려니와 그 털도 몸을 숨기기에 참으로 기가 막힌 조건을 갖추었다. 어쩌면 그리도 사계절 어느 곳에 숨더라도 눈에 띄지 않도록 오묘한 색깔을 갖고 태어났을까. 잎들이 떨어지고 있는 가을이라지만 놈이 숨을 곳은 얼마든지 있다. 후미진 곳이나, 바위 뒤, 머루 다래 넝쿨, 아름드리나무 부근, 늘 푸른 숲속처럼 수많은 지형지물에 발톱을 숨기고 납작 엎드려 있으면 정말 귀신도 발견할 수 없을 것이다.

가을 숲은 놈의 털 색깔과 구별하기가 더욱 어렵다.

지난 나흘 동안 포수와 몰이꾼들이 을수골 일대의 골짜기와 능선들을 훑고 다녔다. 만일 이 지역을 벗어나지 않았다면 계속되는 추격에 지금쯤 독이 오를 대로 올라 있을지도 모른다.

독이 올라 봤자 제깟 게 한낱 짐승일 뿐이지…. 문득 몸의 어느 한 구석에서 뜨거운 혈기가 솟구쳐 오른다. 전기수(傳奇叟:이야기꾼)로 떠돌아다녔다는 삼월이 오빠가 들려주던 수호지 얘기가 떠올랐기 때문이다. 형의 집을 찾아가던 무송(武松)은 맨손으로 호랑이를 때려잡았다. 그 장면을 듣고 있을 땐 마치 자신이 호랑이를 잡는 무송처럼 온몸에 전율이 흘렀다.

흘깃 팔을 내려다본다. 쇠망치처럼 굵은 팔뚝에 힘을 주자 여기저기 지렁이 같은 힘줄들이 불끈불끈 솟는다. 먹는 게 부실해도 젊음은 힘과 용기를 만든다. 무송이 구 척 장사에다 소림사에서 무술을 익혔다고는 하지만 자신도 힘에서만큼은 여태껏 누구와 겨뤄서 진 적이 없다. 더욱이나 지금 손안에 파랗게 날을 세운 창을 잡고 있지 않은가. 놈과 대결하는 상상을 해 본다. 황소보다 큰 호랑이란 놈의 심장 깊숙이에 창을 꽂고 언젠가 곰을 잡았을 때처럼 그 등을 타고 서서 산들이 떠나가라 있는 힘껏 소리쳐 보고 싶다. 산봉우리를 넘어 아련히 먼 곳으로 사라지는 이긴 자의 메아리 소리…; 오냐, 걸리기만 하면…. 어금니를 굳게 다문다. 창을 쥔 손에 힘을 주고 예리한 눈으로 넝쿨들이나 바위들을 세밀하게 훑어본다. 그러나 움직이는 것은 아무것도 없다. 숲은 붉거나, 짙은 갈색이거나 혹은 연두색으로 따가운 가을 햇살에 화려한 치장을 자랑하고 있을 뿐이다. 이따금 짙은 갈색의 꼬부라진 잎들이 그네를 타는 몸짓으로 낙하하고 있다. 그런데 전기수인 삼월이 오빠는 어쩌면 그리도 이야기를 재미나게 할 수 있을까. 입 하나만 가지고 돈도 벌고 인기도 있으니 부럽기만 하다.

"나와라 이노옴!"

"따악 딱 딱."

두려움과 기대가 뒤섞인 심정으로 산이 떠나가라 나무를 두들기며 가파른 산허리를 오른다.

"헛지랄이여!"

중목을 지키고 있던 수염이 텁수룩한 중년의 포수가 개동이를 보자 따가운 햇살을 손으로 가리며 심드렁하게 내뱉는 말이다.

"그러게유~"

그의 고생을 위로하듯 싱긋이 웃어주고는 상목을 향해 무거운 발길을 옮긴다.

개동이와 승구가 호랑이 사냥에 참여한 계기는 이렇게 시작됐다.

그날도 개동이는 일찌감치 아침밥을 먹고 짚신에 신들메를 한 다음 주루먹을 걸쳐 메고 함께 산으로 가기 위해 약 한 마장 떨어져 있는 승구 아재네 집으로 향하던 참이었다.

산굽이를 돌아오는 서낭당 음나무 숲 아래에서 누군가가 부르는 소리가 들려 그 자리에 서 있으려니까 동네 이장 득선(得善) 영감이 쌍꺼풀 아래 종지잔 같은 눈을 더욱 크게 뜨고 숨이 차서 헐떡거리며 올라왔다.

"여보게, 크 큰일 났네. 어제저녁에 버, 범이 사람을 물어갔네."

"네? 어디서요?"

깜짝 놀라서 묻는 개동이의 물음에는 대꾸조차 없이 잠시 숨을 가라앉힌다.

"그 일로 온통 야단이 났어. 모든 마을에 입산 금지령이 내리고, 포수 동원령이 떨어졌다고 하네. 반장한테 시키려다가 하도 급한 일이라길래 무릎이 아픈데도 불구하고 내 직접 왔네. 자네하고 승구도 포수로 등록돼 있으니까 경찰 분소로 빨리 가야 해. 난 다리가 저려 더는 못 가겠네. 자네가 승구한테 연락해서 같이 내려가도록 하세나. 빠른 걸음으로 갔다 와야 하네."

승구네 집까지의 거리가 한 마장은 족히 된다는 것을 알고 하는 말이다.

"어디서 누가 물려갔는지 대략이라도 알아야 아재한테 설명을 할 거 아닙니까?!"

"누구라고 이름을 대면 자네가 알겠는가? 대강만 전해주게. 엊저녁 해질녘에 느른 을수골에서 범이란 놈이 콩 떨던 젊은 여인네를 물어갔다고 하네. 자세한 얘기는 내려가면서 하기로 하고, 정해준 시간 안에 도착해야 하니 어여(빨리) 갔다 오게."

손을 앞뒤로 저으며 빨리 가라고 독촉을 한다.

"그럼 달포 전 구룡령 너머 갈천에서 화소를 물어갔다는 그놈이 한 짓이 아니겠남유?"

개동이의 물음에 이장은 어이없다는 표정으로 빤히 바라보다가 신경질적인 음성으로 면박을 줬다.

"이 사람아, 여기저기 범이 출몰하는 태백준령에서 그놈이 한 짓인지를 내가 어떻게 아나? 그놈을 잡거든 자네가 갈천에서 왔냐구 정중하게 물어보게나."

"허긴 듣고 보니 그렇구먼유."

무안해진 개동이가 뒷머리를 긁자, 이장은 정색을 하고 다그치듯 쐐기를 박았다.

　"행여 빠질 생각을랑 말라고 전하게. 충분한 이유 없이 빠지게 되면 곤장을 맞고 며칠 노역(勞役)을 하는 일이 생길지도 몰러."

　"예? 곤장이라니요? 원님이 왕 노릇 하던 시대도 아니고 더군다나 개명했다는 왜나라 사람들이 통치를 하고 있다는데 누가 함부로 곤장을 쳐요?"

　개동이가 눈살을 찌푸리며 소리치니까 이장은 딱하다는 표정을 지으며 혼잣말처럼 중얼거렸다.

　"세상이 어떻게 돌아가는지 아직 꿈속에 사는구먼. 하기야 산속에 떨어져 사니까…."

　염소수염을 쓰다듬으며

　"지금 왜놈들이 나라를 빼앗더니 이제는 강압 통치를 하기 위해 '조선 사람과 명태는 두들겨야 나긋나긋해진다'는 말까지 하면서 아무나 잡아다 두들겨도 끽소리 한 마디 못하도록 태형령(笞刑令)이라는 것도 만들었다네. 이를테면, 일정한 집이 없이 떠돌아다니는 사람, 거렁뱅이, 집단행동으로 저항하는 사람, 경찰에서 지시한 것을 위반하는 사람 등등 코에 걸면 코걸이 귀에 걸면 귀걸이로 법을 만들었다는 게야. 이런 일을 저지른 사람은 비밀리에 끌고 가서 곤장을 치는데, 그 곤장이라는 것이 하루 한 회, 삼십 대 한도 안에서 때리도록 정해져 있다지만 무당의 영신(靈神) 같은 자들이 어찌 지킬 걸 예상해서 법을 만들었겠는가?! 일단 끌려가면 형틀에다 양쪽 팔과 다리를 묶어놓고, 앞부분에 납을 붙인 소의 음경으로 있는 힘껏 내리치는데 한 대를 맞아도 살이 움푹 파여서 그 고통은 이루 형용할 수가 없다는 게야. 물에 적신

베를 입에 물리고 팔십 대, 백 대, 성이 풀릴 때까지 매타작을 하는 게지. 맞아 죽어도 어디 하소연할 곳도 없다네. 옛날 매품팔이(代杖)를 할 때 같으면 뇌물을 바쳐서 헐장(歇杖:아프지 않게 시늉만 내는 곤장)이라도 할 수가 있었지만 이젠 그런 편법도 없다네. 매 맞다 죽으면 본적지 면장한테 통고하는 것으로 끝이야. 이제부터 왜놈들의 허가 없이 할 수 있는 일이라곤 아무것도 없는 셈이지. 추호라도 반항하거나 피할 경우엔 바로 즉결처분된다는 말일세. 오라고 하는데 빠지면 어떻게 되는지 이제 알겠는가? 갈수록 수미산(須彌山)이라고 우리가 어쩌다 이 지경까지 이르렀는지 원…."

이장은 혀를 끌끌 차고 나서

"아무튼 조심들 허이. 총칼 잡은 놈이 오라면 오고, 가라면 갈 수밖에 없는 것이 지금 우리 조선 사람들 처지야. 요즘 들어 부쩍 소위 불령선인(不逞鮮人)이라는 사람들이 끌려가서 돌아오지 못하는 일이 많아졌다고 하네. 자네들이야 뭐 산에나 다니니까 그런 것 하고는 상관이 없겠지만 한창나이에 객기를 부리다가 망신을 당하거나, 혹여 같은 조선 사람이라고 아무한테나 왜놈들 욕을 하다가 그자들 귀에라도 들어가는 일이 있을까 염려돼서 하는 말일세. 그건 그렇고…" 하면서 턱으로 빨리 갔다 오라는 시늉을 한다.

하긴 신작로를 보수할 때 몇 번 부역으로 갔었는데 멀리 실론(지명)에서 온 어떤 노인은 그 서슬 퍼런 순사의 기에 눌려 하루 종일 쫄쫄 굶어서 비틀거리면서도 찍소리 한번 못하고 일을 하다가 저녁때 쓰러지는 걸 본 적이 있다. 또 멀리서 온 어떤 이는 숙박비가 없어 어떤 집 처마 밑에 웅크리고 있다가 맘씨 좋은 분이 데려다 재우는 것도 봤다. 일본 사람들이 무슨 권리로?

개동이가 부지런히 걸음을 옮기며 이런 생각을 했으나 그것은 사실이었다.

1905년 을사늑약으로 대한제국을 소위 보호국으로 만들어 통감 통치를 실시한 일본은 이미 그 해에 한양의 치안 경찰권을 일본 헌병이 장악하는 것을 시작으로 전국에 영향력을 계속 확대해 나갔다. 즉, 통감부 직속으로 중앙에 경찰 총감부, 지방에 경무부를 두었는데, 경무총감과 각도의 경무부장은 각각 헌병의 장(長)이 겸임토록 하는 헌병경찰제도를 실시했다. 1910년(융희4년) 6월 24일 조선의 경찰권을 완전히 박탈하기 위한 '경찰사무 위임에 관한 각서'를 조인토록 하고 '통감부 경찰관서 관제'를 공포했다. 8.22. 경술국치조약을 체결한 이후에는 강압 통치를 더욱 강화했다. 같은 해 10.12. 범죄즉결례(犯罪卽決例)가 만들어져 구류나 태형 또는 과료에 해당하는 죄, 3개월 이하의 징역, 또는 백 원 이하의 벌금이나 과료의 형에 처해야 하는 도박범, 상해죄, 행정 법규 위반자 등에 대해 재판절차를 거치지 않고 즉결 처분하는 규정을 만들었다. 1912.3.에는 악명 높은 '조선태형령'과 '경찰범 처벌규칙'이 제정됐다. 그 대상에는 주민의 생활과 관계되지 않는 것이 없을 정도로 전방위적으로 포함돼 있었다.

개동이의 머릿속에는 아무리 순사라고는 하지만 전에 원님의 판결에 의해 죄지은 사람을 처벌했던 때에 비해서도 더욱 부당한 방법으로 곤장을 때린다는 것이 도무지 이해가 가지 않았다. 하물며 외국인인 일본인들이 그리도 쉽게 조선 사람들에게 곤장을 때릴 수 있다니!

그래도 한편 생각하면, 우리 동네 이장은 백성들 편에 있다는 것이 천만다행이라는 생각이 들었다. 다른 지방에선 같은 조선인끼리 서로 물고 뜯고 험담하기 예사인 데다가 동네일을 맡은 사람들까지도 왜놈들한테 잘 보이려고 고자질을 한다는 말을 들었기 때문이다. 이장님 말씀을 듣고 보니 혹시 뜻하지 않게 무슨 일이 생길까 겁도 났지만, 순사들과 친한 승구 아재가 있어서 그래도 다행이라는 생각이 들었다.

그러면서도 머릿속에는 챙이 달린 반듯한 모자와 양쪽 어깨에 황금빛 견장이 달린 까만 정복을 입고, 육혈포(六穴砲, 탄알을 재는 구멍이 6개 있는 권총) 줄을 허리에 늘였으며 긴 칼을 차고, 때로는 말에 올라 여기저기 거리낄 곳 없이 다니면서 아무에게나 명령하고, 그때마다 굽신굽신 인사를 받는 순사의 모습이 떠오르면서 은근히 부럽다는 생각이 들었다. 군인이나 헌병이나 경찰들이 칼을 차고 다니고, 남자 선생들이 소학교(초등학교)에서도 칼을 차고 있지만 멋있는 건 역시나 순사라는 생각이 들었다.

모두가 일본 사람을 왜놈이라고 욕을 한다. 그러나 나물죽이나 송기 껍질 먹을 일은 아예 없고, 이밥에, 고깃국에, 왕과 같은 대우를 받는 존재인데 왜놈이면 어때? 그것도 앞에서 대놓고 욕을 듣는 것이 아니라 뒷구멍으로 듣는 욕이야 백번 천번이면 어떨까?

일본 사람으로 태어났으면 참 좋았을 걸…

아니, 어쩌면 그 말이 사실일지도 모른다. 언젠가 양수교 장거리에서 순사파출소 소사(전달부)로 있는 달중이를 만났을 때 녀석이 하던 말이 생각난다. 총독부에서 새 법이 만들어져서 조선 사람도 순사 보조원으로 들어갈 수 있는 문이 열렸는데, 자기는 기회가 오면 끈을 연결해 볼 생각이라면서 으스대던 모습이 떠오른다. 순사 보조원 자리에 뽑힐 자격은 스무 살부터 마흔 살 사이의 남자로서 5척(150㎝) 이상의 키와 건강한 몸, 그리고 간단한 산술과 일본어나 언문(한글을 낮춰 부르는 말)을 이해하면 된다고 했다. 게다가 우선 순사보가 되어 열심히 일하면 순사가 될 수 있고, 그렇게 되면 헌병으로 갈 수 있는 자격도 주어진다고 했다. 그 서슬 퍼런 헌병이 될 수 있다니! 약삭빠른 달중이 녀석, 어디서 얻은 정보일까?

개동이는 자신에 대해 곰곰 생각해 본다. 한문이야 서당에 다니면서 동몽선습(童蒙先習)은 떼었으므로 별문제는 없을 테고, 일본말은 일찌감치 문을 연 야나기다(柳田) 약초상에 드나들면서 자연스레 배우게 되어 띄엄띄엄 기본적인 의사소통 정도는 할 수 있다. 게다가 누구보다 튼튼한 몸을… 하지만 허무맹랑한 꿈이다. 그런 멋들어진 직업이 전국 처처의 하고많은 똑똑한 사람들을 제쳐두고 깊디깊은 내면 산골 중에서도 더 깊은 곳인 작은하니(小閑洞)에서 남의 땅을 빌려 농사를 짓거나 화전이나 일구고 사는 자신에게 돌아오리라는 것은 얼토당토않은 오뉴월 울타리 밑에 개꿈이라는 생각에 고개를 좌우로 흔든다.

비단 이장의 말을 들어서가 아니라, 전에 꿈속에서도 자신이 순사보조가 되어 말 위에 올라 긴 칼을 차고 어깨에 비스듬히 총을 둘러멘 채 한껏 뽐내던 생각을 하며 피식 웃었다.

약삭빠른 달중이 녀석이라도 어림없는 일일 터인데 하물며 그런 재주도 없는 자신임에랴.

죽을 때까지 이렇게 살다가 마는 팔자라는 생각이 들자 이내 우울해졌다.

산비탈을 내려오면서 이장이 하는 말에 의하면 호환(虎患)사건의 내용은 대략 이랬다.

달포 전 어느 날 밤, 내면과 인접한 구룡령 넘어 양양군 서면 갈천리 농가에서 밤사이 화소 한 마리가 쥐도 새도 모르게 사라졌다.

잃어버린 소는 벌써 몇 년째 개천가 자갈밭을 혼자서도 쟁기질하던 몸집 크고 힘 좋은 소였다. 밤사이 워낭소리조차 들리지 않게 사라졌다니 분명 소도둑놈의 소행이라는 생각이 들어서 이장에게 신고를 했다. 양양면에 있는 주재소에 즉각 보고되어 수사를 벌였으나 어떤 실마리도 발견하지 못하고 있었다.

그런데 땔나무를 하러 갔던 사람이 산비탈에서 죽은 소의 머리와 뼈를 발견했다. 조사 결과 도둑맞았다는 소가 틀림없다는 결론에 이르렀다. 물으나 마나 호랑이의 짓이다.

순사들과 포수와 마을 사람들까지 합세하여 호랑이를 추격했는데 끝내 발견하지 못했다. 그런데 의문이 드는 것은 어떻게 고삐를 매 놓은 줄을 풀고 소를 끌고 갈 수가 있었느냐면서 저마다 그럴듯한 말들이 많았는데, 결론은 소 주인이 여느 날과 같이 별일이야 있겠느냐는 마음으로 밧줄을 느슨하게 맨 것이 소를 잃게 된 원인이었다는 것으로 생각들이 모아졌다. 또 어떤 사람은 말하기를 대부분의 농가에서는 마구간 문을 느슨하게 잠그기 때문에 아무리 단단하게 소를 매 놓는다 해도 살아있는 소가 되기는 어려웠을 거라고 했다. 호랑이에게 발견되면 목을 물어버려 십중팔구는 죽었을 거라는 뜻이다.

하지만 이번의 경우는 집으로부터 멀리 떨어진 곳에서 소뼈와 코뚜레 등이 발견된 것으로 보아 호랑이란 놈이 고삐에 매인 줄을 끌고 그곳까지 갔을 거라고도 했다. 그러면서 우화(寓話)나 동화에나 나오는 그림처럼 호랑이가 줄을 물고 소를 끌고 가는 일이 실제로 있기는 있는 모양이라고들 하면서 그 모습을 상상했다. 호랑이는 산신령의 심부름꾼이니까 당연히 그런 능력이 있을 거라는 생각을 하는 사람들도 있었다.

또 어떤 사람은 만일에 그날 밤 무슨 소리라도 듣게 되어 사람이 밖으로 나갔더라면 이미 살아있는 목숨이 아닐진대 소 한 마리와 귀중한 인명을 바꾼 것으로 생각하라는 말로 주인을 위로하기도 했다.

사건이 있고 나서 며칠은 조용했다.

그러나 약 스무날 후, 이번에는 사건이 일어난 갈천으로부터 멀리 떨어진 구룡령 넘어 내면 느른의 을수골 안막치기 대대산 입구에 사는 심마니의 집에서 밤사이 삽살개를 잃어버리는 일이 발생했다. 부부가 산에 갔다 와서 곤하게 자고 있는데 잠결에 무언가가 끙끙거리는 것 같은 소리가 났다. 그러나 원체 피곤했던지라 내쳐 자고 아침 일찍 일어나 보니 개가 없었다. 처음에는 새벽에 어디 산토끼라도 쫓아다니느라고 늦도록 오지 않겠거니 했으나 밤에 끙끙거리던 소리와 연상해 보니 아무래도 무언가에 잡혀간 것이 확실하다는 생각이 들었다. 어미가 다 된 개를 물고 갈 동물이?

제법 사나운 큰 개니까 어지간한 짐승이라면 집 가까운 곳에서 싸움이라도 했을 텐데 감쪽같이 사라진 것은 큰 짐승이 물고 간 것이 아닐까?

하지만 근래 들어 이곳에서는 그 흔하던 호랑이를 보는 일이 별로 없었으므로 큰 짐승, 즉 호랑이라는 확신이 서지 않았다. 오히려 급격하게 숫자가 늘어난 늑대가 아닐까, 생각들을 하고 있었다. 늑대라면 개가 짖는 소리라도 났을 것이다.

늑대무리도 만만히 다룰 짐승들이 아니므로 손 놓고 있을 수도 없는 일이다. 그로부터 이 지역 일대에 거주하는 주민들은 누구를 막론하고 산에 가지 말 것과, 날이 어두워지면 기르는 가축들도 집안에 가두고 문을 걸어 닫을 것이며 일체 밖으로 나오지 말라는 경계령이 내려졌다. 한편으로 사건이 발생한 느른에서는 장정들이 자체적으로 조(組)를 편성하여 골짜기 입구를 차단하고, 저녁이면 무리 지어 횃불을 들고 골짜기를 오르락내리락 순찰에 나섰다. 그러나 별로 놀랄만한 일이 아닌 것으로 여겼으므로 그다지 엄격한 경계라고 할 수는 없었다. 그때까지만 해도 마을에서는 해마다 개 한두 마리 정도 잃어버리는 것은 산신령에게 치성드린 것쯤으로 여기고 오히려 이웃 마을에서 당했던 것처럼 농가의 재산목록 1호인 소를 잃어버리지 않은 일을 감사하게 생각하고 있었기 때문이다.

지금껏 이렇다 할 큰 피해를 입은 적이 없는 것은 해마다 온 동네 사람들이 을수골 어귀에 있는 산신당에 모여 돼지를 잡아 치성을 올리는 덕이라고 여겼다. 사람들은 생각하기를 호랑이 부적을 얻어다가 방문 위에 붙이기도 하니까 호랑이는 산신령의 사자(使者)로서 당연히 신령님의 뜻에 따라 인간을 지켜주는 동물이라는 생각을 하고 있었다. 설령 호랑이가 있다고 하더라도 산에 짐승들이 지천인데 사람을 물어간다는 건 이치에 맞지 않는 일이다.

그뿐 아니라 호랑이도 인간처럼 영물(靈物)인지라 서로의 경계를 알고 있어서 먼저 발견하는 쪽에서 피해주게 돼 있다는 것이다.

갈천에서 소를 잃은 것도 치성을 드릴 때 누군가 부정(不淨)한 사람이 있었기 때문일 거라고들 저마다 한마디씩 아는 체를 했다. 치성소 안에 어느 젊은 여인네가 있었을 거고, 그녀가 경도 중이었을 거라는 말을 하면서 킥킥거리는 젊은 남정네들도 있었다.

면사무소나 경찰파출소에서도 개가 사라진 원인이 확실치 않은 데다 만에 하나 호랑이가 물어갔다고 하더라도 이미 동네 청년들이 자체 경계를 시작했고, 주민들도 소를 비롯한 가축에 대해 특별히 신경을 쓰고 있으니까 며칠 있노라면 호랑이는 다른 곳으로 갈 것이고 다시 마을은 본래의 평온한 모습으로 돌아올 것으로 여겼다.

적은 인원으로 날마다 여기저기서 불끈거리고 말썽(?)을 피우는 조선인들을 감시하는 일도 감당하기 어려운 터에 다른 지역에서 소를 잃어버린 것은 관심 둘 일이 못 되고, 비록 관할구역 안에서 일어난 일이지만 개 한 마리 사라진 문제를 가지고 야단법석을 떠는 건 행정력 낭비일 뿐만 아니라 관청으로서의 권위가 떨어지는 일이라는 판단을 하고 있었다.

이러한 생각의 밑바닥에는 설사 호랑이에게 사람이 물려간다 해도 그것은 다만 조선인이 당한 사고일 뿐이지 파출소장 자신과 같은 내지인(일본인)에게 일어난 일이 아니므로 크게 문책을 당할 염려도 없어 사후에 대처해도 된다는 생각이 깔려 있기도 했다.

그런데 아무도 예상치 못했고, 근래에 없었던 청천벽력 같은 일이 실제로 발생했다.

을수골 입구에서 약 이십 리 떨어진 외딴곳에 사는 화전민 오칠복(吳七福) 부부는 며칠째 계속되던 청명한 하늘에 엊저녁 무렵부터 서서히 먹구름이 감돌기 시작하는 것이 어쩐지 수상하다는 생각이 들어 전전긍긍하고 있었다.

새벽에 문구멍으로 하늘을 올려다보니 더욱 짙어진 먹구름은 좁은 하늘의 한가운데를 유령처럼 어른거리고 있었다. 언제라도 바람이 숨을 거둬들이고 나면 비를 뿌릴 것 같았다. 세워둔 콩 단은 바짝 말라서 시도 때도 없이 사방팔방으로 통통 튀고 있는데, 어쩐담? 경찰파출소에서 전달된 명령이 떠올랐기 때문이다. 당분간은 집에서 가까운 밭이라도 절대 드나들지 말라는 엄명이었지만 그것이 오히려 조급한 마음에 더욱 불을 붙였다.

부부는 여느 때보다 일찍 아침밥을 먹고는 집에서 반 마장쯤 떨어진 산비탈 밭으로 향했다. 그리고 오래전 꺾어서 세워둔 콩 단들을 날라다 마당에 펴놓기 시작했다.

열심히 일을 했기 때문에 미시(未時: 13~14시)쯤에 운반을 끝내고 늦은 점심을 먹은 다음 곧바로 콩 터는 작업을 시작했다. 남편은 도리깨질을 하고 부인은 한옆에서 콩을 담아 키질을 했다. 함지가 차면 다시 가마니에 쏟아 넣으면서 작업을 계속했다.

다행스럽게도 날은 어둑어둑해졌으나 키질이 거의 끝나가고 있을 때까지도 비는 오지 않았다.

평야 지대가 흉년이 들 때 오히려 여기 고원지대는 풍년드는 때가 많아서인지 올해도 콩은 여느 해보다 아주 실하고 색깔도 부잣집 외동딸 얼굴처럼 뽀얗고 고왔다.

예상했던 것보다 수확량이 훨씬 많아 넉넉하게 준비했던 가마니가 부족하기까지 했다. 남편은 잠시 다녀오마고 두어 마장쯤 떨어진 아랫집에 가마니를 빌리러 가고 아내는 키질을 계속했다.

그러나 두 사람 모두 시간에 쫓기고 일에 정신이 집중되어 주의를 게을리한 것이 일생일대의 불행을 가져왔다.

칠복이 돌아와 보니 아내는 온데간데없다. 골짜기를 오르내리며 목이 쉬도록 울부짖었으나 캄캄한 골짜기를 울리는 메아리만 허공에 부서져 나갔다.

사람들이 급히 모여들었다. 그제야 비로소 호랑이의 짓이라는 확신이 들었다.

놈이 멀리는 못 갔을 테니까 인근의 산비탈들을 수색하면 곧 발견할 것이라는 판단이 섰다. 장정 둘을 경찰파출소에 보내는 한편으로 마당 한가운데에 황덕불이 환하게 지펴졌다.

스물세 명의 장정이 저마다 한 가지씩 무기를 들고 있었다. 무기라고 해야 기껏 숨겨두었던 창 두 자루와 죽창, 쇠스랑, 곡괭이, 그리고 대부분은 임시로 만든 몽둥이다.

집을 중심으로 하여 두 무리는 각각 한 쪽씩 산비탈을 훑고, 나머지 한 갈래는 골짜기를 따라 올라가며 수색해 나가기로 했다. 검은 연기가 피어오르는 광솔나무 횃불들이 어둠에 덮인 산록들을 밝히면서 어지럽게 퍼져 나갔다.

증거는 오래지 않아 나타나기 시작했다. 왼쪽 산비탈을 훑던 조(組)에서 누군가가 소리쳤다. 그곳은 평소 산꾼들이 자주 다녀 오솔길이 나 있었는데 집으로부터 반 마장(약 200m) 정도 거리에 여인이 신고 있었던 짚신 한쪽이 엎어져 있었다. 그 지점으로부터 다시 백 보(步)쯤 올라가자, 가시나무 넝쿨 위에 무명 수건이 걸려 있었다. 그 지점부터는 놈이 힘에 부쳤던지 산마루 가까이에서 산 너머까지 계속해서 가랑잎들이 쓸린 자국이 나 있고, 산등성이에서 약 오십 보 정도 내려간 곳으로부터는 키 작은 잡목들이 무성한 숲속으로 이어져 있었다. 힘이 세고 배짱이 좋은 창잡이 차형도가 앞장서서 몇 걸음 나아갔을 때, 검은 숲속에서 두어 번 크르릉 가래 끓는 소리가 들렸다. 땅바닥에 착 가라앉은 소리지만 소름이 끼치도록 살기가 어려 있었다. 멈칫했던 차형도가 다시 조심스레 걸음을 떼어놓았고 사람들이 그의 뒤를 따랐다. 다섯 발자국쯤 옮겼을 때 갑자기 온 산을 들었다 놓는 것 같은 포효소리가 울렸다. 순간 모두들 몸을 부르르 떨었다. 무기를 고추 세운 자세로 몇 발짝 뒷걸음질을 친 다음 정신없이 뛰어 내려왔다. 한창나이의 장정들이지만 사나운 호랑이 앞에서는 어쩔 수 없는 일이다. 게다가 밤이다.

시간이 흐르는 것이 안타깝기 이를 데 없는 일이었으나 총을 든 순사들이 도착하기를 기다리는 도리밖에 없었다.

날이 환히 밝았을 즈음에야 간다 소장이 조선 이름이 방 아무개라는 우치무라(內村) 순사보와 함께 나타났다. 호랑이가 숨어 있었던 숲을 향해 총을 겨누고 힘센 장정들과 함께 다가갔으나 아무 기척도 없었다. 놈은 이미 사체를 전부 훼손하고 어디론가 숨어버린 것이다.

마을 사람들이 훼손된 시신을 수습하여 장사를 지냈고, 며칠 동안 화전민 오칠복의 애끓는 울음소리가 깊디깊은 을수골 계곡을 맴돌았다.

그리고 그가 이사 간 3 마장쯤 떨어진 어느 집에서 사흘 밤낮으로 호랑이의 탈을 쓴 무녀가 '범탈놀이' 굿을 여는 소리가 요란하게 들렸다. 호랑이의 탈을 쓴 무당이 가짜 포수의 총을 맞고 쓰러져 가죽이 벗겨지는 모습을 보이는 진혼제다. 경계의 대상이면서 경외의 대상으로 산신의 호위무사인 산군(山君)께 지극한 정성을 들여 산군이 일탈하지 않도록 권유하고, 더불어 죽은 혼백을 위로하려는 것이다.

방울부채와 사냥기를 든 무녀가 집 안팎을 드나들며 구성진 목소리로 호영산 대감과 호영산 군웅 대감을 부르면서 자진장단에 맞춰 죽은 넋을 위로하는 재담을 풀어놓기 시작했다.

어~굿자
동방청제 서방백제 남방적제 북방흑제에
중앙황제 남북으로 거느리시고
천지 만물 관장하시는 옥황상제님께

먼저 고하나이다

검은 산 둘러치고 배웅산 나웅쳐서

칠복이 마누라 수위 아니시랴

안산은 영검산에 밧산은 귀엽산이라

애동은 내제자 삼천은 진중 육천 전안으로

사신 장군님 수위 아니시라

대나라 대장군 삼나라 삼장군 아니시랴

오씨 가중의 기주님아

금일은 갖은 정성 다 들이고 애 많이 썼으니

장군님 수위에서 이 정성 받으시고

화를 쫓아 주시고 흉을 쫓아 주시고

호환에 떠도는 앙앙불귀 극락영생으로 인도하사

오씨 가문에 만복이 다시 돌아오게 하시마~

어 굿자~ 두둥둥둥 두두둥

......

　사람이 호환을 입고 사흘이 지난 다음에야 비로소 본서에서 출장한 순사들이 호랑이토벌계획을 세우고 지휘하기 시작했지만, 그들의 소극적인 대응을 나무랄 엄두를 내는 사람은 아무도 없었다.

　매복을 시작한 지 엿새 동안에 사냥꾼들이 얻은 수확이라곤 방아다리로 넘어가는 산 중턱에서 며칠 전 심마니 집에서 잃어버린 개의 뼈다귀와 목줄을 발견한 것이 전부다.

　사흘이 지나고 닷새가 지나도록 아무 일도 일어나지 않았다. 모두들 호랑이가 멀리 다른 곳으로 가버린 것으로 판단했다.

엿새가 되던 날 저녁 무렵에 내일부터는 경찰파출소에 등록하지 않아도 된다는 해산명령이 떨어졌다. 동원됐던 사람들 모두가 안도의 한숨을 쉬면서 집으로 돌아갔다.

개동이도 며칠 만에 맘 편히 쉴 수 있다는 생각에 천천히 저녁밥을 먹고 따뜻한 방에 누워 스르르 잠이 들었다.

그러나 모두가 곤한 잠에 떨어졌을 축시(丑時: 새벽 1~3시) 무렵, 사건이 일어났던 을수 골짜기는 광란의 공포에 휩싸여 있었다.

맨 처음 호랑이 울음이 들린 곳은 을수골 입구 칡소폭포로부터 약 시오리 정도 떨어져 있는, 골짜기 중간쯤에 있는 늙은 농부의 집이었다.

부부와 아들 며느리 네 식구가 집 주변에서 가을걷이를 끝내고 곤한 잠에 빠져 있는 한밤중 갑자기 누군가가 문을 두드리는 소리가 났다. 원체 곤하게 자고 있던 터라 처음에는 이웃에서 병자가 생겨 깨우는 소리라고 생각했다. 그러나 그 소리는 짐승이 할퀴는 소리였다. 부엌에서 개가 낑낑거리며 부산을 떠는 것을 듣고 그제야 호랑이 사건이 떠올랐다. 남편이 자리에서 벌떡 일어났다. 커다란 그림자가 창문을 덮고 있었다. 만일을 생각하여 바깥쪽에 걸쳐놓은 통나무 가름막이 심하게 흔들렸다. 호랑이는 벌떡 일어나 다시 부엌으로 향했다. 삐거덕 소리가 요란했다. 문을 열려고 발톱으로 할퀴었으나 맘대로 되지 않자 다시 마당으로 나와 앞발을 세우고 으르렁거리다가 다시 부엌문을 할퀴는 짓을 몇 번이나 반복했다. 소리가 날 적마다 안에서는 놀란 개가 어찌할 줄을 몰라 깨갱거렸다. 윗방에서 내려온 며느리와 아내는 방구석에서 서로를 부둥켜안은 채 으르렁거리는 소리가 들릴 적마다 에그그 비명을 지르면서 달달 떨었다. 모두 하얗게 질린 얼굴로 밖의 동정에 귀를 기울이고 있었다. 놈은 한참 동안 부엌문을 긁어대다가 뜻대로 되지 않자 또다시 사람들이 있는 창살문을 긁어대기 시작했다. 달빛에 호랑이의 그림자가 움직이는 산처럼 어른거렸다. 남편과 아들이 부지런히 찾아보았으나 방안에서 무기가 될 만한 것은 윗방 구석에 아무렇게나 놓여 있던 낫 한 자루밖에 없었다. 아들이 낫을 쥔 손에 힘을 주고 문 앞에 버티고 섰다. 여차하면 낫으로라도 겨뤄볼 태세다. 그러나 호랑이는 다시 부엌으로 향했고 으르렁거리는 소리가 더욱 높아지면서 금방이라도 떨어져 나갈 것처럼 문이 삐거덕거렸다. 아들이 미닫이를 열고 황급히 부엌으로 내려갔다. 문틈 사이로 비쳐드는 가느다란 달빛을 통해 부엌문을 채운 가름대가 안전한지를 확인하고는 소스라치게 놀랐다. 호랑이가 대문을 흔든 탓에 가름대가 끝자락에 조마조마하게 걸쳐 있었던 것이다. 그는 밀려나 있는 부분을 안쪽으로 깊숙이 밀어 넣고 틈 사이에 나무를 끼워 움직이지 못하게 했다. 한쪽 구석에 세워둔 죽창을 힘주어 잡고 방으로 들어왔다. 여자들은 그제야 조금 안심이 되는지 구석에서 나왔다. 두려움과 전율의 시간이 흘렀다.

어느 시점부턴가 울부짖던 소리가 사라졌다. 마당 가를 흘러내리는 물소리만 무슨 일이 있었냐는 듯 달빛 어린 계곡의 밤하늘을 낭랑하게 울리고 있었다. 몇 번이고 귀를 기울였으나 호랑이의 울음이나 문을 긁던 발톱 소리는 들리지 않았다.

놈은 이미 그 집을 떠나 약 오 리쯤 위에 있는 다른 농부의 집으로 향하고 있었기 때문이다.

팔십이 가까운 늙은 부부는 이미 한 식경 전부터 아랫집 부근에서 나는 호랑이의 포효소리에 잠이 깨어 있었다. 겁이 났지만 가까이에 소리쳐 부를 이웃이 있는 것도 아닌지라 이상이 없는지 방문과 부엌문과 외양간을 꼼꼼하게 점검하는 외에 다른 방법은 없었다. 제발 호랑이가 다른 곳으로 사라지기를 바라면서 자주 귀를 기울여 소리의 방향을 가늠하고 있었다.

그러나 노인 내외의 바람과는 전혀 다르게 으르렁거리는 소리는 하필이면 자신들이 사는 집 쪽으로 가까이 오고 있었다. 바깥노인이 창호지 사이로 나 있는 유리를 통해 밖을 내다보니 황갈색 줄무늬가 박힌 커다란 물체가 개울을 건너뛰어 마당으로 들어왔다.

놈은 마당 입구에 꼬리를 늘인 채로 서서 잠시 집 쪽을 노려보더니 그 큰 입을 더욱 크게 벌려 산이 떠나가라는 듯이 울부짖었다. 커다란 송곳니가 하얗게 드러났다. 안노인이 "에그머니나!" 비명을 지르며 웅크렸던 몸이 벌러덩 나자빠졌다. 놈은 거리낌 없이 마당 안으로 들어왔다.

바깥노인이 방안에서 큰 소리로 외쳤다.

"이노옴, 썩 사라지지 못할까! 여기가 어디라고 감히 이빨을 세우고 들어오는 게냐? 천상천하에 나라들이 구분돼 있고, 법도가 있거늘 짐승의 나라에 사는 몸으로 감히 인간의 나라를 휘젓고 다니다니! 산신령께서도 경계를 지어주셨을 터인데 어디서 망나니같이 명을 어기고 못된 짓거리를 하는 게냐? 당장 사라지지 못할까 이노옴!"

노인은 강단이 매우 센 사람이다. 그는 할멈이 부여잡는 바지춤의 손을 떨쳐버리고 부엌으로 내려가 광솔 묶음에 불을 붙여 들고는 부엌문을 열어젖혔다. 댓돌 위로 성큼 나서서 왼손에 움켜잡은 광솔불을 치켜들고 호랑이를 노려봤다. 놈은 예상 밖의 등장에 놀랐는지 늘어졌던 꼬리를 위로 세우고는 한두 번 뒷걸음질을 쳤다. 날카로운 송곳니를 드러내고 크게 울부짖었다. 포효소리에 횃불이 흔들리는 것 같았다. 그러나 노인도 만만치 않았다. 활활 타오르고 있는 광솔나무 햇불로 원을 돌렸다.

"이 나쁜 놈 산신령님이 무섭지 않으냐. 당장 사라져라 이노옴!"

카랑카랑한 목소리가 골짜기를 쩌렁쩌렁 울렸다. 그러나 놈은 꿈쩍도 하지 않고 불빛에 이글거리는 눈으로 가소롭다는 듯이 노인을 노려보고 있었다. 노인도 꿈쩍 않고 그 자리에 서 있었다.

둘은 한참 동안 그런 자세로 서로를 노려봤다.

"이노옴~ 불세례나 받아라."

마침내 노인이 들고 있던 광솔불 한 가치를 호랑이에게 힘껏 던졌다.

그러자 놀라운 일이 일어났다. 호랑이는 몇 걸음 뒤로 빼더니 안 되겠다는 듯이 그 큰 몸을 돌리고는 개울을 건너뛰어 어슬렁어슬렁 숲속으로 사라졌다.

이후 며칠 동안 깊은 계곡들을 샅샅이 뒤졌으나 꼬리조차 보이지 않았다.

그러나 놈이 이 지역 일대를 떠나지 않은 것은 분명해 보였다.

무엇보다도 다른 곳으로 가지 않았다는 확신을 갖게 한 것은 닷새가 되던 날 몰이꾼들의 눈에 큰대산이 안막에 호랑이가 누웠던 곳으로 추정되는 장소에서 털 몇 가닥을 발견했기 때문이다.

"호랑이 구경을 못하니께 호랑이 상사병이라도 들었나. 왜 그리 풀기 없이 축 늘어졌는감?"

해산명령을 받고 을수골 물가에서 승구가 개동이를 바라보면서 던지는 말이다.

"하루 이틀두 아니구 이렇게 여러 날 잡혀 오니 울화가 터져서 그러우. 차라리 먹히는 한이 있더라두 그놈의 얼굴이나 좀 봤으면 좋겠수.
그러구 보니 아재는 동동 팔월에 삼정승이 부럽잖은갑소. 관찰사 가는
곳에 선화당이라고 누구는 혀 빠지게 헉헉거리면서 산비탈을 훑어야
하고, 누구는 금관자(金貫子) 쓴 원님 모습으로 목이나 지키고 앉았으니
이거야 원."

"그야 총 가진 사람의 당연한 특권이지."

"나두 되건 말건 창잽이로 등록하지 말고 포수로 등록을 했더라면
이 고생을 하지 않는 건데 후회막급이우."

승구의 말뜻은 일제총독부가 공포한 '총포 화약류 단속령'으로 인해
승구가 가지고 있던 사냥총을 경찰 분소에 반납하게 된 것을 의미한
다. 개동이는 그 총으로 사격연습을 했다. 총독부에서 전국의 각급 경
찰서를 통해 조선인들이 소지하고 있는 무기와 총포 화약류에 관한 일
제 신고를 받을 때 총을 소지하고 있던 승구는 포수로 등록했으나 창
을 가지고 있던 개동이는 창잡이로 신고를 한 것을 두고 하는 말이다.

"자네두 포수로 등록이 되도록 분소장을 구워삶아 놨으니까 기다려
보자구. 운이 좋으면 기회가 올지 누가 알겠는가."

"한번 조사를 했으면 그걸로 끝이지 총독부에서 뭣 때문에 재조사
를 하겠수."

"사람의 일이란 알 수 없는 거야."

개동이가 퉁명스럽게 대꾸하자 승구는 가능성이 있다는 것으로 위
로를 하고자 애쓴다.

"됐수. 설마 호랑이 사냥할 일이 또 일어나기야 하겠수."

"하긴 그려. 배고픈데 점심이나 먹세."

두 사람은 보리 개떡 세 개씩을 먹고 나서 개울가 풀밭에 나란히 눕

아버지의 깃발 상

는다. 오늘은 호랑이몰이가 일찌감치 끝났으므로 집에 갈 시간을 서두르지 않아도 된다.

몰이꾼들은 삼삼오오 어느 물가로 사라졌는지 사방은 고요하다.

건너편 산 위에 한가로이 구름 몇 점 떠 있고 그 아래 계곡으로는 황금빛 가을 햇살을 머리에 얹은 개울이 물장구를 치며 흘러가고 있다. 이 물은 을수골에서 발원하여 아래로 흘러 골짜기마다 탯줄처럼 이어져 내려온 개울들과 합하면서 늘원에서 합하고 원당에서 합하여 상남으로, 그리고 인제로, 호호탕탕 북한강으로 흘러 마침내는 한양을 지나 바다에 닿는다. 장대한 역사의 한가운데를 관통하는 물줄기가 바로 이곳으로부터 시작되고 있다.

그 물길들을 잉태하고 있는 고산준령들, 왼쪽으로는 구룡덕봉에서 구룡령 줄기를 거쳐 동남쪽으로 오대산의 비로봉 두루봉 호령봉으로 이어지는 원시림의 수해(樹海)에 덮인 백두대간의 높고 낮은 등줄기가 마치 거대한 용의 모습처럼 끝도 없이 이어지고 있는 처녀림의 바다, 사람들은 그 묏줄기를 아버지 삼고 물줄기를 어머니 삼아 대대로 살아왔다.

팔베개를 하고 누워 있는 개동이의 머릿속에 즐거운 일들이 떠오른다.

여름내 쪼르륵 쪼르륵 허기져 살다가도 이맘때만 되면 비록 잠시에 불과하지만, 참말 권 초시네 부럽지 않게 배를 두들겼다. 당귀며 오미자에 작약, 도라지 등등 약초들이 얼마나 많은가! 게다가 재수가 좋으면 산삼을 캐서 목돈을 챙길 때도 있다. 몇 년 전, 큰대산이 서덜밭에서 캤던 만달 산삼은 정말 잊을 수가 없다. 가지가 5줄기이고 길이가 2자 5치(75㎝)요, 줄기와 잎의 길이가 3자에 달하는 그 산삼은 외두가 많아 심령(나이)을 가늠할 수 없는 귀한 것이었다. 소문을 듣고 달려온 한양 갑부에게 팔고 적삼 속에 지전 뭉치를 매만지며 집으로 갈 때의 그 기쁨이더라니!

도토리를 주워 끼니마다 먹을 것 마련에 힘들어하시는 어머니를 도울 수 있고, 쓰러진 고목나무 등걸을 지나다 보면 표고며, 노름바래기, 노루궁뎅이 같은 버섯을 채취할 수도, 때로는 바위에 붙어 있는 석이버섯을 따서 돈을 마련할 수도 있다. 그 버섯들의 향긋한 냄새가 코끝에 감도는 것만 같다.

재수 좋은 날 비탈을 오르다 감국(甘菊) 노랑 꽃에 앉은 벌을 볼 때가 있다. 살포시 날개를 잡아서 꿀을 조금 먹인 다음 그 벌이 날아가는 곳을 쫓아가다 보면 목청이나 석청을 발견하게 된다. 미안한 마음으로 꿀을 얻으면서 3분의 1 정도는 식량으로 남겨준다. 산에서는 지나친 욕심을 내서는 안 된다. 할아버지들도 그랬고, 아버지들도 그래 왔다.

기회를 놓치지 않기 위해 주루먹에는 반드시 조금의 꿀과 부싯돌과 마른 쑥, 그리고 망(網)을 준비해 다닌다. 더러는 벌에 쏘여서 내시(內侍) 이 앓는 소리를 할 때도 있긴 하지만 양수교 장터에 있는 야나기다(柳田) 약초상에서 발그스레한 지폐를 받아 나올 땐 언제 그런 일이 있었던가 싶은 기분이었다. 옷섶 안쪽으로 호주머니를 만지고 또 만지던 그때를 생각하면 언제나 즐겁다. 이런 것들을 갖고 갈 때마다 야나기다 씨는 해죽해죽 웃으면서 "앗스쿠 웃데 크레루 운다, 앗스쿠 웃데 크레루 운다(厚く打ってくれるんだ, 厚く打ってくれるんだ. 후하게 쳐주는 거야, 후하게 쳐주는 거야.)"라며 자신이 매우 넉넉한 사람이라는 것을 나타내곤 했다. 소문에 의하면 야나기다 씨는 꿀을 본국으로 보내 몇십 배의 이득을 취

한다고 하지만 설마 꿀 한 병이 그만한 가격이라는 생각은 해 본 적이 없다. 남의 장사를 시기하는 사람들이 하는 말이라며 귓등으로 흘려보내곤 했다. 꿀 한 병에 인부 품삯의 반이 넘는 50전씩을 쳐 주었으니 얼마나 고마운 사람인가! 새벽부터 늦게까지 골 빠지게 일하고도 30전을 못 받는 처지인데 두세 시간이면 벌 수 있는 돈이다. 이런 행운으로 돈을 벌 수가 있어서 아마도 '벌이'를 줄여서 '벌'이라고 하는지도 모른다는 생각을 해 본다. 더욱이 나머지 시간에는 다른 것을 얻을 여유까지 있으니 '행복의 순간'이란 이런 때를 두고 하는 말인 것 같다.

호랑이 사건이 없었다면 지금쯤 짭짤한 수입을 거뒀을 텐데 매일같이 코뚜레에 끌려다니는 송아지처럼 이게 뭔 짓이람….

개동이는 못내 아쉬운 생각이다.

"멧돼지나 산양이라도 잡을 수 있으면 품삯이라두 건질 게 아닌감."

승구도 같은 생각을 하고 있었던지 혼잣말처럼 시무룩하게 내뱉는다. 지난 열흘 가까이 눈에 띈 짐승만도 곰이며 늑대며 산양, 멧돼지, 사슴, 고라니 등등 적어도 스무 마리가 넘는데 호랑이 외엔 총을 쏘거나 창을 던질 수 없도록 엄한 명이 떨어져 있으니 억울할밖에.

"그러게 말이우. 나두 몇 번이나 창끝을 겨누다가 그만 뒀다우. 어제 아침나절에 본 노루란 놈은 얼마나 디룩디룩 살이 붙었던지 우리 두 집 식구가 한 달은 고기 맛을 즐길 수 있을 만큼 크던데 손이 근질거려서 억지로 참았소."

개동이는 입맛을 쪽쪽 다셨고, 그 모양을 본 승구는 껄껄거리고 웃었다.

"그런데 아재 말대루 진짜 호랑이가 우리가 수색한 지역에 없을까유?"

"아직도 내 실력을 못 믿는단 말인가? 호랑이가 있을 곳이라면 내가 왜 자네에게 조심하라고 말해 주질 않았겠는가. 내가 보기엔 돌다 보아도 마름이고, 도깨비 기왓장 뒤지는 격일세. 내가 뭐라고 했는가. 이런 방법으로 범을 잡는다는 건 당초부터 글른 일이라고 하지 않았는가…. 아무렴, 하룻밤에 천 리를 간다는 놈이 무슨 숨바꼭질을 하거나, 그렇다고 꿀단지를 묻어둔 것도 아닌데, 요 부근만 빙빙 돌고 있을 리는 없지. 그리 쉽게 눈에 띌 범이라면 그건 범이 아니라 살쾡이지. 젊은 여인네를 물어간 것은 고사하고 집채만한 황소를 앞세우고 간 놈의 요량이 아무려면 사람만 못 하겠는가."

하긴 그의 말이 옳다. 수년째 사냥을 따라다니는 동안 쫓던 동물이 숨어 있을 거라고 그가 지목한 범위가 예상에서 빗나간 적이 거의 없긴 하다.

"상대가 신출귀몰하다는 호랑이라서 하는 말이우."

"유비무환이라고 대비해서 나쁠 리야 있을까마는, 치수 맞춰 옷 입는다는 말이 있지 않은가. 그것도 잎도 다 떨어지지 않은 철에, 범을 잡는다는 건 애시당초 여산풍경(廬山風景)에 헌 쪽박이고, 거미줄로 방귀 동이는 짓이여. 게다가 명색이 범 사냥인데 우선 무기부터가 잘 못됐어. 화승총으로 범을 잡으라니 이거야말로 곧은 낚시로 물고기를 잡으라는 것과 뭐가 다를까."

승구가 넋두리하듯 중얼거리고 나서 혀를 끌끌 차는 소리에 개동이가 시큰둥한 어조로 되받는다.

"치-, 언제는 화승총으로 멧돼지, 승냥이 잘도 잡더니만…재작년엔 곰도 잡았잖소. 화승총으로 입에 풀칠을 했으면서두 화승총 드는 데서 그런 소릴 하문 총이 섭섭해 하지 않겠소?"

"허허허, 듣고 보니 그렇군. 하지만 곰이야 요행수로 잡았던 게고, 멧돼지 승냥이를 잡는 것과 호랑이를 잡는 게 같은 일인가? 그건 비교할 수가 없지. 암, 그렇고말고. 호랑이를 잡는다는 건 전적으로 목숨을 담보 잡히는 모험이니까 하늘과 땅 차이가 아닌가. 말이야 바른말이지 이따위 총으론 범을 잡는 것보단 전쟁을 하는 게 더 나을 거야. 만일에 호랑이란 놈이 나타나기라도 했다면 자네나 나나 지금쯤은 염라대왕 앞에 앉아서 문초를 받고 있을 걸세."

"죄지은 게 없는데 무슨 문초?"

"없기는 왜 없어? 산짐승 잡아먹은 죄지."

"난 또 뭐라구…."

승구는 불과 몇 해 전까지만 해도 자신이 화승총을 가지고 곰을 쫓아다니던 일을 까마득하게 잊은 것 같다.

"왜 신식 총을 달래지 화승총을 가져왔수?"

"간다 순사의 체면을 세워주려구 마지못해 오긴 했지만, 남들 눈이 있는데 어떻게 나한테만 좋은 총을 달라고 할 수가 있을까?! 순사 놈들도 눈치를 살펴야 할 테고, 나도 평소에 남의 눈 살피면서 몰래 총을 내오는 입장이니 이런 일엔 주는 대로 가져올밖에."

개동이는 피식 웃음이 나왔다. 간다를 만날 적마다 머리가 땅에 닿도록 허리를 굽히는 모습을 여러 번 봐왔는데 체면을 세워주기 위해 마지못해 왔다는 말을 들으니 과부댁 종놈 왕방울로 행세한다는 말이 떠오른다.

"하지만 이젠 고기 맛을 보려면 사정하고 눈치 보면서 총 빌려야 하니 솔직히 말해서 이런 구식 총도 내 것으로 갖고 이 산 저 산을 내 집 안마당 드나들 듯 사냥하던 때가 그리운 추억이 된 것 같네."

"하긴…"

승구는 누덕누덕 꿰맨 자리가 듬성듬성한 데다 당채련 바지저고리처럼 기름때가 반질반질한 누비옷 안으로 손을 넣어 사타구니를 긁적거리고 있다. 둥글넓적한 얼굴을 반쯤 덮은 산발한 머리 사이로 실눈이 반짝거린다.

개동이도 내심으론 일본 순사들의 총과 그 사격 모습을 본 이후부터는 승구의 말처럼 화승총에 영 친밀감이 가질 않는다.

영국에서 들여와 일본 사람이 개량했다는 그 소총의 멋있게 빠진 총대와 개머리판 하며 까만 정복을 입은 순사의 어깨에 착 달라붙은 모습, 게다가 승에 불을 댕길 필요조차 없는 총이다.

당시 일본군이 사용했던 소총은 무라타 소총으로 메이지(明治) 정부의 육군이 사용하던 샤스포 소총의 종이 탄피를 서구의 총들처럼 금속 탄피로 교체하여 사용할 수 있도록 메이지 13(1880)년에 개량했다가 다시 일본인들의 체구에 맞춘 16(1883)년식으로, 다시 18(1885)년식으로, 22(1889)년식 연발총으로 개량했다. 이 총들은 납탄을 넣고 다져야 하는 전장식 소총에 비하면 매우 편리한 금속 탄피 일체형의 볼트 액션 후장식 소총이긴 하나 단발식이거나 명중률이 불량했다. 결국 무라타 소총은 아리사카 나리아키라(有坂成章) 중장이 만든 아리사카 소총으로 대체된다. 아리사카 소총은 다시 30(1897)년식 → 38(1905)년식 → 38식 기병총 → 44식 기병총으로 발전하며 파괴력을 강화하고, 일본인의 체구에 맞도록 개량한 99식(1939) 단소총 중기형, 후기형 등으로 개량을 거듭한다.

그러므로 승구가 일컫는 것은 아마도 시기적으로 무라타 소총이나 아리사카 30이나 38식을 의미하는 말일 것이다.

"내가 말은 그렇게 하지만서두 결단코 화승총을 무시할 수는 없지."

승구는 몸을 일으켜 옆에 누인 총을 들어 양손으로 총신을 잡고 아래위를 찬찬히 훑어보면서

"솔직히 말한다면 화승총과 정이 많이 들었고 사는 데 덕도 많이 봤지. 이 총으루 말할 것 같으면 생긴 게 막대기 같고 사용하는 데에 번거롭긴 하지만 꽤 괜찮은 녀석이지."

개동이는 방금까지 화승총을 천덕꾸러기처럼 말하던 승구가 또 무슨 허풍을 떨까, 옆눈으로 힐끗 얼굴을 올려다본다.

"효종대왕 시절의 일일세. 모피 무역에 눈독을 들인 아라사(俄羅斯, 러시아)는 합살극(哈薩克;코자크=카자흐) 용병들을 고용하여 해달이나 담비, 은여우, 늑대, 표범 같은 동물들이 많이 서식하는 청나라의 흑룡강 유역(아무르)으로 보냈지. 그런데 삼림이 울창한 국경지대에 나타난 이들은 민가를 약탈하고 소란을 일으키며 안하무인으로 행동하여 원성이 자자했네. 참다못한 청나라는 여러 번 군대를 보내 정벌하려 했지만 용맹하기로 이름난 그들을 당할 수 없었네. 크게 충격을 받은 청나라 강희제(康熙帝)는 궁리 끝에 총 잘 쏘기로 이름난 조선군 화승총부대의 지원을 받고자 조선에 요청을 했지. 효종께서는 청나라 군대의 상황이나 능력도 탐색하는 겸 국경과 가까운 함경도에서 150명의 포수를 뽑아 보냈어. 그들은 갖은 고생을 하면서 그곳에 도착해 마침내는 용맹하기로 소문 난 합살극 용병들에게 혼쭐을 내줬지. 그러나 청나라 군대는 오히려 조선의 지원군을 얼마나 안하무인으로 대했던지 이루 형용할 수 없는 고생을 하고 출발한 지 넉 달이나 걸려서야 귀국을 했네. 그뿐이 아닐세. 다시 2차 지원요청이 와서 이번에는 265명을 뽑아 보냈는데 이분들도 아라사 군대를 물리쳐 줬지만 역시 갖은 멸시와 고

생을 다 겪고 돌아왔다고 하네. 국가나 개인에게나 하늘이 내리시는 교훈이 있네. 오만하면 그건 곧 망하는 길로 들어서는 것이야. 언제나 낮은 자세로 내실을 다지고 외부에도 겸손한 태도로 대하면 안팎으로 흥함을 이룰 수 있지. 지금의 청나라를 보게나. 대청제국의 그와 같은 오만이 어떤 화(禍)를 불렀는지를 말일세."

"효종 대왕이라면 왜 그 소현세자와 함께 청나라로 볼모로 갔다가 돌아와서 복수를 하려고 계획했던 봉림대군 그분 아니우? 그때도 총이 있었단 말인가요?"

개동이가 제법 아는 체를 하며 맞장구를 쳐준다.

"맞아, 그분이 왕이 되신 다음의 일이지. 하지만 그보다 30년쯤 거슬러 올라 임진왜란 때도 일본은 화승총, 즉 뎃포(철포, 鐵砲)를 보유하고 있었네. 그뿐 아니라 그 숫자가 구라파 전체 나라들이 가지고 있던 총의 숫자보다도 많았다고 하니 조선 침략의 야욕에 정신을 집중하고 있던 도요토미 히데요시(豊臣秀吉)가 어찌 가만히 있었겠는가. 이 침략으로 우리 조선 백성들이 얼마나 많이 죽고 얼마나 혹독한 고생을 했는가. 힘이 약하면 그처럼 억울한 일들을 당하는 것이 나라와 나라 간의 관계가 아니겠나. 속담에 한 번 속은 것은 속인 사람이 나쁘고 두 번 속으면 속은 사람이 바보라는 말이 있긴 하지만 왜국에게 혹독하게 당한 경험이 있는 나라가 불과 3백 년이 지나 또 같은 굴욕을 당한 것은 누구의 잘못이라고 설명할 수 있을까. 이번엔 아예 송두리째 나라를 빼앗겼으니 경험보다 소중한 것이 없다는 말도 허언이 아닌가. 참으로 기가 막힐 따름일세."

"……"

말하는 사람이나 듣는 사람이나 씁쓰레하다.

"그나저나 순사 놈들이 총을 빼앗고 나서부터 산짐승들이 엄청나게 늘어나 농사가 전보다 더욱 피해를 보고 있으니 웃어야 할지 울어야 할지 모르겠수. 사냥도 맘먹은 대로 할 수 없게 된 데다 당장 우리나 아재나 멧돼지 고라니란 놈들이 뙈기밭조차 휩쓸어버렸으니 살아갈 일이 더욱 걱정 아니우."

"양식 걱정도 걱정이지만, 그보다도 이젠 늑대까지 출몰하여 사람의 목숨을 빼앗아 가는 일이 자주 일어나니까 그게 더 걱정이지. 자네두 알지 않나. 작년에 괸돌(立石洞)에서 일어났던 사건 말일세. 옛말에 '범이 떠난 자리에 여우가 왕 노릇 한다'더니 전국 각지에서 범이 나타났다는 소식만 들리면 쫓아가서 죽이니까 엉뚱하게도 늑대의 숫자가 갑자기 늘어나서 인명피해가 엄청나게 발생하고 있지 않은가."

실제로 그랬다.

총독부에서 주민들이 소유하고 있던 무기류를 압수한 데다 호랑이가 출몰했다는 연락을 받으면 그때마다 주민들을 동원하여 포획했으므로 조선 반도에서 호랑이의 숫자가 급격히 감소했다. 그러자 늑대의 숫자가 기하급수적으로 증가하기 시작했다.

늑대는 무리를 지어 출몰하여 농촌에서 야간에 혼자 다니는 사람이나 부녀자나 어린아이들을 습격했다. 그러다가 차츰 대담해져서 대낮에도 사람을 습격했다. 전국에 늑대경계령이 시달되고 사람들의 신경이 예민해지자 늑대들이 이번에는 다른 교활한 방법을 썼다.

저녁 무렵 마을로 내려가 농가 부근 숲속에 숨어서 노리고 있다가 부녀자들이 일터에서 돌아와 마당 가운데 멍석을 펴놓고 아기에게 젖을 주다가 스르르 잠이 들면 아기를 물고 달아나 버리는 일이 종종 발생했다.

작년에 괸돌에서도 그런 일이 발생하여 온 동네를 슬픔에 잠기게 한 적이 있었는데, 두 사람은 지금 그 이야기를 하고 있다.

개동이는 승구 아재가 있어서 참으로 다행이라는 생각을 한다.

그 역시 누구와 겨뤄도 지지 않을 우람한 체격에 어디서 배웠는지 아는 것도 많다. 특히 군사(軍事)에 대한 지식이 해박하다.

얼굴은 광대뼈가 튀어나오고 좀 우락부락하게 생겼으나 마음씨가 정직하고 정의로우면서도 따뜻하다.

헤이그 밀사사건으로 빌미가 되어 고종황제가 퇴위당하고 곧이어 대한제국 군대가 해산되는 등 국내외적으로 한창 어수선하던 무렵에 화승총 하나를 달랑 들고 내면의 작은하니로 들어와 이웃해 살게 된 사람으로 올해 개동이의 나이가 열여덟이니까 그의 나이는 스물다섯이다.

자신은 한양에서 태어났는데 여섯 살 때 화재로 부모를 잃고 이리저리 떠돌아다니다 산짐승이 많은 오대산 뒷동네로 찾아들게 되었다고 했다.

때가 때인지라 마을에 들어온 지 얼마 후 수상한 사람이라는 신고가 들어가 몇 번 불려 다녔으나 답변이 시종일관 변함이 없고 별 특이점을 발견하지도 못했으므로 일단은 반장이나 개동 아버지를 비롯한 이웃 사람들의 보증으로 풀려나 정착해 살게 되었다. 성격이 두루 춘풍(春風)이라 각진 데가 없으며 유들유들하고 붙임성이 있어서 동네 사람들과 잘 어울려 지냈다. 객지 생활을 많이 했기 때문에 들은풍월이 있어선지는 몰라도 제법 아는 것이 많고 한글과 한문 천자 정도는 뗀 걸로 짐작된다.

피를 나누지도 않은 승구를 아재라고 부르기까지에는 꽤 오랜 세월

벽돌을 쌓아 올리듯 믿음이 쌓였기 때문이다.

아버지와 승구 아재가 급격하게 친해진 시기가 언제부터인지는 알수 없다. 여하튼 16년이라는 연령차는 수양 부자지간 사이가 훨씬 자연스러울 텐데도 호형호제하는 사이로 되어 있었으므로 개동이도 자연스럽게 아재라고 부르며 따르게 되었다.

아버지는 상식을 뛰어넘는 파격으로 그를 정겨운 막내아우처럼 대했고, 그도 큰형님으로 깍듯하게 모시는 살가운 사이가 되었다. 승구 아재가 동네 부근에서 사냥할 때는 아버지가 그와 함께 다니는 것을 더러 봤다. 그러나 멀리 갈 때도 함께 다녔을 리는 만무하다. 아버지는 왼쪽 다리를 절기 때문이다. 그리 심하게 저는 편은 아니지만 높은 산을 다닐 정도는 아니다. 그렇다면 아마도 대화 중에 어떤 계기가 있어서 서로 간에 마음이 통해 형과 아우라 부르는 사이가 됐거나, 처가 쪽 외엔 친척이라곤 없는 아버지가 이무롭게 하려고 먼저 제의를 했을지도 모른다고 개동이는 생각하고 있었다. 어렴풋이 그런 짐작이 가기는 했으나 하나뿐인 자식한테도 살가운 데라고는 별로 보이지 않는 아버지의 성격이 어떻게 그에게만은 유별난지 도무지 수수께끼 같은 일이다.

세월이 지나 아버지의 기력이 예전만 못하고 개동이의 체구가 성인으로 변하면서부터 차츰 '아버지가 하던 역할'이 개동이로 옮겨졌고 아버지가 자주 만나던 승구도 자연스레 개동이로 대체되었다. 그러나 따지고 보면 '아버지가 하던 역할'이란 게 별 의미 없는 것들이 대부분이다. 어쩌다 큰맘 먹고 어머니를 따라 화전 밭을 몇 고랑 매거나, 비지땀을 흘리며 나뭇단을 머리에 얹고 오는 어머니를 울타리 밖에서 마중하거나, 혹은 가까운 밭 가에서 강낭콩 몇 꼬투리를 따오는 따위의 아주 소소한 일 외엔 없었다. 그러므로 개동이는 아버지가 하는 일엔 관심이 없었다. 승구를 찾아가 무슨 이야기를 그토록 장시간 나누는지, 무슨 불만이 있어서 때때로 주먹을 불끈 쥐고 하늘을 바라보며 중얼거리는지 알고 싶지도 않았고 알 필요조차 없다고 생각했다. 아버지도 그런 행동에 대해선 한마디도 말씀이 없었다. 개동이의 눈에 아버지는 그냥 기분대로 사는 가난한 한량(閑良)으로밖에 보이지 않았고, 그와 같은 이해 못 할 행동들은 가장의 도리를 다하지 않는 데 대한 미안함을 덮으려는 의도된 행동이라고 해석됐다. 실제와는 달리 마치 무슨 원대한 계획을 세우고 있는, 그리하여 불평불만은 생각조차 할 수 없는 범접하지 못할 존재로 보이도록 말이다. 아버지는 때때로 무엇을 골똘히 생각하다가 하루에도 몇 번씩 뒷마당 가에 있는 헛간을 들락거렸다. 필시 그곳에는 뭔가가 있을 것이고 그 뭔가를 알게 되면 앞으로 무슨 일을 할 계획인지를 확인할 수 있을 것 같았다. 그러나 개동이는 관심을 꺼 버렸다. 아버지가 그동안 해왔던 일이라는 게 돈이 될 만한 것은 하나도 없었기 때문이다. 어느 땐가 기회를 보아 창고에 다가갔으나 커다란 자물통이 매달려 있었다. 그 일이 있은 뒤부터는 열어보겠다는 생각도 접었다. 따지고 보면 아버지의 생활은 예나 지금이나 변동이 없고 평생 돈 한 푼을 번 적이 없는데 아무리 큰 자물통을 걸어 놓았다 한들 그곳에 값나가는 물건이나 희망을 줄 수 있는 것은 결단코 없으리라는 생각에서다. 만일 그곳에 값나가는 무언가가 있었다면 아버지의 행동에는 일찌감치 변화가 있었을 것이며, 가난한 집안 살림이 달라졌을 것이기 때문이다. 창고에는 기껏해야 목각 병정들이나 목총이나 장난감 칼 따위 외에 더 이상 무엇이 있겠는가. 아버지의 얼굴은 그런 시시껄렁한 것들을 깎고 있을 때 가장 행복한 표정을 띠고 있었으니까 창고에는 보나마나 그런 것들로 가득 차 있음에 틀림없으리라.

오래전 궁금한 것들을 물었을 때 어머니의 답변은 아버지가 왼쪽 발을 절게 된 것은 승구가 태어나기도 전인 스물 몇 살 때 석이버섯을 따러 석화산(石花山)에 갔다가 낭떠러지에 떨어져 다친 것이라고 했다. 그리고 창고에는 아버지가 취미로 만드는 목총 같은 시시껄렁한 것들 말고 뭐가 있겠느냐며 계면쩍게 웃었었다. 역시나 예상과 같았다.

승구를 따라다니는 사이에 개동이도 사격술을 배워 창을 내려놓고 총을 드는 일이 많아졌지만 아직은 '창잽이'로 더 알려져 있다. 전에 통감부(統監府)로부터 무기 소유자 일제 단속령이 떨어졌을 때 승구가 소유하고 있던 화승총과 개동 아버지가 갖고 있던 창(槍) 한 자루를 빼앗겼다. 그러나 넉살 좋은 승구가 전에 불려 다녔을 때 낯이 익은 경찰 파출소의 책임자 간다 야스노스케(神田泰之助)나 두 명의 조선인 출신 순사보(巡査補)들과도 친해지게 되었고, 그 덕에 이따금 뒷구멍으로 총 한 정을 빌려 사냥을 할 수 있었다. 물론 그때마다 잡은 짐승들 한두 마리는 뇌물로 바치는 것이 불문율이 되었다. 비록 단 한 마리를 잡더라도 관례로 굳어진 일을 빠트리면 다음번 총사냥은 기약할 수 없기 때문이다.

순사파출소장 간다나 순사보들도 특별한 일이 있을 때 상급 기관에 상납하고 있다는 사실을 알아챈 승구는 그때그때 파출소에서 일어나고 있는 사정들을 눈치로 알아채고는 그들의 입이 벌어질 만한 물건들을 전달하기도 했다. 이를테면 맛이 좋은 어린 산돼지나 평소 봐놨던 사향노루를 잡는다든가, 어쩌다 산삼을 캘 때면 돈을 생각지 않고 가져다주었다. 그런 일들이 많아지면서 자연 승구에 대한 신뢰도 깊어졌으므로 언제부턴가는 그들이 아예 대놓고 사냥을 요청하는 일도 생겨났다. 승구는 아무 때나 총을 내올 수 있었으며, 그 덕에 마을에서 일어나는 어지간한 관재수(官災數) 따위는 어렵사리 해결되곤 했으므로 이웃 사람들도 좋아했다.

신뢰가 쌓여가면서 신식 총까지 내줄 정도로 사이가 깊어졌는데 성능면에서도 신식 총은 화승총과 비교할 바가 못 됐다. 개동이는 승구로부터 일본인 순사들이 갖고 있는 총에 대한 이야기를 들었다.

일본인 헌병이나 순사들이 소지하고 있는 총은 대부분 영국에서 수입한 스나이더(Snider-Enfield) 소총과, 일본군이 영국총을 보고 자체 개발한 무라타(村田) 소총인데 무라타 소총은 세계 어느 나라의 소총들보다도 위력적이었다. 1894년 10월에 충남 공주의 우금치(牛禁峙)전투에서 척왜척양(斥倭斥洋)과 폐정개혁(弊政改革)의 기치를 내걸고 분연히 봉기했던 동학농민군 1만여 명이 일본군과 관군의 연합작전에 패배한 것도 원인을 분석해 보면 100명에 불과한 일본군이 소유하고 있던 1889년 제작의 무라타 22연발식 소총이 화승총에 비해 500대 1의 절대적 우세를 보인 때문이었다. 그것은 일본군 한 명이 동학농민군 500명 이상을 상대할 수 있는 능력을 보유하고 있었다는 것을 뜻한다.

전국 각지에서 봉기했던 동학농민군들도 수천 정의 화승총을 보유하고는 있었다. 그러나 유효사거리가 기껏해야 10장(70m 정도)인 데다 69경 탄환을 사용하고, 심지에 불을 붙인 다음 장착에서 조준 발사까지 아무리 빠른 동작을 한다고 해도 30초가 걸리는 데 비해 모리오마시아치(森尾雅一) 대위가 지휘하는 일본군의 총은 유효사거리 2 마장(馬丈, 약 800m) 이상에 손가락만 당기면 되는 자동에 연발이었으므로 동학군이 무참한 패배를 맛볼 수밖에 없었다. 일본군과 관군은 오늘날

발칸 (Vulcan) 포의 원조 격인 개틀링(Gatling gun) 기관총도 보유하고 있었다.

일본군의 전술은 맨 앞에서 신식 소총으로 무장한 부대가 일제사격을 가하고 나서 다음으로 총검을 꽂은 부대가 돌격하여 무자비한 학살을 감행하는 작전을 썼으므로 절대다수가 죽창과 농기구로 무장한 농민군이 무려 50회에 가까운 용맹무쌍한 돌격전을 감행했음에도 패배는 당연한 결과였다.

신식 총의 위력을 누구보다 잘 아는 승구는 늘 입버릇처럼 그런 총을 갖기를 간절히 소망했다.

기름기 자르르 흐르는 미끈하게 빠진 몸매에다 사격 자세를 취하면 어깨에 착 감기는 그 총을 사랑하는 여인을 옆에 두듯이 자신의 옆에 두고 쓰다듬으며 소유욕을 만끽하고 싶어 했다. 나무 막대기 같은 화승총에 비하면 무라타 소총이나 아리사카 소총은 팔등신 미녀 같았다.

총에 대한 이야기가 나왔으니 말이지만 개동이에게는 아주 놀라운 기억이 있다.

그날 개동이는 고개너머 빼치(지명)에 있는 서당에서 글공부를 하다가 훈장 영감님이 볼일이 있어 출타를 했으므로 다른 날보다 조금 일찍 돌아왔다.

집에는 아무도 없었다. 어머니는 아침 밥상머리에서 나물을 캐러 간다고 하셨으므로 그런 줄을 알고 있었지만 늘상 집에만 계시던 아버지도, 누렁이까지도 없었다.

잠시 마루에 걸터앉아 이마에 땀을 닦은 다음 부엌에 쭈그리고 앉아서 나물국죽 한 그릇을 떠먹고 있으려니까 멀리 뒷산 머리에서 누렁이의 짖는 소리가 들렸다. 평소 심심하면 녀석과 야산을 쏘다니며 놀았으므로 부지런히 그릇을 비우고는 소리 나는 쪽을 향해 산으로 올라갔다.

수풀을 헤집으며 한참 동안 오솔길을 오르니 나뭇가지들 사이로 아버지와 승구 아재의 모습이 눈에 들어왔다. 아버지는 양쪽 팔에 비스듬히 총을 들고 있었는데 어느 순간 꽈다당 소리와 함께 숲 위로 시뻘건 장끼 한 마리가 날아올랐다. 바로 그때다. 아버지가 재빠르게 양손을 공중으로 들었다. 총성이 울림과 거의 동시에 장끼가 푸드덕거리며 숲으로 떨어졌다. 그것은 단 한발의 총알로 이루어진 일이었다. 멀리서 보기에도 총과 장끼의 거리가 매우 멀었다. 그럼에도 정말 전광석화와 같은 기가 막힌 솜씨였으므로 누렁이가 장끼를 물고 올 때까지 놀라움과 흥분에서 깨어나지 못한 채 멍하니 서 있었다.

그런데 집에 돌아와서 아버지와 승구 아재는 개동이에게 말하기를 아버지는 그냥 장난으로 총을 조준만 하고 있었고, 실제로 총을 쏜 사람은 승구 아재라고 몇 번이나 강조했다.

개동이는 지금까지도 석연치 않다는 생각을 갖고 있다. 자신의 눈이 잘못되지 않았다면 분명 아버지는 총을 어깨에 댄 채 꿩이 날아오르는 방향으로 사격자세를 취하고 있었고 어깨의 반동이 있은 다음 장끼가 낙하하는 것을 보았기 때문이다. 그리고 승구 아재는 총을 들고 있지 않았다. 이해할 수 없는 일이라고 생각했으나 두 사람이 강력하게 주장하니까 자신이 잘못 본 것인가 긴가민가했다. 그렇지 않다고 여길 때도 있었다. 어쨌거나 개동이의 눈에 아버지가 총을 쏘는 모습을 본 것은 단 한 번 그것으로 끝이었다. 승구 아재를 따라 가까운 곳에 사냥을 다닌 때에도 창을 들고 다녔고, 다녀와서도 총을 쏘았다는 이야기를 들은 적이 없다. 사격에 관한 수수께끼는 자신의 이름을 하필이면 개동이라고 지어 친구들로부터 놀림을 받도록 한 일만큼이나 풀리지 않는 수수께끼로 남아 있다.

어쨌거나 개동이네와 승구는 혈육을 나눈 친척처럼 살고 있다.

사흘이 지났다.

전날 늦게 소집 통보를 받은 승구와 개동이가 아침 일찍 경찰파출소의 문을 열고 들어섰을 때 맨 먼저 눈에 띈 사람은 소장의 의자에 상체를 뒤로 비스듬히 앉아 있는 군인이었다. 처음에는 소장이 바뀌었나 하고 생각했으나 복장이 달랐다. 양쪽 어깨의 끝머리에는 빨강 바탕에 노란색 줄 하나와 그 가운데로 하얀 별 두 개가 그려진 계급장을 달고 있었다. 그는 누우런 센토모자 밑으로 작고 찢어진 눈을 껌벅거리면서 무엇에 잔뜩 화가 난 사람처럼 쉴 새 없이 담배 연기를 공중에 뿜어대고 있었다. 그가 뱉어내는 연기들이 유리문을 통해 들어온 늦가을의 가느다란 햇살과 섞여 묘한 담청색의 그림들로 변화하며 서서히 천장으로 퍼져 나가고 있었다. 간다 소장은 직원이 쓰던 의자에 앉아 석상처럼 천장을 바라봤다. 마구 떠드는 것이 장기인 그가 오늘은 꿀 먹은 벙어리다. 사무실 분위기가 착 가라앉아 있었다. 아마도 어떤 중요한 일을 앞에 두고 있거나, 좋지 않은 일이라도 있었던 모양이다. 이럴 때 달중이 녀석이라도 있으면 무슨 일이 있었는지 속 시원하게 물어보기라도 하련만 평소에는 파출소의 일을 마치 혼자 도맡아서 하는 것처럼 안팎을 쥐방구리 드나들듯 부산을 떨던 그가 오늘은 어디 심부름이라도 갔는지 보이질 않았다.

승구와 개동이가 우물쭈물하고 서 있으려니까 책상에 엎드려 무언가를 열심히 쓰고 있던 순사보 우치무라(內村)가 고개를 들어 얼굴을 확인하고는 앞에 놓인 등록부를 끌어당겨 체크를 했다. 그런 다음 손짓으로 밖에 나가 대기하라는 신호를 보냈다.

뒷마당에는 사냥꾼 몇 사람이 쪼그려 앉거나 혹은 선 채로 이야기를 나누고 있었다.

개동이가 승구의 귀에 대고 속삭였다.

"저 군인 계급이 뭐래유?"

"응, 저건 군조(軍曹:중사) 계급이야. 일본군 하사관 중에서는 두 번째로 높은 계급인 데다 병과가 헌병이니까 에지간한 사람들한테는 염라대왕보다 무서운 존재지."

"독새(독사) 눈을 한 걸 보니 그런 일을 하게 생겼구만유. 그런데 헌병이 뭣하려 여기까지 왔대유?"

"그거야 낸들 알 수 있나. 도(道)에 주둔하고 있는 헌병대장의 좌관(佐官)이 경무부장을 맡아 경찰을 장악하고 있으니까 헌병이 못 갈 곳은 없지. 하지만 저들이 한창 바쁠 때인데 범 사냥에 헌병이라…? 거 참 알 수 없는 일이군."

그때 어느 구석에 있었던지 달중이 녀석이 뛰쳐나왔다.

"저 군인은 왜 온 거여?"

달중이는 떨떨한 표정으로

"저 니시키노(西木野) 군조 말이야? 도경에서 호랑이가 나타났다는 보고를 받은 즉시 출장을 왔는데 인원동원이 늦어지니까 성질이 난 거야. 어저께 새벽에 집합하도록 명령했는데 오늘 아침에야 이뤄지니까 온통 소리를 지르고 한바탕 난리를 겪었지. 그 일 때문에 나도 오늘 문바우(門岩)에 갔다가 방금 오는 길이야."

달중은 사무실 쪽을 흘깃 보고 나서

"인원동원이 늦어진 이유는 몰이꾼들을 지금보다 여섯 배(倍)를 더 확보하라는 거야. 부지깽이도 한몫한다는 이 바쁜 시기에 품삯조차 주지 않고 부역을 나오라니 아무리 우격다짐을 한다 해도 그게 빨리 이루어질 수 있는 일인가. 분소에서는 사람을 놓아 이장 집을 일일이 다니면서 연락을 하고, 이장들도 반장을 소집해서 알려야 하고, 반장은 집집을 다니면서 알려야 하는데 명령을 내린다고 하룻밤 사이에 뚝딱 이뤄질 수 있는 일이 아니잖아. 그 일로 말다툼이 있었나 봐. 니시키노가 분소장을 징계에 부치겠다고 난리를 쳤어. 그런데 지금까지는 별 관심조차 없었던 도 경무부에서조차 갑자기 부산을 떠는 이유가 뭔지 모르겠다고 순사보들이 쑤군대고 있어."

얼마 지나지 않아 파출소 안팎으로 사람들이 모여들기 시작하더니 오전 6시가 채 되지 않았는데도 앞뒤 마당이 들어찼다. 어림짐작으로 대중을 해도 150여 명은 족히 돼 보였다.

모두 뒷마당으로 집결하라는 소리가 들렸다.

간다 소장이 군조 앞으로 뚜벅뚜벅 다가가 차렷 자세로 경례를 붙였다.

"이제 다 모였습니다. 시작하겠습니다." 하고는 절도 있는 모습으로 뒤로 돌아서서

"도 경무국에서 오신 니시키노 군조님께서 지시사항을 말씀하시겠습니다. 일동 차렷, 군조님께 대하여 경례!"라고 말했다.

누군가 투덜거렸다.

"일본 놈한테 조선 사람 민간인이 경례라니…."

그러자 옆 사람이 말했다.

"쉿! 큰일 나."

군조는 경례를 받고 나서 카랑카랑한 목소리로 말을 시작했고 그의 옆에서 사토 순사보가 통역을 했다.

"오시느라고 수고들 많았소. 여러분들이 알다시피 이곳 내면 관내에 호랑이가 나타나서 인명피해까지 입은 불행한 사건이 있었고, 그로 인해 모두 수고를 많이 하고 있습니다. 유감스럽게도 아직 잡지를 못했으나 이틀 전 호랑이를 봤다는 보고가 들어왔습니다. 놈이 언제 어디서 불상사를 일으킬지 예측할 수 없소. 이 호랑이는 동물연구소에 보내야 하므로 산 채로 포획해야 하오. 절대로 죽여서는 안 된다는 걸 명심하시오."

그러자 사람들이 수군거렸다.

"총으로 잡아버려야지 자칫 사람이 죽을지도 모르는데 어찌 생포하란 말인가?!"

"그러게나 말일세. 재수 사나우면 여러 사람 죽게 생겼네 그려."

군중 속에서 누군가가 큰 소리로 물었다.

"총으로 쏴서 죽이기도 힘든데 무슨 수로 산 채로 포획한단 말입니까?"

"그건 간다 소장이 설명할 것이오."

그러자 간다가 앞에 나섰다.

그의 말에 의하면 생포를 위해 요소 요소에 덫과 올가미를 설치한다는 것이다.

덫이란 창애나 찰코(Leghold trap)를 말하는데 창애는 먹을 것을 매달아 놓고 꾀어서 잡는 장치로서 참새창애와 꿩창애, 그리고 노루나 너구리를 잡는 음창애가 있다. 그보다 큰 짐승을 잡기 위해 쓰는 기구가 곰창애라고도 불리는 찰코다. 짐승이나 사람이 밟으면 양쪽으로 펼쳐놓은 출렁쇠가 덜커덕 닫히면서 다리를 무는 덫으로 약한 짐승일 경우 다리가 부러지지만 곰이나 호랑이의 경우는 부러지는 경우가 거의 없다. 생포를 위해 쓰인다.

그 외에 대나무나 참나무 등의 탄성을 이용해 휘어서 만드는 활덫도 있고, 활이나 화살에 촉발식 방아쇠를 인계철선과 연결하여 건드리면 발사되게 하는 탄성덫도 있다.

다만 덫을 만들 때는 쇠비린내나 녹 냄새, 특히 사람의 체취가 풍길 수가 있으므로 이 부분에 주의를 기울여야 한다.

덫은 이미 외부로부터 50여 개가 들어와 있다고 한다. 아마도 니시키노 군조가 가져왔을 것으로 짐작된다. 그리고 이 일대 지리에 밝은 전문 사냥꾼 몇몇이 미리 설치 장소를 정해 놓았으므로 여기 모인 사람들로 조를 짜서 설치만 하면 된다고 했다. 내일 16:00까지 완료해야 하고, 완료 후에는 별도의 점검반이 일일이 다니면서 제대로 됐는지를 점검하기로 되어 있었다.

그 자리에서 조가 편성됐다. 개동이는 승구와 한 조가 됐다.

내일 하루 또 꼭두새벽 먼 거리를 걸어 을수골 입구에 도착해야 한다.

며칠이 지났다.

그믐달이 가라앉고 있으나 을수골 큰대산이 입구, 계곡이 양쪽으로 갈라지는 접점의 물가는 대낮처럼 밝다. 출렁거리며 흐르는 계곡물 위로 황덕불빛이 바람에 너울거리는 붉은색 비단처럼 춤을 추고 있었다.

군데군데 피워놓은 주변으로 각자 창을 든 사십여 명의 사람들이 서 있고, 너래바위를 중심으로 하여 그 주변에도 사람들이 있다. 그곳으로부터 약간 벗어난 커다란 참나무 아래에는 왼쪽 뒷다리에 긴 쇠사슬을 달아 핏자국이 선명한 황갈색 무늬의 거대한 호랑이가 파랗게 타는 눈알을 굴리며 주변을 노려보고 있다. 어림짐작으로 봐도 꼬리 길이 4자(1.2미터)를 제외하고도 몸통 길이 6자(2.5미터), 무게는 550근(330kg) 이상 될 것 같은 거대한 몸집의 숫놈이다. 미간에 큰 붓으로 쓴 것처럼 박혀있는 검은 왕(王)자 주름이 이빨을 드러낼 때마다 실룩거린다. 놈의 발아래에는 갈기갈기 찢어져 형체를 알아볼 수 없는 동물의 사체가 널브러져 있다. 미끼로 매 놓았던 개다. 호랑이란 놈은 침착한 동물이다. 함부로 날뛰지 않는다. 그래서 영물이라고 한다. 하지만 적을 만나거나 해를 당했을 경우는 보는 이로 하여금 심장을 멎게 할 정도로 공포심을 갖게 한다

　노한 호랑이의 주변으로는 튼튼한 말목에 매인 밧줄로 사각의 경계가 처져 있다. 그 경계는 쇠사슬을 매단 호랑이가 발을 뻗을 시 발톱이 닿을락 말락 한 거리에 이르고 있었다. 호랑이는 밧줄로 된 사각의 링 중앙에서 어떤 예기치 못할 불안을 경고하듯 이따금 크르릉거리는 경고음을 내다가 어느 순간 사람들을 향해 송곳 같은 이빨과 날카로운 발톱을 들고 달려들었다. 그때마다 왼쪽 발목을 감은 쇠줄과 사슬이 3미터 가까이 공중으로 들렸다가 공터 중앙의 커다란 참나무에 연결된 반동으로 급격히 낙하하곤 했다. 쇠줄이 감긴 발목 부분은 허옇게 뼈가 드러나 검은 피가 엉겨 있어도 놈은 포기하지 않았다. 마치 뜀박질 선수처럼 땅바닥에 바짝 몸을 낮추고 밧줄의 경계를 넘어보려는 듯 뛰어오르기를 반복했다. 날카로운 포효와 쇠사슬 소리가 한데 섞여 요란한 소리를 냈으나 낙하하는 모습은 가볍고 사뿐했다. 사람들은 그토록 어마어마한 거구가 마치 작은 고양이의 몸놀림처럼 민

첩하게 움직이는 모습을 두렵고 경이로운 눈으로 바라봤다. 공중으로 솟구칠 적마다 발목에서 간헐적으로 선혈이 쿨쿨 흘러나왔다. 놈은 그런 것쯤은 아랑곳하지 않는 듯 보였다. 마치 빠른 속도로 움직이는 거대한 산과 같았다. 그것도 한쪽만을 향해 달리는 것이 아니다. 실패하면 다시 방향을 바꾸기를 반복하면서 끊임없이 달려들었다. 그때마다 사람들은 깊은 신음을 내면서 뒤로 물러났다. 놈이 얼마나 힘이 센지는 묶여 있는 참나무를 비롯한 그 밖에 두어 그루의 커다란 나무들과 너래바위를 제외하고는 주변에 있던 어지간한 것들은 모두 꺾여지고 흐트러져서 평지처럼 깨끗이 정리된 것으로도 짐작할 수 있다. 그뿐 아니라 쇠사슬이 묶인 지름 두 자(60㎝)가 넘을 참나무 기둥도 아래로부터 7자(2.1m)가 넘는 부분까지 그토록 단단한 껍질이 벗겨져 속살이 허옇게 드러나 있었다. 아무리 수많은 산을 누비며 맹수를 사냥한 경험 많은 사냥꾼이라 해도 그처럼 거대한 호랑이는 본 적이 없을뿐더러 눈앞에서 달려드는 모습에 간이 오그라들 만큼 공포심을 유발할 수밖에 없었다. 그들은 호랑이가 달려들 때마다 혹시나 사슬이 끊어지지나 않을까 하여 멀찌감치 뒤로 물러섰다가 잠잠해지면 자신들도 모르게 앞쪽으로 조금씩 다가가곤 했다. 온 산과 계곡을 쩌렁쩌렁 울부짖을 때마다 나누던 이야기는 금방 중지되고 두려운 눈들이 호랑이를 주시했다. 더러는 포효가 들릴 적마다 몸을 부르르 떨거나, 커다란 바위 뒤에 몸을 숨기고 눈만 말똥거리며 밖으로 나올 엄두조차 내지 못하는 사람들도 있었다.

차츰 밤이 깊어짐에 따라 거대 호랑이도 거의 10여 시간 가까이 몸부림을 친 상태에서는 휴식이 필요했음인지 비스듬히 몸을 눕힌 상태로 크르렁 소리만 냈다. 그러나 이글거리는 눈은 여전히 사람들을 노려봤다. 호랑이의 몸부림이 잦아듦에 따라 사람들은 차츰 떠들썩했다.

그때 누군가가 횃불을 높이 들고 앞으로 성큼 나섰다. 그리고 주변을 둘러보며 큰소리로

"여러분, 조용히 해 주십시오." 하고는 같은 말을 두어 번 반복했다.

강릉군에서 온 김동만이라는 이름의 나이가 노령에 접어든 사람으로 평소 사냥꾼들 사이에 제법 알려진 인물이다. 부산스럽게 떠들어대던 시선들이 일제히 그에게로 집중됐다.

"이제 근동에서 올만한 분들은 모두 모인 것으로 보이니까 중요한 말씀을 드리겠소이다. 보아하니 내가 제일 나이가 들었고, 평소 많은 분과 얼굴도 익은 것 같아서 부득이 앞에 나섰으니 양해해 주기 바랍니다. 여러분도 보듯이 어마어마한 왕대(王大)가 우리 앞에 있습니다. 놈은 사슬에 연결된 저 커다란 참나무가 뽑힐까 염려될 만큼 대단한 힘을 가졌고, 잡힌 지 하루 반이 지났는데도 처음 봤을 때와 같은 모습으로 길길이 날뛰면서 으르렁대고 있습니다. 저도 사냥 밭을 누빈 지 4십여 년 동안 범을 여러 마리 잡아봤으나 이놈은 내 평생 처음 보는 대호 중의 대호입니다. 여러분들도 돌아가는 귀띔과, 주변에 둘러친 말목, 그리고 경계를 표시하는 밧줄로 이미 짐작들 하고 계실 것입니다. 이 범은 원래 동물연구소에 보내려 했으나 다른 곳에서 먼저 범한 마리가 포획되어 그곳으로 갔습니다.

하여, 이 좋은 기회를 아무 의미도 없이 총으로 쏴 죽이는 것으로만 끝을 맺을 수는 없다는 생각입니다. 잠시 후 누가 진정으로 담력이 강하고 힘이 센 진정한 이 산의 주인인지를 가리는 시합을 벌이려고 합니다.

우리로서는 참으로 잘된 일입니다.

사냥꾼 여러분도 실감하고 계시겠지만 탄환이 발사되는 총이 위력을 발휘하는 세상에서 옛날부터 내려왔던 사냥법은 점점 힘을 잃어갈 수밖에 없습니다. 애석하게도 창을 든 여러분의 힘차고 당당한 모습은 머잖아 볼 수 없게 될 것입니다. 어쩌면 오늘의 이 모습이 전통 사냥법인 창(槍)으로 범을 잡는 마지막이 될지도 모른다는 말씀입니다."

평생을 창과 칼을 들고 산야를 누비며 살아온 노 사냥꾼은 만감이 교차하는지 잠시 울먹이는 모습을 보이다가 이내 표정을 정리하고는 하던 말을 계속한다.

"오늘 저녁 여기 모인 창꾼들을 점검해 보니 모두 마흔두 분입니다. 여러분 중에서 다섯 분을 뽑아 이 범과 대결하는 장을 마련하고자 합니다. 방법은 제비뽑기로 하겠습니다. 이 여러 개의 산가지 중 다섯 개 가지 끝에 O표를 해 놨으니까 그것을 뽑는 사람이 대결자가 되는 것입니다…"

김동만은 말을 멈추고 싸리나무를 쪼개어 만든 산가지들을 흔들어 보였다. 그리고 말을 계속했다.

"오늘의 이 시합에서 뽑히는 창꾼은 우리 시대 전통 사냥법의 마지막 용사로서 아마도 오랫동안 그 명성이 남게 될 것입니다. 게다가 특별히 알려드릴 소식은 조선 사냥법의 맥을 이어온 우리를 사랑하시는 어떤 독지가께서 상금으로 거금 삼백 원을 내놓으셨다는 반가운 전갈입니다.

여러분, 평소에 우리가 쌀 한 가마 값인 단돈 십 원도 만져보기가 쉽지 않은 일입니다. 근래 들어 쌀값이 더욱 비싸지긴 했지만 어림잡아 쌀 30가마에 이르고, 송아지도 네댓 마리를 살 수 있는 거금입니다. 도시에서 4인 가족 한 달 생활비가 대략 25원 내외이고, 농촌에서는 10원 정도 소요되니까 도시에 사는 분들도 아무 일 안 하고도 1년여를 살 수 있습니다. 대개가 비슷한 형편이지만, 이 정도면 시달리고 있는 웬만한 빚도 청산할 수 있지 않겠습니까?! 이 돈을 오늘 범과의 대결에서 승리하는 사냥꾼에게 상금으로 주는 것입니다. 돈을 희사하신 어른께서는 유감스럽게도 급한 사정이 생겨서 오늘 이 자리에 참석하지 못했습니다. 대신에 사냥하는 모습을 사진으로 찍어달라고 사진사를 보내셨습니다."

그 말이 떨어지자, 보자기가 씌워진 커다란 사진기와 손전등을 든 사진사가 앞으로 나와 꾸벅 인사를 했다.

"자아, 비록 이 자리에는 참석하지 못하셨으나 큰돈을 희사해 주신 그 어른께 우리 모두 고맙다는 뜻을 표하기 위해 박수를 보내드립시다."

모두들 곁눈질로 호랑이를 보면서 박수를 쳤다.

"오, 그렇게 큰돈을!"

누군가 침을 꿀꺽 삼키는 소리가 들렸다. 김동만이 입가에 야릇한 미소를 지으며 주위를 한번 둘러보고 나서

"그러나 조건이 좀 거칠어서 지원자가 있을지는 모르겠소이다."라고 하자 이내 몇몇 사람들이 고함을 질렀다.

"그 조건이란 게 뭔지 말이나 들어봅시다."

"답답하니 말하시오."

"궁금해서 숨넘어가겠소이다. 어서 빨리 말하란 말이오."

김동만은 잠시 좌우를 둘러보고 나서

"좋소이다. 그럼 말씀드리겠소이다. 그 조건이란 왕대의 심장을 단

한 번의 창질로 죽일 수 있는 담력과 실력을 갖춘 사람이어야 합니다. 무슨 의미냐 하면, 같은 사람이 두 번은 창을 쓸 수 없다는 것입니다. 그러려면 가급적 가까운 거리에서 심장을 정확하게 겨누고 찌르거나 던져야 할 텐데 보시다시피 범이 발톱을 들고 달려들면 그 발톱의 끝이 경계선인 밧줄에 닿을까 말까 한 거리입니다. 이런 상황에서 경계선을 벗어나서 안 되는 도전자는 놈의 일격에 화를 당할 확률이 매우 높습니다. 범에게 쇠사슬을 맨 저 참나무와 사각으로 둘러친 줄과의 직선거리가 2장(丈) 반이니까 끝에서 끝까지의 직경이 5장, 즉 50척입니다. 그러니까 50평 남짓한 면적 안에서 비호처럼 빠른 왕대와 싸워야 하는 것이지요. 사냥꾼이 놈의 발톱을 피할 수 있는 공간은 네 모서리 부근의 아주 작은 공간밖에 없습니다. 그렇다고 그 공간에 서서 무작정 급소가 보이기를 기다릴 수도 없습니다. 그럴 만한 시간이나 빈틈이 허용되지 않을 테니까요. 즉, 기다리는 찰나에 범이란 놈이 먼저 날카로운 발톱으로 후려칠 것입니다. 게다가 놈은 독이 오를 대로 올라 있으니까 평소 짐승을 잡아먹을 때보다 더 사납지 않겠습니까! 그뿐 아니라 보시다시피 만일을 생각해서 같은 쇠줄에 묶어 놓았던, 즉 오른쪽 바위와 연결된 쇠사슬은 놈이 날뛰는 반동으로 벗겨져 버렸습니다. 안전장치 하나가 끊어진 셈이지요. 만일의 사태가 발생한다면 생각하기도 싫은 끔찍한 일이 일어날 수 있습니다. 그런 일이 일어난다면 일거에 달려들어 처단해야 하겠지요. 모두가 이 점을 잊으면 안 됩니다. 창은 저기 바위에 기대놓은 열 개 중에서 골라야 합니다. 범이 치명상을 입었는지는 저를 비롯한 세 사람의 심사위원들이 판정을 내릴 것입니다. 끝으로 명심할 것은 이 싸움 중에 희생을 당하거나 심각한 상처를 입는 경우 아무도 책임지지 않는다는 것을 인정하는 사람이라야 참가할 수 있습니다. 그건 여기 계신 여러분이 증인이 될 것입니다. 이런 의미 있는 대회에, 그것도 거금을 걸어놓은 시합에 그 정도의 조건을 부여하는 것은 당연한 일이라고 생각합니다. 잠시 시간을 드릴 테니 깊이 숙고하여 결정들 하기 바랍니다."

사냥꾼들이 또 웅성대기 시작했다. 옆 사람의 얼굴을 바라보는 이도 있고 귓속말로 소곤대는 사람들도 있었다. 어떤 이는 돌 위에 앉아 턱을 괴고 생각에 잠기기도 하고, 또 어떤 이는 창 잡은 손을 위로 번쩍 쳐들어 의지를 나타내기도 했다.

"누군가가 생각을 참 잘 했구먼. 창잡이들도 사라져 가는 때에 의미 있는 일이지. 젊었을 때 같으면 나두 한번 겨뤄 보련마는…."

"욕심이 나지 않는 건 아니구먼. 하지만 호환을 입을 경우 처자식이 걱정이라…."

"나 역시 그렇다네."

승구가 옆에 있는 개동이에게 물었다.

"어때? 한번 겨뤄볼 생각이 있는감?"

사격에 있어선 승구가 앞서지만, 창에 있어선 개동이가 한 수 위인지라 이번엔 위치가 바뀐 셈이다.

승구의 말을 들으니 문득 어머니의 모습이 떠올랐다.

어머니가 목돈을 마련하는 방법은 두 가지가 있다.

산나물을 뜯어 모으거나 누에를 쳐서 마련하는 것이다.

조금이라도 더 벌어야겠다며 나물을 약초 상회에 넘기지 않고 직접 시장 모퉁이에 앉아 행인들을 기다리는 어머니의 모습을 떠올리는 것이 결코 기분 좋은 일이 아니다. 당사자야 더 말해 무엇하랴. 그래도 어머니는 산나물 뜯어서 파는 일과 누에 치는 일을 반복하고 있었다.

그것은 비단 목돈을 쥐고 싶어서라기보다는 매년 해야 하는 일상과 같은 것이었다.

누에가 알에서 나와 다섯 잠을 자기까지 매일 아침 일찍부터 이 산 저 산을 다니시면서 140여 개나 되는 채반에 신선한 뽕잎을 공급해 주는 것은 매우 힘든 일이다. 너무나 벅차고 힘든 일이라 누에를 반장만 치자고 남편이나 아들이 권해도 말을 듣지 않으셨다. 깊은 산골이라 가까운 부근에 뽕나무밭이 없으니 산뽕을 따기 위해 험한 산을 다니며 고통을 감수할 수밖에 없다. 또한 매일 같이 누에똥을 치우는 일이며, 특히 누에를 잠박(蠶箔)에 올리고 나면 제대로 잠을 잘 수가 없으니 고문을 당하는 것과 같다. 그런데도 개동이가 불평을 할 때마다 어머니는

"얘야, 애기들이 뽕잎을 갉아먹는 소리가 봄날 가랑비 오는 소리처럼 아름답구나."라고 말씀하시는 것으로 입을 막았다.

그러나 막상 창말에 가서 양잠조합(養蠶組合)에 넘기고 돌아올 때 어머니 수중에 든 돈은 기대만큼 많지 않았다. 소문에 의하면 일본 본토에서 가장 발달한 것이 옷감 만드는 사업(면사 방직업)인데 외국으로부터 가장 많이 사들이는 것도 누에고치(명치 39=1906, 1억5천만 원)라고 한다. 그래서 조선 땅에서 자급률을 높이기 위해 강제로 뽕나무를 심도록 한다는 것이다. 예를 든다면 명치 39년(1906)에 45정보였는데 5년 후엔 엄청나게(2,700정보, 60배) 늘었고, 작년(1917)엔 또한 엄청나게 많은(60,591천 톤) 면화가 생산되었다고 한다. 하기야 뽕나무 심으라고 미리 돈을 줘놓고 이듬해 확인을 하면서 다른 작물을 심었으면 싸그리 밟아 버리니 설사 돈이 된다고 해도 언감생심 다른 걸 심을 수가 있을 것인가. 어머니가 더욱 애석해 하시는 건 집에서 꼭 필요한 옷감이나 이불을

좀 만들려고 해도 '양잠 지도자'라는 사람들이 집집을 다니면서 숨겨진 면화를 수색까지 하고 있으니 낡은 옷을 입고 낡은 이불을 덮을 수밖에 없다. 이런 강도 같은 정책들은 총독부에서 싼값에 사 일본으로 보낸 다음 그곳에서 질 좋은 면직물을 생산하고 그것을 다시 조선으로 보내 비싼 값에 팔기 위함이라고 한다.

"아무래두 좀 생각을 해 봐야겠수. 고생하시는 어머님을 생각하면 한번 겨뤄보고 싶은 마음이 굴뚝같소. 매일매일 끼니 걱정인 데다 아무리 가을이라지만 올핸 장뇌 쌀 내먹은 을룡 영감 빚조차 갚기 어렵다구 하시니…."

옆에서 그 말을 듣던 노양골 떠꺼머리 노총각 탁창수가 말했다.

"난 도전해 보려우. 꿩 먹고 알 먹는데 그걸 왜 마다해? 게다가 난 여우 같은 마누라가 있나, 다람쥐 같은 새끼가 있나. 잃을 것은 목숨밖에 더 있겠수. 이렇게 똥구멍이 째지는 생활을 할 바엔 마다할 이유가 없지."

옆에 섰던 나이 들어 보이는 떠꺼머리가 말했다.

"난 그 돈 받아 평생소원인 장가 한 번 가보려우."

그러나 웃는 사람은 없다.

개동이는 한동안 말을 않고 깊은 생각에 잠기는 모습이다.

"이 사람아, 부모님 생각은 안 하는가?"

승구가 몇 번이나 만류하지만 그래도 개동이는 묵묵부답이다.

"……."

한참 만에 결심이 섰는지 개동이가 입을 열었다.

"아무리 생각해두 이 좋은 기회를 포기하면 두고두고 후회할 거 같소. 난 도전해 보려우."

"이건 노루나 멧돼지 사냥이 아닐세. 대중두 없이 뛰어들었다간 목숨을 잃기가 십상이야. 돼지 몇 마리 잡아본 거 하구는 차원이 다르단 말일세. 제발 경거망동하지 말게."

"아무려면 깟놈에 호랑이가 인간만 하겠소. 그래두 씨름판에서 별루 겨본 적이 없고, 비록 멧돼지일망정 고산준봉을 누비면서 제법 여러 놈을 잡아본 난데 호랑이라고 물러설 수는 없소. 그런 모험 없이 어떻게 큰돈을 한 번에 잡을 수 있단 말이우. 우리 같은 팔자에 평생 가면 그런 돈을 만져볼 수나 있겠수? 더 이상 말릴 생각일랑 마시우."

"허어 이 일을 어쩐담…."

이로부터 네 시간쯤 전, 투박한 앞머리를 자랑하는 롤스로이스 고스트(Rolls-Royce silver ghost) 한 대가 캄캄한 어둠 속을 대낮처럼 밝은 전조등을 비추면서 강원도 홍천군 홍천면을 6㎞쯤 지난 곳에서 태백산맥 쪽인 우측으로 방향을 전환해 다시 10여 ㎞쯤 되는 곳을 달리고 있었다. 대영제국의 자존심이며 영국인의 자부심이라 불리는 최고급 승용차, 달려오는 모습이 마치 은빛 유령처럼 보인다고 하여 회사 이름 뒤에 고스트(ghost)가 붙여졌다. 차의 앞과 뒤로 각각 네댓 명의 헌병을 태운 지프가 적당한 거리를 두고 호위하고 있다.

최대출력 40마력에 최고시속 80킬로를 달릴 수 있는 최신형 승용차지만 산골길로 들어서자 갑자기 속도가 뚝 떨어졌다.

뒷좌석 왼편 귀빈석에는 50대 후반의 귀골형 사내가 상체를 의자에 기댄 채 비스듬히 앉았고, 그 오른편에는 귀빈석 사내보다 어림잡아 10여 년은 더 나이 들어 보이는 카이젤 수염의 사내가 상체를 세워 반듯한 자세로 앉았다.

그러나 실상은 귀빈석의 사내가 카이젤의 사내보다 정확히 15년의 차이가 나는 연장자지만 흰 살결에 잘생긴 얼굴로 나이보다 훨씬 젊게 보였고, 롤스로이스의 가장 중심 좌석에 앉은 점, 그리고 앞뒤로 헌병들을 태운 지프가 있는 것으로 보아 살아온 이력과 현재의 지위가 범상치 않음을 보여준다. 그에 비해 카이젤의 사내는 앉은키로 보아 신장이 185㎝에 가깝고 뚱뚱한 몸집에다 얼굴도 크고 각이 져서 귀골의 사내보다 더 나이 들어 보였다.

길은 안쪽으로 들어갈수록 점점 더 좁고 험해지고 있었다. 오랫동안 보수를 하지 않은 탓으로 여기저기 흩어져 있는 자갈들과 요철 부분들로 인해 차체가 심하게 흔들렸고 그때마다 귀빈석의 사내가 눈살을 찌푸렸다.

라이트가 비치는 양옆으로 금방이라도 쓰러질 것 같은 검은 지붕의 초가들이 파도를 탔다. 홍수에 쓸려 내린 비탈들이 벌건 속살을 드러냈다가 이내 사라지곤 한다.

귀빈석의 사내가 다리에 로마 범선의 로고가 그려져 있는 원형 뿔테 안경을 콧등에서 밀어 올리면서 불만 섞인 말을 토해냈다.

"쵸센 오쵸 가 500-넨칸 츄쥬이테 기타 토 짐만 수루가, 다이타이민 노 타메 니 나니오 오 시타 노 카 와카라나이.(朝鮮王朝が500年間続いてきたと自慢するが,代替民のために何をしたのか分からない. 조선왕조가 5백 년 동안 이어져 왔다고 자랑을 하지만 대체 백성을 위해 무엇을 했는지 알 수가 없어.) 도로 한 가지를 봐도 주요 간선도로라고 해야 우마 한 대가 겨우 교차할 정도밖에는 안 되니 백성들의 생활이 얼마나 곤궁했고, 물류 유통이 얼마나 한심한 정도로 낙후됐는지를 알 수 있지 않은가…"

그는 혀를 끌끌 찼다.

아버지의 깃발 상

"내면까지 가는 도로는 우리 일본 사업가들을 위해서도 하루빨리 개설해야 할 필요가 있을 것으로 생각됩니다."

앞에 앉은 아오키(靑木) 비서가 말했다.

"무슨 뜻인가?"

"이 일대는 무진장한 원시림이 있어서 일찍부터 내지(일본 본토) 사업가들이 인부를 고용하여 벌목을 하고 있으나 운반에 어려움이 많은 모양입니다."

"도로가 형편없는데 벌채를 해서 어쩌자는 겐가?"

"예, 나무는 주로 겨울철에 벌목한 다음 우마차나 발구라는 것으로 강이나 개울가까지 옮겨 놓는다고 합니다. 그런 다음 여름이 되어 물이 불어나면 뗏목을 만들어 내린천이라는 개울을 통해 인제와 소양강을 거쳐 경성에까지 도달시킵니다. 그러나 계절에 한정된 일이라서 많은 양을 적체해 놓고 있는 상황인 것 같습니다."

"허허, 약삭빠르기로는 우리 일본의 사업가를 따라갈 사람들이 세계 어디에도 없을 게야. 하긴 그런 민첩함이 발전을 촉진하는 원동력이 아니겠는가."

"네, 그렇습니다."

일제히 머리를 조아리며 대답했다.

귀골의 사내는 잠시 말을 끊었다가

"이 지역 임목 상태가 그 정도로 좋단 말인가?"

"조선의 산악지대가 대체로 비슷하지만, 특히 이 일대는 몇 아름이나 되는 나무들이 무진장하게 깔려 있다고 합니다. 더욱이나 대부분이 마쓰노키(소나무)나 사쿠(피나무) 같은 질 좋은 고급 수종들이고요."

"그렇다면 하루라도 빨리 도로를 개설해야겠군. 우리 내지의 신민들이 조선에서 생산되는 질 좋은 목재를 달라고 온통 난리들이니까. 특히 얼마 전 본국에 출장 갔을 때 와타나베 치아키(渡邊天秋) 궁내청 대신으로부터 황실 보수에 쓸 목재를 보내 달라는 특별 요청도 받았네."

카이젤의 사내가 전조등 불빛 속으로 나타났다 사라지곤 하는 도로의 요철에서 눈길을 떼면서 입을 열었다.

"조선은 지정학적 이점과 풍토가 좋은 탓으로 외국의 침범이 많아 국가에서 도로를 만드는 데에 소극적이었다고 합니다. 그런 나라가 이제 우리 땅이 됐습니다."

귀골풍의 사내는 대구를 하지 않았다. 그러자 상대가 화제를 얼른 다른 곳으로 돌렸다.

"소위 정치를 주도한다는 양반 세력들이 동쪽에 살면 동인, 서쪽에 살면 서인, 나이 먹은 사람들은 노론, 젊은 사람들은 소론이라는 이름으로 분파를 이루어 매일 같이 당쟁이나 일삼았다고 하니 백성들이야 눈에 들어왔겠습니까?!"

그러고는 곁눈질로 귀골 사내의 얼굴을 살핀다.

"그거야 뭐 자신의 지위를 유지하려면 힘이 필요한 것이고, 힘을 쓰기 위해선 파당을 이루어야 하니까⋯. 우리 일본의 무로마치막부(室町幕府) 한 시대만 해도 전국에 슈고 다이묘(守護大名)가 22명이나 됐으니까 고잇신전쟁(御一新戰爭=세이난 전쟁) 전까지 얼마나 많은 갈등과 죽고 죽이는 싸움이 있었는가."

또다시 차가 심하게 흔들렸다. 카이젤의 사내가 몸을 바로 세우고자 애를 쓴다.

"각하, 불편하시면 속도를 줄일까요?" 운전기사가 이마 앞쪽의 거울을 바라보며 묻는다.

"아니, 괜찮아. 늦어지면 현지의 분위기가 달라질 수도 있으니까 조금 더 속력을 내도 좋아!"

대답을 하는 이는 조선총독부의 정무총감 야마가타 이사부로(山縣伊三郞)다. 총독을 보좌하는 국무총리의 역할과 법무, 행정, 검찰을 장악하고 있는 명실상부한 2인자다. 그리고 카이젤의 사내는 일본의 송창양행(松昌洋行) 사장 야마모토 다다사부로(山本唯三郞)로 제1차 세계대전을 통해 군수품 장사를 하여 거부가 된 사람이다. 그는 사냥에 특별한 취미를 갖고 있다.

정무총감 야마가타 이사부로는 일본 정계와 군부의 거물 야마가타 아리토모(山縣有朋) 장군의 조카다. 야마가타 아리토모는 가문을 이을 자식이 없어서 누나의 차남인 이사부로를 양자로 삼았다.

아리토모 장군은 일본군의 현대화를 이룩한 사람이며, 특히 육군의 아버지로 불린다. 조슈번(長州藩) 출신으로 정한론(征韓論)의 주창자인 요시다 쇼인의 사상을 물려받아 일본 정치계의 거물이 된 이토 히로부미, 이노우에 가오루(井上馨)와 더불어 조슈 3존(尊)으로 불린다. 일본을 현대적인 국가로 만드는 큰 틀은 이토 히로부미가 만들었고, 이노우에 가오루가 이토의 틀을 세밀하게 다듬어 법과 제도를 보완했다면 야마가타 아리토모는 일본 제국의 군사적 기반을 닦고 군국주의로 나아가는 길을 닦은 인물이다. 예컨대 군부대신을 내각에 기용하려면 이전에는 군부에 의사를 묻는 형식적인 절차에 불과했으나 그는 칙령으로 명시하여 반드시 군부의 의사를 묻도록 제도화했다. 이는 군부가 내각까지 지배하여 절대적인 힘을 행사하도록 한 것이다. 그의 영향력은 이토 히로부미를 능가했다. 프로이센으로부터 도입한 주권선(主權線)과 이익선(利益線)이라는 영토에 관한 개념은 특히 유명하다.

주권선은 일본의 주권이 행사되는 선을 의미하는 것으로 처음에는 일본 본토와 오가사와라 제도, 오키나와를 포함하는 영토이고 이익선은 주권선을 지키기 위해 영향력을 행사해야 하는 선으로 한반도와 대만, 사할린 등이었다. 그러나 조선과 대만을 병합한 이후에는 조선과 대만이 주권선으로 포함되고 이익선은 만주와 필리핀으로 설정되었다.

특히 한국 병탄에는 누구보다 강력하고 완고한 주장을 폈으므로 어떤 이들은 안중근 의사께서 이토 히로부미 대신에 야마가타 아리토모를 처단하셨다면 한국의 사정이 조금은 달라지지 않았을까, 하는 말들을 한다. 그러나 요시다 쇼인으로부터 교육받은 자들 가운데 그가 누구든 군국주의 노선이 달라졌을 것이라 기대하는 것은 전혀 무의미한 일이다.

예를 들어 이노우에 가오루에 의해 저질러진 명성황후 시해 사건만을 보더라도 그들이 얼마나 잔인무도하고 비열한 방법으로 한반도를 정복했는지를 알 수 있다.

차는 속도를 높였으나 험한 부분들을 피해서 달리는 탓으로 이번에는 좌우로 흔들리기 시작했다. 잠시 평평한 길이 계속되자 야마모토가 끊어진 대화의 고리를 잇고자 질문을 한다.

"조선에는 양반계급들이 모두 주자학을 입신양명의 도구로만 이용하여 문약(文弱)과 공리에 빠졌다고 하던데 혹시 그것이 발전을 저해한 가장 큰 이유가 아니었을까요?"

"학문이란 그것을 받아들이는 사람들의 자세가 어떤가에 따라 결과는 다르게 나타나는 것이고, 실천궁행하지 않는 학문이라면 그것이야말로 빈껍데기에 불과한 것이 아니겠나. 조선의 학자들은 주자학에

대한 숭배가 도를 지나쳐 자신의 위치를 깎아내리며 기꺼이 사대주의
자가 되어갔고, 학문의 이론과 명분은 반대파를 숙청하는 수단으로
활용하는 때도 빈번했네. 하지만 우리 일본은 주자학을 받아들이고
녹여서 무언가를 만들어 내는 자세가 전혀 달랐지. 군(君, 자네)도 알다
시피 100년간의 전국시대를 지나 도쿠가와 막부가 수립됐어도 사무라
이들은 여전히 칼을 차고, 전쟁터에서 유행했던 남색(男色)이나, 주군이
죽으면 함께 순장하는 폐습들이 사라지지 않고 있지 않았던가. 그런
상태에서도 우리 일본의 주자학은 칼을 차고 있던 사무라이들로 하여
금 눈을 떠서 시(士=선비)가 되게 하고, 시는 곧 소모(草莽=민중)까지도 국
정에 참여케 함으로써 메이지유신을 성공으로 이끄는 기폭제가 됐네.
조선이라는 나라는 처음부터 국가의 힘을 일사불란하게 동원할 수 있
는 중앙집권적 정치를 했음에도 불구하고 학문하는 자들의 절대다수
가 성리학의 이론에만 매몰되어 있었고, 이를 인도하는 사상가나 정치
가들이 명분과 겉치레의 경직된 틀 안에 갇혀 실학을 경시하므로 쇠
락의 길을 걸어왔지. 이에 반해 우리 일본은 개혁의 필요성에 모두가
공감하여, 일을 하기에 절차가 복잡한 봉건제도이면서도 성리학을 개
혁의 촉매제로 활용하였지. 이는 곧 자연스레 실학을 중시토록 작용하
여 7백여 년 동안 내려오던 막번체제(幕藩體制)를 무혈혁명의 대정봉환
(大政奉還)으로 안착시키고 마침내는 세계로 눈을 돌리게 하여 오늘의
대일본제국을 탄생케 한 것일세. 한마디로 말해서 같은 학문, 같은 사
상이지만 조선과 중국은 좋은 조건을 갖추었음에도 나락의 길을 걷고
있고, 우리 일본은 불리한 여건들을 슬기롭게 극복함으로써 번영으로
가는 길에 들어서게 된 것이지. 그러나…"

사내는 잠시 말을 끊었다. 라이트가 비치는 차창 옆으로 귀신이 출

몰할 것처럼 금방이라도 쓰러질 것 같은 대여섯 채의 집들이 있는 마을로 노인 몇 사람이 힘겹게 지게를 지고 가는 모습이 보였기 때문이다. 그들의 걸음은 낡은 집만큼이나 힘겨워 보였다.

총감은 마치 일본의 불가촉천민인 히닌(非人)들이 사는 에타(穢多, 예다) 마을을 보는 것 같다는 생각을 잠시 하고 나서 이야기를 계속했다.

"그러나 국가의 흥망성쇠를 좌우하는 가장 큰 요인은 미래를 대비하는 훌륭한 지도자와, 정확한 정보를 기초로 한 발전계획, 군민(君民)의 혼연일체, 이 세 가지일세. 우리 일본이 서양의 파고(波高)가 거세게 밀려와도 흔들리지 않고 오히려 국가의 기반을 현대적으로 개조하면서 위기를 기회로 만들 수 있었던 원인은 세 가지를 모두 갖추고 있었기 때문이야. 지금으로부터 백여 년 전에 이미 가톨릭 신부들에 의해 전파되기 시작한 포르투갈 문화를 비롯하여 나가사키의 네덜란드 상관장(商館長) 등 난학자(蘭學者)들을 통해 서양 여러 나라가 세계의 바다를 돌아다니면서 무력으로 식민지들을 만들고 있다는 것을 감지할 수가 있었지. 이런 정보에 눈을 뜬 위대한 경세가(經世家)들이 우리가 갈 방향을 제시해 주셨네. 예컨대 혼다 도시아키(本多利明) 님이라든가 이토 노부히로(佐藤信淵), 가쓰 가이슈, 요시다 쇼인(吉田松陰), 하시모토 시나이(橋本左內) 같은 분들은 이미 세계가 약육강식의 시대에 돌입한 것을 정확하게 보고 우리도 이 대열에 합류해야 한다고 주장하셨네. 다만 방법에 있어서 약간의 차이가 있었지. 예를 들어 하시모토 시나이 님의 생각을 보세. 나라를 지키고 세계로 웅비하기 위해서는 흑룡강 하구와 사할린 일대, 조선과 만주를 병합하는 영토는 물론이요, 미국이나 인도 안에도 우리 영토를 가져야 한다는 주장을 폈지. 요시다 쇼인 님의 주장은 한 걸음 더 나아가 북으로는 조선과 만주를 아우르고 남으로는 타이완과 필리핀 호주를 우리 지배하에 넣어야 한다는 큰 그림을 그리지 않으셨나. 그런 이상을 실현하기 위한 동량(인재)을 기르기 위해 쇼카 손주쿠(松下村塾)를 개설하시고 특별히 23명의 청년을 뽑아 2년 반 동안 야마토 혼(大和魂)을 주입시키셨네. 그 막내가 이토(이토 히로부미) 각하였네. 이분들 중에서 3명의 총리와 6명의 대신(장관)이 탄생했으니 참으로 탄복할 혜안이 아닌가!"

"네, 그렇습니다. 손주쿠 출신의 대표적인 인물로 총감 각하의 부친 되시는 야마가타 아리토모(山縣有朋) 원수 각하와 이토 히로부미 각하를 비롯하여 존화양이(尊華攘夷, 황제를 옹위하고 오랑캐를 물리침)의 새 시대를 여신 쿠사카 겐즈이(久板玄瑞) 님이나, 다카스기 신사쿠(高杉晋作) 님 같은 걸출한 인재들을 길러내셨지요."

총감은 그 말에 대꾸하지 않고 하던 말을 이었다.

"만일에 이분들 의견대로 우리 대일본제국의 영토와 신민이 에조치(홋가이도, 사할린 쿠릴열도)를 비롯한 캄차카 오호츠크 등 북방지역과 조선과 만주, 지나(중국), 그리고 인도차이나반도와 남방을 합한 영토를 갖게 된다면 그야말로 로마의 전성기에 버금가는 거대제국이 되지 않겠는가. 그 외에도 사쿠마 쇼잔, 사카모토 료마, 사이고 다카모리, 특히 '서양사정'과 '학문의 권유' '문명론의 개략' 등을 집필하셨고 일본은 아시아에서 탈피해야 한다는 탈아론(脫亞論)을 주창하신 후쿠자와 유기치(福澤諭吉) 님 등등 기라성(綺羅星) 같은 분들이 계셨네. 우리도 조선이나 중국처럼 존황양이론(尊皇攘夷論), 즉 쇄국론도 있었고 개국론도 있었지만, 우리의 쇄국은 진정한 의미의 쇄국이 아니었네. 대표적으로 미토 번주였던 도쿠가와 나리아키(德川齊昭)님의 주장은 외전내화론(外戰內和論)으로, 겉으로는 전쟁할 각오가 돼 있다는 것을 천명함으로써 우리를 함부로 대하지 못하게 하고, 안으로는 평화를 이뤄 무역으로 힘을 기른 다음, 구라파 나라들처럼 세계의 바다로 나아가 일본의 영역을 넓히자는 것이었네. 조선이나 중국의 쇄국론과는 전혀 다른 것이 아닌가. 쇄국이야말로 전쟁도 불사하는 것인데 힘이 약한 상태에서의 쇄국은 망국으로 가는 지름길이 아니겠나. 그러나 우리 일본의 존황양이론이나 쇄국론은 '강한 일본의 육성'을 목표로 한 것이니 결과적으로는 모두가 '개국론'인 셈이지. 그리하여 개항의 길로 나아가게 됐고, 자칫하면 서구의 식민지가 될 뻔했던 우리 일본이 오히려 식민지를 거느린 제국을 이룰 수 있었지. 하지만 이토(伊藤; 이토 히로부미) 각하를 잃은 것은 우리 일본이 영원불멸의 대제국을 건설하는 과정에 크나큰 타격이라고 아니할 수 없네. 모두가 알고 있듯이 이토 각하야말로 불세출의 지략가일세. 각하께서 주도하셨던 메이지유신과 중국의 양무운동(洋務運動)을 비교해 보세나. 이토 각하는 서양세력이 도전해 오자 오히려 이이제이(以夷制夷, 오랑캐로 오랑캐를 친다)의 지혜를 구사하시어 서구 여러 나라의 정치를 비롯해서 헌법 구조, 경제, 사회, 군사뿐만 아니라 과학과 문물 전반에 관한 내용과 제도까지 세밀하게 습득하신 다음, 이를 기초로 원대한 국가 발전계획을 수립하셨네.

이토 각하께서는 메이지 15년(1882) 3월부터 1년 3개월 동안 유럽 여러 나라를 다니시면서 헌법은 독일의 그나이스트(R.von Gneist)나 오스트리아의 쉬타인(Lorenz von Stein) 교수에게 배우고, 민법은 프랑스인 보아소나드(Gustave Émile Boissonade)를 고문으로 초빙하는 등 각 나라의 저명한 교수들로부터 강의를 듣기도 하시면서 동양에서는 처음으로 우리 풍토에 맞는 입헌군주제, 즉 제국 헌법 체제를 구축하셨네. 이 과정에서 자칫하면 정치적인 대혼란에 빠질 수도 있었지만 아주 슬기롭게 정착시키지 않으셨나. 이것이 각하께서 말씀하신바, '먼저 원대한 것을 세운다'는 말씀의 심오한 의미인 것일세.

그에 비해서 중국을 보세나. 직예총독(直隷總督) 이홍장(李鴻章)을 비롯한 지도자들의 행태가 어떠했는가? 사이장기이제이(師夷長技以制夷: 서양의 기술을 배워 그것으로 서양을 제압한다)라는 관념을 잘못 해석하여 서양 제국보다 강한 화포만 있으면 모든 문제를 해결할 수 있다는 편협하고 어리석은 생각으로 소총과 대포와 함선을 확보하고 서양의 군사고문을 초빙하여 군사훈련을 받도록 하는 데에만 노력을 기울이지 않았는가. 이것은 나무를 가꾸는 데 있어 뿌리를 튼튼하게 하는 정원사와, 우듬지에 중점을 두는 정원사의 차이라고 할 수 있지."

"각하의 말씀대로 참으로 현명하신 정치가셨습니다."

"그 성과가 지난번 전쟁에서 나타났지. 사실 개전 초기에는 북양함대의 위력에 두려움을 느꼈으나 그들의 허약함을 파악하고는 노도처럼 쳐들어갔지. 그 결과, 우리 대일본제국의 군대는 청군에게 치명적인 굴욕을 안겨주었네. 청의 해군은 1차 맛보기로 제물포 앞바다에서 군함과 수송선, 용선 등이 연합함대의 제1 유격대에 간단히 침몰됐고, 다음으로 벌어진 6시간의 '황해해전'에서 북양함대는 세계 유수의 7천3백 톤급 거함 진원(鎭遠)을 비롯한 주력함대 5척이 침몰됐으며, 나머지 7척도 심대한 타격을 입었네. 우리의 배들은 톤당 배수량 합계가 57,600 톤으로 북양함대의 73,100 톤에 비한다면 75%밖에 되지 않았으나, 실마력은 2.3배이고 속력은 1.2배로서 저들의 중포 경포 속사포 어뢰 등 포 562문을 90%밖에 안 되는 503문으로 박살을 내 버렸지. 우리 일본해군은 이렇다 할 타격을 입은 배가 한 척도 없었네. 물론 농민으로 위장한 우리 군인들이 위해위(威海衛)에 숨어들어 북양함대의 신호와 암호 해독 서적을 몰래 빼내기도 했지만 말일세. 헛허허 … 전쟁이 끝나고 들은 얘기지만 중국군의 취약성을 잘 알고 있는 이홍장은 전쟁에 반대하여 부전주화론(不戰主和論)을 주장했으나 청나라 내부와 일반 국민의 여론은 달랐다는 거야. 청나라가 비록 서양 열강의 대포 앞에 굴복하긴 했으나 고래로 동양의 맹주인데 일본 같은 나라에 패배할 것인가, 하룻강아지 범 무서운 줄 모르는 격이라는 사람들이 많았다고 하네. 그동안 일본의 힘이 어떻게 신장했는지를 모르는 우물 안 개구리들이지.

육군은 어떠했는가? 성환(成歡) 전투는 평가할 것도 없을 정도로 간단히 끝났고, 평양공방전에서는 청군 1만 2천 명을 궤멸시켰지. 그뿐인가, 이듬해가 메이지 28년(1895) 2월 12일이던가, 산동반도 상륙 시에는 북양함대의 기함 정원(定遠)호가 스스로 침몰의 길을 택할 수밖에 없도록 봉쇄 작전을 펴서 '북양함대'라는 이름이 세상에서 완전히 사라지도록 만들지 않았는가."

야마모토가 머리를 앞으로 내밀며 추임새를 넣는다.

"당시 아리토모 장군께서도 대본영의 제1군 사령관의 중임을 맡으셔서 압록강을 건너 북경으로 진격하고자 요동반도에 교두보를 구축하셨지요."

"그리하셨지. 어쨌거나 육군이나 해군 모두 우리보다 월등히 우수한 화력을 갖고도 참패할 수밖에 없었던 것은 천황폐하와 우리 아버님, 그리고 이토 각하를 비롯한 지도자들의 국가를 위한 사심 없는 열정과 탁월한 혜안, 그리고 우리 대일본제국 신민들의 정신력이 하나로 합쳐서 이뤄낸 결과가 아니겠는가. 지금도 그런 상태지만 당시의 중국군도 대부분이 농부나 건달인 데다 심지어는 아편을 피우는 자들까

아버지의 깃발 상

지 있었으니 그런 군대가 존재한다는 것은 중국 사회 전반의 정신상태가 중병에 들어 있다는 것이지. 요즘 정세 돌아가는 것을 보면서 문득문득 이토 각하의 존영이 떠오른다네. 각하께선 내 아버지의 정적이긴 하지만 지금은 그런 소아(小我)에 연연할 때가 아니야. 안중근이라는 불령선인(不逞鮮人)만 없었어도 러시아 재무대신 코코프초프와 만·몽문제에 대한 타협을 무난히 이끌어냈을 테고, 그 결과물을 가지고 강대국들과 담판을 벌인 다음, 조선에서 길을 닦으셨던 것처럼 직접 중국의 통감 자리에 앉아 만사를 매끄럽게 진행시키셨을 터인데 참으로 안타깝고 애석한 일이야."

"지당하신 말씀입니다. 하지만 총감 각하께서도 제국과 신민을 위해 원대한 일들을 하고 계시지 않습니까!"

"허허, 나야 뭐 조선에서 총독 각하를 보좌하는 역할 밖에 특별히 내세울 만한 것이 있는가. 정치적인 발언은 하지 말게나."

"결코 아부하기 위한 말씀이 아닙니다. 각하께서는 경부선 철도와 경의선 철도까지 완공하시지 않았습니까. 내지인들은 물론이고, 조선의 신민들까지 각하를 얼마나 존경하고, 각하께 거는 기대가 얼마나 큰지 모르실 겁니다."

"아니. 그건…이 사람, 그만하게 그만."

총감은 기분이 좋아져서 차가 돌멩이에 부딪쳐 몸이 위로 솟구쳤지만 호탕한 웃음을 날렸다.

그러나 경부선 철도와 경의선 철도는 이미 을사늑약이 체결되기 훨씬 전인 1894.7.20. 일본특명전권공사 오토리 게이스케(大鳥圭介)와 한국 외무대신 김윤식(金允植) 사이에 체결된 '한일잠정합동조관(韓日暫定合同條款)'과 1902.10.2. 일본 내각회의 결정으로 일본 정부 보증하에

1,500만 원 상당의 채권을 발행하여 추진한 것이다. 이 철도를 만주로 연장하여 러시아의 동청철도 및 중국의 우장철도와 연결할 계획이었다. 대륙진출의 야망을 실현하기 위해 건설에 박차를 가하여 경부선 철로는 1905.1.1.에, 경의선 철로는 1905.11.5.에 개통되어 러일전쟁 당시에는 군용철도의 역할을 하기도 했다. 최종적으로는 길회철도(길림~회령)의 경쟁자였던 소련으로부터 동청철도를 매입하여 명실공히 만주를 일본의 손아귀에 넣게 된다.

잠시 후 총감은 정색을 하고 물었다.

"군(君)은 조선인의 피가 우리 일본인의 피와 같다는 말을 들어본 적이 있는가?"

"아, 그렇습니까?! 우리와 조선인의 피가 같다는 것은 처음 듣게 되는 말씀입니다."

"허허, 이 사람. 돈 버는 데만 신경 쓰지 말고 공부도 좀 하게나."

야마모토가 계면쩍은 표정으로 사냥모 아래로 납작해진 뒷머리를 긁었다.

"서구 생물학자들의 말에 의하면 아이누족과 조몬족 20%를 제외한 우리 일본인의 피와 조선인의 피, 그리고 청나라를 일으킨 만주족(여진족)의 피가 같다는 것이 과학적으로 증명된 사실이라고 하네. 현대 일본인(야마토 민족)의 주류는 한반도에서 건너간 도래인 계통의 야요이인이라는 걸세. 또한 고닌(弘仁) 6년(서기 815년) 황실(일본)에서 편찬한 신찬성씨록(新撰姓氏錄)에 보면 당시의 고위직 벼슬아치 가운데 무려 3분의 1이 외래인으로 기록돼 있다고 하는데, 그들이 반도에서 건너온 사람들이 아니면 누구겠는가."

"네, 그 성씨록에 30대 비다쓰 천황(敏達天皇) 님과 친손자이신 죠메

아버지의 깃발 상

이천황(舒明天皇)께서도….”

야마모토는 불쑥 말을 꺼냈으나 이내 입을 닫았다. 총감의 말을 중간에서 끊은 것과 지금 자신이 하려던 말에 스스로 놀랐기 때문이다. 그것을 눈치챈 총감이 말했다.

“자네도 들어서 알고 있는 모양이군. 하지만 그 말은 어디 가서도 해선 안 될 것이야. 특히 반도(半島)에서는.”

두 사람이 하는 말은 일본 천황의 명으로 편찬된 일본 고대 씨족의 성씨록에 제30대 비다쓰 천황이 백제인이라고 기록돼 있고 쿠다라가와(くだらがわ, 백제강) 옆에 백제궁을 짓고 그곳으로 이사한 죠메이 천황도 혈통이 같다는 것을 뜻하는 것이다. 총감은 이야기를 계속했다.

“에도(江戶)시대부터 최근 교토대 구메 구니타케(久米邦武) 교수가 주장하는 일선동원론(日鮮同源論)에 이르기까지, 즉 일본과 조선은 한 뿌리에서 나왔다는 것이 과학적으로 증명된 것일세. 이는 우리 일본과 조선의 병합이 국제법적으로 정당하고 윤리적으로 합당하다는 근거일 뿐만 아니라 오늘의 조선을 문명국으로 만들어야 할 의무와 당위성이 충분히 존재한다는 뜻이지. 조선인들이 주장하는 것처럼 그들의 조상인 부여의 기마민족이 4세기경 우리 일본에 도래하여 국가 건설을 주도했고, 백제가 멸망한 후에 왕족을 비롯하여 30만의 사람들이 건너와 정치 경제 문화를 발전시킨 것이 사실이라 하더라도 과거의 햇볕으로 오늘의 땅에 농사를 지을 수는 없지 않은가. 하지만 우리의 이런 선의에도 불구하고 조선인들의 태도는 지극히 불경스럽고 도전적이기까지 하단 말일세. 조선 각지와 심지어는 만주에서도 매일 같이 사건 사고가 그치질 않고 있어서 골치가 아파.”

“하지만 통감부에서 총독부로 체제가 전환된 마당에 불령선인들이 설친다 한들 이미 그물 안에서 팔딱거리는 물고기의 모습이 아니겠습니까?!"

"그렇게 간단하게 생각할 문제가 아니니까 문제인 게지."

그는 카키색 사냥복 상의의 깃을 위로 올렸다. 10월 하순 조선의 날씨는 낮엔 살을 데일 정도로 따가운 햇살이 비치는 데 반해 밤공기는 옷을 두껍게 입어야 할 정도로 서늘하다. 도쿄와 비슷하지만 끈적하지가 않다. 보통 때에도 50도를 넘는 습도로 체감온도 40도를 오르내리게 하던 끈적끈적한 도쿄의 여름 날씨와 극성스럽게 달라붙던 모기 떼, 그래도 대학 시절 그녀와 함께 가꾸었던 추억은 아름다웠다. 우에노 공원의 야외극장에 나란히 앉아 닌교 죠루리(人形淨瑠璃: 일본식 인형극)를 보거나 벚꽃잎 떨어지는 스미다강(隅田川) 뚝길을 거닐던 시절은 꿈길 같았다. "이 벚꽃을 구경하지 않으면 눈을 감을 수 없다고들 합니다.", "나는 당신을 하루라도 만나지 못하면 밤마다 눈을 감을 수 없다오." 이나와시로(稲沢城)호수에서 야가타 부네(屋形船)를 타던 그 봄날의 추억들, 지금은 남의 여자가 된 그녀에 대한 그리움을 기나긴 시간이 흐른 지금까지도 왜 떨쳐버리지 못하는 건가. 그때 듣던 샤미센(三味線: 일본 악기)의 선율은 그림자처럼 평생을 따라다니면서 귓가를 맴돌고 있다. 요즘도 꿈속에 나타나는 그녀. 총감은 아련히 스며드는 향수를 떨쳐버리듯 목을 좌우로 살짝 움직여 본다. 그리고 본래의 생각으로 돌아왔다.

"총독체제로 전환한 지 7년이 됐지만 조선인들은 대만인들보다 다루기가 힘든 민족이라는 걸 깨닫게 돼. 대만 총독을 역임했던 가바야마 스케노리(樺山資紀) 장군의 말에 의하면, 강압정치와 부패로 쫓겨난 노기 장군(노기 마레스케, 乃木希典) 때를 제외하곤 대만인들은 비교적 우리 일본의 식민 지배에 대해 우호적이라고 하네. 물론 대만은 처음 소유하는 식민지인 까닭에 온정주의적 통치를 한 이유가 있긴 하지만, 그런 것을 참작해도 조선인들의 저항은 전혀 달라. 말 안 듣는 아이에게 매가 필요하듯 이들을 동화시키기 위해 강경책을 쓰고 있으나 생각만큼 효과가 나타나질 않네. 이들의 사고 속에는 과거 우리 일본인들에게 정치제도와 문자 종교 문화예술을 전수해 줬다는 우월감과 자존심이 굉장히 높아. 소위 지식인이라는 자들은 어쩌면 당연한 것으로 치부할 수도 있지만, 말을 잘 들을 것 같은 일반 백성들이 더 문제란 말이야. 달래도 보고 협박도 해 보지만 움직이지 않는 벽이란 말일세. 더욱이나 작년과 재작년 풍수해가 극심해서 민심이 흉흉한 데다 이를 틈 탄 불순세력들이 전국 각지에 독버섯처럼 생겨나고 있어서 까딱 잘못하다가는 동학 폭도들처럼 큰 세력으로 확대될 가능성까지 있어. 일부는 만주로 이주하여 무장 폭도나 불순세력에 가입하여 더 큰 세력으로 자라나고 있으니 언제 어디서 또 어떤 파괴 행위를 저지를 지 걱정이야."

"만주인들이 라오쉬이(老師)라고 부르는 동삼성순열사(東三省巡閱使) 장쭤린(장작림) 같은 인물을 활용하면 되지 않겠습니까?!"

"그자가 신뢰할 수 있는 인물이라면 얼마나 좋겠는가. 여기저기서 올라오는 정보에 의하면 장쭤린은 믿을 수 없는 자라는 거야. 마적 출신이지만 나름대로는 허접한 민족주의 사상 같은 게 있는 모양이야. 그러나 현재의 판도에서 그자 외에 특별한 대안이 없으므로 환심을 사기 위해 지원을 하고는 있지만 말이야. 우리가 간도를 넘겨주면서까지 얻고자 한 길회 철도(길림~회령)의 완성을 위해선 반드시 그자의 허락이 있어야 해. 길돈 철도(길림~돈화)와 돈도 철도(돈화~도문)를 이어야 조선의 회령과 연결할 수 있으니까 말이야."

"이미 길장 철도(장춘~길림)는 준공된 지 5년 정도 된 걸로 알고 있는데 길회선(길림~회령)은 착공했다는 말을 못 들었습니다."

"길장 철도는 메이지 43(1910)년에 착공하여 약 2년 만에 준공을 보고 운영했으나 적자가 계속되다가 최근 만철(만주철도 주식회사)에 이관한다는 말이 있더군. 인재들이 모인 만철이 인수하면 곧 흑자로 전환하겠지."

주인도 없는 상태에서 일본과 중국 간에 이루어진 간도 협약 제6조는 '청국정부는 장래 길장 철도를 연길 남쪽으로 연장하여 한국 회령에서 한국철도와 연결하며, 그 일체의 방법은 길장 철도와 같게 한다. 개통의 시기는 청국정부가 상황을 고려하여 일본정부와 상의하여 결정한다'라고 하여 길회 철도 부설권을 명문화하였다.

일본이 공을 들이고 있는 이 철도는 하얼빈~대련 구간인 남만주철도 사이 장춘(신경)에서 길림-교하(蛟河)-돈화-조양천-용정을 거쳐 조선의 함경북도 상삼봉-회령-청진까지 연결하는 선이고, 또 하나의 지선은 조양천-도문에서 함경북도 웅기와 나진까지 연결되는 선이다. 노선이 완공되면 일본 본토에서 바다를 거쳐 나진과 청진 웅기 등의 항구를 통해 만주의 심장과 중원으로, 시베리아로 가장 빠르게 물자와 군대를 이동시킬 수 있다. 동해선을 통해 부산과도 직선으로 연결된다. 러시아의 시베리아횡단철도인 블라디보스토크항과의 경쟁에서 확실한 우위를 점할 수 있다. 만주의 무진장한 석탄과 철, 목재, 콩 옥수수 수수를 비롯한 농산물과 모피나 산삼을 비롯한 산림 생산물 등 값싼 원자재들이 일본으로 들어가고, 일본에서는 이와 같은 원자재들을 부가가치가 높은 물품들로 가공 재생산하여 만주와 중국으로 쏟아져 들어가게 한다.

한마디로 말해 이 대동맥으로 만주를 특수지역화하여 일본의 힘을 대륙으로 확대한다는 의미다.

"하지만 대외적인 상황이 결코 녹록지 않네. 만주에 눈독을 들이던 러시아는 우리와의 전쟁에서 패한 후유증으로 붉은 혁명의 내홍을 겪고 있으나 영국을 제외하고 독일을 비롯한 구라파 나라들은 우리의 진출을 경계의 눈으로 바라보고 있어. 미국은 스페인전쟁에서 승리한 기세를 몰아 필리핀을 점령했다가 자치권을 부여하고 떠났으나 여전히 강력한 세력으로 존재하고 있네. 가쓰라-태프트 조약으로 조선과 필리핀에 대한 이해관계가 맞아떨어져서 미국과의 협조가 잘 이뤄져 왔지만, 앞날은 모를 일일세."

"미국과는 앞으로도 밀월관계를 유지하는 것이 우리 일본에게 유리한 것이 아닐까요?"

"그렇긴 하지. 다만 미국이 일본의 힘을 인정하는 조건에서만!"

"그 말씀의 의미는…?"

"이 사람 야마모토 군! 군은 천무이일 민무이왕(天無二日 民無二王)이라는 말을 들어보지도 못했는가. 태평양을 사이에 두고 두 개의 태양이 존재할 수 있다고 보는가?"

"아, 예, 무슨 말씀인지 이제 알겠습니다."

그 순간 야마가타 총감의 머릿속에 촘촘하게 망을 짠 모습으로 공중에 걸려 있는 거미줄 하나가 떠올랐다.

그 망 위에는 타란튤라 한 마리가 줄에 걸린 곤충들을 잡아먹고 있었다. 거미는 비대해진 몸의 허기를 채우기 위해 다른 거미줄로 옮겨가고 있었다.

오늘의 중국은 허약한 거인일 뿐이다. 중국의 동북(東北)과 화북(華北)은 일본의 대륙진출을 위해 절대적으로 필요한 지역으로서 어떠한 수단을 쓰더라도 일본의 지배하에 두어 장래 '오족협화(五族協和)'의 '왕도낙토(王道樂土)'를 위한 징검다리로 삼아야 할 땅이다. 그런 이유로 우리 일본은 남만주철도를 보호한다는 구실로 메이지 38년(1905년)부터 만주에 관동군을 주둔시키고 있다. 그리고 때를 기다리다 보면 언젠가는 기회가 올 것이다.

이는 야마가타 자신뿐만이 아니라 메이지 이래 일본 정계 대부분 인사들의 생각이다. 강력한 군사력 확보와 공업화를 위해 만주의 철과 석탄이 절대적으로 필요하고, 광활하고 비옥한 땅에서 생산되는 농산물은 조선에서의 생산량과 함께 내지(內地: 일본 본토) 국민의 자급자족과 근대화 촉진, 그리고 앞으로 다가올 영토확장을 위한 싸움에 불가결한 요소이기 때문이다. 지금까지 대일본제국은 영국에서 들여온 면화를 가공하여 조선에 팔고, 조선의 쌀을 내지로 들여와 공장노동자들의 임금을 낮추는 방법으로 근대화를 촉진했다. 이제 조선에서의 경험과 방법을 만주에서도 활용하면 된다. 몇 년 전 신해혁명(辛亥革命) 당시만 하더라도 영국과 독일을 비롯해 서양 각국이 철도나 광산, 무역항, 조계(租界), 관할구역에서의 재판권 등 중국 내에 확보해 놓은 이권들을 지키는 데에만 급급한 데 반해 일본은 위안스카이(袁世凱)의 청나라와 쑨원(孫文)의 혁명파 양쪽에 무기를 지원하면서 서로를 부추기는 이간계로 동북 3성에 대한 지배력을 강화했다. 마침내는 독일이 유럽에서의 전쟁에 몰입하고 있는 때를 틈타 영일동맹을 구실로 선전포고를 단행하고 독일이 조차(租借)하고 있던 교주만과 산동반도의 청도를 비롯한 여러 이권을 장악했다. 또한 황제를 꿈꾸는 위안스카이에게 미소와 협박을 병행하여 21개조 요구사항에 대총통의 인장을 찍도록 했다. 문제는 러시아다. 러시아의 욕심은 두 가지다. 첫째는 만주를 그들의 영향권 아래 두는 것이며, 다음으로 부동항인 터키의 다다넬스 해협을 통해 4해로 나아가고자 하는 계획이 뜻대로 되지 않아 조선 반도에 부동항을 소유하고자 하는 것이다. 러시아는 약삭빠르게도 제2차 아편전쟁을 호기로 삼아 청나라를 협박하여 1689년에 맺었던 네르친스크 조약을 뒤집고 아이훈조약(愛琿條約)을 체결함으로써 청나라로부터 아무르강(흑룡강)과 스타노보이산맥 사이의 약 60만㎢(한반도의 3배)의 광활하고 비옥한 지역을 비롯해 총 270만㎢의 방대한 땅을 빼앗고, 태평양으로 나아갈 수 있는 블라디보스토크를 확보했지만, 그것으로 남하정책을 포기한 것이 아니다. 우랄산맥을 넘어 블라디보스토크까지 연결한 철도를 이미 청나라로부터 조차하고 있는 여순과 대련까지 연결함으로써 만주에서의 영향력을 키워왔다. 그러나 일본은 저들의 야욕을 일찌감치 간파하고 현안이 발생할 때마다 시의적절하고도 현명하게 대처해 왔다. 러시아가 프랑스와 체결한 바 있는 러·불 동맹에 대응하여 일본이 가지고 있던 산동반도의 요충인 위해도의 조차권을 세계 제1의 강국 영국에 이양하면서 반대급부로 영일동맹(1902년)을 체결함으로써 동북아에서 힘의 우위를 담보 받았다. 그리고 1904년에 러시아가 난공불락의 요새라고 호언장담하던 여순을 함락시키고, 이어서 봉천에서마저 몰아냈다. 그뿐 아니라 1905년에는 도고 헤이하치로(東鄕 平八郞) 제독이 이끄는 제국의 연합함대가 독도 부근에서 러시아의 발틱함대를 침몰시켰다. 이 승전으로 일본은 1898년 러시아가 청나라로부터 강탈했던 요동반도에 대한 조차권과 대련과 여순항에서 중국 동부 철도까지의 부설권도 승계받았다. 이는 곧 욱일승

천하는 제국의 운이 아니던가. 이제 동아시아에서 청나라와 러시아를 제압한 대일본제국의 힘을 시험해 볼 나라는 없다.

중국은 일본 내지에 비해 무려 20배에 달하는 면적으로, 무수한 노른자위가 있고 4억 5천만의 인구가 있다. 중국은 조선과 더불어 대일본제국 건설의 1차적 디딤돌이 되어야 하며, 그 첫 번째 관문이 동북 3성이다.

대륙의 열쇠를 쥐고 있던 위안스카이가 작년에 죽었다. 그가 황제에 즉위하는 것을 승인하고 중국의 내란을 진압해 주는 것을 대가로 일본이 받기로 밀약했던 조건들, 예를 들면 길림과 봉천 양성(兩省)의 사법권과, 천진, 산동 연해(沿海) 일대의 해안선을 양도하는 문제와, 진포철도(津浦鐵道) 북반부의 관할권 양도, 남만(南滿)과 몽고에 대한 일본의 발언권 확대, 중일 합작으로 병기창을 경영하는 문제 등등이 중국 주재 프랑스공사 콘티로 인해 세상에 공개되는 바람에 수포로 돌아가긴 했다. 그러나 염려할 건 없다. 손 중산(孫中山, 손문)이 삼민주의를 부르짖으며 신해혁명으로 민주 공화제 정부를 수립했다고 하나, 불과 두 달로 수명을 다하지 않았던가! 무식한 다수인 중국의 공농계급(工農階級)과 분열된 지도층, 오랜 전제정치의 관습으로 어찌 그런 유토피아를 현실화할 수 있단 말인가! 지금 대륙의 상황은 장제스(장개석)의 국민당군과, 원세개(袁世凱)의 유산을 물려받으려는 직례파와 안휘파, 그리고 신흥군벌인 봉천파(奉天派), 남쪽에는 운남의 당계요와 광서의 육영정 등 군벌들로 찢어져 이전투구를 하고 있다. 이는 천운이 대일본제국 쪽으로 향하고 있음을 말해주고 있는 것이 아니고 무엇이란 말인가.

야마가타 총독의 배기(Bagghy) 안경 너머로 일본과 조선과 지나 등 동아시아 3국의 지도를 깔고 앉은 거대한 타란튤라(Tarantula)의 발들은 마닐라와 자카르타와 쿠알라룸푸르, 싱가포르, 페낭 등 동남아 여러 나라의 도시들을 짚고 있었고, 그 눈은 태평양 연안과 남태평양의 짙푸른 바다가 있는 호주의 캔버라를 향하고 있었다.

자신은 제2대 조선통감 소네 아라스케(曾根荒助) 때인 메이지(明治) 43년(1910년) 9월에 부통감으로 부임하여 맡은 바 사명을 성공적으로 수행했다. 또한 총독부 체제로 전환된 이래 문관으로는 총독과 함께 천황폐하로부터 친히 임명장을 받는 친임관(親任官) 2인 중의 한 사람(헌병 사령관은 무관으로 친임관)으로 초대 총독 데라우치 마사다케(寺內正毅)로부터 제2대 하세가와 요시미치(長谷川好道)에 이르기까지 총독을 보좌하여 부(府)의 업무를 통괄하고 각 부국(部局)의 사무를 감독하는 일에 최선을 다 해왔다. 통감부 체제로부터 병탄(倂呑)에 이르는 초기과정에 있어서 내정의 기반을 확립하고 정국을 안정시키는 일은 매우 험난하고 위험부담이 따르는 일이었다. 하지만 이민족을 다스려 보고, 이국의 정취와 풍습을 접해본다는 것은 아무나 소유해 보지 못하는 소중한 경험이요, 앞으로 자신에게 부여될, 보다 차원 높은 임무에 귀중한 자산이 될 것이다. 아마도 이 직무를 맡는 기간이 오래 가기야 하겠는가. 3년 후쯤이면 본국 장관이나 지나(중국) 대륙의 총독을 바라볼 수도 있겠지. 아니, 운이 좋으면 이대로 조선에 눌러앉아 총독의 자리로 직위만 바꾸게 될지도 모른다. 대만이 그랬던 것처럼 조선 총독의 자리에 문민관료도 앉을 수 있도록 문호를 개방해 보려는 움직임이 일부 정치가들의 입에 오르내리고 있기 때문이다. 그러려면 절대 실수가 있어서는 안 된다. 그리고 될 수 있는 한 많은 공적을 쌓아야 한다. 여러 사람의 입에 회자(膾炙)될 수 있는 공적을 말이다.

그러나 이런 희망적인 일들을 예견하는 순간에 왜 하필이면 다리에

털이 숭숭 난 흉측한 거미가 떠올랐는지는 자신도 알 수 없는 일이다.

"그건 그렇고."

총감은 머릿속에서 거미의 모습을 떨쳐버리려는 듯 잠시 뜸을 들였다. 그리고 얼굴에 미소를 머금으며

"대장정의 출정 준비는 잘 되고 있는가?"라고 물었다.

"예, 대장정이라고 말씀하시니 황송할 따름입니다. 준비에 최선을 다하고 있습니다. 사냥팀을 8개 반으로 편성하여 함경남북도와 강원도 금강산 일대, 그리고 최근에 호랑이가 자주 출몰한다는 전라남도 지역을 집중적으로 수색할 생각입니다. 각 반에는 포수 3명씩과 10여 명의 몰이꾼을 배치할 계획인데 인원을 엄선하다 보니 아직 채워지지 못한 공백이 약간 명 있고, 그 외에 미진한 부분이 조금 있어서 며칠 전 집을 떠나 경성에 들어왔습니다. 하지만 출발 예정일인 11월 10일까지는 무난히 확보되리라고 여겨집니다. 총감 각하께서 각 부처와 산하기관에까지 적극적인 지원을 지시하셨기 때문에 모든 일이 원활하게 진행되고 있습니다. 다시 한번 감사드립니다."

야마모토는 마치 물음을 기다리고 있었다는 듯이 거침없이 설명하고 나서 머리를 조아려 감사의 뜻을 표했다.

"전적으로 사비를 들이는 일인 데다 이번 사냥의 의미를 생각한다면 행정적인 지원 정도야 인사받을 일이 아니지. 11월 10일이면 채 3주도 남지 않았군. 바쁜 사람을 공연히 함께 오자고 한 게 아닌가."

"아닙니다. 본격적인 출발에 앞서 현지에서 살아 있는 호랑이의 실체를 보게 되어 저로서는 아주 좋은 사전교육을 받는 셈입니다. 그보다는 총감 각하를 가까운 거리에서 모실 기회를 갖게 되어 그지없는 행운이며 영광입니다. 저 같은 장사꾼이 언제 감히 총감 각하를 모셔

보겠습니까?!"

야마모토가 황송하다는 표정으로 다시 머리를 조아리자, 총감은 조금 전의 유쾌한 기분이 그대로 살아 있는지 고개를 뒤로 젖히며 더욱 크게 웃었다.

앞자리 운전수 옆에 앉은 아오키 비서가 흠칫 어깨를 움츠렸다.

야마모토는 그의 웃음소리에 용기를 얻어 지금까지 궁금해하던 것을 물어볼 결심을 했다.

"그런데 각하께서는 어떻게 바쁘신 일정에도 이런 일에 시간을 내셔서 험한 길을 마다하지 않으시는지 궁금합니다."

자칫하면 총감의 비위를 상하게 할 수도 있다는 생각에 불안했으나 그것은 너무도 궁금한 일이라 물어보지 않을 수가 없다.

총감은 한동안 빙그레 미소를 지었다. 그리고 천천히 입을 열었다.

"조선 반도는 호랑이의 나라일세. 조선 초에는 호랑이가 너무 많아 한 해 수천의 인명이 희생되고 가축의 피해가 극심했다고 하네. 오죽하면 14세기 말엽 태종이라는 왕은 착호갑사(捉虎甲士)라는 별도의 군사 조직을 만들었는데 백성들이 포획한 숫자를 포함하여 해마다 약 1천 마리의 호랑이를 잡아 그 가죽을 나라에 바쳤다고 하네. 17세기 초(숙종)에 조사를 해 보니까 전국에 대략 6천여 마리의 호랑이가 있었다고 하네."

그때 운전수가 갑자기 브레이크를 밟았으므로 차체가 크게 흔들렸다.

전조등 불빛에 움직이는 물체가 눈에 들어왔다. 빽빽한 나무들 사이를 나온 커다란 곰 한 마리가 앙증맞은 두 마리의 새끼를 데리고 좁다란 도로를 건너 맞은편 숲으로 건너가고 있었다. 운전수는 그들이 모두 사라질 때까지 기다렸고 총감의 입에서 "스바라시 스게다!(スバラ

シ昔田, 놀라운 모습이다!)"하는 감탄사가 흘러나왔다. 나머지 사람들도 흥미로운 눈으로 바라보았다.

차는 다시 깊은 어둠에 싸인 밀림을 뚫으며 달리기 시작했다. 총감은 끊어졌던 이야기를 계속했다.

"안타깝게도 우리 일본이 갖지 못한 것 중의 하나가 호랑이가 아닌가. 내지(일본 본토)에는 늑대를 비롯한 잔챙이 맹수들은 있으나 백수의 왕이라는 호랑이가 없단 말일세. 그것은 무엇을 의미하는 것인가?

우리 일본의 국토가 섬으로 갇혀서 호랑이 같은 만국의 제왕으로 군림할 수 없는 나라로 인식될 수 있다는 것이지. 즉, 섬에 갇힌 민족이라 원대한 시야나 웅대한 꿈과 용기, 그리고 비상하려는 의지가 없는 나라로 비칠 수 있다는 뜻일세. 호랑이가 있는 나라에서 나고, 자라고, 호랑이의 이야기를 듣고, 호랑이를 보고, 호랑이를 산군(山君)으로 산신각에 모시거나 집에 그림을 붙여놓고 사는 동안에 그 국민은 호랑이처럼 진취적이고, 지혜롭고, 용감하고, 호방한 인간이 된다는 말일세. 얼마 전 내가 아주 오래된 호랑이 그림이 새겨진 바위가 있다고 하여 울산군(울주군)을 가봤는데 실제로 커다란 바위에 암각화가 그려져 있는 것을 봤다네. 전문가들의 얘기로는 아마도 청동기시대로 여겨진다고 하니 그 뿌리가 얼마나 오래전부터 뻗어 내린 것인가. 이 같은 호랑이 유물들은 고구려 벽화의 사신도(四神圖) 같은 데에도 있으니 조선인들은 그 옛날 고구려가 지나 대륙의 심장에까지 영토를 넓힌 것이 자신들이 호랑이의 기상을 타고났기 때문이라는 의식을 지니고 있다는 게야. 어지간한 부잣집 사랑방이나 심지어는 무당의 집에 가 봐도 호랑이를 우화로 그린 그림들이 방문하는 사람에게 친밀감을 느끼도록 하지. 저들 정신세계의 깊은 밑바닥에는 자신들과 호랑이가 한 울안에 있다는 인호일체 사상(人虎一體 思想)이 자리 잡고 있으리라고 생각하네. 이 나라에는 호랑이와 관련된 동화나 우화나 전설들이 곳곳에 지천으로 깔려 있네. 그와 비슷한 설화나 연극, 옷차림 같은 것은 러시아 연해주나 중국의 윈난성(雲南城)이나 그 밖에도 더러 있긴 하나 조선 민족처럼 보편적이고 깊숙하게 자리 잡고 있지는 않네. 조선인들을 순치하여 내선일체의 황국신민으로 화학적 결합을 하는 데 있어 장애가 되는 근원을 따라가 보면 그 밑바닥에는 단군 사상 외에도 인호정신(人虎精神)이라는 또 한 마리의 맹수가 도사리고 있다는 말일세. 무식한 백정이나 오작인(仵作人: 시신을 확인하는 사람), 여리꾼 (삐끼), 장빙업자(藏氷業者: 얼음을 보관하는 사람), 조방(助幇)꾼(기생들 뒤를 봐주는 남자), 심지어는 곡비(哭婢: 초상집에서 곡을 하여 먹고사는 사람) 같은 자들까지도 타민족의 지배에 대해 무서운 저항심(抵抗心)과 거부감을 지니고 있는데, 이는 다른 나라들과는 그 정도가 아주 현격한 차이가 있네. 유사 이래로 무려 9백여 회에 달하는 외침을 받으면서도 저항의 예봉이 꺾이지 않고 살아 있다는 것은 이들의 의식 속에 흐르고 있는 그런 인식이 아니고는 달리 설명할 수가 없단 말일세. 그리고 이러한 저항정신의 예봉을 꺾지 않고는 절대로 조선과의 병합이 성공을 이룰 수가 없네. 저들의 저항이 끝끝내 시들지 않으면 반대로 우리는 지칠 수밖에 없고, 그날이 언제가 될지는 모르나 역사는 우리가 원하지 않는 방향으로 흘러갈 가능성도 있다는 말일세. 내가 이렇게 말하는 것은 다른 민족과 달리 조선 민족은 힘을 가한다고 그리 호락호락 꺾일 민족이 아니라는 걸 역사를 통해서, 그리고 나의 경험을 통해서 알았기 때문일세. 그처럼 불행한 일이 일어나지 않게 하기 위해선 저들의 머릿속에 숨어서 시퍼렇게 선 날을 번득거리고 있는 저항에너지의 원천들이 단 한 조각도 남지 않도록 철저히 부숴 버려야 한다는 말일세. 알아듣겠는가?”

야마가타 총감은 들고 있던 시가를 입으로 가져갔다. 시가를 든 손가락이 바르르 떨고 있었다. 그것이 조국에 대한 신념의 강렬함 때문인지, 식민지 통치의 불확실성으로 인한 두려움 때문인지는 알 수 없는 일이다. 그는 마음을 가라앉히려는 듯 아주 천천히 몇 모금을 빨아당겼다가 뿜었다.

“군도 알다시피 나는 어려서 양자를 가지 않았나.”

“네, 그렇습니다.”

“그런 아버님께서 소망하신 일 중에 못 이뤄보신 게 뭐가 있겠는가.”

“아마도 없으실 겁니다.”

“하지만 단 한 가지만은 이루지 못하셨지. 분로쿠(文祿) 원년(임진왜란 첫해)에 부산 부근에 있는 기장성(機張城)을 점령한 무장 카메이 코래노리(龜井玆距)가 토요토미 히데요시(豊臣秀吉) 쇼군께 호랑이 한 마리를 보냈는데 히데요시 쇼군께서 기뻐서 춤을 추셨다는 말을 듣고 관심을 갖기 시작하셨고, 당신께서 어느 조선의 귀족으로부터 호랑이 가죽을 선물 받으시곤 그 아름다움에 매료되서서 다다미(畳, 일본전통 가옥의 바닥재)에 깔아놓은 검은 줄무늬가 박힌 황갈색 털을 자주 매만지곤 하셨지. 그리고 조선 호랑이에 대한 서적을 탐독하시는 등 해박한 호랑이 연구가가 되셨네. 예컨대 우리 문헌에 호랑이가 처음 등장하는 일본서기 제9권 테츠메이키(欽明紀)에 기록된 호랑이에게 자식을 잃은 카시와데 하테스(膳臣巴提使)가 호랑이를 퇴치한다는 내용이며, 죠잔기담(常山紀談)에 등장하는 가토 기요마사(加藤清正) 님이 아끼던 시동 고즈키 사젠(上月左膳)을 물어 죽인 호랑이에게 복수를 한다는 이야기, 그 밖에도 많은 설화와 화가들의 그림들도 수집하셨지. 용호상박(龍虎相搏)이라는 말이 있지 않은가. 예로부터 동양권에선 용과 호랑이가 제왕의 상징으로 군림하고 있지만, 용은 상징적 동물이니까 결국 호랑이만 사실상의 제왕인 것이지. 아버님께선 일본 땅에 그와 같은 동물이 존재하지 않는 것을 아쉬워하시면서 때로는 마주한 밥상머리에서도 호랑이에 관해 많은 이야기를 들려주곤 하셨네. 이를테면 인도나 아프리카 러시아나 중국 조선에 서식하는 호랑이 중에 조선 호랑이가 가장 크고 가장 사납고 가장 아름답다고 하시면서 조선 호랑이를 창으로 사냥하는 모습을 보고 싶다고 하셨지. 무사의 진정한 용맹은 총보다는 창이나 칼로 호랑이와 대결하는 것이라고 강조해 말씀하셨네. 내가 조선총독부 정무총감으로 부임할 때 사적으로 이루고자 했던 것 중에는 아버님께 호랑이 사냥 모습을 보여드리고 싶은 욕심도 있었지. 그런데 지금은 병환으로 누워 계셔서 직접 오실 수가 없는 게 한스럽다네. 이번에 호랑이가 출몰하고 있다는 보고를 받았는데 사살하려 한다는 것에 속만 끓이고 있었지. 그런데 여기 앞에 앉아 있는 아오키 군이 좋은 아이디어를 내게 알려주고 실행계획까지 마련했다네. 운 좋게도 강원도에서 대호를 포획했다는 보고를 받고 사냥꾼들이 창으로 대결하는 모습을 사진으로라도 찍고, 실력 있는 화가로 하여금 그림도 그리게 하여 생고기, 호골주(虎骨酒)와 함께 보내드리고자 하는 것일세. 이미 사진사는 현지로 보냈고, 뒤에 있는 호송차에 화가 한 사람을 데리고 왔는데 그 사람이 눈으로 생생한 모습을 본 다음 집에 돌아가서 그리도록 했지. 나도 직접 눈으로 봐야 아버님께 설명을 드릴 게 아닌가. 혹시 아는가, 아마데라스 오미카미(天照大神, 일본인들이 숭배하는 신)께서 보살펴 주셔서 호랑이고기와 호골주를 드신 다음 평생에 보고 싶어 하던 그림을 보시고 병석을 박차고 일어나실지…."

"아, 그런 깊은 뜻이 계신 줄 몰랐습니다. 참으로 효심이 지극하십니다. 제발 그리되신다면 더 바랄 게 무엇이 있겠습니까?!"

"현지의 사냥꾼들한테는 어떤 호사가가 희사한 것으로 하여 상금도 걸어놓았다네. 내가 그곳까지 간다고 알려지면 여러 가지로 좋지 않을 뿐만 아니라, 본국의 정적들에게는 야마가타가 조선 총감으로 가더니 할 일이 없어서 사냥이나 다닌다는 공격의 호재를 제공하게 될 것이고, 경호라든가 기자들의 요설(妖說) 등등, 문제가 한두 가지가 아닐 게야. 특히 사냥하는 모습도 자연스럽지가 못할 걸세."

"과연!"

야마모토가 무릎을 쳤고 정무총감은 빙그레 웃었다. 그의 손끝 가까이로 시가가 타들어 가고 있었다. 곁눈질로 연신 힐끔거리던 비서가 머리를 숙이면서 두 손으로 꽁초를 받아 재떨이에 비벼 껐다.

"그건 그렇고~"

총감은 이 부분에서 화제를 돌렸다.

"군(君)은 이번 대장정에서 중점을 둬야 할 부분이 무엇이라고 생각하는가?"

"가능한 한 많은 호랑이를 잡는 것이 아니겠습니까?!"

"호랑이를 많이 잡아야 하는 건 기본이고, 무엇보다 중요한 것은 이 기회를 최대한으로 활용하는 것이 아니겠는가?!"

"무슨 말씀이신지…?"

"첫째는 각지에서 불끈거리고 있는 불령선인들의 기를 꺾어 내선일체 사상의 전도를 원활하게 하는 것이고, 둘째는 우리 내지(內地) 동포들에게 야마토 혼에 대한 자긍심을 불어넣어 단결을 더욱 공고히 하자는 것일세. 그렇게 함으로써 조선총독부의 기반을 더욱 확고하게 다지고, 나아가 세계만방에 우리 대일본제국의 강대함을 선전하여 그 누구도 감히 맞설 엄두를 내지 못하게 하자는 것이야."

총감은 비로소 야마모토를 대동한 목적을 실토했다.

"그럼 어떻게 하면 되겠습니까?"

"출발에 앞서 미리 내지와 조선의 모든 언론사에 이번 호랑이 정벌 계획을 알리고, 가급적 많은 기자가 정호군(征虎軍) 대열에 합류하여 적극적으로 선전 활동을 전개토록 하는 것이지. 나도 경찰국 도서과(언론검열과 통제)에 단단히 일러두었네. 그리고 사냥에서 돌아와선 각계의 유명 인사들을 한자리에 모아놓고 호랑이고기 시식회를 하는 것이 어떤가. 자네의 그 화려한 언어 실력도 알리면서 말일세."

"네, 돌아와서 제일 먼저 총감 각하께 보고드리는 자리를 마련하겠습니다. 그런 다음 도쿄에 돌아가 테이고쿠(제국) 호텔에서도 보고회를 열겠습니다."

"좋아, 좋아. 하지만 나는 괜찮으니 신경 쓰지 말게."

"무슨 말씀을요. 총독 각하와 총감 각하께서 통치하시는 땅에서 하는 사냥인데 어찌 보고를 드리지 않고 갈 수가 있겠습니까. 그리고 중요한 것은 토요토미 히데요시 쇼군님의 시대에는 군대의 사기를 높이기 위해 가토 기요마사(加藤清正, 가등청정) 장군이 남의 나라인 조선에서 호랑이 사냥을 했지만, 지금은 우리가 우리 땅인 조선에서 호랑이 사냥을 한다는 데에 의미가 있는 것이 아니겠습니까?!"

"그렇지, 바로 그 말이야! 테이고쿠 호텔에서 호랑이 시식회를 할 때 지금 그 말을 인사말로 필히 넣도록 하게, 알겠는가?"

"네, 꼭 그렇게 하겠습니다."

"좋아, 아주 좋아."

이야기를 하는 동안 차는 어느 높은 고개를 돌아 너와집들이 모여 있는 몇 개의 조그만 마을들을 지났다. 전면에 제법 긴 나무다리가 보이는 곳에서 차가 멈췄다. 운전기사가 전조등을 몇 번 깜박이자 어디선가 검은 옷을 입은 청년 셋이 뛰쳐나와 부동자세로 거수경례를 붙였다. 모자 아래로 짧게 깎인 머리로 보아 군인인 것 같다. 세 대의 차는 군인들의 안내에 따라 한길에서 안쪽으로 들어간 깊숙한 산기슭에 세워졌다. 아오키 비서가 차에서 내려 문을 열고 섰다. 가까운 곳에서 폭포 소리가 들렸다. 총감은 자리에서 일어서며 흘낏 운전석 옆에 있는 시계를 봤다. 시간은 5분을 남긴 11시에 닿아 있었다. 선임자로 여겨지는 청년이 차에서 내린 총독을 향해 다시 거수경례를 붙이고 나서 "이곳으로부터는 오솔길이라서 말을 타고 가셔야겠습니다."라고 말했다.

총독은 고개를 끄덕이며 청년의 어깨에 손을 얹어 두어 번 가볍게 두드렸다.

그들은 대기하고 있던 군인들에게 차를 인계하고 대신 말고삐를 넘겨받았다. 총감과 야마모토는 앞뒤로 말을 탄 헌병들의 호위를 받으며 늦가을 밤의 쌀쌀한 산길을 내 달리기 시작했다.

한 식경 가까이 높은 고개와 개울을 건너 깊디깊은 산골짜기로 들어서서 또 한참을 달려가자 검은 숲 사이로 일렁이는 횃불이 눈에 들어왔다. 그들은 은밀한 곳에 재갈 물린 말을 매 놓았다. 산꾼들이 다니는 비탈길과는 전혀 다른 방향의 길을 통해 아래쪽으로부터 비치는 광솔 불빛이 깊은 어둠 속에서 희미한 감색 아지랑이처럼 너풀거리고 있는 바위 위에 도달했다.

사주경계를 하고 있던 10여 명의 군인은 지금까지 해 왔던 것처럼 각자 총을 든 자세로 경계를 서고 있고 그들 중 지휘자로 보이는 자가 총감을 향해 구호 없이 경례를 붙였다. 바위 아래에 있는 사냥꾼들로서는 이곳에 사람들이 있으리라고 생각조차 할 수 없는 곳이다. 그러나 바위 위에서는 사냥꾼들의 일거수일투족을 빈틈없이 바라볼 수 있었다. 시야를 가리는 나뭇가지 몇 개는 아무도 모르게 치워져 있었기 때문이다.

비서가 연락하는 이의 귀에다 대고 속삭였다.

"도착하셨다고 전하시오."

바위 아래로 김동만의 모습이 불빛에 일렁거렸다. 누군가가 그에게 다가가 귓속말을 전했다.

김동만은 고개를 끄덕이고 나서 큰 소리로 사람들을 불러 모았다.

"자아, 모두들 조용히 하시오. 지원자 이름과 제비뽑기로 결정된 순서를 발표하겠습니다.

에~ 이 대회에는 모두 열세 분이 신청을 했고, 말씀드린 대로 제비뽑기로 다섯 분을 뽑았습니다. 그 순위는, 제1번 최철호, 제2번 윤재순, 3번 이수돌, 4번 박삼보, 5번 탁상길 이 다섯 분으로 결정이 났습니다. 애석하지만 나머지 분들은 귀한 간접경험으로 삼으시기 바랍니다. 그럼 이제부터 호명된 순서에 따라 호랑이와의 대결을 시작하겠습니다."

주위가 조용해지자, 뒷다리에 쫴기를 걸고 비스듬히 누워있던 호랑이가 벌떡 일어났다. 놈은 자신에게 다가올 위험을 감지하는 듯 주위를 둘러보며 살기가 흐르는 얕은 경고음을 냈다.

"제1번 창잡이 최철호!"

호명을 받은 사내가 이마의 수건을 질끈 힘주어 매고는 주위를 둘러보며 걸걸한 소리로 외쳤다.

"거 누가 막걸리 차고 온 거 있으면 한 모금만 주시오. 어쩌면 저승으로 가는 길인지도 모르는데 이승에서 이별주 한 모금은 하고 떠나야 할 게 아니오!"

모두 김동만의 얼굴을 바라본다.

"설마 막걸리 한 모금에 몸이 흔들리기야 하겠소. 오히려 마음을 안정시킬 수 있을 것이오. 누구 가지고 온 사람 있으면 줘도 좋소."

낯모르는 사냥꾼이 옆에 차고 있던 쇠로 된 호로병을 건넸다. 최철호는 몇 모금 꿀꺽꿀꺽 들이켜고는 소매로 입을 쓱 닦았다. 그리고 창을 꼬나들었다. 수염이 얼굴을 가린 40대 중반의 이 사내는 전국에서도 이름이 꽤는 알려진 창잡이다. 주위는 숨소리조차 들리지 않았다. 그는 조심스럽게 안으로 들어섰다. 우람한 어깨를 날렵하게 좌우로 움직여 호랑이의 반응을 살폈다. 놈은 미동조차 않은 채 크르릉 하고 가래 끓는 소리를 냈다. 그러나 이글거리는 눈은 금방이라도 앞에 선 사람을 집어삼킬 것 같다. 최철호도 누에 같은 눈썹을 치켜올리며 호랑이를 노려봤다. 기(氣) 싸움에서 지지 않기 위해서다. 그가 오른발을 높이 들어 "쿵" 하고 땅을 찼다. 호랑이는 즉각 반응하지 않았다. 가소롭다는 듯 천천히 일어나 날카로운 이빨을 드러내며 산천이 떠나갈 듯 "어흥!" 하고 포효했다. 사냥꾼이 창을 든 몸을 바짝 낮췄다. 호랑이도 몸을 웅크렸다. 사냥꾼이 왼쪽으로 돌았다. 호랑이도 따라서 돌았다. 사냥꾼이 오른쪽으로 돌았다. 호랑이도 따라서 돌았다. 왼쪽으로 돌았다. 호랑이도 돌았다. 사냥꾼의 얼굴에 언뜻 당황한 기색이 스치고 지나갔다. 놈이 좀처럼 심장을 드러내지 않기 때문이다. 한동안 이런 상태가 계속됐다. 어느 순간 왼쪽으로 돌던 사냥꾼의 발자국이 재빨리 오른쪽으로 옮기는가 싶더니 창끝이 심장을 향해 질주했다. 호랑이의 몸이 공중으로 솟구쳤다. 날카로운 발톱이 사냥꾼의 등을 덮쳤다. 구경꾼들이 눈을 감았다. 철커덕! 쇠사슬 소리가 나는가 싶더니 어딘가에서 "휴~" 하는 소리가 들렸다. 최철호가 경계선 밖에서 상반신을 뒤로 괸 채 안도의 한숨을 쉬고 있었다. 그의 창은 멀찌감치 갯버들 사이 모래톱에 꽂혀 있었다. 호랑이가 방향을 바꾸는 순간을 노렸지만 허사였다. 발아래를 빠져나오는 데에 한순간이라도 늦었다면 그는 이미 옆에 있는 개의 모습처럼 형체를 알아볼 수 없이 됐을 것이다.

사람들이 저마다 한 마디씩 아는 체를 했다.

"저래 가지곤 안 되지. 서로 노려보면서 빙빙 돌 때 등을 따라 이어진 척추를 노리는 것이 훨씬 더 쉬운 방법일 텐데 고수가 왜 그걸 모를까?"

"이 사람아, 그건 뒷다리를 마비시켜 움직이지 못하게 하는 것일 뿐, 한 방에 명줄을 끊는 방법은 아니지. 뭘 좀 알고 말을 하게나."

"아니, 그보다는 두 눈 사이의 미간을 맞추는 방법이 제일이야."

"아닐세, 고양이처럼 생긴 동물의 뇌는 덩치에 비해서 아주 작기 때문에 미간을 명중시키기가 지극히 어렵다네. 맞춘다고 즉사시키는 건 장담하기가 어렵지."

"그래두…"

"2번 창잡이 윤재순!"

두 번째 호명 받은 사내가 밧줄을 넘어 안으로 들어섰다. 30대 초반의 이 젊은이는 정말로 겁이 없는 것 같았다. 들어가자마자 이리저리 몸을 움직여 호랑이의 시선을 유도하더니 어느 순간 미간을 겨누고 창을 힘껏 던졌다. 창이 호랑이의 앞다리 넓적한 살점에 꽂힌 시점과 호랑이가 앞발을 후려친 것은 거의 동시에 일어난 동작이다. 동시에 인간과 호랑이의 울음소리가 밤하늘을 흔들었다.

"아아~"

구경꾼들의 입에서 비명이 터져 나왔다. 밧줄 밖으로 튀어나온 사냥꾼의 오른쪽 어깨가 주저앉고 곧이어 상반신이 붉은 피로 물들었다. 모두 어찌할 바를 모르고 있을 때 젊은 사람 몇몇이 피를 철철 흘리며 줄 밖에서 나뒹굴고 있는 사냥꾼에게 달려갔다.

누군가가 이런 무모한 짓을 때려치라고 고함을 질렀다. 그러나 대꾸하는 이는 없었다. 윤재순이 응급처치를 받은 후 황급히 들것에 실려 마을로 출발했다. 호랑이는 몸을 좌우로 흔들었다. 그러자 빗맞았던 창이 땅바닥에 맥없이 떨어져 나갔다. 꽂혔던 자리에서 피가 조금 흐르더니 이내 멎었다. 놈은 더욱 길길이 날뛰었다. 눈에서 불똥이 튀는 것 같다.

"3번 이수돌 앞으로!"

50대 중반으로 보이는 이 사내는 앞으로 나와 돌아서더니 인사를 꾸벅하고는

"기권하겠소이다. 처자식 생각하니 도저히 못 하겠소." 하고는 섰던 곳으로 다시 들어갔다.

몇몇 사람이 그 말을 거들었다.

"이해하겠소."

"아무렴 이해하고 말고."

"네 번째 도전자 박삼보!"

"옳거니!"

박삼보의 동작은 다른 사람들과 확연히 달랐다. 그가 들어선 지점

은 왼쪽 방향이고, 호랑이의 꼬리에 가까운 지점이다. 오른쪽에 신경을 쏟고 있던 호랑이가 갑자기 왼쪽 꼬리 지점으로 들어오는 침입자를 향해 몸을 홱 돌렸다. 그러자 박삼보가 좌우로 몇 번 발을 옮기며 뛰려는 시늉을 한다. 풀잎을 스치는 소리가 사각거렸다. 박삼보가 빠르게 창을 던지는 시늉을 하며 중간에 서 있는 나무를 두고 오른쪽으로 내달렸다. 멈칫하며 창을 피하려던 호랑이가 그를 향해 몸을 솟구쳤다. 뱃바닥의 털이 하얗게 드러났다. 우지직 소리가 났다. 호랑이의 사슬이 나무에 걸린 것이다. 힘의 반동으로 호랑이의 몸이 일(─)자 형태로 퍼졌다. 박삼보가 팔을 앞으로 힘껏 내던졌다. "받아라!" 창대가 번개처럼 어깨 뒤의 급소를 향했다. 그러나 호랑이가 한 수 위다. 거구를 전광석화처럼 반대 방향으로 돌리더니 3미터쯤 뛰어올랐다. 사슬이 팽팽하게 당겨지자 그 반동으로 다리에 박혀 있던 쐐기가 떨어져 나갔다. 자유의 몸이 된 호랑이는 한쪽 발로 창을 후려치고는 입을 벌려 사나운 이빨을 박삼보의 머리로 향했다.

모두들 이구동성으로 아아! 하고 비명을 토했다.

순간 건장한 몸집의 사내 하나가 폭풍처럼 날아오르더니 창 하나가 허공을 갈랐다. 호랑이가 "어훙!" 하고 울부짖었다. 거대한 몸집이 쿵하고 낙하했다. 호랑이의 몸이 나무토막처럼 널브러졌다. 심장에 깊숙이 창을 맞은 호랑이는 신음소리를 내며 몇 번 뒤척였다. 그리고 이내 조용해졌다.

거대한 시체 옆에 누운 박삼보가 넋 나간 사람처럼 눈만 멀뚱거리고 있었다.

개동이가 호랑이의 몸에서 자신의 창을 뽑아 들었을 때에야 비로소 사람들은 정신을 차렸고 박삼보도 눈을 멀뚱거리며 일어났다. 이 모두가 찰나에 발생한 일이다.

한동안 넋을 빼앗긴 것처럼 박삼보의 모습을 바라보고 있던 사람들의 시선이 일제히 개동이에게로 향했다.

"대단한 창솜씨여!"

"창솜씨도 그렇지만 찰나를 포착하는 예리함이 정말 대단하지 않은가! 게다가 용기도 하늘을 찌르는 젊은이여.""암 그렇고 말고…."

군중들이 저마다 한 마디씩 떠들었다.

"범한테 여러 사람이 당할 뻔한 걸 예방했네, 그랴"

모두 조심스레 다가가 밧줄 밖에 서서 호랑이를 들여다봤다. 놈은 날카로운 이빨을 드러낸 채 옆으로 누워 있었다. 죽은 것이 확실하다는 것을 안 뒤에야 안으로 들어갔다.

"야, 그눔 가죽만 벗겨 팔아도 왜놈 돈으루 일천오백 엥 이상은 족히 받겠다."

그 말에 또 누군가가 맞장구를 쳤다.

"일천오백 엥이 뭔가. 이완용이는 나라 팔아먹은 것도 모자라 일본 왕한테 조선을 잘 다스려 줘서 고맙다고 범 가죽 한 장을 선물하곤 백작 작위를 받지 않았는가. 그 값에 비하면 말이 되겠는가."

"농사장려회가 뭣허는 단체여?"

"몽둥이로 쳐 죽일 놈!"

"쉿, 이 사람, 엄중한 시기에 말조심허시게."

"……."

욕설을 내뱉던 사내가 계면쩍은 표정으로 뒷머리를 벅벅 긁는다.

한편 관솔 불빛이 희미하게 비치는 바위 위에서 야마가타 총감이

나지막한 음성으로 탄성을 지르며 무릎을 쳤다.

"키도 타카요시노 카타노 요오다! 지즈니 오도로쿠베키 우데마에다. 〈木戸孝允のやり方のようだ! 実にすばらしい腕前だ. 기도 고인(木戸孝允)의 솜씨 같도다! 참으로 대단한 솜씨다.〉"

기도 고인은 정한론의 주창자 요시다 쇼인(吉田松陰)의 규슈 번 문하생으로 전 일본지역을 통틀어 손꼽히는 검술의 달인이었으며, 가쓰라 고고로(桂小吳郎)라는 이름으로 불리기도 했다.

"경계선 밖에 있던 구경꾼이 호환(虎患)으로 죽을 운명의 사냥꾼을 살렸군요. 참으로 대단합니다. 번개보다 민첩하고 송곳보다 정확한 솜씹니다. 그 큰 몸집으로도 마치 날렵한 또 한 마리의 대호 같습니다."

야마모토의 낮은 목소리다.

"'첫 번째 칼을 의심하지 말라, 두 번째 칼은 패배다.' 단순한 것 같지만 일격필살을 추구하는 지겐류(自顯流)의 검법과 같은 창 솜씨로군. 용기와 힘과 민첩함을 모두 갖춘 젊은이야. 참으로 멋진 구경을 했네. 이보시오 모리(毛利)상, 지금까지 저들이 사냥하는 모습을 잘 봤으니까 그림 그리는 데에는 문제가 없겠지?!"

"네, 각하 덕분에 아주 좋은 구경을 했습니다. 그리는 데에는 아무 문제 없습니다. 제 머릿속에 확실하게 입력이 됐으니까요."

"내 아버님을 위해서 멋진 그림 하나 그려 주시오."

"네네, 이 장면을 반드시 살려내겠습니다."

화가가 총감을 향해 연신 머리를 조아렸다.

"좋소."

총감은 아주 만족한 표정으로 이번에는 야마모토를 향해 얼굴을 돌렸다.

"정호군 대장의 소감은 어떠신가?"

"저 역시 각하 덕분에 아주 귀한 구경을 했습니다. 이번 사냥에 좋은 참고가 될 것 같습니다. 또한 욕심나는 일도 있구요."

"욕심나는 일이라니, 그게 뭔가?"

"이번 사냥에 저 젊은이를 꼭 데려가고 싶습니다. 맨손으로도 호랑이를 때려잡을 저 건장한 체구에, 게다가 찰나(刹那)를 포착할 줄 아는 신경까지 소유하고 있지 않습니까!"

"허허, 내 그 말이 나올 줄 알았지… 여하튼 모든 일이 잘됐네. 밤중에 험한 산길을 마다하지 않고 달려온 보람이 있어."

야마모토는 머리를 조아려 총감의 말에 동의와 감사를 표했다.

그러나 바위 아래서는 실랑이가 벌어지고 있었다.

"멧돼지 사냥에도 결정적 한 방을 쏜 사람한테 3분의 2를 주는 법인데 비록 명단에는 들어 있지 않지만, 창 한 방으로 호랑이를 잡은 사람한테 상금을 줘야 마땅한 게 아닙니까?!"

승구의 목소리다.

"그 말도 일리가 있긴 하나 규칙은 규칙이니까 쉽게 결정할 수는 없소."

김동만의 목소리다.

"무슨 소립니까, 이 청년이 아니었으면 저기 넋 나간 사람처럼 앉아 있는 박삼보라는 분도 이미 산 사람이 아니었을 겁니다. 더 보태서 주지는 못할망정 있는 상금도 주지 않는다니 말이나 되는 소립니까? 그렇다면 그 상금은 어디다 쓰려고 합니까?"

"안 주겠다는 게 아니오. 삼백 원이라는 거금을 놓고 경쟁을 한 일인데 그리 단순하게 처리할 일이 아니질 않소. 좀 깊이 생각해 봐야 할 것 같소. 그리고 저~엉 자기 주장만 되풀이한다면 한마디 하겠소이다. 나쁘게 말한다면 선발되지 않은 사람이, 더욱이나 경계선 밖에서 창을 던진 것은 오늘의 이 시합을 망가트린 것이나 다름이 없는 짓이오."

"아니, 호랑이 사슬이 풀렸는데 그렇다면 여러 사람이 물려 죽어두 괜찮다는 말입니까?"

"막무가내루 자기주장만 하니까 하는 말이오. 굳이 따진다면 이치가 그렇다는 게지."

이런 주장들은 마침내 두 파로 갈리어 점점 소란스러워지고 있었다.

참나무 아래 일그러진 얼굴로 널브러져 있는 거대한 호랑이는 주변의 시끄러운 소리에는 아랑곳없이 험한 꿈을 꾸는 것 같았다.

바위 위에서 호랑이의 모습을 내려다보면서 낮은 소리로 감탄을 연발하고 있던 총감이 야마모토에게 시선을 옮기면서 말했다.

"자, 우리도 이젠 일어날 때가 되지 않았나. 저들이 더 시끄러워지기 전에 말일세. 상금은 알아서 처리할 것이고, 창꾼 젊은이를 정호군의 일원으로 데려가는 문제는 나중에 아오키 군이 중간에서 강원도 경찰국과 연락을 취하도록 하게. 호랑이 처리 문제는 알아서 잘 하겠지… 어떻게 생각하는가?"

"예, 그 방법이 좋을 것 같습니다. 일어나시지요."

총감 일행은 캄캄한 산길을 되밟아 어둠 속으로 사라졌다.

그날 개동이와 승구는 희끄므레 새벽빛이 비쳐드는 을수골 골짜기를 신나게 휘파람을 불면서 내려왔다. 개동이의 어깨 위에는 호랑이고

기 한 뭉치를 매단 막대가 춤을 추고 있고, 승구의 어깨에는 개동이의 창이 헹가래를 치고 있었다. 승구가 상금으로 받은 삼백 원 중 백 원은 부상한 사람을 위해, 그리고 또 백 원은 수고한 사냥꾼들의 일당과 막걸리값으로 내놓자 모두 계곡이 떠나가라 박수를 쳤다. 김동만 어른은 상금 문제에 대해 쉽게 결단을 내리지 못했던 일을 사과라도 하듯, 자신이 책임지겠다며 호랑이의 넓적다리 살을 호기롭게도 서너 근은 족히 될 만큼 뚝 떼어 개동이에게 넘겨줬다.

"허허 이 집은 내년 한 해 농사에 쓸 거름을 일찌감치 마련하니까 근심 걱정이 없겠구먼."

"그러게나 말일세. 들어올 때 언뜻 보니 뒷 울안 처마 밑에다 커다란 오줌장군(단지)을 다섯 개나 마련해 놨던데 아마도 오늘 저녁이면 모두 가득 차게 될 게야."

"사람들이 얼마나 모일 것이고, 모인 이들이 물을 얼마나 마셔주느냐, 오줌 줄기가 얼마나 강할 것이냐에 달린 일이지."

"이 사람아, 유사 이래 근동에서는 처음 들어보는 전기수의 이야긴데 아마도 조금 있으면 툇마루까지 사람들로 가득 찰 게고, 진드기가 아닌 이상 엿을 먹고 오줌을 안 쌀 동물이 어디 있을 건가."

"하긴 시방 모인 사람들만 해도 거의 찼으니…."

요즘엔 농사에 비료를 쓰지만, 그 시절만 해도 웬만한 집에서는 겨울이면 사람들을 초청하여 윷놀이를 한다든가, 막국수를 대접하는 등으로 밤늦도록까지 소변을 받아 놓으면 그것이 썩어서 농사철에 퇴비와 함께 섞어 사용할 수 있었다. 이 경우 대부분이 손님 접대로 엿을 내놓았다.

아버지의 깃발 상

"그런데 이 집 주인이 어떻게 이런 자리를 마련할 생각을 했을까?"

"어디서 얼핏 들으니 개동이가 머잖아 멀리 백두산으로 사냥을 간다나 봐. 어찌어찌하다가 여름에 퇴비도 마련하지 못했구, 시간두 별루 없을 것 같아 명년 봄에 쓸 비료를 마련해 놓으려구 머리를 좀 쓴 모양이야."

"그렇게 멀리까지 사냥을 간다구? 허 참, 개동이가 생각보다 대단한 사냥꾼이구먼."

서로들 귀에다 대고 속삭이는 말들이다. 어디서 빌려왔는지 남포등이 아랫방을 환하게 밝히고 있다. 새로 온 사람들이 방 안으로 들어설 때마다 유리 등 안의 불꽃이 하늘거린다. 앞에 사람들은 앉고 뒤에 사람들은 서고 하여 좁은 아랫방은 미어터질 것 같고, 올망졸망 잡동사니들을 놓아둔 윗방마저 발 디딜 틈이 없다. 아랫방은 비교적 나이 든 노인들이 앉은 아랫목을 중심으로 남정네들이 차지했고, 윗방은 젊은 아낙들과 처녀들이 장지문 사이로 들려오는 이야기에 귀를 집중하고 있다. 툇마루까지 발 디딜 틈이 없다. 열려 있는 미닫이문을 통해 아랫방에서 남정네들이 피워대는 잎담배 연기가 윗방에까지 자욱하다.

할머니 한 분이 쿨룩거리면서

"삼 년째 해소병을 앓고 있는데 웬 담배 연기람. 밖에 나가서 좀 피우소."

짜증 섞인 소리를 하자 벽에 기대 담배를 피우던 노인이 빙긋이 웃으며 재떨이에 비벼 끄고 있다.

"농사에 쓸 비료를 마련해 놓곤 편안한 맘으루 사냥을 하자는 계산이구먼."

"나도 하룻저녁 저 이야기꾼을 초청해서 농사 준비를 해 볼까나…?"

"대처에선 이야기꾼을 초청하려면 엄청 많은 돈을 줘야 한다는데 자네한테 그렇게 큰돈이 있는감?"

"얼마나 줘야 하는데?"

"실력에 따라 다르다곤 하지만 아무리 해도 쌀 몇 가마니는 줘야 할걸."

"한양 길거리 같은 데 자리 잡고 할 때는 한참 이야기를 하다가 재미난 부분에 이르면 입을 꾸욱 닫는다네. 그러면 심부름하는 아이가 모자 같은 것을 들고 사람들 사이를 한 바퀴 돈다네. 그러면 사람들이 호주머니에서 몇 푼씩 모자에 넣는데 돈이 예상보다 적게 거두어지면 이야기꾼도 계속 입을 꾹 닫고 있다는 게야. 그러면 아이가 또 한 바퀴를 돌고 하니까 부자 동네에선 한 번만 자릴 잡아도 짭짤한 액수를 벌어들이지 않겠나. 이런 산골과는 비교가 안 되지."

"그 정도로 대단하다는 말인가?!"

"그보다도 저 사람은 몸이 성치 않다는데 들어줄 리가 없지."

"그럼 이 집엔 어떻게?"

"개동이가 사냥에서 돌아올 때마다 몸을 보양하는 고기를 조금씩 떼어다 주면서 친해졌다나 봐. 그러니까 다 죽어간다던 사람이 저렇게 멀쩡한 모습을 하고, 게다가 이야기까지 하는 게 아닌가."

"쳇, 나도 창잽이로나 따라다닐 걸."

"창잽이는 아무나 하는 겐가? 몸두 건강하구 정신력두 강해야 하구 짐승들에 대한 지식두 있어야 하구 게다가 좀처럼 포기하지 않는 끈질긴 성질두 있어야 하는 걸세. 이런 것들이 하루 이틀에 만들어지는 겐가."

"그건 그렇고, 우리네 같으면 맛보기 힘든 귀한 고긴데 친분 없는 사람한테 줬으니 얼마나 고마울 텐가."

"하긴…. 그런데 저 전기수가 언제부터 이 골짜기에 들어와 살고 있었는감?"

"한 삼사 년 됐다지 아마."

좁은 방안은 할아버지 할머니들을 비롯하여 아이들에 이르기까지 이야기를 듣는 사람들로 콩나물시루처럼 빼곡하게 들어찼고, 사람들의 열기에 땀이 흘러 앞뒤 문을 모두 열어젖혔다. 그러나 문 앞까지 점령하고 있어서 안쪽에 앉은 사람들에게는 서늘한 늦가을 바람 한 오라기도 들지 않았다.

"좁은 집에 웬 군불을 이렇게 뜨겁게 질러놓았담. 저기 접시에 엿가락들이 한데 엉겨 붙어서 먹기가 어려울 지경이 아닌감."

"별걸 다 타박이구먼. 아, 주인 입장에서야 엿을 준비하고 방도 따끈하게 지펴놔야 객(客)들이 물을 많이 마실 테고 그래야만 선물을 많이 줄 게 아닌가."

"선물이라니 무슨…."

"오줌 선물은 선물이 아닌가."

"헤헤 난 또 뭐라구…."

"하지만 선물은 아무나 많이 주나? 둘러보니 젊은이보단 노인이 많구만."

"무슨 소리야?"

"이 사람 참 말귀를 못 알아 듣는구먼. 아무리 엿을 많이 먹었어도 노인이 주는 선물은 십년 가뭄에 건천 물 나오듯 하고, 젊은 사람이 주는 선물은 오대산 구룡폭포 쏟아지듯 한다는 뜻일세."

"그럼 늙으면 진드기가 된다는 말인가?"

아는체하던 사람이 그 말엔 대답을 못한다.

"그런데 개동이네 농토가 까짓 얼마나 된다구…"

"빌린 농토에도 거름은 줘야 할 거 아닌감."

사람들이 속삭이는 소리에 누군가 고함을 질렀다.

"아 조용히들 좀 합시다. 저 냥반(전기수) 말소리가 들리질 않잖소?!"

즐길 거리라고는 별로 없고 배고픈 시대에, 그것도 궁벽한 산골에서 소문으로만 듣던 전기수, 즉 이야기꾼이 등장했다는 것은 참으로 신기하고 가슴 설레는 소식이다. 사람들은 재미있는 이야기를 듣기 위해 일찌감치 저녁밥을 해 먹고 이곳 작은하니 개동이네 집에 모여들었다. 등 너머 큰하나나, 조금 더 떨어진 창말에서는 물론이고, 심지어 할머니 두 분은 무려 오십 리나 되는 명지거리에서 왔다고 하니 아마도 도시락을 허리춤에 매달고 오전 일찌감치 출발했을 것이고, 이야기가 끝나면 오랜만에 보는 사람들끼리 또 이야기판이 벌어져 통행금지 시간을 넘기게 될 것이 뻔하다. 만일 재수 사나워 순사한테 걸리기라도 한다면 치도곤을 맞을 것이다. 요 몇 해 동안 경찰에서는 통금 위반을 중죄로 다루고 있기 때문이다. 부득이 어느 가까운 친척 집에서 잠을 자야 할 것이다.

아랫방 한가운데에 앉은 이야기꾼, 즉 전기수의 이마에서도 연신 땀이 흐르고 있다. 옆에 있던 달봉 할머니는 아까부터 명주 수건을 손에 들고 있다가 그가 땀을 흘릴 적마다 잽싸게 찍어주고 있었다. 행여 중간에서 이야기가 끊길까 염려돼서다. 처음에는 땀을 닦아주는 간극이 꽤는 오래 걸렸으나 방 안의 온도가 점점 올라감에 따라 그 빈도도 점점 짧아졌다.

전기수의 장화홍련전 이야기는 계속됐다.

"…허씨는 얼른 치마끈을 풀어서 방안 대들보에 묶어놓고 올가미에 자신의 목을 들이밀어 자진하려는 시늉을 했습니다. 금방 무슨 변괴가 날 것 같은 몸짓이었습니다. 장화가 처녀의 몸으로 유산을 했다는 마누라의 말에 놀라 몸을 부들부들 떨고 있던 배좌수는 황급히 달려들어 올가미를 빼앗으면서 울부짖었어요.

'여보, 이게 무슨 해괴한 짓이란 말이오? 죄가 있다면 처녀의 몸으로 애를 밴 장화한테 죄가 있지 당신이 왜 죽는단 말이오? 제발 좀 이러지 말아요. 당신이 죽으면 내 살아도 산 것이 아닐진대 나를 생각해서 제발 좀 진정해 주시오.' 그러자 허씨가 여전히 올가미에 목을 넣은 채 야멸찬 목소리로 대답했습니다."

이 부분에서 이야기꾼의 목소리는 중늙은이 남자의 음성에서 다시 간드러진 여인의 목소리로 변하면서 그의 양손도 마치 올가미를 든 모습이 되었다. 그러고는 몸을 좌우로 흔든다.

"아니요, 아니에요. 양반 집 규수의 몸으로 혼인도 하지 않고 임신을 했다가 유산까지 했는데 내 비록 계모지만 딸의 교육을 잘못시킨 책임이 있으니 죽어서 죄를 갚아야 마땅할 것입니다. 머잖아 온 동네에 소문이 날 테고, 사방 백 리 안에서는 청혼하는 집안이 없을 것입니다. 아니 아니, 장화는 늙어 죽을 때까지 시집도 못 갈 것입니다. 내 무슨 면목으로 이 집안의 안살림을 이끌어갈 것이며, 조상님들 영전에는 어찌 얼굴을 들 수 있겠습니까?! 당신이나 조상님께 죽음으로 용서를 빌어야지요."

이야기꾼의 말 한마디 한마디에 신경을 집중하며 듣고 있던 사람들의 입에서 일제히 탄식이 터져 나왔다.

"저런 요망한 것이 있나."

"꼬리가 아홉 개 달린 여우 같은 년, 내 눈앞에 있다면 당장에 요절을 낼 것인데…"

"요사스런 것에 눈이 멀어버린 배좌수가 바보지 바보야."

"아 이 사람아, 베갯머리 송사(訟事)라는 말도 들어보지 못했는감."

저마다의 입에서 탄식과 욕지거리가 튀어나왔다. 심지어는 평소 점잖기로 소문 난 칠복이 할아버지의 입에서까지 육두문자가 튀어나왔다. 윗방에 앉아 이야기의 변화에 따라 머릿속으로 장면 하나하나를 상상하고 있던 여인들의 입에서도 낮은 탄식들이 흘러나왔다.

청중들의 시끄러운 소리에 잠시 이야기가 끊겼다.

이야기꾼은 소란이 진정되기를 기다리는 동안 조용히 눈을 감고 어깨를 좌우로 펴면서 몇 번인가 깊은 심호흡을 했다. 남포등 불빛에 비친 그의 모습은 이목구비가 뚜렷하고 헌헌장부의 품위를 갖추었음을 알 수 있다. 그러나 조금은 창백한 얼굴빛이 아직 완쾌되지 않은 병객임을 말해 주고 있으나 호랑이고기와 산토끼고기를 먹은 탓인지 이야기의 진행에 따라 시시각각으로 변화하는 목소리에는 흠이 없었다.

이윽고 전기수가 입을 열었다. 방안은 다시 물을 뿌린 듯 조용해졌다. 이야기는 장쇠가 장화를 연못에 빠트리는 장면에 이르렀다.

"…장화가 문득 하늘을 쳐다보니 나뭇가지 사이로 달빛은 교교한데 어디선가 애간장을 끊어놓는 두견새 울음소리가 들렸습니다. 자신의 팔자를 생각하니 문득 돌아가신 어머니의 얼굴이 떠올랐어요. 어머니가 너무도 그리워 복숭아빛 두 볼에 눈물이 주르르 흘러내렸지요. 말의 걸음은 어느 깊고 어둠침침한 숲에 이르렀습니다. 장쇠가 갑자기 말고삐를 멈췄습니다. 장화가 웬일인가 하여 주위를 살펴보니 몇 발 앞에 커다란 연못이 눈에 들어왔습니다. 그 연못은 끝이 어딘지조차 알 수 없이 안개까지 서려 있어서 금방이라도 귀신이 나올 것처럼 괴기했지요.

'어서 내리시오!' 장쇠가 차가운 목소리로 말했습니다. 장화는 가슴이 철렁하여 '외갓집은 아직 멀었는데 갑자기 내리라고 함은 어인 일이냐?"

전기수의 목소리는 젊은 남자의 야멸찬 대답으로 변했다.

"'누이의 죄를 누이가 알 텐데 여기서 내리라는 이유를 왜 모른단 말이오? 외가에 간다는 말이 정말인 줄 알았다니 기가 찬 일이오. 양반집 처녀의 몸으로 아이를 뱄다가 떨구고 집안 망신시킨 죄를 정말 모르겠소? 더 이상 잔말이 필요 없으니 빨리 말에서 내려 이 연못으로 뛰어 들어가시오.'

'아니, 내가 애를 뱄다가 낙태를 했다고? 그게 무슨 해괴망측한 소리냐?'

장화는 마른하늘에서 날벼락이 떨어져 머리를 때리는 것처럼 정신이 아득해졌습니다. 어찔어찔 현기증이 나서 금방이라도 말에서 떨어져 쓰러질 것 같았어요. 다시 정신을 차리고 곰곰이 생각해 보니 그제야 아버지와 계모가 했던 말들이 떠올랐습니다.

'아, 하늘이시어, 제게 왜 이런 일들이 생기게 하시나요? 저에게 생명을 주어 세상에 태어나게 하시고는 아직 어린 나이에 무슨 천벌 받을 죄가 있어서 이처럼 누명을 받아 죽게 하시나요? 장화는 세상에 태어나서 문밖에도 나가지 않았고, 오직 집안에서 책을 가까이하며, 좋은 일들만 생각하고, 아름다운 것들만 그리며 살아왔습니다. 그런 저에게 어머니를 잃는 고통을 주시고 이제 또 천부당만부당 억울한 누명으로 죽음에까지 이르게 하시니 정말로 옥황상제님이 존재하시는지 알고 싶습니다. 아아, 어머니, 어찌하여 이 세상에 저희 자매를 남겨놓으시고 일찍 가셨단 말입니까? 어찌하여 저희 자매가 사악한 사람들의 핍박으로 고생을 하게 하시고 어찌하여 소녀가 오늘 이 무서운 곳에 이르도록 하셨단 말입니까? 저 한 몸 죽는 것은 서럽지 않으나 뒤에 남겨진 홍련이가 또 어떤 억울한 일을 당하고 변을 당할지를 생각하니 눈앞이 캄캄합니다.' 장화는 하늘을 우러러 통곡하고 나서 그 자리에 쓰러지고 말았습니다. 그 모습은 나무토막이나 돌멩이라도 분노하고 서러워할 일이지만 제 어멈을 닮아 매정하고 심술궂은 장쇠는 눈도 깜짝 않고 재촉을 했습니다.

'이미 밤이 야심해져서 내 돌아갈 일이 걱정인데 어차피 죽을 목숨, 빨리빨리 해결합시다. 자꾸만 이렇게 시간을 끌면 내가 강제로 처넣을 것이오. 그러니 빨리 뛰어 들어가오. 어서!'…"

장면이 여기에 이르자 또 다시 사방에서 소란이 일어났다.

"저런 죽일 놈이 있나."

"하늘이 어찌 저런 놈을 그냥 뒀는감."

"신령님이 범이라도 시켜서 그냥…."

어디선가 "따악" 소리와 함께 "아얏!" 하는 비명소리도 들렸다.

같은 마을에 사는 천석이가 앞에 앉은 순돌이에게 꿀밤을 매긴 것이다.

이야기를 하느라고 목이 마른 이야기꾼이 누이동생을 불렀다.

"삼월아, 마당 가 우물에 가서 아주 차가운 물 좀 한 바가지 떠오너라."

동네 처녀들과 함께 윗방에 다소곳이 앉아 있던 삼월이가 대답을 하고 나서 밖으로 나가기 위해 일어섰다. 겨우 문지방을 넘어섰지만 빼곡하게 들어찬 사람들 틈에서 더는 걸음을 옮길 수가 없어 얼굴이 발개져 어찌할 바를 모르고 있다. 순간 아랫방 부엌 쪽에 서 있던 개동이가 그 모습을 발견하고 큰 소리로 말했다.

"내가 떠올게요."

삼월이의 눈과 개동이의 눈이 마주치자 삼월이가 보일락 말락 미소를 짓고는 이내 고개를 돌렸다.

사람들의 눈이 일시에 삼월이에게 쏠렸다.

"와, 대단한 미인이다!"

그때 윗방 여인들 가운데 끼어 있던 또 다른 앳된 처녀의 눈이 아무도 몰래 삼월이와 개동이를 흘겨보고 있었다.

이야기가 끝나자 멀리서 온 사람들은 각자의 갈 곳으로 뿔뿔이 제 갈 길을 가고 나머지 사람들은 끼리끼리 모여 앉아 개동이가 내놓은 막걸리 한 자배기와 갓김치, 엿을 가운데 놓고 뒷풀이를 했다. 화제의 대부분은 방금 들은 '장화홍련전'에 관한 것이었다. 내용을 모르는 한두 사람이 이야기꾼에게 술을 권했으나 정중히 사양했다. 사람들은 그가 자신들의 분위기에 동화되기를 바랐으나 몸에서 기력을 뺀 탓으로 매우 피곤해 보였다. 개동이는 그들 남매를 집까지 바래다줘야겠다고 생각했다.

이야기꾼이 최선을 다해 수고한 덕분에 오줌장군 다섯 통이 거의 찼으니 거름을 받는 일은 성공을 거두었고, 삼월이와 잠시 밤길을 걷는 것도 그리 나쁘지는 않을 거라는 생각에서다. 이야기꾼이 앞에 서고 삼월이 뒤를 따라 걷는다. 그리고 개동이는 삼월의 뒤를 따랐다. 은은한 들국화 향기가 코끝에서 떠나지 않는다. 개동이는 그 향기를 몇 번이나 힘껏 허파에 빨아들였다. 늦가을 밤바람이 약간은 차가운 느낌이 들게 하지만 아주 기분이 좋았다.

그들이 마당에 들어서자 커다란 개가 반갑다고 경중경중 뛰었다. 삼월이 다정한 목소리로

"재환아, 집 잘 지켰니?" 하면서 개의 머리를 쓰다듬었다. 개는 꼬리를 치며 좋아서 어쩔 줄 모른다.

자세히 보니 오래전 개동이네 집에 데리고 와서 똥개와 바꾸자고 했던 그 셰퍼드다.

잠시 들어와 국화차라도 한 잔 마시고 가라는 것을 집에 사람들이 있어서 가야 한다고 대답했다.

"오늘 정말 수고가 많으셨습니다."

방문을 닫기 전, 작년 봄에 문바우에서 딴 석청(꿀) 한 병을 방안에 넣어줬다.

제2편

음전이

콧노래를 흥얼거리며 산비탈을 내려오는 길이다. 흐릿한 달빛에 어디선가 소쩍새가 운다. 콧노래를 멈추고 가만히 귀를 기울인다. '솟쩍!'하고 울면 흉년이 들고 '솟쩍다!' 하면 풍년이 든다고 한다. 몇 번을 들어봐도 '솟쩍'이다.

"내년에두 또 슝년(흉년)이 들라나…"

방금까지 좋았던 기분이 우울해진다.

"거기, 나 좀 봐유."

얼금뱅이 춘보네 나무 낟가리 옆을 지나는데 누군가 어둠 속에서 불쑥 나타나는 그림자가 있다. 깜짝 놀라 고개를 빼면서 찬찬히 살펴보니 아랫말 음전이다.

"음전이 아녀?! 집엔 안 가구 왜 거기?"

그녀는 개동이 앞으로 성큼 나섰다.

"할 말이 있어유."

"나한테?"

개동이는 짐짓 시치미를 뗀다.

물음엔 대답하지 않고 뾰로통한 얼굴로 노려보고 있다.

"귀신하구 연애질하는 기 아니라면 이 밤중에 뭔 일이 있어 산비탈을 내려오는 길이래유?"

가시가 잔뜩 돋은 말투다.

"이야기꾼을 바래다 주구 오는 길이여."

"이야기꾼뿐인감. 맘은 그 옆에 가 있음서…."

"그 옆이라니, 그게 무신 말이여?"

"그런데 왜 요즘은 나를 개 머루 보듯 해유?"

음전은 개동이가 묻는 말에 대답은 않고 따지듯이 묻는다.

"개 머루 보듯 하다니, 내가 개란 말이여? 또 무슨 말을 할려구?"

"둘러대지 말구 딴 데 관심 있으면 그렇다구 솔직히 말해유."

"못 알아듣겠으니 이해가 가도록 말해봐."

"피~ 누가 모를 줄 알구?"

"뭘 말이여. 답답하니 빨리 말해, 나 바뻐."

"이야기꾼두 바래다줬는데 무신 바쁜 일이 있다구…."

"아직 안 가구 남아 있는 사람들이 있잖여."

"쥔이 안 가면 제 갈 길 가겠지 무신 걱정."

"……."

"오라버니와 나 결혼하기루 약조한 사이잖유. 그런데 왜 엉뚱한 여자한테 맘을 뺏기구 있냐 그 말이어유."

"그런 소리 말어. 내가 누구한테 맘을 뺏기구 있다구 그려."

"아니 땐 굴뚝에 연기 나겠남유. 알 만한 사람은 다 알고 있던데 남자가 비겁하게 뭔 거짓뿌렁이어유."

"알 만한 사람이 누구야? 누가 그런 허무맹랑한 소리를 하구 다니는지 말을 해봐 어여."

"그럼 지금 바래다 준, 서울서 온 년한테 맘을 뺏기구 있지 않단 말이어유?"

"아니 글쎄 누가 그랬는지 말을 해 보래두…."

"묻는 말에나 대답해유. 정말이지 아니다 그 말이어유?"

"무신 천부당만부당한 말을 하구 있어. 그 이야기꾼 남매가 우리 집에 이따금 들리니까 친한 것처럼 보이는 거뿐이여. 너 같으면 오는 사람을 쫓아내겠니?"

"그런데 왜 여러 가지 소문이 났대유?"

"무슨 소문?"

"오라버니와 서울 년은 이미 오래전부터 좋아하는 사이가 됐고, 그 이야기꾼도 허락을 했다구 하대유. 그리고 개동 오라버니 부모님두 이제는 그쪽으루다가 맘을 정했는데 미안해서 우리 집에는 말을 못하구 끙끙대기만 한다구 말이어유."

"무슨 개뼉다구로 하모니카 부는 소리여. 그런 것들은 모두 남의 말 하기 좋아하는 참새들이 조잘대는 헛소문이여. 나는 변한 게 없어. 쉽게 변하는 사람이 아니란 걸 음전이두 잘 알잖여. 참새들 조잘거리는 거 신경 쓸 거 없어."

"참새는 산에 있지 집에 있는감…."

음전은 조금 기분이 회복됐는지 키득거리고 나서

"지금 한 말 진짜예유?"라고 묻는다.

"암 진짜지."

"거지뿌렁이 아니구 참말이지유?"

"그렇다니까. 내가 왜 거짓말을 해."

"옥황상제님과 돌아가신 할아버지 할머니를 걸구 거지뿌렁이 아니라구 맹세하지유?"

"그래, 그렇다니까."

"그럼 아버지 엄니 마음두 변함 없겠지유?"

"그렇겠지."

"그럼 알았어유. 사실은 우리 엄니가 오라버니 엄니한테 따져 보겠다구 하는 걸 내가 당사자 맘을 확인해 볼테니께 좀 기다려보라구 말렸걸랑유. 하긴 나두 그렇게 생각은 해유. 오라버니 엄니가 우리 엄니 있는 데서 나한테 약조를 받기두 했구, 동네사람들두 오래전부터 우리 두 사람 부부가 돼서 검은 머리 파뿌리 될 때꺼정 함께 살기루 한 사이란 걸 알고 있으니께 벨일이야 있을까 생각은 했어유. 하지만서두 요 몇 달 새 오라버니가 날 대하는 태도두 그렇구 서울 년을 바라보는 눈빛두 예사롭지가 않은 거 같아서 좀 께름칙했어유. 하지만 더 이상은 의심같은 건 하지 않을게유."

"……."

"왜 대꾸가 없어유."

"엉? 그래야지."

"그럼 약속 하나 해 줘유."

"무슨 약속?"

"앞으로는 내가 보는 앞에서 그 서울 년한테 웃는 얼굴을 보이거나 친절하게 해주지 말기유. 사냥해 오는 고기두 주구 있다는데 그런 것 두 하지 말기유."

"서울 처녀한테 웃는 얼굴을 보인 적은 없고, 그 오빠한테 고기를

준 적은 몇 번 있지만 그건 다른 뜻이 있어서가 아니라 그 사람이 병
객이라 준 거야. 그래야 앞으로두 재미난 얘길 들을 수 있을 거구, 농
사거름두 어렵지 않게 장만할 수 있을 테니깐."

"하긴 그 사람, 얘기는 참말루 재미나대유…."

음전이는 말없이 한참 동안 개동이를 바라보고 있다가 새끼손가락
을 빨았다. 그러고는 가느다란 목소리로 말했다.

"주인이 없으면 사람들두 다 돌아갈 거니깐 여기 앉아서 얘기 좀 하
다 가유."

"아니야, 내가 올 때까지 기다린다구 했어."

개동이는 거짓말을 하고 있었다. 음전이의 말대로 주인이 없으면 자
기들끼리 이야기를 나누다가 집으로 돌아갈 것이다.

하지만 작년 여름에 있었던 일이 생각났기 때문이다. 웬일인지 요즘
들어 부쩍 그때의 일이 자주 생각나 기분을 찜찜하게 만들고 있었다.
마치 누군가가 자신의 발에 족쇄를 채운 것 같은 느낌이 들어 영 마뜩
지가 않았다.

작년 7월의 어느 날이었다. 며칠째 계속되는 장마에도 아버지와 어
머니는 모처럼의 나들이를 했다. 해마다 나물을 채취할 때가 되면 찾
아와서 친숙해진 부부가 홍천 신장대리에 살고 있는데 그 남편의 회갑
잔치가 있었던 것이다. 가긴 꼭 가야겠는데 장마철이라 군데군데 길이
넘쳐 갈 수가 없다. 보통 사이 같으면 장마 때문이라고 나중에 핑계를
대면 되겠지만 그럴 사이가 아니다. 산길을 타고 갈 요량으로 비옷과
여장을 갖추고 떠났다. 집에는 개동이만 남았다.

승구 아재네 집에 가서 놀다 올까, 하다가 며칠 동안 저녁마다 갔던
지라 오늘은 잠이나 푹 자리라 생각했다. 일찌감치 밥을 먹고 자리에

누웠다. 몇 시나 됐을까, 곤히 자고 있다가 문득 이상한 느낌이 들었다. 인기척 비슷한 감을 느꼈다. 등잔 심지에 불을 붙이려고 부싯돌을 찾을, 그때다. 물기에 젖은 손이 더듬거리는 개동이의 손을 잡았다. 그러고는 어떤 작은 몸이 개동이의 몸을 감싸 안으며 이불속으로 밀고 들어왔다. 깜짝 놀라 이불을 걷어찼다. "누구냐?"

이불을 끌어당기며 대답하는 귀에 익은 목소리.

"나 음전이."

자그마한 손이 자리에서 일어나려는 개동이의 팔을 강하게 끌어당겼다.

"음전아, 이러문 안 돼. 부모님들한테 혼나."

"걱정하지 말어, 우리 엄니두 알구 있으니께. 나 요즘 오라버니에게 느끼는 이런 감정 태어나서 처음이야."

"동네에 소문도…"

얼굴을 끌어안고 입을 막는다.

"……" 어디선가 개구리들이 극성스레 울어댔다.

잠시 후 개동이의 귀에다 대고

"개동오라버니, 난 오라버니가 내 희망의 전부야. 나를 어떻게 생각하는지는 몰라도 병정놀이에 정신이 팔린 일곱 살 꼬맹이한테 시집갔던 난 그 집에서 일만 죽도록 하다가 약속했던 소두 못 받구 쫓겨났어. 오라버니와 결혼해서 새알 같은 아이들두 낳구, 나물죽 끓여 먹지 않을 만큼 부자두 되구 싶어. 난 그렇게 오라버니를 도울 자신이 있어. 알았지?" 하고는 볼에다 뽀뽀를 했다.

"겨우 열다섯, 고것이…"

자랄 때는 귀엽고 깜찍한 여동생으로 여겼고, 마을을 떠날 때는 부디 잘살아 주기를 간절히 바라는 심정이었고, 소박맞고 돌아왔을 땐 가슴 아파했던 그녀는 그냥 동네의 여동생일 뿐, 꿈에도 여자로 생각한 적이 없다.

그 일이 있은 다음부터 음전이가 개동이를 대하는 태도는 남들도 눈치를 챌 만큼 달라져 있었다. 마치 갓 시집온 새색시가 남편을 대하는 태도 같았다.

집에도 자주 찾아와서 어머니 곁에 찰싹 붙어서는 막내딸이나 귀여운 며느리처럼 조잘거렸다.

그러지 않아도 어머니의 마음은 일찌감치 음전이한테 가 있었다.

음전이는 아홉 살 때 창말에 있는 어느 친척의 소개로 춘천군 어느 면에 있는 농사꾼 집에 3년 후 겨릿소 한 마리를 받기로 하고 민며느리로 시집을 갔다가 겨릿소를 주기로 약조한 기한을 보름 앞두고 소박을 맞아 집에 돌아와 있었다.

그런 탓으로 동네 꼬마 아이들은 음전이를 볼 때마다 "소박맞은 겨릿소"라고 놀려댔다.

그렇지만 음전이가 집에 자주 찾아오자 어머니 얼굴에 화색이 돌았다. 궁핍한 살림에 하나뿐인 아들의 장가를 보내는 일이 늘 근심거리였기 때문이다. 삼시 세끼 죽도 제대로 먹지 못하는 집에 딸을 주고 싶은 부모가 세상천지 어디에 있겠는가. 음전이가 고향에 돌아온 것은, 그리고 자신들의 집을 자주 방문하는 것은 하늘이 준 행운이라고 생각했다.

어린 나이에 소박맞은 것이 무슨 큰 흠이랴.

그러나 아버지는 달랐다.

비록 조혼을 하는 시대이긴 하지만 아직 스무 살도 안 된 아들의 나이에, 게다가 소박맞고 온 아이라니….

부부는 이 문제를 가지고 여러 번 다툼이 있었지만, 남편은 아내의 너무도 강경한 주장에 그만 입을 닫아버리고 말았다. 가난한 살림에 대한 1차적 책임이 자신에게 있음을 부정할 수 없다는 생각도 작용했으리라. 또한 인근에 개동이와 짝을 지어줄 마땅한 처녀를 구하기가 쉽지 않다는 현실적인 문제가 존재하기도 했다.

어머니가 보기에 개동이도 음전이를 별로 싫어하는 것 같지 않았다. 어머니는 아들도 이런저런 환경들을 고려하여 일찌감치 음전이 쪽으로 마음을 정하고 있는 것이리라 여기고 있었다.

어머니의 추정은 확신으로 굳어졌고 마침내 어느 날 동네 초입 개울 건너에 금방이라도 기둥이 쓰러질 것 같고 이엉이 썩어서 지지랑물이 진간장처럼 흘러내리고 있는 두 칸 초가 음전네 집을 방문했다. 음전의 아버지는 동네에서 좀 모자라는 사람이라 불리고 남의 집에 날품팔이 조수로 다니는 사람이다.

그는 윗방에 올라가 있고 아랫방에서 두 어머니가 만났다. 평소에 좀체 말이 없어 속내를 표현하지 않는 음전 어머니도 이날만은 들떠 있는 표정이다. 그러나 행여 실수가 있을까 매우 조심하는 태도다.

개동 어머니가 물었다.

"귀하게 길렀는데 음전이를 우리 집 며느리로 줄 수 있을까요?"

"딸을 데려가 주신다면야 우리가 바랄 게 뭐가 더 있겠습니까? 입이 있어도 드릴 말씀이 없겠습지요."

그러나 잠시 머뭇거리며 개동 어머니의 표정을 살피더니

"이런 말씀 어떻게 생각하실지 모르나 이 자리에서 음전이 생각도 좀 들어보는 게 좋을 것 같은데…."

말꼬리를 흐리는 것은 소박맞은 딸을 데려가는 것도 감지덕지해야 하거늘 무슨 이유가 있느냐고 생각할까, 자존감이 들었기 때문이다. 그뿐 아니라 부모의 허락만 떨어지면 혼사가 결정되는 시대지만 음전의 부모로서는 딸의 장래를 망가트린 실수가 더 이상 본인들의 잘못으로 귀결되어 나중에라도 원망을 듣지 않기 위해 당사자의 의사를 묻는 절차를 취하고 싶었던 것이다. 그리고 개동 어머니에게는 단단히 못을 박아놓겠다는 목적이기도 했다.

　개동 어머니는 올해는 흉년이라 입에 풀칠하기도 어려운 터라 내년 가을에 적당한 날을 받아 혼사를 치르자고 제안했고 음전 어머니는 사돈집에서 하는 대로 따르겠다고 했다.

　음전은 대답을 하고 나서도, 개동 어머니가 집으로 가고 난 다음에도, 잠자리에 들어서도 가슴이 콩닥콩닥 뛰었다. 계획대로 성공을 거두었으니 이 기쁨과 이 희망을 어찌 말로 다 표현할 수 있으리…

　하지만 삼월이가 동네에 들어온 다음부터 상황은 전혀 예상할 수 없게 전개되었다.

　개동이네가 삼월이 남매를 알게 된 것은 아주 이상한 일에서 비롯되었다.

　3년 전 어느 날, 그러니까 계방산 산록에 너도바람꽃이 지고 나서도 한참을 지나 시오리 오불꼬불 작은하니 계곡에 연보랏빛 물철쭉이 흐드러지게 필 때였으니까 아마도 늦은 봄에서 여름으로 넘어가는 어느 날이라고 기억된다.

　방갓을 써서 얼굴은 안 보였지만 바짝 마른 체구의 남자와 앳돼 보이는 여자가 아주 느린 걸음으로 계곡을 따라 길을 오르고 있었다.

그런데 이 낯선 두 남녀가 물철쭉 화사한 계곡을 올라오는 모습은 봄날에 어울리지 않게 힘든 모습이다. 남자가 조금 전 쉬었던 곳으로 부터 채 반 마장도 못 가서 괴나리봇짐을 내려놓으며 돌 위에 걸터앉 았다. 방갓을 벗고 얼굴에 흘러내리는 땀방울을 닦는 모습으로 보아 남자는 스무 살 좌우로 보였다. 움푹 꺼진 눈과 핏기 없는 얼굴, 그리 고 먼저 자리를 잡곤 하던 모습으로 미루어 병객임이 분명했다. 여자 는 대략 예닐곱을 넘을까 말까 한 얼굴인데 이곳 농촌에서는 보기 드 문 양장을 하고 있었고, 나긋한 몸매에 얼굴이 매우 아름다웠다. 그녀 는 품 안에 강아지 한 마리를 안고 있었다. 밭에서 일을 하고 있던 사 람들이 이 낯선 사람들을 처음에는 조혼(早婚)한 부부라고 여겼지만, 여자가 머리를 짧게 땋아 늘인 것을 보고는 남매라고 생각했다.

그들은 작은하니 본 마을을 지나고 작은 피아골 큰 피아골과 계곡 의 마지막 인가가 있는 놀랑골로부터도 삼, 사 리나 더 올라간 계방산 비탈 어떤 화전민 가족이 몇 해 동안 살다가 버리고 간 움막집에 들었 다는 소문이 돌았다. 그 움막은 먼저 보는 이가 임자였고, 필요에 따 라 주인이 바뀌었다. 같은 날짜에 같은 목적을 가지고 찾아든 이가 여 럿 있다고 하더라도 싸우는 일도 없었다. 대개가 근동에서 찾아든 사 람들이라 강원도 사람들답게 그냥 무덤덤하게 먼저 차지한 사람에게 양보하고는 다른 곳으로 발길을 돌리곤 했다. 뒤에 온 사람들은 앞에 있던 사람들이 가꾸던 화전밭을 가꾸며 살다가 싫증이 나면 떠나곤 했다. 어쩌다 화전밭의 면적이 조금씩 늘어나는 일들이 있었으나 다 음 사람의 필요나 능력에 따라 다시 묵밭이 되기도 했다. 여하튼 이들 남매가 온 이후로는 몇 해 동안 주인이 바뀌지는 않았다. 마을 사람들 이 잊을 만하면 한 번씩 처녀가 보따리를 이고 마치 무엇에 쫓기는 사람처럼 종종걸음으로 장에 다녀오는 모습이 보이거나 산일을 하러 계방산을 오르는 사람들의 눈에 빨래를 널어놓은 모습이 먼발치로 보이곤 했다. 이따금 개 짖는 소리도 들렸다. 그러나 사람들과는 아무런 접촉이 없었다. 대화가 없으니 그들에 대해 알 수 있는 것이 없었다. 그들이 누구이며 어디서 왜 왔는지, 어떻게 살고 있는지 알려지지 않았다. 작년 봄에는 동네 사람 누군가가 말하기를 움막집 주변으로 별로 눈에 띄지 않던 야생초꽃들이 만발하여 볼품없는 움막집을 온통 꽃으로 에워싸서 벌들이 날아들고 참으로 볼만하더라고 했다.

"먹을 건 없는데 꽃이나 기르면 밥이 나오나 떡이 나오나."

이런 말을 하는 사람들도 있었으나 대부분은 아름답게 가꿔진 움막집을 상상하며 즐거워했다.

그러나 또 한 번의 겨울이 와서 산과 골짜기의 잎들이 떨어졌어도 마을에서 '비밀의 화원'의 주인공들의 모습을 볼 수는 없었다. 유난히도 긴긴 이 고장의 겨울에 그들이 무얼 먹고 사는지 도통 알 수 없는 일이다. 마을 사람들에게 그들 남매는 마치 국경선 너머에 있는 사람들로 여겨지는 존재가 되어가고 있었다.

그런데 작년 여름 어느 저녁 무렵 승구가 그 처녀와 함께 개동이네 집을 찾았다. 처녀의 손에는 커다란 개 한 마리의 목줄이 들려져 있는데 그 개는 한눈에 보기에도 꽤는 잘생긴 서양개였다.

승구가 말했다.

"자네 이 처녀가 누군지 대강은 알 거야. 그런데 개를 가지고 우리 집에 와서 내가 가지고 있는 맹돌이와 바꾸자고 자꾸 조르는데 아무리 똥개라고는 하지만 이미 훈련이 잘돼 있기 때문에 그럴 수가 없네. 자네네 집에도 알아봐 달라고 하두 떼를 써서 데리구 왔네. 이 개는 쎄빠또(셰퍼드)라는 종류인데 원래부터 서양 사람들이 사냥종으루 기르는 거니까 좀 늦었더라도 잘만 훈련하면 괜찮은 사냥 동무가 될 거야. 어떤가, 그 똥개하구 바꿔볼 생각은 없는가?"

그동안에 누렁이는 웬만큼 냄새로 알고 있는 사람이라는 듯 꼬리를 흔들었으나 서양개는 컹컹 짖으며 사납게 날뛰었다. 처녀가 조그맣고 하얀 손으로 연신 셰퍼드의 머리를 쓰다듬으며 "재환아 재환아 가만 있어!"라고 달래자 이내 조용해졌다. 개한테 사람 이름을 붙이다니…. 모두들 이상한 눈으로 그녀를 바라봤다.

개동이가 이리저리 개를 살펴보고 나서 승구와 처녀를 번갈아 보며 말했다.

"쫑긋한 귀에다 떡 벌어진 어깨에 쭉 빠진 다리 하며 사냥하기엔 꽤 괜찮은 종자 같수. 그런데 왜 이 좋은 개를 바꾸려고 하는지…"

처녀가 고개를 옆으로 돌리며 "사냥 훈련을 시키고 싶어서…"라고 작은 소리로 궁색한 대답을 했다. 그러나 그녀의 두 눈에 그렁한 눈물을 본 사람은 아무도 없었다. 옷소매로 얼른 훔쳤기 때문이다.

개동이가 꿀꺽 침을 삼키면서 눈을 반짝이는 것으로 보아 생각이 있는 것 같았으나 이야기를 더 이상 진척시킬 수가 없었다. 뒷마당을 돌아오던 어머니가 팔을 저으며 달려왔기 때문이다.

"안 된다, 그 개가 아무리 좋은 종자라고 해두 우리 개하구 바꿀 수는 없어. 누렁이는 날 때부터 함께 해 온 우리 식군데 절대루 안 돼. 그리구 사냥길에 따라다니면서 제 몫을 다 했다. 저 삼촌(승구)네 개두 있긴 하지만, 따지고 보면 우리 누렁이두 한몫 거들었기 때문에 고기 맛을 보구 있는 게 아니냐. 안 된다. 절대루 안 돼."

결국 그 셰퍼드는 산돼지가 자주 출몰해서 농사를 망치고 있다는 느름터 순돌이네 똥개와 바꿨다는 말이 들렸다. 하지만 그 후 남매가 살고 있는 움막집 부근에서 개를 보거나 짖는 소리를 들은 사람은 아무도 없었다. 다만 오랫동안 모습을 볼 수 없었던 움막집 청년이 집 주위를 산책하는 것을 본 몇몇 사람들이 청년의 건강이 많이 좋아진 거 같다는 말들을 수군거렸다.

그런데 그해 겨울에 개동이네 집에 이상한 일이 생겼다.

한 해의 그믐을 달포 가까이 남겨둔 겨울의 시작인데도 어지간한 장정의 정강이까지 닿도록 쌓인 눈 위에 또 사나흘 동안 펄펄 눈이 내리고 있었다.

깊은 산골에 내리는 눈은 고즈넉하기 이를 데 없다. 띄엄띄엄 떨어져 있는 집들과, 앙상한 나무들이 팔을 벌려 서로의 손가락을 마주 잡아 농도 흐린 먹으로 그린 동양화 같은 숲 위에 눈이 펄펄 쌓일 뿐 사방이 적막강산이다. 이따금 먹이를 찾는 멧새나 넝쿨타기를 즐기는 때까치들이 후루룩거리며 떼를 지어 날아다니거나, 건너말 양순이네 어미 소가 말뚝에 맨 줄을 길게 늘어뜨리고는 하얀 김을 내뿜으면서 한가롭게 되새김질을 하거나, 또는 먼 산을 바라보고 서서 송아지에게 젖을 먹이는 정겨운 모습이 보이는 정도다.

겨울이면 할 일이 별로 없는 것이 산골의 일상이지만, 개동이로서도 사냥을 하지 않을 때는 낮잠을 늘어지게 자거나, 마당을 어슬렁거리거나, 그도 저도 못 견딜 양이면 빼치로 넘어가는 뒷골 고개 밑 승구네 집에 가서 동네 청년들과 잡담을 하다가 해질녘에 돌아오곤 했다. 이야기 장단이 맞을 때, 혹은 이제 막 배우기 시작한 술타령이 있을 땐 아예 밤이 기울어서야 올 때도 풀풀 했다. 그날도 개동이는 전날 승구네 집에서 늦게야 집에 돌아온 탓으로 한껏 늘어지게 잠을 자다가 밥 먹으라는 어머니의 말씀에 마지못해 일어나 눈곱도 떼지 않고 밥상머리에 앉았다.

"또 눈이 내리고 있다. 겨울의 시작이나 다름없는데 하마 정갱이까지 찬 눈이 또 얼마나 오려고 이러는지 모르겠다. 그나저나 참 이상한 일도 다 있구나."

"뭔 일이 있어요?"

어머님 말씀이지만 고즈넉한 산골에 무슨 대수로운 일이 있을까 싶어 밥상 위로 시선을 둔 채 건성으로 물었다.

"그동안 긴가민가해서 지나쳐 버리곤 했는데 그냥 둬선 이런 일이 자꾸 일어날 것 같아서 안 되겠다."

"뭘 도둑 맞았어요?"

"그래, 한 달 전과 보름쯤 전 아침에 부엌에 나가서 찌개를 끓이려구 창고에 걸어놓은 산돼지고기를 한 줌 베어내려고 보니까 누가 칼을 댄 자국이 있더구나. 분명 그 부분을 벤 적은 없는 걸로 생각되는데 설마 하는 마음에 그냥 지나갔다. 그런데 오늘 아침에 보니까 또 칼자국이 나 있어서 자세히 들여다보니 우리 칼이 아닌 게 분명했다. 이 빠진 자국이 있는 걸 보니 우리 칼이 아닌 게 분명해. 그리고 빗장을 질러놓은 가름대두 옆으로 조금 기울어 있구…지금껏 살아오면서 이런 일이 없었는데 도대체 알 수 없는 일이다."

"어머니가 잘 못 보신 거겠죠."

"아니다, 잘 못 본 게 분명 아니야."

"당신이 잘못 본 게야. 사냥을 갔다 오면 가까운 이웃엔 고깃근이라두 돌리곤 했구, 그게 아니라두 우리 동네엔 전혀 그럴 사람이 없잖아."

아버지의 깃발 상

아버지가 말씀하셨다.

"아니에요, 분명 우리 칼자국이 아니라 이 빠진 남의 칼자국이에요. 내 눈이 얼마나 정확한지는 당신두 알구 있잖우."

하고 나서

"참으로 알 수 없는 일이어유."라고 고개를 갸우뚱했다.

그날의 이야기는 그렇게 넘어갔다.

한데 열흘쯤 지난 어느 밤이다.

깊은 밤 한창 꿈을 꾸고 있는데 누군가가 몸을 흔들었다. 눈을 떠보니 어머니가 검지 손가락을 자신의 입에 대고 "쉿!" 하며 떠들지 말라고 했다. 그러고는 부엌 쪽으로 귀를 기울였다. 귓가에 삐걱거리는 소리 같은 것이 아주 미세하게 들렸다. 바람에 흔들리는 소린가 하여 귀를 기울였으나 바람은 불지 않았다. 누군가가 아주 조심스럽게 빗장을 열거나 혹은 닫는 소리 같았다. 문득 밥상머리에서 하셨던 말씀이 뇌리를 스쳤다.

윗방 여닫이문 옆에 있는 다듬이 방망이를 들었다. 살며시 문을 열고 툇마루로 나갔다. 그때다. 어슴푸레 눈빛에 시커먼 그림자 하나가 전방 5, 60m쯤에서 이쪽을 힐끗 보더니 앞산 계곡 쪽을 향해 눈밭을 마구 내달리기 시작했다. 신발을 신는 것도 잊은 채 그림자의 뒤를 따라 달렸다. 계곡에 닿았을 때 그림자는 어디로 사라졌는지 보이지 않았다. 주변에 있는 찔레넝쿨이며 버들 숲 사이를 대강 뒤져봤지만 아무도 없었다. 허리를 숙이고 자세히 살펴보니 작은 발자국 하나가 얼음 사이로 졸졸 흘러내리는 도랑에 닿아 있었다. 더는 살펴볼 수가 없었다. 무엇보다도 발이 시려 집으로 돌아왔다.

이튿날 아침밥을 하려 부엌으로 나갔던 어머니가 종잇조각 하나를 들고 들어오셨다.

부뚜막에 놓여 있었다는 그 마분지에는 "꼭 갚을게요"라는 글이 씌어 있었다. 작고 예쁜 글씨였다. 세 식구는 아마도 계방산 밑에 이사온 그 집 사람들의 짓일 거라는 확신을 하기에 이르렀다. 개동이가 그 집엘 찾아가서 행실을 고쳐줘야 한다고 불끈거렸다. 그러나 지난번과 달리 어머니는

"훔친 사람이 누군지 분명하지도 않은데 쫓아갔다가 아니라고 하면 무슨 창피냐. 잃어버린 고기를 모두 합해봐야 세 근도 되지 않고, 편지를 써놓은 것으로 봐서 양심은 있는 사람인 것 같다. 그럴 만한 사정이 있을 테니까 모른 체 해라. 다른 데 가서 소문도 내지 말아라. 다신 안 그럴 생각에서 편지를 두고 갔겠지."라고 하시면서 짐짓

"개가 짖지 않은 걸 보면 십중팔구 우리 동네 사람이긴 한가 본데…" 라고 말꼬리를 흐렸다.

"우리 동네 사람이면 더더욱 소문을 내면 안 되겠지. 언젠간 무슨 말이 있을 거다. 그냥 넘어가거라."

아버지의 말씀도 있고 하여 이번에도 그냥 그렇게 지나갔다.

그런데 이번 봄엔 정말로 도저히 참을 수 없는 일이 발생했다.

지난겨울 사냥을 나갔다가 어미 잃은 새끼 돼지 한 마리를 주워 왔는데 그것을 도둑맞은 것이다. 한 해 정도 잘 길러 집돼지와 교배를 시켜 용돈을 벌 요량도 해 보고, 춘궁기를 해결하겠다는 생각도 하면서 어렵게 먹이를 마련하며 기르던 돼지다.

그런데 어머니와 장에 갔다가 돌아와 보니 돼지우리가 활짝 열려 있고 돼지는 간 곳이 없었다.

동네 사람들도 다 아는 산돼지를 동네 사람이 훔쳐갔을 것 같지는

않고, 그렇다고 요 며칠 사이 외부 사람이 들어온 적도 없는데 참으로 이상한 일이다.

그래도 혹시나 하여 마을 입구에서부터 계방산 초입에 있는 그 집에 이르기까지 집주인들 몰래 마을을 둘러봤으나 산돼지를 기르는 집은 발견되지 않았다. 짐작 가는 데가 없진 않으나 돼지고기도 반 주먹만큼씩 훔쳐가는 사람이 아무리 새끼돼지라고는 해도 설마 살아있는 돼지를 통째로 훔쳐갈까?!

마침내 개동이는 어머니가 돼지우리 문을 잠그지 않았을 것으로 생각했고, 어머니는 어머니대로 개동이가 문을 제대로 잠그지 않았기 때문에 일어난 일로 생각했다.

통나무집 너와 밑에 매달려 있던 고드름이 녹아내리고 질퍽하던 마당이 빠삭하게 마르더니 파르라니 봄이 왔다. 그리고 파종기가 되었다. 산골의 봄은 늦게 와서 금방 지나가 버리기 때문에 얼음이 녹자마자 밭을 갈고 감자나 옥수수 귀리 등 씨앗을 하루라도 빨리 이랑에 묻어야 한다. 그래서 매년 봄이면 한동안은 정신없이 바쁘다. 때로는 같은 집안사람들이라도 각각 다른 집들을 나눠서 오가며 품앗이를 해준다.

일찌감치 아침밥을 먹자마자 아버지는 개를 데리고 뒷산에 올라가셨고 개동이와 어머니는 아랫마을 덕배 영감네 집에 감자 파종 품앗이를 가기 위해 채비를 하고 있었는데 문밖에서 주인을 부르는 소리가 들렸다.

문을 열고 보니 계방산 밑에 사는 그 청년이다. 그는 손에 창호지로 싼 무언가를 들고 있고 뒤에 선 처녀는 머리를 다소곳이 숙인 채 땅바닥만 내려다보고 있다.

방에 들어와 앉은 청년과 처녀의 얼굴을 자세히 보니 누가 봐도 남매라는 것을 알 수 있었다. 청년은 갸름한 얼굴에 아주 콧날이 오뚝하고 짙은 눈썹 아래 슬픔을 담은 듯 꺼진 큰 눈이 병객임을 말해 주고 있었다.

"어디로 출타를 하시려나 본데 아침 일찍 찾아와서 죄송합니다. 대략 아시겠지만, 저희 남매는 저 위쪽 움막에 살고 있습니다. 제 이름은 김능환이고, 제 동생은 삼월이라고 합니다. 결례를 무릅쓰고 이렇게 불쑥 찾아온 것은 저희 남매가 아주머님댁에 아주 큰 죄를 지었기 때문에 사실을 말씀드리고 벌을 받고자 함입니다."

"대체 무슨 얘긴지…."

짐작 가는 일이 있긴 하지만 그래도 혹시나 하여 어머니가 말씀하셨다.

"사람들에게 가까이 가는 것이 저어되어 댁에 찾아오는 것도 망설였는데… 사실은 제가 폐결핵환자입니다. 언제부터 이 병에 걸렸는지는 확실히 모르지만, 저희 남매가 이 마을에 들어오던 때에 저는 이미 객혈(喀血)을 하고 있었습니다. 누이가 아니었다면 이미 황천에 가 있을 몸입니다. 온갖 정성을 다 쏟아서 보살펴 준 덕에 지금은 많이 좋아졌습니다. 그런데 제 병간호를 하는 과정에서 아주머님 댁에 아주 큰 죄를 짓게 됐습니다. 누이가 아드님께서 사냥해 창고에 걸어놓았던 고기를 세 번이나 훔치는 잘못을 저질렀습니다."

능환은 잠자코 앉아 있는 개동이의 표정을 흘낏 살폈다.

"이처럼 늦게야 찾아뵙게 된 것은 이런 사실을 엊그제 알게 됐기 때문입니다. 진즉에 알았더라면 그 즉시 찾아왔을 겁니다. 폐결핵에는 고기를 많이 먹어 영양을 섭취해야 한다는 의원의 말씀이 계셔서 이 아이가 봄에 나물도 뜯어 팔고, 토끼도 길러서 잡아주고 하길래 그 돼지고기도 장에서 사왔다는 말을 믿었습니다. 그리고 제 몸을 회복시키느라고 동생처럼 귀여워하던 개도 다른 집 개와 바꿔서 먹였습니다. 하지만 겨울철 접어들어 무엇 내다 팔 것도 없고, 그렇다고 병자를 보살피지 않을 수도 없다는 짧은 생각에서 아마도 그리 한 것 같습니다. 제가 세심한 주의를 기울이지 못한 것이 이런 결과를 낳았습니다. 용서해 주시기 바랍니다."

능환이 꿇어앉자 삼월이도 따라서 꿇어앉았다. 삼월의 양쪽 볼에서 눈물이 주르르 흘렀다.

"그건 그렇다 치고, 고기값을 치를 돈은 가져왔소?"

겸연쩍어진 개동이가 퉁명스럽게 말했다.

능환은 다시 한번 정중히 고개를 숙이고 나서 옆에 두었던 창호지로 싼 뭉치를 앞으로 내밀었다.

"이것은 시장에서 사온 집돼지고기입니다. 얼마 되지 않습니다만 제발 받아주십시오. 그리고 마침 농사철이라 누이가 아주머님댁에서 파종을 하시는 날마다 일손을 거들어 드리면 어떨까, 하는 생각입니다. 또한 제가 전에 하던 일이 전기수인지라 사람들을 모아주신다면 한 해 농사를 지을 거름을 마련하시는 일을 도와드리겠습니다. 허락하시겠는지요?"

"전기수가 뭘 하는 직업이요?"

"이야기꾼입니다. 전에도 몇 번 농촌에 초청받아 농사에 쓸 소변을 마련해 준 적이 있으니까 조금은 도움이 되실 겁니다. 제 뜻을 받아주시면 감사하겠습니다."

어머니의 눈짓에 개동이가 말했다.

"뭐 사정이 그러하다니 고기는 도로 가져가시오. 그리고 보아하니 밭일 같은 건 해 보지도 않은 것 같은데 공연히 거추장스럽기만 할 것 같소. 거름을 장만하는 문제는 차차 생각해 보기로 합시다. 일단은 그냥 돌아가시오."

고기를 가져가라고 몇 번이나 손에 쥐어줬지만 이들은 한사코 마다하며 실랑이를 하다가 결국엔 두고 갔다.

이틀 후 개동이네가 파종하는 날 삼월은 오빠와 함께 일찌감치 와 허리끈을 단단히 매고 문 앞에 서 있었다. 언제 이런 일을 해봤겠느냐, 정 거들겠으면 참이나 점심밥 나르는 일을 도우라는 개동 어머니의 말을 듣지 않고 옆에 사람들의 모습을 눈여겨보더니 호미와 망태를 들고는 밭으로 들어섰다. 구슬땀을 훔치면서 열심히 일했다. 개동이의 눈이 자주 삼월이 쪽으로 향했다. 능환은 잔심부름을 했다. 이런 남매의 모습을 본 음전은 어떤 예감이 있었던지 일하던 손을 멈추고는 삼월에게 들어라 하고 "흥, 불 가져오라는데 물 가져온다는 옛말이 있다지만 제깟 것들이 무슨 일을 한다고, 공연히 방해만 놓는 격이지."라고 쏘아붙였다. 이 말을 들은 친구 춘화가 "얘, 너 정신 바짝 차리지 않으면 개동오빠 저 여시처럼 생긴 년한테 뺏길 수도 있겠다."라고 부추겼다. 그러나 말괄량이 봉순이는 삼월의 서툰 일들을 친절하게 가르쳐주었고 오래지 않아 친한 사이가 돼 있었다. 음전에게는 눈엣가시가 생겼지만 어쨌거나 이날 이후부터 삼월과 봉순은 둘도 없는 단짝이 되어 있었다.

저녁때 보니까 삼월이의 백옥같이 뽀얗던 얼굴이 붉게 타 있었다. 그녀는 이튿날 뒷골 산비탈 화전밭 일도 거들었다. 서툴긴 하지만 힘든 밭일을 열심히 거들고 있는 남매를 사람들은 따뜻한 눈으로 바라봤다.

그런 일이 있고 나서 능환의 몸이 더욱 좋아지기 시작하자 남매는 이따금 개동이네 집에 마실을 왔고 능환은 먼발치에 떨어져 앉아서 얘기를 나누다가 돌아가곤 했다. 그런데 알 수 없는 것은 삼월의 모습이었다. 어느 때는 참새처럼 신이 나서 이야기를 재잘거리다가도 또 어느 땐 얼굴에 수심이 가득하여 먼 산만 바라봤다.

그녀를 유심히 보아온 어머니도 "처녀가 본바탕은 양반댁 규수같이 예의범절을 갖췄고 성격도 명랑한데 이따금 수심이 깃들어 있는 건 왠지 모르겠구나."라고 말씀하셨다. 밭고랑에서 춘화가 했던 말 때문인지는 알 수 없으나 이때로부터 음전이가 개동이네 집엘 더욱 뻔질나게 찾았다. 그녀는 불안하고 조급한 모습이었다. 불안은 조급증을 만들고 사리를 판별하는 데에 지장을 주기 마련이다. 어느 때는 어른들과 능환 남매가 나누는 이야기에 뜬금없이 끼어들기도 했고, 어느 때는 대문 앞을 서성거리며 자신이 그곳에 있음을 누군가에게 경고하고자 애쓰는 모습을 보일 때도 있었다. 그러나 음전의 속을 알 리 없고, 또한 개동이에게 아무런 감정도 느끼지 않는 삼월의 행동은 자유로웠다. 어쩌다 두 사람이 얼굴을 마주칠 때면 삼월은 웃으며 인사를 했으나 음전의 굳어진 얼굴엔 냉기가 돌았다. 그런 때일수록 음전은 개동이나 어머니 옆에 찰싹 달라붙어 있는 모습을 보였다.

김능환과 삼월 남매는 한양 북촌에 사는 양반가의 두 번째 소실의 몸에서 태어났다. 서얼의 몸에서 태어났으므로 아버지를 나으리라고 불렀다. 나으리는 능환과 삼월이가 태어나기 오래전 박영효(朴泳孝) 대감을 따르는 충직한 관리로 있었다. 내로라하는 명문가 출신으로 임금(철종)의 사위가 되어 금릉위(錦陵尉)와 정1품 보국숭록대부(輔國崇綠大夫)에까지 올랐던 박대감의 신임을 받고 있었으나 급진개혁파인 그가 김옥균 서재필 등과 더불어 갑신정변을 일으킴에 따라 나으리 또한 문초를 받은 후 사직원을 내고 두문불출하는 몸이 되었다. 그리고 10여 년의 세월이 지나는 동안 남매는 태어났다. 어머니가 35세가 되었을 때 능환이 태어났고, 능환이 세 살이 되던 때에 삼월이 태어났다. 그리고 삼월이가 두 살 때 막내인 재환이 태어났다. 대감의 본부인은 늦은 나이에 아이를 셋이나 출산한 어머니를 무척이나 시기했다.

"저런 요사스런 년을 첩으로 얻었으니 벼슬자리를 빼앗기고 가세가 몰락할 수밖에…" 하는 말을 입버릇처럼 달고 살면서 능환 형제들을 지네를 대하듯 미워했다. 그래도 나으리의 총애를 받는 어머니가 생존해 있던 때에는 아이들에게 함부로 하지 못했다. 다행히 뿌리 깊은 양반 집안이라 먹고 사는 데에 부족함은 없었다. 그 덕에 능환은 서당에 다니며 공부를 할 수 있었고, 여성인 삼월이도 어머니가 본부인 몰래 독선생을 불러다 글을 깨우치도록 했다.

그런데 능환이 열여섯이 되던 해, 그러니까 삼월이 열두 살이 되던 해에 막내인 재환이가 천연두를 앓다가 죽었다. 불행은 혼자 오지 않는다고 했던가. 평소 몸이 약한 데다 애지중지 품에서 놓지 않던 막내의 죽음으로 상심하던 어머니가 어느 날 자리에 눕더니 시름시름 앓다가 돌아가셨다.

어머니가 돌아가시자 첩의 자식들을 눈엣가시로 여겨오던 마님의 구박이 시작됐다. 밥상머리에서 곁눈질로 훔쳐보다가 밥알을 흘린다고 구박을 주고 심지어는 댓돌에 신발을 가지런히 놓지 않는다고 회초리로 삼월의 종아리를 피가 터지도록 때리기도 했다.

이 무렵 가세가 기울기 시작했는데 불운의 모든 원인이 첩의 아이들 때문이라며 구박과 매질이 더욱 심해졌다. 몰락해 가는 책임 때문인지 나으리는 그때마다 못 본 척했다.

마침내 어느 그믐밤에 남매는 보따리 하나를 들고 집을 나섰고, 이후 파도타기 같은 유랑생활이 시작되었다. 이리저리 떠돌다가 입에 풀칠할 요량으로 책쾌(冊儈)를 생각해 냈다. 책쾌란 책을 이 사람 저 사람에게 빌려주고 돈을 받는 직업을 말한다. 배운 글도 있고, 그리 큰 힘이 들지도 않는 일일 것 같아서 자신에게 안성맞춤이라고 생각됐다. 그러나 신식문물이 밀려오기 시작하는 때인 데다 한양 시내와 달리 지방에서는 책을 원하는 사람들이 거주하는 곳까지의 거리가 멀어서 힘이 몇 곱절로 들었다. 그마저도 원하는 사람이 많지 않아 끼니를 거르기가 일쑤였다. 나중에 어렴풋이 생각한 일이지만 능환은 자신의 병이 이때에 시초가 되지 않았을까 추정했다.

생각다 못해 서원(書院)이 있고 양반 동네라는 충청도 청주로 내려갔다.

그런데 이곳에서 뜻하지 않게도 깊은 인연을 맺을 사람을 만났다.

어느 날 책을 가져다줄 예약이 있어서 평소 단골인 양반 집을 방문했는데 주문했던 바깥주인은 출타 중이라 했고 마님 방 댓돌 아래에는 꽃신들이 가득했다.

평소 능환을 측은하게 생각하고 있던 안방마님이 여종을 통해 말하기를 이왕 왔으니 재미있는 얘기나 듣고 가라면서 방으로 들어오라고 했다. 남녀의 구별이 엄격하던 시절이라 망설였으나 마님이 굳이 오라고 한다기에 조심스레 문을 열었다. 그곳에는 전국적으로 이름을 날리는 박인학(朴仁學)이라는 전기수가 초청되어 재미난 이야기를 하고 있었다. 즐길 거리가 없는 당시에 심청전이나 장화홍련전 임경업전 흥부전 숙향전 콩쥐팥쥐전 같은 이야기들을 재미나게 이야기해 주는 전기수는 오늘날의 배우만큼이나 인기가 있어서 이름난 전기수들은 돈푼깨나 있는 전국의 부유한 가문이나 행사장으로부터 초청을 받는 일이 많았다. 박인학도 이름이 많이 알려진 전기수 중의 한 사람이었다.

한쪽 구석 자리에서 임경업전을 듣고 있던 능환은 가슴이 뛰었다. 이것이 바로 자신이 하고 싶은 일이라는 것을 깨달았다. 이야기가 끝나자마자 밖으로 나와 골목길에 서서 기다렸다. 박인학의 발밑에 꿇어앉아 제자로 삼아달라고 간청했다.

그날부터 전기수의 제자가 된 능환은 경성으로 올라와 작은 방 한 칸을 얻어 누이동생을 머물게 하고는 전기수를 따라다녔다. 박인학은 수시로 자리를 옮겨 다녔다. 양반 집 여러 곳에서 초청이 왔으나 모두 거절했다. 능환의 교육 때문이다. 보통 때는 수구문(水口門) 밖 다리 위에서 지나다니는 사람들을 상대로 이야기판을 벌이다가 어느 때는 종루 앞에 앉고, 또 어느 때는 구리개의 절초전(切草廛, 담배를 썰어서 파는 가게) 앞에 앉기도 했다. 전기수가 목소리를 다양하게 변화해 가며 손짓 발짓 섞어 이야기를 풀어나가노라면 지나가던 사람들이 하나둘 모여들었다. 사람들이 어지간히 모였다 싶으면 아주 중요한 대목에서 입을 꾹 다물었다. 그러면 심부름하는 아이가 모자를 가지고 청중 사이를 돌았고 이야기에 목이 마른 사람들은 한 푼 두 푼 돈을 넣었다. 이따금 스승이 나눠주는 돈으로 남매는 큰 고생은 없이 지낼 수 있었다. 능환은 스승처럼 실력을 갖추기 위해 이야기책들을 외우며 밤낮으로 연습을 했다. 몇 년이 지나 능환이 스승 대신 이야기를 하는 시간이 많아졌다. 처음에는 잘 보이지 않는 곳에 멀찌감치 앉아서 눈을 감고 있던 스승으로부터 꾸지람을 받는 횟수가 많았으나 그것도 차츰 줄어들었다. 어느 날 스승이 청숫골에 있는 단골 국밥집으로 데리고 갔다. 국밥 한 그릇씩을 앞에 놓고 말했다.

"그동안 고생이 많았다. 나 또한 너를 가르치느라 길거리에 앉아서 고생을 많이 했다. 스승인 내게 고마움을 느낀다면 돈의 노예가 되지 말아라. 그건 전기수의 명예를 더럽히고 너 자신을 망가트리는 것이다. 다만 힘든 시대를 살아가는 사람들의 마음을 잠시나마 위로해 주는 좋은 전기수가 되거라. 여름날 소나기 같은 이야기꾼이 되란 말이다. 알아듣겠느냐?"

능환은 넙죽 엎드려 절을 했다. 스승이 따라주는 탁주 한 사발을 생전 처음 마신 것으로 능환의 전기수 생활은 시작되었다.

재미도 있었고, 인기도 있었다. 옛날 스승을 만나던 때처럼 양반 집에 초청을 받기도 했다. 어느 정도 인기가 있었으므로 살아가는 데 문제는 없었다. 그러나 독립한 지 채 두 해가 되지 아니하여 몸이 병들었다는 것을 알게 되었다. 객혈을 하기 시작했다. 전기수 생활을 접었다. 무엇보다도 사람들에게 전염되는 것이 두려웠기 때문이다. 그동안 좀 벌어놓았던 돈은 의원에 다니고 몸을 보신하는 데에 모두 써버렸다. 무일푼 신세가 된 것이다. 생각 끝에 공기 좋고 사람들 눈에 띌 염려가 없는 깊은 산골을 찾았다. 그리고 누군가로부터 마치 신선이 감춰놓은 비경 같다는 오대산 아래 마을을 알게 됐고 깊은 곳을 찾다 보니 '작은하니'까지 오게 된 것이다. 능환은 이곳에 온 이후 몸이 차츰 좋아졌다면서 그 이유는 누이동생의 헌신적인 보살핌과, 이웃의 넉넉한 인심, 푸르고 아름다운 풍광 덕분이라고 했다.

그런데 그 겨울부터 개동이의 가슴에 때아닌 아지랑이가 모락모락

피어오르기 시작했다.

음전이에게로 굳어가던 마음이 술술 풀리더니 삼월에게 고개를 내밀었다.

처음에는 음전이 외에는 다른 여자들을 대하듯이 대수롭지 않게 여겼다. 그런데 어느 날부턴가 삼월이가 오랫동안 나타나지 않으면 웬일인가 생각되어 궁금해서 못 견딜 지경이 됐다. 공연히 밖으로 나가 계방산으로 멀리 이어져 돌아간 신갈나무 아래 눈에 묻힌 오솔길을 가늠해 보거나 방안에서 귀를 세우고는 바람이 마당을 쓸고 지나가는 소리에 신경을 집중했다. 지금까지 없었던 자신의 이상한 행동이 아버지와 어머니에게 어떤 모습으로 비칠지도 걱정거리였다. 참으로 이상한 일이었다. 잠자리에 들면 그녀의 샛별처럼 반짝이는 눈이 자신을 바라보며 무언가 말을 건네는 것 같았다. 그녀를 생각만 해도 가슴이 설레고, 오랜 기다림 끝에 먼발치에서라도 그 모습을 보면 숨이 칵 막혀버렸다. 눈앞이 붉어지고 가슴이 쿵쾅거렸다.

좁다란 계곡 하늘 가득히 눈이 펄펄 내릴 때면 개를 데리고 하릴없이 쏘다니며 나뭇가지 위에 앉아 있는 새들을 바라본다든지 눈발 속에 희미한 산봉우리들을 맥없이 바라보는 시간이 많아졌다. 때로는 그답지 않은 한숨을 길게 쉬기도 했다. 또 어느 때는 자신도 모르게 계방산 기슭으로 난 길을 따라가다가 흠칫 놀라서 발자국을 지우며 되돌아왔다. 만일에, 만일에 산길을 내려오는 그녀와 마주치기라도 한다면 꼭두새벽에 그토록 먼 곳까지 무엇 때문에 가고 있었냐 하는 물음에 마음이 읽힐까 두려웠다. 그런 모습을 음전이와 동네 사람들한테 들키지 않을까 하는 두려움도 있었다.

자고 일어나면 밤사이 내린 하얀 눈 위에 작고 예쁜 발자국이 찍혀 있는 모습을 상상하며 문을 열어젖히기도 했다. 하지만 단 한 번도 눈은 고운 발자국의 모습을 보여주지 않았다. 다만 새벽이 열리고 뒷산 봉우리 위에서 긴 빛의 줄기가 흰 눈 위에 반사되어 현란한 광채를 뿜어줄 뿐이었다. 봄이면 파릇한 산록에 몸을 숨기면서 계방산 길을 올라 멀리서 야생초꽃들의 향기가 아련히 날아오는 마당을 올려다 보기도 했다. 그러나 먼 곳에서라도 그녀를 보는 기회는 그리 많지 않았다. 때때로 능환이 혼자 마실을 왔을 땐 삼월의 안부가 궁금하여 목이 간질거렸다. 어쩌다 그녀가 오라비와 함께 오면 숨이 허걱 막혀서 얼른 문밖으로 나가 찬 바람을 쐬고 돌아왔다.

자신의 그런 마음이 비겁하다는 생각이 들었다. 비겁한 것은 참지 못하는 성격인지라 음전에게 가까이 가려고 부단히 노력했다. 음전은 여전히 자주 찾아왔고 그때마다 아주 살갑게 대해주었다. 그러나 자신의 발목에 채워진 족쇄를 인정하려 애를 쓰면 쓸수록 마음은 하늘을 훨훨 날아다니는 새가 되고 싶었다. 음전의 앞에서 가식의 탈을 쓰고 억지웃음을 웃고 있는 자신이 미웠다. 그리고 자신을 책망할수록 마음은 점점 음전으로부터 멀어져가고 있다는 것을 느꼈다. 마음이란 생각대로 될 수 없는 것이라는 데에 화가 나면서도 솜이불처럼 포근한 행복을 느끼는 모순된 상태에 놓여 있었다.

사냥을 떠나기 하루 전 저녁 무렵의 일이다.

"이번 사냥이 춥고 험한 곳을 다녀야 하는 힘든 여정이라는 말을 들어서 알고 있습니다만, 이건 그동안 제 몸을 보살펴 주신 데 대한 감사의 뜻으로 누이가 만든 것입니다. 힘든 사냥길에 조금이라도 도움이 되셨으면 합니다."

능환은 옥색 모본단 보자기를 풀었다.

고이 개킨 남바위가 모습을 드러냈다. 겉은 은은한 옥색의 비단으로 되어 있고, 가장자리는 하얀 토끼털이 감싸고 있었다. 그리고 안감은 회색의 산토끼 가죽으로 매우 따뜻해 보였다. 사냥에 거추장스러운 옥이나 마노 비취 같은 장식물들은 없지만 정수리 부분은 열려 있고, 이마와 귀와 머리가 모두 덮이도록 만들어졌다.

어머니가 넘겨받아 겉과 안을 세세히 살펴보기 시작했다.

긴 마사(麻絲)를 몇 겹으로 꼬아 만든 튼튼한 실로 촘촘하게 바느질을 한 것으로 헝겊과 토끼 가죽을 조화롭게 잇댄 것이 예사 솜씨가 아님을 말해 주고 있었다.

"아니, 스무 살도 안 된 처녀가 어디서 이런 기맥힌 솜씨를 배웠을까?! 곱기만 한 게 아니라 튼튼하기까지 하니 돈을 주고도 못 살 귀한 물건이네. 얘야, 사납다는 북쪽 날씨에도 귀 얼 염려는 없겠다. 너무 귀한 선물을 받았구나! 그런데 왜 삼월이 처녀는 함께 오지 않구…?"

"예, 고뿔에 걸렸는지 몸이 좀 좋지 않다구 해서…."

개동이는 혹여 쿵쾅거리는 심장의 고동소리를 옆에서 듣지나 않을까 속을 끓이면서도 짐짓 "함경도는 조선 땅이 아닌감. 뭐가 그리 추울거라고…" 하고 겉으로는 대수롭지 않은 표정을 지으며 속내를 감췄다. 자신이 북쪽에서 맞을 추위 걱정보다는 방금 능환이 말한 삼월의 고뿔이 더 걱정됐다. 그리고 이십여 일 동안 삼월을 못 볼 생각을 하니 어딘가로 영원히 떠나가는 것 같은 아찔한 느낌마저 들었다.

이런저런 얘기를 하던 어머니가 아들의 표정을 살피면서 이런 말씀도 했다.

"얘야, 백두산에서 강 하나만 건너면 간도 땅이라는데 짬 내서 외삼촌이 어디 사는지 좀 찾아볼 수 없겠니? 남들은 소를 팔거나 친척들이 십시일반 노잣돈이라두 마련해 갔다고들 한다. 더욱이 걔네는 식솔이 다섯이나 된다는데 지금 같은 시절에 객지에서 뭐를 해 돈을 벌 수 있겠니. 색시를 얻어 가정을 꾸린 것만 해두 대견한 일이지… 그 아이들이 어떻게 살고 있는지를 몰라 한시도 맘 편한 날이 없다. 어디 사는지 소식만이라두 알았으면 원이 없겠구나."

"어머니두 참, 함경도와 간도가 창말하구 우리 동네 정도 되는 줄 알아유? 오죽하면 '북간도 길은 저승 고개 넘는 길'이라구 사람들 입에 오르내리겠어유. 며칠이 걸릴지 모르는데 어떻게 짬을 내유. 다음에 한 달이구 두 달이구 시간 내서 작정하구 찾으러 가야겠지유."

어머니의 형제는 간도로 간 외삼촌과 둘뿐이다. 먼 친척들이 더러 있다고는 하지만 모두 외지로 나가고 없다. 개동이가 여태껏 그 누구도 친척이라는 사람의 얼굴을 본 적이 없으니까 이웃사촌만도 못한 이름만 있는 존재들이다.

외삼촌도 그렇다. 개동이로서는 어머니의 잠꼬대만큼의 그리움을 실감할 수가 없다. 자신이 태어나기 훨씬 전에 집을 나갔으므로 얼굴조차 알지 못하기 때문이다. 어머니는 해마다 봄이면 산비탈을 다니면서 나물을 했다. 그리고 힘이 들면 나무등걸에 앉아 습관처럼 노래를 흥얼거렸다.

앞마을 논밭에 신작로 나니
담배는 마음대로 심을 수 없고
퉁퉁고개 십리고개 자동차 넘더니
김서방 이서방 북간도 가네

에헤야 데헤야 내 핏줄 귀한 동생

소식이나 알고 싶네.

앞 거리 골목에 양철통 달리니

칼 찬 나리 마슬(마을)에 새다감 나고

이 골목 저 골목 물지게 나더니

최서방 박서방 북간도 가네

에헤야 데헤야 내 핏줄 귀한 동생

소식이나 알고 싶네.

어머니는 1절과 2절 후미의 '에헤야 데헤야 이 마슬(마을) 말썽도 많네'를 '에헤야 데헤야 내 핏줄 귀한 동생 소식이나 알고 싶네'라고 고쳐 불렀다.

어머니는 해마다 묵나물을 해서는 아주 실하고 빛깔 좋은 것들만 골라 별도로 보관했다. 푼돈을 한푼 두푼 모으면서 행여나 올해엔 동생을 찾아가는 기회가 오지 않을까 희망의 배를 띄웠다. 그러다가 겨울이 깊어지고 또 한 해가 저물 즈음이면 묵나물 보따리를 창촌장에다 풀었다. 그때마다 깊은 한숨이 새어 나왔다. 때로는 그 한숨 소리가 치아 사이로 예리한 소리를 만들어 싸리밭을 스치는 된바람(북쪽에서 불어오는 겨울바람) 소리 같다는 생각을 하게 했다. 개동이는 어머니의 심정을 이해는 하면서도 백두산 기슭과 닿아 있는 간도 땅에 어찌 묵나물이 없을까 안타까워했다.

능환이 돌아간 다음에 방에 들어와 보니 머리맡에 남바위가 예쁜 모습으로 놓여 있었다. 보기만 해도 정감이 어리고 따뜻한 느낌을 준다.

저녁에 혼자 있을 때 써봤다. 보드라운 토끼털이 머리부터 귀와 목 덜미까지 포근하게 감쌌고, 이마 위로 하얀 털이 돋아나와 마치 희고 고운 솜털구름을 보는 듯 마음마저 따뜻하게 해줬다. 게다가 뒷머리 쪽으로는 단단한 헝겊으로 작은 매듭이 지어져 허리춤에 매달 수 있도록 세심한 배려를 했다.

그날 밤 개동이는 삼월이의 손길이 배어 있는 남바위를 몇 번이나 썼다 벗었다를 반복했다. 그리고 잠자리에서는 품에 꼬옥 안고 잤다.

사냥에 대한 기대와 어쩌면 그녀와의 거리를 좁힐 수 있는 호랑이 고기를 많이 얻어올 수 있을 거라는 생각에 가슴이 벅차올랐다. 하지만 승구 아재가 함께 가지 못하는 것은 매우 서운한 일이었다. 어느 한 군데 약한 곳이라고는 없어 보이는 장비(張飛) 같은 그가 요 며칠 몸이 별로 좋지 않아서 함께 가지 못하겠다고 했으니 말이다.

그런데 아버지가 저녁 늦게 송첨지네 집에 마실을 다녀와서 어머니에게 말씀하셨다.

"하여간 당신은 아들한테 두꺼비 오줌만한 일이라두 있으면 입이 근질거려 못 견디는 성격이지. 발 없는 말이 천 리 간다구 삼월 처녀가 개동이한테 조바위를 만들어줬다는 소문이 온 동네에 쫙 퍼졌더구만."

어머니가 퉁명스럽게 대꾸했다.

"그게 뭐 어쨌다는 거유. 아들자랑 하다 보니 그리된 건데…"

"음전이 귀에 들어가면 얼마나 힘들어 하겠소." 아버지는 매우 못마땅한 표정을 지으며 혀를 끌끌 찼다.

사냥을 떠나는 날 아침, 어머니를 비롯하여 몇몇 사람이 나와서 환송을 해주었다. 능환 남매도 나와 있었다. 개동이는 환송 나온 사람들과 몇 마디 인사를 나눈 다음 동네 입구 외나무다리를 건너 산굽이 뒤로 그들의 모습이 보이지 않게 될 때까지 몇 번이나 몸을 돌려 손을 흔들었다. 사실은 삼월이가 그때까지 자신을 바라보고 있는지를 확인하기 위해서다. 그리고 흡족한 마음으로 부지런히 걸음을 옮겼다.

그리고 오리쯤 갔을 때 깜짝 놀라 걸음을 멈췄다. 바위 뒤에서 누군가가 불쑥 나타났기 때문이다. 음전이다.

"네가 여기서 왜?"

음전은 쑥스런 표정으로 작은 보따리를 불쑥 내밀었다.

"이거…"

보따리를 들고 멍하니 얼굴만 바라보고 서 있었더니 "펼쳐봐"라고 말했다.

보자기 끈을 풀었다. 그 안에는 머리에서 이마를 덮고 등까지 내려오도록 만들어진 만선두리가 개켜져 있었다. 어디서 구했는지 앞뒤와 바깥의 가장자리에는 담비의 가죽을 댔다. 두툼하게 솜을 넣어 전장에 나가도 추위 걱정을 하지 않을 만큼 훌륭하게 만든 것이다.

"이런 걸 왜…"

"남자는 윗몸이 따뜻해야 된대. 등까지 따뜻하면 산을 타기가 훨씬 수월할 거야."

그녀의 눈자위가 부석한 것으로 보아 이걸 만드느라 날밤을 새운 것으로 짐작됐다. 엊그제 늦은 저녁 마실을 다녀오신 아버지가 삼월이의 남바위에 대해 했던 말씀이 떠올랐다.

개동이 무슨 말을 해야 할지 머뭇거리자 그 마음을 알고 있다는 표정으로 미소를 지으면서 "어서 떠나."라고 재촉했다.

그리고 사랑하는 사람이 산굽이 저쪽으로 사라질 때까지 계속 손을 흔들고 서 있었다.

개동이는 걸으면서 혼잣말로 중얼거렸다.

"어머니는 공연한 말씀을 해 가지고…."

'때는 다이쇼 6년 11월의 열흘째 아침,
치요다(千代田)의 황궁에 절을 하고 나아가자 야마모토 정호군
긴 육백삼십 리, 바다로 길로 꿈을 넘어서
조선을 향해 용감하게, 나아가자 야마모토 정호군
군을 나누어 8분대로, 전사가 되어라
조선반도 산속 깊이, 나아가자 야마모토 정호군
도깨비 상관의 업적, 보아라 지금이다
호랑이의 위세로 밀어붙이자, 나아가자 야마모토 정호군'

역(驛) 마당에는 정호가(征虎歌)가 울려 퍼지고 있었다. 이번 사냥을 위해 3절까지 가사를 지어 곡을 붙인 노래다. 그만큼 일본 본토는 물론이고 조선팔도의 많은 사람으로부터 주목을 받는 사냥 행차다.

야마모토 다다사부로(山本唯三郎)의 정호군(征虎軍)이 1917.(다이쇼, 大正 6년)11.15. 수많은 인파의 환송을 받으며 경성(京城)의 남대문을 출발하기 훨씬 전, 그가 일본에서 조선과 일본의 내로라하는 포수들을 선발하여 구성해 놓았던 8개의 반(班) 중 7개 반은 이미 정해진 지역에 배치되어 사냥을 시작하고 있었다.

조선의 포수들은 최순원 강용근 백운학 등을 비롯하여 21명이고,

일본의 포수들은 기쿠타니 리키조(菊谷力藏)를 비롯하여 3명이다.

조선 포수들이 지닌 총기는 대부분이 구식의 단발 엽총으로 구경이 작은 것들이었다. 이런 단발총으로 맹수를 잡을 때 단번에 급소를 맞히지 못하면 자칫 목숨을 내놓거나, 최소한 치명상을 입을 수 있다.

제1반부터 5반까지는 호랑이가 가장 많다는 함경남북도로 출발했고, 제7반과 8반은 최근 호랑이 두 마리를 연이어 포획했다는 소식이 들려온 전라남도를, 제6반은 별동대 역할로 곰 사냥을 위해 금강산으로 출발했다. 호랑이가 가장 많으리라 여겨지는 제1반 함경북도 무산대(茂山隊)에는 3명의 이름난 포수와, 몰이꾼 중에서도 체격이 월등하고 총과 창을 쓸 줄 아는 사람들이 특별히 선발됐다. 이 지역에 대한 야마모토 대장의 기대가 그만큼 컸기 때문이다.

개동이는 제1반 소속으로 여기에는 명포수로 이름만 들었던 강용근(姜龍根), 최순원(崔順元), 김현식(金鉉植)이 있고, 최초의 출발 인원은 개동이를 합해 다섯 명의 몰이꾼 등 모두 여덟 명이다.

이들은 야마모토 정호군 본대보다 이미 5일 전에 용산역에서 기차를 타고 경기 북부와 철원 안변을 거쳐 원산역으로 향했다. 생전 처음으로 기차를 타 보는 것은 실로 놀랍고 신기한 경험이었다. 대정(大正) 3년(1914년)에 완공했다는, 쇠로 만든 길 위를 달리는 지네처럼 생긴 이 거대한 수레는 하늘로 검은 연기를 날리며 이따금 괴상한 쇳소리를 지르면서 회색의 겨울 산하를 내달렸다. 기차에서 내려다보는 곳곳에는 무거운 배낭을 메고 다리에는 각반을 한 일본 군인들이나 검정 제복을 입고 칼을 찬 순사들이 많아 살벌한 분위기를 느끼게 했다. 북쪽으로 올라갈수록 군인들의 모습을 많이 볼 수 있었다. 그들은 대부분 무리 지어 구령을 외치거나 트럭 위에서 군가를 부르기도 했다. 그 모습들은 마치 사기그릇에 담긴 콩알들처럼 골짜기마다 정겹게 모여 살면서 집집이 소박한 행복을 가꾸고 있는 평화로운 정적을 깨트리는 훼방꾼 같은 것이었고, 먹구름이 잔뜩 낀 날씨처럼 우울한 것이었다. 그런 연유에선지 거리를 지나는 사람들은 무표정했으며 거리는 활력이 없고 우중충했다.

사냥꾼들은 혀를 끌끌 차기도 했다.

"어허, 조선땅이 어쩌다 쪽바리들의 세상이 됐는고…"

"그나저나 나남(羅南)에는 일본군 부대를 증원하기 위해 무지무지하게 넓은 터를 닦고 있다는구먼."

"지금보다 더 심하게 매를 대겠다는 수작이지."

"아닐세. 그보다는 다른 꿍꿍이가 있을 게야."

평소에도 여기저기 다니면서 주워듣고 참견하기를 좋아하는 한득이의 말이다.

"꿍꿍이라니?"

"장춘에서 회령으로 철로를 깔고 있으니까 만주까지 집어삼킬 계획을 하고 있다는 게지. 물론 불끈거리는 조선인들을 몽둥이질 하자는 목적이 있지마는 만주로 쳐들어갈 생각에 나남에다가 부대를 증원한다는 게야."

"만주에는 이미 들어가 있지 않은가?"

"누가 알겠는가. 관동군의 세를 불려 무슨 짓을 저지를지…"

"허긴 듣고 보니 그렇군. 조선 통치에만 목적이 있다면 한양에서 가까운 곳에 배치할 일이지 하필이면 함경도에다 부대를 주둔시키겠는가?!"

"허허, 머잖아 만주도 불 먹은 곰이 되겠군."

"그러게 말일세. 얼마 전 우리 친척 몇 가구도 간도로 이주를 했는데 저놈들이 설치고 있으니 안심하고 자리 잡을 곳이 없겠구먼."

강포수 등은 원산역에서 내려 마천령을 넘어 청진항(淸津港)에 도착했고, 지방을 순회하는 관헌들도 돌려놓고 간다는 차유령(車踰嶺)을 넘어 함경북도의 국경도시인 무산에 도착했다. 그곳에서 약속이 되어 있던 몰이꾼 일곱 명과 합류했다. 포수 한 명당 몰이꾼 4명씩이다. 그리고 다시 백두산 기슭을 향해 오른쪽으로 두만강과 숨바꼭질을 하며 숲속을 이동하고 있었다.

11월 중순 관북의 날씨는 낮에도 영하 15도, 밤에는 영하 35도를 오르내렸다. 무산지역, 특히 백두산 일대의 겨울은 9월에 시작되어 이듬해 5월에야 봄이 오니까 이미 겨울의 문턱을 넘어선 지 석 달이나 지났으므로 밤과 낮의 기온 차가 더욱 심했다. 공기는 건조하고 햇살은 약했다. 거리를 지나면서 보는 사람들의 옷차림이 이미 깊은 겨울임을 알려주고 있었다. 대부분 두껍게 솜을 넣어 엉덩이까지 내려오도록 만든 덧저고리들을 입었고, 털모자나 수건을 깊이 눌러쓰고 있었다.

멀리 백두 영봉은 눈이 쌓여 흰머리를 창공에 들어냈으나 그 아래 산록들은 겨우 발목에 차일 정도에 불과했다. 예년 같으면 눈이 쌓여 산짐승도 오가지 못할 시기인데 어찌 된 일이냐면서 모두 의아해했다. 그마저도 바람에 쓸려 눈이 없는 곳이 많았다. 바람은 자주 심술을 부렸다. 얼어붙은 시베리아를 거쳐 압록, 두만강 건너 간도 벌판을 휩쓸며 불어오는 초속 30m의 매서운 바람이 때때로 백두산 기슭의 숲 위를 갈지 자 걸음으로 휩쓸고 다니며 맹수의 울음소리를 내고 있었다.

그때마다 나무의 우듬지들이 호수의 물결처럼 쓸리곤 했으나 그 아래 숲속은 영향을 크게 받지는 않았다. 광활한 산록에 빽빽하게 들어선 침엽수림들이 바람을 막아 서로의 체온을 지켜주고, 낮에는 잎 떨어진 활엽수 가지들 사이로 희미하나마 볕이 스며들어 때로는 따스한 기운이 감돌 때가 있다. 그러나 밤 기온은 급격하게 떨어졌다. 무산에 도착한 지 사흘째 되는 날 저녁, 그들은 삼장면(三長面) 농사동(農事洞)에서 40여 리쯤 올라가 시냇가 통나무 다리를 건너 전나무들이 에워싸고 있는 외딴 화전민 집에 숙소를 정했다. 이 지역은 백두산을 찾는 등산객이 머물다 가거나, 또는 산일을 하러 가는 사람들이 쉬어가는 곳이다. 약초를 캐는 것이 본업이라는 집주인은 산막을 지어놓고 사냥꾼이나 심마니들에게 잠자리와 음식을 제공하는 대가를 받아 살림에 보태고 있었다. 굵은 통나무들을 얼키설키 엮고 바람이 들어오지 않도록 틈새마다 흙을 메운 장방형(長方形)의 방은 제법 넓었다. 이 지역이 무진장한 삼림지대인 것을 자랑이라도 하듯 초저녁부터 한껏 불을 지펴 구들장을 달궈놓은 방안은 땀이 날 정도로 후텁지근했다. 사흘 동안 산길을 행군한 15명의 사냥꾼은 일찌감치 저녁밥을 먹고 저마다 편한 자세로 방안에 깔린 산대(山竹) 거적 위에서 밤늦도록 한가로운 시간을 보내고 있었다. 편한 모습으로 눕거나, 두세 명씩 모여 사냥이나 혹은 생전 처음 와보는 낯선 지역의 풍물에 관한 이야기를 나누기도 했고, 더러는 벽에 붙은 고쿨에서 검은 연기를 폴폴 날리며 타오르고 있는 광솔 불빛 아래 옷을 벗어 이를 잡는 사람들도 있었다. 그러나 당시의 상황으로는 전혀 부끄러운 행동이 아니다. '가난한 집에 이가 서 말'이라는 말이 있지만 못 먹고 못 입는 서민들에게 이는 정말 지긋지긋한 존재였다. 생시에 길을 가다가도 근질거려서 체면 불고하고 몸을 긁적거릴 때가 많았다.

"여보게 덕삼이, 그 귀한 보물들을 신줏단지처럼 모시고 다니다가 여기서 없애버리면 아까워서 잠이 오겠능가?"

"그러게 말일세. 아마도 집에 돌아가면 계수씨가 보물들을 잃어버리고 왔다고 옆자리를 허용치 않을 걸세."

"그럼 다섯째 막뒤 맹그는 일은 당분간 어려운 거여?"

"사돈 남 말 허구 있네. 이 사람아, 자네 허리춤엔 뭐가 있는 줄 아나. 범이 수십 마리 기어 댕기구 있단 말일세 범이."

"그럼 범사냥은 신무치(神武峙) 쪽으로 갈 게 아니라 쇠돌이 허리춤으루 가야겠구먼."

그 말에 모두 낄낄거리고 웃었다.

그래도 덕삼이와 몇몇은 들은 체도 않고 엄지손톱 사이로 연신 이를 죽이고 있다. 그때마다 이 터지는 소리가 마치 깨를 볶을 때처럼 톡톡거린다.

"저 보물 터지는 소리 좀 듣게나."

"하이고, 또 범 한 마리 잡았구먼."

그 말에 또 웃었다.

"그래, 누가 입심이 좋은지 어디 한 번 붙어봐."

"때리는 시엄니보담 말리는 스느비(시누이)가 더 밉다고 하더랑이…"

그때 2중으로 된 무거운 나무문이 삐거덕거리는 소리가 들리고 소반을 든 주인이 들어왔다. 그는 벽에 기대놓은 나무로 된 두껍고 커다란 상을 펴더니 음식들을 올려놓았다. 뒤이어 주전자를 든 그의 처가 들어왔다.

이를 잡던 사람들이 놀라 후다닥 옷을 우그려 든 채 구석으로 숨는다.

　"모두들 욕으 보우다. 여기가 깊디깊은 어랑(산골)이다 보이 밥두 질
게두 시원찮게 대접해서 미안합네. 워낙에 빈한한 살림이라 이레에
한 번 열리는 삼장(三長) 장에 가서 짭짜리(소금)에 쩌른 고망어(고등어)라
두 사오지 않으문 묵나물과 짐티만 먹고 살아야 합네. 하지만서두
내일부터 사냥에 나가실래문 밤두 길구, 또 심(힘)두 좀 비축해야 하지
않겠습네까?! 벤세(만두)를 하려다가 시간이 없어서 기냥 있던 걸루 내
왔수다. 들쭉술허구 갱기(감자) 씀바람떡(개피떡)이랑 고톨밤(도토리) 묵
같은 안주거리우다. 기럭하구 이거는 우리가 펭소에 주식으루 먹는 긴
데 대처에 사는 분들한테는 좀 생소한 음식일 거지만두 들어보오다."

　상 위에는 금방 쪄내 김이 무럭무럭 나는 개피떡과 고기가 가득 든
양푼, 그리고 말린 옥수수알갱이를 따서 강낭콩과 섞어 끓인 강낭밥,
김치와 묵나물 그릇들이 놓였다.

　"귀래(당신), 아롱범(표범) 앞에 앉아 있는 갱생이(강아지)처럼 잔뜩 쭝
쿠리구 메 하구 있네? 뱀에 물린 뒤 풰수(포수) 성님이 처음 오셨는데
얼피덩 술 한 잔 따르지 않구서리…"

　주인 사내가 그의 뒤에 주전자를 든 채 엉거주춤 서 있는 처를 돌
아보며 하는 말이다.

　그녀는 남자들이 많은 방이라선지 다소곳이 숙인 머리에 곁눈질로
강포수의 얼굴을 살핀다.

　강포수가 몇 번 손사래를 치더니 급히 상머리로 다가가 잔을 들었
고, 그녀는 조심스레 술을 따랐다.

　"이 어르나(어린아이) 같은 인사가 하필이면 지(제)가 장날 솔캐마선집
(솜틀집)에 갔을 때 독새뱀한테 물렸지엥요. 내가 올 때까정 깊은 데는

가지를 말라구 한새코 말렸는데 이 고집퉁이 말으 앙이 듣덩이 됩쎄 혼이 났젬메. 강풰수 성님이 아니랬드면 영낙없이 죽은 목숨이 아니겠음. 뱀에 독으 입으루 빨으시구, 환재를 들채 업구서리 이십 리 최 주부네 한약방에를 단숨에 내달리신 덕에 살아난 목숨이니끼리."

"그러기 말입소. 더 말해 무실 하겠습꽝이. 지가 눈으 뜨구서는 그 은혜를 잊을 수가 있갔습매?!"

그의 처가 고개를 숙이며 대꾸한다.

"갈(가을) 독새는 약이 잔뜩 오르는 뱁인데 그동안 얼매나 고상을 했음둥?! 기래, 지금은 괭기찮습네까?"

"예. 벌써 이태가 지났는데 어째 상기 아프겠슴. 정말입지, 그날에 아즈바이가 오시지 않애 봅세, 십 리르 가도 말돌이(마실)르 갈 집이 없구, 맹수만 어르대는 무인지경에서 뉘기 나르 구해 줄 수 있갔슴두? 기런데 어쩌란 말이, 조하구 귀리 섞은 밥에 햄새(반찬)두 신통치 않아 대접이 소홀해서리…."

"무스기 말임둥. 우리가 벨 사람입네까. 돈이 있어두 쌀으 구하기 어려운 시댄데 아무거나 먹을 수 있는 기 다행인 기지…. 그런데 여기 백두산에는 뱀으 보기가 솔찮은 곳인데 운이 사나워서 고상을 많이 했소다."

주인 사내가 그 말을 받는다.

"왜 앙이 그러갔습두?! 범으는 무서워 했어두 뱀으 무서운 줄으 모르구 살았웅이. 내 약이 잔뜩 올라서리 그놈우 뱀이 잡으문 주두리르 마솨버릴라고 메칠으 찾아 댕기두 귀신이가 야료를 부렸는지 없읍데다. 그 바람에 지가 하마터면 쉰이 넘은 나이에 호불애비가 될 뻔했지 앵이요."

"기러니까니 펭소에 가물덕(아내) 옆에서 떠나지르 말구서 왕처럼 섬기기오."

"아무리문 기렇쿠 말구. 우리 나이에 안깐(부인)을 소홀히 하문 쫓게 나는 일밖에 없지 앙카시오."

모두가 한마디씩 하고 껄껄거린다. 여자가 얼굴을 가리고 나가는 것을 보며 슬금슬금 상머리로 모여든다.

"이거이 무스기 괴기임?"

총지휘자인 강포수가 수저를 들기 전이라 음식상을 멀뚜거니 들여다보고 있던 무리 중의 한 사람이 묻는 말이다.

"메칠 전에 부수께낭구(땔나무)를 할라고 허양(가까운 곳)에 들어가대나니까나 무신 큰 즘생한테 쫓게왔는지 사슴이가 한 마리 울부짖어서 자세히 보이 웅노에 다리가 부러져 있읍데다. 살릴 수 있는 헹펜이 아인 거 같구 오시러버서(가련해서) 펜히 가도록 해 줬수꾸마."

"범한테 쫓게 온 기구만. 우리 조선 범들으는 주로 사슴이르 잡아먹습구마. 기렇지만 두만강 건너에 사는 범들으는 멧돼지와 사슴이르 주로 잡아 먹는데, 때로는 반달곰으 사냥하기두 합네다. 아룽범으는 수달으 사냥하기두 허구."

김현식 포수의 말이다.

"짐승이 많기는 한 모양이구면."

"하모, 엊저녁에 자면서 들으니 사방에서 짐승의 울음소리가 들리드마는."

그 말을 집주인 차돌석이 이어받는다.

"그렇습메다. 여기는 즘생들이 많아서리 사냥하기에 좋은 곳이기는 하나, 한편으로는 인명피해도 아조 많은 곳입네. 백두산은 지위 높은 신령이 계셔서 맹수가 있어두 사람으 해치지르 않는다는 전설이 있다고 합네다마는 그렇지가 않습구마. 메칠 전에는 진화역(珍貨驛)고개에서 승냥이가 서른 살 된 안까이르 죽였다구들 합데. 최근에 인명 피해만도 열아홉 명이나 되구, 부상이 17명, 가축 피해가 36필이나 된다구 하이 맹수가 얼마나 어르대는지 알만 하지 않습둥?! 중국 문헌에 보문 백두산으는 천하제일의 영험한 산이라 맹수가 있어두 사람으 물지르 않는다구 했지마내두 실상은 기렇지가 않소다. 시도 때도 없이 집 근처에 어르대서 보시다시피 문으는 단단한 들메나무루, 기것두 2중으루 가림대르 맹길어 놨지 앵요. 맛으 들이게 되문 부랑(바람둥이) 하불애비(홀아비) 밤낮 구벨 앵쿠 호불에미 찾드키 찾아올 거 같아 갱생이(강아지)두 한 마리 기르지를 못하구 있습네다."

마치 자신이 중국문헌을 읽은 것처럼 말하는 그의 말에 머리를 끄덕이던 강포수가 좌중을 둘러보며 말했다.

"기건 기렇구, 자아, 얼피덩 일러루들 오기오. 주인이 정성을 다해 내온 음석이니 들어 봅세."

제1반의 총지휘자인 강용근 포수는 고향이 무산이라 일행 중 누구보다 이 지방 일에 밝다. 나이가 50대 초반으로 보이고 검게 그은 얼굴의 홀쭉한 양 볼 위에 칼날처럼 날카로운 눈을 가지고 있다. 큰 키에 무릎까지 내려오는 노루 가죽으로 만든 사냥복이 매우 어울리는 품새다. 겉보기에도 호랑이 100여 마리를 잡은 실력의 소유자라는 말을 의심하지 않을 만했다. 군살이라고는 없는 깡마른 체격은 그가 얼마나 많은 험한 산들을 넘어 다녔는지를 말해 주고 카랑카랑한 목소리는 맹수들과의 대결에서 어떻게 승리를 거두었을지를 짐작하고도 남음이 있다. 조선 제일의 포수로서 이번 사냥에 함경북도 지사의 추천을 받은 것은 당연한 일이기도 하다.

이미 전국에 이름이 알려진 나머지 두 사람의 사냥꾼, 최순원과 김현식도 강포수에게만은 아주 깍듯했다.

술이 몇 순배 돌았다.

그리고 강포수가 진지한 표정으로 집주인에게 물었다.

"이봅세 돌석아우, 혹시 요 근래 약초꾼들한테서 호개르 봤거나 울음소리라도 들었다는 말으 들어본 적이 있남?"

"예, 신무치 하구 허항령 쪽에서 봤다는 얘기르 들었다구들 합데다."

"뉘기 그럽데?"

"예, 달포 전에 방초(山蔘) 캐러 왔던 삼사면(三社面)에 사는 사람들한테서 들었습네. 허항령쪽으는 확실치가 않아서 모르겠지만서두 신무치 것은 실제루 당사자가 발자국을 봤는데 앞발 자국이 어른 얼굴만 하더랑이 엄청 대호가 아니겠음두?! 짐작에는 아매두 신무치는 벤통(어김)이 없을 겜네다."

강포수는 젓가락을 든 채 콧수염이 듬성듬성 난 얼굴로 한동안 생각에 잠기더니 사람들을 둘러보며 큰 소리로 말했다.

"나도 그런 정보를 들은 것이 있웅이까 괴낭이 허튼 소문은 아니겠구만. 기렇다면 신무치(神武峙)로 가려던 계획은 그대로 실행허기루 허구, 홍암리 쪽은 변경해야갔수다. 나는 따로 새완이(젊은 사람) 둘만 데리구 맘에 담아둔 곳이 있웅이까나 그리루 갈까 하오. 물론 호개란 놈이 한 자리에 붙어 있으란 벱은 없지만두 십중팔구 그 부근에 한두 놈은 있을 거 같아서리…"

"대장님이 가시려는 데가 어뎁니까?"

최순원 포수가 물었다.

"무트리봉(무틀봉) 쪽이오. 메 도티(멧돼지)가 많이 꾀는 곳이라 전에두 그곳에서 호개 두 놈을 잡은 적이 있는데 다시 가볼까 합네다."

"그래두 범을 잡는 일인데 할당된 몰이꾼들이 함께 가야 하지 않을까요? 인원이 적으면 위험하기두 허구…."

"일 없수구마. 지리두 횐히 알겄다 새완이(젊은 사람) 둘만 있으문 족하오. 보통 때처럼 포쉬 한 명에 창잽이 둘이면 되능기 앙이겠소. 내 몫의 몰이꾼 두 사램은 대장님들이 각각 한 사람씩 나눠서 도움을 받도록 하기오. 무산출신들이니까나 자르 할기구마. 대신에 같이 갈 사램으는 내가 뽑을까 하는데 두 분 포쉬님들이 동의해 주실 수 있겠습두?"

"그야 당연한 일이지요!"

이번 사냥길에 많은 도움을 주고 있는 강포수의 속 깊은 마음씨에 두 사람은 깊이 감사하고 있는 터다.

강포수가 고맙다는 미소를 보내고 나서 큰 상(床)과 작은 상에 둘러앉은 사람들을 둘러보더니 손가락으로 점을 찍는다.

"이 봅세. 저기 저쪽에 술잔 들고 딸각질(딸꾹질) 하고 있는 새완이, 글카구 요 앞에 꼬수락머리에 볼뼈(광대뼈) 나온 떡메골(대갈장군)…."

개동이는 방금 코가 간지러워 딸꾹질을 한 탓에 들고 있던 잔에서 술을 흘리던 참이다. 놀란 눈으로 강포수를 바라보고 있는 고수머리의 청년도 체구가 건장한 20대. 개동이는 자리에서 일어나 강포수에게 꾸벅 인사를 했다. 경기도 양평에서 왔다는 황태수라는 청년도 정중히 인사를 한다. 나이가 개동이보다 두 살 위라고 했다.

계획이 확정되자 서로들 술잔을 돌리며 밤이 이슥해진 줄도 모르고 와자지껄 떠들어 댔다.

소피(소변)를 보면서 밤하늘에 총총히 돋아 있는 별들과 그중에도 유난히 반짝이는 북극성을 올려다 본 강대장이 문을 열고 들어오며 말했다.

"밤이 늦었수다. 그만하면 에지간히 회포를 풀지 않았음둥? 이른 새박(새벽)부텀 길을 떠나야 하니 이제는 정리르 하구서리 잠자리에 들도록 하기오. 예서 신무치만 해두 1백40여 리구, 무트리까정은 족히 190리가 되니깐두루…, 기럭하구 앞으로 한데(야외)서 지낼래문 잠으 많이 자 둬야 하니끼니…"

겨울 해는 짧다. 새벽밥을 먹고 출발한 15명의 무산대(茂山隊)는 곤시(坤時: 14:30~15:30)가 가까워 가칠봉으로 갈라지는 곳, 심마니들이 오가며 제사를 지내는 산신당에 당도했다. 무산 장에서 장만해 온 제물들과, 그들이 가져온 쌀로 차돌석의 집에서 찐 시루떡 보따리를 풀었다.

울긋불긋 헝겊들이 매여 있는 당나무 앞에 시루떡과 삶은 수탉 한 마리와 포, 그리고 배, 사과 등을 각각 3개씩 올려놓았다.

양초에 불을 붙이고 향초를 피운 다음, 대장인 강포수가 술을 따라 올리고 나서 꿇은 자리에서 초헌문을 낭독했다.

"…전국에서 선발된 새앵꾼들이 멀고 험한 길으 달레 와 백두산과 전국의 산들을 관장하시는 백두상제께 제를 올리옵네다. 술이랑 산디떡이랑 많이 많이 드시구 신무치와 무트리봉에서 새앵허는 사램들한테 각각 대호를 포획하도록 허락하여 줍소. 기럭하구 단 한 사람 두 해르 당하거나 낙오되는 이가 없도록이 특벨히…"

강포수가 먼저 배례를 하고 이어서 최포수와 김포수가 잔을 올려 절을 했다. 나머지 인원들도 합동으로 배례를 했다. 그리고 소지가 올려졌다.

그들은 음식을 나눠 먹은 다음 신무치에서 헤어져 각자의 길을 떠났다.

"반나절쯤 올라가면 신무치에 닿게 될 겜메. 기럭하구 모레 저낙쯤이며는 목표로 하는 무트리봉에 도착할 기구마. 거기는 천리천평 가운데 우뚝 솟은 산으루 주변에는 잣나무들이 빼곡하게 들어차 입지. 눈이 쌓였을 때두 잣 열매를 찾아 먹을라는 메 두티나 붉은 사슴이들이 모여드는 곳이라 호개나 아롱범이가 자주 나타납지."

세 사람은 가도 가도 끝이 보이지 않는 아름드리나무들이 빼곡하게 들어찬 숲속, 까마득한 머리 위 잔가지들 사이를 뚫고 간간이 비쳐드는 햇살을 맞으며 부지런히 앞으로 나아갔다. 백두산 기슭 아래 지대의 나무들은 이깔나무(조선낙엽송)나 가문비 사시나무 등의 혼합림들이고, 위로 올라갈수록 전나무와 소나무 등 침엽수들이 언제 끝날지 모르게 빽빽하게 들어차 있다. 나무 밑동에 엉겨붙은 이끼들은 한낮에도 눈과 서리에 덮여 긴 겨울잠을 자고 있었다.

어두컴컴한 숲길을 가다가도 문득 하늘이 열리는 곳에는 키 작은 들쭉나무나 억새들로 가득한 작은 들판이 펼쳐졌다. 눈에 덮여 모가지만 내밀고 있는 들쭉나무숲에서 쪼그라든 열매를 먹고 있던 노루 사슴이나 작은 짐승들이 사람을 보고 달아나기도 했다.

"이곳 백두산으는 우리 민족의 조종산(祖宗山)이우다. 기리니끼니 이 산에 들어올 때는 마음을 정결하게 해야 되는 기야요. 오죽하문 금나라는 '나라가 잘될 만한 땅'이라구 예를 다 해 받든다문서 여국영응왕(與國靈應王)이라는 작위까정 내렸지앵요. 우리 조선에서는 백두산이라

구 부르구 중국사람들으는 장백산이라구 부르는데 모두 산으 덮구 있
는 눈의 색깔이 희니까나 기렇게 부르는 깁지. 경상남도 하동의 구재
봉(鳩在奉)에서부텀 3,670리 올리매기(오르막)르 치구 올라 와 창공으루
우뚝 솟은 민족의 기상입지. 봄 여름에두 악충과 뱀이 없구 물고 쏘
는 벌레가 없구마. 그뿐이 앙이라 나무는 좀이 없으니 특벨한 산이 앙
임?! 그리구 봄이나 여름에 와 보문 꽃이 많아 아롱아롱 날아댕기는
나봉이(나비)들이 참으루 볼만 합지. 기렇지만 맹수가 많아. 그 리유는
아라사(러시아)나 만주에 비해 덜 춥고 숲이 울창하기 때문입지. 보통
때도 기렇지만 특히 10월달부터는 겨울잠을 준비하는 불곰이나 맹수
들이 설치고 다녀 사람이 함부로 다니기 어렵구. 날구 긴다는 사냥꾼
들두 재깃하는 사이에 당하곤 했응이까 걸어가면서두 사방으 살페 보
문서리 조심을 해야할 김메… 기건 기렇구, 호개를 찾을라문 눈이 좀
내려야 하는데 상기두 눈다운 눈이 앙이 오고 있응이 이러다간 창
피라두 당할지 모르겠구만 기래."

이틀이 지난 정오 무렵 무두봉 기슭에 당도했다.

그곳에서 바라보는 천리천평(千里天坪), 광대무변한 숲의 모습은 참으
로 장관이었다. 개동이는 지금까지 자신이 보아왔던 산들이 전국에서
제일 높고 울창한 줄로만 알고 있었는데 이곳 함경도 경계에 들어서고
부터는 감탄을 연발했다. 그중에서도 압권은 천리천평이다. 세상에 이
런 신비스런 광경이 있다니! 두 젊은이가 넋을 잃고 바라보자 대장이
손가락으로 산들을 일일이 가리키며 설명을 해 나갔다.

"예서 더러는 보이는 산도 있고, 대부분은 앙이 보이지만두… 저~기
북쪽으로 백두산 봉우지르 등지고 서 있는 산이 대각봉(大角峰)이고 북
서 방향에 있는 산이 병사봉(兵使峰)입지. 서쪽으로 있는 산들이 대연지

봉(對臙脂峰), 소연지봉 선오산(鮮奧山) 간백산(間白山), 소백산(小白山)이고, 남으루다가 북포태(北胞胎) 남포태 갓모봉과 설령(雪嶺)들이 웅대하고 멋진 모습으루다 만경(萬頃)이나 펼쳐져 있지 않슴?! 지네들은 백두산 3경이 뭔지를 아는가? 첫째가 백두 상봉과 천지 풍경이구, 둘째가 여김메. 셋째가 삼지연 폭폼지. 여기 무두봉 대장관을 보지 않는다며는 백두산으 본 거라고 말할 수 없다고들 합지."

아득히 먼 곳 북, 서, 동, 남쪽-지금은 비록 자줏빛 연무(煙霧)에 가려 볼 수가 없으나 말하는 이의 설명에 따르면 상상만으로도 가히 천하일경이다. 지금 당장 눈앞에 가늠조차 할 수 없이 펼쳐진 녹색과 회색의 숲은 망망대해를 보는 것 같다. 오랫동안 막혀있던 가슴이 뻥 뚫리고 무언가 거대한 힘이 자신을 공중으로 끌어올리는 전율마저 느끼게 했다.

한참 동안 넋을 잃고 바라보다가 시간이 없다는 강포수의 독촉에 발길을 돌려야만 했다.

세 사람은 그 일대에서 오후 내내 산기슭과 동굴들을 뒤지고 다녔으나 호랑이의 흔적은 발견되지 않았다. 늑대나 노루 족제비 같은 짐승들의 발자국만 얇게 쌓인 눈 위에 찍혀 있다가 바람에 불려 어디론가 사라지곤 했다.

"허허 이놈우 바람이가 얼마 앙이 내린 눈마저 몰구 댕기는구만 기래. 눈이가 좀 많이 와야 하는데 눈이가…. 차라리 돌석아우네 집에서 기둘려야 하는 걸 급한 마음에 되비(되려) 공연한 만용으 부린 것 같은 생각이구마…."

멀리 백두영봉 위를 아련히 물들이고 있는 황혼을 바라보며 무거운 다리를 옮기고 있는 대장의 입에서 나오는 말에는 조급한 마음에 길을 떠난 자신의 경솔함에 대한 후회가 어려 있었다. 그만큼 눈은 간절한 것이기도 했다.

제아무리 뛰어난 사냥꾼이라 해도 지리에 서툰 곳이다. 눈 발자국을 밟아가지 않고는 산중의 왕인 호랑이나, 곰 따위의 맹수들을 발견하고 추적하기란 사실상 어려운 일이다.

그들은 골짜기 아늑한 곳을 찾았다. 나무들을 잘라 벽을 만들고 위에다 가지들을 덮은 다음 가운데에 모닥불을 피웠다. 그 옆으로는 가까운 곳에 군락을 이루고 있는 자작나무 껍질을 넓적하게 벗겨다 바닥에 깔았다. 주루먹에서 꽁꽁 언 기장밥 덩어리를 꺼내 데워 대충 끼니를 때운 다음 통나무들에 기대 잠을 청했다.

그런데 초저녁부터 늑대들이 떼로 몰려와 주변을 맴돌며 으르렁거렸다. 불에 타고 있는 나무토막들을 던져보지만 그때뿐이다.

좀체 잠을 이룰 수 없으므로 어쩔 수 없이 이런저런 이야기를 나누며 잠이 오기를 기다릴 수밖에 없었다. 이야기의 대부분은 가족사에 관한 것들이거나 청년들이 경험했던 사냥에 관한 일들이었다. 예컨대 황태수는 여섯 형제 중 넷째인데 집안이 가난하여 위로 누이 둘은 쌀 두 가마씩에 멀리 남녘으로 팔려 가고 형은 남의 집에 머슴으로 갔으며 동생 둘은 아버지와 함께 노동판에 다니고 있다는 것, 그리고 개동이의 집안에 관한 이야기들, 마을의 어른들을 따라다니면서 곰이나 궁노루 사슴 따위를 사냥하던 경험담들이다.

"요즘 세상에 형제 없는 사람은 드문 펜인데 개동 청년은 어째서 형제도 없이…"

강포수는 안 됐다는 표정으로 혀를 끌끌 찼다.

"부모님께서 혼사를 늦게 하셨는가?"

"예, 그랬다는 말씀을 들었습니다."

"창 솜씨가 뛰어나다고 들었는데 그 나이에 그 정도 기술을 익혔다면 어려서부터 배웠을 걸로 생각이 되는데 혹시 아배께서 사냥꾼이 앙임?"

강포수는 경성에서 출발하기 전 야마모토 총대장으로부터 을수골에서 호랑이를 잡았던 일과, 그로 인해 개동이가 몰이꾼 대열에 끼게 됐다는 이야기를 들어서 알고 있었다.

종일토록 다섯 발자국을 벗어나지 않고 열심히 보호해 준 이 청년을 바라보고 있으면 기억하기 싫은 일과 꿈에도 잊지 못할 그리운 얼굴이 떠올랐다. 조선 제일의 사냥꾼이라는 명성을 얻은 대신 수많은 산짐승의 목숨을 빼앗은 대가를 받았던 것일까? 아들 4형제 중에 가장 잘 생기고 체구가 좋고 남자다운 성격을 갖고 있었던 막내다. 게다가 다른 형제들과 달리 애비가 가까운 곳에 사냥을 나갈 때는 따라나서기를 좋아해서 조부(祖父) 때부터 이름을 떨쳐온 사냥꾼의 가계를 이어받을 후계자로 생각하여 일찍부터 조총 사격술과 창술을 비롯하여 맹수들의 습성 등을 가르쳐주었다. 습득력이 뛰어났다. 그러나 모든 조건을 갖췄다는 생각에 마음을 놓은 것이 화를 부르게 된 원인이었다. 몇 해 전, 멧돼지가 출몰한다는 소식을 듣고 개 두 마리를 데리고 나갔다가 그 멧돼지를 따라온 호개에 의해 목숨을 잃었다. 달포가 넘도록 인근의 산들을 뒤져 놈을 사살하고, 그 내장을 씹으며 얼마나 울부짖었던가. 그러나 무슨 소용이 있으랴. 사랑하는 아들은 돌아오지 못할 곳으로 영원히 떠나간 것을….

그리움과 자책의 성(城)을 벗어나지 못하며 괴로워하고 있는 자신이다. 그 아이가 세상을 떠났던 때가 스무 살이니까 저 또래다. 개동이라는 이상한 이름을 갖고 있는 청년의 모습이나 활달한 성격, 그리고 용맹함이 어쩌면 그리도 막내를 닮았단 말인가! 강포수는 잠시 어두운 회한의 성을 맴돌면서 저승으로 떠난 사람과 이승의 젊은이가 환치되는 상상의 그림을 그리고 있었다.

"그런데 자니(네)들은 사냥의 목적이 무시기라고 생각하는가?"

한참 동안 깊은 생각에 잠겨 있던 강포수가 뜬금없는 질문을 했다.

두 젊은이는 그가 무슨 이유로 이처럼 어린아이도 쉽게 답변할 질문 같지 않은 질문을 하는지 머리를 굴렸다.

"고기를 먹는 게 목적이 아니겠습니까?!"

황태순의 대답이다.

"자니는?"

"글쎄요, 고기와 가죽을 얻는 것 외에 별다른 목적이 있을 것 같지 않은데요."

그는 마치 사랑스런 아들들을 대하듯 정감 어린 미소를 지었다.

"물론 고기와 가죽을 얻는 것이 중요한 목적 중의 하나라고 할 수는 있지만서두 기거이 다는 아닙지."

두 사람은 의아한 표정으로 강포수를 건너다 봤다.

"사냥꾼우 진정한 목적으는 자신과의 싸움에서 승리르 얻는 기야요. 언제 어느 구석에서 어떤 맹수가 튀어나올지 모르는 예측 불가능한 모험이구 알 수 없는 세상을 헤쳐 가는 탐험이란 말입네. 한마디루 말한다며는 동물 대 동물의 원초적 본능의 대결이라구 할까…. 기러하이까나 와자자(정신이 없어서)해서리 아다모끼(마구잡이)루 설쳐댄다든지 허슨하게(느슨하게) 행동하다가는 한순간에 목숨으 내놔야 하는 기야요. 호개사냥에서는 오만한 자신감을 가져선 절대로 앙이 됩지.

기거는 자신과 주변 사람들 생명까지도 불행하게 하니깐두루… 욕심으 비우구 오직 무(無: 없음)의 관념 속에서 창끝이나 총구루만 정신으 모아야 합네. 도를 닦는 고승처럼 돼야 한다는 말입네. 기건 자신이 개지구 있는 모든 거를 태우는 불꽃과두 같구, 삶과 죽음이 교차하는 칼날 위에 선 거와 같은 깁지. 또한 희로애락이 점철되는 인생과도 같은 기야요. 하지만서두, 막상 허연 이빨을 드러낸 채 죽어 나다베진 (널브러진) 차운(차거운) 사체를 보며는 마음이 짠하지. 즘생을 개지구 산에서 내려올 때 그 희열과 자부심이란 세상 무엇하구두 바꿀 수가 없다는 거는 지네들두 이미 알겠지마는, 하여튼 간에 묘한 기 사냥이 아니겠능가."

강포수의 음성은 느렸지만 힘주어 말할 때마다 눈동자 안에서는 붉은 별들이 명멸했다. 그것은 모닥불에서 솟구쳐 오르는 불꽃들 때문만은 아니었다. 가슴속 깊은 곳에 잠재한 인간의 내적 불길이 솟구치는 모습이었다.

"나는 호개와 대결할 때마다 미안한 생각을 하게 됨메. 만물으 영장이라구 하는 인간이 자신보다 못한 즘생과 대결하는데 총이라는 도구르 쓰는 거에 대해서 말입네. 진정한 사냥으는 맨몸으로 대결하는 것이지마는 현실적으로는 불가능한 일 터, 기렇다면 첫째가 창으로 싸우는 거이고 꼴찌가 총이라고 할 수 입지. 기래서 산으 다닐 적마다 모든 동물에 부끄럽구 미안한 마음을 개지구 있네. 내 마음 이해할 수 있겠남?"

개동이는 강포수의 말을 들으면서 그는 유능한 사냥꾼일 뿐 아니라 마음도 겸손한 분이라는 것을 느끼고 더욱 존경하는 마음이 우러났다.

낮 동안 고된 행군을 했던 터라 강포수와 황태수가 나누는 이야기를 듣다가 잠에 떨어졌다. 삼월이가 만들어준 조바위가 턱밑까지 덮여 있었다. 그러나 음전이 만들어준 만선두리를 차마 입기가 망설여져서 보자기에 싸 주루먹 안에 넣어뒀다.

둘째 날도 별 수확이 없었다. 생각 같아선 토끼라도 한 마리 잡아다 저녁에 구워 먹고 싶은 생각이 간절했으나 큰 사냥에는 작은 동물들을 잡는 것이 금기이므로 부득이 부실한 저녁을 먹을 수밖에 없다. 조금 일찍 어젯밤에 잤던 장소로 돌아와 통나무들을 잘라다 겉으로 한 겹을 더 쌓고 지붕도 더욱 두껍게 덮었다. 다행인 것은 아침에 일어나 보니 성글게 눈이 내리고 있었다. 아침밥을 먹을 때쯤에는 싸락눈이 쏟아지기 시작했다.

"올커니!"

하늘을 올려다보던 강포수가 무릎을 쳤다.

그들이 산 중턱에 오른 진시(辰時 07:30~08:30)쯤에는 반 자(15센티) 정도가 쌓였고 눈은 계속해서 내리고 있었다. 그러나 오전 내내 별 소득이 없었다. 세 사람은 허탈한 심정으로 나무 밑에 앉았다.

"아무리 해두 앙이 되갔구만. 날고 기는 재주가 있어두 즘생이 없는데 벨쉬 있겠능가. 좀 멀고 힘이 들더라두 낼은 허항령 쪽으루…"

갑자기 말을 멈춘 강포수가 길게 목을 빼고 앞쪽을 응시했다.

뽀얗게 내리는 눈발 속 100여m쯤 앞쪽에 전나무숲 뒤로 무언가 얼룩무늬가 언뜻 그늘 속으로 사라지는 것 같았기 때문이다. 강포수가 허리를 굽혀 낮은 자세로 걸음을 옮기며 따라오라는 손짓을 했다.

그리고 시선을 앞쪽에서 떼지 않으면서 조심스레 걸음을 옮기기 시작했다.

눈이 행운을 몰고 왔는지 행운이 눈을 몰고 왔는지는 모르지만, 선명하게 찍힌 것은 호랑이 발자국이 분명하다. 어른의 손바닥만한, 앞에 네 개의 자국과 뒤에 조금 큰 자국이 찍힌 발자국들이 일(一)자형으로 선명하게 찍혀 있었다.

황태수가 낮은 소리로 물었다.

"얼핏 재 보니 발자국의 지름이 한 뼘이 넘는데 대호가 아닌가요?"

강포수는 그의 말에 대꾸 없이 화승총을 힘주어 잡으며 회심의 미소를 지었다.

"모두들 조심으 합세. 기렇지만 빨리 따라가야 합네. 잘못하면 발자국이가 눈에 덮이니깐두루."

여러 개의 산등성이를 넘으며 이어지고 있는 발자국은 그러나 이내 쏟아지는 눈에 덮이고 있었다. 두 시간을 넘도록 추적을 계속하고 있지만 세 사람 모두 긴장과 기대로 힘이 든 줄을 몰랐다. 시간은 이미 인시(寅時 오후 15:30~16:30)쯤을 지나고 있을 것으로 짐작된다.

무두봉을 넘어서고 있었다. 등 너머에서 불어오는 세찬 바람이 머리 위를 지나갔다.

바로 그때 쏟아지는 눈발 속으로 호랑이의 얼룩무늬 등이 보였다. 강포수의 눈이 번쩍 빛났다.

"파앙!"

총소리가 울림과 동시에 "어흥!" 하는 호랑이의 울음소리가 뽀얀 눈발 속의 공기를 둔탁하게 흔들었다. 호랑이가 뒤를 돌아봤다.

"잔더리(잔등을)에 설맞은 거 같네. 빨리 하약(下藥)을 해야갔어."

약실에 화약을 쟁이는 강포수의 손이 떨렸다. 개동이와 황태수는 전면을 향해 창을 겨눴다. 그러나 호랑이는 반격하지 않고 급히 등 너머로 사라졌다.

눈 위에 점점이 떨어져 있는 작은 핏방울들….

"얼피덩 따라들 오기오."

그들이 등을 넘어 전나무들 사이로 발자국을 찾으며 30여 미터쯤 내려가고 있을 때다. 갑자기 아래쪽에서 여러 발의 총소리가 들려왔다. 세 사람은 어리둥절하여 서로의 얼굴을 바라보다가 산 아래로 시선을 돌렸다. 총소리는 한참 동안 들려왔다.

"쳇, 우리가 쫓던 호랑이를 다른 사냥꾼들이 쏜 것 같습니다. 어찌해야 할까요?"

개동이가 강포수의 얼굴을 바라봤다.

그때다. 하마터면 방아쇠를 당길 뻔했다.

희뿌연 나무들 사이로 아래쪽 20여 미터쯤 되는 곳에서 위쪽을 향해 올라오고 있는 물체가 보였기 때문이다.

"도와주세요! 되놈들이 쫓아오고 있어요!"

외치고 있는 사람은 짐승의 가죽옷을 입은 사냥꾼의 모습이다. 그런데 여자의 음성이다. 양쪽 어깨에 각각 총 한 자루씩을 메고 있고, 게다가 자신보다 몸집이 훨씬 큰 사람을 부축하고 있어서 금방이라도 쓰러질 것만 같다.

"얼피덩 내려가 보기오. 기렇지만 혹시 모르이까 조심으는 해얍지."

두 사람이 청년을 부축하여 위쪽으로 오고 있을 때 아래쪽 숲속에서 왁자지껄 떠드는 소리가 들려왔다.

"왕빠딴(개자식)!"

"까오리 빵즈(조선 거지새끼)!"

두 사람이 부축하고 온 남녀는 모두 털모자를 쓰고 있어서 얼굴을 자세히 볼 수는 없으나 부상한 남자의 앞모습은 채 스무 살이 될까 매우 어리고, 여자는 곱게 땋은 윤기 나는 머리가 모자의 뒷등까지 찰랑 거리고 있었다.

처녀가 가쁜 숨을 몰아쉬며 말했다.

"저놈들은 강 건너에서 온 마적들로 호랑이를 쫓다가 마주쳐서 싸움이 벌어졌어요. 저쪽도 한두 놈 총을 맞은 것 같은데 우리 쪽이 숫자가 적은 걸 알고 추격해 오고 있습니다. 제가 동생의 상처를 지혈시키는 동안 이 총으로 좀 대응해 주셔요. 부탁드립니다."

개동이와 황태수가 그녀로부터 엽총을 건네받았다.

그런데 이렇게 젊은 사람들이 겁도 없이 호랑이 사냥을 하다니! 게다가 한 사람은 처녀가 아닌가! 놀란 표정으로 그들을 바라보던 강포수가 처녀 사냥꾼에게 물었다.

"저들이 몇 놈이나 되오?"

"7, 8명은 되는 것 같습니다."

"총 가진 놈이 몇인지는 알지 못함?"

"아마도 전부 다 가졌을 겁니다."

아래쪽에서 떠드는 소리들이 점점 가까이 오고 있었다.

"챠오니마(니 에미)!"

"좌 저거 한구오 훈단, 워 지우 샬라 니!(如果你抓到這個朝鮮賤人, 我就殺了你! 이 조선 년놈 잡히기만 해봐라, 죽여버리겠다!)"

그들은 큰 소리로 고함을 지르면서 이따금 공포탄을 쏘아댔다.

"자아, 우리도 사람이 많다는 것을 알려야 하이까 몇 발 연거푸 땡게 봅세."

강포수가 숲을 향해 총을 갈겼다. 연이어 두 사람도 아래쪽에 대고 사격을 가하면서 고함을 질러댔다.

"올라오면 죽인다. 더 이상 올라오지 마라!"

"이 되놈들아, 여기가 너희들 제사 지낼 곳이다!"

그러자 아래쪽에서 아무 소리도 들리지 않았다. 아마도 적의 숫자가 많다는 것에 놀라 어리둥절하고 있을 것이다. 몇 분이 흘렀다. 그들이 또 총을 쏘아댔다. 고함소리와 총소리가 요란했다. 그리고 또 조용하다.

"돌아간 거겠지요?"

나무 뒤에서 총을 겨누고 있는 황태수가 기대에 찬 목소리로 묻는 말이다.

"앙일세, 필시 총을 맞은 자들이 있어서 복수를 하려구 해가 저물 때를 기다리고 있을 겜메. 밤이 되며는 우리 쪽이 더 불리하게 될 기구만. 아무래두 어둡기 전에 여게를 빠져나가야 해."

그러고는 처녀를 향해

"기런데 동생우 상처는 어느 정도임까?"라고 물었다.

청년은 눈 위에 옆으로 누워 한쪽 손으로 어깨를 부여잡고 얼굴을 찡그리고 있었다.

"피를 많이 흘리고 있는데 우선 지혈부터 해야 할 것 같습니다. 그럴 시간이 있는지…?"

"괭이찮소, 저놈들도 우리 쪽에 사람이 많으리라곤 예상을 못 하다가 좀 혼란스런 상태에 있을 겜메. 기런 정도의 시간은 있으이까 응급조치부터 얼피덩 함세."

강포수가 주루먹에서 무명 헝겊을 꺼내더니 다친 청년의 오른쪽 어깨의 옷을 벗겼다.

"허어, 출혈이 많이 됐구마. 총알이 백혜 있는 거 같기두 허구…, 시간이 지체되면 앙이 될 긴데 어찌해야 한담."

청년은 짙은 속눈썹을 올렸다가 감곤 입술을 악물었다.

능란한 솜씨로 지혈을 마친 강포수가 피 묻은 손을 눈에 썩썩 비비면서 처녀 사냥꾼을 향해 묻는다.

"새기(처녀)는 어뜨키 된 김두? 호개사냥은 나이 많은 노련한 사냥꾼들도 하기 어려운 일인데 어린 사람들이 도대체 무스기 생각루다 호개 사냥에 나섰다는 말임? 기럭하구 저 자들이 마적떼라는 거르 어찌 알았음둥?"

"예, 평소에도 사냥을 자주 했습니다. 사격술을 익혔기 때문에 곰이나 호랑이 사냥도 그리 겁을 내지는 않습니다. 언니는 오늘 오지 않았지만 저희 삼남매가 호랑이도 두 마리 잡아본 걸요. 그리고 저놈들하고는 전에도 싸운 적이 있어서 잘 아는데요, 마덩(馬藤)이라는 이름을 가진 애꾸눈 얼치기 산적인데 이따금 부하 몇 놈을 데리고 강을 건너와서 온갖 못된 짓을 다 한답니다. 사람을 죽이고 물건을 약탈하고 나쁜 짓을 하는 아주 악질입니다. 저놈들을 여기서도 만날 줄은 몰랐어요."

그녀의 말에 모두 눈이 휘둥그레졌다. 하지만 그녀는 사람들의 놀람에 개의치 않고 강포수의 얼굴을 살폈다. 그리고 조심스레 입을 열었다.

"저희 때문에 사냥을 망치시고 또 이런 곤경에 처하게 해 드려 죄송하기 이를 데 없지만, 체면 불고하고 부탁 말씀을 또 드리겠습니다. 아시는 것처럼 동생이 워낙 피를 많이 흘려서 빨리 치료를 해야 합니다. 어려우시지만 저의 집까지 좀 데려다주실 수는 없으시겠는지요?"

"예서 거리가 얼마나 됨?"

"한 오리쯤 될 겁니다. 하지만 길이 험하고 눈길이라…더욱이 곧 어두워질 것 같습니다."

강포수가 잠시 아래쪽을 내려다보며 생각하더니 흔쾌히 대답했다.

"동포가 동포르 당연히 도와얍지. 하물며 상대가 녹림(綠林) 개종패라구 하는데…, 그럼 이렇기 합세. 개동청넨과 태수청넨 중에 한 명이 환자르 업구서리 새기를 따라 먼저 오솜소리(조용히) 출발으 합세. 냉개지 한 사람과 나는 예서 총소리르 좀 내다가 따라가겠응이까. 자, 기럼 뉘기 먼저 갈 거임?"

개동이는 황태수가 자신의 얼굴을 바라보며 멈칫거리는 것을 보고 얼른 대답했다.

"예, 제가 가겠습니다."

"그럼 얼피덩 출발하기오. 우리도 여기 동정을 봐 가면서 행동할 거이니. 길이 엇갈릴 염려가 있으문 중간에 쉬면서 기다리구 있든지 눈 위에다가 솔개지르 꺾어서 표시를 해 놓기오. 잊으면 앙이 되오. 그리구 조심 하랑이, 알갔습둥?"

사냥꾼 처녀는 총 한 자루를 메고 눈길을 헤쳐가고 개동이는 청년을 등에 업고 그 뒤를 따라가기 시작했다.

그러는 동안에 이미 어슴푸레 땅거미가 내리고 있었다. 강포수와 황태수는 30분쯤 지나 아래쪽을 향해 서너 번 사격을 가하고 나서 일어나 달리기 시작했다.

도중에서 만난 그들은 안전하다고 생각되는 곳에서 들것을 만들어 청년을 태운 다음 개동이와 황태수가 메고, 처녀 사냥꾼과 강포수가 앞뒤에서 늑대들을 쫓으며 눈길을 밟기 시작했다. 계곡과 구릉들을 지나 바위 벼랑 옆 좁은 길을 담가를 메고 가는 일은 매우 위험했다. 길이 좁은 데다 눈 오는 밤이어서 한발만 까딱 잘못 디뎌도 벼랑으로 떨어질 위험천만한 길이다. 오리라고 했지만 몇십 리 같이 여겨졌다.

"상천평은 아니고 필시 하천평 어드메 쯤일 거 같긴 한데 도통 알 수가 없는 길이구마."

그들이 가고 있는 길은 무산이 고향이며 사냥을 직업으로 백두산 일대를 거의 안 가본 곳이 없다고 자부하는 강포수로서도 전혀 가늠조차 할 수 없는 곳이다.

모두들 전신에 맥이 풀릴 때쯤 처녀사냥꾼이

"이제 다 왔습니다. 여기가 저의 집입니다."라고 말했다.

바위산을 돌아나간 곳에는 널찍한 평지가 있고, 뽀얀 눈발 속으로 군데군데 나무들 사이에 몇 채의 집들이 고즈넉이 자리 잡고 있었다. 그것은 마치 풍진 세상을 초연히 떠나 자신들의 몸을 숲에 숨기고 있는 은둔자들과 같은 모습이다.

그녀는 가장 중심에 있는 집으로 안내했다. 언뜻 보기에도 규모가 제일 컸으며, 마치 한 울타리 안에 여러 채의 작은 사찰(寺刹) 건물들을 보는 것 같았다.

개동이와 황태수가 마당에 담가를 내려놓으며 긴 한숨을 내뿜자 방 안에서 카랑한 노인의 음성이 들려왔다.

"신화냐? 왜 이리 늦었느냐. 무슨 일이라도 있었느냐?"

그의 말에 처녀는 댓돌 밑에 조용히 두 손을 맞잡고 서서 창문에 비치는 그림자를 올려다보며 침착한 음성으로

"웅이가 몸을 좀 다쳐서 늦어졌습니다."라고 대답했다.

방안의 그림자는 자세를 흩트리지 않은 모습으로

"그래, 어디를 어떻게 왜 다쳤느냐?"

"예, 호랑이를 쫓다가 뜻밖에도 마등 일당과 만났는데 오른쪽 어깨에 총상을 입었습니다."

"출혈을 많이 했느냐?"

"총알이 박혀 있습니다. 빨리 치료하지 않으면 위험할 것 같습니다."

그제야 방안의 그림자가 일어섰다. 문이 열리면서 모습을 드러낸 사람은 어스름 창문 빛에 봐도 수염을 허리께까지 늘인 노인이다.

그는 뜻밖의 사람들이 있는 것을 보고 다소 놀라는 모습을 보이더니 허리를 굽혀 정중하게 목례를 했다. 뒤이어 신화와 같은 또래로 보이는 처녀가 나와서 다친 청년을 보고 놀라 소리를 질렀다. 노인이

"어떤 일이 있어도 평정심을 유지하라고 가르쳤거늘 어찌 이리 호들갑이냐?"라고 나무랐다.

노인은 청년을 내려다보며

"웅아, 어떠냐? 정신이 있느냐?"

"예, 할아버지."

힘없는 목소리로 대답하면서 일어나려고 몸을 움직여 보지만 뜻대로 되지 않는 모양이다.

"그래, 정신이 있으면 됐다. 조금만 참고 있어라."

청년을 부축하여 방으로 눕혔다. 정자관(程子冠: 조선시대 유학자들이 쓰던 모자) 아래로 온통 은발의 머리와 역시 허리까지 내려오는 은백색의 수염을 거느린 노인은 80도 넘어 보이지만 혈색이 좋고 곧은 몸에 품격이 있어 마치 그림에서나 보던 신선 같은 모습이다. 방에는 사면 벽에 약장이 붙어 있고 빼곡한 칸들은 약봉지로 가득했다. 노인이 봉지 하나를 꺼내더니 물에 타서 숟가락으로 천천히 청년의 목에 흘려 넣었다.

오래지 않아 그가 쿨쿨 소리를 내며 잠이 들었다. 노인은 서랍에서 도구들을 꺼내 약물로 소독을 한 다음 수술을 시작했다. 놀라서 울부

짓던 처녀가 노인을 도왔다. 두 사람이 말을 주고받지 않아도 손길이 척척 맞는 것으로 보아 수술을 한 경험이 많은 것으로 보였다. 한참 뒤 그릇에 딸그랑 하는 소리가 났다. 피 묻은 실탄이다.

상처 부위에 약을 바르고 무명천을 어깨에 감으며 두 처녀를 향해 말했다.

"이제 안심해도 될 만하다. 마취에서 깨어나면 통증이야 좀 있겠지만 며칠 지나면 나을 게다. 그런데 이 손님들께선 어찌하여 너희를 돕게 됐는지 궁금하구나."

그는 사냥꾼 처녀로부터 자초지종 이야기를 듣고 나서 강포수 일행을 향해 옷깃을 가다듬으며 정중히 머리를 숙인다.

"황망 중에 인사가 늦었습니다. 제 이름은 권학비(權鶴飛)라고 합니다. 제 손자 아이들을 구해 주신 은혜 무어라 감사의 말씀을 드려야 할지 백골난망이로소이다. 무지막지한 녹림패당으로부터 구해 주시고 험한 길을 마다 않으신 덕택에 조금만 늦어도 위태로웠을 생명 하나를 구하셨습니다. 진심으로 깊은 감사를 드립니다."

강포수도 황급히 머리를 숙여 예를 갖춘다.

"예, 제 이름은 강용근이고, 사냥이 직업인 사람으로 모두들 강포수라고 부르고 있습네다. 너무 과분한 말씀을 하지 맙소다. 산에 댕기는 사람이 산에서 어려운 일으 당한 사램으, 더군다나 나쁜 인사들한테 쫓기고 있는 동포를 우찌 그냥 지나칠 수 있갔습네까. 당연히 해야 할 도리입지요."

"아, 선생께서 그 유명하신 강포수시로군요. 말씀은 익히 들어서 알고 있습니다. 이런 인연으로 뵙게 되다니요."

노인은 머리를 또 한 번 조아리고 나서 옆에 있는 두 처녀를 향해

"자아, 너희들도 인사를 드려라."라고 말했다.

그런데 강포수를 비롯한 일행에게 절을 하고 있는 두 처녀는 얼굴이나 몸매가 누가 누군지를 분간하기 어렵게 쏙 빼닮았다. 동그라한 얼굴에 보석처럼 박힌 까만 동공과 긴 속눈썹, 그 위를 덮고 있는 반달 같은 눈썹, 얼굴의 균형을 조정하는 듯 아름답게 솟은 코, 화가가 그린 것 같은 입술에다 가녀린 몸매까지 보면 볼수록 아름다운 모습이다. 두 청년이 넋을 잃고 바라보자 노인이 웃으면서 설명을 한다.

"얘들은 쌍둥이인데 얼굴이나 몸매가 같은 모습이라 분간하기가 어려울 겁니다. 사냥에 갔던 얘가 신화(晨花)인데 동생이고, 집에 있던 얘는 이름이 신옥(晨玉)인데 언니입니다. 부상한 녀석의 이름은 신웅(晨雄)이고 나이는 열아홉입니다. 쌍둥이 누이들과는 세 살 차이지요. 아들 며느리가 없어서 저와 옆에 사는 아우가 기르고 있습니다."

그리고 동생인 신화의 입술 오른쪽 옆에 작은 점이 처음 만나는 사람들이 자매를 구별하는 방법이라고 했다.

"얘들아, 깜박 잊고 있었구나. 여기까지 힘들게 환자를 데리고 오시느라 많이 시장하실 텐데 신옥인 어서 가서 밥을 짓고, 신화는 작은할아버지께 가서 오시라고 말씀드려라. 너희들이 오지 않는다고 근심을 하다가 방금 가셨다."

이런저런 이야기를 주고받는 가운데 강포수가 물었다.

"그처럼 고매한 의술을 지니시구서 어떻기 손님도 없는 깊은 산중에 살고 계십네까? 밖에 나가서서 병마로 고통받는 이들에게 의술을 베풀어 주서야 하지 않갔슴둥?"

"의술이라고까지 말할 주제가 되겠습니까?! 약초가 많은 산중에 살다 보니 환인상제(桓因上帝)께서 하나씩 터득하도록 허락하신 거지요.

강포수께서도 잘 아시다시피 이곳 백두산 일대는 식물들이 자라기 좋은 화산재에다, 오랫동안 낙엽이 쌓여 토질이 매우 좋습니다. 게다가 밤과 낮의 기온 차가 심해서 다른 지역에 비해 월등하게 효능이 좋은 약초들이 무진장으로 있지 않습니까. 제가 살아 있는 동안 그 재료들을 열심히 연구하고 저 아이들한테 전수해 주면 부족한 의술일망정 언젠가는 사람들에게 조금이나마 도움을 줄 날이 있으리라 생각합니다. 그런 목적으로 연구를 하고 있습니다."

그때 문밖에서 큰 기침소리가 났다.

"형님, 상처가 어느 정도요? 여태까지 아무한테도 당한 적이 없는 애들이 어떻게 이런 봉변을…."

매우 괄괄한 목소리와 함께 문이 열리면서 한 노인이 들어왔다. 그가 청년들의 작은할아버지인 것으로 여겨졌는데, 역시 하얀 수염이 허리에까지 닿아 있었다. 그러나 얼굴 모습은 전혀 딴판이다. 학비 노인이 그의 이름처럼 마치 학을 닮은 것 같은 귀골(貴骨)인데 비해 동생은 장비처럼 왕방울 눈에 눈꼬리가 위로 올라가고 광대뼈가 튀어나와 우락부락하게 생겼다. 그는 잠들어 있는 환자의 얼굴과 부상한 부위를 번갈아 살폈다.

"이 손님들 덕에 이제는 한숨 돌리게 됐네. 그만 좌정하시고 인사를 드리시게."

학비 노인이 그동안의 이야기를 말해 주자

"성은 권가에다 이름은 범 호(虎)자에 날 비(飛)자 호비라구 합니다. 강포수님의 말씀은 익히 들어서 알고 있습니다. 범을 백여 마리나 포획하신 대단한 실력을 갖고 계시다구요. 오늘 이렇게 만나 뵙게 되다니 참으로 반갑기 그지없는 일인데 더욱이나 우리 아이들의 생명까지 구해 주시니 뭐라고 감사의 말씀을 드려야 할지 모르겠습니다."

별 이상한 이름도 있다는 생각을 알기라도 했는지 학비 노인이 아우의 이름에 대해 설명했다. 아버님이 처음에는 형의 이름 첫머리 학자를 따서 학우(鶴羽)라고 지었으나 차츰 자라는 모습이 호방한 성격임을 알고 호비(虎飛)라는 이름으로 개명을 해 주셨다고 한다. 학비 노인도 그렇거니와 특히 호비 노인의 이름은 여간해서는 보기 드문 이름이다.

"부모님께서 형님은 학처럼 생겼으니 고고하게 살라고 그렇게 이름을 지어주셨고, 저는 얼굴이 이렇게 못생기다 보니 범처럼 살아보라고 호비라는 이름을 지어주셨는데, 형님은 학처럼 살고 계시지만 저는 허수아비 범으로 살고 있습니다. 게다가 오늘은 명포수까지 오셨으니 이 범이 꼬리를 펴야 할지 말아야 할지를 모르겠습니다. 헛허허허." 그 말에 모두가 따라서 웃었다.

아우를 건너다보고 빙그레 웃고 있던 학비 노인이

"나야 초목이나 다듬고 있지만, 아우님은 도가(道家)를 두루 섭렵했지 않은가."

"도가를 조금 안다고 해 봤자, 어디 형님께서 통달하신 유가(儒家)의 발꿈치만큼이나 따라갈 수 있겠습니까?"

"허허허, 이 사람, 손님들 앞에서 무슨 허례를 그리도 하시는가?"

두 노인은 서로를 마주 보며 또 껄껄 웃는다.

그들의 고향은 한양인데 오래전 이곳 백두산 천리천평 일대의 숲속으로 들어와 살게 되었다고 했다. 나누는 언어나 행동으로 미루어 매우 학식이 있고 인격이 고매해 보였다.

"그런데 겨우 스물을 갓 넘긴 어린 사람들이 어떻기 어버리크게(대담하게) 수십 년간 사냥터를 누비고 다닌 전문 사냥꾼들도 함부로 나서

지 않는 호개사냥을 할 수가 있습네까? 아까 저 신화 처예딸우 말을 들으니까나 그동안 호개를 두 마리나 잡았다고 하던데 사실입네까?"

개동이의 말에 호비 노인이 껄껄 웃으며

"백두산에서 가장 큰 허수아비 범이라도 집에 있으니 작은 범들쯤이야 잡는 방법을 배워서 알고 있겠지요. 허허허."

그는 또 한 번 호탕한 웃음을 날리고 나서

"한 배에서 나온 한 핏줄이지만 아이들 성격이 제각각이랍니다. 남자인 웅이는 차분한 성격에 책 읽기를 좋아하고, 큰언니인 신옥이는 조용하고 여성적인 데 반해 가운데 신화는 어렸을 때부터 사내아이처럼 말괄량이랍니다. 이 산에 들어올 때 맹수들이 많다고 해서 혹시나 하고 사격술을 가르쳤더니 언제부턴가는 귀찮아하는 제 언니와 동생까지 끌고 다니면서 범 사냥도 두려워하지 않는 찰 사냥꾼이 됐지 뭡니까."

"예쁜 얼굴과는 달리 참 대단한 배포입네다. 남자로 태어났으면 장군이 될 재목이 앙이겠습네까."

강포수의 말에 신화가 손으로 얼굴을 가리며 부끄러워했다.

"높은 값에 호피(虎皮)가 거래되니까 한겨울이 되면 중국인 사냥꾼들이 이따금 두만강을 넘어와 범 사냥을 하는 경우가 있습니다. 먹고 살기가 힘드니까 때로는 범 사냥에 녹림당(마적떼)까지 설쳐대고 있지요."

때마침 밥상이 들어왔으므로 대화는 더 이상 계속되지 않았다. 그리고 사냥꾼들은 따뜻한 뒷방에서 곤한 잠에 떨어졌다.

이튿날 아침.

세 사람은 일찍 잠에서 깼다. 그리고 주변 경관을 둘러보고자 나섰다.

밤사이 눈은 그치고 동녘이 밝아오고 있었다. 마당을 돌아가니까 눈 그친 아침의 맑은 햇볕을 받아 풍경화처럼 아름다운 마을의 모습이 눈앞에 펼쳐졌다. 낮은 절벽 위 평지에 드문드문 나무들이 서 있고, 그 아래로 7, 8채의 크고 작은 집들이 흰 눈을 머리에 쓰고 고즈넉이 앉았다. 누가 언제 치웠는지 집들 사이에는 이미 길들이 나 있었다. 이곳에 이런 평지가 있고 더욱이나 여러 채의 집들이 있으리라곤 상상조차 할 수 없는 일이다. 몇 집을 거쳐 비탈길을 돌아나갔다. 눈 속의 아침 고요를 뚫고 어디선가 말소리가 들려왔다. 그 소리를 따라 걸음을 옮기자 어느 자그마한 정자각이 나타났다.

짐승들이 범접할 수 없도록 굵고 높은 기둥들에 촘촘하게 가름대를 연결한 나무울타리 입구에 산중에서는 보기 드물게 기와를 얹은 일각대문(一角大門)이 세워져 있다. 높다란 지붕 아래로 삼성사(三聖祠)라는 현판의 글씨가 뚜렷하다.

그리고 건물의 왼쪽 기둥에는 '백두종기(白頭種氣) 삼성영사(三聖靈祠)', 오른쪽 기둥에는 '만고명산(萬古名山) 일국조종(一國祖宗)'이라 쓰인 주련(株聯)이 걸렸다.

해서체(楷書體)를 대필(大筆)로 쓴 글자가 남성적인 필력의 웅장함을 더해준다. 동녘에서 번져오는 붉은 서기가 눈빛에 반사되어 현판 위의 글자들이 마치 양각된 모습인 듯 돌출한다. 현판의 매끈한 표면이나 글자의 생생함으로 보아 사당을 축조한 지 그리 오래된 것 같지 않다.

개동이 물었다.

"여긴 누구를 모시는 사당인가요? 삼성은 공자 맹자 순자를 말하는 건가요?" 그 말에 강포수가 핀잔을 줬다.

"무식한 사람 같으니, 핏줄이 누구로부터 왔는지도 모른단 말임? 이곳은 환인, 환웅, 단군 세 성조(聖祖)님을 모시는 사당이네."

목검 두 자루의 손잡이를 따라 반쯤 열린 문 사이로 무심코 안을 들여다보니 호비 노인이 앉아 있다. 반대쪽에 옷자락만 보이는 이는 학비 노인으로 그가 말하고 있었다.

"공자께서는 극기복례위인(克己復禮爲仁) 일일극기복례(一日克己福禮) 천하귀인언(天下歸仁焉)이라고 하시어 '나를 이기고 예로 돌아감이 인'이며, '하루라도 나를 이기고 예로 돌아가면 천하가 인(仁)으로 돌아간다.'고 말씀하시지 않았는가.

궤변에 능한 제자 재여(宰予)가 '부모님이 돌아가시면 왜 3년 상을 치러야 합니까? 3년은 너무 긴 기간이 아닙니까? 군자가 3년을 예를 행하지 않으면 반드시 예가 무너질 것이고(禮必壞), 3년을 악(樂)을 행하지 않으면 반드시 악(樂)이 무너질 겁니다'라고 했네. 그 말을 들은 공자께서 제자들에게 말씀하시기를 '3년 상의 기간을 왜 정했겠느냐. 자식은 태어나서 3년이 지나야 부모 품에서 벗어날 수 있기 때문이다. 부모가 3년 동안 자식을 품에 안고 있었으니 자식도 부모를 위해 3년 동안은 상을 치러야 도리가 아니겠느냐'라고 하셨네. 이것은 무엇을 말하는가? 사랑은 보답을 얻어야 한다는 의미일세. 세상 사람으로 하여금 형체도 없고 무게도 없는 사랑을 널리 권장하고 실천하게 하기 위해 사랑을 도덕으로 설정한 것이 인(仁)이고, 제도로 만든 것이 다름아닌 예(禮)인 것일세.

그렇다면 사랑의 마음은 어디서 비롯되는가? 인간의 천성에서 나오는 달고 맑은 샘물과 같은 천량(天良)일세. 부모에 대한 사랑, 자식에 대한 사랑, 형제에 대한 사랑, 친척에 대한 사랑, 이웃에 대한 사랑이 곧

겨레에 대한 사랑으로 넓혀지고 그것은 군주와 국가에 대한 충성의 밑바탕이 되는 것일세. 그것이야말로 천부적(태어날 때부터 갖고 있는 것)인 것으로 더 이상의 논쟁이 필요 없는 인간의 보편적 감정을 기초로 한 것이 아니겠는가."

학비 노인의 말이 끝나자 호비 노인이 말했다.

"형님, 공자님을 비롯한 유가의 주장에 일리는 있습니다. 그러나 깊이 생각해 보면, 인애(仁愛)는 육친의 정에서 출발하여 차츰 그 이웃으로 확대하고 있습니다. 그러므로 부모에 대한 사랑보다 이웃에 대한 사랑, 겨레와 국가에 대한 사랑으로 갈수록 점점 사랑의 농도가 엷어질 수밖에 없습니다. 유가가 주장하는 사랑에는 순서와 등급이 있으므로 세계를 구원할 덕목으로는 부족함이 있는 것이며, 위선이라고 말할 수도 있습니다. 그래서 인간과 인간 간에 차별이 없는 겸애(兼愛)가 중요한 것입니다."

"허허허, 아우님의 논설은 드디어 묵가(墨家)의 대문을 두드리고 있군. 그래, 말씀해 보시게나."

"네, 그렇습니다. 덕이 없어야 덕이 있고, 사랑하지 않아야 사랑이 있으며, 다스리려 할수록 다스려지지 않고, 구원하려 할수록 구원해지지 않는 게 세상 이치입니다. 군주의 사랑이라는 것도 모두 백성을 통치하기 위한 가식에 불과한 것입니다. 또한 한비자(韓非子)는 말씀하기를 '수레 파는 사람은 남이 부귀해지기를 바라고 관(棺) 짜는 사람은 남이 일찍 죽기를 바란다'고 하셨으며, '이익이 있는 곳에는 백성이 모이고, 명예가 있는 곳에는 선비들이 목숨을 걸고 덤빈다(利之所在 民歸之, 名之所彰 士死之)'고 했습니다. 즉 인간의 본성은 악한 것으로 사람과 사람 사이의 관계는 사랑도 아니고 의리도 아니고 오직 이익에 따르는 것이므로 국가를 다스리는 것은 지엄한 법이어야 한다고 했습니다. 그리고 묵자(墨子)는 법과 신상필벌이 엄격하게 적용되는 '개미사회'와, 그를 실행할 수 있는 노동의 가치를 중요하게 여겼습니다. '사람은 그 힘에 의지해 살고 그렇지 못하면 살지 못한다(賴其力者生, 不賴其力者不生)'라고 하여 사회적 부의 분배 원칙에 있어서 마땅히 일한 사람은 얻고 일하지 않은 사람은 얻지 못하며, 많이 일한 사람은 많이 얻고 적게 일한 사람은 적게 얻도록 해야 하는데 현실은 그렇지 못해서 전혀 일하지 않은 사람이 오히려 많은 것을 차지하는 모순이 있다고 했습니다. 묵가는 노동의 실행과 조직의 규율을 통해 공평과 정의, 평등을 추구했습니다. '관리도 언제까지나 귀하지 않고 백성도 끝까지 천하지 않은(官無常貴 而民無終賤) 사회'를 만들고자 했습니다. 묵자가 거자(巨子, 묵가 조직의 지도자)일 때에 그에게는 188명의 제자가 있었다고 합니다. 그들은 거자의 명령 한 마디면 '불 속으로 들어가고 칼날 위를 걸을지언정 죽어도 발길을 돌이키지 않았다(赴火蹈刃 死不還踵)'고 합니다. 저는 다른 무엇보다 조직을 통한 힘과, 노동과, 규율을 중요하게 생각합니다. 그리고 웅이와 신화 두 아이를 통해 묵가의 개미사회(=사회주의적)처럼 조직적이고 강한 사회를 만들어 보려는 것입니다."

"아우님의 결심이 그러할진대 내가 어쩌겠는가. 나는 신옥이를 통해 의술로 사랑을 전파함으로써 공·맹의 말씀을 실천하겠네. 다만 아우님에게 두 아이를 정말 인간의 사랑을 모르는 개미처럼 만들지 않도록 해 달라는 부탁을 강조할 따름일세."

"허허허 개미에게 사랑의 감정이 있고 없는지를 어찌 알겠습니까?! 어찌 됐든 잘 길러서 겨레에 도움이 되는 인간이 되도록 하겠습니다."

이들 두 노인은 개동이 일행으로선 알아들을 수 없는 철학적 논쟁을 계속하고 있었다. 호비 노인의 수염에 작은 고드름들이 맺힌 것으로 보아 토론은 깜깜한 밤중부터 시작되고 있었다는 것을 어렴풋이 짐작할 수 있었다.

개동이 일행은 이들 두 노인이 말로만 들어오던 신선들이 아닌가 하는 생각이 들기도 했다.

그리고 얼마 후 학비 노인이

"자아, 이제 동도 트고 했으니 우리 토론은 다음으로 미루고 일어서는 게 어떤가. 하도 오래 앉아 있었더니 허리가 아프구먼. 신검(新劍: 조선 고유의 검도) 수련은 다음으로 미루세."

"그렇게 하시지요."

호비 노인은 자리에서 일어나 기둥을 두드리며 큰 소리로 시가를 읊었다.

"나에게 묻기를 어이하여 푸른 산에 사느냐 물으나
웃으며 대답하지 않으니 마음이 스스로 한가롭네
복사꽃이 물에 흘러 아득히 떠내려가니
따로 천지가 있어 인간세계가 아니로세
間余何事棲碧山 笑而不答心自閑
桃花流水杳然去 別有天地非人間" -李白-

아침밥을 먹고 나서 강포수 등이 떠나려 하자 학비 노인과 식구들이 찾아왔다.

"눈 오는 밤길에 환자를 데리고 오시느라 고생이 많으셨는데 하루 더 묵어가시는 것이 어떻겠습니까. 오늘은 사슴고기라도 구워 대접을 하려던 참입니다."

학비 노인의 말에 모두들 한마디씩 거들었다.

"그렇게 하시지요. 더욱이나 이렇게 무릎 위에까지 차도록 눈이 쌓였는데 어떻게 사냥을 하시겠습니까?!"

"하루라도 쉬고 가셔야 저나 신화의 마음이 조금이라도 가벼울 것 같습니다."

부끄러움에 다소곳이 고개를 숙이는 신옥의 말에 신화도 고개를 끄덕였다.

강포수는

"아니요. 보통 사람들은 길을 댕기는 것조차두 어렵지만두 사냥꾼이 호개사냥하는 데에는 이런 날이 더 좋습네다. 정성들여 해 주신 음식도 먹었고, 며칠 만에 따뜻한 방에서 잠도 푹 잤웅이까 힘이 나는 것 같습네다. 말리지 마시오다. 살다 보면 또 만날 날이 있지 앙카슴두?!"라고 답하고 나서 개동이와 황태수를 향해

"자, 얼피덩 출발으 합세"라고 재촉했다.

호비 노인이 말했다

"굳이 가시겠다니 말릴 수도 없군요. 그럼 여기서 나가는 길을 잘 모르시니까 안내할 사람을 붙여드리도록 하겠습니다. 이곳은 지형이 특별한 곳이라서요."

실제로 그들이 지난밤 들어왔던 길과 나가는 길은 매우 달랐다. 어젯밤엔 길이 짧지만 오불꼬불한 벼랑길이었던 데 비해 청년이 안내하는 길은 전나무들이 빽빽이 들어찬 숲 사이를 오랫동안 뚫고 나가는 알 수 없는 방향이다. 그리고 마침내 한 지점에 이르러 청년은 인사를 하고 오던 길을 되돌아갔다. 자세히 보니 어제 그들이 이틀 동안 잠을

잤던 통나무들이 쌓여 있는 곳이다.

"벌써 메칠 동안 온할날(하루종일)으 찾아 댕게두 범에 꼬랑지 하나 발견 못했응이 어뜨키 된 일이네?"

그러나 첫 번째 일이 어그러지면 이후에는 세 번까지 같은 일이 반복된다던가, 호랑이는커녕 발자국조차 발견하지 못했다.

며칠 동안 산을 헤매다가 기진맥진한 몸으로 차돌석의 산막으로 돌아왔을 때 최순원과 그의 몰이꾼들이 와 있었다. 그리고 부엌에는 400근(약 250킬로)은 족히 나갈 것으로 보이는 호랑이 한 마리가 어금니를 드러낸 채 널브러져 있었다.

최포수의 눈빛은 아직도 흥분이 가라앉지 않았는지 불빛처럼 일렁거렸지만, 어조를 차분하게 가라앉히고 있음은 허탈해하는 강포수와 그 일행을 배려하는 마음이리라. 오히려 그의 곁에 둘러선 몰이꾼들이 저마다 큰 소리로 최포수의 설명에 끼어들다가 핀잔을 듣곤 했다.

"떠나던 날부터 여기저기 산속을 열심히 헤매고 다녔으나 호랑이는 발자국조차 발견하지 못했습니다. 그런데 이튿날…"

최포수의 말에 의하면 그들은 호랑이를 찾아 여기저기 돌아다니다가 도(道)의 경계를 넘어 함경남도 죽암동(竹岩洞)까지 가게 됐는데 이곳에서 호랑이 발자국을 발견하고 추적을 시작했다. 그리고 이튿날 오후 상수리나무들이 빽빽이 들어선 계곡에서 한 놈을 발견했다.

300걸음 정도 떨어진 거리에서 쏜 총알을 등에 맞은 호랑이는 부근에 있는 바위굴로 들어가 버렸다. 몰이꾼들을 불러 바위굴을 막으려 했으나 무서워서 모두 도망가 버렸으므로 혼자서 돌을 굴려 직경 두자(60㎝)정도 되는 구멍을 막아놓고 마을로 내려갔다.

석공 일을 하는 사람들은 있었으나 선뜻 나서는 이가 없었다. 하는 수 없이 큰돈을 주겠다는 약속을 하고서야 중국인 석공 한 명과 인부들을 데리고 돌아와 굴 옆으로 구멍을 내고 총을 쏜 끝에 호랑이를 끄집어냈다는 것이다.

"강대장님께서 배려해 주신 몰이꾼 오용복씨의 안내를 받지 못했다면 아마도 호랑이를 잡지 못했을 겁니다. 대장님께 그동안의 배려에 깊은 감사를 드리구요, 오용복씨는 임무가 끝났으니까 다시 대장님 조로 원대 복귀하시기 바랍니다. 저희는 이 호랑이를 야마모토 총대장한테 전해 준 다음에 경선군 쪽으로 가 볼까 합니다. 기회가 되는 대로 소식을 드리도록 하겠습니다."

"잘 했습네다. 정말 잘 됐습네다."

강포수는 최포수의 손을 연신 흔들며 축하를 해 주었다.

그러고 나서 한참을 눈만 껌벅거리고 있더니

"기런데 거 호랑이 코털 중에 제일 긴 걸루다가 세 개만 뽑아 오라. 왜나라 사람한테서 돈으 받구 사냥을 하고 있지마는 호개의 상징인 코털까지 줄 수는 없지 않갔어, 앙이 기런가?!"

"저희는 회령 쪽으루 갈까 합네다."

그때까지 묵묵히 천장만 올려다보고 있던 김현식 포수의 말이다.

"그렇게 하시구레, 꼭 성공해야 합네다."

차돌석의 집에서 농주 잔을 부딪치고 그들이 떠나간 다음 강포수는 평소보다 말이 많았다. 남은 사람들 모두 선공(先功)을 빼앗긴 데 대한 일그러진 자존심으로 인해 묵묵히 술잔만 기울이고 있었지만, 강포수는 말을 많이 했다. 대원들이 자신들의 잘못으로 인해 호랑이를 잡지 못한 것 같은 미안함에 침묵하고 있다는 것을 알기 때문이다. 겉으로 드러내지는 않아도 정작 못 견딜 정도로 화가 나 있는 사람은 강포수 자신이다. 애시당초 최포수와 헤어지지 말고 신무치로 함께 갔더라면 행운이 자신에게 왔을 가능성이 높다. 아니, 설사 직접 잡지는 않았더라도 현장에 있었다는 것만으로 체면은 살았을 것이다. 백두산 일대의 지리를 누구보다 잘 알고, 게다가 호랑이가 출몰하는 지역을 확실하게 알고 있다면서 단 두 명의 몰이꾼만 데리고 호기롭게 떨어져 나왔던 자신이 아니던가. 그들에게 마적들과의 전투 이야기를 한다고 해서 달라질 것은 아무것도 없다. 일본인인 야마모토 총대장이 그런 이야기를 듣는다고 마음속으로 호개를 잡은 것과 같은 의미로 인식할 리도 없다. 중요한 것은 실물을 잡아 그의 앞에 가져다 놓는 것이다. 다른 조들보다 맨 먼저 잡든가, 아니면 제일 큰 대호를 잡아야 체면이 서는 일이다. 그것만이 자신이 조선 제1의 호개 사냥꾼이라는 것을 증명하는 방법이다. 마침내 강포수도 점점 말수가 줄어들었다. 아무리 분위기를 전환해 보려고 해도 대원들의 태도가 변하지 않았기 때문이다. 한참 동안 맥 풀린 표정으로 술잔만 기울이고 있었다.

몰이꾼 한 명이 그의 얼굴을 살피면서 공손히 잔을 올렸다.

"성님, 뭐 그리 서운해 하실 거 없습네다. 개똥두 약에 쓸라문 눈에 띄지 않는다는 말두 있지 않습네까? 백두신령께서 허락을 하지 않구 있지마는 기렇다구 해서리 백두산 일대에서 하루아침에 호개가 전부 사라진 것두 아닐테구 말입네다. 보지를 못해 망정이지 아무리하문 성님 눈에 걸려서 빠져나갈 궁게(구멍)가 있갔슴둥?! 하지만서두 맘에 걸리는 거는 한번 실패르 하며는 내리 세 번 실패르 한다는 말이 있겠요. 아무리 해두 여기서는 기분이 찜찜한데 자리르 옮게보는 기 어떻겠습네까? 당초 계획대루 심이 좀 들더라두 허항령 쪽으루다가…"

"나두 그래야겠다는 생각으 하구 있었소. 오늘은 잘 먹구, 따순 방에서 푹 자구서리 낼 새벽에 떠나기루 합지." 하고 나서 차돌석의 처를 부르더니

"아주망이, 좀 수고스럽지마내두 어데서 닭두 좀 몇 마리 구해다가 볶아주시구 낼 출발 하는 우리 대원들이 호개보다 심이 좋게 좀 맹글어 주시구레. 돈 걱정은 마시구…."

이튿날, 강포수와 몰이꾼들은 다시 새벽의 눈길을 헤치며 숲속으로 사라졌다.

이번 사냥도 허사다.

엿새씩 두 번 허항령 일대와 경계지역인 함경남도 혜산군으로부터 갑산군 일대까지 산과 골짜기들을 누비고 다녔으나 호랑이의 꼬리조차 발견하지 못했다.

11월도 다 가는 어느 날 강포수는 오랫동안 무소식으로 있는 것이 아무래도 찜찜했던지 중간보고 겸 인사차 북청을 다녀왔다.

야마모토 총대장이 마음을 달래주기 위해 권하는 술도, 하룻밤 묵어가라는 말도 사절하고 "마지막 날까지 적어도 호개 한 마리는 꼭 잡갔습네다."는 말을 남기고는 이튿날 일찌거니 되돌아왔다. 구차한 변명은 하지 않았다.

그리고 또 며칠 동안 멀리 북포태와 최가령, 백사봉 일대까지 훑고 다녔다.

그러나 멧돼지 두 마리를 포획했을 뿐 호랑이를 잡지는 못했다.

마침내 강포수가 대원들을 모아놓고 말했다.

"이번 사냥은 운이 따르지 않는 모양입네. 다른 방법으루 인사라도

해야겠응이까 오늘부터는 사슴이를 잡도록 합세."

"그동안 사슴은 여러 마리를 보고도 잡지는 않았는데 왜 새삼스럽게…?"

대원들이 모두들 한마디씩 하자

"신싱이(공연히) 꿍이꿍이 따질 기 없네. 내게 다 생각이 있응이까 그리들 함세."

모두들 사슴사냥에 나섰으나 개똥도 약에 쓰려면 없다는 말이 있듯이 발견조차 하지 못하다가 이틀이 지나서야 벽성동 부근에서 커다란 암사슴 한 마리를 사살했다.

강포수는 주루먹에서 바짝 마른 목화솜 뭉치 몇 개를 꺼냈다. 예리한 사냥칼로 사슴의 심장을 따더니 솜뭉치를 들이댔다. 선홍색 피가 흡입구처럼 빨려 들어갔다.

사슴의 사체는 차돌석의 집으로 가져와 연한 부분으로만 포를 떠서 커다란 그릇에 사이사이로 얼음을 넣으며 겹겹이 재워 포장을 하게 했다.

이튿날 개동이를 불러 지시를 했다.

"이 보따리르 개지구서 급히 북청을 좀 다녀옴세. 야마모토 대장이 일정으 끝내구 내달 2일에 원산으 거쳐 3일에는 경성으루 돌아갈 예정이라고 합네. 북청에서 만나지 못하문 부득불 원산까지 가야 하이까니 길이 어긋나지 않도록 함세. 알았음둥?"

"전번처럼 왜 직접 가시지 않구요?"

"그러구 싶지만서두 호개르 잡을라문 하루라두 더 산을 훑어봐야 하지 않겠능가."

강포수가 대답은 그렇게 하고 있지만 속내를 들여다보면 호랑이를 잡지 못하고 야마모토를 만나는 것이 무척이나 자존심 상하는 일이기 때문이라는 것을 짐작할 수 있다.

얼마 전 북청을 다녀와서도 며칠 동안 잠을 이루지 못하고 뒤척였던 사실을 개동이는 알고 있었다.

"북청 어디를 가야 합니까?"

"군청으 찾아가문 그 앞에 청파여관이라는 커다란 간판이 보일기구만. 그 입구에 가서 물어봅게."

강포수는 출발하는 개동이의 어깨를 두드리며 당부했다.

"목화솜에서 사슴우 피르 다시 빼는 방뱁을 꼬꼬비(자세하게) 알려주는 거와, 산돼지 두 마리는 경성으루 바루 보낸다구 전하는 거두 잊지 말기오."

차 시간에 늦으면 원산까지 가야 한다는 것을 생각하면서 부지런히 걸어서 북청 가는 막차를 탔다.

청파여관을 찾았을 때 그곳의 분위기는 마치 같은 공간에 도살장과 잔칫집이 공존해 있는 모습이었다. 뒷마당에는 호랑이 한 마리와 표범 한 마리 외에도 산돼지 여러 마리가 마른 피를 뒤집어쓰고 허연 이빨들을 드러낸 채 아무렇게나 널브러져 있었으며 마당 앞쪽에 별도로 떨어져 있는 커다란 홀의 유리창 너머로는 음식과 술병들이 어지러이 흩어져 있는 모습이 보였다. 여흥이 파한 뒤에도 아직 미련이 남았는지 술잔을 앞에 놓고 떠들고 있는 몇몇 무리들 사이를 종업원으로 보이는 이들이 분주히 오가며 정리를 하고 있었다. 야마모토의 방은 그곳을 지나 골목이 두어 번 꺾어진 조용한 곳에 있었다.

그의 얼굴은 취기로 붉게 물들어 있었다. 처음에는 개동이를 알아보지 못하고 잠시 천장을 바라보다가 기억을 더듬어 내고는 자신의 머리를 때리며 아주 반가워했다. 강포수와 사냥팀의 근황을 대충 묻고 나서 개동이의 설명을 귀 기울여 듣더니 무릎을 탁 쳤다.

"아아 곤나 호호오가 앗탄다.(ああ、こんな方法がありました. 아하, 이런 방법이 있었군.) 전부터 야생 사슴의 피가 산삼보다 좋다는 말을 들어서 알고 는 있지만 얻어 마시려고 해도 기회가 없었소. 이번 사냥에도 한두 마 리 잡았다는 소식을 듣고 달려가 보면 이미 굳어 있어서 얻어 마시지 를 못했는데, 하아, 신선한 짐승의 피를 이렇게 보관했다가 마시는 방 법이 있단 말이오? 그런데도 왜 이 방법을 다른 사람들은 모르고 있었 을까? 알고 있었다면 나에게 가르쳐 줬을 텐데 말이야."

"아마도 큰 짐승을 쫓느라고 신경 쓸 겨를이 없었을 겁니다. 강포수 님께서 총대장님을 위해 사냥 초기부터 사슴의 피를 드려야겠다며 주 루먹에 깨끗한 목화솜을 넣고 다니셨습니다. 이번에 잡은 세 마리 사 슴 중에서도 제일 건강한 놈으로 골라 피를 담으시고 고기는 포를 뜨 셨습니다."

"하아, 그랬군. 강포수가 내게 그런 호의를 갖고 있었단 말인가! 이 런 고마울 데가…"

개동이는 안타까워하는 강포수를 생각하면서 실제보다 부풀린 대 답을 했다. 그러나 잡은 사슴이 한 마리이긴 하지만 매우 건강한, 게다 가 암놈인 것은 틀림없는 사실이다.

"그런데 목화솜을 물에 넣었을 때 솜털 같은 것들이 함께 나오지는 않을까…?"

야마모토의 크고 넓적한 코밑에 카이젤수염이 약간 위로 올라가고 얼굴이 꺼림칙한 표정으로 변했다. 큰 덩치에 비해 소심한 부분이 있 다는 것을 알 수 있다.

"목화솜을 몇 번이나 빨아서 햇볕에 말렸으니까 솜털이나 잡티 같은 것들은 있을 수가 없습니다. 안심하셔도 됩니다."

그의 얼굴이 이내 밝아졌다.

"그렇다면 개동 청년이 온 김에 피를 뽑아 마셔봐야겠군."

그의 부름에 여관 종업원이 달려왔고 오래지 않아 뜨거운 물 주전자와 놋대접 하나를 가지고 왔다. 개동이의 말에 따라 놋대접은 사기 대접으로 교체됐다.

그리고 대접의 반쯤 채워진 뜨거운 물에 솜뭉치를 담갔다. 곧이어 진홍색 액체가 추상화를 그리면서 서서히 그 면적을 채우더니 차츰 농도가 짙어졌다. 야마모토의 황소 눈은 시종 그곳에서 떠나지를 않았다.

얼마쯤 지나 젓가락으로 찔러 솜뭉치에서 피가 소진된 것을 확인한 다음에 다시 건져서 짜냈다.

개동이는 그릇 언저리에 손가락을 대 보고 나서 양손으로 들어 정중히 권했다.

야마모토는 침을 꿀꺽 삼키고는 거리낌 없이 단숨에 들이켰고, 옆에 놓인 수건으로 입을 쓰윽 닦은 다음 개동이가 건네주는 생강 조각을 입에 넣었다.

"허어, 비린내도 없고 엊저녁에 먹은 숭늉처럼 구수하구먼… 조선은 참 매력적인 땅이란 말이야. 음식들도 다양한 데다 한결같이 깊은 맛이 있고, 게다가 정기 넘치는 땅의 풀을 먹고 뛰어다니던 야생 사슴이라…허어, 강포수와 개동 청년 덕에 적어도 십 년은 더 살 수 있을 것 같은 기분이 드는군. 허어 허어."

그는 연신 커다란 입을 벙긋거리며 감탄사를 쏟아냈다. 아마도 좀 전에 있었던 북청군수와 헌병 분견대장을 비롯한 유지들과의 여흥이 남아 있던 터에 사슴의 피를 마시게 된 것이 그 흥을 최고도로 높여 준 것이리라.

"그럼 호랑이나 멧돼지 피도 이런 방법으로 보관할 수 있겠군."

"아닙니다. 호랑이나 멧돼지는 피가 걸쭉해서 솜에 흡수하면 그냥 말라 붙어버리기 때문에 온수에 담가도 잘 우러나지 않습니다. 사슴 종류의 짐승만이 이런 방법이 가능합니다. 하지만 술에 담그면 액체 상태로 보존할 수가 있습죠."

"아하, 술을 못 마시는 분한텐 호랑이 피도 멧돼지 피도 쓸데가 없으니 거 참 안타까운 일이군."

개동이는 그에게 산짐승의 피에 대한 특징들과 사슴이나 노루의 피가 아무 때나 좋은 것이 아니라 가을과 초겨울에 잡은 피라야 약효가 좋다는 이야기를 해 줬다. 그러한 이야기들은 자연스럽게 산짐승들의 성격이나 급소, 사냥하는 방법 등에까지 넓혀져서 마치 교사와 학생처럼 질문과 답변으로 한동안 계속되었다.

야마모토는 개동이를 바라보면서 그날 밤 을수골 안막에서 악에 받친 거구의 호랑이를 단 창에 제압한 이 나이 어린 사냥꾼이 참으로 폭넓은 지식까지 있다는 것에 감탄하면서 강포수 같은 고수들은 사냥에 관해서는 가히 신선의 경지(境地)에 이를 것이라는 생각을 하고 있었다.

그리고 조선 호랑이와 조선의 사냥꾼들에 대해 특별한 관심과 연구를 해 왔다는 야마가타 아리토모 장군이 용맹함에 있어서는 조선의 사냥꾼들을 따를 자가 없다고 했다는 말에 고개가 끄덕여졌고, 뒤이어 그의 양아들 이사부로 총감의 얼굴이 떠올랐다.

"타다시(옳지)!"

그는 마음속으로 쾌재를 불렀다.

어쩌면 이번 사냥이 일생일대의 전기가 되고, 경영하는 사업에 있어서는 중요한 전환점이 될 수도 있을 것이다. 지난 한 달간 조선의 산들을 누비고 다녀본 결과 탐나는 아름드리나무들이 얼마나 울울창창 삼림을 이루고 있었던가! 게다가 그 삼림들 아래에는 금이나 석탄 철 아연 등등 광물들이 헤아릴 수조차 없이 무진장으로 매장돼 있다고 전문가들이 말하지 않던가!

지금의 정세는 바야흐로 역사상 최대의 전쟁이 될 분위기가 무르익는 상황이다. 야마가타 이사부로 총감이 대놓고 말은 하지 않았으나 우리 대일본제국의 욱일승천하는 기상이 저 거대한 보물 같은 지나(支那)를 보기만 하고 그냥 두기는 어려울 것이라고 은근슬쩍 말하지 않던가. 그것이 어떤 방법으로든 꼬투리를 만들어 제2의 대중(對中) 선전포고로 이어질 것임을 암시해 주는 힌트였다는 것을 미처 깨닫지 못했다. 전쟁이 터지면 제국에 병합된 조선 땅은 전쟁의 거대한 병참기지가 될 것이다.

상대는 거대한 지나다. 빠르면 10년, 늦어도 20년 이내에는 천지가 뒤집힐 전쟁이 일어날 것이고, 물자에 대한 수요는 가히 상상을 초월할 것이다. 그동안에 착실히 기반을 잡아나간다면 지금과는 비교조차할 수 없는 일본 제일의 자본가가 될 것이고, 그 영향력 또한 누구도 무시 못 할 존재가 될 것이다. 자신은 제1차 대전 때 조선업과 해운업으로 부를 축적한 이른바 후나나리킹(ふななりキング)이다. 보통 때 같으면 44세의 나이에 4천만 불의 재산이 가당키나 한 일인가. 그러나 이 정도로 만족할 수는 없다. 전쟁은 모든 걸 가능케 하고, 전쟁에서 돈을 벌었던 경험이야말로 남이 갖지 못한 재주를 가지고 있는 셈이다. 야

만의 시대, 그 호랑이 등에 올라타는 것 이상 운명을 획기적으로 바꿀 수 있는 확실한 방법 외에 무엇이 또 있단 말인가?! 그래, 큰 피가 튈 때를 위해 적은 피로 불을 지피자.

어쩌면 이 온순한 짐승의 '피'가, 보통 사람들에게는 한낱 건강 보조제로 여겨질지 모르지만, 자신에게는 상상조차 할 수 없는 큰일을 만드는 발화점의 역할을 할 것이다.

그렇다. 국가나 개인이나 운명을 크게 바꿀 기회는 피와 연관돼 있다. 전쟁, 전쟁! 피!피!피!

취기로 몽롱해 있던 그의 눈이 차츰 맑아지더니 언제 그랬냐는 듯 차갑고 진지한 모습으로 변해 있었다. 그는 커다란 상체를 숙여 개동이의 눈을 바라봤다.

"이제부터는 자네를 내 아들처럼 깊이 신뢰하는 의미에서 말을 놓겠네. 그리고 지금부터 내가 하는 말을 잘 듣게."

개동이는 종업원에 의해 여관 안에 있는 식당으로 안내되어 별도로 차려진 귀한 음식들을 배불리 먹고 난 다음 그 집에서 가장 좋은 방에서 오랜만에 목욕을 한 후 잠을 푹 잤다. 그리고 굳이 호주머니에 찔러주는 노잣돈을 받아 넣고는 산막으로 돌아왔다. 대원들이 모두 모인 곳에서 다녀온 일의 대강을 보고했다. 별도의 자리에서 노잣돈은 알아서 쓰시라며 강포수 앞에 꺼내 놓았다.

"이거르 왜 나르 주는 긴가? 이거는 자니한테 준 기구, 자니가 걸음으 해서 얻은 기니 자니가 쓰는 기 이치에 맞는 일입지. 나는 체면을 세워준 거 만으로두 감사할 따름일세. 이 돈은 나와는 상관없는 거이니 더는 다른 말으 하지 맙세."

강포수는 봉투를 개동이의 앞으로 밀어놓으면서 단호하게 거절했다.

"아닙니다. 이건 제 돈이 아니니까 제가 쓸 수 없습니다."

서로가 우기던 끝에 마침내는 대원들 모두가 수고하여 잡은 사슴이니까 강대장과 대원 1인당 고루 35원씩 배분하고, 25원은 별도로 떼어 회식비로 사용키로 했다. 모두 박수를 쳤다.

개동이는 기회를 보다가 이튿날 대원들이 삼장면 장에 가본다고 자리를 비운 틈을 타 강포수에게 야마모토 총대장이 했던 말을 전하면서

"이 일은 돈과 결부된 일이고, 대장님께서는 그동안 우리를 이끄시느라 마음고생을 많이 하셨습니다. 게다가 마른 솜에 녹혈을 보관하는 방법을 야마모토 총대장한테 알려주신 분도 대장님이십니다. 그러므로 대장님께서 이 일을 맡으셔야 할 것 같습니다."라고 말했다.

그러나 이 일에 대해서도 강포수는 단호하게 사양했다.

"아임메. 야마모토가 제안한 대상은 자니이고, 이 또한 성실한 사람에게 하늘이 내려주신 복이 앙이겠음둥?! 그리고 나는 경성에서 너무 먼 거리에 살고 있어서 그 일으 하기가 수월치 않네. 열심히 해서 고생하시는 부모님으 잘으 모시도록 합게."

며칠 후 강포수를 비롯한 사냥꾼들은 차돌석의 산막에서 떠들썩하게 이별주를 나누고는 이튿날 일찌감치 각자의 고향을 향해 떠났다.

강포수는 자신에게 큰절을 하면서 그렁그렁 눈물이 고인 개동이의 손을 잡으며

"함경도와 강원도가 가까운 거리는 아니지마는 가급적이면 서로 연락이라도 하면서 살도록 함세. 이렇게 만난 인연도 소중한 기 아이겠능가…"라고 말했다.

개동이는 더 이상 참지 못하고 옷소매로 눈물을 훔쳤다. 날수로 따지면 불과 한 달이 채 되지 않는 짧은 기간이지만 강포수와 개동이가 맺은 인연은 혈육의 정처럼 끈끈한 것이었다.

개동이가 돌아왔다는 소식에 동네 사람들이 하나둘 모여들었다. 이국처럼 여겨지는 먼 함경도, 게다가 신성한 백두산 기슭들을 다녀왔다니 분명 흥미진진한 이야기들이 있을 거라는 생각과, 게다가 평소 사냥 때처럼 고기 맛을 좀 볼 수 있을까 하는 기대감도 있어서다. 이번 사냥에서는 특별한 고기를 가져왔을 수도 있을 것이다.

그러나 이야깃거리는 많지만, 먼 길에 무거운 짐을 지고 다닐 수는 없으므로 개동이가 가지고 온 고기는 야마모토에게 특별히 부탁했던 어른 주먹 세 개를 합친 것만한 호랑이고기가 전부다. 그 고기는 집에 도착하자마자 뒤울안 쥐들이 범접하지 못할 은밀한 곳에 감춰뒀다.

동네 사람들의 마음을 아는 어머니는 요긴할 때 쓰려고 창고에 걸어뒀던 산돼지고기를 꺼냈다.

모두 둘러앉아 막걸리를 마시면서 이것저것 묻기 시작했으므로 이야기의 줄기들이 자연스럽게 이국적인 풍취와 맹수사냥으로 이어졌다.

이야기를 하는 동안에도 개동이의 신경은 밖을 향하고 있었다. 그러나 문이 열릴 적마다 실망을 거듭했다. 수줍어하는 삼월이를 데리고 안내자처럼 나타날 것만 같은 능환의 모습이 보이지 않았던 것이다. 음전이는 열심히 어머니를 도왔다. 곁눈질로 흘끔흘끔 개동이를 보면서….

어머니가 귓속말로 물었다.

"애야, 너 사냥 떠날 때 조바위까지 정성 들여 만들어줬는데 전번처럼 능환 청년한테 줄 호랑이고기 같은 건 정말 없느냐?"

개동이는 짐짓 짜증 섞인 어조로

"쓸데없는 모자는 왜 만들어줘서 신경을 쓰도록 하는지 원⋯. 사냥하느라구 죽을 뻔하다가 살아왔는데 고기가 있어도 그 먼 길에 어떻게 가져올 수 있겠어요."라고 퉁명스럽게 대꾸했다.

"그토록 고운 손으로 정성을 다해 만들어 줬는데 귀찮다고 여기면 그게 사람의 마음이냐. 어디 가서도 당최 그런 소릴랑 말거라, 사람들한테 욕먹는다. 오늘은 너무 늦었으니까 내일 내가 가서 남매를 모두 데려와야겠다. 이 깊은 겨울에 변변한 먹거리가 있겠느냐. 국을 조금 남겨뒀으니까 뜨끈하게 데워서 한 그릇씩 먹도록 해야겠다."

그러고는 개동이의 마음을 아는지 모르는지 음전을 부르더니

"고생 많았는데 낼 아침 일찌거니 오거라. 국이라두 함께 먹자꾸나."라고 말씀하셨다.

그날 밤 개동이는 쉽게 잠들지 못했다.

집 떠난 지 달포밖에 되지 않았으나 그동안 다닌 행적들이 마치 몇 년의 세월이 지나간 것 같은 느낌이 들었고, 삼월의 모습도 변했을 것 같은 생각이 들었다. 그녀가 무척 보고 싶었다. 사냥터를 뛰어다닐 때는 얼굴이 언뜻언뜻 비치기만 했으나 막상 고향에 갈 날이 다가오자 더욱 그리워졌다. 삼월은 자신에 대해 어떤 생각을 지니고 있을까?

그리고 음전이다.

단 한 번도 입어보지 않은 채로 보자기에 개켜 있는 만선두리를 음전이 보게 된다면 어떤 말을 할까?

깊은 죄의식을 느끼면서도 다른 한편으로는 그게 왜 내 죄인가 하는 생각이 홍두깨처럼 머리를 들기도 했다.

이런저런 생각으로 뒤척이다가 늦게야 잠이 들었다.

그리고 이튿날 점심때가 가까워 그들 남매가 왔다. 그러나 음전은 끝내 모습을 나타내지 않았다.

능환은 머리에 얹힌 눈을 터는 둥 마는 둥 바쁘게 뛰어 들어오며 개동이의 손을 잡았다.

"반갑습니다. 참으로 반갑습니다. 그렇게 멀고 험한 곳에 가서 사냥을 하고 이렇듯 건강한 모습으로 돌아오시니 얼마나 반가운지 모르겠습니다."라고 기뻐했다. 그의 얼굴에는 순수함과 믿음이 있었다.

삼월의 얼굴은 조금 수척해 보였다.

"무사히 다녀오셔서 다행이에요."

그녀는 아주 짧은 인사와 함께 목례를 했다. 개동이는 짧고 의례적인 인사를 듣는 순간 잠시 자신의 감정에 회의를 느꼈다. 삼월이는 관심도 없는데 공연히 자신에게 확신을 갖게 하여 그녀와는 동떨어진 꿈의 사다리를 놓고 있었던 것이 아닌가? 하지만 결코 그럴 리는 없다는 생각을 했다. 전에 사냥을 떠날 때 그녀는 보이지 않을 때까지 손을 흔들며 배웅을 했다. 그뿐 아니라 비록 짧은 순간이지만 방금 개동이 자신을 바라보는 눈빛에는 울타리 밖에 몸을 감추고 남몰래 뿜어내는 안도의 한숨과도 같은 것이 깃들어 있는 것 같았다. 그렇게 믿고 싶었다. 아니, 그럴 것이다.

점심을 먹으면서도 대화는 끊어지지 않았다. 주로 능환이 묻고 개동이 대답했다.

"전기수 생활을 하면서 대부분 한양 부근이나 한강 이남 지역을 다니기만 했지, 북쪽 지방을 가본 적은 없습니다. 평소 우리가 느끼기에도 그쪽은 이국처럼 여겨지는데 자연도 풍물도 남쪽과는 다르지 않던가요?"

"네, 조금 그렇기는 하더군요. 한 핏줄 한 나라인데 특별히 다른 면이야 있겠습니까마는 다른 점을 말한다면 지독한 추위와 가도 가도 끝없는 산들과 여기보다 더한 가난이라고 할 수 있을 겁니다. 특히 백두산 일대는 볼 만한 것들이 너무도 많습디다. 태어나서 한 번은 가볼 만하다는 걸 느꼈습니다. 사람들과의 대화도 재미있었구요."

"얘야, 다른 건 모두 이해할 수 있겠는데 여기보다 가난하게 사는 곳도 있단 말이냐?"

대화 중에 이따금 어머니가 끼어들었다.

"그곳 정세는 어떻던가요? 일본 군인들의 동향이나 우리 백성들의 반응은요?"

능환은 산골에 묻혀 있으면서도 외부의 동향에 깊은 관심이 있는 것 같았다. 이따금 승구나 반장인 형식이 아버지로부터 주워듣는 귀동냥으로는 성이 차지 않았던지 한꺼번에 많은 것들을 물었다. 병석에 누워서도 손에서 책을 놓지 않는 사람이라 국내나 국제정세에도 관심이 클 것이라는 생각을 하며 보고 들은 대로 이야기했다.

그러나 삼월은 다소곳이 머리를 숙이고 수저를 움직이며 묵묵히 듣기만 했다. 무언가를 골똘히 생각하는 듯도 했다. 불과 달포 사이에 나이 든 어른처럼 변했다는 느낌을 받았다. 그런데 무엇을 그리 생각하고 있을까? 혹시 개동이 자신에 대한 것일까? 그는 주위를 의식하면서 흘깃흘깃 삼월의 얼굴을 건너다보곤 했다.

남매가 일어설 무렵 어머니가 삼월의 손을 잡으며

"손도 어쩌면 이리 희고 고울꼬? 이렇게 고운 손으로 조바위를 만들어 준 덕에 저 애가 그 춥다는 북방의 겨울 숲을 뒤지고 다니면서도 동상 한 군데 걸린 곳 없이 무사히 돌아올 수 있었네. 얼마나 고마운

일인가!" 개동이의 얼굴을 한 번 흘낏 보고 나서

"그나저나 이젠 나이가 찼는데 빨리 시집을 가야지…" 하고는 또다시 삼월과 능환의 얼굴을 번갈아 살폈다.

삼월이가 오빠의 옷깃을 당겼고, 능환의 웃던 얼굴에 잠시 당황하는 빛이 돌았다.

그들이 움막으로 올라가는 뒷모습을 바라보며 어머니가 혼잣말처럼 중얼거렸다.

"허 참, 이상한 일이야. 전번에도 그러드니 결혼얘기만 나오면 곧장 자리에서 일어서려고 하니 무슨 일이람. 부끄러워서만 그러는 것 같지는 않고…"

겨울 동안 남매가 마을에 내려오는 일은 가물에 콩 나듯 하던 전보다도 줄었고, 아주 드물게 장에 가는 길에 잠시 들르곤 하던 삼월의 모습도 보이지 않았다. 개동이의 마음속 불길은 끊임없이 희망과 절망의 파도를 탔다. 그는 누구보다 힘든 겨울을 보내면서 언젠가 한 번은 꼭 그녀가 마음에 담고 있는 진실이 무엇인지를 확인해 보겠다는 생각으로 기회를 엿보고 있었다.

그러던 어느 날, 마침내 기회가 왔다.

눈이 펄펄 내리고 있었다. 눈을 보고 들뜬 누군가가 바람을 넣은 탓인지 겨우내 웅크리고 있던 동네 사람들이 절애(마을 이름) 주막거리에 있는 국수집에 추렴을 간다면서 메밀쌀 두 말을 가지고 출발하는 모임에 뜻밖에 능환도 있었고 음전도 끼어 있었다. 사람들이 능환에게 왜 삼월이는 안 데리고 왔느냐고 묻자 혼자 집에 있고 싶어 한다고 했다.

개동이는 짐짓 어제 먹은 것이 잘못됐는지 배가 몹시 아파 밤새 뒷

간엘 자주 갔다는 핑계를 댔다. 음전의 의심 어린 시선도 단짝 춘화가 당기는 옷자락을 따라 와자지껄 떠드는 소리와 함께 계곡 너머로 사라졌다.

한참을 지난 다음 계방산 기슭을 향해 달려갔다. 가쁜 숨을 몰아쉬며 문을 두드렸다. 삼월이 토끼 눈이 되어 한 걸음 뒤로 물러섰다.

"들어가도 돼?"

그녀는 화난 것처럼 퉁명스런 물음에 잠시 당황하는 빛을 띠었다.

자리에 앉자마자 다짜고짜 물었다.

"전에부터 내가 좋아하구 있다는 거 알고 있지?"

그녀의 얼굴이 봉선화 꽃잎처럼 붉게 변했다. 그 표정을 감추려는 듯 고개를 숙이면서 떨리는 목소리로 물었다.

"누구를요?"

평소 솔직했던 그녀답지 않게 궁색한 물음이다.

행여 부정적인 대답이 나올까 두려워 그녀의 표정이나 마음을 읽을 마음의 여유가 없었다. 마치 대답을 강요하듯 속에 품고 있던 말들을 두서없이 마구 쏟아냈다.

"누군 누구야, 내가 삼월이 너를 좋아한다는 거지. 나에 대해 어떻게 생각해? 나하구 결혼해 주지 않을래? 너를 위해서라면 무슨 일이든지 할 거고 평생 행복하게 해 줄 자신이 있어. 팔자가 피려는지 요즘 좋은 일들도 생기고 있으니깐."

그녀는 한쪽 무릎을 세워 치마를 늘어트린 모습으로 방바닥에 낙서를 하다가 손을 멈추고 고개를 가로 저었다.

"난 아직 나이가 어려서 결혼 같은 걸 생각해 본 적이 없어요."

"나이가 몇인데? 열일곱이잖아. 아랫골 순녀는 열다섯에 시집을 갔는데… 차라리 싫다면 싫다구 말해 변명하지 말구. 난 솔직한 걸 좋아한단 말이야. 싫다구 솔직하게 말하면 다신 부근에 얼쩡거리지도 않을게."

삼월은 아주 잠깐 머뭇거리더니 고개를 들어 바라봤다. 얼음장처럼 차가운 얼굴이다.

"난 단 한 번도 동이 오라버니를 마음에 둬본 적이 없어요. 나이도 아직 어리구요. 누구도 사귀고 싶은 마음이 전혀 없어요. 지금까지 그 래왔던 것처럼 이웃에 사는 다정한 오라버니와 누이로 부담 없이 지내면 좋겠어요. 저희 남매가 입은 은혜는 두고두고 갚을게요."

"내게 관심조차 없는 게 정말이야?"

"예, 정말이에요."

"정말이지?"

"예, 정말이에요."

"나를 좋아하지 않는 이유가 뭐야? 우리 집이 가난해서 그래? 가난하기는 그쪽도 마찬가지잖아. 안 그래?"

"그래요. 떠돌이와 다름없는 신세가 가난을 입에 올릴 형편은 아니구요, 내가 동이 오라버니를 좋아하지 않는 건 그런 이유가 아니고 아직 이성 같은 거에 대해 생각해 본 적도 없고, 관심도 없기 때문이에요."

"피~ 나이 열일곱에 이성을 생각해 본 적이 없다면 누가 믿겠어. 여하튼 알았어. 나는 맘속에 둔 여자를 오라버니와 여동생의 솔직하지 못한 관계로 지낼 생각은 전혀 없고, 그런 말을 들은 이상 다시는 삼월이 부근에 얼쩡거리지 않을게. 까짓 산짐승고기 몇 절음으로 은혜를 베풀었다는 말은 듣고 싶지 않으니까 그따윈 잊어버려도 돼."

개동이는 문을 박차고 밖으로 튀어나왔다. 그리고 눈길을 마구 내

달렸다.

　지금까지 한 번도 삼월에게서 그처럼 차가운 얼굴을 본 적이 없다.

　그녀가 한 말은 사실이라고 믿어졌다. 생각할수록 낯이 화끈거렸다. 그리고 모든 오해의 근원이 조바위에서 비롯됐다고 여겨졌다. 집에 들어오자마자 벽에 걸렸던 모자를 윗방에다 던져버렸다.

　그 일이 있은 다음부터 개동이의 산행은 부쩍 잦아졌다. 승구 아재가 파출소에서 빌려온 총으로 함께 사냥을 가거나 창을 들고 혼자 떠나기도 했다. 마치 사냥에 미친 것 같은 개동이의 행동에는 두 가지 이유가 있었다. 첫째는 정호군 대장 야마모토 다다사부로와의 약속을 이행하기 위한 것이고, 둘째는 삼월에 대한 야속함과 분노 같은 것이 치밀어 올라 평안한 마음으로 방 안에 앉아 있을 수 없기 때문이다. 아니, 오히려 둘째 이유가 첫째 이유를 압도했다는 것이 정확한 표현일 것이다.

　처음에 개동이가 야마모토의 요청을 이야기하고 함께 일하자고 했을 때 한마디로 거절했던 승구는 무슨 이유에선지 하룻밤을 자고 난 이튿날 날이 밝기가 무섭게 달려와 동참하겠다는 의사를 표했다. 야마모토와 이 일을 협의할 때부터 승구의 동참을 간절히 바랐던 개동이로서는 반갑기 그지없었다. 두 사람이 사냥을 나가는 일은 동네 사람들도 으레 그렇거니 했지만, 목화솜에 짐승의 피를 흡입하여 건조하는 일은 아무도 모르게 극비로 진행됐다.

　그들의 사냥 대상은 사슴이었다. 근래 들어 극성을 떨고 있는 늑대들이 잡아먹는 탓인지 생각처럼 쉽게 눈에 띄지 않았다. 힘들게 잡으면 어김없이 주루먹에서 목화솜을 꺼내 피를 흡입시킨 다음 그릇에 담아 곱게 가지고 와서 승구의 따뜻한 방에서 건조시켰다. 고기도 포를 떠 얼음을 재워 보관했으나 대개는 동네 사람들과 나누어 먹었으며 더러는 어머니가 능환의 집에 전해 주기도 했다.

짐승의 피를 말린 솜뭉치들이 모여 일정한 부피가 되자 비록 무겁지는 않아도 번갈아 보따리를 지고 걸어서 홍천면까지 갔고, 중간에 재수가 좋을 때는 목탄차를 얻어 타거나 걸어서 경성으로 향했다. 옛날부터 한양이라는 정겨운 이름의 서울은 총독부에서 경성으로 부르라고 했다고 한다. 경성으로 가는 길은 힘들고 피곤한 여정이었다.

승구가 있어서 별 어려움은 없었으나 경성은 복잡하고 신기해서 미처 정신을 차리지 못하게 했다. 듣던 대로 집도 많고 사람도 많았다. 두루마기를 입은 청년들이 새까만 색깔이 들어간 안경을 쓴 조금은 섬뜩한 모습도 보았고, 아름다운 모습으로 만든 우산은 날씨와 상관없이 쓰고 다니는 생경한 모습을 보기도 했다. 여러 색깔의 화려한 쓰개치마를 입은 양반집 규수들은 몇 번이나 눈길을 끌게 했다.

굴다리 옆 마방집에서 하룻밤을 묵고 이튿날 일찌감치 총감의 관저를 찾아 나섰다. 점심때가 거의 돼서야 남산으로 올라가는 입구에 당도했다. 기슭에 난 길을 따라가자, 담장 위에 가시철망이 쳐진 긴 울타리가 나타났다. 이곳이 말만 들어도 울던 아이가 울음을 멈춘다는 조선 헌병대 사령부라고 한다. 울타리 아래 곳곳에 경비초소가 있고 그 사이로 총을 든 헌병들이 눈을 번득이며 경계를 서고 있었다. 가급적 그들과 떨어져 멀리 돌아 더 위쪽으로 올라갔다. 그리고 발걸음을 멈췄다. 시멘트로 포장된 널따란 입구에는 커다란 은행나무와 느티나무 한 그루가 각각 양쪽으로 섰고, 그 안쪽으로 훤히 뚫린 포장도로 정면에 멀찌감치 보이는 2층의 거대한 석조건물은 위압감을 느끼게 했다.

울타리 주변은 살기가 감돌았다. 높은 담장 아래 몇십 보씩을 사이로 철모를 쓰고 긴 대검에 총을 꽂은 헌병들이 사주경계를 하고 울타리 아래 약 100보 정도 일정한 거리마다 초소가 설치되어 있었다. 경계병 과 더불어 어깨가 떡 벌어진 로트와일러나 도베르만 같은 이름도 처음 듣는 사나운 개들이 으르렁거렸다.

"하아, 많이도 변했구만. 이 자리에 집을 지으면 왕이 계시는 경복 궁을 내려다본다고 해서 조선 백성은 누구도 집을 짓지 않던 자리에 왜놈의 괴수가 똬리를 틀고 앉았으니 기가 막힌 일이로다. 동네 이름 도 왜성대(倭城臺)라구 하지 않은가. 허어."

개동이는 승구가 뱉는 말을 귓등으로 들으며 헛기침을 한 번 하고 나서 아랫배에 힘을 줬다. 그리고 초병들이 서 있는 정문을 향해 뚜벅 뚜벅 걸어갔다.

아까부터 이쪽을 노려보고 있던 헌병들 가운데 두 명이 달려 나와 그중 한 명이 단도가 꽂혀 있는 총을 내밀었다.

"다테, 고레이조 치카주쿠나!(立ちなさい! もう近づかないで!서라, 더 이상 가까이 오지 마라!)"

걸음을 멈추자 다른 한 명이 다가왔다.

"국민증(=황국신민증)을 보이라."

국민증을 내밀었다.

"찾아온 목적이 무엇인가?"

헌병은 패랭이를 벗어서 든 떠꺼머리를 힐끗 올려다봤다. 첫눈에 보 기에도 차림새가 산만하다. 그는 경멸하는 표정으로 눈을 흘겼다. 그 가 무어라 말하려는 것을 알아차렸다. 용케도 순사들의 눈을 피해 여 기까지 왔는데 강제로 끌려가 머리를 깎일 참이다. 얼른 야마모토 다다사부로의 명함을 내밀었다.

헌병은 가소롭다는 듯이 명함에 씌어 있는 글씨를 보더니 흠칫했다. 잠시 기다리라고 하고는 두 사람의 국민증과 명함을 들고 대문 옆에 있는 초소로 달려갔다.

초소 안에서 전화기를 돌리는 소리와 무어라 떠드는 소리가 나더니 오장 계급장을 단 군인이 다가왔다.

"누가 개동인가?"

군인은 함께 가려고 나서는 승구를 총부리로 제지하곤 개동이만을 데리고 건물 안으로 들어가 안쪽 입구가 꺾여 긴 담장으로 연결된 조그마한 건물로 안내했다. 그곳은 소파 몇 개와 작은 테이블이 놓여 있는데 창문들이 얇은 커튼으로 가려져 있어서 희미하게 밖을 내다볼 수 있었고 방안은 밝았다. 오래지 않아 쪽문을 통해 한 사나이가 나타나자 군인은 차려 총 자세를 한 다음 돌아갔다.

자그마한 키에 반백의 머리를 하이칼라로 빗어 넘긴 60 초반의 사내는 까만 정장 차림에 진홍색 나비넥타이를 매고 있었고 매부리코가 유난히 눈에 띄었다. 시종일관 은은한 미소를 잃지 않고 있었으나 짙은 눈썹 아래 옆으로 찢어진 작은 눈은 어느 미세한 것조차도 놓치지 않으려는 매의 눈처럼 날카로웠다.

심부름하는 여자가 놓고 간 차를 권하면서 그가 말했다.

"먼 길 오느라 수고 많았소. 나는 이곳에서 집사 직책을 맡고 있는 호시노(星野)라고 하오. 나와는 앞으로 자주 만날 것으로 여겨지는데 반드시 지켜야 할 조건이 있소. 아무에게도 이 일(짐승의 피)에 관한 이야기나 이곳을 방문했다는 말을 해선 안 되오."

"그 얘기라면 이미 야마모토 총대장님과 약속이 돼 있어서 사냥을 다니던 때에도 주위 사람들 눈에 띄지 않게 조심했습니다."

시종일관 미소가 떠나지 않았으나 호시노의 눈은 개동이의 눈과 행동을 세밀하게 훑어보고 있었다.

"하지만 저 밖에서 기다리고 있는 승구라는 사람은 모든 걸 알고 있지 않소. 저자로부터 비밀을 지킨다는 약속을 받고 앞으로는 함께 하지 마시오."

"그분은 저와 피를 나누진 않았으나 그 이상으로 끈끈한 사이이고 결코 입이 가볍지 않습니다. 오랫동안 사냥도 같이 해왔습니다. 게다가 저는 태어나서 한성을 처음 와 봤습니다. 되짚어가라면 어디가 어딘지 도통 알 수가 없을 겁니다. 머나먼 길을 대부분 걸어서 와야 하고, 복잡하기 이를 데 없는 곳을 어찌 혼자서 올 수 있단 말씀입니까!"

집사는 산골 총각을 바라보면서 생각했다.

하긴 저 승구라는 자와, 또한 가까이 지내는 자들에 대해 경찰에 일찌감치 신원조사를 지시했는데 별문제가 없다는 보고를 받긴 했다. 깊은 산골에서 화전과 사냥이나 해 먹고 사는 자들이 설마 무슨 불경한 일을 도모할 리는 없을 테지. 하지만 돌다리도 두드려 건넌다고 단단히 해놓는 것이 나쁘진 않을 것이다.

"좋소. 그 일에 관해선 내게 생각이 있으니까 따로 처리하기로 하고 …. 그럼 가져온 것을 꺼내 보시오."

개동이는 주루먹에서 하얀 명주 보자기를 꺼내 정성스레 묶은 매듭을 풀었다.

짐승의 피가 말라 있는 진홍색 솜뭉치들이 부풀어 올랐다.

집사는 자신도 모르게 눈살을 찌푸렸다가 금방 폈다. 그리고 솜뭉치들에 코를 가까이 대고 냄새를 맡아본다.

"피 냄새가 비릿하게 나는 것 같기도 하군. 헌데 이것들을 어떻게 본래의 모습으로 환원시켜 약으로 쓸 수 있는지 자세히 설명해 주시오. 내가 실수하지 않도록 아주 자세히 말이오. 아니, 안 되겠군. 유리코(百合子)와 함께 설명을 들어야겠어."

집사는 테이블 옆에 있는 초인종을 눌렀다. 심부름하는 아이가 나타나자

"주방장 오라고 해라."라고 말했다.

오래지 않아 중년의 여자가 나타났고 개동이는 두 사람에게 자세하게 설명했다. 피를 마시고 나서는 생강 조각이나 잣 같은 것을 씹으면 입에서 비린내를 빨리 지울 수 있다는 것도 알려줬다.

주방장이 명주 보따리를 들고 나갔다. 잠시 뒤 집사도 밖으로 나가 누군가와 몇 마디 이야기를 나누는 소리가 들렸으나 내용을 알아들을 수는 없었다. 그리고 이내 돌아와 서랍에서 흰 봉투를 꺼내 개동이에게 건네주며

"수고 많았소. 지금 당신이 하는 일이 대일본제국의 번영과 조선인의 행복을 위해 밤낮으로 애쓰시는 총감 각하의 건강을 위하는 일에 공헌하고 있다는 사실을 깨닫기 바라오. 그리고 앞으로도 성심성의껏 해주시오. 이곳에서의 볼일은 끝났고, 노자는 넉넉하게 넣었으니 하루 이틀 한성 구경이라도 하다가 돌아가도 좋겠지…음~ 그리고…."

호시노는 문밖에 대기하고 있던 경비병을 불렀다.

"이 청년을 구내 이발관에 데리고 가서 머리를 깎은 다음에 보내도록 하게."

호시노는 그들이 나가고 나서 혼잣말로 투덜거렸다.

"총독부의 명령이 서릿발 같다지만 삼천리 곳곳까지 제대로 먹혀들

려면 아직도 많은 시간이 필요하겠군. 여기까지 오는 동안 저 귀신의 복두(幞頭) 같은 떠꺼머리를 붙들어다 삭발을 시킨 사람이 아무도 없었단 말인가?! 더욱이나 저런 모습을 하고 총독 관저에까지 들어올 수 있었다니 참으로 놀랍고 한심한 일이군."

아버지가 그토록 지키라고 한 떠꺼머리다. 그러나 깎고 나니 속이 후련하다.

1895년 단발령이 시달되어 왜인들의 협박에 못 이겨 고종황제가 머리를 깎은 이래 20여 년의 세월이 지났다. 그동안 대부분의 사람은 왜인들처럼 머리를 짧게 깎는 것이 일반화되어 있었다. 극히 일부의 유교적 사상과 법도를 지키고자 하는 노인들이나, 바깥출입이 거의 없어 단속을 염려하지 않아도 될 것으로 생각하는 사람들이 신체발부수지부모(身體髮膚受之父母)라 하여 부모로부터 받은 신체와 머리털과 살갗은 절대로 손을 대게 할 수 없다면서 단속을 거부하거나 피해 다녔다. 그러나 젊은 층에서 긴 머리를 하고 다니는 사람은 극히 드물다. 개동이가 아직도 허리까지 이르는 머리를 땋아 늘이고 사는 이유는 아버지의 반대가 심했기 때문이다. 파출소 분소에 끌려가 그럴듯한 이유를 대고 약속을 한 뒤 위기를 벗어난 적도 몇 번 있었고, 놀림감이 되기도 했으며, 불편하기도 해서 머리를 깎겠다고 했지만, 그때마다 아버지는 노한 얼굴로 머리를 깎고는 절대로 집에 들어올 수 없다고 말씀했기 때문이다. 하지만 이렇게라도 깎는 것에 내심 만족했다. 그리고 핑계를 대기 위해 머리를 굴리고 있었다.

이발을 하고 밖으로 나와 보니 웬일인지 승구 아재가 화가 나서 씩씩댔다.

이유인즉 개동이가 집사를 만나는 동안 승구는 헌병에 이끌려 별도의 장소로 가서 이 일에 대해 절대로 입을 열지 않겠다는 협박조의 다짐을 받고 각서까지 썼다는 것이다.

두 사람은 어느 집 담벼락 밑에서 호시노 집사가 줬던 봉투를 뜯어 보곤 눈이 휘둥그레졌다. 봉투 안에는 풍부한 수염을 거느린 타케우치 쓰쿠네(竹內つくね)의 얼굴이 박힌 5원짜리 지폐 40장이 들어있었다. 일반 노동자 넉 달 치 노임에 달하는 거금이다. 다케우치 쓰쿠네는 일본 서기에 나오는 전설적 인물이며 백제 왕가의 후손이지만 소위 신공황후 한반도 침략의 선봉에 섰다고 기록된 인물이다.

돈도 생긴지라 본격적으로 한성 구경에 나섰다. 외국의 사절들이 많이 산다는 정동(貞洞)이라는 곳은 빼곡한 기와집들 사이로 서양식 고층 건물들이 눈을 둥그렇게 만들었다. 지대가 낮은 곳에는 미국과 영국의 공사관이 자리했고, 가장 높은 언덕에는 얼핏 보아 6천 평(2만㎡)도 넘을 것 같은 웅대한 모습의 러시아 공사관이 있었다. 쌍독수리 문양이 새겨진 3층의 흰색 전망탑은 멀리서 보기에도 유난히 눈길을 끌었다. 또한 노량진(鷺梁津)이라는 곳에는 우리나라에서 최초로 개설되었다는 철로가 있어서 일정한 시간을 두고 기차가 인천을 오갔다. 한 시간에 50리(22㎞)를 간다고 했다. 처음 개설 당시인 4232년(1899년)에는 25리였다고 하니 15년여 사이에 많은 발전을 했다는 생각이 들었다. 기차가 한강을 넘나들었으나 사람들은 주로 배를 이용하여 강을 오가고 있었다.

땔감을 가득 실은 수레들이 무악재를 넘는 모습과 종로의 땔감 시장이나 물장수들이 지게를 지고 다니는 모습, 짚신 장수들을 보면서 만일 자신도 한성 부근에 셋방이라도 있다면 먹고 사는 데에는 어려움이 없을 거라는 생각이 들었다.

승구 아재를 따라 생전 처음 영화관에 가서 활동사진도 봤고, 다과점이라는 곳에서 아이스구리무(아이스크림)를 맛보기도 했다. 술집에 들어가 여우의 간도 빼먹을 것 같은 아가씨들이 따라주는 요상한 술들도 마셨다. 유사길(위스키), 발란덕(브랜디), 상백윤(샴페인), 두손자두(진) 당주(램) 같은 술을 골고루 맛봤는데 달콤하고 톡 쏘는 맛이 상큼한 상백윤(샴페인)을 제외하곤 한결같이 독해서 한 모금만 마셔도 구역질이 나고 혀를 내두르게 했다. 아무리 생각해도 무척이나 비싼 값을 주면서 이런 고약한 술을 마시는 이유를 이해할 수 없었다. 그러나 승구 아재는 마치 경험이 있는 사람처럼 아가씨들과 농담을 나누며 주는 대로 잘도 마셔댔다.

사흘 동안 한성 구경을 한 다음 집으로 돌아왔다. 일본 군인처럼 짧게 깎여진 머리를 본 아버지는 너무도 놀란 나머지 하마터면 넘어져 벽에 머리를 부딪칠 뻔했다. 그 후 며칠 동안 아버지의 방엔 이슥토록 등잔불이 하늘거렸고 깊은 한숨 소리가 밖으로 새어 나왔다. 어깨는 더욱 처져 있었다.

그해 겨울 두 사람은 모두 세 번에 걸쳐 한성을 다녀왔다.

두 번째 방문 이후부터는 소문이 날까 염려해선지 그리 큰돈을 주지는 않았다.

시간은 그렇게 흘러 봄이 왔다.

야지와 달리 고산지대의 봄은 4월 중순이 지나서야 새순들이 돋기 시작한다. 작은하니 입구에 파릇한 새싹들이 돋기 시작하여 오래지 않아 계방산 산허리 잔설 속에 복수초가 살그머니 노오란 얼굴을 내밀고 얼레지도 연보라색 어린 몸을 흔들며 봄바람을 유혹했다.

그러나 이른 봄이면 이곳에도 며칠 동안은 어김없이 불청객이 찾아오곤 한다.

우르르 쏴아 쏴아~.

원당 쪽에서부터 계곡을 따라 몰려온 바람이 강버들을 흔들며 꽃샘추위가 기승을 부리던 어느 날이다.

패랭이에 큼직한 목화송이를 단 40 중반의 보부상(褓負商)이 창말 쪽에서 걸어오고 있었다. 몰아치는 바람에 괴나리봇짐을 진 몸이 휘청거린다. 패랭이가 벗겨질까, 손을 놓지 못하는 그는 광대평(廣大平) 길가에 있는 작고 초라한 집 기둥에 서툰 글씨로 '酒店(주점)'이라고 쓰인 팻말을 힐끗 올려다본다. 바짝 마른 얼굴에 눈초리가 날카롭다. 성큼성큼 마당으로 들어가 툇마루에 걸터앉으며

"춘래불사춘(春來不似春)이라지만 웬 놈의 바람이 이리도 심하게 부노?"

집주인이 들으라는 듯 큰 소리로 뇌까린다.

절애 쪽에서 개울을 따라오다 산굽이를 돌며 휘몰아치는 모래바람에 얼굴이 따갑다.

노한 조왕신이라도 있는 것처럼 부엌문이 사납게 덜커덩거린다.

방안에서 인기척이 없자

"주모 있소? 추워서 다리가 덜덜 떨리니 탁배기나 한잔 주시오."라고 더욱 큰 소리로 불렀다.

그제야 방문이 열리고 머리가 헝클어진 70이 가까워 보이는 노파가 그를 내다보고 반가이 맞는다.

"어서 오시우, 미친년의 치맛자락 같은 바람 소리에 손님이 온 줄도 모르고 있었소. 이 모랑가지(산굽이)의 바람은 유달리 심하다우. 어서 방으로 드시우. 마침 잘 익은 탁주가 윗방 항아리에서 주인 맞을 때

를 눈이 빠지게 기다리면서 달짝지근한 향기가 코끝을 간지럽히고 있다우."

바람에 닫히려는 문을 온 힘으로 밀쳐내고 있으면서도 웃음을 띠었다. 얼굴 가득 주름이 인다. 앞니 빠진 자리가 꺼멓게 드러났다.

"문짝 날아가겠수. 어서 드시우."

"그렇다면 향기 나는 막걸리 한잔 품어볼까?!…잘 하면 마수걸이로 옥비녀 하나쯤 팔 수 있을지도 모르고…."

"낼모레 북망산천 갈 나이에 옥비녀야 가당치도 않은 거지만 영감 제사가 며칠 안 남았으니 양초라두 있으면 팔아드리리다."

사내가 봇짐을 들고 허리를 굽혀 방으로 들어선다. 그러고 보니 주모의 말대로 막걸리 익은 향기가 방안에 가득하다.

오래지 않아 개다리소반에 따끈하게 데운 두부 한 모와 고사리나물과 김치를 안주로 술상이 나오고 주모가 사발 가득 막걸리를 따라준다.

사내가 살짝 입술을 축이고 나서 두부에 젓가락을 댄다. 술을 별로 좋아하지는 않는 것 같다.

"주모는 여기서 산 지 얼마나 됐소?"

"나기는 여기서 났지유. 살기가 어려워 외지로 나갔다가 청상과부가 되어 이리저리 부초처럼 떠돌다 쉰이 돼서야 다시 돌아왔다우. 뼈를 묻어줄 곳이 고향 말고 어디 있겠수."

"그럼 이 근동의 일들은 훤히 알고 있겠구려."

"나야 뭐 언문으로 이름 석 자두 쓸 줄 모르는 무식꾼이니 유식한 얘기는 알아듣지 못하지만, 살아온 햇수가 있는데 보통 인생들 살아가는 일이야 알 만큼은 알고 있겠지유."

"술집을 하고 있으니까 더욱 잘 알겠구려. 헌데 이 부근에 사람 사는 골짜기는 몇 군데나 되오?"

"골 있는 곳에 사람 살지 않는 곳이 어디 있겠수. 이 밑에두 골짜기가 여럿 있구, 그 아래로 내려가면 원당 쪽에두 몇 군데, 곳곳에 있지유. 셀 수도 없이 많다우. 아무리 장사라 해두 그 많은 동네를 메주 밟듯 할 수야 있겠수. 부자동네나 사람 많은 데를 골라서 댕겨야지."

"어디가 내 물건을 살만한 형편들이 되는지 모르겠군…."

사내는 혼잣말처럼 중얼거리고 나서 고사리 접시에 젓가락을 가져가며

"외지에서 들어와 사는 사람들이라야 귀한 물건을 알아보는데 이처럼 깊은 산골에는 토박이들만 살겠구려."라고 묻는다.

"그런 말 마시우. 늙거나 젊거나 눈이 있는데 귀한 물건 못 알아볼 사람이 워디 있겠수. 그리구 조선팔도에 발 달린 짐승이 못 다닐 곳이 어디랍디까. 여기 살던 사람들이 북간도 땅에두 이사를 갔구, 한양이나 경기도에 살던 사람들두 여기 와 살구 있다우. 게다가 산골 토박이는 모두 소경들이랍디까."

심드렁하게 대꾸한다.

외지에서 온 사람들만 귀한 물건을 알아본다는 말에 은근히 비위가 상했던 것이다. 사내는 노파의 도전적인 말투에 면박을 줄까 하다가 일을 그르칠 것 같아 살가운 말투로 묻는다.

"궁벽한 골짜기를 찾아 들어오는 사람들은 대개가 나이를 먹은 사람들이던데 여기도 그렇지 않겠소?"

"대부분이 그렇긴 하지만 전부 그런 건 아니지유. 이 밑에 절애엔 갓 스물 쌍둥이 자매가 들어와 전씨네 형제한테 쌍으루 결혼을 해서

아들딸 낳으면서 곱게 살구 있구, 저 건너 작은하니엔 아주 패패 젊은 남매두 들어와 살구 있다우."

"그 패패 젊은 사람들이 무슨 연유로 이런 산골엘 들어왔는감…?"

사내가 혼잣말처럼 뇌까렸다.

"이야기꾼이라구 하는데 장화홍련전을 기가 막히게 잘 한다구 합디다. 여기저기 그런 일을 하며 떠돌아 댕기다가 오빠가 몹쓸 병에 걸려서 들어왔다지 아마…"

사내의 눈이 반짝 빛났다. 그러곤 짐짓 별 관심이 없는 것처럼 말끝을 흐린다.

"대체 무슨 병에 걸렸길래…"

"폐를 앓는다지 아마."

"작은하니 예서 거리가 얼마나 되오?"

"앞에 보이는 개울 건너서 한 시오리 올라가지유. 장정 걸음이야 잠깐이지유…"

사내가 생각한다. 흠, 추운 날씨에 구태여 현장까지 돌아볼 필요조차 없겠군. 이 노파는 싸구려 선물 몇 개면 속치마까지 보여줄 여자로군. 하기야 70 먹은 노파가 무슨…하고 생각하며 피식 웃는다.

사내는 보따리에서 얼레빗 하나와 족집게 하나를 꺼내 손에 쥐어주며 은근슬쩍 흘러가는 말인 양 이런저런 이야기들을 시시콜콜 물었다. 이야기가 끝나고 술값 10전에 5전을 얹어주고는 자리에서 일어났다. 노파가 한길까지 나와서 창말 쪽으로 되돌아가는 사내를 향해

"절애하구 작은하니 구경은 아니 하시려우?" 하고 물었다. 사내는 머리 뒤로 손을 젓고는 종종걸음으로 산굽이를 돌아 사라졌다.

보부상이 다녀가고 나서 5일 뒤….

지는 해가 서편 산마루를 반 뼘쯤 남겨놓고 있을 무렵의 일이다.

우락부락하게 생긴 세 명의 젊은 사내들이 마을에 나타났다.

양복을 입고 하이칼라 머리를 한 그들은 마치 동네의 지리를 훤히 알고 있는 사람들처럼 중심 부락을 멀리 두고 산길을 돌아 계방산 기슭으로 향했다. 개들이 짖었다. 그러나 아무도 밖을 내다보지 않았다. 아마도 늘 있는 일처럼 가까운 곳에 산짐승이 나타난 것으로 여기고 있으리라.

비호같이 기슭을 올라간 청년들은 움막집 앞의 숲속에 몸을 숨기고 잠시 귀를 기울였다. 마당에서 요란하게 개가 짖어댔다. 그래도 그들은 미동도 하지 않고 움집을 주시했다. 먹이를 노려보고 있는 살모사와 같은 눈빛이다.

"재환아, 왜 그리 짖어대니? 집에 돌아온 게 아직도 꿈만 같아서 그러니?"

삼월이가 문을 열고 나왔다. 순간 맨 앞에 있던 사내가 전광석화처럼 마당을 가로질러 삼월이의 옷깃을 휘어잡았다. 셰퍼드가 날카로운 이빨을 드러내고 뛰어올랐다. 그러나 옆에 있던 청년이 휘두르는 단도에 목덜미를 찔려 켕 하고 쓰러져 일어나지를 못했다. 주변이 피로 홍건히 물들기 시작했다.

능환이 달려들었지만 발길질 한 방에 기절하고 말았다.

왈짜(깡패)들은 몸부림치는 삼월이 입에 헝겊으로 재갈을 물리고는 준비해 간 마대로 둘둘 말아 들처업고 오던 길을 내달렸다. 마대 안에 있는 사람이 몸부림을 쳤다. 그러나 그 몸부림은 건장한 어깨 위에 이는 미풍과도 같았다. 잠시 짖어대던 개들도 이내 잠잠해지고 마을은 다시 고요에 잠겼다.

능환이 깨어나 아픈 몸을 이끌고 마을로 내려와 이 사실을 전한 것은 두어 시간쯤 후다.

소문은 금방 퍼져서 어둠 속에도 아래 윗동네에서 사람들이 모여들었다.

개동 어머니가 발을 동동 굴렀다.

"이 일을 어쩌면 좋노. 어쩌면 좋노. 이 불한당 놈들이 어디로 갔을까. 하이고 불쌍해라. 그 착하고 예쁜 애가 무슨 변을 당할지 알 수가 있나."

그러나 정작 목구멍에서 단내가 나는 사람은 개동이다.

"시간이 없으니 빨리 추격대를 편성해서 놈들을 쫓아갑시다."

"그렇게 몸집들이 좋고 험상궂다는 놈들을 우리 몇몇이 따라간들 상대 할 수 있을 것 같은가?"

윗동네 천석이의 말에 모두 고개를 끄덕인다. 이미 기가 죽어 있는 모습들이다.

"파출소에 신고를 합시다."

"하이고, 왜놈들이 무슨 좋은 일이라고 이 밤중에 출동을 하겠소. 지금 신고를 해도 내일 아침이라야 아는 체를 할 테고, 그땐 이미 영 넘어 간 다음이지…"

"듣고 보니 그렇군."

"모두 안 가겠다면 나 혼자라도 가겠소. 사람이 도리가 있지, 마을에 사람이 납치됐다는데 그냥 집에 들어앉아 있자는 말이오? 모두 돌아가시오. 난 혼자라도 기어이 놈들을 잡고야 말겠소."

그때 개동이 앞을 막아서는 사람이 있다.

음전이다. 자그마한 키에 당차 보이긴 하지만 어린 여자다. 그러나 아무것도 두렵지 않은 표정이다.

"오라버니, 안 돼. 보나마나 아주 잔인하고 인정사정이라곤 눈곱만큼도 없을 왈짜들인데 그놈들을 찾아서 어찌하려구? 아무리 많은 사람이 간다고 해두 놈들을 당해낼 수 있을 거 같아? 이미 멀리 갔을 테고, 설사 만난다 해두 크게 다치거나 잘못하면 목숨을 잃을 수도 있어. 절대루 가면 안 돼. 절대루."

사람들의 시선이 모두 음전에게로 향했다.

"무슨 말 같지 않은 소리야. 동네에 사람이 납치당했는데 손 놓고 있으라구?"

개동이는 음전의 손을 홱 뿌리쳤다. 그녀는 갑작스런 힘에 한 발자국 물러나 잠시 머쓱한 표정이 됐지만 다시 개동이의 앞을 가로막았다.

"안돼, 절대루 안돼. 그 여시 같은 걸 위해 오라버니 목숨을 바칠 순 없어!"

개동이 눈에 불이 났다. 창피하기도 했다. 음전의 몸을 밀쳤다.

그녀는 길가 풀숲에서 쓰러질 듯하다가 비틀거리며 일어났다. 그러고는 개동이를 노려봤다. 차츰 얼굴이 하얘지더니 두 눈에 그렁그렁 눈물이 고였다. 분노와 슬픔과 절망이 뒤범벅이 된 표정이다.

"난 지금 갈 거니까 그리들 아십시오."

그 모습을 아는지 모르는지 개동이는 주변을 향해 말하고는 걸음을 떼어놓았다.

"그렇게 서두른다고 될 일이 아닐세."

동네 반장인 형식이 아버지가 개동이의 옷깃을 잡아당기고 나서 사람들을 둘러봤다.

"여러분, 미리 겁을 먹을 필요는 없습니다. 놈들은 사람을 납치한 범죄자들입니다. 한동네에 살다가 불한당들에게 납치된 사람을 모른 척한다면 이는 금수만도 못한 행동입니다. 그뿐 아니라 불과 20호도 안 되는 마을에서 서로를 보호하는 마음이 없다면 다음에 누가 또 불행한 일을 당할 때 돌봐주는 사람이 없을 겁니다. 어떻습니까? 우리 마을의 자존심을 위해서도 납치당한 사람을 구출해야 하지 않겠습니까?"

"그렇습니다."

몇몇이 맞장구를 쳤다.

마침내 40세 이하의 청년들로 추격대가 편성됐고 형식이 아버지가 지휘를 맡았다.

"그런데 우리 지역에서 외지로 나가는 길이 세 방향인데 어느 쪽으로 갔는지 알 수가 없질 않습니까?"

대룡 총각이 문제를 제기하자 능환이 옆구리 아픈 곳을 매만지며 대꾸한다.

놈들은 십중팔구 서울에서 왔을 겁니다. 그러므로 뱃재(梨嶺)를 넘어 홍천으로 가는 방향이 맞을 겁니다."

"확신을 가질 만한 것이 있소?"

"나중에 말씀드리리다."

"양양 쪽이야 동해안으로 가는 외곬이지만, 운두령을 넘어가는 길을 택할 수도 있지 않겠소."

"가능성은 낮으나 그럴 수도 있겠지요."

"그럼 이렇게 합시다. 우리 여덟 명 중에서 세 명은 주막집들을 탐색하면서 운두령 쪽으로 올라가고, 나머지 인원은 다 함께 홍천 방향으로 추적을 합시다."

그럴 만한 집들을 일일이 훑으며 창말에서부터 노양골을 거쳐 뱃재를 넘을 즈음엔 모두들 기진맥진했다. 급한 생각에 저녁밥을 먹지 않고 출발한 터라 허기를 느끼고 있었다. 밥을 먹을 곳을 급히 찾아야 했다. 뱃재 아래에서 또 한참을 걸어 생곡마을에 도달하여 마침 그때까지 불이 켜져 있는 주막집으로 들어갔다. 밥을 시키고 나서 모두 피곤에 지쳐 말없이 앉아 있었다.

그때 부엌 옆 문간방에서 무어라 떠드는 남자들의 음성과 이따금 술잔이 상에 부딪는 소리가 들려왔다. 승구가 문 가까이 다가가 귀를 기울였다.

손짓으로 서로에게 아무 말도 하지 말라는 신호를 보내고는 부지런히 밥을 먹고 밖으로 나왔다.

"하늘이 도와서 저놈들을 여기서 만났소. 모두 이 부근에 잠복해 있다가 놈들이 어디로 가는지를 확인합시다. 홍알거리는 말소리로 보아 오래 있지는 않을 것 같소. 저들도 에지간히 피곤할 것이 아니오."

승구의 말대로 과연 얼마 지나지 않아 커다란 검은 그림자가 외나무다리를 가로질러 그곳으로부터 얼마 떨어지지 않은 큰 집으로 들어갔다.

나머지 사람들은 적당한 곳에 대기하도록 하고 승구와 개동이 두 사람이 방금 그들이 들어간 집의 울타리 안으로 숨어들었다. 두 개의 방에 나란히 호롱불이 켜져 있었다.

왼쪽에 있는 방은 잠시 왁자지껄하더니 이내 코 고는 소리가 들렸다. 오른쪽 방에서는 알아들을 수 없이 낮은 음성이 웅웅거렸다. 그 가운데에 유달리 굵은 남자의 음성은 또렷하게 들려왔다.

"네가 빚을 갚지 않고도 오빠와 함께 평안하게 사는 길은 강생원의 애를 낳아주는 길밖엔 없어. 강생원 눈에 든 게 죄라면 죄지 어쩌겠나. 또 도망을 쳐서 어느 골짝에 숨어 산다 해도 그 사람 성격에 돈을 풀어 삼천리 방방곡곡을 뒤져서라도 기어이 찾아낼 거다. 그러다가 화가 나면 너는 물론이고, 네 친구 은순이까지 죽일지도 몰라. 너는 은순이한테서 일 원 한 푼 받은 게 없다, 사람을 뭘로 보느냐 하지만, 은순이는 네게 거금을 전하고 응낙을 받았다고 하는데 강생원 입장에서 누구 말을 믿고 싶을까? 소실로 들어간다고 하더라두 후대를 이어주면 본처를 밀어내고 장안 갑부의 안방마님이 될 수도 있는데 그걸 마다하고 도망을 치다니…, 공연히 우릴 힘들게 하지 말고 어서 밥을 먹어라. 반찬도 특별주문해서 가지고 왔다. 그리고 내일 아침에는 순순히 제 발로 걸어서 한성으로 가도록 하자꾸나. 그럼 모든 걸 믿고 나는 자러 갈 테니 잘 생각해라이."

개동이는 왈짜 두목으로 보이는 놈이 자신들의 방으로 들어간 다음 그가 나왔던 방으로 살금살금 다가갔다. 손가락에 침을 묻혀 문풍지를 뚫고 안을 들여다보고는 깜짝 놀랐다.

뜻밖에도 그곳에는 삼월이 외에 또 한 사람의 여자가 있었다. 문 쪽 벽에 기대고 있는 것으로 여겨져 얼굴을 볼 수는 없었다. 삼월이는 초롱초롱한 눈으로 한쪽 구석에 몸을 오그리고 앉았고 그 앞에는 뒷모습이 남자처럼 어깨가 벌어진 여자가 삼월이를 바라보고 있었다. 얼굴을 알 수 없는 여자가 걸걸한 음성을 낮게 깔면서 말했다.

"그래도 어쩌겠니. 네 머리에 든 것이 있고 나름대로 꿈도 있을 테지만 세상은 생각대로 되는 게 아니란다. 미인으로 태어난 운명이라고 생각해라. 장안에서 내로라하는 갑부가 너 아니면 안 된다는데 누굴

대신 앉힐 수 있겠느냐. 은순이가 농간을 부렸고, 그 돈도 꿀꺽했다는 걸 강생원인들 모르겠느냐. 알면서도 네게 부채를 씌우는 거다. 너 또한 그걸 알고 있었을 것이고, 삼천리 방방곡곡 어딜 가도 결코 강생원의 눈을 벗어날 수가 없다는 것도 알고 있을 게야. 지금 나간 저 사람은 왈짜(者)들 중에도 가장 잔혹한 검계(劍契)의 조직원이다. 검계에 속했던 사람들이 지금은 많이 사라져 힘을 못 쓴다고는 하지만 그래도 맘만 먹으면 사람 몇 죽이는 건 식은 죽 먹기보다 쉽게 하는 사람들이다. 그러니 이쯤에서 포기하고 한성으로 돌아가자!"

"안 가요, 혀를 깨물어 죽어도 나는 안 가요. 사람이라고 다 사람인 줄 알아요? 아무리 돈이 많고 권세가 하늘을 찔러도 영혼 없는 인간은 사람이 아니에요. 더욱이나 그런 자의 첩이라니, 말이나 되는 소리예요? 그리고 나는 아무리 궁핍해도 그런 돈을 받는 썩어빠진 인간이 아니에요. 당신을 포함해서 모두들 사람을 잘 못 봤어요."

주먹을 쥔 개동이의 손이 부르르 떨었다.

헛간 옆에 몸을 숨기고 있는 사람들을 불렀다. 모두 장작개비며 돌 같은 무기들을 손에 들고 있었다. 살금살금 다가가 왈짜들이 자는 방문을 열어젖혔다.

그와 동시에 개동이는 삼월이가 있는 방으로 뛰어 들어갔다. 여자가 놀라서 고개를 돌렸다. 50쯤 돼 보이는 뚱뚱한 몸집에 기름기 번들거리는 능글맞게 생긴 얼굴이다.

"에그머니나!"

그녀의 비대한 몸집을 타고 앉아 목에다 비수를 들이댔다.

"똑똑히 들어, 이년아. 생각 같아선 버러지만도 못한 네년을 이 자리에서 요절을 내고 싶지만, 목숨만은 살려준다. 돌아가거든 강생원인가 강아지인가 하는 자에게 똑바로 전해라. 이 시간 이후부터 삼월이한테 또다시 못된 행동을 하면 한성으로 올라가 집을 아예 불살라버리겠다고 전해라. 알겠느냐?"

여자는 두 손을 살살 빌며 방을 기어 나와 오리처럼 뒤뚱거리며 어둠 속으로 사라졌다.

"저놈들 잡아라~"

문밖에서 다급하게 뛰어가는 발소리와 고함치는 소리들이 들려왔다.

개동이는 놀라서 가슴을 쓸고 있는 삼월이를 데리고 밖으로 나왔다.

술에 취해 잠에 빠져 있던 왈짜들은 몽둥이와 돌로 흠씬 두들겨 맞고 정신없이 도망쳤다. 그렇지만 그들과의 격투에서 몸을 다친 몇몇 사람은 꽤는 여러 날 고생을 치러야 했다.

"술을 처먹었어도 왈짜는 왈짜더라니…."

아랫말 점돌이의 말이다.

"아무래두 안 되겠더라. 네가 삼월이네 집에 좀 올라가 봐라. 능환이는 옆구리가 결려 드러누웠고, 삼월이는 밤새 드나들며 죽은 개를 부여잡고 울더구나. 집 가까운 곳 어디에 묻어주려나 본데 혼자 몸으로 땅을 팔 수 있겠니."

엊저녁 일로 곤한 잠에 빠져 있는 개동이를 깨우며 어머니가 하는 말씀이다.

"능환 씨는 상태가 어떻던가요?"

졸린 눈을 비비며 물었다.

"다행히 크게 다친 곳은 없으니까 시간이 가면 차츰 나아지겠지. 그래두 동네 인심이 좋아 엊저녁부터 죽이나 귀한 반찬 같은 걸 갖고 온 사람들도 있더라. 나두 쇠돌어멈 달복이 누나와 함께 동무를 해 주다가 저녁 늦게야 돌아왔단다."

개동이는 잠시 마음에 작은 물결이 일었으나 고개를 저었다.

"까짓 개가 뭐라구…"

"그런 소리 말아라. 여기저기 떠돌면서 혈육의 정이 얼마나 간절하고 외로움이 컸으면 개한테 죽은 동생의 이름을 붙였겠니. 삼월이가 울부짖는 걸 보고 눈물 흘리지 않는 사람이 없더구나. 어린 나이에 객지를 떠돌며 풍상을 겪었어두 가슴에 따뜻함을 잃지 않은 착한 아이다."

개동이는 삽과 곡괭이를 메고 삼월의 집을 향해 부지런히 올라갔다.

마당에는 핏자국이 배어 있었으나 개의 사체는 보이지 않았다.

능환은 옆구리에 물수건을 붙이고 홀로 누웠다가 개동이를 보자 자리에서 일어나려고 애를 썼다. 그를 제자리에 눕히고는 부엌으로 가서 사발에 따뜻한 물을 떠 왔다.

"이것을 마시면 응혈이 풀려 머잖아 일어날 수 있을 겁니다."

어머니가 호주머니에 넣어준 곰의 열(말린 쓸개)을 물에 푼 다음 환자를 일으켜 앉히고는 마시도록 했다.

삼월은 집에서 멀지 않은 뒷산 자락에서 땅을 파고 있었다.

"그런 어린애 손가락 같은 괭이루 어느 세월에 파려구…"

이마에 땀방울이 송글송글 맺힌 그녀로부터 괭이를 빼앗아 던지고는 부지런히 땅을 팠다.

죽은 개의 몸에는 핏자국이 하나도 없이 지워졌고 털에 윤기가 났으나 송곳니를 드러낸 채 일그러져 있는 얼굴은 당시의 상황을 말해 주었다.

그녀는 언제 덮으려고 했는지 한 번도 사용하지 않은 것으로 보이는 흰 들국화무늬가 박혀 있는 비단 포대기로 개의 몸을 감쌌다. 얼마나 울었는지 퉁퉁 부어있는 눈에서 더 이상 눈물은 나지 않았으나 목소리는 힘이 없었다.

무덤을 덮고 작은 봉분을 만든 다음 옆에 나란히 앉았다.

"동이 오라버니 고마워요."

"뭘…."

한동안 침묵이 흘렀다.

삼월이 사랑하던 개를 잃은 데다, 마을 사람들이 국수 추념을 하던 날 둘 사이에 있었던 일로 인해 서먹한 분위기가 될 수밖에 없다. 특히 수많은 시간과 시간 사이에 무지개다리를 놓았던 개동이가 받았던 좌절은 그가 낭떠러지를 기어올라 삼월이가 있는 수평적 위치에서 그녀를 바라보기에는 아직은 힘겨운 일이었다. 그러나 개동이는 생각했다. 그 일과 이 사건은 분명 별개의 것으로 아무래도 자신이 먼저 입을 열어 위로를 해야 될 것 같았다. 그렇지만 딱히 할 말이 떠오르지 않아 침묵만 지키고 있을 때 삼월이 먼저 입을 열었다.

"사실은 전에 오빠(능환)가 이야기판을 열어 고마운 뜻에 보답하자고 했을 때 제가 한사코 반대했어요. 소문을 듣고 왈짜들이 찾아올까 염려됐기 때문이에요. 하지만 오빠는 마음의 빚을 지고 사는 게 너무 힘들다면서 이야기꾼 노릇으로라도 아주머님(개동 어머니) 댁에 진 빚을 갚아야겠다는 결심을 굽히지 않았어요. 이야기판을 연 뒤로 우리 남매가 이곳에 살고 있다는 소문이 퍼질까 염려하면서도 설마 설마 했는데 진짜로 그 왈짜들이 여기까지 찾아왔으니 정말로 세상 어디에도 숨을 곳은 없나 봐요."

"그놈들을 붙들어다 콩밥을 먹게 해야 하는 건데…, 내용이야 내가 알 수 없는 일이지만 무지막지한 그놈들에게 잡혀가지 않고 그 정도로 끝난 게 천만다행이야."

"동이 오라버니를 비롯한 동네 분들 덕분이에요. 하지만 근근이 마련한 돈으로 재환이를 다시 집으로 데려온 지 얼마 되지 않았는데 이런 변을 당하다니 기가 막힐 뿐이에요." 그녀는 두 손으로 봉분을 어루만졌다. 그러고는 멍하니 하늘을 올려다봤다. 그곳에는 금방이라도 비가 쏟아질 것 같은 먹장구름이 낮게 깔려 있었다. 바람은 쥐 죽은 듯 고요한데 멧새 한 마리가 먹장구름 아래를 날아가고 있었다.

"오빠가 안동에서 전기수 박인학 선생님을 만나 한양으로 올라와 저한테 배오개(인의동)에 방 한 칸을 얻어주고 본격적인 전기수 수업을 시작할 때의 일이에요…."

그 동네에는 경성에서 내로라하는 부호로 강가 성을 갖고 오래전에 생원 직위를 사서 거들먹거리고 있는 50 초반의 사내가 살고 있었다. 사인교를 타고 다니다가 길을 지나가는 아름답고 앳된 처녀를 몇 번 보게 되었다. 삼월이다. 한쪽이 많으면 다른 한쪽은 없다던가. 강생원은 엄청난 부자이긴 하지만 그 나이 되도록 후손이 없었다.

호색한인 그는 뛰어난 미모를 지니고 몸매가 빼어난 이 처녀에게 넋이 나가 온갖 방법으로 선물 공세를 벌이지만 뜻을 이루지 못한다. 궁리 끝에 자기 집에서 심부름하는 아이로 삼월이와 나이가 비슷한 은순을 접근시켜 삼월의 형편을 정탐하게 했다. 은순을 통해 수시로 금전 공세를 벌이지만 삼월의 성격을 잘 알고 있는 은순은 오히려 그 돈을 차곡차곡 딴 주머니에 넣었다. 그리고 어느 날 밤에 새처럼 날아버린다. 금전 공세가 물거품이 되어 버리자, 위세를 무기로 협박을 시작한다. 이런저런 이유를 들어가며 시도 때도 없이 괴롭혔다. 그때를 전후하여 능환이 병에 걸렸다. 남매는 생각 끝에 야차 같은 강가의 눈도 피할 겸 어디 공기 좋고 아름다운 산골 마을로 들어가 살기로 한다. 남매가 사라진 것을 알게 된 강생원은 사람을 놓아 전국 각지를 수소문하고 있었던 것이다.

"원체 끈질기고 무서운 인간이라 또 무슨 방법을 동원할지 겁이 나요."

"그것 때문이라면 걱정하지 마. 삼월이 네가 나를 좋아하지 않지만 나는 절대로 그런 일이 일어나도록 보고만 있지는 않을 거야. 하늘이 땅이 되고 땅이 하늘이 되는 날이 온다 해도 두 번 다시 붙들려 가는 일 같은 건 일어나지 않을 거다."

개동이는 이틀 밤을 자고 나서 창말 장에 갔다. 6일에 한 번 열리는 장이다. 긴 겨울이 지나고 파릇한 봄이 온 때문에 장터는 일찍부터 붐볐다. 좀 있으면 본격적인 농사철이라 장에 올 수가 없다.

평소와 달리 구경엔 관심이 없었다. 곧바로 작은 동물들을 사고파는 구석진 곳으로 향했다.

마음에 드는 것이 없으므로 입구에서 어슬렁거리며 장터로 들어오는 사람들이 갖고 오는 것들을 살피고 있었다. 그러나 마땅히 맘에 드는 것이 눈에 띄지 않았다.

점심때가 되어 뒷골목 광원집에서 트루배기 메밀국수 한 그릇을 먹고 나서도 두 식경은 족히 지났을 무렵 기다리던 이가 눈에 들어왔다. 바소구리(소쿠리) 할아버지라는 별명을 가진 노인이 짐을 지고 섶다리를 건너오고 있었다.

얼른 달려갔다. 주인이 대나무 소쿠리를 열자 앙증맞은 예쁜 강아지 네 마리가 흰 털을 자랑이라도 하듯 새까만 눈망울을 깜박이며 낯선 사람을 빤히 올려다본다.

"몇 달 됐어요?"

"넉 달. 귀엽지?"

"암수 각각 몇 마리예요?"

"숫놈 둘, 암놈 둘."

"쌍으로 주세요."

군말 없이 80전을 지불하고 나서 건강하고 예쁜 놈으로 둘을 골라 주루먹에 앉혀 등에 메고는 조신한 새색시 걸음으로 집으로 향했다.

집에 도착하자마자 상자를 짜기 시작했다. 밑에다 헌 가마니를 깐 다음 두 마리 가운데 더욱 예쁘게 보이는 강아지를 상자 안에 넣었다. 땅거미가 질 때를 기다렸다가 삼월의 집 문 앞에 놓고는 살그머니 빠져나왔다.

그날 저녁에는 삼월이 지을 표정을 상상하느라고 늦도록 잠을 이루지 못했다.

아니나 다를까, 아침밥을 마쳤을 무렵 그녀가 강아지를 안고 부리나케 마당 안으로 들어왔다. 얼굴이 홍조를 띠고 있었고 말을 심하게 더듬었다. 그녀답지 않은 모습이다.

"가 간밤에… 간밤에 누 누가… 강아지를 놓고 갔는데 호 혹시 어머니나 개개동 오라버니가 하신 일이 아 아닌가요?"

개동이와 어머니는 짐짓 모르는 척 고개를 저으며 서로의 얼굴을 바라봤다.

삼월은 침을 꿀꺽 삼키고 한쪽 손으로 지긋이 가슴을 누르면서

"분명 개동 오라버니 댁에서 주신 거라고 확신했는데, 아니라면 참

으로 이상한 일이군요. 도대체 누가 상자까지 곱게 짜서 이렇게 귀여운 강아지를 놓고 가셨을까…?"

그때 삼월의 품에 있던 강아지가 네 발을 버둥거리며 끙끙거렸다. 방바닥에 내려놓으니까 뒷문 쪽으로 쪼르르 달려가 문을 긁어댔다.

마침 그때 문 뒤에서도 끙끙거리는 강아지 소리가 들려왔다. 삼월이 문을 열어젖혔다. 그곳에도 하얀 강아지 한 마리가 꼬리를 흔들고 있었다. 두 마리의 강아지는 서로를 부둥켜안고 재롱을 부렸다. 삼월이 놀라는 모습을 보면서 두 사람은 큰 소리로 웃어댔다.

그 일이 있은 다음부터 강아지들의 교류는 빈번해졌다. 삼월은 강아지를 앞세우고 개동이 집엘 자주 왔다. 두 놈이 장난치는 것을 보고 깔깔거리기도 하고, 목욕시키는 것을 서로 도와주기도 했다. 그때마다 어머니와 아버지는 흐뭇한 표정으로 그 모습을 넘겨다보셨다. 삼월이 며칠 보이지 않으면 보채는 강아지를 앞세우고 개동이가 삼월이 집엘 갔다. 앙증맞은 두 녀석이 산비탈을 쏘다니며 맘껏 뛰노는 동안 두 사람은 나물을 뜯기도 하고 여기저기 피어나는 들꽃 구경을 했다.

언덕 위에 때죽나무는 희고 화사한 꽃과 은은한 향기를 날리고 있어서 마치 면사포를 쓰고 수줍어하는 5월의 신부 같았다. 둘은 나무 밑에 나란히 앉았다. 개동이 때죽나무에 대한 전설을 이야기했다.

"옛날 어느 마을에 두 처녀가 살았는데 한 처녀는 절세의 미인이지만 음치였대. 그리고 다른 처녀는 노래는 잘하는 대신 얼굴이 박색이었다는군. 어느 날 고을에 방이 붙었는데 원님께서 외아들을 장가보내려고 신붓감을 구한다는 내용이었대. 그런데 신부의 자격은 뭔가 특기가 한 가지씩 있어야 한다는 것이래. 원님의 아들은 매우 인물이 출중하여 한 번 본 처녀들은 그 모습이 떠올라 잠을 이루지 못할 정도라고 했다는군. 마침내 간택 날이 되자 사방에서 처녀들이 구름처럼 몰려들었어. 물론 두 처녀도 간택 날 현청으로 갔지. 그리고 이방과 호방 등 벼슬아치들이 하는 예비 경선에서 미녀인 처녀와 노래 잘하는 처녀 둘만 남았대. 원님의 아들은 미녀를 본 다음 못생긴 처녀에게 노래를 해 보라고 했지. 노래를 다 듣고 나서 말하기를

'얼굴이야 평생 보노라면 그저 그 얼굴일 터이지만 아름다운 노래를 듣는 건 백 년을 들어도 싫지 않을 것이다. 그러므로 노래 잘하는 이 처녀를 배필로 택하겠다'라고 말했지. 그때까지도 자신만만했던 미녀는 그만 낙담하여 집으로 오자마자 자결을 했어. 이 소식을 들은 원님의 아들은 아뿔싸 하고 크게 후회를 했는데 신기하게도 이듬해 봄에 원님의 아들이 사는 방 앞에 나무가 한 그루 싹을 틔우더래. 그리고 얼마 지나지 않아 가지에 어린아이들의 입 모양을 한 앙증스런 꽃들이 다닥다닥 피어나서 수백 수천의 조그만 입들이 합창을 하더래. 그리고 가을에는 꽃들이 있던 자리에 종 모양의 열매가 달리더니 사방에 은은히 종소리를 날리더래. 이 나무 열매는 어찌 보면 스님들이 모여 있는 것 같은 모습이라서 떼중나무라고도 했는데 그 말이 좀 상스러워 세월이 흐르는 동안 때죽나무라 고쳐 부르게 됐다는군."

"슬퍼라. 천제님께서는 어찌하여 그렇게 아름다운 아가씨한테 노래하는 재주는 주시지 않았을까."

"하느님은 인간에게 두 가지 재주는 주지 않으셔. 그 뜻은 골고루 나눠 갖고 함께 이루면서 살아가라는 뜻이야. 한 사람이 모든 걸 소유하면 오만해지고 폭력적인 행동을 하게 되기 때문이지. 하지만 그 원님의 아들이 만일 삼월이를 봤더라면 당장 혼례를 올리자고 했을 거

야, 삼월이는 노래까지 잘하잖아."

"피~ 언제 내 노래를 들어봤다구."

"내가 들은 적이 없는 줄 알지? 전에 장에 갔다가 새끼줄로 묶은 고등어 한 손 사들구 서낭당 지날 때 흔들면서 혼자 부르던 노래 내가 몰래 들었거덩."

"무슨 노랜데?"

"이런 노래."

개동이는 노래를 부르기 시작한다.

다 떨어진 중절모자
빵꾸 난 당꼬바지
꽁초를 먹드래도 내 멋이야
댁더러 밥 달랬소
아 댁더러 옷 달랬소...

"그 노래 이름이 뭔데?"

"개고기 주사."

"뭐야?"

화가 난 삼월이 도망가는 개동이의 뒤를 쫓아간다. 개동이는 도망가다가 뒤를 돌아보며 다시 노래를 부른다.

"쓰디쓴 막걸리나마
권하여 보았관디…"

천지에 봄이 무르녹고 있었다.

어느 날은 나란히 앉아 나뭇가지 사이로 아늑하게 자리 잡은 동네의 집들을 내려다보고 있었다.

"요즘도 강생원 일로 불안해서 잠을 설치는 때가 많아?"

"아~니, 요즘은 잠이 꿀맛이라 아침에 깨어나기가 힘들어요."

"그러다 잠자는 공주가 되면 난 어쩌지?"

"공주가 꾸는 꿈의 세상 속으로 들어오면 되지요."

"그곳은 어떤 곳일까?"

"아름다운 것들만 있는 세상."

"정말로 그런 세상이 있을까?"

"있어요, 분명."

"그 세상은 어떤 모습일까?"

"먹지 못해 굶주리는 사람도 없고, 여기저기 옮겨 다니며 살지 않아도 되고, 여자를 물건처럼 대하는 일 같은 것도 없고, 서로를 헐뜯는 것도 없고…"

삼월이는 말을 끊고 한동안 입을 열지 않았다.

"그리고 또…"

"또 뭘까?"

"총칼을 들고 남의 나라를 쳐들어와 괴롭히는 사람들도 없는 세상."

"……."

"그렇다면 무서운 꿈이나 나쁜 꿈은 왜 꾸는 걸까?"

"그건 양다리를 걸치고 있기 때문이에요."

"양다리라니?"

"이를테면 쓸데없는 감정들을 떨쳐버리지 못하고 현실세계와 이상세계 사이에서 양다리를 걸치고 있기 때문이에요. 인간은 참으로 어리석은 존재 같아요. 자기를 과시하려는 욕망, 시기심, 혼자만 더 많은 것을 소유하려는 탐욕, 다른 사람을 지배하려는 지배욕, 거대한 왕국을 만들고자 하는 헛된 꿈…. 도대체 짧은 세상을 살면서 부질없는 것들에 열정을 쏟는다는 것이 얼마나 어리석은 짓인가요! 행복을 이루는 방법은 간단해요. 욕심을 버리면 아름다운 세상이 보여요. 다른 사람을 의식할 필요도 없어요. 욕심을 버리고 아름다운 것만 생각하는 사람은 행복할 수 있고, 그런 사람은 아름다운 꿈만 꾸게 돼요. 난 언제나 혼자 있을 땐 눈을 감고 마음에 남아 있는 찌꺼기들을 비우려고 노력해요. 그런 다음 아름다운 생각을 한답니다. 그러면 꿈에서는 아름다운 일들이 나타나지요. 어느 책에서 보니까 많은 노인들이 욕심 때문에 인생을 헛되게 보냈다는 생각에 후회한다고 해요. 우린 그렇게 살지 말아야지요."

"그럼 나두 오늘부터는 잠들기 전 마음을 비우고 아름다운 생각만 해야겠어. 그래야 꿈에서도 삼월이를 만날 수 있을 테니까."

"동이 오라버니가 그런 생각을 하니까 좀 더 자세히 설명해 드릴게요. 인간은 누구나 마음속에 무지개다리를 하나씩 가지고 있어요. 욕심을 비우고 아름다운 것들만 생각하는 날의 꿈엔 다리가 놓여 요정들이 들어와 아름다운 것들을 만들지요. 그리고 나쁜 생각을 하는 날엔 다리가 공중에 들려서 망나니 귀신들의 놀이터가 된답니다. 무지개다리는 아름다운 생각을 하는 사람들끼리 서로 드나들 수도 있으니까 오라버니도 제 꿈의 나라에 들어올 수 있어요."

삼월은 미소를 지었다.

"그런데 동이 오라버니."

"오라버니라고 하는 말 달리 바꿀 수는 없을까?"

"오라버니를 오라버니라 부르지 뭐라고 불러요?"

"앞으로도 그렇게 부를 생각이라면 지금 난 일어나 집으로 갈랜다."

개동이가 풀밭에서 일어나자

"피~ 누가 겁낼 줄 알구…가세요, 어서 가요."라며 눈을 흘긴다.

그가 몇 발 걸어가 찔레 넝쿨 뒤로 모습이 보이지 않게 되자 삼월이 소리쳤다.

"내가 산짐승에 잡혀가도 좋아요?"

아무런 대답이 없자 겁에 질린 목소리가 되었다.

"다른 이름으로 부를게 빨리 와요. 나 무섭단 말이야~~"

그제야 개동이는 모습을 나타내며

"분명 약속해, 다른 이름으로 부를 거지? 아니면 되돌아 가고…."

"알았어요. 빨리 와서 여기 앉아요."

"그럼 뭐라고 부를 테야? '여보'가 어떨까?"

"아이고 망측해라. 무슨 팔십 먹은 할아버지 같은…."

그녀가 하늘을 쳐다보며 깔깔 웃는다.

"뭐라고 불러주면 좋은데요?"

개동이는 한참 생각하고 나서

"요 아름다운 입술로 '동이씨'라고 불러주면 좋을 것 같은데…?"

"그것두 안 돼요. 갑자기 호칭이 이름으로 바뀌면 사람들이 눈치채고 놀려먹어요."

삼월이 좋은 생각이 떠올랐는지 개동이를 보는 눈이 반짝거린다.

"이렇게 하는 게 어떨까요. 아직 강아지 두 마리 이름을 지어주지 못했잖아요. 강아지들 이름을 뭘루 할까 생각 중이었거든요. 그러니까 저 두 꼬맹이의 이름을 지어주고 그 이름을 부르면 자연스럽잖아요."

"거참 좋은 생각인걸. 그럼 뭐라고 지을까?"

"우리가 이 아름다운 동네에 살고 있으니까 한 놈은 '작은'이라 하고, 다른 놈은 '하니'라고 하면 어떨까요?"

"그러면 우리가 강아지 이름으로 불리는 거잖아?!"

"귀여운 강아지들로 불리면 애칭 같아서 좋잖아요. 우리 재환이도 있었는데…"

그럼 어느 강아지를 '작은이'라 하고 어느 강아지를 '하니'라고 하지?"

"제 몸이 더 작으니까 우리 강아지를 '작은이'라 하고, 동이 오라버니 강아지를 '하니'라 부르면 좋지 않을까요?"

개동이가 두 손을 펴서 입에다 대고 "작은아~"하고 부르자 삼월이도 손바닥을 입에 대고 "하니야 왜 그래~?" 하고 소리쳤다. 두 사람의 목소리가 푸른 하늘로 멀리멀리 퍼져나갔다. 머리 위 때죽나무에 달린 무수한 종(鐘)들에서 금방이라도 은빛의 종소리가 사방에 은은히 퍼질 것만 같다.

마을에는 두 사람이 좋아하는 사이가 됐다는 말이 파다하게 퍼졌다. 좁은 마을이다. 숨는다고 숨겨지는 게 아니다.

그즈음 음전의 모습이 보이지 않았다. 개동은 전에 왈짜들을 추격하러 갈 때 본의 아니게 서운하게 했던 일을 사과하려고 기회를 보고 있었으나 그녀가 사라졌다는 소식을 듣고는 머리를 망치로 얻어맞은 것 같았다.

어느 날 아침 그녀의 부모가 일어나 보니 사람이 없더라는 것이다.

방안을 뒤져보니 장롱 밑에 숨겨놓았던 돈 5원과 그녀의 옷가지 몇 개가 사라진 것을 발견했다.

편지도 아무것도 남기지 않았다.

알 만한 곳에 수소문했지만 어디로 갔는지 행방이 묘연했다.

한동안 마을에는 음전이 한성으로 갔다는 말도 있고, 간도로 갔다는 말도 떠돌았다. 그러나 정작 단짝 춘화조차도 그녀의 행방은 짐작조차 못 했다.

이듬해 겨울 총감관저를 찾았을 때 호시노 집사는 개동이를 지금껏 한 번도 들어가 본 적이 없는 본관 안으로 안내했다. 기둥이며 바닥이며 온통 모두가 매끄러운 대리석으로 이루어진 건물은 겉은 웅장하고 위압감을 느끼게 했으나 내부는 매우 아름다웠다.

원형의 석조 기둥을 몇 번 돌아간 곳에서 예쁜 무늬가 새겨진 철문을 열자 커다란 방이 나타났다.

유리창을 통해 연못과 분수대와 정자가 있는 아름다운 정원의 풍경이 펼쳐졌다. 주목을 비롯하여 구상나무 전나무 같은 상록수들과 잎 떨어진 나무들이 적당한 거리로 자리를 잡은 정원에는 겨울답지 않게 황금빛 햇살이 가득했다. 그리고 햇살이 밀려드는 위쪽 벽면 맨 위에 금색 자개 무늬가 박힌 액자에 붉은 일장기가 걸려 있고 그 아래에 까만 정복을 입고 옆구리에 긴 칼을 찬 요시히토(嘉仁=연호 다이쇼) 천황과 그 앞 의자에 기모노를 입은 데이메이(貞明) 황후의 사진이 걸려 있었다. 개동이는 그들이 말로만 듣던 천황부부라고 짐작했다. 사진 아래에는 일본열도를 중심으로 한반도와 만주를 비롯하여 중국 동남아, 그리고 연해주 지방이 그려진 커다란 지도가 벽면을 가득 채우고 있었다. 오른쪽 벽면 아래쪽 나무로 된 사각의 사진틀 안에는 까만 군복 정장에 훈장을 가득 단 중후한 장군이 앉았고 아들로 보이는 연미복의 사내가 뒤에 서 있었다. 그 사진이 담긴 액자는 비록 벽은 다르나 천황 내외의 액자 반쯤 아래쪽에 있는 것으로 보아 위상에 대한 배열을 고려한 것으로 생각되었다. 액자들이 걸린 아래쪽 4면은 책으로 가득 찬 서가가 놓였으며 가운데에 테이블을 중심으로 창문 쪽을 바라보는 곳에 집주인의 안락의자, 그 양옆으로 손님을 위한 소파 두 개가 나란히 놓여 있었다. 잘 정리된 따뜻한 응접실이다. 호시노 집사는 테이블 밑에 달린 초인종을 눌러 차를 가져오게 했다. 그리고 잠시 뒤 심부름하는 젊은 여자가 다시 들어와 빈 찻잔을 들고 나갔다. 집사가 말했다.

"오늘은 총감 각하께서 자네를 만나겠다고 하시니까 크나큰 영광으로 생각하고 예절에 어긋남이 없도록 해야 하네. 앉은 자세는 바르고 단정하게 하고 시선은 정면을 바라볼 것이며, 손은 양쪽 무릎 위에 놓아야 해. 질문에 대한 답변 외에 다른 말을 덧붙이거나 해선 안 되네. 예의에 벗어나는 일이 없도록 특별히 신경 쓰기 바라네."

이미 친숙해진 탓으로 말을 놓고 있었다.

포마드 기름으로 빗어 넘긴 머리가 나무들 사이를 비집고 들어온 햇볕에 반짝거렸다.

반 식경 정도 지났을까. 복도 쪽으로 귀를 기울이고 섰던 집사가 얼른 달려가 문을 열었다. 중키에 약간 비만한 몸집의 중후하고 잘생긴 얼굴의 신사가 손가락으로 금테 안경을 올리면서 응접실로 들어왔다.

개동이는 자리에서 일어나 머리가 땅에 닿도록 인사를 했다. 소파에 앉은 신사는 그때까지도 서 있는 개동이의 위아래를 훑어보더니

"쥬토 마에노 요루니 미타 스가타자 나이니타이타네.(ずっと前夜に見た姿ではないようだな 오래전 밤에 봤던 모습이 아닌 것 같군.) 아, 그러고 보니 떠꺼머리를 잘라냈기 때문인가. 더욱 건강하고 멋진 모습이야."

집사가 공손히

"어떻게 그런 것까지 기억하고 계십니까?"라고 묻자

"이 청년의 행동이 깊은 인상으로 각인됐기 때문이지."라고 말했다. 그러고는 집사를 향해

"차는 들었는가?"라고 물었다.

집사가 허리를 굽혔다.

"네 홍차를…"

신사는 개동이에게 "어서 앉게."라며 손짓했다.

개동이는 자리에 앉으면서 방금 봤던 오른쪽 벽 위의 사진 속에 한 사람이 이 신사라는 것을 알았다. 오래전에 찍은 것으로 보이긴 하지만 소파의 주인공은 사진 속에 훈장을 단 군인이 아니라 그의 뒤에 서 있는 아들로 보이는 인물임이 분명하다.

"빨리 좀 만나보려 했는데 시간이 나질 않아 오늘에야 군을 만나게 됐구만. 오랫동안 열심히 건강을 챙겨준 상대가 어떻게 생긴 자인지 무척이나 궁금했을 걸세. 내가 바로 이 집의 주인인 야마가타 이사부로 일세."

총감은 빙그레 웃고 나서 테이블 위에 번쩍거리는 황금색 담배 케이스에 놓인 쿠바산 시가 한 개비를 집어 들었다. 집사가 재빨리 시가의 끝을 칼로 자른 다음 조심스레 성냥불을 붙였다. 한 모금 길게 빨아들이고 나서 후~ 하고 허공에 뱉었다. 담배를 든 손의 팔꿈치를 테이블에 얹으면서 다시 개동이를 바라봤다.

"이름이 개동이라고 했던가?"

"네, 그렇습니다."

"헛허허 조선인들의 이름은 첨 묘하고 재미난 것들이 많단 말이야."

라며 큰 소리로 웃었다.

"그래, 아버님은 다리가 불편하시고 어머님께서 어려운 살림을 하고 계신다지?"

"네, 그렇습니다."

"고생을 많이 하면서 자랐겠군…."

총감의 어조는 매우 점잖았고, 게다가 매우 인간적인 정감이 배어 있었다. 창문으로 넘실거리는 햇살과 잘 정돈되고 은은한 빛을 발하는 파스텔톤의 집기들, 그리고 총감의 낮고 정감 어린 말소리가 마치 훈련소에 들어온 신병처럼 상체를 꼿꼿이 세우고 앉아 있는 개동이로 하여금 다소의 긴장을 풀게 했다. 하지만 곧이어 이곳이 총독부 2인자의 서재라는 사실을 잊어서는 안 된다며 자신을 일깨웠다.

총감은 한두 번 소소한 것들을 묻고 나서

"군이 성심성의를 다해준 덕분으로 내 건강이 아주 좋아졌네. 건강한 몸으로 부임해서 나름대로 열심히 일했으나 매일 같이 처리할 일들이 산더미처럼 쌓여서 그 일들을 하는 몇 년 동안 갈수록 몸이 약해졌었지. 마침내는 업무를 감당하기 어려울 정도가 됐었네. 별거 아닌 날씨에도 감기에 걸려 며칠씩 쿨룩거리는가 하면, 몸살로 누울 때도 많았고…, 한데 요즘은 낮인지 밤인지 구별을 못 하고 일을 하고 있지만 전혀 피곤한 줄 모른다네. 나는 보약을 싫어하는데 군이 주는 사슴의 피와, 신선한 고기만은 열심히 먹었네. 이젠 더 이상 그것들이 필요 없을 정도로 건강이 좋아졌어. 군의 덕을 본 게 분명해. 그 피와 고기

속에는 조선의 정기가 서려 있었을 것이고, 개동군의 따뜻한 정성이 깃들었을 것일세. 그런 도움이 아니라면 내가 오늘과 같은 건강을 되찾을 수 있었겠는가. 게다가 소문이 안 나도록 보안도 잘 지켜줬고, 여러 가지로 고마운데 변변히 보답한 것이 없어 늘 부채를 진 기분이었지. 그래서 말일세. 그 고마움에 대한 보답으로 군에게 뭔가를 해 주고 싶은데 소원이 있으면 이 자리에서 말해보게."

갑작스런 질문에 우물쭈물했다. 그러자 집사가 거들었다.

"어서 말씀드리게. 각하께서는 숨기거나 망설이는 걸 제일 싫어하시네."

문득 번갯불 같은 것이 머릿속을 때리고 지나갔다. 그렇다. 꿈에도 그려보던 소원이 있기는 하다. 하지만… 나 같은 것이 감히 생각조차 할 수 있는 일인가?! 지극히 짧은 순간이지만 머릿속이 복잡하게 돌아갔다.

얼굴이 홍당무가 되어 총감과 집사의 얼굴을 번갈아 바라봤다.

총감의 의자 뒤쪽에 서서 눈을 꿈쩍이며 턱을 올리는 호시노의 재촉에 용기를 냈다. 자리에서 벌떡 일어서며

"예, 제 평생소원은…, 순사가 한 번 돼보는 것입니다."

그때까지 시가를 빨면서 빙그레 미소를 짓고 있던 총감은 의외라는 듯이 목을 앞으로 빼면서

"호오, 순사라…뜻밖이로군."

하고는 다시 몸을 뒤로 젖히며 시가를 한 모금 길게 빨았다. 다시 연기를 뱉고 나서

"헌데 순사가 되려는 목적이 무엇인가?"

금방 대답이 떠오르지 않았다. 그렇다고 배고픈 걱정 없이 살고 싶

어서라고 대답할 수는 없는 노릇이다. 더더욱이나 멋있는 정복에 말을 타고 다니며 으스대고 싶다는 말을 할 수도 없다.

문득 파출소장 간다 야스노스케의 얼굴이 떠올랐다. 언젠가 그가 상부에서 온 사람에게 경례를 붙이며 했던 말이 생각났다.

"메스보 호시 시마스(滅亡奉仕します。멸사봉공하겠습니다)!"

벌떡 일어나 경례를 붙이며 소리쳤다.

"멸사봉공입니다!"

소원을 말하라는 말로 온몸에 전율이 일었던 터라 '멸사봉공하겠습니다'를 '멸사봉공입니다.'로 잘못 외쳤다. 그의 갑작스런 행동에 잠시 놀랐던 총감이 이내 미소를 흘리며

"이네(いいね!좋아)!"

하고 흔쾌히 대답했다.

"황제폐하와 대일본제국을 위한 일에 멸사봉공할 목적으로 순사가 되겠다는 뜻이지?"

"하이, 소오데스. 코오테이헤이카토 다이니폰테이고쿠노 타메니 코노 잇신오 사사게타이데스!(예, 그렇습니다. 황제폐하와 대일본제국을 위해 이 한 몸 바치고 싶습니다!)"

총감은 생각했다. 만일 우라가(浦賀) 앞바다에 흑선(페리제독이 이끌고 온 군함)이 들어오지 않았다면, 미국의 남북전쟁으로 일본이 스스로 성장할 수 있는 시간을 벌 수 없었다면, 만일에 그런 행운이 없었다면 일본의 수많은 젊은이도 이 청년과 다를 바 없는 미천하고 불쌍한 신세로 머물러 있었을 것이다. 생각이 여기에 미치자, 가슴 한 켠에서 연민의 정이 솟아났다.

"좋아! 처음부터 자격과 능력을 갖춘 인간은 없다. 울퉁불퉁하고

둔탁한 부분이 있다고 해도 일을 배우노라면 자연스레 갈고 닦여져 유능한 인간이 될 수 있겠지. 다듬어진 보석의 한계성보다는 오히려 가공되지 않은 원석이 무한한 가능성을 지니고 있다고 할 수 있겠지. 그렇지 않은가 호시노 군!"

"네, 각하의 말씀이 참으로 지당하십니다. 제 어리석은 눈으로 봐도 무언가 한몫은 할 수 있는 젊은이 같습니다요."

집사는 눈웃음을 지으며 머리를 조아리고 나서 총감의 손가락에서 조심스럽게 시가를 넘겨받아 재를 턴 다음 다시 그의 손가락에 끼웠다.

총감의 생각은 이어졌다.

나는 조선총독부 정무총감으로 부임 이래 지금까지 단 한 번도 공무에 사(私)를 개입시킨 적이 없다. 그것은 실낱같은 구멍 하나가 댐을 파괴하는 원인이 되듯이 아주 사소한 일일지라도 막중한 국가 대사를 그르치는 원인으로 작용할 수 있기 때문이다. 그러나 이 일은 그와는 다른 것, 개천의 모래밭에 섞인 보석의 원석이 있다면 그것을 찾아내어 가공하는 것도 내게 주어진 임무의 하나라고 생각한다. 더욱이나 내선일체를 표방하는 작금의 상황에서 조선인을 앞에 세우는 일은 매우 중요하다

"히츠요나 노 와 타다 히도츄, 쥬세이 신다(必要なのはただ一つ、忠誠心だ 필요한 것은 오직 하나, 충성심이다)!"

총감이 시가를 재떨이에 던지며 외쳤다. 그의 얼굴은 마치 출정하는 병사를 앞에 둔 지휘관처럼 근엄한 모습으로 변해 있었다.

"소원이 그렇다면 약속대로 순사 보직을 주도록 노력해 보겠다. 다만 어떤 경우에도, 어떠한 난관이 닥치더라도 대일본제국의 황제 폐하를 배반하지 않고 충성을 다하겠다는 것을 내 앞에서 맹세하라."

"대일본제국 천황폐하께 충성을 다할 것을 맹세합니다."

청년은 다시 한번 거수경례를 붙였다. 그리고 바지저고리를 입힌 나무토막처럼 부동자세로 서 있었다.

"좋아! 대일본제국의 신민은 오직 하나가 되어야 한다. 열이 하나가 되는 것이 필요할 뿐, 하나가 열이 돼선 안 된다. 천황폐하를 중심으로 오직 하나가 되는 일에 신명을 바쳐라. 그것이 야마토 정신인 영원한 마코토(誠,성실)요, 기무(務, 충성)이며 온가시에(来可視に, 은혜에 대한 보답)다. 앞으로 군이 어떻게 행동하는지 특별히 눈여겨볼 것이니 실망시키지 않도록 하라!"

총감은 산골 무지랭이 청년의 우수꽝스런 복장을 바라보면서 이 청년이 시운을 타고난 행운아라는 생각을 했다. 이틀 전 총무부 인사국장으로부터 본국 외무성 시데하라(幣原) 외무차관한테서 온 간도 경찰관 증파에 관한 전문을 접수했다는 보고를 받았다. 그것은 간도 영사관과 분관에 대한 조선인 경찰관의 증파와 관련하여 총 120명의 채용인원 가운데 일본인 순사는 60명으로 하고 조선인 순사 60명 중 10명은 간도 총영사관에서 현지 채용하고 50명은 총독부에서 채용하도록 한다는 내용이었다. 하지만 생각을 돌렸다. 이 젊은이가 시험을 통과하기는 매우 어렵다는 것을 알고 있기 때문이다.

제국 경찰이 되기 위해선 세 갈래의 길이 있다. 제1코스는 시험에 응시하여 순사보로부터 출발하는 것이고, 제2코스는 헌병대 부사관이 된 다음 순사부장으로 전직하는 길이다. 이 경우 경부보를 거쳐 경부가 되고, 다시 경시의 자리에 오르면 필요에 따라서는 군수로 자리바꿈도 할 수가 있다.

끝으로는 제국대학을 나와 고등문관 시험을 거쳐 경부~경시~경시정~총독부 사무관을 거쳐 고위직에 이르는 엘리트 코스다.

총감은 경무총감을 겸하고 있는 헌병사령관에게 부탁하여 제2코스, 즉 헌병 부사관으로 들어가게 하는 편이 나으리라는 생각을 했다. 이 청년에겐 제국의 경찰이 필요로 하는 강한 충성심과 정신력, 그리고 무쇠 같은 단련이 필요하고 그러한 요소들을 갖추기 위해선 반드시 뜨거운 불 속을 넘나드는 담금질을 거쳐야 한다는 판단이 섰기 때문이다.

그런데 메모장에 기입할 개동이라는 이름이 영 못마땅하다. 도대체 사람 이름에 개동이가 뭐란 말인가. 그런 생각을 하는 총감의 눈에 문득 햇볕을 잔뜩 받고 선 정원의 삼나무 한 그루가 들어왔다. 자신이 부임할 때 대일본제국의 상징으로 본국으로부터 가져와 직접 심은 나무다. 응접실에 들어올 때마다 이 나무를 보며 마음속으로 충성 맹세를 하고 있다. 생각이 여기에 미치자 불현듯 생각이 떠올랐다. 총감은 근엄한 표정으로 다시 입을 열었다.

"오늘의 의미 있는 만남을 기념하는 뜻으로 군에게 새로운 이름을 지어주겠다. 지금부터 군(君)은 우수꽝스런 조선 이름을 버리고 스기야마 나오키(杉山直樹)로 하라. 만일에 인간을 나무로 본다면 나는 세계의 모든 나라에 우리 일본의 고유종인 삼(杉)나무를 심고 싶다. 군은 비록 본토에서 출생한 태양족은 아니지만, 삼나무가 빽빽하게 들어선 산, 그 가운데서도 태양을 향해 가장 곧게 뻗은 삼나무가 되라는 의미에서 지어주는 이름이다. 일본인보다 더 일본인이 되어 충성을 다하라. 이 이름을 쓰는 오늘부터 군은 영광스런 일본의 참된 신민이다. 알겠는가? 그리고 대일본제국 공인의 명예는 소중한 것이다. 개인이 소유한 모든 것은, 생명조차도 황제 폐하에 귀속된 것이며, 폐하의 나라인 제국의 발전과 명예 위에 존재하는 것은 아무것도 없다. 필요하다면 황제 폐하를 위해 기꺼이 목숨을 바쳐라. 그것이 가장 강하고, 명예롭고, 영광된 행동이다. 생명에 연연하여 비굴한 삶을 살지 말라. 가족이니 사랑, 행복, 즐거움, 이런 것들은 황제 폐하와 제국의 영광을 위해 쓰여야만 하는 다만 하나의 재료에 불과한 것들이다. 알겠는가?"

개동이는 감격하여 눈물이 나올 것만 같았다. 꿈속에서나 그려보던 순사를 약속받았고, 늘 놀림감으로 불리던 개동이라는 이름을 버리고 버젓한 일본식의 뜻깊은 이름을 얻었으니 말이다.

"명심하겠습니다. 죽는 날까지 황제 폐하를 위해 정신과 몸 모두를 다 바치겠습니다!"

다시 한번 큰소리로 외쳤다.

그때 누군가가 문을 노크하고 조심스레 들어와 호시노 집사의 귀에 대고 속삭였다.

집사가 총감에게 머리를 조아렸다.

"송병준(宋秉畯) 자작께서 기다리고 계십니다."

근엄했던 총감의 얼굴에 빙그레 미소가 떠올랐다.

이완용(李完用) 백작이 왔다 간 지 채 두 시간도 되지 않아 일진회의 대표 격인 송병준이 방문했기 때문이다. 그는 요즘 들어 부쩍 치열해진 소위 양반계급을 대표하는 이완용 일파와, 동학도의 변절자 일부가 독립협회와 결합한 일진회의 대표 송병준 간의 충성 경쟁을 내심 즐기고 있었다. 마침 이틀 전 일본에서 건너온 고쿠 류카이(흑룡회 黑龍會:일제의 만주침탈을 지원하는 일본의 낭인 집단)의 주간(主幹) 우치다 료헤이(內田良平)와 일진회의 만주 진출에 관해 이야기를 나눈 바 있다.

"그러지 않아도 할 얘기가 있었는데 잘 됐군."

하고 중얼거리고 나서 다시 개동이를 향해 명령조로 말했다.

"집에 돌아가 별도 통지가 있을 때까지 조용히 대기하도록 하라. 이 일은 아무리 친한 사람에게도 말하지 말라. 부모에게도 말하지 말라. 경솔하게 굴어선 일을 그르치게 된다는 걸 명심, 또 명심하라."

그러고는 집사를 향해

"스기야마 군의 이력서를 호시노 자네가 직접 작성해 곧바로 내게 가져오도록 하게. 하기야 이력이라는 게 사냥한 거밖엔 없겠으나 머리 좋은 군(호시노를 지칭)이 그 머리를 잘 굴려봐."라고 웃으며 말했다. 집사는 허리를 90도로 굽혔다. "시지 도리 니 지시 시마스(指示どおりに実施します.지시하신 대로 이행하겠습니다.)"

개동이는 집사가 하는 대로 허리를 깊이 구부려 인사를 했고, 총감은 비서가 열어주는 문밖으로 나가 뚜벅뚜벅 마루를 걸어 복도 저쪽으로 사라졌다.

제3편

삼원보(三源堡)의 촌장

　　1925.1월 만주 간도 요녕성 봉천의 일본 총영사관 경찰서 첩보과장 사무실.

　　나카노(中野) 경부보의 데스크 앞에 정복을 입은 개동이, 아니 스기야마 나오키 순사부장이 서 있다.

　　경부보가 의자에 앉은 채로 데스크 위에 놓인 종이를 집어 스기야마에게 건네준다. 종이는 왼쪽 윗면에서 오른쪽 아랫면까지 대각선으로 두 줄의 붉은 선이 그어져 있다.

　　"이 전통문을 차근차근 읽어보고 머릿속에 담아두도록 하라."

　　스기야마는 두 손으로 공손히 종이를 받으며 힐끗 과장의 얼굴을 내려다본다. 양쪽 볼이 바짝 말라붙은 얼굴에 원형의 뿔테안경과 사각형으로 다듬은 콧수염이 마른 명태를 연상케 한다.

　　그는 종이를 건네주고 나서 오른손 엄지와 검지 사이로 코밑에 사각형으로 기른 수염을 끼우고는 천천히 비비기 시작했다. 무언가 긴장된 일이 있을 때마다 하는 습관이다. 그가 하는 행동으로 미루어 종이에 쓰인 글자들의 사안이 매우 엄중하거나 시간이 촉박함을 말해 주고 있으리라.

7일 전, 조선총독부 경찰국 고등 경찰과로부터 날아와 지금까지 영사관 경찰 지휘부를 긴장시키고 있는 긴급전통문의 내용은 다음과 같다.

…금 다이쇼 14년(1925).1.2. 현재 우리 정보기관이 파악한 바에 의하면 지나(支那)에서 암약하고 있는 불령선인의 수괴들 대부분은 다이쇼 12년(1923) 1월~동년 5월 사이 조선인 불령선인 단체의 통합을 위해 중국 상하이에서 개최된 소위 '국민대표대회'에 참석한 바 있다. 이 회의에서 수괴 중 한 명인 김동삼(金東三)은 서로군정서와 남만주 대표로 참석하여 의장에 피선되었으나 개조파와 창조파 간의 갈등이 합의점에 도달하지 못하자 만주에서의 통합이 급선무라는 판단하에 만주로 복귀하였다. 그리고 불온 독립운동의 또 다른 수괴인 이상룡(李相龍) 양기탁(梁起鐸) 등과 더불어 재만(在滿) 10개 단체대표를 모아 소위 전만통일회주비회(全滿統一會議籌備會)를 열어 의장에 선임되고, 동년 11월 24일 봉천과 길림을 활동무대로 정의부(正義府)를 조직했다. 이는 귀 영사관에서도 아는 바와 같다. 현재 이들은 통합된 기구로 불량선인들의 자립농촌을 건설하고 이를 기반으로 소위 통일적이고 계획적이며 규모에 입각한 반황반제(反皇反帝) 무장투쟁을 전개하려 하고 있다. 그러나 이를 위해서는 자금확보가 필수조건인바, 조선 국내로 요인들을 급파하여 극비 모금 활동을 전개하고 있으나 그 규모와 신원을 파악하기가 매우 어려운 상황이다. 그러나 본 부(府)에서는 경찰력을 총동원하여 이를 색출하는 데에 총력을 집주하고 있다. 아래의 2명도 그중의 한

조(組)로 우리 경찰의 추적이 있다는 것을 눈치채고 도주 중이다. 이들은 지난해 경성역에서 기차를 이용하여 신의주역에 내린 다음 이선주라는 자의 안내로 불령선인 김모(某)가 운영하는 여관에 투숙하고, 사흘 후인 12월 30일 18:00경 야음을 틈타 얼어붙은 압록강을 썰매로 건너다 우리 경찰의 불심검문이 있자 도주하였다. 검문 경찰의 보고에 의하면 서로 다른 방향으로 도주하였다고 하나 최종목적지는 본부가 있는 류하현(柳河縣) 삼원보(三源堡)가 분명할 것이다. 이들은 김동삼 일당의 조직과 음모를 파악할 필수 대상자들이므로 귀 영사관 경찰과 밀정들과, 일본거류민회, 봉천 조선인협회, 만주 조선인 친애의회(滿洲朝鮮人親愛義會), 조선인 농회, 우리에게 정보를 제공하던 중국인 토착민들, 구 보민회 자위단원까지 모두 동원하고 불령선인들의 가가호호를 수색하여 1.31일까지 기한 엄수 반드시 체포하여야 한다. 이 자들의 보호를 위해 은밀하게 접선을 시도할 가능성이 있는 불령선인 무장 조직이나 불온조직 간부들에 대해서도 면밀한 감시를 실시하라.

수배자들의 인적사항은 다음과 같다.

다 음

1. 김창로(金昌魯), 연령 27세

신병: 별지 사진과 신체구조 참조

참고사항: 수괴 김동삼의 친척(4촌)으로 1922년에도 군자금 모금 차 잠입했다가 강계(江界)의 청풍동(淸風洞) 주재소를 습격하여 우리 경찰과 교전한 사실이 있음.

2. 정체를 알 수 없는 사내

신병: 나이는 김창로와 같은 20대 후반으로 추정됨. 구체적인 신병은 파악할 수 없으며, 다만 얼굴은 타원형으로 광대뼈가 나오고 눈망울이 큼. 왼쪽 입가에 콩알 반만한 검은 점이 있음. 키 1미터65 정도. 왼손잡이로서 복장은 빛바랜 작업복 상의에 당꼬바지 차림으로 일반 노동자 모습이고, 도주 중에 벗겨진 낡은 사냥모(핸팅 캡)는 수거하여 정밀 분석하고 있음.

추신: 이들의 체포를 위하여 이미 관동청(關東廳) 고등경찰과에도 협조 전문을 발송하였으며, 현상금 1,000원을 배정하니 본문 접수 즉시 사진과 몽타주를 널리 게시하고 아울러 현상금을 만주 전역에 공표할 것.

봉천 영사관 경찰서 간부들은 이 일로 말들이 많았다.

"허어, 전국에 거미줄처럼 펼쳐놓은 수사망을 뚫고 국경까지 가서, 게다가 100m마다 경계초소가 설치된 곳을 용케도 넘었군."

"안동 국경수비대와 헌병분대는 허깨비들만 있었단 말인가?"

"그 사람들은 주로 철도 노선에 신경을 쓰고 있으니까 다른 곳은 조금 허술한 곳도 있겠지."

영사관에서는 전통문을 접수한 즉시 경찰 지휘부 회의를 개최하고 극비 수사팀을 꾸렸다. 봉천 영사관 경찰본부와 해룡(海龍), 통화(通化) 분관에서 필수 요원들을 제외한 전원을 동원하여 20명의 순사와 30여 명의 경찰 보조원을 각지로 파견했다. 그리고 총독부에서 지시한 단체들은 물론이고, 스도 쇼지(須藤昇司) 봉천 헌병분대장에게도 협조를 구해 헌병대 밀정들까지 이 일에 동원했다. 봉천 일대는 물론이요, 서쪽으로 멀리 산해관(山海關)으로 통하는 길목과, 북쪽으로는 하얼빈 방향, 동으로는 국자가(연길) 쪽으로 통하는 길목까지 샅샅이 탐색하였다. 그뿐 아니라 공산당 무장 폭도들의 비밀 아지트가 있다는 왕청(汪淸)과 훈춘(琿春)까지 탐색했으나 그들이 간 흔적을 발견할 수는 없었다. 막상 수사에 착수해 보니 어려움이 많았다. 곳곳에 분포한 밀정들과 친일 단체들이 많긴 하지만 드넓은 지역을 조사하기엔 역부족이다. 일본을 침략자로 규정하고 있는 현지 주민들, 즉 중국인들과 조선인들이 반감을 갖고 있기 때문이다. 주어진 기한은 속절없이 다가오고 있었다. 서장이나 간부들은 애가 탔다. 특별 명령을 해결하는 것은 능력을 인정받는 것이고 이는 승진과 직결되는 요건이기도 하다. 아니, 그런 장밋빛 기대보다도 자칫하여 실수라도 하는 날이면 징계를 받을 수 있다. 경찰조직에서는 그 업무의 중요도와 민감성으로 인해 신상필벌을 엄정하게 정립하고 있다. 자부심이 강한 영사관 경찰 지휘부로서는 부하들에게 드러내 놓고 표현은 못 하지만 그야말로 속이 타들어 가는 상태다. 일본 내지인 보호와 조선인 관리, 만주 잠식을 목적으로 창설된 지 얼마 되지 않는 외무성 경찰의 특수성으로 볼 때 기한을 연기해 달라는 따위의 건의를 하는 것은 스스로 무능하다는 것을 나타내는 것일 뿐이다. 나머지 일주일 안에 조그마한 물증이라도 발견할 수만 있다면 그런 건의를 할 수도 있겠으나 현재로서는 전망이 지극히 어둡다. 궁여지책으로 급하게 벽보를 만들어 각지에 붙였다. 또한 탐색이 미진했거나 의심 가는 지역들을 다시금 되짚어 보고 있던 참이다. 나카노 과장은 수염에서 손을 뗀 다음 콧잔등에 걸쳐 있는 안경을 손가락으로 밀어 올리고는 스기야마를 올려다본다. 八자 눈썹 밑으로 푹 꺼져서 귀 위까지 찢겨 올라간 도끼눈의 번쩍이는 안광은 여전히 시퍼렇게 날이 서 있다. 내지(일본 본토)의 경시청 본청에서 십여 년, 1905년 조선 통감부가 설치된 이래 초창기부터 조선에서 고등경찰로 3년, 그리고 1909년 9.4. 봉천영사관 개관 요원으로 활동을 시작했으니까 어림잡아 30년 가까이 경찰에서 잔뼈가 굳은 베테랑 형사의 눈초리다.

"스기야마 순사부장, 자네도 알다시피 전통문이 도달한 지 일주일이 지났네. 그러나 도무지 이 자들의 행방을 찾을 수가 없어. 한데 츠쿠요미님이나 스사노오님(일본의 신들)께서 도우셨는지 오늘 새벽에 귀중한 정보가 날아들었어. 작년 12월, 경성을 떠나 신의주에 도착한 후 국경을 넘어 안동현(安東縣)에서 사라진 이래 행방이 묘연하던 자들 가운데 한 놈의 꼬리가 어쩌면 우리 관내 유하현(柳河縣) 황도촌(黃道村) 어딘가에서 잡힐지도 모르는 희망이 있네. 그러니까 자네가 긴급히 황도촌으로 가서 조사해 보고 사실로 확인되면 현지에 있는 우리 쪽 사람들을 선발해서 체포하든가, 여의치 않을 시는 긴급연락을 줘야겠어."

나카노는 눈을 깜박이며 스기야마의 표정을 살핀다.

"우리에게 주어진 시간이 많지 않아. 일주일의 시일밖에 없으니까 촌각을 아껴 써야 할 걸세. 다음 주 금요일 22:00까지는 이곳에 도착해야 본국에 전보를 칠 수 있다는 걸 명심하게, 알겠나?"

스기야마가 차렷자세를 하며 "하이!"라고 응답을 하자 더욱 강한 어조로 말을 이었다. 오랜 기간 자신이 지키고 이행했던 것과 같은 명령과 복종의 절대적인 규율을 부하들도 당연히 지키고 이행해야 한다는 것을 매서운 눈초리로 확인받고자 하는 것이다.

"그리고 만주 일대가 중국 경찰의 관할이라는 것을 명심하게. 이번 일이 그들에게 탄로 나는 경우 매우 골치 아픈 일들이 발생할 것일세. 근래 우리 일본의 영향력이 커지니까 불령선인 폭력집단이 호시탐탐 우리 제국 경찰과, 동척(동양척식주식회사) 등 국공영회사와, 친일인사들에 대한 무장 공격과 테러를 획책하고 있다는 것을 알고 있지 않은가. 게다가 편의대 같은 중국인 배일 집단이 소위 안내양외(安內攘外: 국내의 안정을 기하고 그로써 외환을 물리친다)라는 기치를 내걸고 호시탐탐 불온한 책동을 위해 혈안이 되어 암약하고 있다고 하네. 이런 사항들을 각별 유념하도록!"

스기야마 순사부장이 기리하라(桐原) 순사보와 함께 영사관 정문을 나온 시간은 오후 10시 30분, 하늘은 음산하고 한겨울 서만주(西滿州)의 바람은 아리다. 솜으로 누빈 바지저고리 위에 회색의 창파오(常服袍)를 입고 사냥모를 쓴 차림에도 절로 어깨가 움츠러든다. 두 사람은 300m 가량 떨어져 있는 영사관 마사(馬舍)로 가서 관리인을 불렀다. 그곳에는 20여 필의 건강하고 잘 관리된 말들이 매여 있다. 스기야마가 옆을 돌아볼 필요도 없이 두 번째 마사로 다가가자, 냄새를 맡은 '비천(飛天)'이 제자리에서 발굽을 자박거리는 소리가 들린다. 고개를 들면 185센티에 달하는 큰 키에 위엄이 서린 두상(頭相), 대추색 몸 위에 머리에서 죽지까지 풍성한 갈기, 넓고 윤기 나는 가슴, 대지를 딛고 선 튼튼하고 긴 다리, 군살이라고는 전혀 없이 미끈하게 빠진 몸매는 첫눈에도 명마임을 알게 한다. 스기야마가 손을 뻗쳐 수록환(水勒鐶)을 어루만져 주자 말은 코를 벌름거렸다. 말은 영물이라고들 한다. 더욱이나 자신을 구해준 인연이라면 못 알아볼 리 없다.

2년 전 어느 봄날 요녕성 철령(鐵嶺)에 출장하여 일을 보고 있을 때다. 그곳에는 러일전쟁 후부터 일본인들이 증가함에 따라 이들을 보호하고 러시아를 감시하기 위해 일본군 부대가 임시 주둔하고 있었는데 그곳을 지나다가 장교로부터 심하게 매질을 당하는 말의 모습을 보았다. 소좌 계급장을 단 장교가 채찍으로 사정없이 때리고 있었다. 어디로 긴급출동을 떠나려는지 군장을 갖춘 군인들 여럿이 둘러싸고 있었으나 아무도 말리는 사람이 없었다. 험상궂게 생긴 얼굴과 일본인 치고는 크고 단단한 몸집의 소좌가 평소 매우 난폭하거나 고집불통의 접근하기 어려운 사람이기 때문일 것으로 짐작됐다. 말은 첫눈에 보기에도 준마였다. 매우 잘 빠진 몸매에 갈색의 짧은 털들이 햇볕을 받아 빛나고 있었는데, 가엾게도 곳곳이 채찍으로 맞아 멍이 들고 피가 흐르는 곳도 있었다. 장교가 무자비하게 채찍을 휘둘렀으나 말은 머리를 꼿꼿하게 들고 미동도 하지 않았다. 그럴수록 채찍은 더욱 매섭게 날아들었다. 마치 말과 주인의 자존심 대결로 보였다. 어느 순간 말이 쓰러졌다. 고통을 이기지 못해 버둥거렸다. 장교의 눈에 살기가 어렸다. 허리에서 권총을 빼 들더니 쓰러진 말의 머리를 겨눴다.

"멈추시오!"

스기야마는 자신도 모르게 소리쳤다. 방아쇠를 당기려던 장교가 고개를 돌려 바라봤다.

"말이 어딘가 병이 나서 말을 듣지 않는 것이 아닐까요? 제가 한 번 봐 드리겠습니다."

장교는 스기야마의 유창한 도쿄식 발음과 민간인 신분이 아니라는 것을 알아차리고는 잠시 당황한 기색이다.

그는 대꾸도 하지 않고 마사 관리병으로 보이는 병사를 향해

"저놈은 성질이 더러워서 평소에도 내 화를 돋우는 때가 많았어. 언젠가는 대가를 치르도록 단단히 벼르고 있었지. 오늘처럼 긴급한 날에조차 말을 듣지 않는다면 차라리 죽여버리는 게 나을 거다"라고 말했다. 마치 스기야마에게 자기가 한 행동이 정당하다는 것을 설명하

는 것 같았다. 그는 마사 관리병을 향해 눈을 부라리며

"뭘 하구 서 있어? 빨리 다른 말을 가져와!"라고 소리쳤다.

관리병이 새로운 말을 가져오자 쓰러진 말을 채찍으로 가리키며

"저놈은 이제 쓸모가 없어졌으니까 폐사해 버리든지 어디 일본인 농부에게나 줘버려! 그리고 내게 적합한 놈을 신중하게 골라놓도록!"

하고는 부하들을 이끌고 먼 산 쪽을 향해 달려갔다.

스기야마는 말의 상태를 잠시 살펴보기 위해 다가갔다. 사람이 다가오자 감았던 눈을 떴다. 힘없는 눈으로 낯모르는 사내를 올려다봤다. 그렇게 눈물이 고인 눈은 마치 무언가를 호소하는 것 같기도 하고 애원하는 것 같기도 했다. 그리고 스르르 눈을 감았다.

약한 숨을 간헐적으로 내쉬었다. 깊은 연민의 정이 밀려왔다. 이 동물이 살아나더라도 십중팔구는 역할을 하지는 못할 것으로 여겨지지만 지금 당장 그런 생각을 할 여유가 없었다. 마사 책임자인 하사에게 말했다.

"이 말을 내게 넘기시오. 물론 공짜로 달라는 건 아니오."

그때까지 말을 내려다보며 어떻게 처리할 것인가 머리를 굴리고 있던 하사의 눈에 생기가 돌았다.

기마 중대인 이 부대의 마사에서 말이 자력으로 일어설 수 있을 때까지 간호를 허락받는 조건으로 90엔을 지불했다.

인근에 유명하다는 마의를 찾아간 시간 외에는 옆을 떠나지 않고 간호했다.

정성이 통했는지 말은 사흘이 지나 몸을 움직이기 시작했고 그로부터 이틀이 지났을 때는 일어서서 걸음을 옮겼다. 7일째 되는 날 고삐를 잡고 병영을 나왔다. 처음 얼마 동안은 고개를 쳐들어 고삐를 잡은

아버지의 깃발 상

새 주인에게 반항하는 기미를 보이기도 했다. 그때마다 갈기를 쓰다듬고 애정 어린 표현을 했다. 어느 정도 시간이 흐름에 따라 달라지기 시작했다. 주인으로 섬기기에는 시간이 필요했던 것이다. 차츰 정이 들어가자 놀라운 모습을 보였다. 어느 말보다 주인의 지시에 순응했으며 민첩하게 움직였다. 시간이 지날수록 주인과 말이 혼연일체가 되었다. 동물도 인간과 마찬가지로 사랑과 따뜻함이 믿음의 기초가 된다는 것을 실증했다. 전에 주인이던 험상궂은 얼굴의 그 장교는 아마도 호령과 채찍으로 가혹하게 다루어 마침내는 서로를 증오하는 극한의 상황까지 끌고 갔던 것으로 짐작됐다.

"동물에게도 자존심이 있다는 것을 알게 하는 이야기군요."

경찰학교에서 타 보았던 홀스타인이나 앵글로-노르만 종보다 훨씬 승마감이 좋았다. 어느 말보다 빠르게 달렸다. 참으로 훌륭한 말이다.

두 사람은 나는 듯이 등자(鐙子)를 밟고 말 등에 올랐다. 뒤에는 각각 보따리 하나씩이 달렸다. 봉천 시가지를 벗어나니까 적갈색의 윤기 나는 아라비안 사라브레드 종 두 필은 머리를 상하로 끄덕이며 오랫동안 건조한 날씨로 인해 말라붙은 대륙의 평원을 뽀오얀 먼지를 일으키며 달리기 시작한다. 말머리가 숫구칠 때마다 창푸 파오 안으로 20발의 총알이 장전된 모젤 권총의 홀스터가 허리에서 출렁거린다.

기리하라가 신바람이 나는지 엉덩이를 들썩이며 "야호!" 하고 소리치고 나서 채찍질을 가한다. 일본인들의 평균 키라고 가늠할 땅딸한 몸이 말 위에서 재롱을 부리는 새끼 곰 같다.

한참을 달리다가 다시 느리게 걷는다.

"오랜만에 바깥세상으로 나와 말을 달려보니 살아 있다는 느낌이 듭니다. 그런데 이처럼 좋은 혈통을 가진 훌륭한 말들을 어디서 구했을까요?"

기리하라는 스기야마보다 훨씬 후에 부임했으니까 영사관 경찰의 세세한 부분까지 알지는 못할 것이다.

"우리 일본 경찰의 뛰어난 특기 중의 하나가 뭐라고 생각합니까? 용의주도하게 일을 처리한다는 것과, 준비력이 뛰어나다는 것이 아니겠습니까."

스기야마는 자신보다 두 단계 아래(순사보다 아래)인 계급이지만 나이가 다섯 살이나 위인 기리하라에게 늘 깍듯한 존댓말로 예우하고 있다. 그러나 어려움이 따르는 일이다. 제국 경찰의 엄격한 규율로 인해 아무리 나이가 많다고 하더라도 상명하복의 계급체계에선 하위 계급에 대해 절대로 존칭을 써선 안 된다는 지적을 자주 받아왔다. 하지만 공적인 자리나 상급자들이 있는 곳에선 마지못해 그렇게 했으나 그 밖의 자리에서는 깍듯한 존댓말을 썼다. 그것이 계급이 낮은 사람들로부터 존경심과 친밀감을 갖게 한 가장 큰 요인이 되었는지도 모른다.

"이 말들에 대해선 내력이 있습니다. 만주족의 추장이던 누르하치가 명나라를 격파하고 청나라를 세운 뒤 요양(遼陽)을 수도로 정하고 도시 건설과 주변 방위력 강화를 위한 시설들을 만들기 시작했어요. 아울러 군사력 강화의 일환으로 요양 부근에 우량마 육성기지, 즉 마창(馬廠)을 만들었습니다. 그리고 아시아의 명마 생산지로 유명한 페르시아나 러시아의 톰스크 지방에서 대량으로 사들여 육성시켰지요. 전해오는 이야기로는 우리가 타고 있는 말 중에는 알렉산더 대왕이 타고 다니던 부케팔로(bucefalo)의 혈통도 있다는 말이 있습니다. 공식적으로는 이미 오래전에 말(馬)로 인한 왕과 조카 간의 싸움으로 그 종자가 끊겼다고 하니까 사실인지는 모르지만 말이죠. 결국 수도는 봉천(奉天=선

양潘陽)으로 옮겨왔으나 말 사육장은 그대로 유지했습니다. 최근 러시아와의 전쟁(1904~5)에서 우리가 승리하면서 이곳에 있던 말들을 아군 진영으로 옮겼고, 그 가운데 우수한 것들을 골라 봉천 영사관으로 가져왔다고 합니다. 그런 연유로 지금 우리 영사관 경찰들이 이 말들의 덕을 톡톡히 보고 있지요."

스기하라는 설명을 하고 나서 허공에 대고 채찍을 휘둘렀다.

광활한 대륙에서, 특히 영사관 경찰업무의 성격상 교통수단으로써의 말과 승마술은 다른 무엇보다 긴요한 것이다. 철도는 전략상 중요한 노선에 설치되고 있고, 자동차 운행은 도로 사정이 취약한 상황에서 가장 효율적이고 편리한 수단은 말뿐이라고 해도 결코 과언이 아니다. 일주일에 서너 시간씩 승마훈련을 하는 것은 그런 이유 중 하나다.

뒤에 처지는 기리하라를 독려하며 앞에서 쉬지 않고 달렸다. 오늘 아침 나카노 과장이 했던 말이 머릿속을 맴돌고 있기 때문이다.

"…다음 주 금요일 22:00까지는 이곳에 도착해야 본부에 전보를 칠 수 있다는 걸 명심하게, 알겠나?"

만주는 넓고 대륙의 지형은 날씨만큼이나 종잡기가 어렵다. 며칠을 달려가도 평원이 계속되는 때도 있고, 평원과 구릉과 산과 늪지대가 연이어 나타나는 때도 있으며, 종일토록 산길을 가는 때도 있다.

스기야마는 출장을 갈 때 많은 것들에서 비현실적이고 아주 어색한 느낌이 들 때가 있다. 어느 순간 자신이 유성에서 떨어졌거나 혹은 알 수 없는 나라로부터 방금 도착하여 미지의 땅을 가고 있다는 착각에 빠지곤 한다. 그는 놀랍도록 짧은 기간 연옥(煉獄)에서 살과 뼈가 녹아 쇳물과 혼합되고, 수없는 담금질을 통해 새로 태어난 사람이 자신이라는 것을 잠시나마 잊고 있었다. 이런 환경에서 자신이 스기야마가 아닌 전혀 다른 인물이라는 착각에 빠진다는 것은 아무리 적응력이 강한 경찰이라는 직업이라 해도 근무한 햇수가 10년도 되지 않은 사람으로서는 어쩌면 당연한 일이다.

중국인들은 만주를 보통 관둥(關東, 관동)이라고 부르는데 이유는 본토인 중원(中原)에서 볼 때 산해관(山海關) 동쪽에 위치하기 때문이다. 또한 요하(遼河) 동쪽에 있다 하여 랴오둥(遼東), 즉 요동이라 부르기도 한다.

청나라를 세운 여진족들은 둥베이(東北, 동북) 지방이라고도 불렀다.

제6대 황제인 건륭제(乾隆帝)는 불교에서 문수보살의 산스크리트 이름인 만주사리(Manjusrl)를 따서 '만주'라는 이름을 붙였다 하며, 17~18세기 유럽인들은 '여진'이나 '보그도이(Bogdoi)'라 불렀고 청나라에서는 무크텐(Mukden), 닝구타(Ningguta), 기린(Girin), 샤하리안 우라(Sahaliyan Ula) 등으로, 일본은 만슈(滿洲)라 불렀는데 그들과 관련이 깊은 네덜란드 난학자(蘭學者)들도 모국에 그렇게 전했다. 프랑스에서는 몽골리아, 칼키미아, 만주리아로 불렀다.

만주는 한반도의 북쪽, 고비사막의 동쪽, 시베리아의 남쪽, 사할린 섬의 서쪽에 위치한 지역으로 면적은 811,826 ㎢로 한반도의 3.7배에 달한다. 봉천성(奉天省) 한 성의 면적만도 한반도의 67%인 148,000㎢다. 우리와 관련이 깊은 만주 중에서도 가장 밀접한 관계인 길림성(지린 우라=吉林烏拉)은 187,400㎢로서 한반도 면적의 85%에 달한다.

광활한 만주의 서북쪽에는 길이 1,200㎞ 폭 200~300㎞의 대흥안령(大興安嶺)이 서남 방향으로 길게 자리 잡았고, 그 반대인 동북쪽에는 동서 360㎞, 남북 300㎞에 달하는 소흥안령(小興安嶺)이 흑룡강성 동북부와 러시아 국경을 인접하여 여덟 팔(八)자로 걸쳐 있다. 대흥안령은 표고가 그리 높지 않아서 가장 높은 지대라야 2,000m를 넘지 않는다. 정상(頂上) 지대는 평평한 초원지대이므로 그 옛날 고구려 기마군단들이 이 산맥을 넘나들며 북쪽을 가로막고 있는 러시아의 야블로노비 산맥과 스토노보이 산맥을 지나 바이칼호 중앙아시아의 강한 나라들을 평정하고 대제국을 건설했다. 스토노보이 산맥은 발해가 통제하고 있었다고도 한다.

　대, 소흥안령 두 산맥 사이를 백두산 비룡폭포(飛龍瀑布)에서 발원한 송화강(松花江), 즉 만주어로 쑹가리 울라가 북서쪽으로 향해 수많은 크고 작은 가지들을 거느리며 장장 1,960㎞를 흘러 러시아와의 국경인 북동쪽 끝 흑룡강(아무르강)으로 흘러든다. 남만주 지역은 산지 비율이 매우 심한 편이나 요동과 북만주 지역은 평야가 많다. 황량한 허허벌판이 아니라 흑룡강, 송화강이나 요하 같은 큰 강이 흐르고 흥개호(興凱湖=한카 호) 같은 거대한 호수도 있다.

　남부의 한가운데, 즉 대흥안령 산맥과 장백산맥(長白山脈) 사이에는 남북으로 약 1,000㎞, 동서로 300~400㎞ 넓이 약 35만㎢의 대평원이 있다. 대부분이 해발 200m를 넘지 않으나 겨울이 길어서 옥수수, 콩, 조, 밀, 사탕무 등을 재배했을 뿐, 논농사는 발전하지 못했다. 그러나 조선인들이 이주하여 논농사를 짓기 시작했고 다른 민족들이 이를 배워 점차 쌀의 곡창지대로 변모하기 시작했다.

　1917~18년에 걸친 세계 1차대전으로 유럽이 식량난을 겪는 동안 일본인 곡물 중개상들은 둥베이 평원에서 생산되는 곡물로 엄청난 이득을 취했다.

　또한, 일본 군국주의자들이 중화학 공장을 건설할 만큼 무진장한 천연자원이 매장돼 있다. 고구려나 청나라가 강력한 기병을 보유한 것도 만주의 풍부한 철광석 덕택이었다는 논문도 있다.

동물은 호랑이, 표범, 반달곰, 불곰, 사슴, 멧돼지, 마멋(Marmota), 늑대 등이 서식하며 강에는 잉어, 연어도 살고 있다.

수많은 종류의 식물들이 서식하고 있다.

이곳에 거주하는 사람들은 청나라를 건국한 만주족이 주류를 이루고 한족 배달족 몽골족 다우르족 러시아족 에벤키족(어원커족) 나나이족(허저족) 우데게족 등이 있고 흑룡강성 북부에는 수렵생활을 하는 어룬춘족(Orqen)도 있다. 러시아 국경지대에는 극소수의 퉁구스계 민족인 윌타족, 오로치족, 울치족 등이 거주한다.

이처럼 다양한 민족이 분포되어 있으므로 모습도 언어도 성격도 문화도 생활 습관도 이해관계도 다양하다.

일본은 이러한 문제들에 대처하고 침략의 발걸음을 차질 없이 진행하고자 중국 당국의 허락도 없이 일찌감치 동북 지역 각처에 영사관과 경찰서와 경찰 분서를 개설했다. 참고로 만주에 개설한 영사관은 다음과 같다. 기록된 경찰관의 부임 일자와 경찰관 숫자를 통해 중요도를 짐작할 수 있을 것이다.

총영사관이나 영사관은 영사관 직원이 먼저 부임하는 경우가 대부분이나, 분관은 영사관 직원과 경찰관들이 동시에 부임한다.

왜냐하면 총영사관이나 영사관은 대부분 도시 지역이라 치안이 확립돼 있다. 그러나 다른 지역들은 치안이 불안한 데다 일본인에 대한 적개심이 강하기 때문이다.

우장영사관 경찰서 1904년 9월 8일(순사 2명), *봉천 총영사관 경찰부 1906년 6월 1일(순사 20명)과 6월 30월(경부 1명), 안동 영사관 경찰부 1906년 6월 6일(순사 2명)과 7월 2일(경부 1명), *봉천 총영사관 철령 출장소 1906년 7월 9일(순사 10명)과 1906년 8월 3일(경부 1명), 봉천 총영사관 요양출장소 1906년 8월 7일(순사 3명)과 동년 10월 12일(경부 1명), *봉천 총영사관 장춘 분관 1906년 11월 5일(경부 1명과 순사 1명)과 11월 28일(순사 1명), 11월 30일(순사 3명), 길림 영사관 1907년 3월 9일(경부 1명과 순사 3명), *용정 간도 총영사관 1909년 11월 2일(대리 총영사와 부관 1명, 서리 2명, 경찰서장 1명과 16명의 경찰)→ 1920년에 경찰 300명으로 확대하여 →국자가 천보산, 팔도하자를 비롯한 10여 곳에 경찰분관 설치, 철령 영사관 도록 분관 1916년 9월 10일(경부 1명, 순사 2명), 철령 영사관 해룡분관 1916년 9월 29일(경부 1명, 순사 2명), 봉천 총영사관 정가둔 분관 1916년 10월 16일(경부 1명과 순사 2명), 안동 영사관 1917년 2월(경부 1명, 순사 2명) 등으로 개관하였다.

이러한 곳들에 종이 한 장이면 어느 곳으로 가서 근무하게 될지 모르고 말 한마디면 어느 위험한 곳으로 출장 갈지도 모른다.

만주에는 고대 조선인들이 사용하던 온돌이나 토기들이 심심치 않게 나온다는 거대한 호수가 있는가 하면 수수나 콩 옥수수 밀 같은 곡식들이 싱그러운 전원풍경들이 나타나기도 하고, 먼 거리를 사이에 두고 예상치 않게 출현하는 한족들의 우중충한 마을들을 만나게 된다. 검정이나 회색이 주류를 이루는 사람들의 복장과 무어라 표현하기 어려운 메스꺼운 냄새와, 마치 싸움을 하는 것처럼 큰 소리로 떠드는 알아들을 수 없는 방언들과, 일본 순사인 자신들을 바라보는 냉기 어린 시선이나, 혹은 능글거리는 비웃음 같은 것들이 뒤섞인 난해하고 두려운 모습이다.

점심시간이 훨씬 지나서야 작은 구릉 아래 대여섯 가구가 있는 촌락에 도달했다. 문을 여는 날보다 닫는 날이 많을 것으로 짐작되는 주막을 발견하고 힘 빠진 음성으로 "쇼치(小吃, 간단한 음식) 쇼치!" 하고 말했으나 고개를 가로젓는다. 준비가 안 돼 있다고 한다. 돈을 더 주겠다고 사정하여 말라빠진 쩬빙(煎餅) 몇 개를 소태처럼 짠 두사(豆絲)와 함께 먹었다. 목을 축이기 위해 늘 따라다니는 지단탕(鷄蛋湯)도 없었다.

빙이 아주 딱딱해서 먹고 나니 턱이 아팠다. 급한 대로 허기는 때웠으므로 다시 말에 올랐다. 다행히 오후 들어 바람은 잦아들었다. 평야와 구릉과 마을과 얼어붙은 개울을 수없이 지났다.

쩬빙을 먹을 때에도 말을 달리는 때에도 사면팔방으로 경계를 늦추지 않았다. 과장의 주의가 있어서 뿐만이 아니다. 이곳 만주야말로 무법지대나 다름없다는 것을 몇 번의 경험을 통해서 누구보다 잘 알고있기 때문이다. 시시각각으로 변하는 사변의 소용돌이를 틈탄 크고작은 군벌들이 세력을 확장하기 위해 온갖 술수와 계략으로 이합집산을 마다하지 않으면서 여기저기서 소규모 전투를 벌이고 있고, 삶을지탱하기 어려운 사람들은 행인들을 급습하는 경우가 허다하기 때문이다. 더욱이나 영사관 경찰의 업무 자체가 고도의 위험성을 안고 있는 데다 잘못하여 일본인, 특히 일본 경찰 신분이 탄로 날 시는 생명을 내놓아야 한다. 가까운 예로 작년에 현지 정보망을 구축하려고 야간을 이용하여 마을에 출장 갔던 경찰 요원 두 명이 냇가 수풀 속에서 목이 잘린 시체로 발견됐고, 재작년에는 용정 영사관으로 출장 가던 경찰 한 명이 누군가에 의해 열차에서 떠밀려 죽는 사건이 발생했다. 1918년 이래 매년 평균 3명꼴로 비명횡사를 하고 있으므로 이곳에 부임하는 직원들에게 하는 첫 번째 경고가 마을에 나가 밥을 먹을 때나 물건을 살 때나 신경 줄을 놓지 말라는 것이다.

이런 사건들의 경우 대부분은 불령선인들, 즉 조선인 테러 집단들에 의해 발생하고 있다. 장제스(장개석)의 비밀정보조직인 편의대(便衣隊)니 공인(工人)들의 비밀조직 청방(靑幫청빵) 같은 중국인 비밀조직들은 소리만 요란했지, 눈에 띌 만한 사건을 저지른 기록은 별로 없다. 그러므로 다수의 중국인에 대해 투입하는 노력보다 소수의 조선인에게 투입하는 노력과 에너지가 몇 배나 크다. 그들은 다른 어느 민족보다 강압을 용인하지 않는 민족이다. 자존감이 강하기 때문이다. 그들은 집요하리만큼, 또한 남들이 생각하지 못할 일을, 남들이 생각하지 못할 장소에서 예상치 못할 시간대에 타격을 가하고 있다. 나라를 찾고자 하는 집념이 그만큼 절실하거나 응집력이 강하고 능력이 뛰어나기 때문일 것이다.

해가 뉘엿뉘엿 질 무렵 드디어 지금까지 왔던 길과는 생판 다른 길이 전개됐다. 벌판과 구릉이 끝나고 까마득한 바위 절벽 위에 나무들이 울창한 어느 협곡으로 들어섰다. 협곡 사이로는 뱀의 몸뚱어리 같은 길이 나 있었다. 사람과 말이 거의 탈진한 상태가 됐을 무렵 협곡이 서서히 가라앉으면서 희미한 그믐달 아래 아스라이 등잔불 빛을 안고 있는 농가들이 한두 채씩 띄엄띄엄 나타나기 시작했다. 두 사람은 어떤 표지물을 찾기 위해 말을 천천히 몰며 길가를 세밀히 살폈다. 기리하라가 소리쳤다.

"부장님, 말을 멈추세요. 이 부근 같습니다!"

그가 가리키는 곳에는 커다란 나무 한 그루가 어둠 속에 장승처럼

서 있었다. 그 나무는 주변의 다른 나무들에 비해 유달리 키가 컸다. 자세히 살펴보니 나무 기둥에 하얀 천이 걸려 있다. 기리하라가 낮은 소리로 휘파람을 불자 나무 뒤에서 검은 그림자 하나가 언뜻 고개를 내밀었다가 사라졌다.

스기야마가 허리에 찬 홀스터에서 권총을 꺼내 나무쪽으로 겨누면서 낮은 소리로 외쳤다.

"니 쉬 세이?(你是誰？누구냐?)"

나무 뒤에서 대답이 들려왔다.

"워 쉬 베이징 다 랴오반(我是北京一家賓館的老闆, 북경빈관(賓館:여인숙) 주인이오.)"

"니 쟈오 쉔마 밍즈?(你叫什麼名字?, 이름이 뭐냐?)"

"리엔 저우 칭(廉周靑)이라고 하오. 그런데 댁들은 누구십니까?"

"나는 후춘밍(胡春明)이라는 사람이오."

그제야 나무 뒤의 사내가 앞으로 나왔다. 어둠 때문에 얼굴의 윤곽만 짐작할 수 있었으나 자그마한 키와 약간은 굽은 등, 그리고 방금의 목소리로 미루어 50대쯤 될 것으로 여겨졌다.

"저 나무 뒤에 언덕을 돌아가면 저의 집이 있습니다. 어서 가시지요."

말고삐를 잡은 사내를 따라 나무 뒤에 나 있는 오솔길을 갔다. 그곳에는 사내가 대답했던 빈관 같은 건 없고, 조그마한 농가 한 채가 나타났다.

마당으로 들어섰다. 몇 마리의 개들이 말과 낯선 사람들의 주위를 맴돌며 요란하게 짖어댔다. 사내가 "쉿!" 하는 소리를 내자 조용해졌다.

"말들이 변변히 먹지도 못하고 종일토록 쉬지 않고 달렸소. 우선 먹이부터 좀 주시오."

사내는 양손에 말고삐를 잡고 뒷마당으로 돌아가 나무에 맨 다음 안장을 내렸다. 마른 귀리 섶을 날라다 말들 앞에 쌓아놓았다. 그러고 나서 방문을 열고 먼저 안으로 들어갔다.

방 가운데 있던 돼지기름 등잔불이 바람에 한들거렸다. 사내가 손 짓으로 어서 방으로 올라오라는 손짓을 했다. 손님들이 들어가고 나 서 잠시 밖으로 귀를 기울인 다음 문을 달았다. 중국식 온돌방은 조선 의 그것과 달리 일부에만 온돌을 놓고 아궁이도 방 안에 있다. 간단한 조리를 할 수 있는 난로도 있다. 이런 방을 캉(炕)이라 부른다. 기리하 라는 어둠에 익숙해진 눈을 비비고 사내의 얼굴을 바라봤다.

짐작한 대로 50대 초반의 말라깽이 중년 사내가 어색한 미소를 지 으며 손짓으로 안내를 한다.

"어서 오르시지요."

스기야마가 신발을 벗고 나서 방안을 둘러본다. 방바닥은 밀짚이 깔려 있고 몇 개의 조제의자(粗製椅子)가 놓였는데, 마주 보이는 벽 앞 에 누군가가 이불을 뒤집어쓰고 누워있다.

"걱정하지 않으셔도 됩니다. 북경에 있던 친구가 병이 들어 찾아와 누워 있으니까요."

그러나 스기야마는 들은 체도 않고 창푸 파오 속으로 가만히 손을 넣어 권총을 꺼내 겨누고 천천히 다가갔다. 이불을 확 젖혔다. 그곳에 는 해골처럼 늙고 볼품없는 남자가 눈을 감고 누워 있었다. 스기야마 는 그제야 손에서 이불을 놓으면서 힐난하듯 말했다.

"새로이 접촉하게 되는 인물이나 신상의 변동 사항, 일가친척은 물 론이고 죽은 할아버지가 귀신으로 돌아와도 즉각 신고를 하라고 했는데 신고는 이행했소? 이 사람이 온 지 며칠이나 됐소?"

"이틀 됐습니다. 영사관에서 이번 일을 화급하게 알아보라는 지시가 계시지 않았습니까?! 일이 끝난 다음에 하려고 미루고 있었습니다."

"우리가 다루는 일들에서 예기치 않게 발생하는 모든 문제의 원인은 아주 작고 사소한 것에서 발단된다는 것을 잊지 말아야 할 것이오."

스기야마는 리엔에게 주의를 환기시키고 나서

"알았소. 그건 그렇고⋯ 도주 중인 불량선인들에 관한 정보부터 말해보시오."라고 말했다.

"시장하실 텐데 먼저 식사부터 하시고 난 후에 말씀드리는 것이⋯."

"아니오, 밥을 좀 늦게 먹는다고 죽지는 않소."

스기야마는 기리하라의 눈으로부터 얼굴을 돌리면서 단호하게 말했다. 아닌 게 아니라 기리하라의 목에서는 침 넘어가는 소리가 들렸고, 거의 동시에 스기야마의 배에서도 꼬르륵 소리가 났다.

"네, 그럼 말씀드리겠습니다."

사내는 두 사람의 얼굴을 번갈아 보고 나서 설명을 시작했다.

"이곳은 회인현(懷仁縣) 황도춘(黃道村)이 끝나는 지점으로, 예서 약 250리쯤 가시면 유하현(柳河縣) 삼원보(三源堡)가 나오는데 그곳에서 갈 수 있는 길은 하나밖에 없습니다. 삼원보는 아주 궁벽한 산촌인데 그곳에는 길을 따라 먼저 쩌우자가(鄒哥街, 추가가)라는 가문의 집성촌이 나오고, 그리 멀지 않은 거리를 올라가면 펑자가(馮哥街, 풍가가)라는 집성촌이 있죠. 이 두 집성촌의 촌장은 각각 왕과 같은 존재입니다. 서로 세력이 비등비등해서 평소에는 싸우지도 않고 평화롭게 지내지만 어떤 이권이나 다툼이 발생하면 죽기 살기로 싸움을 합니다. 독립군 본부가 있는 곳은 풍가가로부터 동남쪽으로 200여 리 떨어진 합니하

(哈泥河, 허니허)라는 곳에 있습니다. 수배자들이 그곳으로 가려면 아마도 추가가를 거쳐야 할 겁니다. 수배자들이 있다면 추가가나 그 부근 어디일 것입니다."

"그런 판단을 하는 근거는 무엇이오?"

리엔은 머뭇머뭇하다가 스기야마의 눈초리를 보고는

"사실은 자신이 없어서 이 말씀은 보고를 올리지 않았는데 며칠 전 이곳에서 그리 멀지 않은 어떤 촌락에서 의심스럽다고 생각할 수도 있는 일이 있었습니다요."라고 말했다.

스기야마는 침을 꿀걱 삼키며 그를 응시했다.

"80에 가까운 어떤 노파가 잠을 자고 일어나 아침을 먹은 후 개밥을 주고 나서 설거지를 한 다음 장작을 가지려고 다시 마당에 나갔답니다. 그런데 이상하게도 개와 밥통이 사라졌더라는 겁니다. 사방팔방을 찾아다닌 끝에 개는 찾았는데 밥통은 끝내 찾지를 못했다고 합니다. 사람들은 좀 이상한 일이라는 생각을 했으나 정신이 왔다 갔다 하는 노파의 말이라 귓등으로 흘려버렸답니다."

"개밥은 어떤 것이오?"

"궁벽한 살림에 뭐 별다른 게 있겠습니까. 조나 귀리밥 찌꺼기 같은 것들이지요."

"알았소. 계속하시오."

"저도 자신이 없어서 그 말씀은 드리지는 못하고 있었는데 어떤 이야기를 듣고 나서는 더는 그냥 있을 수 없어서 사람을 놓아 정보를 올렸습지요. 평소 추가가를 왕래하는 장사꾼이 있는데 그자에게 이따금 술과 음식을 제공하면서 그쪽 방면의 정보를 취득하고 있습니다. 그런데 며칠 전 그가 찾아와 아무래도 추가가 쪽에 뭔가가 있는 것 같다는 말을 했습니다. 왜 그러냐고 물으니까 잘은 모르겠는데 추가가 사람들이 자기들끼리 '포로' '권총' 어쩌구 그런 말을 하다가 사람이 가까이 가면 쉬쉬하고 서로 입막음을 하는 것으로 봐서 그런 감을 잡았다고 했습니다. 다른 경로를 통해서도 비슷한 이야기를 들었구요. 그렇다면 근래 몇 해 동안 별로 특별한 일이라곤 없는 지역인데 도주자들과 관련된 일 밖에는 뭐가 있겠습니까?!"

"추가가에서 그자들을 붙잡았다면 우리 영사관 경찰서에 신고하여 포상금을 받으려고 했을 텐데 아무 기척이 없질 않소."

"글쎄요. 포상금 액수가 적은 금액이 아닌데 그게 좀 이상하긴 합니다."

"그곳까지 가는 데에 시간이 얼마나 걸리겠소?"

"길은 험산 준령도 있고 얼음이 켜켜이 쌓인 개울들도 몇 군데 지나가야 합니다. 이루 말할 수 없는 험로지요. 말을 타고 가시면 꼬박 하루가 걸릴 것이고, 도보로 간다면 사흘 가까이 걸릴 겁니다."

"허어~ 이곳으로부터는 어디로 가든 변복을 하고 도보로 가는 게 좋을 것 같은데 그러기엔 거리가 너무 멀군. 시간은 없고…."

스기야마는 한참 동안 허공을 올려다보며 생각에 잠겼다. 그리고 두 사람을 번갈아 봤다.

"이렇게 하는 게 좋을 것 같소. 일단 사람들로부터 큰 관심을 받지 않을 곳까지는 이 옷차림대로 말을 타고 가고, 필요하다고 생각되는 곳에서 말을 되돌려 보내기로 합시다. 물론 리엔 선생이 우리와 같이 갔다가 말을 끌고 다시 돌아오는 것이지요. 그렇게 할 수 있겠소?"

"네, 좋은 생각이시군요. 그렇게 하겠습니다."

"그리고 또 하나, 우리가 그곳에 도착해서 혹시 도움을 받을 수 있

아버지의 깃발 상

는 사람이 있소?"

"네, 제가 이따금 갈 때마다 들르는 집이 있습니다. 제 이야기를 하고 도움을 요청하시면 마다하지 않을 겁니다. 그 여자에게 더러는 용돈도 쥐어줬으니까요."

"좋소, 그럼 먹을 걸 좀 주시오. 빨리 먹고 잠을 자야겠소. 지금으로선 먹는 것보다 잠을 자고 싶은 생각이 더 간절하니까…"

리엔은 잠깐만 기다리라고 말한 후 아궁이 앞에 가서 부지런히 음식 준비를 했다. 음식 냄새가 온방에 퍼져 주린 창자를 더욱 꿈틀거리게 했다.

잠시 후 그가 쟁반에 받쳐 들고 온 것은 양꼬치와 버섯 채소볶음이다.

"친구에게 줄 음식이 아니오?"

"아닙니다. 걱정하지 마십시오. 친구한테는 저녁 일찍 죽을 끓여 먹였습니다."

음식들을 보자 누구보다 기리하라의 입이 찢어졌다.

"아닌 게 아니라 영사관을 나와 종일토록 말을 달렸지만 먹은 거라곤 바윗돌 같은 쩬빙 몇 조각을 먹은 게 전부라오. 고맙소."

걸신들린 사람들처럼 음식을 후딱 해치우곤 바로 잠자리에 들었다.

새벽 5시, 밥을 먹고 나자 리엔이 도시락 보따리를 말 옆구리에 달았다.

발소리를 죽이며 동네를 빠져나왔다.

스기야마의 '비천'이 앞에 서고 기리하라의 '청마'가 뒤를 따랐다. 리엔은 약 20킬로쯤 간 곳마다 말의 뒷자리를 옮겨탔다.

오후 1시경, 점심을 먹고 나서 리엔이 말했다.

"지금껏 왔던 길도 평소에는 사람들의 왕래가 좀 있는 편인데 오늘은 날씨가 더욱 추워서인지 뜸하군요. 이곳에서 곧장 130리쯤 가면 되는데 내친김에 아주 추가가까지 안내해 드릴까요?"

"아니요. 리엔 선생은 얼굴이 알려져 있을 텐데, 여기까지 오는 동안 좀 꺼림칙했소. 이제부터는 집단부락도 몇 군데 있다니까 여기서 돌아가시는 게 좋을 것 같습니다. 혹시 모를 영사관으로부터의 연락이나 만일의 사태에 대비하기 위해서도 집에 머물러 있는 게 좋을 겁니다. 3일 후 10시까지 우리가 돌아오지 않으면 본부에 연락을 취해주시오."

두 사람은 중국인 쿨리들이 입는 회색의 너절한 옷으로 갈아입은 다음 리엔과 말들을 돌려보내고 나서 등에 암염 보따리를 하나씩 멨다.

"이젠 하다 하다 소금 장수까지 해 보는군요. 변장도 여러 번 해 봤으나 암염 장사꾼은 처음입니다."

기리하라가 찬바람에 얼굴을 찌푸리며 지바(千葉) 사투리로 내뱉는 말이다.

스기야마는 그 모습을 보고 소리 내 웃으려다 큭 하고 참았다.

"이제부턴 원나라 시대의 도보 파발꾼처럼 바람의 속도로 달려갈 수밖에 없소. 자, 출발합시다!"

언제나 서른이 넘은 나이보다 젊게 보이려고 깔끔한 옷차림을 하던 그의 모습은 어디로 가고 때가 잔뜩 묻은 옷에 헝겊으로 단단히 귀를 싸맨 채 엉거주춤 걷고 있는 모습이야말로 영락없는 떠돌이 소금장수의 몰골이다.

"하지만 겉모습은 암염 장수라 해도 얼굴이나 손발은 귀공자 같으니 안 되겠습니다. 흙칠을 좀 해야겠습니다."

산비탈을 긁어 얼굴과 손등에 흙을 문질렀다.

서로의 모습을 훑어보던 두 사람은 눈이 마주치자 허공을 향해 껄

껄껄 소리 내 웃었다.

"그나저나 아까 그 사내가 쓰던 말에 이따금 사투리가 섞여 있는 것 같던데 이곳 태생이 아니지 않습니까?!"

스기야마는 '개 꼬리 삼 년에 풍월을 읊는다.'는 격언을 생각하면서 평소 머리가 잘 돌아가지 않고 행동이 굼떠서 '판다'라는 별명으로 불리는 이 사내도 삶과 죽음이 촌각 위를 오가는 이 나라에선 자신의 목숨을 부지하기 위해서도 둔탁한 신경이 자연스럽게 갈고 닦아지는 구나, 하고 생각했다.

"그렇소. 그자의 말에 북경 관어(官話)가 섞여 있는 것이오. 본명은 우리 영사관 경찰 정보원 신상명세서에 따로 있을 테지만, 우리가 지어준 가명이 리엔 조우 칭(廉周靑)인데 젊은 시절 북경 세관에서 일을 했다고 하오. 그러다가 의화단사건에 연루되었고 반란이 진압되자 많은 사람이 총살, 혹은 구금되었는데 리엔도 그중의 한 사람이었다고 하지요. 일본제국은 구금된 사람 중에서 출신지에 따라 필요로 하는 자들을 선별하여 쓸 계획을 세웠다고 합니다. 붙들리기 전에 가졌던 직장의 성격과 개인별 능력의 유무에 따른 선발이었으니까 인원이 많지는 않았을 것이오. 리엔은 청나라 관청 중에서 요직이라고 할 수 있는 세관의 일선 직원으로 있었으니까 꽤는 빠릿빠릿하고 능력도 있었을 것이오."

청나라 말기 산동성에서 '부청멸양(扶淸滅洋)'의 슬로건을 내걸고 일어난 의화단(義和團)의 난(亂)은 처음에 기독교에 대한 무지에서 시작되었다. 기독교가 조상의 제사를 금지하고 남녀가 한자리에 모여 예배를 보는 등 미풍양속을 해할 뿐만 아니라 교회에서 중국 아이들의 눈과 심장 등을 꺼내 약품을 만들거나 골수에서 기름을 짠다는 등의 허무맹랑한 소문이 날조되어 대중을 자극했다. 게다가 서구 제국의 약탈적인 무역은 중국 국민을 분노케 하여 마침내는 난으로 폭발하게 되었다. 청국 조정은 한때 의화단을 지지하는 태도를 취했다. 1900.5.에 의화단은 북경으로 진입하였고, 각국 공사들은 청나라에 의화단의 진압을 요구했으나 받아들여지지 않았으므로 자국의 군대들을 북경으로 진주시켜 공사관을 보호하도록 조치하는 한편, 영.불.미.러.이.일 등 6개국은 490명의 연합군을 북경으로 투입하여 폭동 세력과 맞서도록 했다. 그러나 통신선의 파괴로 인해 고립된다. 이에 관계국들은 2천 명의 연합군을 결성하여 천진에서 북경으로 출발시켰으나 이마저도 의화단에 의해 저지되고 만다. 마침내 연합군은 군함들을 동원하여 포격을 가하고 상륙부대를 증원했다. 이것을 본 청나라 조정은 연합국들에 대해 선전포고를 하는 한편, 의화단으로 하여금 각국 공사관과 천진 조계에 대한 공격명령을 내린다. 한편, 일본은 이를 대규모 출병의 기회로 삼아 청나라와의 전쟁에서 기선을 잡고, 다른 연합국들에 대해서는 발언권을 강화하고자 했다. 일본으로부터 비밀 전보를 받은 영국은 처음에는 반대했으나 전황이 날로 긴박해지자 마침내는 서둘러 출병을 해 달라고 요구하기에 이른다. 1900.7.6. 일본은 2만 5천의 병력을 출병시킨다. 그리고 8개 연합군이 두 달에 걸친 전투를 벌인 끝에 마침내 8.14. 의화단의 난은 평정되고 청나라는 강화를 요청하기에 이른다. 신축조약(辛丑條約=북경의정서)에서 청나라는 연합국에 대해 청일전쟁에서 청나라가 일본에 배상한 금액의 2배가 넘는 4억 5천만 냥을 배상해 주기로 한다. 기회 있을 때마다 힘을 확장하려는 일본의 입지는 더욱 강화되었다.

"그러니까 저 리엔이라는 사람도 그 옛날 우리의 에도시대(江戸時代)

에 고요키키(コヨキキ, 민간정보원: 살인자 등 범죄자들을 쓰기도 했다)가 그 밑에 또 다른 고요키키를 한두 명씩 뒀던 것처럼 술 사주고 밥 사주면서 장사꾼 같은 정보원들을 활용하고 있군요. 혼란한 세상이 아니라면 매달 봉급 타면서 편안한 생활을 했을 텐데 저 사람 역시 난리통에 운명이 변해 측은한 인생을 살고 있네요. 25년의 세월이 흐른 지금 그에게 남아 있는 것은 자기 보호를 위한 고슴도치처럼 날카로운 경계(警戒)의 가시와 비굴한 굴종, 그리고 아부의 웃음밖에 뭐가 더 있겠습니까."

"역사는 냉정한 것이요. 우리 대일본제국이 만들려고 하는 밀정들의 모습이 바로 리엔과 같은 모습이 아니겠소. 쳇바퀴 안에 있는 다람쥐가 바깥세상을 알게 되면 탈출구를 찾는 법입니다. 그러므로 우리가 관리하는 모든 사람에 대해 항상 주의를 기울여야겠지요. 자진해서 협조하는 사람들에게는 대일본제국의 힘이 강하다는 것을 끊임없이 강조함으로써 자신과 가정을 온전하게 보호받을 수 있는 곳은 오직 일본밖에 없다는 것을 잠재의식 속에서 살아 꿈틀거리게 해야 합니다. 그리고 이도 저도 아닌 회색분자나 저항하는 자들에게는 경고나 위협이나 물질적 유혹을 끊임없이 발해야 합니다. 그것이 저들 자신이 알지 못하는 사이에 점진적으로 의구심이나 저항감 같은 것들이 줄어들어 마침내는 탈출할 생각을 접고 쳇바퀴 안으로 순응하게 하는 방법이니까요."

스기야마의 말에 기리하라는 고개를 끄덕였다.

암염 보따리는 가볍지 않은 무게지만 건강한 몸에 해마다 경찰 특수훈련소에 가서 한 달여씩 훈련을 받는 그들에게는 별문제가 되지 않았다.

머릿속을 지배하고 있는 '시간'에 대한 염려 때문에 보통 사람들이 뛰는 만큼의 걸음으로 걷고 있었다. 그러나 시간이 지날수록 짐은 조금씩 어깨를 눌러왔다.

"이런 날은 어디 가서 빠이카루 몇 잔이라도 마시고 가야 추위를 견딜 수 있을 텐데…"

기리하라는 평소 자주 찾던 봉천역 광장으로부터 동남쪽으로 약 2 킬로 거리에 있는 상부지 안 육도하로(六道河路) 입구에 있는 중국인 식당 웨이샹 판디엔(味香飯店)에서 마시던 빠이카루의 목을 타고 내리던 불타는 짜릿함! 마신 다음에 혓바닥을 달래주던 우설(牛舌) 조림과 파오즈(包子)를 생각하곤 침을 꿀꺽 삼켰다.

독주를 취하도록 마시고 난 다음에 속을 달래려고 후루룩대며 먹던 빠이코우엔(排骨麵), 술과 음식의 그 절묘하게 조합된 맛은 이국땅에서의 외로움과 매일 매일 연속되는 칼날 같은 긴장을 늦춰주곤 했다. 만일 그러한 찰나의 즐거움조차 없었다면 직업도 없이 떠돌다 나이 30이 가까워 알음알음으로 줄을 대어 순사보의 길을 걷고 있는 본토 출신 일본인으로는 자존심과 인내심을 지키기가 어려웠을 것이다. 조선을 식민지로 점령한 까닭에 본토나 조선이나 만주에서의 인력이 부족한 상황임에도 겨우 순사보 자리밖에 얻지 못하고 있는 자신의 처지가 생각할수록 한심하기만 하다. 더욱이나 지금 옆에는 자기보다 계급이 높은 조선인 출신의 순사부장(경사)이 함께하고 있지 않은가.

하지만 조선인과 일본인 사이에는 분명한 차별이 존재한다. 그런 연유로 조선인들 사이에는 자조적인 말이 있다.

'문관은 기껏해야 군서기(郡書記)이고, 무관은 순사보'라는 것이다.

조선인 출신들은 주로 영사관 경찰 분소에 배치되거나, 간도 파견 총독부 헌병대에서 지휘를 받도록 되어 있다. 이들이 하는 일은 대부분 탐정(밀정) 임무에 종사하거나 업무 보조, 통역 등으로 정해져 있다. 또한 조선인 경부는 총독부 영사관 및 각 분관에 배치하고 지휘 책임을 맡기지 않도록 했다. 그런데 이 사내는 헌병대 부사관으로 입대하여 경찰의 정기 코스인 순사보와 순사와 순사장을 뛰어넘는 방법을 택해 비교적 어린 나이에 순사부장으로 전직했다. 그리고 내지 출신이 맡아야 당연하다고 생각될 민감하고 중요한 일들을 처리하고 있다. 그는 많은 것을 갖추었을 뿐만 아니라 근면하며 성실하다. 보통의 조선인보다도 크고 딴딴한 체구에 검술에 능한 데다 중국 무술인 팔괘장(八卦掌)의 권술을 연마하기 위해 새벽마다 도장을 찾고 있다. 집에서도 새벽마다 중국 권법의 기본 호흡법인 '입선(立禪)'을 한다고 소문 난 이 사내는 죠센징인 자신의 의지가 일본인이 지배하는 조직에서 어느 높이까지 신분 상승을 할 수 있는지를 시험하는 것 같다. 그러니까 일본제국을 위해 일본인보다 더 열심히 일하는 것이 아니겠는가. 전에 특별요원으로 선발되어 일주일에 단 10분도 잠을 자지 못하고 산악을 누비는 훈련을 하기도 했고, 경찰 교육대에서 1년간 중국어와 중국인의 습관에 대해 집중적으로 교육을 받았다고도 한다. 목숨을 걸어놓고 남군(장개석 군)의 주둔 지역에 들어가 정탐하는 실습도 했다고 하니 지금은 두려운 것이 없을 것이다. 게다가 유창한 도쿄 말을 쓴다. 기리하라 자신과 한두 명을 빼고는 영사관 경찰 안에서 그를 일본인으로 생각하는 사람은 없다. 그는 자신보다 다섯 살이나 어린 나이이지만 엄연한 상급자이고 모든 사람으로부터 매우 유능하다는 평가를 받고 있으므로 제국을 위한 일에 얼마나 물불 가리지 않고 지독할 정도로 일했는지를 짐작할 수 있다. 그의 포켓 안쪽에는 늘 중국어 회화책이 들어 있다. 그는 하위직급으로부터는 존경을 받고 있고, 같은 직급의 동료들로부터는 시기를 받는 선두 주자이며, 상관들로부터는 두터운 신임을 받는 존재다. 그러나 단 한 가지에서는 이 사내도 어쩔 수 없을 것이다. 매달 받는 급여(給與)에 관한 것이다. 조선인 경찰은 일본인 출신에 비해 반액을 받는다. 스기야마와 같은 계급의 일본인 순사부장이 받는 봉급이 58전인데 비해 그가 받는 금액은 35전이다.(참고로 밀정들에겐 매월 1인당 평균 50전을 지급한다. 매우 높은 금액이다) 하지만 치열한 진급 경쟁 속에서 급여가 뭐 그리 대수로운 것인가. 스기야마의 신분은 카타나(일본도, 사무라이만 찰 수 있다)를 차는 사무라이와 같고 자신은 짓테(십수)나 달고 다니는 정도가 아니겠는가. 능력을 인정받아 중요부서에서 일하고 남보다 빠른 속도로 승진한다면 그 이상 바랄 것이 없다. 그런데 기리하라 자신은…? 생각이 여기에 미치자 더욱 웨이샹 판디엔의 빠이카루가 생각났다.

그믐밤, 험한 준령을 얼음판에 넘어지고 나뭇가지에 할퀴면서도 쉬지 않고 걸었다. 새벽 3시는 돼서야 기진맥진한 몸으로 추가가 마을이 어렴풋이 보이는 곳에 당도했다. 모두가 잠든 한밤중이지만 리엔으로부터 들은 말이 있는지라 이곳으로부터는 더욱 조심해야 한다.

마을에 가까이 다가가자 어느 집에선가 개가 짖기 시작하더니 오래지 않아 온 동네의 개들이 짖어댔다. 골목길 담장 아래에서 가라앉을 때를 기다렸지만 멈추지 않았다. 하는 수 없이 마을 밖으로 빠져나왔다가 잠잠해지자 다시 들어갔다. 그러나 개들은 더욱 극성을 떨었다. 사람들의 웅성거리는 소리도 들렸다. 부리나케 마을을 빠져나왔다.

기리하라가 말했다.

"과연 외부인을 심하게 경계한다는 말이 맞긴 하군요. 거의 집집마다 개를 기르는 것 같습니다. 이런 상황이면 아예 아침에 들어가는 것이 낫지 않을까요?"

"중국은 대대로 보갑제도(保甲制度)가 발달해 있으니까 까딱 자칫하면 떼거리로 몰려나올 염려도 있소. 조심해야 하오. 게다가 이 밤중에 리엔이 말했던 집을 찾는다는 것도 쉬운 일은 아닌 것 같소."

그들은 멀찌감치 물러나 산기슭에서 날이 밝기를 기다렸다.

어둠을 밀어내며 희뿌옇게 새벽빛이 밝아오니까 마을의 모습이 서서히 드러나기 시작했다.

동서남북이 높은 산으로 둘러싸여 있는 사다리형의 한가운데를 좁은 도로가 관통하고 있고, 그 도로는 오불꼬불 산 밑을 돌아 어딘가와 연결되고 있었다. 두 사람이 바라보고 있는 마을의 오른쪽과 개울 건너편엔 밭이 있었다. 그리고 밭들 가운데를 흐르는 급류의 협곡 위로 외나무다리가 놓였다.

집들은 100여 호가 약간 넘을 것 같은데 사다리형의 맨 위쪽에 특별히 눈에 띄는 큰 기와집이 있고 아래쪽으로는 그보다 조금 작은, 지붕에 판자를 얹은 집들이, 또 그 아래쪽으로는 고만고만한 초가들이 계단 모양으로 자리 잡고 있었다. 집의 규모와 지붕의 모습만 보고도 마을에 사는 사람들의 위계가 뚜렷한 것을 알 수 있다.

"어떻게 할까요? 지금 가면 이 추운 겨울, 게다가 한밤중에 인가가 없는 산길을 지나 꼭두새벽에 나타난 우리를 더 의심하지 않을까요? 그리고 간밤에 개들까지 짖어대도록 만들지 않았습니까. 아예 해가 중천에 떴을 때 보따리를 지고 들어간다면 크게 의심받지 않을 것 같은데요."

"아니, 그렇게 여유를 부릴 때가 아니오. 지난밤에도 시간을 많이 허비했는데 어떻게 해가 중천에 뜰 때를 기다린단 말이오."

주위를 살피면서 빠른 걸음으로 마을의 맨 아래쪽 입구에 있는 '그 집'으로 여겨지는 집으로 달려갔다.

가쁜 숨을 헐떡거리며 조심스레 싸리문을 열었다. 마주 쓰러져가는 오막살이 집 기둥에는 희미하게 '酒㈜'라고 쓰인 낡은 나무판자가 빛바랜 세월에 취한 듯 기우뚱하게 걸렸다.

낮은 소리로 주인을 불렀다. 대답이 없다. 댓돌 위로 올라가 판자문을 두드렸다. 그제야 안에서 인기척이 나고 오래지 않아 50대 중반으로 보이는 몸집이 깡마르고 눈이 움푹 파인 여자가 까치집 같은 머리를 이고 나타났다.

그녀는 양손으로 눈을 비비며 꼭두새벽에 웬 불청객들인가 하는 눈빛으로 바라봤다.

기리하라가 자신들은 소금장수인데 밤새도록 걸어왔기 때문에 허기를 달랠 수 있는 음식을 좀 달라고 했다. 그러나 여자는 새벽인지라 재료가 마땅치 않다고 하면서 미처 못 잔 잠을 더 자야겠으니 빨리 사라져달라는 듯 늘어지게 하품을 했다.

스기하라가 그녀에게 다가가 귀에 대고 낮은 소리로 말했다.

"워시 징린 주 진셩셩 지셔 라이거.(我來到這裡是經過連周青先生的介紹. 리엔 조우 칭씨의 소개로 찾아왔습니다.) 말씀드리면 도와줄 거라고 하더군요."

여자가 눈을 크게 뜨고 두 사람의 아래위를 잠시 훑어보더니 얼른 방으로 들어오라는 눈짓을 했다.

방에 들어가 벽에 상체를 기댄 채 발을 뻗었다. 온몸이 녹아내리는 것처럼 나른하더니 스르르 눈이 감겼다.

그때다. 누군가가 문을 열어젖혔다.

험상궂게 생긴 얼굴에 거지처럼 초라한 옷을 입은 다섯 명의 장정이 들이닥쳤다. 그들 중 세 명은 몽둥이를 들고 있었다.

"누구냐? 웬 놈들인데 남의 집 방문을 함부로 여는 것이냐?"

스기야마가 그들과 주인 여자의 얼굴을 번갈아 보면서 외쳤다. 침입자들 가운데 한 명이 스기야마의 말에는 대꾸하지 않고 주인 여자를 향해 물었다.

"타멘 쉬 쥐다오 다 렌 마?(他們是知道的人嗎? 아는 자들인가?)"

"두이 주쉬 나양.(對, 就是那樣. 네, 저어~ 그게.)"

주인 여자가 머뭇거리자 다그치듯 다시 물었다.

"이 여편네야, 똑바로 말해. 이자들을 아는가 말이야."

"처음 보는 사람들입니다요."

그는 주위를 둘러보며

"너희들 중에 평소 이자들을 한 번이라도 본 사람이 있나?"

모두 고개를 가로저었다. 그러자 두 사람을 향해

"우리와 함께 좀 가줘야겠다."라고 말했다.

"어디로 말이오? 우리는 소금을 팔러 다니는 사람일 뿐 죄진 게 없소."

"죄가 있고 없고는 가보면 알게 되겠지." 하고 나서 패거리들을 둘러보며

"뭘 꾸물거리고 있어? 어서 이자들을 묶어라!"라고 다그쳤다.

스기야마가 공중으로 뛰어오르며 맨 앞에 서 있는 두 사내의 가슴팍을 번갈아 걷어찼다.

기리하라도 그중 한 놈의 얼굴을 주먹으로 가격했다.

"어이쿠~"

넘어진 자들이 비명을 질렀다.

기리하라의 눈과 스기야마의 눈이 마주쳤다. 두 사람은 전광석화처럼 문을 박차고 밖으로 뛰쳐나갔다.

그러나 도망칠 곳은 없었다. 좁은 마당을 역시 시커먼 얼굴을 한 이십여 명의 장정들이 둘러싸고 있었기 때문이다. 그들 중 한 명은 총을 들고 있었다.

"빨리 이 두 놈을 잡아라!"

방금 방안에서 명령을 내리던 자보다 연장자로 보이는 키 큰 사내가 명령했다.

모두 일시에 달려들었다. 스기야마가 기리하라를 향해 고개를 저었다. 이 상황에서 저항한다는 것이 승산이 없을 뿐만 아니라 도망친다해도 지리에 어두운 그들로서는 별로 이로울 게 없을 거라는 판단이다. 그들은 두 사람의 손을 뒤로 묶고 몸에도 굵다란 밧줄을 감고 나서 골목을 꼬불꼬불 돌아 마을 위쪽으로 끌고 갔다. 삽시간에 사람들이 모여들어 신기하다는 눈으로 바라보며 뒤를 따랐다. 도착한 곳은 새벽에 보았던 그 집, 마을의 맨 위쪽에 있는 커다란 집이다.

당초(唐草)무늬가 새겨진 두 개의 담장 문을 열고 마당을 지나자 커다란 별채가 나타났다. 모두 댓돌 아래에 섰다.

일행을 인솔한 키 큰 사내가 문 앞으로 올라가 안쪽을 향해

"촌장님, 간밤에 침입했던 수상한 자들을 잡아 왔습니다."라고 말했다. 안쪽에서 낮고 카랑하면서 위엄이 서린 목소리가 들려왔다.

"다이 샹 타.(帶上它. 데려오너라.)"

문이 열리고 돗자리가 깔린 커다란 방이 나타났다. 마주 바라보이는 벽면에 그림이 걸렸다. 버드나무 아래에서 도롱이를 쓴 촌부가 호수에 낚시를 드리우고 있는데 그 옆으로 '춘야희우(春夜喜雨)'라는 두보

의 시가 유난히 큰 글씨로 붙어 있다. 그림 아래에 누군가가 비스듬히 옆으로 누웠다. 자세히 보니 70이 넘을 것으로 여겨지는 말라깽이 늙은이가 황금 색깔의 마오즈(일명 왕서방 모자)를 쓰고 옆으로 누운 채 대(竹)로 만든 긴 빨대를 물고 있다. 그의 옆에는 작은 탁자가 놓였고, 탁자 위에는 조그마한 유리병과 알코올램프가 있다. 그리고 노인이 끝에 아편이 집힌 가느다란 쇠꼬챙이를 들고 있었다. 아편을 빨고 있는 것이다. 방안에 비릿한 냄새가 돌았다.

노인이 입에 물고 있던 빨대를 내려놓으면서 물었다.

"이들이 한밤중에 우리 마을을 들락거렸던 그 사람들인가?"

키 큰 사내가 대답했다

"네, 그렇습니다."

"저 사람들을 내 앞으로 좀 더 가까이 앉게 하라."

옆에 대령하고 있던 사내들이 스기야마와 기라하라의 뒷덜미 깃을 끌어올려 노인과 가까운 곳으로 꿇어앉혔다. 다시 노인이 물었다.

"자네들은 신분이 무엇인고?"

"저희는 이곳저곳 돌아다니면서 소금을 파는 장사꾼들입니다."

"소금 장수들이 왜 시도 때도 분간하지 못하고 한밤중에 남의 마을을 들락거렸는고?"

"이곳까지 오는 동안에 묵을 만한 인가가 별로 없어서 시납시납 오다 보니 밤중이 됐습니다. 어디 묵을 곳이 없을까 하여 마을로 들어왔다가 개들이 하도 짖어서 마을 분들의 잠을 깨울까 염려됐습니다. 그래서 다시 밖으로 나갔었습니다."

스기야마의 대답이 끝나자 다시 기라하라를 향해

"자네는 고향이 어디이고 언제부터 소금 장사를 시작했는고?"라고 물었다.

"열세 살 때 가난 때문에 산둥성에 있는 집을 나온 이후로 먹고살기 위해 별의별 안 해 본 일이 없이 떠돌다 4년 전부터 이 장사를 계속하고 있습죠."

"그래, 산둥성 어느 지역에서 출생했으며 어디 어디를 다니면서 무슨 노동을 했고, 소금은 주로 어디서 사 오는고?"

기리하라의 얼굴에 당황하는 빛이 돌았다. 그러나 머리를 주억거리며 느리게 대답했다.

"태어난 곳은 산둥성 웨이팡구 청황미다오 437번지이고, 허베이성 첸시현에서 막노동도 했습니다. 그리고 지린성 바이샨 탄광에서 석탄도 캤구요. 암염은 양쯔강 쪽에서 생산되는 것을 펑텐에서 도매로 떼어다가 팔고 있습니다."

"흠, 고생을 많이 하면서 자랐구먼."

노인이 불쌍하고 측은하다는 눈으로 기리하라의 얼굴을 한참 동안 바라보고 나서 키 큰 사내를 향해 코를 찡긋했다. 그것이 무슨 의미인지는 알 수 없었다.

"여보게 루이창(銳强), 이 사람들의 몸에 별다른 건 없는지 수색해봤는가?"

"포박하기 전 수색을 했습니다. 무기 같은 건 없었습니다."

"하기야 착하게 사는 소금 장수들한테 무기 같은 것이 있을 리 없지. 그런데 이 사람들의 얼굴과 손발이 너무 더러워 보기가 민망하구먼. 우선 물수건이라두 좀 가져다가 얼굴과 손을 닦아주게."

"그럼 결박을 풀어주라는 말씀인…?"

노인은 루이창의 말을 끊으며 신경질적으로

"아니야, 수건으로 그냥 얼굴과 손만 닦아주란 말이야."라고 말했다.

무리 중에 두 사람이 물수건을 가져와 얼굴과 손을 닦아주었다. 스기야마와 기리하라는 고맙다고 연신 고개를 조아렸다. 어떻게 하든 촌장의 마음을 사야겠다는 생각에서다. 그때까지 병 속의 아편을 램프에 구우면서 조용히 빨대를 빨고 있던 노인의 얼굴에 묘한 웃음이 흘렀다. 그는 어느 순간 벌떡 일어나 앉으며 소리를 질렀다.

"모두들 봐라. 이 희멀건 얼굴과 손이 소금 장사하고 석탄 캐던 놈들의 것이냐? 손바닥을 확인해 봐라. 분명 굳은살 하나 박히지 않고 깨끗할 게야."

루이창이 두 사람의 뒤로 돌아가 손바닥을 끌어내 찬찬히 살펴봤다.

"그렇습니다. 아주 깨끗합니다. 말씀하신 대로 굳은살 같은 건 전혀 없습니다요."

"저기 저 소금자루도 수색해 봐!"

그 말에 스기야마와 기리하라는 가슴이 철렁 내려앉았다.

만일의 경우에 대비한다면서 각자 권총과 홀스터를 헝겊으로 싸서 소금자루 가운데에다 감춰뒀는데 이리도 쉽사리 발각될 줄이야!

노인은 루이창이 양손에 들고 있는 권총 두 자루를 물끄러미 바라봤다.

"네놈들이 아무리 중국말을 유창하게 한다 해도 본토인을 속일 수는 없어. 더욱이나 저 땅딸보 놈의 발음과 억양은 자신이 왜놈이라는 걸 확실하게 나타내고 있어. 그뿐 아니라 켕기는 데가 없다면 한밤중이라고 동네에 들어와 잘 곳을 청하지 못하고 들락거릴 이유가 있겠느냐. 무슨 꿍꿍이수작을 부리려고 여기까지 왔는진 모르지만, 감히 쩌우자가(趨家街)와 나를 속여 무언가를 하려고 했다면 일생일대의 큰 실

수를 한 게야." 잠시 생각하더니

"내가 직접 문초를 할 테니 당장 이 두 놈을 저 대들보에 거꾸로 매달아라!"

두 사람은 완강하게 반항했으나 결국은 밧줄로 묶여 굵다란 대들보에 달려졌다.

"지금부터 묻는 말에 정직하게 대답하지 않고 조금이라도 거짓말이라고 생각되면 즉시 송장으로 변할 것이다. 자~ 묻겠다. 너희들의 신분이 무엇이냐?"

"우리는 소금 장수가 틀림없소. 죄 없는 사람들을 아무런 이유 없이 이래도 되는 것이오?"

"하하 이놈 봐라, 누굴 바보로 여기나. 그렇다면 맛보기를 하나 선물해라."

몽둥이가 들어왔다. 눈에서 불이 번쩍 나고 이어서 허리가 시큰거렸다. 정면승부 외에는 다른 길이 없다는 생각이 들었다. 통하면 살 것이고, 아니면 죽을 밖에….

"나는 대일본제국 봉천 영사관 경찰서의 스기야마 순사부장이오."

"대강 그런 데에 연줄이 있는 놈들로 생각은 했다. 땅딸보 네놈도 같은 소속인가?"

"그렇소. 나는 기리하라 순사보요."

"무슨 목적으로 여기를 왔는가?"

스기야마가 대답했다.

"그건 비밀사항에 속하기 때문에 말할 수 없소."

"그~래? 죽음보다 비밀이 더 중요하단 말이지?"

"비밀을 준수하는 것은 경찰 본연의 임무요."

"다시 한번 묻겠다. 죽음보다 비밀이 더 중요한가?"

"그렇소."

"헛허허, 일본 놈들이 잔인하고 독살스럽다더니 과연 듣던 대로구나. 아직도 본심을 드러내지 않고 말장난이나 하겠다면 기꺼이 죽여주마." 촌장은 주위에 서 있는 부하들을 둘러보며

"여봐라, 이 두 놈을 당장 끌고 가 작두로 목을 싹둑 잘라버려라. 그리고 시체는 창고 앞에 있는 큰 솥에다 삶아서 개들의 먹이로 던져 줘라. 엊저녁부터 새벽까지 목구멍이 피가 나도록 짖었으나 원인을 제공한 자들이 몸으로 보상을 하면 크게 서운해하지는 않을 게다."

"예, 알겠습니다."

부하들이 달려들어 공중에 묶인 끈을 풀려고 하자 스기야마가 소리쳤다.

"우리를 죽이면 너희들과 이 마을이 무사하지 못할 것이다. 왜냐하면 영사관 경찰서에서 우리를 이곳에 출장을 보냈기 때문이다. 너희는 대일본제국이 어떤 힘을 가진 나라라는 걸 모르는가?"

스기야마의 큰 소리에 밧줄을 풀려던 자들이 엉거주춤 서서 촌장의 얼굴을 바라봤다. 촌장은 또다시 천장에 대고 너털웃음을 날리고 나서

"이놈이 아직 상황 파악을 못하고 있구나. 네놈들이 우리나라 내정이 어수선한 틈을 이용하여 멋대로 영사관 경찰서를 짓고 인원을 늘리는 등 불법행위를 하고 있으니까 아예 이곳이 중국이라는 사실조차 잊었단 말이냐? 중국이 지는 해라고는 하나, 여기는 엄연히 둥베이 땅이다. 네놈들이 활동할 수 있는 땅은 중국 정부로부터 조차(租借)하고 있는 관동주(關東州)와, 소위 만철(滿鐵: 만주철도) 부속지 7만8천600묘(1묘

=6.667a)의 땅, 그리고 시가지 안에 있는 상부지(商埠地)뿐이다. 러시아로부터도 철도 부속지를 넘겨받아 특권을 누린다고 생각할지 모르나 그곳은 중국의 주권에 속하는 지역이기 때문에 조계지나 식민지가 아니다. 너희 일본에게 다만 일시 사용을 허락하여 관리권만 부여한 것이다. 또한 광서(光緖) 31년(1905)의 포시마오시헤이유(朴次茅斯和約, 포츠머스조약)에 의해 1공리(公里, 킬로)마다 15명을 넘지 못하는 철도수비대를 보유하게 돼 있다. 독립수비대 6개 대대가 만주에 들어와 있다고는 하나 그것은 만철을 지키기 위한 것일 뿐, 그곳에서 밖으로 나가고자 한다면 '국외출병'이 되어 너희 정부의 '국무회의 인가'가 필요하고 너희 왕의 '봉칙명령'이 있어야 하는 걸 모르는가 말이다. 그뿐 아니라 너희 일본은 우리의 허락도 없이 철도 연변 50미(米, m)에 양쪽으로 호(濠)를 파고 검문소를 설치하여 민간인도 다니기 어렵게 해 놓았으니 이 어찌 안하무인 방자한 행동이 아니겠는가?!"

스기야마는 침착해지고자 애썼다. 겁먹어서는 안 된다. 더욱 담대해야 한다고 자신에게 일렀다.

"하지만, 너희 나라나 러시아와의 전쟁에서 승승장구한 우리 대일본제국의 영사관 경찰을 죽이고도 무사할 것으로 믿는다면 그거야말로 어리석기 짝이 없는 일이다. 그래, 죽일 테면 죽여라. 하지만 사흘도 못 가서 하늘이 내려앉고 땅이 꺼지는 경험을 하게 될 것이다."

"우리가 시치미를 떼면 시체를 먹은 개들이 대답할 수도 없는 일, 누가 죽였는지를 어찌 알 건가?"

"영사관에서 추가가 출장을 명령했는데 그 이상 무슨 증거가 더 필요할 것인가?"

"허허 요놈 봐라. 감히 나를, 이 추센융(趙憲勇)을 협박하다니…."

촌장의 불편한 기색을 눈치챈 루이창이 촌장을 향해 허리를 굽히고

"죽여버리는 게 좋을 것 같습니다. 설사 왜놈 군대가 온다고 해도 뼈다귀는 산속에 묻어버리고 솥단지까지 깨끗이 청소했는데 무슨 증거로 보복을 할 수가 있겠습니까?"

"흐음…."

촌장은 흘낏 눈동자를 돌려 공중에 매달려 있는 스기야마의 얼굴을 훔쳐봤다.

스기야마는 촌장의 마음이 흔들리고 있다는 것을 직감했다.

"우리 대일본제국은 이 지역을 지배하고 있는 장쭤린(張作霖) 독군(督軍)과 좋은 관계를 유지하기 위한 노력을 하고 있는데 우리를 죽이면 대일본제국과 봉천 정부 양쪽으로부터 반드시 화를 당할 것이다. 반대로 우리를 풀어주고 우리가 하는 일에 협조해 준다면 위에 말씀드려 마을의 안전을 지켜주고 당신들이 원하는 일들이 있다면 도와줄 것이다."

"이놈아, 권력이란 수시로 바뀌는 것이다. 리위안훙(黎元洪) 총통이 된 치루이 총리를 견제하려고 불러들인 장쉰(張勳)이 리위안훙을 배신하고 청나라 황실을 복원했고, 쑨원이 북벌을 하기 위해 끌어들인 광동 군벌 천쭝밍(陳炯明)이 오히려 쑨원을 몰아내는 판국이다. 우린 바람에 날리는 솜털 같은 그런 권력엔 관심이 없고, 다만 우리 쩌우자가(鄒家街)의 안전을 확실하게, 그리고 오랫동안 도모할 수 있는 항구적인 힘이나, 또는 목구멍으로 넘어가는 물건에만 관심이 있다. 알겠느냐?"

"우리 일본은 당신이 말하는 항구적인 힘을 가지고 있다. 그건 최근의 동북아 정세를 봐도 알 수 있는 것이 아닌가. 우리는 당신네가 원하는 것들이 있다면 최선을 다해 도와줄 것이다. 반드시!"

"너 같은 일개 순사부장 따위가 무슨 힘이 있다고 그따위 허언을 말하는 것이냐. 건방진 놈 같으니…."

기리하라가 거꾸로 매달려 대춧빛으로 붉게 변한 고통스런 얼굴로 대답했다.

"아니다. 스기야마 순사부장은 우리 봉천 영사관 경찰에서 가장 뛰어난 형사이고, 상급자들이 절대적으로 신임하는 분이다."

"그렇다면 우리 추가가의 안전을 보장하고 우리가 원하는 것들을 해 주겠다는 걸 무엇으로 담보할 수 있겠느냐?"

스기야마가 대답했다.

"일본 경찰은 죽음보다 명예를 중히 여긴다. 감히 대일본제국 경찰의 명예를 걸고 당신이 한 말을 지킬 것이다. 우리를 풀어준다면 돌아가 보고하여 최고책임자를 모시고 오든가, 또는 어떤 방법으로든 보증을 하도록 하겠다. 그리하면 되지 않겠는가?"

"제법 담력도 있고, 책임감도 있는 놈이구나. 좋다, 명예를 생명보다 귀하게 여긴다니까 일단은 네 말에 관심을 가져보기로 한다."

촌장은 흔쾌히 말하고 나서 부하들을 향해

"이놈들을 풀어줘라. 총을 제외하고는 모두 돌려주고 밤새도록 들락거리느라고 잠도 못 잤을 것이다. 자도록 해 줘라. 그런 다음에 다시 얘기를 나눠보자."

촌장은 다시 옆으로 누우며 쇠꼬챙이를 들어 유리병 속의 아편을 램프에 태웠다. 빨대를 입에 물고 지그시 눈을 감았다.

사지에서 벗어난 두 사람은 휴우~ 하고 안도의 한숨을 쉬었다. 방에 누웠지만 잠이 오지 않았다. 손목시계를 보니 1시가 가까이 오고 있었다. 배고픈 것은 둘째 치고 시간이 가는 것이 안타까워 속을 끓였다. 얼마쯤 지나 촌장의 부름이 있다는 전갈이 왔다. 스기야마를 제외하고 모두 물러라는 명령에 따라 조그마한 방에 발이 긴 탁자를 마주하고 둘이 마주 앉았다. 촌장의 모습은 달라져 있었다. 조금 전 세수도 하지 않고 누워서 아편을 빨던 때와는 전혀 다른 모습이다. 양 볼이 들어간 마른 얼굴이지만 八자 콧수염은 잘 정돈돼 있었고 희고 풍성한 턱수염은 다듬어져서 빈약한 하관을 보기 좋게 감싸고 있었다. 남색 비단에 팔각형의 무늬가 있는 창파오를 입었다.

촌장이 말했다.

"서로 약속이 이루어졌으니까 먼저 당신이 무슨 목적으로 여길 왔는지 무엇을 필요로 하는지부터 말하라."

스기야마는 생각했다. 도망자들이 추가가 사람들과 어떤 연관이라도 있지는 않을까? 이곳에서 크게 멀지 않은 곳에 그들의 본거지가 있다. 어떤 일들을 계기로 친밀한 사이가 됐을 수도 있고, 왕래하는 사이일 수도 있다. 그들은 사방에 수색조가 깔린 것을 짐작하고 추가가 사람들의 도움을 받아 당분간 이곳에 몸을 숨기고 있는지도 모른다. 더욱이나 일본을 싫어하는 중국인과 조선인의 관계가 아닌가. 만일에 그렇다면 오히려 도망자들에게 정보를 제공하는 꼴이 될 가능성도 있다.

촌장의 눈치를 봐 가며 조심스럽게 물었다.

"혹시 최근에 이 지역에 들어온 사람들이 있습니까?"

촌장이 한동안 스기야마의 얼굴을 뚫어지게 바라보다가

"당신은 아직도 우리한테 마음의 문을 열지 않고 있어. 왜 솔직하게, 직설적으로 묻지를 않는 것인가? 우리 쩌우자가는 당신이 상상하는 것처럼 그런 약삭빠르고 계산에만 능한 사람들이 아닐세. 혹시 조선에서 탈출하여 도망하고 있는 독립군에 대해 알고 싶은 것이 아닌가?"

스기야마는 가슴이 뜨끔했다. 70대의 이 노회한 늙은이가 베테랑 일본 형사의 마음을 꿰뚫고 있다고 생각하니 전신에 소름이 돋았다. 그뿐 아니라 조금 전 소금 자루에서 권총을 찾아낸 일이며, 마침내는 일본 경찰의 순사라는 신분까지 스스로 밝히도록 하지 않았던가! 하는 수 없다. 더는 경계를 하거나 시험을 하면 원점으로 돌아갈 것이다.

"예, 우리는 촌장께서 말씀하신 것처럼 조·청 국경을 넘어 도망 중인 불령선인 둘의 행방을 쫓고 있습니다. 혹시 알고 계신 것이 있으면 말씀해 주시오."

"진즉에 그렇게 말을 할 것이지…. 이곳 관내와 근방에서 일어나는 일은 바늘 한 개가 움직이는 것이라 하더라도 놓칠 리가 있겠는가. 그 독립군 가운데 한 명은 얼마 전 이곳에서 붙들렸네."

스기야마는 하마터면 기쁜 마음에 자리에서 벌떡 일어날 뻔했다.

"두 명 다 잡았습니까, 아니면 한 명만 잡았습니까? 그자들은 지금 어디에 있습니까?"

촌장은 고개를 좌우로 흔들었다.

"어디에 있는 건 말해 줄 수 없고, 잡힌 사람은 한 명이네."

"그자의 이름이 무엇입니까?"

"자신의 이름을 비롯한 신병에 관해 일절 언급하지 않지만 바로 이 사진과 같은 자일세."

촌장이 건네주는 벽보를 보니 틀림없는 김창로다.

"그럼 현상금을 지급해 드릴 테니 포로를 데리고 저희와 함께 우리 서(署)로 가시지요."

촌장은 스기야마의 눈을 응시하면서

"솔직하게 말해서 우리가 그자를 체포한 이유는 현상금을 타고자 하는 욕심이 있었기 때문일세. 헌데 가둬놓고 가만 생각해 보니까 엄청난 문제가 있다는 걸 깨닫게 됐어. 다름이 아니라 그자를 넘겨주고 나서 당할 독립군들로부터의 보복이네. 여기서 불과 200리 거리 합니하(哈泥河)에 있는 그들은 틀림없이 우리 모두를 죽이고 마을을 쑥대밭으로 만들어 놓을 것이야. 그러한 이유로 이러지도 저러지도 못하고 있네. 분명히 말해두지만 그렇다고 해서 일본 경찰이나 군대가 쳐들어와 빼앗으려 든다면 포로를 죽이고 우리도 똘똘 뭉쳐 대항할 것이네. 게다가 여긴 중국 땅인데 일본이 그런 행동을 한다면 국제적인 문제가 발생하겠지. 그러니 강제로 데려갈 생각 같은 건 아예 안 하는 게 좋을 것이야."

"그럼 어떻게 하면 좋겠습니까?"

"정 데려가고 싶으면…."

봉천의 일본 총영사관.

이미 땅거미가 짙어 사람들은 각자의 집으로 돌아가기 위해 걸음을 바쁘게 옮기거나 혹은 식구들과 도란도란 저녁 식사가 한창인 시간대라 관청건물들 대부분은 불이 꺼지고 가로등만 아롱거리고 있었다. 하지만 일본영사관 건물은 창마다 대낮처럼 환하게 불이 켜져 있고 경찰들의 발걸음은 오히려 대낮보다 바쁘다.

간부들이 상황실에 모두 들어오고 나서 문 옆에 서 있던 순사보 복장의 젊은이가 밖에서 문을 닫았다.

최고책임자 기가 다케우마(儀峨 武馬) 경부가 중앙에 앉았고 그 옆으로 경무과장 요시무라 경부보, 첩보과장 나카노 경부보 등이 각각 책상 앞에 수첩을 놓고 앉아 전면 상황판 위에 그려져 있는 대형 만주

지도를 바라보고 있다.

스기야마 순사부장이 지도 위의 일정 지점들을 지휘봉으로 짚어가며 설명을 하고 있다.

"…작년 12월 30일 이전의 상황에 대해서는 이미 아시는 바와 같으므로 이후부터의 행적에 대한 조사에 대해서만 간략히 보고드리겠습니다. 불령선인 2인은 동 31일 압록강 얼음 위에서 쫓기다 서로 헤어졌고, 현재 추가가 사람들에 의해 체포된 자는 김창로입니다. 이 자는 단동을 거쳐 회인현 호로두(胡蘆頭)에 있는 한인촌에서 이틀을 묵은 다음, 다시 통화에서 유하를 거쳐 본부로 향하던 도중 황도촌에 있는 추가가 사람들에게 발견, 체포됐습니다. 단동에서 도주한 지 22일 만입니다. 그리고 현재 추가인들에 의해 불상 지점에 구금되어 있는 것으로 파악됐습니다. 도주 중인 한 명의 행방은 아직 확인하지 못했습니다."

다케우마 서장이 말을 끊고 질문을 했다.

"체포된 자가 김창로라는 건 어떻게 알았나?"

"추가가 촌장의 말에 의하면 그자를 체포한 이후로 모든 수단을 다해 문초를 하지만 어쩌다 간간이 도주 경로에 대해서만 노출하고 있을 뿐 자신의 신분에 대해서는 철저히 함구하고 있다고 합니다. 하지만 촌장이 제게 보여준 현상금 벽보의 인물이 틀림없는 김창로였습니다."

"김동삼(金東三)의 정의부 쪽으로 정보가 샐 염려는 없는가?"

"당분간 그럴 염려는 없습니다."

"포로를 직접 만나겠다고 요청해 봤는가?"

"요청했으나 일언지하 거절당했습니다."

"그렇다면 현상금을 지급하고 인수하면 되는 일이 아닌가."

"그것이 간단치가 않습니다. 추가가 촌장은 포상금 수령 후 불령선인 단체(정의부)로부터의 보복을 두려워하고 있습니다."

"우리 쪽에서 비밀을 확실하게 지켜주겠다고 약속해 주면 될 것이 아닌가?"

"그 약속을 믿지 못하겠다는 것입니다. 우리가 포상금을 지급하고 나서 불령선인 단체들에게 경종을 울리기 위해서나, 이후 중국인들의 협조를 끌어내기 위한 목적 등으로 반드시 체포 과정을 선전할 것으로 의심하고 있습니다. 그렇다고 사건이 공개된 다음에 부족 전체가 멀리 이사 갈 수도 없는 일이 아니냐는 것입니다."

"그럼 도대체 해결 방안이 뭐야? 촌장과 대화를 했으면 해결 방안도 들었거나 생각한 게 있을 게 아닌가?!"

서장은 버럭 소리를 지르면서 넓적한 얼굴 아래 늘어진 턱살을 어루만지던 손으로 책상을 두드렸다. 일본인치고는 키가 크고 몸집이 좋아 얼핏 침착해 보이는 서장이지만 사안이 중대한지라 조급한 모습이다.

스기야마는 구둣발을 한데 모으며 "하이!" 하고 소리쳤다. 그리고

"네, 그 말씀을 드리려던 참입니다. 촌장은 우리 영사관의 보증서를 달라고 합니다."라고 대답했다.

"보증서라니, 무슨 보증서 말인가?"

"촌장의 말에 의하면 추가가 주변은 군벌들과 마적들과 독립군의 횡행으로 늘 불안한 상태에 있다고 합니다. 차제에 불령선인을 넘기는 대신 두 가지 조건을 제시했습니다. 첫째는 이미 공포한 대로 현상금을 지급할 것. 둘째는 우리 영사관에서 추가가 일대에 영사관 경찰 분소를 설치하여 24시간 감시 체제를 운영해 달라고 합니다. 그 약속이행을 담보하기 위해 시한을 명시한 내용으로 우리 봉천 영사의 직인이

찍힌 보증서를 발부해달라는 것입니다."

"뭐가 어째?"

서장의 눈꼬리가 올라갔다.

"그래서 뭐라고 답했나?"

"첫째 조건은 언제라도 이행이 가능한 것이고, 두 번째 조건은 저의 명예를 걸고 보증서를 발급받도록 하겠다고 답변했습니다."

"어떻게 그런 오만하고 무책임한 약속을 할 수 있단 말인가. 더욱이 자넨 그 정도 판단은 할 수 있는 간부가 아닌가?!"

"그렇지 않으면 그곳을 빠져나올 수 없고, 생명까지도 위태한 지경이었습니다. 솔직하게 말씀드린다면 명예라는 말을 믿어준 사실만으로도 고맙다는 생각을 하고 있습니다."

"무슨 말도 안 되는 소리! 대일본제국의 총영사가 그런 미천한 중국인들에게 어린애도 웃을 보증서나 써주는 허수아비란 말인가? 도대체 말이 되는 얘기라구 생각하나? 자네들의 머리엔 뭐가 들었길래 그런 자와 그런 이야기를 나누고 그따위를 약속이라고 이행할 생각을 하는가?"

"그건 저희 두 사람의 생명과 맞바꾼 일이고 경찰의 명예와 관련된 일입니다."

"저런 고집불통 인사를 봤나." 서장은 혀를 끌끌 차고 나서 다시

"명예는 군인이 찾는 것이고, 경찰은 결과만 있으면 되는 것이야. 그리고 보증서를 써주는 권한은 나한테 있는 것이 아니고 아카쓰카(赤塚) 총영사께서 외무성의 허가를 받아야 하는 사항이야. 나는 총영사께 그런 농담 같은 말씀을 드릴 수가 없어."라고 말했다.

나카노 과장이 거들었다.

"물론 절체절명의 위기를 벗어나기 위해 어쩔 수 없이 던져 준 말이 겠지만 어린애가 웃을 일이야. 무시해 버려!"

"그렇긴 하지만 약속은 약속이고, 그 약속을 지키지 않으면 포로를 넘겨받을 수가 없습니다."

"다른 방안을 연구해 봐야겠지. 그따위 약속을 이행하지 않았다고 해서 자네나 우리 경찰의 명예가 훼손된다고 나는 생각지 않네. 이곳에서 중국인들한테 인격적인 대우를 하다간 우리 일을 하나도 성공시킬 수가 없어. 그뿐 아니라 야만인들에게 문명인의 대우를 해 주면 겁 없이 달려들게 돼 있어. 개에게 물리지 않으려면 개에 합당한 대우를 하면 그것으로 되는 것이야."

서장이 요시무라 경무과장에게 물었다.

"우리가 경찰력을 동원하여 추가가로 쳐들어가 촌장을 체포하면 어떨까?"

"그건 외교적인 분규까지도 초래될 가능성이 있는 매우 위험한 일입니다. 경신년에 있었던 대토벌 작전(庚申慘變)의 후유증이 국내외적으로 가라앉지 않았고 재작년 내지에서 있었던 관동 대진재(関東大震災)로 인해 어수선한 상황에서 자칫 성냥불이라도 붙인다면 외교적으로나 정치적으로 돌이킬 수 없는 방향으로 전개될 공산이 매우 큽니다. 다른 방법을 찾아야 할 것으로 생각됩니다."

서장은 잠시 생각하더니 무릎을 탁 치며 나카노 과장을 향해 물었다.

"마적들을 이용할 방법은 없소? 다이쇼 9년(1920)에 마적두목 장강호(長江好)란 자를 이용해 훈춘을 습격하게 하여 나남사단(羅南師團) 등을 만주에 투입한 적도 있질 않소. 현재 마적들의 상황은 어떻소?"

"예, 신해혁명 이후에 더욱 숫자가 늘어나서 현재 지나 전체에는 약

6천 개의 조직에 토비의 수는 적어도 2백만 명 이상 된다고 합니다. 만주 전체를 파악한 자료는 없습니다. 다만 간도 총영사관에서 조사한 바에 의하면 작년 한 해 연길 화룡 훈춘 왕청 4개 현에서만 출몰한 마적이 10만 정도라고 합니다. 그리고 피해액은 약 4만 2천 원에 이른다고 합니다. 이 자료는 이주민들이 신고한 피해액만 다룬 것으로 실제로는 이보다 훨씬 많을 것으로 여겨집니다. 추정해 보면 만주에만 적어도 오십만에 가까운 마적이 활동하고 있을 것이라 사료됩니다."

이 말을 들은 서장의 눈꼬리가 올라갔다. 그는 앉은 사람들을 둘러보며

"이 사람들아, 간도 총영사관에서 그런 통계를 조사하는데 왜 우리 봉천 영사관에서는 관내 피해 상황에 대한 통계조차 내지 못하고 있는가? 신고된 사항만 가지고도 간단히 통계를 낼 수 있는 거잖아?! 조선인들은 우리 천황폐하의 신민들이 아닌가!? 도대체 뭣들하고 있는지 원…."

혀를 끌끌 찬 다음 다시 본래의 얼굴로 돌아와서

"황소 한 마리 가격이 40원 정도 되니까 4개 현에서 한 해 동안에 강탈당하는 금액이 대략 계산해도 황소 1천 마리에 해당하는군. 하지만 신고하지 않은 것들이 훨씬 많으니까 그 금액은 의미 없는 것일 테지…."

서장은 잠시 책상 모서리를 내려다보며 무언가를 생각하더니

"전체 군대의 숫자가 많아야 150만인데 마적의 숫자가 200만이라니 거대 지나(支那)도 갈 데까지 갔군. 어느 나라가 먹든 죄의식을 느낄 이유는 없지 않은가. 세계에서 가장 강력한 힘을 가진 우리 대일본제국의 소유가 된다면 그 어떤 이유조차 덧붙일 필요가 없는 일이야!"라고

말했다.

그의 얼굴에 잠깐 웃음이 지나갔다.

"그런데 지나 전체와 비교해 볼 때 만주에는 어찌 그리 마적이 많소?"

"만주 지역에는 말을 다룰 줄 아는 자들이 많고, 특히 가장 극심한 정치적인 혼란을 겪고 있어서 그 어느 쪽으로도 공격받을 염려가 적을 뿐만 아니라, 조·중 접경지대에 있는 깊은 밀림지대나 대, 소흥안령 같은 산맥들이 많아 피신하기에 좋기 때문입니다. 러시아와의 국경지대도 가깝구요. 그리고 무엇보다도 마적들은 조선인 부락들을 먹잇감으로 보고 있기 때문입니다. 보호막이 가장 취약한 데다 여러 민족 중에서도 가장 열심히 일하는 사람들이니까 약탈하기에 그 이상 좋은 먹잇감이 없을 것입니다. 마치 사냥한 것들을 물고 올 때마다 빼앗을 수 있는 부엉이 집 같은 것이 아니겠습니까! 더욱이나 우리 봉천 관내에만도 조선인은 북간도 다음으로 많아서 현재 11만이나 되니까요."

"그렇다면 이곳 동북에서 우리가 관리하고 있거나 부려 먹기 좋은 마적단들은 어떤 무리가 있소?"

나카노 과장은 두꺼운 수첩을 뒤적였다.

"맨 먼저, 엉터리 시를 쓰기도 하는 장쭝창(張宗昌)이라는 자가 있습니다. 이자는 녹림상장군(綠林上將軍), 즉 도둑의 상장군 또는 구육장군(狗肉將軍), 혼세마왕(混世魔王), 삼부지장군(三不之將軍), 오독대장군(五毒大將軍) 등으로 불리는 자로서 산동성 액현(연태시. 내주시) 출신입니다. 아비의 직업이 사또가 행차하면 앞에 가면서 나팔을 불어주는 취고수(吹鼓手)였습니다. 장쭝창은 이처럼 가난한 집안에 태어나 어릴 때부터 이 사람 저 사람 등을 치고 못된 짓을 하다가 마침내는 규모를 갖춘 토비(土匪)가 되어 본격적으로 약탈 행각을 하고 있습니다. 구육장군이란 별명은 도박을 좋아해서 붙여진 이름입니다. 산동성에서는 도박을 개고기라 칭하는데 별명은 거기에서 나온 것이고, 혼세마왕은 문자 그대로 혼란한 세상을 틈타 나온 마왕과 같은 존재이며, 삼부지장군은 세 가지를 모른다고 해서 붙여진 것입니다. 즉 재산이 얼마인지 모르고, 첩(妾)이 얼마인지 모르며, 부하가 몇 명인지를 모른다고 합니다. 다만 첩 중에 러시아 여자가 셋이 있다는 건 기억하고 있다고 합니다. 지나에서는 전갈과 뱀, 지네, 두꺼비, 도마뱀 등이 가장 독한 5대 해충으로 불리는데 오독대장군이란 별명이 붙은 걸 보면 얼마나 무자비하게 약탈하고 있는지를 짐작할 수 있으실 겁니다. 이자의 성격을 나타내는 사례 한 가지를 말씀드리겠습니다. 오래전 어느 군벌의 하급 장교로 있을 때 상해의 한 요정(料亭)에 미인으로 소문난 기생이 있다는 말을 들었습니다. 유별나게 여색을 좋아하는지라 찾아가 한번 보고는 홀딱 반해버렸습니다. 하지만 도도한 그 기생은 주제넘게 어딜 감히 자기를 넘보냐며 그가 주는 선물을 쓰레기통에 던져버렸습니다. 치욕을 잊지 않고 있던 장(張)은 전쟁에 참여하여 상해를 점령하게 되자 그 여자를 수소문했고 마침내 가정을 이루어 아이 둘을 자녀로 두고 있는 그녀를 납치했습니다. 옷을 발가벗기고는 펄펄 끓는 방안에 집어넣었다 뺐다 하는 놀이를 즐깁니다. 그러고는 울며 애걸하는 그녀를 첩으로 삼습니다. 그 일로 아이들은 거지가 되어 길거리에서 굶어 죽었고 남편은 치욕을 견디지 못해 자살을 했다고 합니다. 이번 일에 써먹기에는 이런 자가 적격이 아니겠습니까?!"

"하지만 주 활동무대가 산동성이라고 하지 않았나?"

"도둑들에게 경계가 어디 있겠습니까? 먹거리가 있는 곳이면 어디든 달려가는 들개떼니까요. 우리 봉천에도 네 번이나 들어와 약탈을 했습니다. 그런데 이자를 써먹으려면 꺼림칙한 문제가 있긴 합니다."

"뭔가?"

"장쭤린 계열로 알려져 있습니다. 그러니까 그 속을 판단하기 어렵습니다. 우리 생각을 잘못 내보였다가 오히려 소문이 나거나 약점으로 작용할 위험성이 있습니다. 정확한 조사를 해야 할 것입니다."

"성분이 불분명한 자들은 당연히 제외해야겠지. 또 다른 놈들은?"

"안북거비(雁北巨匪) 샤오리성(喬日成)이라는 자와, 하북흑비(河北黑匪) 황성지에(黃盛傑)도 있습니다."

"흠…."

"안북거비(雁北巨匪) 샤오리성은 산서성 응현(현재 삭주) 하사진 신보촌의 한 가난한 농촌 가정에서 태어났습니다. 마마를 앓아서 얼굴에 곰보 자국이 있는데 담이 크면서도 세심하여 약탈이나 방화를 하고도 좀체 꼬리를 잡히지 않습니다. 제 아비의 잔소리가 듣기 싫어서 산 채로 땅속에 묻었을 정도로 잔악한 놈입니다. 돈만 주면 무슨 일이든 하는 놈입니다.

하북흑비 황성지에는 일명 흑면자(黑面子)라고도 불리는데 얼굴이 유별나게 검어서입니다. 치치하얼(하르빈) 출신으로 어려서부터 지나친 사랑을 받아 버릇없이 큰 탓에 악하고 방탕한 생활을 하게 됩니다. 집안에 값나가는 물건들은 마음대로 가지고 나가 도박에 탕진했으며, 돈이 떨어지면 도박판에서 이기든 지든 아무에게나 돈을 내놓으라고 협박을 합니다. 게다가 아주 음탕하여 마음에 드는 여자는 어떠한 일이 있어도 그냥 놔두지를 않습니다. 어떤 부호의 집 여자를 강간하려다 총에 맞아 한 쪽 다리를 약간 절게 됐는데, 그것이 오히려 이 자의 성격을 더욱 잔인하게 만들었다고 합니다. 잘 생기지도 않았고, 키가 크거나 건장한 체구도 아니고 글을 읽을 줄도 쓸 줄도 모릅니다. 그가 지휘하는 비적의 숫자는 적을 땐 1, 2십 명이고 많을 땐 2, 3백 명의 오합지졸입니다. 매우 잔혹하고 음탕한 짓거리를 자행해서 백성들은 이 자를 뼛속까지 증오하고 있습니다.

기북악비(冀北惡匪) 쏭기엔(宋殿元)이란 자도 있습니다. 이자는 그야말로 도박꾼, 깡패, 토비의 삼위일체라고 할 수 있습니다. 송기엔의 원적은 하북성 숭례현입니다. 장북현에서 태어났습니다. 아명은 '오투자(五套子)', 외호는 '소오점(小五點)'. 어려서부터 부모, 형 누나의 사랑을 받아 버릇없고 구속받지 않으며 방탕한 습성을 지니게 됩니다. 사람을 때리고 욕하며, 물건을 훔치는 것을 실력으로 여겼습니다. 10살 때 도박의 악습을 익히는데 자주 집안의 물건을 훔쳐서 팔아 도박을 했습니다. 무뢰한이어서 이기든 지든 내놓으라고 했습니다. 용모가 별로지만, 삼두육비의 괴물도 아니고, 키가 크고 건장하지도 않고 글자도 읽을 줄 모릅니다. 이놈은 결의형제를 만들어서 살인 약탈을 저지릅니다. 어떤 때는 관병으로 위장하여 인민들을 괴롭히기도 하지요. 그 밖에….

나카노가 설명을 하는 동안 요시무라 경무과장이 스기야마를 불렀다. 그리고 귓속말로

"우리가 보증서를 써주면 촌장이 그것을 받는 즉시 포로를 넘겨줄 거라고 확신하고 있나?"라고 물었다.

"예, 그렇게 믿고 있습니다."

요시무라 과장은 서장의 얼굴을 살폈다.

"서장님, 이렇게 하면 어떻겠습니까?"

"어떻게 말이오?"

"마적을 활용하는 문제는 매우 위험합니다. 이 일이 중국 정부를 비

롯하여 다른 나라들에 탄로 날 경우 커다란 문제가 발생할 수 있고, 그자들이 포로를 두고 우리와 정의부 쪽에 흥정을 붙여 몸값을 올린다면 일이 매우 어려워질 수도 있습니다."라고 운을 뗀 뒤 습관인 어깨를 한 번 들썩이고 나서

"추가가 촌장의 마음이 언제 어떻게 변할지 모릅니다. 스기야마 순사의 말대로 그들에게서 포로를 빼 오려면 보증서를 발급해 줄 수밖에 없을 것 같습니다. 추가가 마을에다 썩은 울타리를 쳐주는 셈 치고 가짜 보증서를 써 주면 되지 않겠습니까. 나중에 그들이 영사관 분관 설치를 입에 올리면 그때마다 내일, 모레 하면서 미루면 됩니다. 만일 보증서를 들고 떠들어대면 자기들 스스로가 벌인 자작극이라고 딱 잡아떼거나, 독립군들한테 슬며시 정보를 흘려주면 깨끗이 정리될 것입니다. 그마저 여의치 않으면 그때 가서 마적을 동원해도 될 것입니다."

"추센융이라는 자가 삼척동자도 아니고, 더욱이나 한 촌락의 좌장인데 그런 말을 했다는 건 어떤 다른 꿍꿍이가 있는 게 아닐까?"

"지금으로선 스기야마 순사부장의 말을 믿는 방법밖엔 없을 것 같습니다."

벽에 걸린 괘종시계가 오후 8시 17분을 가리키고 있었다. 서장은 경무과장의 말에 대꾸하지 않고 자리에서 일어섰다.

"이제 본부에 보고할 시간이 채 두 시간도 남지 않았군. 그럼 이렇게 하시오. 보고의 문안을 즉시 작성해서 내 결재를 받도록 하되, 내용은 포로 한 명의 소재를 확인했다는 것과, 상황 설명을 하고, 신병 확보를 위해 10일간의 시간을 달라고 하시오. 보고는 최종 시한 임박 5분 전에 하시오. 그래야 윗분들께서 우리가 1분 1초까지 얼마나 고생을 하고 있는지를 인식하실 테니까 말이오. 비록 한 명의 행방은 오리

무중이지만 가장 중요한 인물의 소재를 파악한 것만으로도 국장님께서 매우 기뻐하실 게야. 그렇지 않소?!"

그는 비만한 몸을 뒤뚱거리며 자신의 사무실로 걸어갔다. 그가 말하는 국장은 총독부 경찰국장 미쓰야 미야마쓰(三矢宮松)다.

요 이틀 동안 스기야마의 머리는 두통이 올 정도로 복잡하게 돌아가고 있었다. 봉천 총영사관 영사 명의의 가짜 보증서를 전달해야 하는 문제 때문이다.

아무리 생각해도 달리 마땅한 수가 떠오르지 않아 속으로 끙끙 앓고 있으나 가짜 보증서를 만드는 일은 급속하게 진행되었다.

시내 도장 가게에서 봉천 주재 일본 총영사 명의의 위조 직인이 만들어졌다. 얼핏 보면 정직인(正職印)과 같은 모양이나 글자의 굵기를 좀 더 투박하게 하여 자세히 들여다보면 진짜와 구별되도록 했다. 보증서의 글씨는 담당 직원이 쓰지 않고 민간 일본인을 데려다 쓰게 했다.

마침내 추센륭 촌장에게 전달해야 하는 날이 왔다.

스기야마는 홀로 말을 타고 추가가로 가면서도 많은 생각을 했다. 무뢰한인(無賴韓人; 조선 혁명가들을 부르는 말)의 신병을 인계받는 중요한 일을 불과 몇 시간 앞에 두고 있다. 가짜 보증서를 전달한다면 촌장을 속이고 목적을 달성할 수 있다. 그러나 자신이 중요하게 생각하는 신념과 자존심은 꺾이게 된다. 그에 대한 부끄러움은 죽는 날까지 자신을 괴롭힐 것이다. 인생을 당당하게 살려면 부끄러운 짓을 해선 안 된다. 그러나 명예와 자존심을 지키는 것은 국가에 대한 배신이 된다. 그런데 외교부의 승인을 받지 않고 만든 가짜 보증서를 가지고 국가가 원하는 결과물을 취득하는 것이 과연 애국의 방법인가? 그게 아니라면? 문득 야마가타 총감의 얼굴이 떠오른다. 명예는 생명보다 소중한 것이다. 그러나 개인의 명예와 국가가 충돌할 시는 국가를 택하라… 하지만 이런 방법이 암묵적으로 용인된다면 그것을 용인하는 국가가 추구하는 정의란 무엇인가? 의문은 꼬리를 물고 머릿속을 흔들었다. 총감의 뜻도 속임수를 쓰는 비양심적인 방법을 동원하면서까지 국가를 앞세우라는 말은 아닐 것이다. 하지만 정말 그런 뜻이었을까? 서장은 말하기를 명예는 군인의 것이고 경찰은 결과만 있으면 된다고 하지 않았던가. 추가가는 점점 다가오고 어느 쪽이든 빨리 결단을 내려야 한다.

스기야마는 마침내 목적지를 약 1㎞ 앞둔 지점에서 결단을 내렸다. 말 위에 앉은 채로 가방에 넣어둔 위조 증명서를 꺼내 갈기갈기 찢어서 개울가 버드나무 숲에다 던져버렸다.

그리고 망설임 없이 추셴륭 촌장의 집 대문 앞에 섰다. 문지기가 열어주는 대로 마당 안으로 들어섰다. 그러자 바깥에서 덜컹하고 대문을 잠그는 소리가 들렸다. 예감이 좋지 않다. 촌장은 전에 봤던 그 모습으로 아편을 빨다가 정좌를 하고 앉았다. 그의 얼굴에도 왠지 모를 긴장감이 서려 있었다.

"보증서를 발급받지 못했습니다. 명예를 걸고 말씀드렸던 일인데 지키지 못했으므로 그에 상응한 벌을 받기 위해 혼자 왔습니다. 어떤 벌을 주시든 달게 받겠습니다."

촌장은 이 무모한 일본인 순사의 얼굴을 물끄러미 올려다봤다. 어처구니가 없다는 표정이다. 바보인가, 만용인가. 아니면 진정한 용기인가? 젊은 순사는 각오가 돼 있는지 긴장한 얼굴이면서도 당당한 태도다. 촌장은 넋 나간 사람처럼 한동안 스기야마의 얼굴을 바라보다가 미소를 지었다. 그리고 한쪽 벽면을 차지하고 있는 커다란 병풍 쪽에다 대고 손뼉을 쳤다.

"자, 모두 나오거라. 손님을 편히 모셔야겠다."

갑자기 병풍 뒤에서 행형도자(行刑刀子, 망나니들이 쓰는 칼)를 아래로 내린 험상궂게 생긴 두 사람의 청년이 나타났다. 그들은 계면쩍은 표정을 지으며 묵례를 하고는 밖으로 나가버렸다.

촌장은 너털웃음을 웃으며 스기야마의 손을 잡아 자리에 앉기를 권했다.

"놀라게 해서 미안하오, 실례를 용서하시오. 하마터면 아주 귀한 분을 잃을 뻔했소이다."

두 팔꿈치를 모아 합장을 하고 나서 침착한 음성으로 말했다.

"나는 어린애가 아니오. 상식 밖의 약속을 요구해 놓고 당신이 어떻게 행동하는가를 보고 있었을 뿐이오. 만일에 당신이 보증서를 가져왔을 경우 당신은 죽음을 면치 못했을 것이고, 나는 독립군 포로를 그의 부대에 데려다주라고 했을 것이며, 그들 편에 섰을 것이오. 왜냐하면 '히노마루(にっしょうき, 일장기)'는 태양의 모습을 도적질한 큰 도적떼의 깃발에 다름이 없고, 결코 약속을 맺을 상대가 아니라는 것을 깨달았을 것이기 때문이오. 물론 당신 개인에 대한 기대도 한낱 쓰레기 같은 존재라고 정리됐을 것이오. 하지만 기분 나빠하지는 마시오. 나는 당신네 일본은 지키지 못할 약속은 남발하지 않는 나라라는 것을 알게 됐고, 당신은 명예를 목숨보다 중하게 생각하는 사람이라는 것 또한 알았소. 우리 사이에는 이제 완전한 신뢰가 형성됐소. 그리고 당신과 나 사이에는 진지하게 나눌 매우 중요한 이야기가 있소. 나는 당신을 도와줄 것이지만 그 일을 위해선 해결해야 할 골치 아픈 문제가 있

소. 그 매듭이 풀어진다면 나도 당신에게 정중히 도움을 요청할 일이 있소. 어떻소, 본론으로 들어가기 전에 상호 믿음이 형성된 것을 기념하여 나와 함께 이 자리에 편히 누워 아편이라도 한 모금 빨면서 이야기를 나누지 않으려오?"

스기야마는 전혀 상상조차 할 수 없는 상황의 전개에 어리둥절하면서도 이 노회한 늙은이가 또 무슨 꼼수를 부릴지 몰라 정신을 차리려고 애를 썼다. 마음을 추스르면서 머리를 조아려 예를 표했다.

"저는 아편을 접해보지 않아 사양하겠습니다. 기회가 되면 다음에 촌장님과 함께 맛을 음미해 보도록 하겠습니다."

자초지종을 솔직하게 설명해야 한다는 생각이 들었다. 그러나 차마 입이 열리지 않았다. 다케우마 경부를 비롯한 영사관 경찰들의 긴장된 얼굴들이 눈앞을 지나갔다.

"좋소. 그러면 잠시 기다렸다가 음식이나 들면서 이야기를 나누도록 합시다."

그리고 반 식경이 지났을까, 촌장은 그를 별도의 밀실로 안내했다. 스기야마의 눈이 휘둥그레졌다. 그곳에는 커다란 원형의 회전 테이블 위에 갖가지 산해진미가 가득 놓였기 때문이다.

촌장은 미소를 지으면서 앉기를 권했다.

"이 음식들은 우리 두 사람이 지금과 같이 신뢰를 형성하는 모습을 가정해서 준비시켰소. 그러나 우리가 이처럼 마주 앉게 되리라고는 믿지 않았소. 아마도 우리 식구들끼리의 회식 자리가 될 가능성이 크다는 생각을 했습니다. 인생은 죽는 날까지 배운다고 하더니 늦은 나이에 또 한 가지 교훈을 배웠소이다. 99%의 의심보다 1%의 신뢰가 인간 사회를 유지케 한다는 것을 말입니다. 그 1%야말로 우리 모두를 믿음과 희망의 길로 안내하는 원동력이 아니겠소이까."

촌장은 스기야마의 앞에 놓인 조그만 사기잔에다 무색의 술을 따랐다.

"아시다시피 이 마오타이지우(茅台酒)는 지엔난춘지우(劍南春酒)나 양허따취(洋河大曲), 우리앙예(五粮酒) 등과 더불어 우리 중국을 대표하는 8대 명주 중에서도 대표 명주지요. 수수를 열 달 동안에 여덟 번 발효시키고 아홉 번 증류한 다음에 또 4년 동안 저장고에 넣었다가 비로소 햇빛을 보게 하는 명주 중의 명줍니다. 게다가 이 술은 보관창고에서 50년 동안 잠을 재운 아주 특별한 놈입니다. 자, 오늘 우리 두 사람 사이에 끈끈한 믿음이 형성된 것을 기념하여 맘껏 마셔보도록 합시다. 원래 우리 중국인은 밥부터 먹으면서 상대방이 함께 일할 수 있는 사람인가 어떤가를 판단합니다. 이 원탁을 시계방향으로 돌리면 일을 순탄하게 진행해 나가자는 것을 의미하고, 반대로 돌리면 계약을 파기하겠다는 것을 뜻합니다. 그러나 우리 사이에는 이미 그런 장애가 사라졌으니 예법과 절차를 무시하고 좌우 마음대로 돌려가며 편리한 대로 음식을 먹으며 이야기를 나누는 게 어떻겠습니까?"

"좋은 말씀입니다. 주신 음식 감사히 먹겠습니다."

스기야마는 다시 정중히 허리를 굽혀 감사를 표했다.

한 잔씩을 들고 나서 본론을 이야기하기 시작했다.

"당신은 두 번째 우리 마을을 방문하는 동안 형편을 잘 파악했으리라 생각됩니다. 우리 쩌우자가 마을은 대대로 가난을 숙명으로 여기고 살아왔소이다. 농사는 주로 강냉이와 콩 좁쌀 등이고 쌀을 사려면 2백50여 리나 나가야 합니다. 쌀밥은 일 년에 몇 번 있는 제사 때에나 맛볼 수 있으니 가히 짐작할 만하지 않습니까. 어찌나 쌀이 귀한 존재인지 아이들이 쌀밥을 볼 때마다 '하오 취 다 시후(好吃的食物, 좋다밥)'라고 부른답니다. 이 쩌우자가를 책임지고 있는 사람의 입장에서 참으로 고민이 많소이다. 그런데 얼마 전에는 나를 놀라게 하는 사건이 발생했습니다."

그는 잠시 수염을 쓰다듬고 나서 이야기를 계속했다.

"예서 길을 따라 위쪽으로 8리(청나라말 1리는 576미터=십 리 정도)쯤 올라가면 펑(馬, 풍)씨들이 사는 마을이 있는데 펑자가(馬哥街, 풍가가)라고 부르지요. 그런데 우리 쩌우가와 펑자가는 세력이 비등해서 서로 은근히 경쟁을 하면서 살아왔습니다. 그건 결코 내가 바라지 않는 일이지만 양쪽에 젊은 사람들이 많다 보니 자연히 그렇게 되고 말았습니다. 그래도 싸움을 하거나 크게 불미한 사건은 없이 지내왔는데 약 5년 전부터 분위기가 달라졌습니다. 펑자가 사람들이 더욱 오만해져서 우리를 깔보기 시작했습니다. 더러는 우리 아이들이 그곳을 지나다 시비에 걸려 얻어맞고 올 때도 있었지요. 어찌하여 그리됐는고 하니, 펑자가의 생활이 몰라보게 풍요로워졌기 때문입니다. 우리나 그들이나 궁벽한 산골 척박한 땅에서 농사나 짓고 사는데 갑자기 풍요로워질 이유가 없습니다. 은밀하게 알아봤지요. 그런즉슨 펑자가 출신의 어떤 사람이 오래전 마을을 나가 떠돌아다니다 마적단을 조직하여 두령이 됐다는 것입니다."

촌장은 이야기를 하다가 음식을 앞에 놓고 너무 말을 많이 하고 있다는 것을 깨달았는지

"허허 내가 이게 무슨 무례람. 손님이 수저를 대지 못하도록 장광설을 늘어놓고 있으니…, 어서 드십시다."라고 말했다.

하지만 스기야마는 음식에 선뜻 젓가락을 댈 수가 없었다. 그 모습

을 본 주인은

"아마도 찢어지게 가난하다는 내 이야기나, 누더기를 걸치고 귀리를 먹는 아이들의 모습을 보셔서 수저 대기를 망설이는 것 같은데 오늘은 그런 것 신경 쓰지 말고 대접하는 나를 편하게 해 주시오. 어려운 부탁을 할 수밖에 없는 입장이니까 마음의 짐을 조금 덜어주시는 의미에서도 말입니다."

스기야마는 음식을 먹기 시작했고 촌장은 중간중간 이야기를 계속했다.

마적두목은 이따금 동네에 들를 때마다 각지를 떠돌아다니면서 흉악한 짓을 해서 빼앗은 물건들을 주기도 했으나 부하들을 거느리느라 값나가는 재물을 주지는 않았다. 그러나 두목의 몫으로 직접 챙기는 아편은 별도로 모았다가 사람을 보내거나 지나가는 기회에 건네줬다. 촌장인 펑레이쥔(馮睿俊)은 어렵사리 아주 유능하고 신뢰할 만한 중개상을 찾았고 거래를 텄다. 50살쯤 된 어떤 사람이 이따금 나타나 아편을 받아 갔는데, 소문에 의하면 관동군 헌병대의 밀정이라고도 하고, 오랫동안 중국에 와서 활동하는 낭인(浪人)이라고도 했으나 확실한 신원은 알 수가 없었다. 다만 외양이나 언어나 생활 습관이 중국인과 조금도 다르지 않았다. 그가 아편을 현금으로 바꾸어 주고 가져가는 대가는 판매 대금의 4할이라고 하니까 매번 상당한 금액일 것이다. 풍가가 촌장으로서는 속이 아리지만 발각되면 목이 뎅겅 달아나는 엄한 국법 아래서 그가 누구보다 안전하게 일을 처리하고 있으므로 기꺼이 감수하고 있었다. 그러나 추가의 젊은이들은 풍가가를 살찌우고 오만의 힘을 길러주고 있는 그 중개인이 마을을 지날 적마다 가자미 눈으로 바라보곤 했다. 몇몇 젊은이들은 관가에 고발을 하자고 했으나 그런 것을 싫어하는 촌장이 금지명령을 내려둔 상태다. 또한 촌장의 입으로 차마 말을 하지는 않았으나 추가가라고 약점이 없지는 않았다.

불안불안하다는 생각을 떨치지 못하고 있던 어느 날 마침내 일이 터지고야 말았다.

아편 중개상이 펑가가 촌장을 만나기 위해 오는 길이었다. 마을 입구에 있는 외나무다리를 건너고 있었는데 맞은 편에 있던 추가가의 젊은이가 빠른 걸음으로 다가와 외나무다리 한가운데에 버티고 섰다. 스무 살쯤 된 그 청년과 중개상이 서로 물러나라는 시비가 붙었다. 일부러 시비를 걸었으니 좋게 끝날 리 없다. 멱살잡이가 벌어지고 마침내 중개인이 힘으로 당할 수 없자 권총을 빼 들었다. 그 순간 청년이 잽싸게 정강이를 걷어찼다. 중개상은 비명을 지르며 다리 아래로 떨어졌다. 급류에 휩쓸려 순식간에 어디론가 사라져 버렸다. 눈 깜짝할 사이에 일어난 일이다. 청년은 다름 아닌 추센룽 촌장의 막내아들이었다. 그때 마침 먼데 밭일을 마치고 마을로 돌아가던 펑가가의 농부가 이 광경을 보고 슬금슬금 뒷걸음을 하다가 몸을 돌려 부리나케 달아났다.

양쪽 마을 사람들 간에 몇 차례 육탄전이 벌어진 다음 추가가 촌장의 대리인인 루이창과, 펑가가 촌장의 대리인인 챠오루강(喬魯港)이 마주 앉았다.

> 챠오루강: "어찌할 거냐? 우리 펑자가의 귀중한 손님을 죽였으니 죄에 합당한 대가를 치러야 하지 않겠는가?"
>
> 루이창: "우리는 그 사람의 이름도 신분도 알지 못하고, 더욱이나 너희 펑자가의 손님인지도 몰랐다. 죄에 대한 문제는 봉

천성 경찰국에서 다룰 일이지 너희가 말할 성질이 아니다."

챠오루강: "그 사람이 너희 마을을 지나서 우리 펑자가를 드나든 지 5년이나 됐는데 모른다는 건 말이 안 된다. 그런데도 시치미를 뗀다면 경찰서에 이 사건을 고발할 수밖에 없다."

루이창: "하하하, 너희 펑자가가 무엇을 해서 잘 먹고 잘사는지 내가 안다. 자신 있으면 고발해 봐라."

챠오루강: "네가 알고 있다니까 까놓고 얘기하는 게 어떻겠는가."

루이창: "좋다. 그렇게 하자."

챠오루강: "그 사람을 죽였기 때문에 우리가 입은 손해는 이만저만이 아니다. 그건 어떻게 보상할 건가?"

루이창: "무슨 손해를 봤다는 건지 구체적으로 얘기해 봐라."

챠오루강: "또 그렇게 말한다면 대화할 수 없다."

루이창: "아편을 말하는 것인가?"

챠오루강: "그렇다. 죽은 사람이 아편을 팔아주곤 했는데 판로가 끊겨서 밥을 굶게 생겼단 말이다."

루이창: "우리하곤 관계없는 일이다. 더욱이 우리나라는 아편으로 망한 나라다. 아편을 몸에 지닌 사람도 발각되면 사형이다. 국법으로 금지한 아편을, 그것도 수년 동안 마적으로부터 공급받아 돈을 벌어왔는데 무슨 판로 타령이냐. 고발당해 죽지 않고 그동안 잘 먹고 잘 살아 왔으면 비밀을 지켜준 사람들에게 오히려 고맙게 생각해야지."

챠오루강: "누구한테 고맙게 생각하라는 거냐?"

루이창: "누군 누구야, 우리 쩌우자가지."

챠오루강: "뭐야, 이 말 뼈다귀 같은 놈이... 그런 식으로 나온다면 우리에겐 너희 쩌우자가를 쓸어버릴 다른 방법도 있다."

루이창: "마적을 이용해서 우리를 죽인다는 말 같은데 그런 짓거리를 한다면 우리만 죽을 것 같은가? 만일에 대한 대비책을 수립해 놓고 있다. 개 뼉다귀 같은 놈아, 돌아가 네 주인한테 할 테면 해 보라더라고 전해줘라."

대리인 간의 싸움은 아무런 접점을 찾지 못하고 끝났다.

"그 후로도 두어 차례 대화가 있었습니다. 내용이야 어찌 됐든 결과적으로는 아들놈으로 인해 그들에게 심대한 손해를 끼쳤으므로 펑자가를 찾아갔습니다. 펑레이쥔 촌장은 지금까지 원활하게 유지됐던 판매 통로가 없어진 것에 매우 분노하고 있었습니다. 그리고 이 문제를 해결하기 위해 조건을 제시했지요. 첫째는 죽은 사람의 유족에 대한 보상금으로, 혹은 유족을 찾지 못하면 장례를 지내 줘야 하니까 1천 원을 지급할 것. 둘째는 끊어진 판로에 대한 보상금으로 2천 원, 셋째는 신뢰할 수 있는 중개인을 구할 때까지 총 3천 원에 대한 이자를 하루 5원씩 누증으로 하고, 넷째는 이 약속들은 1년 6개월 이내로 이행해야 하며, 그 실행을 담보하기 위해 살인사건의 당사자인 막내아들을 펑자가에 인질로 보낼 것 등이며, 끝으로 이행 기한을 지키지 못하면 인질은 러시아나 위구르 노예 상인에게 매매하겠다고 했습니다.

나는 많은 생각을 했습니다. 그리고 펑자가 촌장이 요구하는 대로 서약서에 도장을 찍어줬습니다. 대신에 약속한 기간 내에는 인질의 신변에 아무런 문제가 없어야 한다는 서면 약속을 받았습니다. 두려워하는 아들놈을 설득하여 보냈지요. 그러나 돈을 마련할 길이 막막했습니다. 여러 날 생각 끝에 큰 모험을 하기로 결심했습니다. 아들을 구하기 위해선 아편을 재배하는 방법밖에 다른 길이 없었습니다. 차제에 우리도 대대로 우리를 지배하고 있는 악귀 같은 가난에서 벗어나 아이들에게 쌀밥을 좀 먹이고 싶기도 했구요."

촌장은 사기잔을 들어 마오타이를 목 안으로 털어 넣었다.

"아편을 크게 재배해 볼 결심을 했습니다. 내몽골지역과의 경계인 누루얼후(老魯兒虎)의 비밀스런 곳에 사람을 파견해서 토질이 좋은 곳을 골라 작년 4월에 씨를 뿌리고 김매기를 철저히 했습니다. 그리고 7월에 건조를 마무리하여 아주 질 좋은 상품을 만들어 냈습니다. 어찌어찌하여 비밀리에 이 분야를 잘 아는 사람을 소개받았고, 불안한 상태에서 1차로 시험 삼아 거래를 해 보려고 합니다. 아울러 평자가의 요구도 해결해 주고, 인질로 잡혀 있는 아들놈도 찾아와야 하니까요."

촌장은 스기야마가 술을 마시고 나자 자신의 잔과 손님의 잔에 나란히 술을 따르고는 잔을 들고 스기야마를 바라봤다. 두 사람이 동시에 마시고 나자 활짝 웃어 보였다. 이번에는 자신의 잔에만 술을 부어 몇 잔을 연거푸 마셨다. 그리고 젓가락을 상위에 올려놓았다.

"지금 당장 급한 일은 아드님을 구해 오는 것이 아닙니까. 그렇다면 그 아편을 가지고 풍가가의 촌장과 협상을 할 수도 있을 것 같은데요. 이를테면 배상해 달라는 금액보다 아편을 많이 줄 테니 인질부터 돌려주고, 중개인을 구하는 문제는 차차 알아보자고 말입니다."

"자식을 인질로 잡힌 아비가 왜 그런 생각을 안 해 봤겠습니까?! 하지만 저쪽에서 아편보다 비중을 두는 것은 중개인 문젭니다. 왜냐하면 아편은 또 얻거나 재배하면 되는 일이지만, 잡히면 목이 잘리는 위험한 환경에서 믿고 맡길 만한 중개인이 없다면 아무리 아편을 많이 가지고 있다 한들 무슨 소용이 있겠습니까?"

촌장은 자세를 바로 하고 옷섶을 매만지면서 말했다.

"우리는 스기야마 부장님께 큰 기대를 걸고 있습니다. 부디 이 늙은 이의 청을 물리지 말아주십시오. 제 막내 아들놈의 목숨과 찢어지게 가난한 쩌우자가 사람들의 형편을 깊이 고려하시어 꼭 좀 도와주시기 바랍니다."

짙은 눈썹 아래 진지한 눈빛이 그의 간절함을 말해 주고 있었다.

그러나 스기야마는 손을 내저었다.

"아시다시피 저는 일본 경찰의 순사입니다. 제가 도울 일은 별로 없을 것 같은데 무엇을 말씀하시는지요?"

"북경에 사는 상인을 만나 그에게 우리와 펑자가의 아편을 넘기고 돈을 받는 것으로 첫 거래를 시험해 주기 바랍니다. 어렵지만 우리 모두의 운명이 걸린 이 일을 좀 맡아 주십시오. 성공한다면 우리 좋고, 영사관 좋고, 펑자가 좋고, 그야말로 낚시 하나로 물고기 세 마리를 낚는 일조삼어(一釣三魚)가 아니겠습니까?!"

촌장이 말을 꺼낼 때부터 아편과 관련하여 어떤 부탁이 있을 것이라고 어느 정도 예상은 하고 있었으나 북경까지 직접 운반하고 또 거래할 사람의 신분까지 확인해 달라는 말에는 놀라지 않을 수 없다.

"다시 한번 말씀드리지만 저는 일본 순사의 신분입니다. 마음 같아서는 도와드리고 싶습니다. 하지만 그런 성격의 일에 가담하기에 합당한 신분은 아니라고 생각됩니다. 윗분들이 허락할 가능성도 전혀 없구요. 만에 하나 도와드린다고 해도 저로 인해 큰 난관에 봉착할 위험도 있습니다. 신분이 자유롭고 안전한 다른 사람을 알아보시는 것이 좋을 것 같습니다."

"아니요. 오히려 일본 경찰의 신분이기 때문에 우리에게 도움을 주실 수가 있다는 말입니다. 부정적으로만 생각하지 마시고 우선 내 계획을 들어보기 바랍니다."

스기야마는 손을 저었다.

"아니요, 아닙니다. 죄송하지만 그 문제에 대해선 더는 말씀을 하지 않으시는 게 좋겠습니다."

순간 촌장의 얼굴에 실망하는 빛이 돌더니 곧이어 단호한 어조로 말했다.

"그렇다면 나도 독립군 포로 문제에 신경 쓸 일이 없소이다."

난감한 일이다. 촌장은 연거푸 술을 들이켰고 한참 동안 무거운 침묵이 흘렀다.

"대략적인 실행계획이라도 구상해 놓으신 게 있습니까?"

촌장의 얼굴이 환하게 밝아졌다.

"시작은 빠를수록 좋을 것 같습니다. 심부름할 사람을 한 명 따르도록 하겠습니다. 가실 때는 경봉선(京奉線)을 이용하고, 일을 마치고 돌아오실 때는 북경에서 천진(天津)까지는 경산선(京山線) 열차로, 천진에서 여순까지는 해로를, 그리고 귀국의 관동군사령부가 있는 여순에서 봉천까지는 남만주철도를 이용하시는 게 안전할 것입니다."

"저를 활용할 계획이라면 갈 때도 올 때도 우리 일본이 운영하는 만철을 이용하여 북경까지 가면 안전할 텐데 왜 위험부담이 있는 경봉선을 타라고 말씀하십니까?"

"경봉선을 이용할 수밖에 없다고 말씀드리는 이유는 부장님을 모시고 가는 우리 사람이 중간역인 금주(錦州)에서 확인할 일이 있어서입니다. 거래를 알선할 사람과 우리를 중간에서 연결할 사람이 기차에 탔는지를 먼발치에서라도 확인해야 합니다. 그러고 나서 그 사람과 북경 역에서 합류해야 하니까요. 만일 그가 타지 않았다면 중간에 취소하고 우리가 할 일이 따로 있습니다."

"약속된 일이라면 그렇게까지 할 필요가 있겠습니까?!"

"아니요, 워낙 별의별 사기꾼들이 설치는 세상이라 자칫 부장님께 낭패를 드릴까 염려되기 때문입니다."

스기야마는 새벽에 깨어났다. 그러나 해가 뜨고 창문 위에 달린 차양이 마당까지 길게 드리우고 있던 그늘을 벗어던질 때까지 누워있었다. 베개 위에 깍지를 낀 채 오랫동안 천장을 바라보며 생각에 잠겼다. 평소 같으면 팔괘장을 연마하는 무도관을 다녀와 책을 읽고 출근길에 나섰을 시간이다. 휴가가 시작되는 첫날이긴 하지만 이 시간까지 누워 있는 것은 극히 이례적인 일이다.

추센룽 촌장의 요청을 받아들인 것은 어리석은 짓이라는 생각도 들었다. 경찰의 본분은 사안의 내용을 객관적이고 냉철한 입장에서 상사에게 가감 없이 보고하고 지침을 받아 행동하는 것이다. 상사들은 마치 조롱당하는 기분이라며 강경책을 쓰려고 했다. 하지만 이 일을 해결하기 위해 군대를 동원하거나, 마적을 이용하는 따위의 수단을 쓰는 것은 매우 위험한 일이다. 상사들에게 이번 일을 누구보다 잘 아는 자신이 직접 북경으로 가야 한다고 설득했다. 몇 번의 이야기 끝에 서장은 묵시적 동의의 태도를 취했다. 스기야마에게 일주일간의 휴가가 주어졌다.

막상 명령이 떨어지니까 마음이 복잡하다.

하지만 누구라도 그 상황이 되면 어쩔 수 없었을 것이라는 생각을 해

본다. 아편은 인간의 정신을 피폐하게 하는 물질이다. 그것을 사용하는 것은 죄악이다. 그러나 가난한 동네의 모습과, '좋다밥'을 입에 올리는 아이들의 모습은 고향의 모습을 연상케 한다. 가난에 찌든 어머니, 헝클어진 머리칼에 덮인 얼굴과, 화전밭을 긁고 있는 거북등처럼 갈라진 손, 피폐해진 산하와 핼쑥한 얼굴에 누더기를 걸친 마을 사람들의 순박한 얼굴들…지금도 그 모습은 시오리 개울가에 흐드러지게 핀 물철쭉의 연분홍 색갈과 묘한 대조를 이루며 머릿속을 선회하고 있다.

게다가 촌민들을 아끼는 추센룡의 솔직하고 겸손한 마음은 존경과 감동을 주었다. 풍가로부터 멸시를 받던 추가가, 인질로 잡혀 있는 아들 때문에 그는 매우 힘들어하고 있지 않은가.

덮고 있던 이불을 한쪽 발로 밀치고 자리에서 일어났다. 그리고 북경까지 도달하는 시간을 계산해 본다. 보통 급행열차로 봉천에서 산해관까지가 7시간 30분, 산해관에서 천진까지 4시간 50분, 천진에서 북경이 2시간, 합하면 14시간 20분이다. 1,470리, 고장이 아니라면 연착을 하더라도 15시간이면 도착한다. 구석에 놓아둔 글로브 트로터 캐리어의 버튼을 열었다. 출장을 갈 때마다 크고 작은 흥분에 젖어서 들고 다니는 가방이다. 다크 블루의 몸체에 두 개의 붉은 띠가 매여 있고 그 위로 검정 손잡이가 달린 이 가방은 언젠가 영국 여행에서 돌아온 경찰학교 동기가 '큰맘 먹고 사서 가져온 것이니 여행을 갈 때마다 잊지 말라'고 하면서 건네준 선물이다. 스기야마 자신은 평소 아무리 좋은 물건이라 해도 큰 애착을 갖거나 관심을 두지 않는데 유독 이 여행가방에 대해서만은 각별한 애정을 느끼고 있다. 경찰학교에서 단짝이었던 친구, 죠센징 출신으로 자신들보다 늘 좋은 성적을 거두고 있는 스기야마에 대해 -그것이 출신지 때문인지 시기심 때문인지는 모르지만-물 위의 기름처럼 돌려놓았던 외로움 속에서 유일하게 한편이 되어 주었던, 지금은 길림성 용정 영사관 경찰서에 근무하고 있는 야마나시(山梨) 출신의 다케시타 깅키치(竹下欣吉)가 준 물건이기 때문이다. 왠지 이 가방을 들고 여행을 가면 뜻하지 않은 행운이 굴러올 것 같은 느낌을 갖곤 했다. 한 개의 가방이 더 있지만 그런 이유로 유독 이 글로브 트로터를 즐겨 들고 다닌다. 하지만 이렇다 할 행운을 맛본 적은 없다. 그냥 막연히 그렇게 생각할 뿐이다. 우정이 깊기 때문일 것이다.

엊저녁 잠자리에 들기 전, 장롱에서 꺼내 방안 여기저기 던져놓았던 내복 두 벌, 양말, 비누, 수건, 칫솔 치약, 손수건 따위의 자질구레한 여행용품들을 넣은 다음 벽에 걸린 겨울용 검정 수트 한 벌을 알맞게 접어 넣고 뚜껑을 닫았다. 혹시나 입을 일이 있을지도 모른다는 생각에서다. 바지를 입은 다음 간이옷장에서 미리 사두었던 남색 바탕에 원형의 창살 무늬가 박힌 다지샨(大襟衫)을 꺼내 걸치고 단추를 위로부터 천천히 꿰었다. 머리에는 둥근 마오즈를 얹었다. 옷장 밑에 숨겨두었던 두툼한 띠를 허리 안에 감아 단단히 묶었다. 물건 뭉치를 등변 사다리꼴로 하여 옆으로 넣은 띠다. 중국인 부호처럼 불룩하게 솟은 배의 옷깃을 쓸어내린 다음 입구의 벽에 붙은 거울 앞에 섰다. 그 속에는 40대 초반의 중국인이 서 있었다. 며칠 전부터 콧수염을 깎지 않고 다듬었으므로 본래의 나이보다 10여 년은 족히 더 들어 보였다. 이만하면 누가 보아도 청년 사업가나 궁색하지 않은 중국인 가정의 도련님쯤으로 여길 것이다.

문득 위험이 도사리고 있을 생각을 하니 온몸에 짜릿하게 전류가 흐른다.

그는 창문 앞으로 다가갔다. 유리창 가득히 햇볕이 쏟아지고 있었다. 모래바람 날리는 우중충한 회색의 겨울 속에서 모처럼 보게 되는 맑은 날씨다. 봄이 가까이 오고 있다는 신호이리라. 유리창 밖으로 봉천 시가지가 내려다보인다.

아득히 도시의 남쪽으로 햇볕을 받은 심수(審水)의 물줄기가 굽이굽이 반짝이는 꼬리를 휘감고 있다. 먼 옛날 최초로 고조선 아사달의 예맥족(濊貊) 사람들이 말을 달렸고, 명나라 사서 '명사' '지리지'에 '동남쪽에 봉집현(奉集縣)이 있는데, 옛 철령성 자리이고 고려와 경계를 접하고 있다'고 했다. 또한 청나라 사서(史書)인 길림통지(吉林通知)에도 '조선 변경이 심양(봉천)에서 길림에 이르렀다'고 기록되어 있으니 조선의 땅이었음이 분명하다.

명나라와의 전투에서 승리한 후금의 칸 누르하치가 1625년 수도를 요양에서 이곳으로 옮기면서 나라와 도시의 번영을 기원하여 이름을 '무크텐(盛京)'으로 변경했다. 그리고 이듬해 그가 세상을 떠난 후 8년이 지나는 동안 홍타이지(皇太極)가 부족들을 평정하여 명칭을 만주족으로 통일시키고 청 제국을 선포, 이곳에서 천제를 올렸다. 홍타이지 사후 순치제인 푸린(福臨)이 북경으로 천도하고 이곳 무크텐을 봉천부(奉天府)로 승격시켰고, 동삼성을 총괄하는 성경장군(盛京將軍)을 임명하여 다스리도록 했다. 1907년 흠차대신을 총독으로 보내기 전까지 92명의 성경장군이 거쳐갔다.

그로 인해 도시가 크게 발전하였으며 18~19세기 이후 만주가 서구 열강의 각축장이 되었고, 최근에는 일본과 러시아가 만주에서의 주도권을 확보하기 위한 진검승부를 벌였다. 일본은 러시아를 몰아내고 동청철도(東淸鐵道) 대련~장춘 구간의 경영권과, 그 양옆으로 설정한 토지와, 철도역 부속 토지 등을 인계받았다. 러시아는 힘없는 청나라를 협박하여 '철도 부속지'라는 교묘한 방법으로 중국 안에서의 지배권을 유지해 왔으나 봉천을 그리 중요하게 생각하지는 않았다. 그러나 일본은 이곳을 동북지역의 핵으로 인식하여 영사관을 비롯하여 만철 본부와 군부대를 주둔시키고 민간기업 유치 등을 실시하였으며, '철도용지'였던 이름도 '철도 부속지'로 변경하였다. 특히 1906년 11월 도쿄에서 설립한 만철(滿鐵: 만주철도주식회사), 그중에서도 일본과 유럽 등지에 나가 있던 최고 전문가들을 귀국시켜 조직한 만철 조사부를 중심으로 동북지역을 실질적으로 장악하기 위해 만철과 안봉(安奉), 경봉선(京奉線)을 연결하고 기반을 공고히 해왔다. 지금 이 도시는 명실상부 20세기 동북지역의 정치 경제 교통의 중심지다.

심수의 물줄기처럼 수많은 역사의 굴곡을 지나 과거 고구려와 고려가 그랬고 지금 조선이 그러하며, 러시아나 청나라가 그랬던 것처럼 역사란 시대에 따라 힘 있는 자에 의해 저 심수의 강물처럼 때로는 본류가 지류가 되고, 지류가 본류가 되면서 흘러가는 것인가.

상념에 젖어 있던 스기야마는 포켓에서 니켈회중시계를 꺼내 시간을 본다. 봉천에는 두 개의 역이 있다. 봉천~북경 간, 봉천~장춘 간을 연결하기 위해 중국 정부가 운영하는 경봉선의 심양역(瀋陽驛)과, 창춘~여순 간 동청철도(동청철도)를 위해 일본이 운영하는 봉천역이다. 봉천역은 만철의 중심역이다. 경연선(대련~북경 701.4㎞), 무순선(蘇家屯~무순 52.9㎞), 안봉선(안동~소가둔 260.2㎞)의 접속역이자, 봉산선(봉천~산해관 419.6㎞), 봉길선(봉천~길림 447.4㎞)의 출발역이다. 봉천역에 가려면 성내를 벗어나 일본총영사관을 지나고 번잡한 신시가지를 가로지르면 도착한다. 지금 시각이 오전 8시 50분, 밖으로 나가 삼륜차(三輪車)를 불러 타고 역까지 가는 데에 넉넉잡아 한 시간이면 된다. 북경행 발차 시각은 10시

정각, 차표는 이미 루이창이 사서 호주머니에 넣고 있을 것이다.

역에는 흑색이나 황갈색의 우중충한 옷차림을 한 사람들이 바쁘게 움직이고 있었다. 그 가운데 루이창이 두루미처럼 큰 키에 목을 길게 늘이고 도착하는 삼륜차마다 눈길을 주고 있었다.

두 사람은 종종걸음으로 개찰구로 나아갔다.

개찰구에는 역무원과 경찰이 함께 서 있었다. 역무원은 차표를 흘 낏 보고는 통과하라는 손짓을 했다. 그러나 뒤따르던 루이창을 경찰 이 가로막았다. 어울리지 않게 들고 있는 글로브 트로터 캐리어에 눈 이 갔기 때문이다. 곤봉으로 열라는 시늉을 했다. 스기야마가 루이창 에게 마꿸(마고자)을 넘기고 캐리어를 넘겨받았다. 경찰의 눈초리가 스 기야마와 루이창과 캐리어를 오갔다. 그때 개찰구 오른편에서 젊은 여 인이 "소매치기다!" 하고 소리쳤다. 모두의 눈이 그곳으로 향했다. 경찰 은 소매치기를 뒤쫓아가는 여인을 멍하니 바라보면서 곤봉으로 통과 하라는 손짓을 했다. 두 사람은 개찰구를 나와 서로를 마주 보며 싱긋 이 웃었다.

중국 측이 운영하는 경봉선(京奉線: 북경~봉천선)은 만철이 운영하는 남 만주철도에 비해 감시와 안전이 훨씬 느슨한 편이다.

기차 안은 어지러웠다.

하루에 오전, 오후 각각 두 번뿐인 기차인지라 황고둔이나 금주, 산해 관, 천진, 북경으로 가는 수많은 사람이 타고 있기 때문이다. 게다가 휴 가를 나왔거나 귀대하는 군인들까지 한데 어울려 시장을 방불케 했다.

두 사람의 좌석은 기차 칸의 맨 마지막 구석이었다.

자리에 앉아서야 비로소 안도의 한숨을 쉴 수 있었다. 만일에 중국인 순경이 소매치기를 외치던 여인을 바라보지 않고 냉철했더라면 스기야마의 다지샨이 체격에 비해 (대부분의 중국인 부호의 몸이 그런 모습이긴 하지만) 조금은 지나치다 싶게 불룩 나와 있는 아랫배 부분에 대해 한 번쯤은 눈여겨봤을 수도 있었을 것이다.

피로가 밀려왔다. 눈을 감았지만 잠이 오지 않았다.

앞자리에 누가 앉을 것인가 궁금했다. 어여쁜 여인이 앉는다면 이야기를 나누며 지루하지 않게 갈 수 있을 것이다. 낭만적인 생각을 하며 빙그레 웃었다. 그러나 잠시 후 그들의 앞에 앉은 이는 건장한 체격의 남자 두 명이다. 빡빡 깎은 머리에 애쉬 브라운의 말쑥한 바바리코트를 입고 선글라스를 낀 50대로 보이는 남자와, 광대뼈에 매부리코, 매의 눈을 한 30대의 청년이다.

기차가 서서히 역을 벗어나기 시작했다.

스기야마는 앞에 앉은 사람들과 인사를 나누려고 했지만 50대의 까까머리와 그가 쓰고 있는 짙은 갈색의 선글라스가 마음을 움직이게 하지 않았다. 까까머리가 입고 있는 바바리코트 안쪽으로 무엇이 들었는지를 알 수 없고 그 선글라스가 맞은편에 앉은 두 사람의 어느 부분을 눈여겨보고 있는지도 알 수 없다는 생각이 들었다. 아편은 돈이다. 정보가 뚫릴 가능성이 있는 곳은 세 군데다. 추가가와 풍가가, 금주에서 탈 예정이라는 연결자(중간 소개자)다. 긴장한 탓에 허무맹랑한 상상을 하는 것이라 여기면서도 그들을 볼 때마다 생각을 떨쳐버릴 수 없다. 그리고 매부리코는 누구를 기다리기에 사람들이 드나들 때마다 조심스럽게 주변을 두리번거리는 것일까? 그들은 분명 함께 탔는데 서로 한마디 말조차 나누지 않았다. 다른 중국인들 같으면 두 사람만 모여도 큰 소리로 마구 떠들어댈 텐데 참으로 알 수 없는 일이다.

말이 없기는 루이창도 마찬가지다. 루이창은 매우 긴장하고 있었으므로 입을 닫았다. 스기야마는 하는 수 없이 조용히 눈을 감거나 이따금 창밖을 바라보곤 했다.

아무래도 앞자리에 앉은 사람들에게 이야기를 걸어볼 필요가 있다는 생각이 들었다.

얼마 지나지 않으면 황고둔역이다. 이들이 그곳에서 내릴지도 모른다. 일단 기다렸다가 내리면 그만이고, 그렇지 않다면 인사를 청해야겠다.

그러나 그들은 황고둔에서 내리지 않았다. 열차가 중후소(中后所)에 다다랐을 때 기댔던 상체를 일으키며 정중하게 물었다.

"커렌 야오 취 날리?(客人要去哪裡? 손님들은 어디까지 가시는 길입니까?)"

"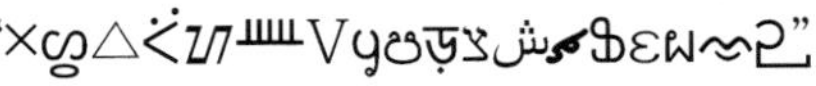"

까까머리는 손을 가로저으며 알아들을 수 없는 말로 답변을 대신했다. 그들은 중국인이 아니었다. 생김새로 보아 아마도 튀루크계에 가까울 것이라 여기며 머쓱한 표정으로 다시 의자에 등을 기댔다.

침묵이 흐르고 기차는 계속해서 달렸다. 김밥으로 저녁을 대신했다.

루이창은 기차가 금주에 도착하기 약 반 시간 전쯤부터 공연히 발을 흔들기도 하고 차창 밖을 자주 내다보기도 하는 등 불안한 모습을 보였다. 그리고 금주에 도착했을 때 자리에서 일어나 다른 칸으로 갔다. 열차가 출발하고 나서 한참이 지나서야 자리로 돌아왔다.

"탔소?"

추센룽 촌장이 말했던 연결자에 관한 질문이다.

그가 고개를 끄덕였다.

기차는 이튿날 새벽 2시가 돼서야 북경역에 도착했다. 1시간을 연착한 것이다. 흔히 있는 일이다.

역을 나와 한참을 걸어가다가 루이창이 속삭였다.

"우리들 뒤 오른쪽으로 30미터쯤에 봉천에서부터 함께 타고 왔던 까까머리와 매부리코가 뒤따르고 있습니다."

"알고 있소. 뒤돌아보지 마시오. 왼쪽 50미터 뒤로는 또 다른 두 놈이 따라오고 있소."

"예?"

이번에는 루이창이 놀란 표정이다.

두 사람은 큰길을 건너가 잠시 멈춰 섰다. 뒤따라오던 자들도 지금까지 왔던 만큼의 거리를 두고 멈춰 섰다. 자신들을 미행하고 있다는 것이 명백해졌다.

"빠른 걸음으로 곧장 가시오. 그리고 100미터쯤 지난 곳에서 뛰어가시오. 나는 적당한 곳에 숨었다가 저자들의 뒤로 가서 어떤 행동을 하는지 봐야겠소. 만일 우리가 여기서 만나지 못할 때는 최종 약속 장소에서 만납시다. 내 걱정은 마시오."

루이창은 빠른 걸음으로 곧장 걸어갔다. 스기야마는 잠시 그의 뒤를 따라가다가 행인들이 많은 곳을 택해 어두컴컴한 골목 안으로 몸을 숨겼다. 빠른 발소리와 함께 까까머리와 매부리코가 지나갔다. 곧이어 깍두기 머리의 청년 두 명이 지나갔다. 그들 중 한 명이 지껄였다.

"어? 이그얼렌 쉬종 다오 날리어?(呃？ 一個人失蹤到哪裡了? 어? 한 놈이 어디로 사라졌잖아?)"

"워 이징 링씨앤 타멜러.(我已經領先他們了, 저놈들보다 앞쪽에 가 있어.)"

"아닌데, 분명 조금 전까지 함께 있었는데…?"

"행인들이 많아 구별하기 어려워 그런 거야. 분명 한 놈은 앞에 가고 있어."

조금 지나 그들의 앞쪽에서 뛰어가는 발소리가 들렸다. 루이창의 발소리다.

"잘못하면 놓친다, 빨리 가서 처리해야 해."

스기야마는 골목에서 나와 그들의 뒤를 따라갔다. 그러나 술에 취한 사람들이 뒤섞여 돌아가는 유흥가에서 앞서가던 자들의 행방을 잃어버리고 말았다. 사방으로 눈을 돌렸으나 그들의 모습은 어디에도 없었다. 루이창이 당한 것이 아닐까? 불안이 엄습했다.

어느 담벼락을 돌아나간 곳에서 걸음을 멈췄다. 시체가 널브러져 있었다. 자세히 보니 방금 미행하고 있던 또 다른 사람들, 각두기 머리 중 한 사람이 시체가 되어 있었다. 목 옆의 급소에 칼자국이 나 있고 선혈이 낭자했다. 예리한 칼이 경동맥의 중심을 정확하게 찌른 것으로 보아 전문가의 솜씨가 분명하다.

지나가던 행인들이 한둘씩 모여들어 시체를 둘러쌌다.

사람 좋아 보이는 뚱뚱한 중년 사내가 손짓을 섞어가며 말했다.

"여기를 지나가다가 비명을 듣고 달려와 보니 이 사람이 비틀거리고 있었어요. 그리고 또 다른 세 개의 그림자가 저~쪽 저 런던은행 지점 방향으로 뛰고 있었어요. 아마도 그자들 중에 범인이 있는 것 같아요. 얼핏 뒷모습만 봤기 때문에 얼굴은 몰라요."

스기야마는 얼른 그곳을 벗어났다. 그리고 안전한 곳에서 택시를 타고 어둠 속으로 사라졌다.

이튿날 오후 3시.

천안문 광장 남쪽 천문대가(前門大街) 전차 역 뒷골목에 있는 고급 음식점 텐리우 지오쟈(天龍) 206호실. 스기야마가 계단을 올라 문을 열고 들어서자 몸집이 좋은 청년 두 사람이 앞을 가로막았다.

"니 부쉬 펑텐 촤인 렌 마?(你是奉川人嗎? 혹시 봉천에서 오신 분 아니신가요?)"

"취에치에 더.(確切地, 그렇소.)"

"미안하지만 몸을 수색해야겠습니다."

스기야마는 그의 팔을 뿌리치면서 노려봤다.

"당신들은 누군가? 처음 보는 사람에게 이게 무슨 결례인가?"라고 말했다. 그러자 식당 안쪽에서 굵직하면서도 쇳소리가 나는 음성이 들려왔다.

"하하, 용서하시오. 우리는 초면이고 처음 거래의 길을 트는 사이라 그렇게밖에 할 수 없다는 걸 이해해 주면 고맙겠소. 두 번째 거래부터는 이런 일이 없을 것이오."

홀의 한가운데 원탁 테이블 앞에 두 사람이 마주 보고 앉아 있었다. 그리고 그 두 사람의 뒷면 주방 쪽으로 또 다른 건장한 체격의 청년이 경계의 눈을 번득이고 서 있다. 경호원으로 보였다.

스기야마는 잠자코 그들이 수색하는 대로 몸을 맡겼다.

한 명은 스기야마가 어떤 행동을 할지에 대비하여 눈초리를 굴리고 섰고, 다른 한 명이 머리에서부터 발끝까지, 그리고 들고 있는 캐리어까지 샅샅이 살폈다. 그의 옆에서 감시하던 자가 원탁 테이블에 앉은 두목을 향해 머리를 가로저었다.

자신들이 찾고 있는 물건이 없다는 신호다.

상황을 지켜보던 두목이 의자에서 일어서며 다가오는 스기야마를 향해 손을 내밀었다. 탱크처럼 딴딴한 몸에 오른쪽 이마에서 미간을 거쳐 눈 아래까지 길게 칼자국이 나 있는 50대 초반쯤 되는 사내다.

그리고 두목의 맞은편에 앉은 사람은 이들을 소개한 사람으로 성을 저우(周)라고 했다. 반쯤 벗겨진 대머리 때문에 나이 들어 보이지만 피부의 윤기로 보아 40대라고 판단했다. 이자가 루이창이 산해관까지 오는 동안에 초조하게 기다리던 사람이다.

두목이 "내 이름은 랴오(廖)라고 하오. 만나게 돼서 반갑소."라고 했고, 스기야마는 자신의 이름을 천 구이 치오(陳桂秋)라고 했다.

스기야마는 랴오의 맞은편, 저우의 옆자리에 앉았다.

"먼 길 오느라 수고가 많았소. 그런데 약속한 물건은 어디 있습니까?"

방금 온몸을 수색했으나 아편이 나오지 않은 것을 두고 하는 말이다. 의아한 표정을 짓고 있는 그의 몸에서 살기가 느껴졌다.

"어제 아침 확인해 본 결과 물건을 나에게 전달하기로 한 사람이 날짜를 잘못 알아들었다고 합니다. 그래서 오늘은 가지고 오질 못했습니다."

두목이 어처구니없다는 표정으로 스기야마의 얼굴을 뚫어지게 노려보더니 저우를 향해

"이건 약속을 위배한 것이 아닌가? 중개자, 당신이 분명 말하지 않았나. 양쪽이 원하는 것들을 오늘 이 자리에서 맞교환하기로 말이야. 그런데 이게 대체 말이 되는 소리야?"

그는 자리에서 벌떡 일어나 씩씩대더니 마침내는 욕설이 쏟아져 나왔다.

"이 말라빠진 쥐새끼 같은 금주 촌놈아, 네놈이 지금껏 나를 조롱하고 있었던 거야? 네놈은 내가 누군지 잘 알고 있지?"

랴오는 실눈을 뜨고 노려봤다. 저우는 길게 난 칼자국을 올려다보면서 얼굴이 백지처럼 하얗게 변했다. 떨리는 목소리로 대답했다.

"네 네, 잘 알고 있습니다."

"그렇다면 이자에게 내가 누군지를 분명하게 말해줘."

"천지회(天地會)의 랴오 대인이십니다."

두목은 소름 끼치는 눈으로 스기야마를 노려보면서 삿대질을 했다.

"야, 이놈아. 어디서 굴러먹던 똥강아지인지는 몰라도 네놈 눈엔 내가 그렇게 우스운 존재로 보이냐? 이런 자리에서 잘못되면 목숨까지 내놔야 한다는 걸 말하지 않아도 알고 있겠지? 네 놈은 사람을 잘못 만났어. 아주 크게 실수한 거야."

그는 두 사람을 몰아치고 나서 졸개들에게 명령했다.

"얘들아, 이 두 놈을 끌고 가 적당한 곳에서 처치해 버려!"

그때까지 말없이 상황을 지켜만 보던 스기야마가 차갑고 흔들림 없는 목소리로 두목을 향해 입을 열었다.

"랴오 대인, 진정하시오. 그리고 내 말을 들어보시오. 나는 물건을 주지 않겠다고 말한 적이 없습니다. 나도 신분이 고귀한 분의 심부름을 하는 입장이라 이 일을 제대로 이행하지 못하면 심부름 값을 못 받을 뿐만 아니라 파산을 당할 수가 있소. 의사소통의 실수로 지금은 이곳에 약속한 물건이 없지만 분명 내일은 가지고 오기로 했으니까 기다려 본 후에 죽이든 살리든 결정해도 되지 않겠소?! 다시 한번 말씀드리지만, 이 일은 약속 날짜를 잘못 이해한 데서 비롯된 실수입니다. 그리고 하루 차이가 뭐 그리 큰 문제가 되겠습니까? 오히려 내가 궁금한 것은 대인께서 돈을 준비했는지를 알고 싶습니다."

그 말에 두목이 다시 어이없다는 표정을 지었다. 말이 하대(下待)로 변했으나 어조는 조금 누그러졌다. 아편 거래가 그만큼 중요하기 때문에 쉽게 포기할 수 있는 문제가 아니다.

"즉, 돈부터 보여 달라는 말씀입니다."

"좋다. 돈은 보여줄 것이지만 물건을 가져오지 못하면 당신은 그 '고귀한 사람'이라는 자에게 당하기 전, 먼저 이곳에서 죽음을 면치 못한다는 걸 명심해야 해."

두목이 뒤에 선 경호원을 향해 손짓을 하자 들고 있던 검은 가방을 가져왔다. 찰칵하는 소리와 함께 가방이 열리고 그 속에 가득 찬 100달러짜리 지폐뭉치가 나타났다. 당시 중국은 정치와 경제가 불안한 상황에서 각지에 있는 군벌들의 비호하에 은행들이 저마다 여러 가지 화폐를 찍어내고 있었으나, 장개석의 국민당 정부는 이를 정리하지 못하고 있었다. 법정화폐를 자리 잡게 할 여력이 없었다.

"당신이 보다시피 이건 의심할 바 없는 달러다. 군벌들이 찍어내는 쓰레기 지폐도 아니야. 위조지폐는 더더욱 아니야. 당신들이 요구한대로 달러를 가지고 왔으니 언제 어디서 물건을 받을 수 있는지를 분명하게 말하라."

"물건을 전달하는 사람이 내일 여순에서 배를 타고 천진으로 오겠다 했고, 오후 5시에 여객선 부두에서 만나기로 했소. 시간은 반드시지키게 될 겁니다. 왜냐하면 그 사람은 아버지가 오랜 중병으로 오늘내일 하고 있어서 물건을 전달하고는 급히 집으로 돌아가야 하니까요. 사실은 그런 상황이기 때문에 천진에서 이곳 북경까지 3백 리가 채 안되는데도 이곳 북경까지 올 시간적 여유가 없는 겁니다."

"그럼 당신들 둘은 지금부터 내가 지정해 주는 곳에서 자고, 먹고, 내일 우리와 함께 천진으로 가야 하오. 알겠소?"

스기야마가 고개를 끄덕이자 몇 마디 투덜거리고는 조용해졌다.

땅거미가 지고 모두 각자의 방으로 돌아갈 무렵 랴오가 스기야마를 따로 불렀다.

낮에 앉았던 그 찻집에서 마주 앉았다.

랴오가 말했다.

"당신은 나를 속일 수 있다고 잔꾀를 부리고 있는 모양인데 내 인상을 봐서도 알겠지만 나는 그리 녹록한 사람이 아니오. 지금 당신의 운명을 누가 쥐고 있는지를 안다면 허튼 짓거리를 해선 안 된단 말이야. 무슨 말인지 알아듣겠소?"

그는 길게 이어진 칼자국 사이 뱀의 눈처럼 차가운 실눈으로 스기야마를 노려봤다. 웬만한 사람이면 기가 죽어 숨겨놓은 것이 있다면 이실직고하지 않을 수 없을 것 같은 눈이다.

스기야마는 짐짓 어벙한 표정으로 그를 건너다본다.

랴오는 호주머니에서 포켓 나이프를 꺼내 새파랗게 날이 선 칼들을 접었다 폈다 만지작거렸다.

상대방에게 공포심을 갖도록 하기 위한 것으로 그들이 자주 써먹는 수법이다. 아마도 여러 세월 동안 여러 곳에서 여러 순진한 사람들을 상대로 써먹은 유치한 수법의 하나일 것이라고 스기야마는 생각하며 피식 웃었다. 그러나 아주 짧은 동안에 일어난 일이라 랴오는 그 웃음을 보지 못했다.

"내가 처음 당신을 만났을 때 받은 인상은 경찰 정보원 같은 느낌이었어. 하지만 미치광이 거래자가 아니라면 경찰 나부랭이를 대리인으로 보냈을 리는 만무하지만 말이야. 하긴 뭐 과거에 그런 분야에서 근무한 적이 있을 수도 있겠지. 그러다가 아편 같은 이권에 개입해 목이 잘렸을 수도 있을 테고… 어쨌거나 그런 건 별문제가 아니야. 중요한 것은 현재니까. 우리 사이에 거래를 약속해 놓고 뒷구멍으로 다른 꿍꿍이를 계산하고 있다면 그건 복을 던지고 화를 부르는 격이란 말이지. 화를 제거하는 길은 이 자리에서 서로가 속에 감춰둔 게 있다면 허심탄회하게 뱉어놓고 솔직하게 얘기를 나누는 것이지. 모든 일을 평화적으로 해결하기 위해 부하들을 방으로 보내고 우리 두 사람만 남도록 했으니까. 무슨 말인지 알아듣겠소?"

랴오는 칼 장난을 계속하고 있는 상태에서 아주 낮은 목소리로 말했다. 그러면서도 눈은 쉬지 않고 상대를 탐색하고 있었다.

스기야마는 이 경우 침묵이 금이라는 걸 알고 있다. 침묵을 지키고 있으면 상대는 가장 허약한 곳을 스스로 드러내게 마련이다.

"지금부터 내가 하는 말을 잘 새겨듣고 깊이 생각해서 현명하게 결정하시오. 이건 절대로 밝혀선 안 되는 일이지만 보아하니 당신은 지금 죽기엔 너무 아까운 나이라 위험을 무릅쓰고 말해주는 것이오."

그는 어색함을 감추고자 함인지 한쪽 다리를 다른 쪽 무릎 위에 올려놓으며

"당신에게는 단 하나 살길이 있소. 내 말대로 하면 목숨을 건질 수 있을 뿐만 아니라 장차 먹고 사는 데에 근심 걱정을 하지 않아도 될 만큼의 커다란 행운을 잡을 수 있단 말이오. 즉, 당신이 어딘가에 숨겨 놓은 그 물건을 직접 내게로 가져오면 우리가 갖고 있는 가방에 든 돈의 절반을 당신에게 주고 온전한 몸으로 이곳을 빠져나갈 수 있도록 해주겠소. 당신은 그 돈을 가지고 아무도 모르는 곳, 이를테면 상하이 나 광저우, 혹은 영국이 조차하고 있는 홍콩의 스탠리 베이(stanley bay) 나 싱가포르의 오차드 로드(orchard roard) 같은 데로 가서 무엇이든 하고 싶은 것을 하면서 살 수가 있소. 그러면 남지나해(南支那海)의 쪽빛 바다가 보이는 고급 주택에서 팔등신 미녀와 함께 살면서 전문요리사를 고용하여 남들이 먹어보지 못하는 음식들을 일상적으로 먹고, 세

계 각지를 여행하며 최고의 인생을 살 수가 있지 않겠소?! 물론 나머지 반은 내가 먹을 것이오. 윗사람들이 가장 중요하게 생각하는 건 이 가방에 든 돈보다 몇십 배의 이익을 얻을 수 있는 물건(아편)의 거래 통로를 확보하는 것이니까 나나 당신이 없어도 저우라는 중개자가 봤으니까 거래는 유지될 것이오. 남아 있는 이권이 크기 때문에 추격을 받을 염려도 없소. 이건 사나이 대 사나이로 하는 약속이고, 이 랴오의 명예를 걸고 하는 약속이오. 어떻소, 이만하면 내가 낯을 붉히거나 당신이 목숨을 잃는 불행한 일 없이 서로가 명예롭게 이익을 공유할 수 있는 최선의 방안이 아니겠소?! 내 경험에 의하면 인생에서 좋은 기회는 그리 많지 않소. 그뿐 아니라 하늘이 주시는 모처럼의 기회를 거부하면 다음은 기회의 무게 이상의 불행이 닥치게 돼 있소. 절대로 당신은 이 랴오가 베푸는 천재일우의 기회를 잃어버리면 안 돼. 자, 이 행운을 받아들일 건지 이번엔 당신의 입으로 분명하게 대답하시오."

스기야마는 정색을 하고 말했다.

"나도 그동안 공포감도 컸고, 또한 사람인지라 선생의 말씀대로 목숨을 보전하면서 돈도 받아 남들이 부러워하는 인생을 살고 싶습니다. 하지만 절대로 물건을 감춰둔 사실은 없고, 내일 천진항 부두에서 물건을 지닌 사람과 만나기로 했다는 것밖에는 달리 할 말이 없습니다. 왜냐하면 그것이 유일한 진실이니까요."

그 말에 랴오는 성난 얼굴이 되어 벽을 향해 찻잔을 집어던졌다.

"약속이 틀리기만 해봐, 넌 그 자리에서 뼈도 추리지 못하는 피범벅이 될 거야."

그 시간 이후 스기야마와 저우는 험상궂게 생긴 청년들의 감시를 받으면서 지냈다. 그리고 이튿날 그들이 운행하는 차를 타고 랴오 두목 외에도 세 사람의 부하들 사이에 끼어서 천진으로 향했다.

항구에 도착한 시간은 3시쯤이었고, 여객선 부두는 부산스러웠다. 원나라 때부터 동북 화북 서북 지구 무역과 상업의 중심지로 일찌감치 자리를 잡은 이 항구는 명성만큼 많은 물동량과 여객들을 실어 나르기 위한 노선이 세계 여러 나라의 크고 작은 항구들과 거미줄처럼 얽혀 있다.

부두에는 많은 배들이 오가고 사람들로 북적였다.

여객선에 사람들이 오르는 모습을 구경하고 있던 랴오가 길게 하품을 하고 나서 시계를 봤다.

"아직도 두 시간을 더 기다려야 하잖아…. 이봐 불개미, 배가 도착할 때까지 이렇게 밖에 서 있을 수는 없잖아. 어디 적당한 차관(茶館)이라두 있나 찾아봐."라고 명령했다.

잠시 뒤 불개미라고 불린 사내가 돌아와 보고했다.

"부두에서 가까운 저기 저쪽에 다관들 간판이 여럿 보여서 찾아갔더니 다섯 군데가 있는데 두 곳은 새 단장을 하느라고 공사를 하고 있고, 하나는 초상을 치르느라고 어제부터 문을 닫았다고 합니다. 그리고 또 한 군데는 사람들이 북적거려서 좋지 않을 것 같더군요. 다행히 적당한 곳을 찾았습니다. 가시지요."

그들은 천천히 걸어서 찻집으로 향했다.

칭버차관(青波茶館)이라고 쓰인 찻집이다. 문 앞에 남색의 낡은 중국옷을 입고 한 부분이 떨어져 나간 벙거지를 쓴 늙은 거지가 다리를 펴고 앉아 있다. 앞에는 지폐와 동전 몇 닢이 들어있는 작은 바구니가 놓였다.

일행이 문 앞으로 다가가자 깊이 눌러 쓴 벙거지 밑으로 허연 수염의 끄트머리만 보이는 거지는 "한 푼 줍쇼."라고 말했다. 스기야마가 일 원짜리 따양(大洋, 은화) 한 닢을 던져 넣었다. 거지는 "반드시 복 받으실 겁니다."라며 몇 번이나 머리를 조아렸다.

찻집은 깨끗하고 분위기는 여유로웠다.

그들은 부두를 내려다볼 수 있는 창가에 자리를 잡았다. 각자가 좋아하는 차를 시켰다. 어색한 가운데서도 간혹 몇 마디씩 이야기를 나누곤 했다. 스기야마는 보이차 한 뻬이(잔)를 천천히 마시면서 유리창 너머로 밖을 자주 내다봤다. 드디어 5시가 되자 여순에서 오는 여객선이 뱃고동을 울렸다. 그리고 얼마 지나지 않아 큰 키의 사내가 승객들 틈에서 사방을 두리번거렸다.

"왔군."

스기야마는 중얼거리고 나서 랴오를 향해 "사람이 왔으니까 물건을 받아가지고 오겠습니다." 하고는 밖으로 나갔다.

차를 마시는 동안 분위기가 좋아졌기 때문인지 부하가 따라붙지는 않았다. 그 대신 모든 시선이 유리창 밖으로 쏠렸다.

스기야마는 등 뒤에 시선들을 의식하면서 키다리에게 다가가 몇 마디 말을 나누고는 그가 건네주는 물건을 받아 바지샨 안쪽에 넣었다.

이내 돌아와 랴오와 마주 앉았다. 그리고 비단으로 싼 물건을 꺼내 상 위에 놓았다.

랴오의 손이 급하게 비단을 풀었다. 그것은 목침만한 아편이었다. 그는 아편의 한 귀퉁이를 손톱으로 긁어서 자신의 혀에다 댔다. 순도 100%의 아편이 틀림없다. 랴오의 입가에 아주 잠깐 미소가 흘렀다. 그러나 이내 싸늘한 얼굴이 되어 소리쳤다.

"이건 가짜 물건이야. 이 사기꾼 놈을 당장 묶어라."

순간 스기야마가 몸을 날렸다. 품속에서 날이 파랗게 선 택티컬 나이프를 꺼내 랴오의 목덜미에 댔다. 실로 번개와 같은 행동이다.

스기야마는 랴오의 부하들을 향해 소리쳤다.

"모두 꼼짝 마. 지금 서 있는 곳에서 한 발만 움직이면 네놈들 두목의 모가지 동맥이 피를 뿜는 호스가 될 거다."

달려들던 부하들이 그 자리에 선 채 랴오의 얼굴만 바라봤다.

홀에 있던 손님들이 비명을 지르면서 밖으로 도망쳤다.

랴오는 창백한 얼굴이 되었으나 기가 죽지는 않은 것 같다.

"어디 찔러봐라. 네놈이 사자의 코털을 건드리고도 무사할 것 같으냐? 얘들아, 나는 괜찮으니까 이놈을 당장 요절내라."

하지만 그가 움직이려 하자 칼끝에 핏방울이 맺혔다. 부하들은 어찌할 줄을 몰라 선 자리에서 움직이는 시늉만 냈다.

스기야마가 가방을 들고 있는 랴오의 경호원을 향해 소리쳤다.

"그 가방 이리 가져와! 두 번 말 시키면 어떻게 되는지 알겠지?!"

랴오가 주지 말라고 발악을 했으나 경호원은 두목의 목에서 흘러내리는 핏방울을 보고는 어정쩡한 자세로 탁자 위에 가방을 놓았다.

바로 그때 문 앞에서 동냥을 받던 거지 노인이 뛰어 들어왔다. 그의 손에는 권총이 들려 있었다.

스기야마는 가슴이 철렁 내려앉았다. 모든 일이 허무하게 끝난다는 생각이 들어 칼을 댄 자세로 엉거주춤 서 있었다.

거지 노인은 쓰고 있던 벙거지와 수염을 내던지면서

"스기야마, 뭘하고 있는 거요? 빨리 부두로 나가야지!"라고 외쳤다.

그는 봉천에서 기차를 타고 올 때 앞자리에 앉았던 선글라스였다.

스기야마는 한쪽 팔로는 랴오의 목에 칼을 댄 채, 다른 쪽 손에는 가방을 들고 랴오의 등을 밀치며 밖으로 나왔다.

선글라스가 랴오의 부하들을 향해 권총을 휘두르며 외쳤다.

"지금 있는 자리에서 더 이상 앞으로 나오면 두목 놈을 사살해 바다에 던져버릴 것이다. 경고한다, 더 이상 앞으로 나오지 마!"

그들이 바다 쪽에 가까이 갔을 때 여순에서 온 사람으로 가장했던 키다리 루이창이 통통선 뱃머리에서 열심히 손짓을 하고 있었다. 스기야마는 루이창을 향해 쥐고 있던 가방을 던지고 나서 랴오를 앞세우고 배에 올랐다. 작은 목선이 통통통 엔진소리를 울리며 출항을 시작하자 그제야 부두에 랴오의 부하들 모습이 떠올랐다.

스기야마가 루이창에게

"아편 밑에 칼을 감춰 오지 않았으면 이놈에게 꼼짝없이 당하고 돈과 아편을 모두 잃을 뻔했소."라고 말했다.

그리고 랴오를 향해

"네가 천지회(天地會)에서 어떤 위치에 있는지는 모르나, 오늘의 행태를 봤을 때 천지회 네놈들은 도탄에 빠진 중국을 건지기는커녕, 한낱 조직폭력배에 지나지 않다는 걸 알았다. 어제와 오늘 너희들이 한 행동은 시장의 양아치나 소매치기 수준에 불과했다. 세상에는 죽임을 당하는 것조차 사치인 인간들이 있다. 네가 바로 그런 놈이다. 저 바다를 개처럼 헤엄쳐 가면서 네놈과 개가 무엇이 다른지를 생각해 봐라."

스기야마는 랴오의 엉덩이를 걷어찼다. 그가 손을 허우적거리더니 바다로 추락했다.

파도를 헤엄치며 소리쳤다.

"이놈들아, 우리 천지회 회원들이 곳곳에 깔려 있다. 네놈들이 천지회를 무시하고도 살아갈 수 있을 것 같으냐. 머잖아 쓴맛을 볼 날이 있을 거다!"

스기야마는 그가 개헤엄으로 허우적대는 모습과 부하 몇 놈이 권총을 쏘기도 하고, 옷을 입은 채 바다로 뛰어드는 광경을 보면서 너털웃음을 날렸다.

그리고 루이창을 향해 말했다.

"수고 많았소. 선생이 다관들이 문을 닫도록 교섭하지 않았더라면 모든 일이 수포로 돌아갈 뻔했소."

"그 일로 잠을 제대로 자지 못했습니다. 그래도 정신은 맑습니다."

"하지만 배는 너무 낡은 걸 빌렸군. 내 가방은 어디 있소?"

루이창은 선실로 뛰어가더니 스기야마의 글로브 트로터 캐리어를 들고 왔다.

버튼을 누르자 안에는 경찰모와 까만 색깔의 정복 한 벌이 고이 접혀 있었다. 옷을 갈아입으니 재봉틀 기름 냄새가 흘렀다.

그때 선글라스가 다가와 손을 내밀었다.

"장거리 여행을 하면서도 인사를 나누지 못해 미안하오. 누군지 모르게 만일의 사태에 대비하여 선생을 보호하라는 추센룽 촌장의 각별한 부탁이 있었기 때문이오. 이해하시오. 내 이름은 왕샹(王湘)이라 하오."

스기야마는 '지옥에서 온 사자(使者)'라는 별명의 전문 저격수의 손을 잡았으나 터져 나오는 웃음을 한참 동안 억제하지 못했다. 기차에서 인사를 청했을 때 그가 알아들을 수 없는 외국인처럼 능청스럽게 연기를 하던 생각이 떠올랐기 때문이다.

"아편을 노리고 봉천에서부터 따라왔던 청년 두 놈 중 한 놈을 죽였더니 나머지 한 놈은 어디로 도망쳤는지 놓쳐버렸소."

"하하 그놈들을 선생께서 정리했군요. 고맙습니다."

낡은 정크선은 엔진 소리 요란하게 여순항을 향해 물살을 가르고 있었다. 스기야마는 선창에 서서 어두운 밤바다를 바라보며 비로소 길게 안도의 한숨을 뿜었다.

그런데 스기야마가 추가가로 돌아왔을 때 전혀 예기치 않은 일이 기다리고 있었다.

김창로를 체포한 후 그와의 대화가 되지 않아 다른 지방에서 조선인을 구해 추가가 청년 한 명과 함께 철창에 가두어 놓은 포로를 감시하게 했다. 그런데 어느 날 보고를 받은 촌장은 하마터면 기절할 뻔했다. 포로와 조선족 감시자 조철구가 중국인 감시자를 따돌리고 동시에 사라졌다는 것이다. 두 동네가 합동 수색대를 편성하여 사방으로 도망자들을 찾기 시작했다. 사흘 동안 몇 개의 마을과 벌판과 산을 샅샅이 훑은 끝에 낡은 폐가에서 감시인을 잡았다. 하지만 독립군 김창로는 끝끝내 발견하지 못했다. 함께 도망가다가 쫓기는 과정에서 헤어지게 되었다고 했다. 조철구는 자신이 포로를 놓아줬다는 사실을 순순히 자백했다. 내용인즉 김창로와 감시원 조철구는 며칠 지나는 동안에 같은 조선인이라는 동질감으로 자연스레 이런저런 이야기를 나누게 되었다. 어느 날 조철구가 자신이 늘 마음속에 간직하고 있던 울분을 털어놓았다.

그는 전에 홍경현 홍남 홍묘자(興京縣 興南 紅廟子)에 살았다. 1921년 3월 초 어느 날 홍경현 보민회(保民會) 회장 최정규(崔晶圭)라는 자가 나타났다. 마을에는 22가구의 조선인들이 살고 있었는데 모두가 선량한 농민들이었다. 최정규는 마을 사람들을 한자리에 모아놓고 보민회 기부금을 내라고 했다. 그러나 모두가 거절했다. 특히 철구의 아버지는 먹고살기도 빠듯한 형편인데 땀 흘려 농사지은 것을 팔아서 자신들과 아무런 관련도 없는 보민회라는 데에 줄 이유가 있느냐고 쏘아붙였다. 그날은 별 탈 없이 끝났다. 한 달쯤 후인 4월 중순 최정규는 십여 명의 우락부락한 젊은 사람들을 데리고 나타났다. 이 동네에 독립군이 이따금 나타나 밥도 먹고 돈도 얻어간다는데 사실이냐고 물었다. 그리고 아버지를 비롯한 네 명을 산으로 데리고 가 독립군 끄나풀이라는 혐의를 씌워 마구 구타했다. 반죽음이 되어 돌아온 아버지는 그 후 달포를 앓아누웠다가 겨우 회생했다. 그런데 일은 그것으로 끝나지 않았다.

이 시기 평안북도 경찰부에서는 만주 흥경 방면에 독립단원 70명이 준동한다는 정보를 접수하고 긴급히 순사 2명을 파견하여 현지 보민회로 하여금 이들을 토벌하도록 하되, 중국 경찰의 협조도 얻으라는 명령을 내린다. 명령은 받은 아카시(明石)와 오가와(小川)) 두 명의 순사는 현지에 도착하여 보민회 간부들과 함께 중국 경찰의 협조를 구하여 3개 방면의 토벌대를 조직하는데, 그중 제2대는 오가와 순사를 중심으로 보민회원 13명과 중국 경찰 19명 등 총 32명으로 구성되어 홍묘자 방면으로 수색해 들어왔다. 그러나 동네에서 독립단과 연줄이 닿아 있다고 의심받을 만한 사람들은 토벌대가 온다는 소문을 듣고 이미 환인(桓仁), 관전(寬甸) 방면으로 도주한 뒤였다. 도주자들 가운데는 조철구의 형도 있었다. 마을 사람들은 토벌대 앞에서 권총을 들고 살기 등등한 얼굴로 들어오는 최정규를 보는 순간 가슴이 철렁 내려앉았다. 아니나 다를까, 그들은 80여 명의 동네 사람들을 마구 구타하며 심문한 다음 이번에는 아버지와 아들인 조철구, 그리고 다른 한 명 등 세 사람을 앞세우고 돌아갔다. 가족들은 울부짖으며 먼발치로 따라갔다. 결혼한 지 채 넉 달도 안 된 스물여섯 살의 착한 형수도 시아버지와 시동생을 살려달라고 애걸복걸하며 따라가고 있었다. 그날 밤늦게 최정규는 형수를 불러내 강간을 자행했다. 그리고 이틀 뒤 조철구 한 사람만을 풀어주었다. 며칠 뒤 아버지를 비롯한 나머지 사람들은 모두 유록령(有鹿嶺)에 끌려가 한꺼번에 총살당했다. 그런데 그 지역 촌장인 중국인 동(董)씨가 자신의 관할구역에서 살인을 저질렀으므로 관에 고발하겠다고 하자 최정규는 소양(小洋, 중국 돈) 50원을 주고 무마했다.

조철구의 형수는 시아버지의 장사를 지내고 나서 닷새 뒤 뒷산 밤나무에 목을 매 자살했다. 그리고 며칠 뒤 도주에서 돌아온 남편도 같은 나무에 목을 맸다.

조철구로부터 이야기를 듣게 된 김창로는 비분강개하며 눈물을 흘렸다. 그리고 이런 일(체포와 구금)을 당하기 전에 알았더라면 놈을 가차 없이 응징했을 것이라고 하며 자신들이 사지를 넘나들며 독립운동을 하는 것은 나라를 찾으려는 큰 목적이 있지만 친일 부역자들로부터 동포를 보호하기 위한 목적도 있다면서 참고 지내노라면 반드시 조국광복의 날이 올 거라고 위로했다. 그는 한숨을 쉬며 지금의 궁색한 처지를 탄식했다. 조철구는 이 독립군 지도자와 며칠 지나는 사이에 그의 인격과 인간성에 끌렸고, 한편으로는 복수에 대한 기대도 있어 그와 함께 도주했다는 것이다.

사건의 전말을 듣고 난 스기야마는 두 촌장으로부터 비밀을 지키겠다는 약속을 받은 다음 아편과 돈을 전부 넘기고 나서 포승줄로 결박된 조철구를 앞세우고 떠났다. 추셴룽 촌장은 별로 놀라지 않았으나 펑레이쿼 촌장은 어안이 벙벙한 표정으로 스기야마를 올려다봤다.

　마을을 나와 안전한 곳에서 조철구를 풀어줬다. 그러고는 홍경현으로 향하면서 중얼거렸다.

　"이것은 친일과 반일의 문제가 아니라 인간과 야만의 문제다!"

　만주 보민회가 무엇인지 알아보자.

　1919년의 3·1운동은 전 세계의 이목을 집중시킨 대사건으로 조선인들은 절망에서 희망을 발견했다. 그 희망은 강력한 태풍이 되어 한반도를 넘어 중국을 강타했다. 그해 4.11. 상해에서 임시정부가 수립된 것을 시작으로 만주의 곳곳에서는 무장투쟁의 횃불이 거세게 타올랐다. 광대하고 비옥한 토지와 삼림자원, 지하자원이 풍부한 만주를 대륙침략의 거점으로 만들기 위해 수전 농법의 교사 격인 조선인들을 황무지개발의 첨병으로 활용하려는 일제는 크게 당황했다. 때마침 동삼성 18곳에 교묘한 방법으로 영사관 경찰 분소를 중설하고 인원을 중대하는 등으로 교두보를 확대하고 있던 참이었다. 놀란 일제는 만주에서 독립운동의 싹을 자르고 소위 선만일체화(鮮滿一體化)를 공고히 하기 위한 위장 자생 단체를 계획한다. 1920.4. 조선총독 사이토 마코토(齊藤 實)는 외무상 우치다 고사이((內田康哉)에게 만주 지역에서 독립운동이 격렬해지고 있어 이주 조선인에 대한 적극적인 대책이 필요하다는 의견을 피력하여 만주 각지에 친일 단체들을 구성하는 작업에 돌입했다. 대표적인 것으로 서간도에는 만주보민회, 봉천 거류민회, 안동 조선인 조합 등이 결성되었고, 북간도에는 간도협조회와 간도특설대, 훈춘 정의단 등이 만들어졌다. 이들 단체의 대부분은 산하에 무장 조직들을 거느리고 독립군과 반일 인사들을 제거하는 데에 모든 수단과 방법을 동원, 총력을 기울였다. 서간도의 만주보민회는 구 일진회 잔당과 제우교도(시천교도)들을 중심으로 겉으로는 자생조직이나 내용은 일본 영사의 인가를 거쳐 총독부의 예산지원을 받으면서 여순에 있는 관동장관의 명령을 받는 기구다. 보민회는 1920.6.25.에 발족했고, 제우교(濟愚敎=시천교) 교주 이인수와 김유영, 구 일진회의 이용구 추종세력인 최정규(崔晶圭), 죽은 이토 히로부미의 수양딸로서 당시 하르빈 영사관 밀정으로 있던 배정자(裵貞子, 일본명 다야마 사다코) 등이 주동자로 참여했다. 이후 홍경(興京), 환인(桓仁), 통화(通化) 일대에서 수백 명의 회원을 거느리게 된다. 단기간에 세력을 확장하고 산하에 무장단체인 자위단까지 보유한 보민회는 일제가 이주 한인을 제어하는 데에 매우 유용한 역할을 한다. 독립군을 직접 공격하거나, 모략과 음모, 협박으로 친독립운동 세력을 와해시키거나, 혹은 선전 선동 활동을 전개하여 황민화로 동화시키는 일에 충견의 기능을 다했다.

이에 대응하는 독립군의 활동은 더욱 거세졌다.

서로군정서, 북로군정서, 대한독립군, 광복군 총영 등 크고 작은 독립군부대들이 조직되어 국내 진공을 감행했다. 3·1운동 다음 해인 1920. 6월 홍범도 최진동 안무가 이끄는 대한독립군(大韓獨立軍)을 비롯하여 군무도독부, 국민회군 등이 고려령 산줄기의 봉오동에서 일본 야스카 부대의 1개 중대를 유인하여 궤멸시켰다. 이에 놀란 일제는 비밀리에 마적 장강호(長江虎)에게 자금을 주고 훈춘사건을 조작, 마치 독립군 세력이 일본영사관을 공격한 것처럼 위장하여 간도 출병의 구실을 만들었다. 그리고 이를 구실로 간도에 약 2만 여명의 군대를 파병한다. 다카시마 중장의 나남(羅南) 사단 휘하 아베 중대와 기관총 소대, 조선 주둔군 19사단 39여단의 이소바야시 지대, 보병 76연대장인 가

무라 지대, 제37여단장 아즈마 지대 등이 출병하여 동서남북 4개 방향에서 침투하며 대대적인 살육 작전을 벌였고, 철도 연변을 비롯한 러시아와의 국경지대에도 병력을 파견했다. 서간도 지역에서는 관동군 주둔 16사단의 일부가 홍경·통화·환인·관전 방면에서 시위 행군으로 위압감을 조성했다. 북로군정서와 대한독립군 등의 부대들은 이를 피해 백두산 부근으로 이동하다가 청산리에서 일본군과 전투를 벌였는데 김좌진 나중소 이범석 서일이 이끄는 북로군정서군과 홍범도가 이끄는 대한독립군은 6일 동안 청산리 일대에서 10여 회의 전투를 벌여 적 1,200여 명을 사살하는 등 혁혁한 전과를 올린다.

한편, 훈춘에 입성한 일본군은 독립군을 지원했다는 이유로 조선인들에게 무차별 학살을 감행했다. 주민들을 교회 건물에 가두고 불을 질렀다. 불길을 뚫고 밖으로 나오는 사람들은 총창으로 찔렀다. 3,700여 명에 달하는 조선인 남녀노소가 가장 처참하고 야만적인 살육으로 비명횡사하고 가옥 3,300여 채가 불탔다. 이것이 훈춘 대학살 사건이다.

일제는 일본군이 철수한 이후에 대비한다는 측면에서도 보민회의 기능을 중요하게 여겼다. 그러나 내부적으로는 부패와 주도권싸움 등의 문제들을 노출했고, 외부적으로는 협박·강탈·납치·학살 등으로 많은 원성을 샀다.

조철구를 풀어준 날로부터 3일 후. 만주 홍경현 신빈보하(興京縣 新賓堡河) 거리 중앙공원 분수대 앞, 길 건너 건물 2층에 '북만주 보민회 총본부'라 쓰인 간판이 보인다.

그레이 색깔의 페도라 모자에 짙은 베이지색 트렌치코트를 입은 사내가 오른쪽 소매의 스크랩을 걷어 올리며 시계를 본다.

오전 10시까지는 10분 남았다. 상대를 안심시켜 놓은 것으로 판단되니까 별문제는 없을 것이다.

이곳을 오는 도중 미리 통화(通化)에서 홍경 보민회 본부로 전화를 걸어 시간약속을 했다.

처음 전화를 걸었을 때 들리는 목소리는 경계하는 느낌이 역력했다. 안심시키기 위해 평소 그자와 친밀한 관계가 있었던 환인현(桓仁縣) 보민회장 김은성(金殷成)의 이름을 대고 사업차 가는 길에 점심이나 대접하고 싶다고 하자 반가워하면서도 통화자의 신분과 홍경에 오는 목적 등을 꼬치꼬치 캐물었다. 생각해 둔 대로 자신은 광산업자인데 이곳의 철광을 개발하려 한다면서 원근에서 실력자로 통하시니까 좀 도와달라는 말을 곁들였다. 물론 놈은 김은성이 지금 길림에 출장 가 있다는 사실은 모르고 있을 것이다. 설사 김의 집에 확인 전화를 한다 해도 길림과의 전화 연결은 쉽지 않을 것이다. 무엇보다도 대화의 끝머리에 붙여둔 말이 경계심을 허물었을 것이다. 점심 대접과 아울러 기부금도 전하겠다고 하자 목소리가 달라졌다. 원체 돈을 좋아하는 자로서 공금횡령을 자행하고 있다는 소문이 파다하게 퍼져 있으나 관계 기관에서는 조선인들을 다루기 위한 전술상 문제 삼지 않았다. 보민회 주도권싸움의 경쟁자인 총회장 이인수가 범죄사실을 고발했던 때에도 미온적이었다. 당국으로서는 보민회의 내분이 오히려 지도부의 예속을 강화하는 수단으로 작용할 수 있다는 판단을 한 데다 외부로 알려지면 악영향이 초래될 것이라는 염려가 있었기 때문이다. 부패에 찌든 이 자는 아마도 다른 사람들이 알지 못하는 눈먼 기부금을 받아 호주머니에 넣을 생각에 들떠서 부지런히 출근길을 재촉하고 있을 것이다.

시계의 분침이 5분 전에 닿았다. 트렌치코트의 사내는 대로를 가로

질러 3층 건물의 가운데 걸린 간판을 힐끗 바라본 다음 아래층 출입문 쪽을 응시했다. 차 한 대가 서고 키 작고 뚱뚱한 몸집에 반쯤 대머리인 사내가 내려 출입구 안으로 사라졌다.

그로부터 정확히 1분의 간격을 두고 층계를 올라갔다. 물기가 서려 번들거리는 유리창 너머에 직원들의 그림자가 어른거렸다. 그대로 지나쳐 앞쪽으로 걸어갔다.

십여 보 앞에 '회장실'이라고 쓰인 간판이 눈에 들어왔다. 입구에 비서로 보이는 여직원이 자리에서 일어나 "어디서 오셨습니까?"라고 물었다. 대꾸하지 않고 앞문을 열었다. 정면, 지붕들이 보이는 유리창을 배경으로 커다란 책상 뒤에 중년의 사내가 회전의자에 등을 기대고 있다. 그의 옆으로 ㄱ자로 꺾여진 곳, 커다란 창문 앞 또 다른 회전의자에 조금 전 그 땅딸보 사내가 앉아 있다. 똑같은 모양의 책상과 의자다. 스기야마는 아주 잠시 혼란을 느꼈다. 그러나 쓰고 있던 모자에 손을 가져가며 "최정규 총재님을 좀…"이라고 말했다. 그러자 중앙에 앉은 사내가 얼굴에 미소를 띠면서 엉거주춤 일어났다. 순간 트렌치코트 안에서 권총을 뽑았다. 거의 동시에 최정규가 책상 밑으로 상체를 숙였고 마우저 총구가 불을 뿜었다. 등을 맞은 최가 책상 밑으로 숨었다. 쫓아가 총을 발사하려 했으나 다른 회전의자에 앉았던 사내가 권총을 찾기 위해 설합을 열었으므로 재빨리 몸을 돌렸다. 조금 전 그 여직원이 구석진 곳에 몸을 웅크리고 오들오들 떨고 있었다. 권총을 든 채 재빨리 사무실을 지났다. 모두 넋 나간 얼굴로 백주 아침의 대담한 사내를 바라만 봤다. 층계를 내려오면서 총을 제자리에 넣었다. 그제야 위쪽에서 아우성치는 소리와 마룻바닥을 울리는 발소리들이 어지럽게 들려왔다.

아무것도 모르는 거리는 일상에 분주했다.

골목길들을 돌아 여관으로 돌아온 즉시 사냥복으로 갈아입은 다음 봉천을 향해 말을 달렸다.

그날 석간신문부터 며칠 동안 신문 1면 첫머리에 대문짝만하게 기사들이 떴다. '대일본제국을 위해 견마지로(犬馬之勞)를 다 하고 있는 전 보민회장 최정규씨가 정체 모를 괴한으로부터 총격을 당했다.'는 것과 척추를 공격당했으나 다행히 생명에는 지장이 없다는 것. 그러나 의사의 말에 의하면 평생 고통은 면하기 어렵다는 내용이다. 당국에서는 수사팀을 꾸리고 정보수집에 총력을 기울이고 있으나 범인의 정체가 오리무중이라고 했다.

"쳇, 지은 죄가 많은 놈이라 평소에도 경계를 단단히 하고 있었군."
스기야마는 테이블 위에 신문을 내던지며 씁쓸한 표정을 지었다.

다케우마 경부는 안락의자에 깊숙이 몸을 묻은 채로 눈을 감았다.

요 며칠 사이 벌집을 쑤신 것 같은 한바탕 소란이 있었다. 그리고 직감적으로 느낀 것은 이번 실패에 대해 누구에게 책임이 있는가를 가려내고 그에 따른 문책이 있을 것이라는 점이다. 제국 경찰의 불문율 중 하나는 실패에는 반드시 문책이 따른다는 것이다. 그렇다면 영사관 경찰의 최고책임자인 자신은 결코 책임에서 벗어날 수 없다. 아니, 제1의 표적이 될 것이다. 이 자리에 앉기까지 어떤 험난한 과정이 있었던가?! 도쿄 본청에서부터 수많은 경쟁자와 피 튀기는 싸움이 있었고, 중상모략의 그물망이 자신을 덮쳐온 적이 한두 번이 아니었다. 그때마다 기지와 순발력을 발휘하여 위기를 모면했다. 그뿐 아니라 윗사람들의 신임을 얻기 위해 견마지로를 다했다. 그리하여 남들보다 먼저 승진을 거듭했고, 주임관 4등~5등에 해당하는 고등관⟨일본제국의 관리 등급은 9등급으로 나뉘며 1, 2등은 칙임관(勅任官), 3등~8등까지는 주임관(奏任官)⟩으로 조선총독부 내에서 일본 출신이 갈 수 있는 불과 48명의 자리 중 재외총영사관 부영사라는 노른자위를 차지했다. 여기서 치명상을 입을 수는 없다.

그는 평소에 깔아놓은 개인적인 비상망을 가동했다. 본부에서 자신과 직원들에 대해 어떤 이야기가 대두되고 있는가, 징계를 할 계획인가, 한다면 어느 정도의 수위가 거론되고 있는가에 대해 탐문했다.

본부 방호과장(防護課長) 유우마(悠眞) 경시정(警視正, 총경)의 은밀한 대답은 다케우마 서장 자신에 대한 중징계가 거론되고 있음이 확실하다고 했다.

수직적 조직일수록 실패에 대한 책임 문제가 엄격하고 단호하다. 쇠붙이처럼 경직된 조직은 실패를 용납하지 않는다. 그러나 만에 하나 실패가 있을 때 조직은 실패에 대한 대가를 요구하며, 불가사리처럼 그 희생양을 먹이로 삼아 체력을 강건히 하는 법. 이번에도 예외가 없다는 것이 확인되었다. 다케우마는 평소 관리하던 총독부 참사관 쪽을 통하여 자신에 대한 징계의 수위를 대폭 낮추도록 교섭력을 발휘했다. 그 결과 영사관 행낭을 통해 시말서 한 장을 보내라는 것으로 해결되었다. 그러나 경부의 책임하에 현장의 누군가를 중징계하고 그 결과를 보고해야 했다. 약 보름 만에 보고서를 작성했다. 하지만 이 과정에서 요시무라나 나카노 역시 배경을 활용하여 미꾸라지처럼 빠져나갔다. 그들에게는 불령선인들과 쩌우자가의 감시 태만에 대한 정확한 동향을 파악하지 못했다는 것에 대해 경고장을 전달했다. 다만 한 사람, 스기야마에 대해선 일 계급 강등의 중징계를 부여했다. 그리고 용정영사관 경찰서로 전근을 시키기로 했다. 이 또한 상부와 교섭의 결과다. 스기야마를 봉천서에 그대로 둔다면 서장 자신으로서는 심리적 부담이 될 것이며 그를 볼 때마다 부끄러움에 견딜 수 없을 것 같았기 때문이다. 스기야마 또한 동료 직원들을 볼 때마다 굴욕을 느낄 것이라는 나름의 배려다. 그러나 이 조치가 부당하다는 것은 서장을 비롯하여 과장들도 모두 알고 있었다.

징계사유는 추가가와의 직접적인 협조 관계를 긴밀하게 조성하지 못함으로써 결과적으로 긴장 상태를 이완되게 만들고, 엄연한 경찰 신분임에도 불구하고 휴가를 내어 아편 밀매를 돕는, 결코 신분상 해서는 안 될 행위를 했다는 것이 주된 이유다. 그러나 그것은 징계를 위한 명목에 불과하다. 왜냐하면 경찰은 사사로운 일도 상사가 파악할 수 있는 범주 내에 있어야 하거늘 하물며 아편을 밀거래하는 범죄행위에 가담하는 일을 상사의 승인 없이 독단적인 결정으로 할 수는 없다. 스기야마의 그와 같은 모든 행동을 다케우마는 묵시적으로 동의를 했다. 그러나 스기야마의 입장에선 불만이 있더라도 그 불만을 입에 올릴 수가 없을 것이다. 왜냐하면 아편 밀거래는 본국 정부나 중국 정부에서 다른 무엇보다도 엄격히 다루는 일인데 그와 같은 불법행위에 직접 참여했기 때문이다. 밖으로 알려지면 파면을 당한다는 것을 그도 잘 알고 있을 것이다. 그러므로 직접 아편 문제를 거론할 수는 없는 일, 몇 가지 사소한 것들을 묶어서 징계를 했다. 또한 요시무라나 나카노의 책임문제도 잘 처리되었다. 그들 두 사람에 대한 징계가 거론되었을 때 이런저런 압력이 들어와 마지못해 들어주는 척 생색을 내면서 경징계를 주었다. 죠센징 출신 한 명을 희생양으로 하여 사건이 종결되었다는 것이 얼마나 다행한 일인가! 자신이 경찰 생활을 하는 동안은 내지 출신 경찰들을 이곳저곳에서 만나게 될 것이다. 은퇴 후에도 만날 개연성이 전혀 없다고 할 수 없다. 이를테면 아내와 함께 벚꽃 여행을 하다가 요시무라의 고향인 아오모리의 히로사키 성벽(城壁) 아래 어느 지점에서 그를 만날 수도 있고, 야마구치의 유모토 온천에서 나카노를 만날 수도 있을 것이다.

경부는 만면에 흡족한 웃음을 흘리면서 노곤한 낮잠에 빠져들었다.

스기야마는 징계 통보를 받은 날 초저녁부터 자리에 누워 잠을 청했다. 마음은 홀가분하건만 눈을 감고 오래 있어도 잠이 오지 않았다. 온갖 생각들이 머리를 혼란스럽게 했다.

밖으로 나왔다.

하늘에 별이 총총하다. 이역 하늘에도 고향에서 보던 밤하늘처럼 별이 총총하다니!

이처럼 밝은 별들은 중국 땅에 와서 처음 보는 것만 같다. 별을 볼 여유조차 없었던 날들이다. 황덕불이 타는 것 같은 별 무리의 심장부에서 별똥별 하나가 미끄럼을 타듯 붉은 줄을 그으며 흘러 아득히 남쪽 지평선 너머로 사라지고 있었다. 별똥별이 떨어진 곳을 가늠했다.

고향의 모습이 떠오른다.

경찰에 들어온 후 한 번도 고향 땅을 밟지 못했다는 생각에 죄책감이 든다.

첫 달 봉급을 받았을 때 편지와 함께 전액을 우편환으로 넣어 작은하니 본가에 보냈었다. 그러나 얼마 후 모서리도 뜯기지 않은 채 반송됐다. 우체국의 실수려니 하고 다시 부쳤다. 다시 반송됐다. 그제야 짐작이 갔다.

아버지….

아버지가 반송시킨 것이다.

창말 시장에 가다가 중간에서 낯익은 배달부를 만났고, 그로부터 건네받은 봉투는 헌병 하사관 합격 통지서였다. 심장이 멎을 것 같은 흥분을 억누르며 집으로 달려갔다. 이 기쁜 소식을 맨 먼저 부모님께 알리고 싶었다. 그동안 모든 일을 비밀로 하고 여기까지 왔지만 이제 부모님께는 알려드려야 한다고 생각됐기 때문이다. 헌병 하사관 합격 이라는 전혀 상상도 못 할 소식을 들으면 얼마나 놀라고 기뻐하실까!

마침 아버지는 마당에서 장작을 옮기고 있었고 어머니는 열무를 다 듬고 있었다.

개동이가 뛰는 가슴을 누르며 말씀드렸을 때 두 분 모두 이 무슨 아 닌 밤중에 홍두깨 같은 소리냐면서 아들의 머리가 순간적으로 착각을 일으키고 있는 것이 아닌가 의아한 눈으로 바라봤다.

개동이는 크게 칭찬을 받을 기대에 한껏 부푼 마음으로 자초지종 을 설명했다.

그의 말이 계속되는 동안 아버지의 얼굴이 점점 창백해지더니 눈에 서 불꽃이 튀었다. 말이 채 끝나기도 전에 솥뚜껑처럼 넓적한 손바닥 이 개동이의 따귀를 후려쳤다. 왼쪽 볼에서 불이 번쩍 났다. 어리둥절 한 표정으로 바라봤다. 아버지는 고장 난 다리를 절뚝거리며 장작더미 로 향했다. 참나무 장작개비를 집어 들고 다가왔다.

"이놈 새끼!"

급히 피하지 않으면 머리가 깨졌을 것이다.

열무를 내던지고 어머니가 달려왔다.

"이게 무슨 일이에요. 얘가 뭘 잘못했다고 때려요?"

"가만둬, 이런 놈은 내 아들이 아니야. 일본 놈의 종이 되려는 놈이 내 아들이 될 수는 없어. 이놈은 오늘 내 손에 뒈져야 해."

아버지는 장작개비를 마구 휘둘렀다. 눈에서 불이 나는 것 같았다.

그때마다 어머니는 개동이의 앞을 가로막았다.

"비키지 못해? 우리 집안에 일본놈 앞잽이가 있을 수는 없어. 이놈 새끼, 산이 울고 강이 운다. 눈이 있고 귀가 있어도 생각할 줄 모르는 너 같은 놈을 살려둔다면 내 죽어 무슨 낯으로 조상을 뵐 수 있겠어?! 어서 비켜!"

마침내는 어머니가 울부짖었다.

"하나밖에 없는 아들을 위해 당신이 해 준 게 뭐 있다고 이런 짓을 하는 거예요? 수십 년 그렇게 해왔다고 당신의 생활이 달라진 게 뭐가 있어요? 아이가 저 혼자 애를 써서 제 갈 길을 마련했는데 칭찬은 해 주지 못할망정 매타작이 뭐예요?"

"하나밖에 없는 아들? 밀정 놈을 아들로 두느니 차라리 없는 게 나아."

개동이를 어머니의 뒤에 두고 두 사람은 원을 그리며 돌아갔다.

"저리 비켜, 비키지 못해?"

개동이가 앞으로 나섰다. 그리고 아버지의 손을 타고 내려오는 장작개비를 휘어잡으며 소리쳤다. 그 반동에 아버지가 비틀거렸다.

"그래유. 난 삼시세끼 죽도 제대로 못 먹는 이 팔자 좀 바꿔 볼래유, 왜놈이면 어때유. 이팝에 고기국 먹구, 누덕누덕 꿰맨 거지 옷 입지 않아도 되구, 게다가 말 타구, 칼 차구, 육혈포 들구 댕기면서 간 데마다 굽신굽신 인사받는 그런 팔자 싫어할 인간이 세상에 어디 있겠어유. 대체 아버지가 나한테 해 준 게 뭐 있어유? 꼴랑 서당에서 동몽선습 하나 떼게 했구, 신식학교에 가서 뭐 좀 배워볼래니까 난세엔 조용히 사는 게 제일이라면서 보내 주지 않았잖아유. 그렇다구 밥을 제대루 주길 했나 정을 주길 했나, 세끼 나물죽두 제대루 못 멕이구, 이름두 개똥이라구 지어서 맨날 놀림이나 받게 했잖아유. 그래서 내 힘으루 헌병이 되겠다는데 그걸 왜 말려유. 힘이 모자라 나라를 뺏겼으면 뺏은 사람들 시키는 대루 고분고분하면서 거기에 합당하게 사는 게 현명한 거지유. 아버지 같은 생각을 한다구 뺏긴 나라를 되찾을 수 있을 거 같아유? 어림두 없어유, 어림 반푼어치두…."

"뭐 이 빌어먹다 뒈질 놈에 새끼!"

아버지는 또 장작개비를 들고 달려들었다.

"뒈져라 이놈 새끼, 뒈져라 뒈져!"

이번에는 피하지 않았다. 머리에서 지끈하는 소리가 나더니 뜨거운 것이 이마를 타고 주르르 흘렀다. 이번에는 어깨를 내리쳤다. 막지 않았다.

"아이구, 이 인간이 사람 죽이네. 아구 아구… 이 일을 어쩌면 좋아."

어머니는 황급히 개동이의 옷자락을 끌고 방으로 들어가 문을 잠갔다. 그러고는 부엌에서 된장을 가져와 머리의 상처에 바르고는 치마를 찢어서 감았다.

마당에서는 분노에 찬 목소리와 함께 장작개비로 무언가를 때리는 둔탁한 소리가 들려왔다.

"이놈에 다리가 웬수야. 이놈에 다리, 다리…"

아버지는 마당 가운데 선 채 장애가 된 자신의 왼쪽 다리에 매타작을 하고 있었다. 진홍색 피가 삼베바지 가랑이에 질펀하게 배어 나왔다.

자신의 매질에 견디다 못해 쓰러지면서도 개동이를 향해 중얼거렸다.

"너는 내 아들이 아니다. 지금부터는 원수다. 살아서도 죽어서도 만나지 말자."

개동이는 그날 이후 며칠 동안 승구의 집에서 지냈다.

자초지종 이야기를 듣고도 승구는 내내 말이 없었다. 위로의 말 한마디 없었다. 동네를 떠날 때도 문조차 열지 않았다. 그토록 따뜻하던 이웃들도 냉담했다. 어머니와 삼월이만이 광대평 개울 저쪽에 서서 눈물을 흘리며 옥수수밭 뒤로 개동이의 모습이 사라질 때까지 손을 흔들고 있었다.

그 후 아버지의 소식을 들은 것은 1년의 경찰직무교육을 받고 있던 때다. 때마침 그때 3·1운동이 일어났다. 조선과 만주의 방방곡곡에서 약 1개월간에 걸쳐 남녀노소 할 것 없이 태극기를 든 사람들이 거리로 뛰쳐나와 만세를 불렀다. 이 사건은 일본제국의 심장에 비수를 꽂는 것과 같은 대사건이었다. 세계 역사상 민족 전체가 모국의 깃발을 들고 평화적인 항거를 한 것은 유례가 없는 일이다. 스기야마도 교육생들과 함께 진압 작전에 참가했다. 그러는 중에도 아버지가 덜컥 걱정이 되었다. 사방으로 탐문했다. 그리하여 얻은 정보는 작은하니 사람들 거의가 만세를 불렀고 기관에 붙들려가 모진 고통을 겪었다는 것이다. 심지어 삼룡이 아버지는 한쪽 팔이 부러지는 고문을 당했다. 아버지도 연행됐는데 도전적인 태도로 인해 처음에는 물고문을 당했으나 아들이 봉천 영사관 경찰이라는 것이 참작되어 오래지 않아 풀려났다고 했다. 이 일로 인해 부모님은 마을에서 더더욱 오해를 받아 따돌림을 당하고 있다는 것이다.

그리고 세월이 많이 흘렀다.

삼월이는 시집을 갔을까? 찔레꽃 앞에 앉아 화사하게 웃던 그 고운 얼굴, 바쁜 가운데서도 구름 속을 지나는 달처럼 언뜻언뜻 눈앞을 스치곤 했는데 오늘은 너무도 그립다. 때죽나무 꽃모자를 머리에 얹어주던 그 가늘고 하얀 손을 단 한 번도 잡아보지 못했던 이유는 무엇 때문이었던가? 이른 봄부터 산비탈을 쏘다니며 함께 얼레지 달래 냉이 고사리를 따던 때가 많았지만 손 한번 잡아보지 못했다. 그녀를 가슴에 담기 시작할 무렵 속으로 덜덜 떨던 생각을 하면 미소가 절로 나온다. 그녀의 몸에서는 계절마다 다른 향기가 났다. 봄이면 여릿한 생강나무 냄새가 났고, 여름이면 함박꽃나무 향기가, 가을에는 쑥부쟁이 냄새가 났다. 그리고 겨울이면 삼월이만의 아주 옅고 독특한 향기가 눈 속에서 그녀를 꽃처럼 피어나게 했다. 삼월이는 손톱에 봉숭아 물들이기를 즐겼다. 봄부터 여름날까지 대부분은 손톱에 봉숭아 물이 들어있었다. 만날 때마다 빛깔들이 달랐다. 그녀가 마당가에 심어놓은 봉숭아의 종류만큼 다양했다. 어느 때는 연분홍으로, 어느 때는 진홍빛으로, 또 어느 때는 보라에 가까운 것들도 있었다. 그녀는 제비꽃이나 진보라 붓꽃, 달맞이꽃이나 패랭이나 복수초나 땅나리, 엉겅퀴 복주머니 금낭화 같은 야생 초화들을 좋아했으며, 나비나 메뚜기 사마귀, 무당벌레 소똥구리나, 어쩌다 길을 잃은 작은 불개미 한 마리도 제 갈 길을 가도록 조심스레 길을 찾아줬다. 아주 작은 생명도 마치 친구를 대하듯 귀중히 여겼다. 창조주께서 인간을 지구의 주인으로 보내신 뜻은 특히 모든 살아있는 것들을 자기 몸처럼 잘 보살피라는 깊은 뜻이 있기 때문이라고 말했다. 그녀는 여름날 어디에서 들리는지 모르는 딱따구리의 나무 쪼는 소리와 개개비 울음소리나 초저녁 고즈넉한 시간에 들려오는 논 올빼미 울음 같은 소리가 들리면 입술에 손가락을 대고는 대화도 중단시켰다. 그러고는 조용히 귀를 기울였다. 그러한 것들에 정신을 빼앗기고 있는 모습을 보면 마치 자연과 끊임없이 대화를 나누고 소통하는 심령술사와 같았다. 작은하니는 아름다웠고 나무와 새들이 끊임없이 노래를 들려주었으며 그 속에서 사는 사람들은 순박하고 진실하고 성실했다.

승구 아재는 여전 일본순사의 총을 빌려 산을 넘나들고 있을까?

능환, 필순이, 만날 적마다 주막에 가자던 필구 녀석, 말이 많아 '열닙'이라 불리던 몽길 어멈, 늙은 몸으로 동네일을 열심히 보던 장득선 영감님, 어린 감시자처럼 두 사람의 뒤를 졸졸 따라다니던 앙증스런 모습의 '작은이'와 '하니', 그리고…. 음전이는 지금 어느 거리를 방황하고 있을까? 개동이는 그날 밤의 일이 있은 뒤부터 수치심으로 무척이나 괴로워했다. 얼마나 파렴치하고 무책임하고 어리석은 짓이던가! 음전이의 갑작스런 행동에 미처 어떻게 대응할지 그런 시간적 여유조차 없었다고 자신을 위로해 보지만 그것은 비열한 자기 합리화의 변명에 지나지 않다는 것을 알고 있다. 그래서 더욱 괴롭다. 음전이가 자신을 진정으로 사랑했는지 진실은 알 길이 없다. 다만 한 가지 분명한 것은 그녀가 자신을 가둬놓고 있는 벽을 깨트러 버리고 새로운 희망의 길로 나서기 위해 개동이 자신에게 모든 것을 걸었었다는 점이다.

인간의 감정은 대개 시간이 지나면서 세월에 희석되다가 망각의 세계 저 너머로 흘러가 버린다. 그러나 어떤 감정은 아주 사소한 것일지라도 시간을 역류하여 새록새록 되살아나는 것들이 있다. 검은 갓과 검은 도포(道袍)를 입은 사자(使者)는 밤이나 낮이나 거울을 들여다보며 죄지은 자가 자기 자신에게 죄를 묻도록 독려한다. 그런 감정의 대부분은 되돌리고 싶어도 되돌릴 수 없는 부끄러움이나 비열했던 행동들에 대한 것들이다. 바로 이런 경우라고 할 수 있다. 그녀는 넓은 세상, 거친 풍랑에 밀려 어딘가를 떠돌고 있을 것이다. 생각할수록 가슴이 미어진다.

　그리움과 연민이 사무친 탓일까. 그날 밤에도 고향 꿈을 꾸었다. 처음에는 전에 삼월이 등과 더불어 머루 다래를 따러 계방산을 올랐다가 을수골로 돌아오는 길에 쉬었던 곳이 나타났다.

　느른의 칡소폭포 위 잣나무 숲 뒤로 비밀의 정원 같은 작고 아름다운 못, 그곳은 오대산에서 발원한 물줄기가 을수계곡을 타고 30여 리를 달려와 구룡령에서 흘러내린 내린천 큰 물줄기와 합하기 직전에 있는 폭포 위쪽에 있었다. 힘들고 먼 길을 지나온 길손이 떠나야 할 길을 앞에 두고 잠시 꿀맛 같은 휴식을 취하는 장소처럼 아늑했다. 계곡을 오르는 길 쪽은 잣나무 숲에 가려져 있고, 반대편은 제법 가파른 산에서 비가 많이 올 때면 아주 작은 폭포가 흘러내리기도 하는 급한 경사면의 산이 마치 커다란 옥그릇에 넘치도록 물을 담은 것 같은 잔잔한 못과 접해 있었다. 못을 중심으로 한 일대는 매우 조용하고 마치 천년을 감춰둔 장소처럼 신비하고 아름다웠다. 멀지 않은 곳에 사람들이 자주 다니는 길이 있으나 한낮에도 찾는 이가 거의 없었다. 소(沼) 옆으로는 길이가 약 50m 남짓, 폭이 30m쯤 되는 잣나무 숲이 너무도 고즈넉하여 마치 숲의 정령들이 축제를 열기 위해 숨겨둔 곳이라는 느낌을 주었다. 맑은 날이면 수많은 햇살의 조각들이 금빛으로 현란하게 반짝거리는 못의 위쪽에 무리를 이룬 둥글고 큰 돌들의 사이사이로 맑은 물이 소리치며 흘러 이 못으로 유입되고 하천 양쪽으로는 참나무며 단풍나무 미루나무 같은 잡목들이 빽빽이 어깨를 맞대고 서서 아름다운 개울이 부르는 노래에 사시사철 귀를 기울이고 있었다. 개울은 이 못으로 들어오는 순간부터 노래를 멈췄다. 그것은 정령들이 사는 못에 들어오기 전 엄숙한 마음을 가지라고 누군가가 명령하는 것 같았다. 물은 이 못에서 빙빙 자전(自轉)하며 제법 긴 휴식으로 기력을 회복한 다음, 다시 새로운 출발을 시작한다. 못을 빠져나가 급경사를 흐르는 순간부터는 다시 소리 높여 노래를 불렀다. 그리고 칡소폭포에서 낙하할 때는 떠나간 연인의 이름을 부르듯 절정을 노래했다. 물은 오불꼬불 아름다운 개울을 이루며 3㎞쯤 흘러 내린천으로 합류하여 새로운 여정을 시작했다.

정령의 호수에서 물장구를 치며 놀고 있는데 전에 을수계곡에서 창으로 찔러 죽인 호랑이가 삼월이를 공격했다. 깜짝 놀라 창을 들고 호랑이에게 달려들었다. 놈과 치열한 사투를 벌였다. 한밤중에 일어나 보니 온몸이 축축하게 땀에 배어 있었다. 어쩌면 사람도 장소도 그때처럼 또렷한 모습일까.

시계를 보니 새벽 3시 반, 그 후로도 잠을 이루지 못했다.

아침밥을 먹으려니 입이 깔깔해서 넘어가지 않았다. 냉수 한 잔을 벌컥벌컥 들이켜고 나서 서둘러 출근했다.

동료들이 흘낏거리며 스기야마의 얼굴을 살피다가 여느 때와 다름 없는 것을 보곤 미소를 지으며 지나갔다.

책상에 앉아 서류정리를 시작했다.

간부회의에 다녀온 요시무라 과장이 직원을 시켜 스기야마를 자기 방으로 불렀다.

그는 "저녁에 송별연이 있다는 건 통보받았겠지?!"라는 말과 함께 의례적인 인사말을 한 뒤 서장실로 데리고 갔다.

서장은 스기야마에게 전근 발령장을 수여하고 나서 훈시를 했다.

"지금 동북지방의 상황이 매우 긴박하게 돌아가고 있네. 모두 알다시피 총독부 경찰의 치밀하고도 끈질긴 섬멸 작전으로 조선 국내에서 활동하기 힘들다고 판단한 불령선인들이 대거 만주 땅으로 넘어와 반정부투쟁을 벌이고 있네. 여기도 그렇지만 특히 용정 총영사관은 곳곳에서 출몰하는 독립군들 때문에 전전긍긍하고 있는 상황이야. 압록강과 두만강 일대에 병력을 증강하고 용정 영사관 경찰서 관할 파출소 등에도 경찰을 대폭 증강하는 중인데 인력이 모자라 총독부 본부에 긴급 지원요청을 하는 형편일세. 사안이 중요하고 긴급하니까 우리 영사관 경찰에서도 유능한 형사 한 명을 추천하라는 지시가 있었네. 생각 끝에 우리 서(署)로서는 손가락을 잃는 것 같은 상실감과 고통을 느끼는 일이나 대일본 제국이 만세불역(萬歲不易)의 기반을 다지는 대사업이라는 차원에서 어려움을 감수하고 귀관을 추천했네.

인사기록 카드를 보면 불우한 환경을 극복하고 우리 경찰에 들어와 뼈를 깎는 수련과 자기 계발로 뛰어난 실력을 쌓았고, 누구보다 뜨거운 충성심을 보여줬네. 이 자리를 빌려 치하하는 바일세. 새로운 곳에 가서 새로운 기분으로 지금까지 해 온 것처럼 열심히 일한다면 반드시 그에 상응한 대우를 받을 것일세. 우리 황제 폐하께서는 충성을 다하는 신민에게는 결코 그 공을 외면하지 않는 분이시네. 열심히 해주기 바라네."

스기야마는 하숙집으로 돌아와 짐을 쌌다. 저녁 8시 영사관 경찰 단골 일식집 유메(꿈, 夢)에서 과장 임석 하에 조촐한 송별연이 열린다는 통보를 받고 있었으나 내키지 않았다. 7시쯤 됐을 때 소사로부터 서로 급히 들어오라는 연락이 왔다. 전근 절차가 모두 끝났는데 무슨 일일까 의아해하며 걸음을 옮겼다.

밖을 바라보고 있던 서장은 요시무라 과장과 스기야마를 보자 "어?!" 하면서 고개를 돌렸다. 얼굴이 창백했다. 땀을 닦은 것으로 보이는 손수건이 책상 위에 구겨진 모습으로 놓여 있었다. 평소의 서장답지 않게 멋쩍은 웃음을 지어 보였다. 분명 무슨 일이 있었다는 것을 짐작할 수 있었다. 스기야마는 서장의 얼굴과 책상 위 결재함에 놓인 종이를 번갈아 바라봤다.

서장이 과장을 향해 고개를 끄덕였다. 과장이 함에 든 종이를 들어 서장에게 전달했다. 그리고 과장이 문안을 소리 내어 읽었다.

내용은 승진 임명장이었다. 스기야마는 귀를 의심했다. 불과 하루 전에 징계 통보를 받고 계급이 강등됐는데 믿을 수 없는 일이다. 그러나 의심할 여지가 없었다. 잠시 정신이 혼란했다.

스기야마는 경례를 했고 서장은 굳은 표정으로 인사를 받았다.

경무과장실에서 요시무라가 말했다.

"방금 받은 승진 임명장에 대해선 절대로 다른 사람에게 이야기해선 안 되네. 이유를 묻지도 말게. 다만 그동안 군이 봉천 영사관 경찰에서 이바지한 공로가 크기 때문에 잘못에 대한 징계는 징계대로 절차를 밟았고, 공적에 상응하는 대우는 계급을 원상회복한 것으로 이해하게. 이미 내린 전근 명령까지 취소하기는 어렵지만 말일세."

그러나 경찰의 생리를 누구보다 잘 아는 스기야마는 이해가 가질 않았다. 수수께끼를 풀기 위해 몇 시간 동안 머리를 굴리며 애를 썼다.

그리고 지금 배기(Bagghy) 안경 너머로 자신을 보고 있는 총감의 시선을 느끼고는 온몸이 얼어붙는 느낌을 받았다. 그는 충성 맹세를 한 자를 보이지 않는 곳에서도 날카로운 눈으로 감시하고 있는 것이다.

아버지의 깃발 상

제4편

통곡의 땅

용정역에 내리자 경찰학교 동기인 일본인 친구 다케시타 깅키치(竹下欣吉)가 기다리고 있었다.

두 사람은 어깨를 부둥켜안았다. 그러고는 서로의 얼굴을 바라봤다.

"이 친구 양심이 없는 걸 보니 순사 될 자격이 없는 사람이 순사가 됐군."

"무슨 소린가?"

"하나도 변한 게 없으니 하는 말일세."

"자네야말로 세월을 거꾸로 보냈거나 좋은 보직을 받아 놀구 먹은 모양일세 그려."

두 사람은 소리 내어 껄껄 웃었다.

경찰학교를 졸업하고 각자 근무지로 떠난 후 처음 만났으니까 실로 10여 년 만이다.

다케시타는 참으로 좋은 친구다.

눈앞에서는 듣기 좋은 말들을 늘어놓다가도 돌아서면 험담을 일삼는 앞뒤가 다른 그런 소인배의 부류가 아니다. 겉으론 미소를 띠고 있으나 내심은 약점을 노리는 유형도 아니다. 이간질을 하는 부류도 아니다. 어느 장소에서나 자신을 나타내려 우쭐대는 허약한 인간도 아니다. 관계를 이용하여 간을 빼먹으려는 교활한 인간도 아니다.

서로를 인정하고 오직 친구라는 관계를 유지하고자 하는 순수한 사람이다. 그러므로 만남 자체가 즐겁고 유쾌하며 헤어지고 나서도 기분이 좋고 여운이 오래 가는 친구다.

그와의 인연은 경찰 교육대에서 6개월간 교육을 받을 때 이루어졌다. 스기야마의 출신이 죠센징이라는 것과, 전통적으로 앙숙인 육군 헌병대에서 하사관으로 근무하다가 전출됐다는 이유로 인해 이지메(いじめ, 따돌림)를 당할 때 옆자리에 위치하여 늘 든든한 버팀목이 돼 준 친구다.

어느 날 일과가 끝난 후 스기야마는 도서관에서 공부를 하다가 점호시간을 깜박 잊었다. 늦게야 허둥지둥 달려갔는데 그로 인해 2구대 교생 모두가 연병장을 열 바퀴 도는 벌을 받았다.

내무반에 들어왔을 때 일본인 교육생 한 명이 말했다.

"야 너, 그런 다람쥐 머리로 어떻게 헌병대에서 근무했나? 머리가 비었으니 보나마나 다리로만 근무했을 것 같은데 적웅한 곳에서 주욱 있지 왜 여기까지 와서 여러 사람 힘들게 하는 건가."

자존심을 건드리는 말이지만 벌을 받게 한 원인 제공자가 자신이므로 공개 사과를 했다. 그것으로 끝낸 줄 알았는데 누군가가

"뱁새가 황새를 따라오려면 가랑이가 찢어지는 법이지. 하여간 죠센징이란 자기들이 있을 곳이 어딘지 분수를 모른단 말이야."

머리를 망치로 얻어맞은 것 같은 충격을 받았다.

그러자 이 말이 신호라도 된 것처럼 여기저기서 욕설이 튀어나왔다. 순간 스기야마는 자신이 어떤 행동을 취해야 할 것인가를 생각했다. 만일 일본인이 실수를 했어도 같은 공격을 했을까?

"이 상황에서 내가 할 수 있는 건 사과뿐이고, 나로서는 진솔한 사과를 했다고 생각한다. 그런데 민족 차별적 언사를 쓰는 것은 받아들이기 어렵다."

그 말에 또 여기저기서 비난이 쏟아졌다.

"받아들이기 어렵다는 말은 한 판 뜨자는 거야 뭐야?"

"시건방진 죠센징!"

그러자 낮으나 무게 있는 목소리가 들렸다.

"그 정도도 이해할 수 없다면 어찌 한솥밥을 먹고 같은 교장(敎場)에서 교육을 받는 동료라고 할 수 있나. 내선일체(內鮮一體)나 일시동인(一視同人)은 입으로만 하는 헛소리인가?"

모두의 시선이 한쪽으로 모였다. 깅키치였다. 그는 한쪽 구석에서 팔짱을 낀 채 이 상황을 주시하고 있었다.

이번에는 모두의 화살이 그를 향했다.

"너는 뭐야?"

이렇게 시작한 언쟁은 도전과 응전으로 이어져서 이튿날 점호가 끝난 다음 막사 뒤의 공터에서 결투가 시작되었다. 첫날 싸움에서 스기야마가 승리했다.

그러나 결투는 그날 하루만으로 끝나지 않았다. 새로운 도전자가 생겼기 때문이다.

둘째 날은 다케시타가 맡았다. 이렇게 이어진 결투는 열흘이나 계속되었다.

제1부　　　　　　　　　　　　　　　　383

스기야마와 다케시타의 몸은 곳곳에 시퍼런 멍 자국이 생겼다. 교육생들 사이에서 그는 죠센징으로 취급되었다. 이런 분위기는 경찰학교를 졸업할 때까지 계속되었다.

어느 날 휴식 시간에 피멍이 들어 끙끙거리는 다케시타에게 물었다.

"나를 도와준 이유가 궁금한걸."

그는 고통에 찡그렸던 얼굴을 펴면서 대답했다.

"그건 자네를 위한 것이 아니고 내 맘속에 눌려있던 저항심 때문이야. 그러니까 부담감 같은 건 안 가져도 돼."

의미를 알 수 없는 말에 궁금증만 커졌으나 며칠 뒤 매점에서 설명을 들을 수 있었다.

그의 아버지는 우체국 말단직원이었다. 발령이 날 때마다 각지를 떠돌아다녔다. 깅키치와 가족도 아버지의 전근지를 따라다녀야만 했다. 보통학교만 다섯 번 전학을 했다. 당시만 해도 몸집이 왜소했던 그는 학교를 옮길 적마다 심한 놀림과 괴롭힘을 당했다. 특히 호겐(사투리)은 아이들에게 호기심과 놀림감의 대상이었다. 오사카나 와카야마의 간사이(관서) 사투리를 쓰다가 교토에 가면 놀림감이 됐고, 도호쿠에서 쓰던 말을 규슈에서 쓰면 원숭이가 되었다. 그리고 심한 폭력과 이지메(따돌림)에 시달렸다. 늘 심리적으로 불안한 상태에 있었고 또 어떤 괴롭힘을 당할지 전전긍긍했다. 그에게 쉬는 시간은 지옥이었고 학교뿐만 아니라 주위의 모든 아이가 싫게만 느껴졌다. 그렇다고 부모님께 알리기에는 자존심이 허락하지 않았다. 아무도 없는 컴컴한 부엌에서 혼자 울고 나서 언제 그랬냐는 듯 눈물을 닦고 동네를 한 바퀴 돌아 방으로 들어오는 때도 있었다. 나비가 되어 먼 곳으로 날아가는 꿈을 꾸기도 했다.

그러던 어느 날 교실에서 평소 자신을 몹시 괴롭히는 친구의 장난에 참지를 못하고 언쟁을 하게 되었는데, 그 친구가 말하기를 기집애 같은 겁쟁이가 아니라면 저녁때 운동장으로 나오라고 했다. 그 아이는 몸집이 크고 심술궂기로 소문이 난 데다 단짝으로 친구 셋이 늘 붙어 다녔다. 비록 죽는 한이 있더라도 나가야 한다는 생각이 들었다. 몇 번을 망설이기도 했으나 반드시 이 고개를 넘어야 사슬을 끊을 수 있다는 생각이 들었다. 죽더라도 더는 겁쟁이로 머물고 싶지 않았다. 가족의 시선을 의식하여 밥을 몇 숟가락 뜨고는 헝겊으로 싼 돌멩이 하나를 오른쪽 호주머니에 넣고 운동장으로 나갔다. 한쪽 구석 기계체조 수평대 부근에 서 있는 세 사람을 보는 순간 다리가 후들후들 떨렸다. 죽을 각오를 했다. 그날의 싸움에서 실컷 두들겨 맞다가 학교 심부름하는 아저씨에 의해 싸움이 중단됐지만, 괴롭힘을 주던 친구의 코에서도 피가 흐르는 것을 봤다. 코피가 터지게 했다는 것만으로도 결코 패배한 것은 아니라는 생각에 희열을 느꼈다. 온몸에 상처가 나고 욱신거렸으나 잠자리에서 생전 처음으로 자신이 참으로 대견하다고 느끼면서 스스로 가슴을 토닥거렸다. 날아갈 것 같은 해방감을 맛봤다.

　"그 일이 있은 다음부터 깨달았네. 힘센 자에게 굴종하는 비겁한 인간이 되는 것보다는 육체적 고통을 받는 한이 있더라도 맞서 싸우는 것이 마음을 평안하게 하는 방법이라는 것을 말일세. 약자들은 흔히 눈 질끈 감고 한 번만 굴욕을 참으면 만사가 그냥 지나가 버리는 것이라고 자신의 비굴함을 합리화하기 쉽네. 하지만 그 비굴함을 깨트리고 일어서지 못하면 상대의 노예가 될 뿐만 아니라 스스로가 만든 어둠의 동굴에 갇히게 되지. 그와 반대로 떨치고 일어나 싸운다면 그 싸움으로 인한 육체적 고통은 겪게 되지만 두려움에서 벗어나 자유인이 되는 것일세. 굴종의 평화보다는 투쟁의 자유가 훨씬 가치 있는 것이 아니겠나. 만일 전날 내가 저 사람들의 집단적인 횡포에 눈을 감고 있었다면 이 순간에도 나 자신을 용서하기 어려웠을 것일세. 정의롭지 못한 일이나, 혹은 억압이나 폭력에 저항하지 않는 자는 산 송장과 같은 것이니까…."

그로부터 각자가 멀리 떨어진 곳으로 발령이 난 이후까지도 끈끈하게 유대를 이어 오고 있다.

두 사람은 작은 언덕 위 허름한 중국집에 술잔을 놓고 마주 앉았다. 노을이 지고 있었다. 지붕 밑으로 멀리 푸른 논들 펼쳐져 있다. 심부름하는 아이가 오자 깅키치가 배갈과 몇 가지 안주를 주문했다.

"나를 위해 술을 주문하는 것이라면 사양하고 그냥 밥만 먹겠네."

"누가 일본제국의 경찰이 아니랄까 봐 그러나. 하지만 여기선 아직 내가 주인일세. 손님은 주인이 하는 대로 따르기만 하면 되네."

얼마 후 주문했던 음식들이 나왔다.

깅키치가 두 사람의 잔에 배갈을 붓고 나서

"사테, 이파이 데 이파이!(さて、一杯でいっぱい! 자, 한잔 가득!)"하고 잔을 부딪친 다음 먼저 들이켰다. 그리고 찌푸렸던 얼굴을 펴면서 말했다.

"그리웠던 인사를 만나니 술맛이 꿀맛 같네 그려."

스기야마는 놀란 눈으로 그를 바라봤다.

"이 사람 언제 술을 배웠나. 교육대에 다닐 때만 해도 술이라곤 한 방울도 입에 대지 못했던 자네가 아닌가."

그가 안주를 집으면서 대답했다.

"이 풍진 세월에 술 한잔 마시지 못한다면 어찌 견딜 수 있겠는가. 용정이 술을 마시도록 만들었고, 제국 경찰이라는 자리가 독주를 즐기도록 했다네."

"대체 용정이 어떤 곳인데 순결한 자네를 이 지경으로 타락시켰단 말인가?"

"머잖아 자네도 타락을 경험하게 될 걸세."

두 사람은 또 껄껄 웃었다.

"그건 그렇고, 용정 총영사관의 노예가 된 것을 다시 한번 축하하는 바일세. 자아~"

다시 잔을 부딪쳤다.

한참 동안 소소한 이야기들이 이어졌다.

깅키치가 물었다.

"봉천 생활은 어땠는가?"

"그곳은 야망을 가진 장쭤린 군벌의 본거지니까 인민들은 전쟁 준비에 끊임없이 시달리며 살고, 우리 일본 경찰은 그자를 이용하기 위해 정보 취득이나 일본인과 중국인 간의 갈등 조정, 조선인에 대한 선무 공작 등등 할 일이 많은 곳이지. 더욱이나 두 번에 걸친(1922, 1924) 차오쿤(曹錕) 우페이푸(吳佩孚)와의 전쟁에서 10만의 사상자가 생겼으니 봉천 성 관리들이나 우리나 후유증 수습에 진력할 수밖에 없었지."

그는 1, 2차 직봉(直奉)전쟁을 말하고 있는 것이다.

"특히 1차전에서 상처가 컸지. 전쟁은 6일 만에 우페이푸의 승리로 귀결되고 장쭤린은 3만 명의 사상자와 4만의 포로, 그리고 3천만 원의 군비를 소모하고 패전의 불명예를 안고 돌아왔지."

"직계군벌과 봉천군벌의 연합은 당초부터가 균열을 예고하는 것이었어. 정식으로 군사교육을 받은 차오쿤과 우페이푸의 눈에 마적 출신인 장쭤린이 사람으로 보였겠는가. 장쭤린 또한 일개 사단장이 어느 안전이라고 입을 여느냐고 호통쳤던 우페이푸가 같은 반열인 양호순열사에 오르니까 눈뜨곤 그냥 볼 수 없었겠지. 더욱이나 그런 자에게 패배했으니 잠을 못 잤을 걸세. 그러니까 2차전은 절대 패배하지 않도록 심복 한린춘(韓麟春)으로 하여금 봉천 병공창을 설립하게 하는 등 만반의 준비를 갖춰 승리를 거머쥔 거고…"

"1차전 패배 때, 승리한 우페이푸가 대총통 쉬스창에게 압력을 넣어 장쮜린을 순열사직에서 해임하니까 해 볼 테면 해 보라며 동삼성의 독립과 자치를 선언했지. 장쮜린이니까 충분히 가능한 일이지."

"그런데 말일세, 장쮜린은 정말 체면도 모르는 낯 두꺼운 자가 아닌가."

"무슨 말이야?"

"지금까지 성장하는 과정에서 수없이 일본의 지원을 받았고, 1차 즈펑전쟁에서 패하여 봉천으로 귀환할 때에도, 그리고 최근에 있었던 반봉사건(=궈쑹링의 난) 때에도 그 도움으로 무사히 돌아갔는데 일본이 그토록 간절하게 요구하는 철도 개설에는 눈과 귀를 가리고 있으니까 말일세."

깅키치는 술 한 잔을 입에 털어 넣은 다음 안주 한 점을 우적우적 씹으면서

"그러니까 일본은 장쮜린을 던져버리고 다른 군벌을 택할 수도 있지 않을까 하는 생각일세."

"아니야. 그는 동삼성의 황제와 같은 존재네. 그리고 일본은 들인 공이 아까워서도 그런 일은 할 수 없을 거야. 크게 볼 때 일본의 대중국 정책은…"

스기야마는 배갈잔을 들었다. 하얀 액체가 창문을 투시한 황혼빛에

비쳐 잠시 붉은 장미 색깔로 빛을 발하더니 이내 입속으로 사라졌다. 그는 안주를 집는 대신 검지로 허공을 가리키며 말을 이었다.

"첫째는 중국이 통일되는 것을 바라지 않는다. 둘째는 중국이 민주공화국이 되는 것을 바라지 않는다. 셋째는 중국이 혼란한 시기를 이용하여 최대한 많은 이권을 획득한다. 넷째는 이것들을 확보하기 위해 무력도 불사한다. 이 네 가지를 성공시키기 위해선 장쭤린만한 인물이 없을 걸세. 동아시아를 차지하려면 조선에서 중원으로 들어오는 관문이고 풍요로운 지역인 만주에서의 이권 확보가 선행돼야 하는 건 당연한 수순이 아니겠나. 우선은 만몽5로(滿蒙五路)를 반드시 확보해야 하겠지. 그리되면 조선과 대륙이 직통으로 연결되어 인적 물적 수송로를 탄탄하게 구축할 수가 있지. 그뿐 아니라 일본이 얻을 이권이 얼마나 많을 것인가. 만철(남만주철도주식회사)이 추진하고 있는 사업들 말일세. 철도는 기본이고, 군수업을 비롯하여 석탄이나 철광, 전기와 가스, 도로, 수로, 항만, 정유, 병원, 육영사업, 농장, 설탕, 유리, 물물교역, 공장과 그에 따른 부대 시설들, 심지어는 출판업까지 말이네. 일본이 바라는 최적의 조건은 장쭤린이 일본의 통제를 벗어나지 않는 한도 내에서 힘을 소유하게 하는 것이지. 그가 지금처럼 동삼성에서 독립적인 국가와 같은 기반을 유지하도록 해 주면서 일본의 의도대로 만주의 경제를 장악하려는 계산이지."

"그래도 지금까지는 계획이 별 장애 없이 진행되고 있다고 봐도 될 걸세. 만철의 예를 보더라도 설립 당시(1906) 자본금이 2억 원이었는데 1920년 현재 4억 4천으로 증대됐고, 순수익 2억 180만 엔은 일본 정부 예산의 4분의 1에 달하는 금액이네. 연간 수익률이 20~30%에 달한다고 하니 세상에 이런 꿀단지가 어디 있겠나. 가장 중요한 곡간을 장악하면 나머지는 마음먹은 대로 진행되는 법이지."

"내 생각은 좀 달라. 일본이 만주를 장악할 수 있는가의 성공 여부는 소련을 어떻게 다루느냐에 달려 있다고 보네. 작년 모스크바에서 개최한 코민테른(마르크스 레닌주의 국제적 조직체= 제3 인터내셔널)에서 중국 공산당이 손문의 국민당과 연합전선을 하기로 결정했지만, 손문은 국민당에 대한 와해 공작이라며 일언지하(一言之下)에 거절했네. 그러나 공산당원이 국민당에 개별적으로 가입한다면 그건 허락할 것이라고 했네. 자신감에서 나온 결정이겠으나 매우 순진한 생각이라고 보네. 자네도 알다시피 손문은 중국 공산당 서기장 천두슈(陳獨秀)를 국민당 개혁안 기초위원 9인 중의 한 명으로 기용하지 않았나. 하지만 말일세. 소련은 요페(Ioffe, A.)를 중국에 파견했어. 요페가 누군가. 사람들은 이 인물에 대해 잘 모르는 것 같은데 이자는 소련이 독일과의 단독 강화를 할 때 수석대표였고, 그 후 독일대사로 취임해서 빌헬름 2세의 퇴위 등을 선동한 자일세. 그렇다면 국경을 접하고 있고, 만주를 호시탐탐 노려온 소련이 만주를 장악하려는 욕심은 붉은 혁명 이후에 더욱 강렬해졌다고 봐야겠지."

"하긴 본국으로 간 보로딘이 이번에는 전과 달리 장제스를 쓰러트리기 위해 다시 등장할지도 모르고…공산혁명을 완수하려면 우선 중국부터 병균을 퍼트려 장악해야 하니까…."

두 사람은 잠시 입을 닫았다. 어느 방에선가 공후(箜篌)를 타는 소리가 들렸기 때문이다. 가녀린 쇠줄을 퉁기는 그 소리는 스기야마의 가슴에 잔잔한 파문을 일으켰다. 그것은 마치 깊은 잠에 빠져 있는 호수를 미풍이 다가와 깨우는 것 같았다. 문득 눈앞으로 고향마을이 보이고 여인의 모습이 지나갔다.

"이보게, 무슨 생각을 하고 있는 거야?! 음악 소리를 들으니까 고향 생각이 나는가?"

그제야 고개를 돌렸다. 그리고 생각했다. 다시 미지의 세상으로 들어왔다. 이곳에서 깅키치 친구마저 없었다면 얼마나 외로울 것인가. 속으로 깊은 감사를 느꼈다.

"그런 일들보다 걱정되는 문제는 말일세. 군 내에 과격분자들이 급속도로 확대되고 있고, 그들이 요직을 장악하기 시작했다는 것이야. 만일 어느 땐가 정부를 무시하고 일을 벌인다면 중앙에서 계획하고 있는 일들은 수습할 수 없는 방향으로 흘러갈 수밖에 없을 거야."

깅키치가 안주를 집으려던 포크를 멈춘 채 물었다.

"후타바카이(二葉會) 멤버들을 말하는 건가?"

"그렇네. 이들이 요직을 차지하는 것은 뭔가 불길한 징조를 의미하는 것이 아니겠나."

"듣기에는 만주를 발판으로 대륙을 지배하겠다는 것을 실천 강령으로 삼는 집단이라고 하니까 영웅심에 사로잡힌 자들이 또 무슨 카타나가리(カタナガリ, 칼사냥)를 꾸밀지 예측할 수 없는 일이 아니겠나."

"그야 그렇겠지만…"

19세기에 일찌감치 문호를 개방하고 선진문물을 받아들이기 시작한 일본은 유럽의 발전에 주목했다. 그중에서도 독일은 행정조직과 법률 군사 분야 등에 앞서 있었다.

일본은 36~37세에 이르는 중견 장교들을 유학시켜 선진군사학에 대한 교육을 받도록 했다. 이들은 나이가 어려 러·일전쟁(1904~1905)에는 참전하지 못한 세대들이었으나 날로 번영하는 국력과 팽창하는 군사력에 대한 자부심으로 조국을 위한 일이라면 자신을 희생하겠다는 의지가 충만한 인물들이었다.

1921.10.27. 독일 바덴바덴의 스테파니 호텔에서 일본 육사 출신 소령들인 유학생 나카다 데쓰잔(永田鐵山)과 오바타 도시로(小畑敏四郎), 오카무라 야스지(岡村寧次) 등 세 사람이 모임을 가졌다. 후일 '바덴바덴 맹약'이라고 불린 이날의 회합에서 세 사람은 전쟁은 필연적이며, 그형태도 1차대전 이전처럼 군인들만 총검으로 싸우는 것이 아니라 전국민이 동원되어 전 국토에서 싸우는 국가 총력전 형태가 될 것이라는 데에 견해를 같이했다. 그리고 일본군을 보다 강한 군대로 만들기 위해서는 승진과 요직을 장악하고 있는 야마가타 아리토모 장군의 출신지인 죠슈(長州) 출신들을 몰아내고 그 자리를 정규 육사 출신들로 채워야 한다는 데에 뜻을 같이했다. 이들은 자신들을 '삼바가라스(三羽會, 삼우회)'라고 자칭했으며, 이로부터 조직 확대에 주력하기 시작한다.

제일 먼저 포섭한 인물은 아래 기수인 17기 도조 히데키(東條英機)로서 그는 훗날(1940) 총리대신과 육군대신을 겸직하면서 태평양 전쟁을 일으켰으나 패전 후 A급 전범으로 교수형에 처해진다.

네 사람은 1923년까지 육사 15기에서 18기까지의 선후배를 모아 '11인회'를 결성하고 도쿄 시부야에 있는 프랑스 레스토랑 후타바테이(二葉亭)에서 만나 프랑스 요리를 먹는다는 명목으로 동지를 모았다.

이때 만들어진 모임이 레스토랑 이름을 딴 '후타바카이', 즉 이엽회(二葉會)다. 이들은 그해 가을부터 매달 한두 차례씩 회합을 갖고 군사지식을 비롯하여 국제정세나 국가의 노선, 군사정책에 대한 생각 등 광범위한 토론을 벌인다.

후타바카이의 회원은 후배인 21기에서 25기까지로 확대되었으며, 토론 주제도 만몽(滿蒙)개발론, 전쟁론, 군 개혁론 등 위험수위를 넘고 있었다.

이 중에서도 만주와 몽고에 대한 문제는 공통의 관심사로서 일본군이 러시아와의 전쟁에서 많은 피를 흘려 얻은 곳이므로 무슨 일이 있더라도 일본의 것으로 만들어야 한다는 것이다.

이 모임은 더욱 발전하여 '모쿠요카이(木曜會, 목요회)'가 되고 다시 '하루 저녁을 살더라도 일본제국을 위해서!'란 뜻의 '잇세기카이(一夕會, 일석회)'로 확대되는데, 육사 14~25기 41명으로 모두가 30~40대 중반의 육군 엘리트 소령에서 대령이며, 전원이 육군대학 출신이다.

이들 중 상당수가 관동군으로 배치되었다. 육군성의 비호와 지원이 없으면 불가능한 일이다.

일본군부에 사조직을 만든 초기 11인회 가운데 만주에 파견된 멤버들이 사고뭉치들이었다. 그들은 도쿄 중앙정부의 지휘를 받지 않았다.

군내 파벌이 어떤 무모한 사건을 저지르고 국가에 어떤 참혹한 결과를 가져다주는지는 이후의 사건들에서 똑똑히 보게 된다.

이러한 위험은 비단 군내 파벌뿐이 아니다. 동서고금을 막론하고 권력을 소유한 특정 세력이 파벌을 조성하는 경우 과대망상의 분위기가 만들어져 자신들의 이익과 세력을 공고히 하는 파벌 이기주의나, 또는 추구하는 목표를 실현하기 위해 상식과 금도를 벗어나 망나니 같은 행동으로 나아갈 위험이 매우 크다. 특히 파벌이 오래 지속되면 안하무인이 되어 두려움을 잊게 되고 부패의 농도가 갈수록 짙어지게 되어 있다. 그것은 국민을 불행하게 하고 국가를 예상치 못한 방향으로 몰아가기 쉽다. 권력을 소유한 자들의 파벌을 반드시 깨뜨리거나 예방하는 법을 만들어야 하는 이유다.

깅키치가 잔을 비운 다음 탕추파이구(糖醋排骨) 한 점을 입에 넣고 우물거리는 모습을 보고 물었다.

"그런데 용정은 어떤 곳인가?"

친구는 입에 넣었던 음식을 천천히 씹어 넘기고 나서 말을 이었다.

"이곳 용정을 중국인들은 육도구(六道溝)라고 하네. 재만 조선인들의 중심지이지. 메이지 40(1907)년 8월 23일 우리가 이곳에 '통감부 간도 임시 파출소'를 설립한 것도 그런 이유에서였네. 지금은 명실상부 북간도의 정치 행정 문화를 아우르는 중심이라고 할 수 있지. 그리고 우리 영사관은 그 중심 중에도 핵이 되는 위치에 자리를 잡은 셈이야…. 이곳에는 중국 지방당국이 메이지 42(1909)년 간도협약 이후 일본총영사관에 대응하여 상부분국(商埠分局=외국인의 거주와 무역을 허용한 지역을 관리하는 관청)이라는 것을 만들고 해관서(海關署=관세청)와 심판청 분정(審判廳 分庭=법원 분원), 세연징수 분국(稅捐徵收 分局=세무서 분국), 우편국(郵便局), 관립 고등 소학교 등을 설립했네.

동북으로 산 하나 넘어 30리 국자가에는 중국 측 행정의 핵인 길림 동남로 도윤공서(道尹公署)와 연길 현청(延吉縣廳)이 있고, 인접한 대납자(달라즈=싼다오커우)에는 화룡현의 현청이 있으니까 우리 영사관은 중국 지방 당국의 행정 중심인 국자가와, 화룡현 소재지인 대랍자 사이를 차단하는 효과를 거두고 있지."

"여기도 조선인들이 개척한 마을이 많다던데…?"

"이 사람, 자부심이라도 생긴 건가? 역시 피는 못 속인다니까…."

깅키치는 스기야마를 흘겨봤다. 그러나 얼굴은 미소가 가득했다. 그리고 이야기를 계속했다.

"1870년까지만 해도 황량한 무인지대였다고 하네. 그럴 수밖에 없는 것이 청나라가 시행한 봉금령으로 사람이 들어올 수 없도록 완전히 차단됐으니, 해란강과 육도하 양안에는 갈대와 버들이 꽉 들어차게 된 거지. 이런 상태가 오랫동안 유지되면서 엄청나게 비옥한 땅이 됐지. 게다가 온대 대륙성 기후와 여름에 집중된 강수량, 일조량이나 무상기(無霜期, 서리가 내리지 않는 기간)가 긴 점 등 농사짓기에 매우 좋은 조건이니 굶주린 조선의 백성들, 특히 함경도 평안도 사람들이 얼마나 건너오고 싶었을 것인가."

사실이 그랬다. 안수길(安壽吉)의 소설 북간도가 당시의 상황을 잘 설명해 주고 있다.

'…이러고 보니 조·청 양국 민족이 이 지역에는 얼씬도 할 수 없었다. 가히 무인지경이었다. 그동안이 2백여 년.

나무가 자랄 대로 자라고, 그 잎이 떨어져 쌓였다가는 썩고, 썩은 나뭇잎이 땅속에 파묻히고…; 이러기를 2백 년을 되풀이하였으니 지력(地力)은 조금도 소모되지 않은 채 고스란히 간직되어 있는 땅이었다. 어찌 기름진 옥토가 아닐 수 있을 것인가!

쟁기나 보습, 괭이로 파 뒤집으면 시커먼 흙이 농부의 목구멍에 침이 꿀걱하고 삼켜지게 했다. 씨를 뿌리기만 하면 곡초가 저절로 쑥쑥 소리라도 들릴 듯이 자라 올라갔다. 거름이 필요 있을 까닭이 없었다. 한두 번 기음만 매어주면 다듬잇방망이만큼 탐스러운 조 이삭이 머리를 수그렸다. 옥수수 한 자루가 왜무같이 컸다. 감자가 물씬한 흙 속에서 사탕무처럼 마음놓고 살이 쪘다. 수수 콩…몰래 하는 농사가 아니라면 손쉽게 논을 풀 곳도 수두룩했다. 이런 옥토를 강 건너 눈앞에 바라보고 있다. 그러고 어떻게 고스란히 굶어죽을 것인가…'

처음에는 강을 마주하고 있는 사람들이 몰래 두만강 가운데 있는 사잇섬(間島)에 들어가 이를테면 도둑 농사를 지었다. 그러다가 차츰 대담해져서 강을 건너다니며 농사를 짓기도 했다. 1877년에는 평안도와 함경도 출신 14세대가 아예 두만강을 건너가 정착하여 농사를 짓기 시작했다.

좀 더 역사를 거슬러 올라가 보자.

1616년에 파저강(婆猪江)과 혼강(渾江) 유역을 중심으로 활동하던 건주여진(建州女眞) 출신의 누르하치가 송화강 유역의 해서여진(海西女眞)과 흑룡강 유역의 야인여진(野人女眞)을 통일하여 후금을 세웠고 그의 후계자 홍타이지가 국호를 청(淸)으로 개칭하였다.

청 태종은 1627년 정묘호란 시 강도회맹(江都會盟)에서 '朝鮮國與金國 立誓 我兩國己講和好 今後兩國各遵誓約 各全封彊', 즉 '조선과 우리 청나라는 서약하노니 우리 양국은 이미 강화를 맺었다. 오늘 이후 양국은 이 서약을 준수하여 서로 온전하게 한다.'고 하여 국경을 언급했고, 압록강 하류인 평북 의주로부터 약 48km 떨어진 감양변문(甘陽弁門, 옛 이름 고려문역, 단동 북쪽 현재의 요녕성 봉성시 일면산역)~ 성창문(城廠門)~왕청변문(旺晴邊門, 현재의 요녕성 무순시 신빈현·봉천에서 동쪽으로 약 45km)에 이르는 약 2백 리에 걸쳐 방압공사(防壓工事)를 한 것으로 미루어 압록강 두만강 북쪽의 매우 넓은 지역을 조선의 땅으로 인정했던 것으로 여겨진다.

청나라는 제3대 황제 순치제(順治制) 때인 1658년경부터 만주 지역에 대한 봉금(封禁)을 실시했으나 그 강도는 느슨한 편이었다. 그러나 강희제가 등극한 후에는 길림성 오동성(敖東城), 돈화(敦化) 지방을 비롯한 백두산 일대(북간도 지역)는 청나라가 여진족(만주족)의 발상지로서 자신들의 조상이 대대로 살아왔으며, 부족이 흥하여 중원을 정복하고 대청국(大淸國)을 세운 성역이라면서 봉금을 강화했다. 백두산 위쪽부터 흑룡강 상류에 이르는 지역에 버드나무를 심어 경계를 정하고 망우초(莽牛哨)에 감시병을 두어 이 지역을 출입하는 자에 대해서는 엄벌로 다스리고 이를 규제하지 못한 관리에 대해서도 중형에 처하도록 국법으로 정한 것이다. 또한 조선에 대해서도 그처럼 행할 것을 요구했다. 1681년과 1691년에는 두만강과 압록강을 넘어 분쟁이 발생했는데 청나라는 조선 국왕에게 벌금으로 각각 1만 냥과 2만 냥을 부과했다. 더군다나 1686년에는 호군총령(護軍總領) 퉁보오(佟保)가 숙종과 동석하여 6명을 참형하고 22명에게 벌을 내렸다. 숙종에게는 벌금 2만 냥을 부과하여 논란이 되기도 했다. 한때는 관직을 하사하고 조공을 받기도 했던 여진족, 그 여진족의 청태종 홍타이지로부터 1637(정축).2.4. 국왕 인조(仁祖)가 삼전도(三田渡)에서 굴욕적인 항복 의식을 치른 이래로 청의 눈치를 봐야 했던 조선은 국경을 넘어가는 민간인에 대해 참형에 처하고 규제하지 못하는 관리에 대해서는 삭직(削職), 유배, 장형(杖刑) 등으로 엄하게 다스리지 않을 수 없었다.

애타는 심정을 읊은 '월강죄'라는 노래까지 있었다.

월편에 나부끼는 갈대잎 가지는
애타는 내 가슴을 불러야 보건만
이 몸이 건느면 월강죄래요

기러기 갈 때마다 일러야 보내며
꿈길에 그대와는 늘 같이 다녀도
이 몸이 건느면 월강죄래요

새봄이 다 가도록 기별조차 없는 님을
가을밤 안신까지 또 어찌 참으리요
두만강 얼음은 다 풀리었는데

새봄이 아니오랴 열세 봄 넘어와도
못 참을 내랴마는 가신님 낯 잊을까
강남의 연자들은 제집 찾아 나왔는데.
*안신- 멀리서 보내는 편지. 연자- 제비

강희제(康熙帝)는 면적이 광대하고 일부 지역은 경계가 불분명한 영토의 경계를 명확히 하고자 1708년 프랑스 선교사 당빌(Danville)과 레지(Regis) 부베(Bouvet) 등으로 하여금 측량을 실시하게 했다. 8년에 걸친 측량과 2년에 걸친 정리 끝에 황여전람도(皇輿全覽圖)가 제출되었는데 레지선이라고 부르는 이 지도에 청나라와 조선의 경계는 백두산 서쪽 압록강 북쪽 1만 9천㎢와 백두산 동쪽 두만강 연안 6천 ㎢로 표기되었다. 인하대 고조선 연구소 복기대 교수팀도 서쪽으로는 요녕성 봉천(심양)과 요양을 포함한 지역으로부터 동쪽으로 선춘령에 이르기까지 거의 일직선으로 그은 지역이 레지선에서 측량한 조·청 국경선임을 밝힌 바 있다. 그러므로 고조선의 역사를 거론하지 않더라도 이 지역은 우리가 잃어버린 고토라고 확실하게 말할 수 있다.

강희제는 또한 조선의 백성들이 청나라 관리에게 도전하는 등 분쟁이 자주 일어나고 있는 만주와 조선의 경계를 표시하기 위해 1712년 오라총관(烏喇摠菅) 목극등(穆克登)을 파견하였고, 이에 조선 정부도 접반사(接伴使) 박권(朴權)과 함경감사 이선부(李善傅)를 보내 협의하도록 했다. 그러나 접반사 박권 등은 늙고 허약하여 함께 하기 힘들다는 이유로 중도에서 내려갔으므로 조선 측에서는 수행원들만 따라갔다. 위치 선정에서 조선 측의 항의가 있었으나 하급 관리들인 관계로 목극등의 위협에 따를 수밖에 없었다. 정계비를 설치한 곳은 천지에서 남동쪽으로 4㎞를 내려와 천지봉(天池峰)과 대연지봉의 사이에 있는 산등성이 위다. 비석은 세로 67㎝, 가로 45㎝이며 백두산 정상을 경계로 압록강과 토문강의 수원이 '人'자로 갈라지는 해발 2,200m 고지에 세웠는데 비문은 대청(大淸)이라는 머리글자를 두고 그 아래에 다음과 같이 음각으로 새겼다.

'烏喇摠管穆克登 奉旨査邊 至此審視 西爲鴨綠 東爲土門 故於分水嶺 上 勒石爲記 康熙五十一年五月十五日(대청국 오라총관 목극등이 황제의 명을 받들어 변경을 조사하고 이곳에 이르러 살펴보니, 서쪽은 압록이 되고, 동쪽은 토문이 되는 까닭에 분수령 위에 돌을 새겨 기록하노라)'

이후 이 비문에 쓰인 토문(土門)이 어느 곳을 뜻하는지를 두고 양국 간에 갈등이 지속되었다. 조선 측이 주장하는 바에 따라 토문이 투먼강(土門江)을 의미한다면 조선의 국토는 북서쪽으로 송화강을 따라 길림성과 흑룡강성의 둥베이 평원을 지나 왼편으로는 우후린 강 옆을 경유하여 북쪽으로 흑룡강성의 중간지점까지 이르렀다가 다시 하향하여 징포호(湖)의 경계와 왕청현을 따라 동쪽으로 연해주에 이르는 토문강 안쪽의 광대한 면적이 전부 조선의 땅이 된다.

중국 측 주장에 의해 토문을 두만강으로 해석한다면 압록과 두만강이 경계가 되는 것이다.

이 일로 양측 간에 이견이 있어 누차에 걸쳐 감계회담(勘界會談)을 진행했으나 합의에 이르지 못했다.

한편 조선에서도 영조 원년(1725년)에 왕이 친히 지시하기를 조상(이씨 조선)의 발상지인 백두산과 만주지역을 소중하게 여기고 조정에서 제사를 주관하라고 명했다.

청나라는 5대 황제 옹정제(雍正帝)와 6대 건륭제(乾隆帝) 때인 1731년과 1746년 두 차례에 걸쳐 초하강(草河江)과 애하강(靉河江)의 두 물줄기가 흘러가는 곳에 밀수꾼과 도적 떼를 막기 위해 수로 초소인 망우초(莽牛哨)를 설치하자고 조선 조정에 제안하였으나 조선에서 거절하였다.

간도(間島)라는 이름은 본래 종성부중(鍾城府中)에서 동쪽으로 십 리쯤 떨어진 동네 앞에 흐르는 두만강의 줄기 가운데 있는 '사잇섬'을 일컫는 이름이다. 두만강에는 이와 같은 섬들이 많은데 함경도 국경지대에 사는 농민들이 봉금령 하에서도 뗏목을 타고 건너와 출입 농사를 짓기도 하고, 담이 큰 이들은 아예 강을 건너 벌판으로 들어가 농사를 지으면서 사잇섬에 다녀오는 길이라고 핑계를 대기도 했는데 이런 일들이 소문으로 퍼지기 시작하면서 오히려 이 섬보다는 강 건너 넓은 지역을 아우르는 이름으로 부르게 되었다. 혹자는 조선인들이 이주하여 개간을 한 땅이라 하여 개간 墾자를 붙여 간도라 했다는 설도 있고, 동쪽의 중심이 되는 땅 간동(幹東), 혹은 간토(墾土), 艮土, 間土라고도 불린다.

간도를 중국 현지에서는 연길도(延吉道)라고도 하는데 이 땅의 정확한 경계나 영역은 확정된 것이 아니다. 다만 '대략' 어느 선이고 어느 정도의 면적이라고 말할 수밖에 없지만, 이 또한 많은 사람이 인정하고 수긍하기에 이르렀다.

간도는 한반도의 위치에서 바라볼 때를 기준으로 편의상 서간도 북간도 동간도 등으로 나누어 부르기도 한다.

서간도는 압록강 건너편에 있는 장백산 일대를 말하고, 동간도는 백두산에서 시작하여 서북으로 노령산맥, 북으로 백두산을 주봉으로 하는 장백산맥에서 서북으로 뻗어 내린 노야령산맥을 거쳐 태평양에 가까이 있는 훈춘을 포함하는 두만강 사이의 땅을 말한다. 북간도는 동간도 동부지역을 의미하는데 좀 더 상세히 말한다면, 백두산에서 흘러나온 물이 송화강으로 합쳐서 흐르다가 토문강 본류와 만나고, 이 강이 돌고 돌아 최종적으로 두만강과 만나는 그 안쪽에 속한 지역을 말한다. 이는 곧 백두산 동북쪽, 두만강 건너의 연길(延吉), 화룡(和龍), 왕청(汪淸), 액목(額穆), 돈화(敦化), 동녕(東寧), 영안(寧安) 등을 포함한 지역이다. 이 지역이 곧 우리가 일반적으로 말하는 북간도 땅이다. 연해주가 러시아로 편입되기 전에는 실로 광대한 면적이었으나 현재는 약 4만 1천 ㎢로 한반도의 약 19%에 해당하는 땅이다. 위도상으로는 북위 41°55′~43°50′, 동경128°08′~131°05′ 안에 드는 곳이다.

많은 이들이 간도를 잃어버린 고토라 하여 아쉬워하고 우리 민족과의 연고가 깊다고 여기고 있으나 간도 중에서도 서간도나 동간도 지역에 대해 느끼는 친밀감보다는 이곳 북간도 지역에 대해 더욱 끈끈한 감정이 있다. 즉, 서간도나 동간도가 과거에 잃어버린 땅이라면 북간도는 현재 잃어버린 땅이라고 말할 수 있을 것이다. 이곳은 한반도와 가장 가까이 인접해 있어서 활동 또한 빈번하기 때문이다. 이 시기에도 일제와 중국 당국의 차별과 간섭을 제외한다면 조선과 별 차이가 없었다. 두만강은 수심이 깊은 압록강에 비해 바지를 걷고 오갈 수 있을 정도로 깊이가 얕아서 건너다니기가 수월하고 강 건너 개 짖는 소리를 들을 정도로 지척에 있다.

순조실록에는 왕께서

"두만강이 잠시라도 얼어붙으면 꼴 베는 아이들이 다니는 길이 생길 정도로 어리석은 백성들이 강 건너 마을을 이웃 마을 보듯 했다"라는 구절이 나온다.

간도는 아득히 고조선과 고구려와 발해 이후로 누대에 걸쳐 배달민족이 터 잡아 살았고, 삼촌과 고모님이 살고 있고, 아버지 어머니가 쟁기 메고 드나들던 곳이다.

봉금령 기간에도 가난한 조선의 농부 중 간이 큰 사람은 몰래 경계를 뚫고 간도로 넘어가 농사를 지었다. 가장이 목숨을 잃는 위험을 감수하고라도 가족을 살려야 했기 때문이다. 특히 철종 2년(1851년)과 철종 11년(1860년)의 함경도 대수해로 인해 아사 직전에 있는 백성들이 이곳으로 몰려들었다. 농사 이외에도 산삼과 약초와 진주 채취, 녹용과 가죽을 얻기 위한 사슴이나 해달 사냥 등을 위하여 목숨을 건 조선인들의 출입은 계속되었다. 그러다가 더러는 조선 정부의 관리들에 의해 붙들려 참형을 당하기도 했고, 더러는 청나라 관리가 붙잡아 돌려 보내면 조선에서 처형을 하기도 했다.

청나라가 봉금 지역을 설정한 이유가 겉으로는 그러하나 또 다른 목적도 있었다. 그것은 봉금을 설정한 시기가 정묘, 병자호란을 전후한 때로 이는 명나라를 공격하기에 앞서 명과 동맹관계를 맺고 있는 조선이 배후에서 청을 공격할 염려가 있으므로 완충지대를 설정할 필요가 있었던 것이다.

이조 말엽 조선은 관료들의 착취와 정치의 불안으로 백성들이 살기가 어려웠다. 이에 살길을 궁리하던 일부 농민들이 한 사람 두 사람 북간도로 넘어가기 시작하더니 급증하게 되었다.

또한 청나라 쪽에서도 내지에 인구가 증가하여 봉금을 해제해 달라는 요구가 빗발쳤고, 건륭 8년에는 천진과 산동 일대를 휩쓴 재해로 인해 암묵적으로 이주를 묵인해 왔기 때문에 이 지역으로 밀려드는 인구가 폭발적으로 증가하고 있었다.

마침내 제9대 함풍제(咸豊帝)는 간도에 대한 영토권을 선점하고자 하는 뜻도 있고 하여 1860년에 봉금령을 해제하고 이민정책으로 전환했다. 따라서 조선에서도 도강 금지령(渡江令)을 해제한다.

이에 따라 조선 조정에서는 지권(地券)을 나누어 주어 자유롭게 건너가 농사를 짓게 했다. 더욱이나 고종 6년인 기사년(己巳年; 1869)과 경오년(庚午年; 1870)에는 함경도지방에서의 연이은 대흉년으로 아사지경에 빠진 농민들이 강 하나를 사이에 둔 간도로 대거 이주하기 시작했다.

그러나 갑신정변의 진압으로 발언권이 강해진 청나라는 1885년에 간도 지역에 살던 조선인들을 무력으로 추방한다. 조선 정부는 청나라에 감계회담을 요청했고, 제1차 회담이 그해 9월부터 11월까지 4회에 걸쳐 열렸다. 조선 측 대표인 토문감계사(土門勘界使) 이중하(李重夏)가 청국 측 대표 덕옥(德玉)·가원계(賈元桂)·진영(秦瑛) 등과 회담을 열고 백두산정계비와 토문강지계(土門江地界)를 현장 실사하며 담판을 벌였으나 견해차가 심한 데다 청국 측의 강압적인 태도로 회담은 실패한다. 다시 1887년에 2차 감계회담이 열렸다. 역시 조선 측 대표로 나온 토문감계사 이중하는 청나라 관리의 강압적인 태도에 "내 머리는 자를 수 있을지언정 국경은 줄일 수 없다."며 끝내 양보하지 않았다.

대한제국은 1901.2.16.에 칙령 제5호로 함경북도와 북간도의 한인을 보호해 주기 위해 변계경무서(邊界警務署)를 설치하고 경무관 2명, 총순(總巡) 4명, 순검(巡檢) 200명을 배치했으며, 1902년에는 이범윤을 북간도 시찰사로 임명하여 이 지역을 관리하게 했다. 이범윤은 구한국군과 의병들을 중심으로 사포대(私砲隊, 개인이 만든 총포부대)를 조직하여 훈련을 시키는 한편으로 모아산(帽兒山)과 마안산(馬鞍山) 두도구(頭道溝) 등지에 병영을 설치하고 연발총을 비치하여 청나라의 조세 징수와 마적들의 침입으로부터 동포를 보호하고 일본에 대항했다. 그러나 청나라의 강력한 요구로 인해 오래 유지하지는 못하고 러시아 연해주로 떠난다. 1905.11.17. 을사늑약이 체결된 다음 해부터는 조선인들이 끊임없이 국경을 넘어갔다.

당시 한국통감부가 추정한 북간도 조선인 유이민 인구변화를 보면 을사늑약(1905년) 직후인 1907년에 7만 2천 명에서 1908년 8만 7천 명(한 해 동안 20% 증가), 1909년 9만 8천 명(한 해 동안 13% 증가), 한국 병합 늑약 당시인 1910년에는 10만 9천 명(한 해 동안 11% 증가) 등으로 1907년 대비 4년간 무려 51%나 증가한 것을 알 수 있다. 조선인 비율을 살펴보면 1912년의 경우 간도 인구는 총 21만 8천 명인데 그중 조선인이 78.6%이고, 중국인이 4만 9천 명으로 23.1%다.

이후에도 유이민의 숫자는 꾸준히 늘어나 1926년에는 35만 6천 명이나 되었다.

일본은 19세기 후반부터 두만강 유역 국경지대에 대해 큰 관심을 나타냈다. 두만강을 넘나드는 밀수 상인들에 대해 비밀리에 조사를 하기도 하고 특히 일본 외무성의 '간도 판도에 관한 청한 양국 분의 일건(淸韓 兩國 紛議 一件)'이라는 기록에 의하면 간도에 대한 본격적인 자료조사는 1905년 을사늑약 체결 훨씬 전인 1901.11.30.부터 시작했음을 알 수 있다. 1905.3. 전쟁에 패한 러시아 군대가 훈춘에서 철수하고 나서부터는 간도에 대해 더욱 적극적인 관심을 가지고 간도의 명칭과 유래, 세력의 변천 과정, 생산물과 수량, 조선인 거주 상황 및 동향, 청나라 주민들의 성향 등등 매우 구체적인 것들에 대해 조사했다.

이후 일본제국주의는 '만주 경영'을 국책으로 삼아 연변을 조선에서 중국 동북 지역에 진입하는 중요한 통로로 간주하면서 '대련(大連)은 정문'이고 '연길은 뒷문'이며, '만주 문제의 관건은 곧 간도문제다'라고 하여 침략의 야욕을 분명히 했다.

일본은 을사늑약(1905.11.17.) 2년 후인 1907.2.2.에 칙령 제8호 '경무서 폐지에 관한 건'으로 변계경무서를 폐지하고 '통감부 간도 임시파출소'를 설치한다. 이후 이 땅의 주인인 대한제국이 배제된 상태에서 중일 간에 체결된 간도협약으로 일본이 청나라로부터 남만주철도 부설권과 무순탄광(撫順炭鑛)의 개발권을 받는 조건으로 간도를 청나라에 불법으로 양도한다.

백두산 정계비는 일제가 점령하고 있을 당시 누군가에 의해 없어지고 말았다. 경성제대 총장과 이왕직 장관을 역임한 바 있는 '간도는 조선 땅이다-백두산 정계비와 국경-'의 저자 시노다 지사쿠(篠田知事)에 의하면 범인은 일본 국경수비대가 확실하다. 비석이 없어진 날은 1931.9.의 만주사변 발발 직전인 7.28.로서 당시 그곳에는 일본국경수비대 100여 명과 등산객 56명이 있었는데 비석이 사라진 것을 발견한 시노다의 지인이 전화로 알려왔다는 것이다.

이상이 간도와 북간도에 관한 개략적인 역사다.

"봉금령 당시만 해도 용정은 육도구(六道溝, 류또우거우)로 불리다가 조선인들이 우물을 발견하여 두레박을 설치하면서 마을 이름도 '용정(龍井)', 즉 용의 우물이라는 이름으로 불리게 됐다고 해. 인구가 급격하게 증가하기 시작하여 일본은 조선인 신민들을 보호할 필요성을 느끼게 됐고, 이에 대응하여 중국도 관청의 설치를 서둘렀지.

조선인들이 북간도로 오는 데에 용이한 노선은 회령에서-두만강-계사처-오랑캐령-대랍자-명동을 거치게 되고, 화룡이나 연길로 가기 위해선 반드시 용정을 거쳐야 하네. 우리 일본의 입장에선 총영사관을 설치하기에 가장 적합한 곳이지."

"골치 아픈 일은 없나?"

스기야마는 질문을 하고도 머쓱했다. 참으로 바보 같은 질문이라는 생각이 들었기 때문이다. 일본 순사가 만주 어딜 가나 골치가 아프지 않은 곳이 있을 것인가. 깅키치는 손가락으로 오른쪽 언덕에 높이 솟은 십자가 건물을 가리키며

"저 언덕 위에는 카나다 선교사들이 영국기를 꽂아놓고 영국덕이(英國德)라 부르며 치외법권 지역을 선포했네. 그러니까 우리로서는 함부로 다룰 수가 없어. 또한 군도 알아둬야 할 것은 불선인(不鮮人)들이 드나드는 통로가 많아서 일을 하기가 어렵네. 물론 다이쇼 8년(1919) 3월 1일의 사건 이후 국경지대에서 검열을 강화하고 있으나 신분을 숨기고 다니는 자들을 잡아내기가 쉽진 않아. 내년이나 후년쯤 조선인에 대한 여행 증명서를 발급한다고 하니까 그리되면 불령(不逞)한 자들을 색출하기가 지금보다는 수월할 수가 있겠지.

이주민의 대부분은 연길(용정 포함)과 화룡에 거주하고 왕청, 훈춘이나 또는 더 북쪽 안도 돈화 등에 자리를 잡기도 하네. 일부는 동쪽 소련 땅 연해주로도 가고 있어. 그들의 성분을 분석해 보면, 가난에 쫓긴 순수한 농민들이 대부분이지만, 관군에 쫓겨 숨어있던 동학교도들이나 대한제국 군대 출신들, 그리고 나라를 찾겠다는 망상에 사로잡힌 소위 우국지사들도 많네."

"……."

"골치 아픈 문제는 그뿐이 아닐세. 수많은 학교가 불온의 온상이 되고 있네. 군도 알다시피 조선인들은 열 집(10호)만 마을이 형성되면 어김없이 서당을 만들고 있지 않은가. 에타(일본의 불가촉천민, 성 밖으로 쫓겨나 주로 청소나 사형수를 매장하는 일 등을 한다) 같은 삶을 살며 끼니를 굶어도 자식들 교육은 시켜야겠다고 하니 이들의 교육열은 상상을 초월하는 것일세. 서당은 헤아리기 어려울 정도로 많고, 신학문을 가르치기 위해 이곳 용정과 연길, 명동촌, 화룡 등지에 조선인들이 자력으로 세운 학교도 많네.

그들은 우리 통감부 간도 파출소가 탄생하기 전인 1906년부터 학교를 세우기 시작했네. 이상설(李相卨)이라는 자가 같은 불령선인 무리와 십시일반 자금을 모아 용정촌에 학생 21명으로 서전서숙(瑞甸書塾)이라는 간판을 달았네. 목적은 두말할 필요 없이 독립사상 고취와 신사조(新思潮) 교육이지. 이듬해 우리 간도 파출소에서 저들이 재정난에 허덕이는 것을 알고 일본의 교육기관으로 전환하면 매월 20원(현 300만 원)의 지원금을 주겠다고 강온 양면전술을 구사했더니 한마디로 거절하고 훈춘의 탑두구(塔頭溝)로 옮기더군. 서전서숙이 있던 자리에는 우리가 간도 보통학교를 만들었네. 그런데 또 이듬해에는 김약연(金躍淵)이라는 자가 명동촌에 동명학교(東明學校)를 세우더군."

"그런 이름들은 내 귀에도 낯설지 않은 것 같네."

"그럴 걸세. 워낙 우리한테 골치를 많이 썩이던 이름들이니까 봉천(경찰)에도 알려졌을 거야. 이 자가 어떤 자인가 하면…"

김약연은 1868년(고종 5년) 함북 회령에서 태어났으며 본관은 전주(全

州)이고 호는 규암(圭巖)이다. 조선 조정이 매관매직과 부패에 찌들고 열강의 먹잇감으로 전락하고 있는 모습을 보고 이미 국운이 기울었음을 인식하여 새로운 뜻을 펼치고자 간도로의 이주를 결심한다. 뜻을 함께한 4개 집안 142명과 함께 두만강을 건너 용정에서 서남쪽으로 15 km에 위치한 부걸라재(鵓鴿磖子, 비둘기바위)에 자리를 잡는다. 중국인으로부터 임야 수백 정보를 매입하여 농경지를 개간하고 마을을 조성하여 명동촌(明東村)이라는 이름을 붙인다. 이상촌(理想村)의 뜻은 '동쪽의 불을 밝힌다'이다. 김약연은 장재촌(長財村)에 터를 잡고 '규암재(圭巖齋)'라는 서당을 열어 20여 명의 학생들을 가르치고, 김하규(金河奎)는 대사동(大蛇동)에서 '소암재(素岩齋)'를, 남위언(南韋彦)은 중영촌(中英村)에서 '오룡재(五龍齋)'를 만들어 학생들을 가르치다가 신학문을 교육할 목적으로 1908.4.27에 '명동서숙(明東書塾)'을 설립한다. 명동서숙은 1909년에 명동학교로 바뀌고, 이듬해엔 명동 중학교로 발전한다. 같은 해, 서울 상동교회를 중심으로 한 비밀결사 신민회(新民會) 회원으로 활동하다가 교무주임으로 초빙된 정재면(鄭載冕) 등이 규암의 지원을 받아 명동교회를 세운다. 그리고 1911년에는 명동 여학교가 탄생하여 남녀 모두 북간도 지역 민족교육의 본산으로 굳건히 자리를 잡는다. 규암은 만주·서울·러시아 등의 독립단체들을 연합하기 위해 노력했다. 간도에서는 최세평, 상하이에서는 왕장군이라는 이름으로 활동했다. 1929년 평양신학교를 졸업하고 이듬해 명동교회에서 장로회 목사가 되었다.

"현재 이 일대에는 조선인 소학교가 70개에 가깝고 학생이 2,500여 명이나 되네. 중학교는 7개교가 있네. 이들은 조선에서 실력 있는 교사들을 초빙하여 신학문을 가르치기 때문에 멀리 흑룡강성이나 연해주에서도 유학을 보내고 있어. 그뿐 아니라 종교단체들도 저들과 결합하여 학교를 건립하고 있네. 작년에는 캐나다 선교회에서 명신 여자중학교를 설립했고, 용정 장로교 중앙교회에서는 중학교(영신)를 설립한다는 말도 돌고 있지. 이러한 학교들을 싹이 자라기 전에 잘라버려야 하는데 중국 지방 당국이 보호, 지원하고 있어서 쉽지가 않아. 예를 들어 명동촌 인사들이 소위 자신들의 민족교육을 창달하기 위해 '간민교육회'라는 것을 만들고 월보까지 발행하고 있는데 단속을 할 수가 없어. 왜냐하면 명동촌에 거주하는 조선인들은 간민교육회를 창립하면서 우리 일본의 간섭을 배제하기 위한 궁여지책으로 회원들을 모두 중국 국적에 가입시켰기 때문에 중국 당국의 허가 없이는 그곳을 우리 마음대로 수색할 수가 없단 말일세. 우리가 잡거구역에 거주하고 있는 조선인들에 대한 관할권을 확보하기 위해 현지에 출장하여 인구조사나 양곡 생산량, 학교 실태 같은 것들을 조사하려고 들면 저들이 말하기를 '우리는 이미 중국에 귀화했으므로 일본과는 관련이 없다'고 강하게 거부하고 있네. 그런 데다가 '간도 신 시설'이라는 명목으로 조선인 부락에 경찰 분소와 파출소 설치, 행정구획 정비와 조선인 거류민회의 조직을 비롯한 친일파 육성, 각종 첩보기관의 운용, '간도시보' 발행 등을 위해 잠식경탄(蠶食鯨呑, 누에처럼 야금야금 먹다가 한순간 고래처럼 삼키는 수법)의 전략을 쓰고 있는 우리로서는 소란을 일으켜선 안 될 일이야. 그래서 처음에 통감부가 만들어질 때는 경찰복을 입지 않고 사복을 입고 다닐 정도로 조심했네. 지역 경찰권은 중국 관헌에 속해 있어서 조선인이 보기에 '경찰'이라는 글자를 쓰면 악행이나 비행에 관한 처벌과 수사를 관장하는 듯한 어감을 줄 것 같아서일세. 영사관이 설립되고 나서도 관할 지역이 화룡·훈춘·왕청·안도의 4개 현으로 인원도 총영사 대리 1명, 부관 1명, 서기 1명, 경찰서장 1명, 경찰 16명에 불과했으나 현재는 경찰만 해도 300여 명에 이르고 분관은 벌써 두도구와 국자가, 훈춘 분관을 비롯해 팔도구나 동불사 흑정자 양수천자 등으로 계속 만들어지고 있네. 앞으로 1차 목표가 18군데라고 하니까 고양이가 새를 노리듯 조심스럽게 포복해야겠지. 그래서 명칭도 '경찰'이라는 글자를 붙이지 않고 '영사관 출장소' 또는 '영사관 파출소 사무소' 등으로 위장하고 있어. 만일에 우리가 호구조사 같은 걸 강행하는 경우 이는 중국에 대한 주권 침해 행위가 되어 또 다른 갈등을 유발할 위험성이 있어서 더더욱 조심해야 해. 이처럼 일·한합방 이후 조선인들의 국적변경을 신청한 사례는 예컨대 화룡현 아문당에서만도 이미 2,280여 호에 달했네. 훈춘현의 800여 가구가 우리 일본영사관의 간섭이 가혹하다 하여 연명으로 중국 관리에게 귀화 청원서를 올렸는데 길림순무(吉林巡撫)가 총독의 허가를 받아 귀화 조치를 한 예도 있어. 이런 일들은 물론 일부의 예를 든 것이지만 중국인으로 국적을 변경하지 않고 있는 조선인들도 이런저런 핑계와 수단으로 우리의 세력이 미치지 못하도록 울타리를 치고 내부 결속을 도모하면서 불순한 음모를 꾸미고 있고, 2세에 대해서도 그들 고유의 교육 방식으로 민족의식을 고취하고 있단 말일세."

"중국 당국은 구체적으로 어떤 태도를 취하고 있는가?"

"배일사상을 함양시키는 데다 공자(孔子, 유교)까지 가르치고 있으니 반대할 이유가 없지 않은가. 처음에는 방관적 자세를 취하거나 몇몇 학교에 학용품을 지원하는 등으로 소극적 지원을 하더군. 우리가 통감부 파출소를 설립하고 나서 보통학교를 세우고 오지에 있는 몇몇 조선인 학교와 20여 개 서당을 유인도 하고 협박도 하여 우리 쪽으로 돌

아버지의 깃발 상

리고 운영비를 지원하기 시작하자 중국 정부의 태도가 돌변했네. 우리가 지원하던 서당들을 폐쇄 조치했어. 그리고 모든 학생은 중국어를 써야 하며, 등하교 시의 국기 게양식에는 중국 국가를 불러야 한다는 등등의 동화정책을 구사했네. 또한 '획일간민교육방법(劃一墾民敎育方法)'이라는 것을 만들어 자신들의 체제에 편입시키는 행동에 들어가고, 이를 감시하기 위해 각급학교에 사람을 파견하기도 했어. 자신들도 조선인 학교에 교육비를 지원했는데, 특히 경신 대토벌 1년 뒤에 길림성 공서가 '간민교육비 보조방법(墾民敎育費補助方法)'을 제정하고 2만 원에 달하는 거금을 살포하여 조선인들의 환심을 사기도 했네. 또한 본보기로 몇몇 학교를 폐쇄하는 강공책을 쓰기도 했지. 우리는 여기에 대응하여 조선인 밀집 지역 곳곳에 보통학교를 설치하고 비밀리에 중국보다 더 많은 지원비를 제공하며 서당에까지 교과서를 무상 제공하는 등 저들을 끌어들이는 방법을 총동원하고 있네. 아직까지는 일부 학교를 제외하고 대부분이 완강하게 거부하고 있으나 협박과 회유 등 모든 수단과 방법을 다 써야겠지. 대부분이 지독한 재정난에 시달린다는 것을 알고 그 방면에 주력하고 있네."

"학부모나 교원들도 그렇겠지만 어린 학생들이 힘들어하겠는걸. 양쪽에서 시달리니까 말일세."

깅키치는 그 말엔 대답하지 않고

"그런데 지금까지 나는 우리 일본제국의 일·선 동조화 계획이 반드시 성공을 거둘 거라는 생각을 했으나 근래 조선인들의 행동을 보면서 그 확신에 회의가 들었네. 이건 아무에게도 말하지 않았는데 군에게만 토로하는 것일세"라고 말했다.

"그건 또 무슨 말인가?"

"내 확신을 결정적으로 흔들리게 한 것은 1919년 3월 12일 이곳에서 조선인들이 만세를 부를 때였네. 철혈광복단(鐵血光復團)이라는 임시 결사대가 조직됐는데 그중 한 명이 8,000여 명 대열의 선두에서 대형 태극기를 들고 나가더군. 그 학생을 향해 총을 발사했는데 피를 흘리며 쓰러지니까 그다음 사람이 태극기를 들고 나가더군. 그 학생을 향해 총을 쏘니까 다음 학생이 태극기를 들고 의연히 나아가더군. 그를 향해 쏘니까 또 다음 사람이…이렇게 하여 모두 21명이 죽었는데도 전혀 흔들림 없이 태극기를 이어 들더군. 만세 소리가 땅과 하늘을 흔드는 모습을 보고 우리는 기가 질려 사격을 멈추고 말았네. 이런 민족을 어떻게 식민지 백성으로 부려 먹을 수 있단 말인가. 절대로 불가능한 일이야. 저들은 쓰러진 사람으로부터 태극기를 이어받듯 언젠가는 반드시 나라를 되찾을 것이라는 생각을 굳히게 됐네."

"그 이듬해 1월 달 화룡현 동양리 버드나무 숲에서 조선은행 회룡지점으로부터 용정출장소로 가는 돈 15만 원을 탈취하여 조선독립군 무기 구입자금으로 쓰려고 했던 자들도 철혈광복단원들이 아니었나?"

"기억해 보니 그렇군. 임국정, 윤준희, 한상호, 이름이 그렇지 아마."

"어찌 아직까지 불령선인들 이름을 기억하고 있는가?"

"비록 적이긴 하지만 대단한 영웅들이 아닌가."

"그렇긴 하지."

두 사람은 오랫동안 많은 이야기를 나눴다. 스기야마는 서너 잔 마시고 더 이상을 마시지 않았다. 평소에도 그렇지만 특히 처음 부임하는 곳이라 신경 쓸 일도 많고 방심할 수 없기 때문이다.

"그런데 용정은 처음 와보는 곳이라 어느 곳에 하숙집을 마련해야 할지 모르겠군."

"이 사람이 날 허깨비로 보나? 내가 누군가? 스기야마 순사부장 나으리의 친구가 아닌가. 이미 괜찮다 싶은 하숙집을 마련해 놨네. 하지만 맘에 들지는 모르겠군."

깅키치는 이미 스기야마가 온다는 소식을 알고 나서 용문가도(龍門街道)에 하숙집을 마련해 놓고 있었다.

나이 지긋한 조선인이 주인으로 조선식 건축양식의 5칸 겹집인데 뒷마당에 있는 가운데 방이다. 아늑하고 쓸만했다. 무엇보다 조용하고 토담에 기와를 얹은 울타리가 둘러있고 울타리 안쪽으로는 제법 오래된 나무들도 몇 그루 있어서 고가의 분위기를 자아내고 있었다. 조선 음식을 먹고 조선 언어를 쓰는 동포의 집을 마련해 준 깊은 배려가 고맙기 이를 데 없지만 혹시나 하는 염려도 있었다. 스기야마의 생각을 눈치챈 깅키치는 집주인에 대해 말해 줬다. 하숙집 주인의 아들이 홍콩에 있는 미쓰이(三井)물산에 근무하고 있어서 그 아버지를 비롯한 가족 모두가 의심을 살만한 이들은 아니라고 했다. 50대 중반의 주인 남녀를 만나보니 쾌활하고 소탈한 성격으로 친구가 했던 말을 믿을 수 있게 했다.

이튿날 영사관에 가서 전입신고를 했다. 발령받은 부서는 감찰과다.

1907.8.22.에 '조선 통감부 간도 임시파출소'가 설치되었다가 1909.9.4. 중·일 간의 '간도협약'으로 폐지되고, 동일자로 '간도 일본총영사관'이 설립되었으나 영사관 경찰서의 직제나 규정은 별반 달라진 것이 없었다.

영사관경찰 집무 내칙 제17조에는 서장 밑에 총무, 감찰, 경무, 조사

등 4개 과를 두었는데 그 중 '감찰과'에서 하는 일은

1. 조선인의 보호무육(保護撫育: 어루만지고 교육하는 일)에 관한 사항

2. 조선인의 호구조사에 관한 사항

3. 조선인의 이권(利權) 조사에 관한 사항 등 모두가 조선인에 관한 일들이다. 특히 보호무육에 관한 조항은 문구와는 달리 요술 방망이와 같아서 조선인에 관한 일이면 어떤 것이든지 적용할 수가 있다.

퇴근 무렵 깅키치가 찾아왔다. 어느 부서에 근무 명령을 받았는지가 매우 궁금했던 모양이다. 그와 함께 찻집에 가서 잠시 이야기를 나눴다. 감찰과에서 일하게 됐다고 했더니 이렇게 말했다.

"군이 유능하다는 소문을 듣고 일하기 까다로운 부서에 발령을 낸 것으로 짐작이 되네. 한 1~2년 근무하다 보면 총무나 경무 같은 부서로 옮겨 주겠지. 엊저녁 꿈에 총무과에서 우리가 함께 근무하는 꿈을 꾸었는데…"

그러나 실상은 깅키치가 자신이 알고 있는 것과는 다른 말을 하는 것으로 스기야마도 친구의 마음을 알고 있다.

간도 지역의 치안을 확보하기 위한 일본 정부의 방침은 조선총독부가 조선을 통치하는 데에 조선인을 활용해 왔던 방법처럼 '간도의 조선인들도 조선인들에 의해 다스린다'는 것이다. 조선인들의 성격이나 정보를 가장 잘 아는 사람은 조선인 자신들이기 때문이다. 그것은 이미 오래전 외무성 회의에서도 '간도지역은 지방부락의 주민이 전부 다 조선인이므로 조선인 경찰이 아니면 기본적으로 직무를 집행할 방법이 없다.'고까지 논의가 됐었다. 그리고 조선인 출신들은 소통이 용이하다는 점을 활용하여 일본인보다 더욱 선두에 서서, 더욱 열정적으로, 더욱 많은 정보를 취득하여 영사관 경찰 내에서 자

신의 지위와 대우를 공고히 하려 했다. 심지어는 충성심 경쟁으로까지 이어지고 있었다.

사흘 뒤.

곤한 잠에 빠져 있을 때다.

"와장창."

유리창이 깨지는 소리에 벌떡 일어났다. 침대 모서리에 숨겨놓은 권총을 들고 총알처럼 마루로 뛰쳐나갔다.

"누구냐?"

권총을 휘두르며 소리쳤다.

장독대 주변과 담장 아래를 둘러봐도 눈에 띄는 것은 없다. 대문 밖으로 나가 사방을 둘러봤으나 인적이 없다. 다시 들어왔다. 달빛이 희미하게 비치는 마당은 언제 그랬냐는 듯이 정적만 감돌았다.

깨어진 유리창에 다가가 아래를 살폈다. 무언가 하얀 물체가 눈에 들어왔다.

집어 들고 보니 안에 돌멩이가 든 종이다. 가로 세로로 묶은 끈의 한쪽을 당기니 매듭이 쉽게 풀렸다. 그때 마침 주인과 식구들이 나왔으므로 얼른 옷에다 감췄다. 서로가 미안하여 몇 마디 말을 나누고는 각자의 방으로 들어갔다.

집안에 들어와 종이를 펼쳤다. 먹(墨)으로 한 자 한자 또박또박 쓴 것으로 보아 어느 곳에선가 생각을 가다듬으며 진지하게 쓴 것으로 여겨진다.

경 고 장

스기야마 너는 누구인가? 네 조상은 누구이며 네 고향, 네 조국은 어디인가? 너는 어이하여 왜놈의 이름을 달고 다니는 것이냐.

너는 어찌 몸 안에 조선인의 피를 지니고 있으면서 왜(倭)왕 다이쇼(大正)란 놈의 개가 되어 온 만주를 쑤시고 다니며 같은 민족을 색출하고 죽이는 데에 앞장서고 있는가?

너의 조상은 몇 대부터 왜구가 던져 주는 썩은 고깃덩이를 먹었기에 그 더러운 피가 네게까지 전해진 것이냐?

밀정보다 적극적으로 왜의 만행에 놀아나는 너와 같은 순사는 친일파 중에서도 골간(骨幹)에 해당하는 자이니 이는 다른 죄와 비교할 바 못 될 정도로 엄중하다.

동족을 사냥한 대가로 사무라이들이 던져 주는 찌꺼기를 얻어먹고 배부른 개가 되어 꼬리를 흔드는 것이 네가 바라던 인생이었는가? 말 탄 몸에 가타나(かたな)를 차고 다니며 동족의 등에 채찍을 휘두른다고 해서 너의 몸에 흐르는 피가 달라지는 것이냐. 아니면, 흰 바지저고리를 입고 저자(시장) 거리를 뛰어다니며 굶주린 조선인들에게 양곡을 나누어준다고 해서 네 죄의 무게가 가벼워지고 네 양심의 문이 닫힐 것으로 생각하느냐.

우리는 삼천리 강토와 만주를 피로 물들인 섬나라 흡혈귀들을 척살하기 전에 먼저 왜구가 주는 썩은 밥을 먹으며 머리를 숙이고 손바닥을 펴 악수를 청하며, 그들의 죄를 비호(庇護)하며, 찬양하고 춤추며, 궤변을 만들어 1만 년 한민족 역사를 토막 내려 하는 등 고고한 민족혼(民族魂)을 훼손하고 있는 너와 같은 자들을 찾아내어 정리하는 것이 선결문제라고 생각한 다. 그리하여 민족을 배역한 죄의 대가가 어떤 것인가를 만천 하에 보여줄 것이다.

우리는 빼앗긴 조국 강토를 반드시 되찾아 조국 땅에서 쫓겨 나 갖은 천대와 착취를 당하고 있는 동포들의 손을 잡고 고향 으로 돌아갈 것이다. 이것은 수천수만 대(代)를 이어오신 조상 의 명령이며, 이 명령을 완수하기 위해 그 어떤 어려움도 마다 하지 않을 것이다.

네가 따뜻한 난로 가에 앉아서 독립군 이름을 색출하고 있을 때 우리는 총과 배낭을 멘 몸에 종아리를 걷어 올리고 살얼 음 계곡을 건너고 있다.

네가 따뜻한 방에서 솜이불을 덮고 잘 때 우리는 눈에 허우 적거리며 낯선 산의 능선을 넘고 있다.

네가 흰쌀밥과 고기반찬을 먹고 있을 때 우리는 넝쿨 속에서 기장쌀을 생으로 씹으며 광복의 그날을 머릿속에 그리고 있다. 승리는 미래를 예비하는 자의 것이니 네 눈이 어둠 속에 머물 러 있을 때 우리는 새벽빛을 보고 있다.

투쟁의 일선에서 싸우던 수많은 전우가 조국의 독립을 보지 못한 채 불꽃처럼 스러져 갔다. 하지만 산화한 전우의 숫자보 다 많은 애국 열혈 청년들이 물밀듯 이 신성한 대열에 합류하 고 있다. 정의를 지키고자 하는 신념과 승리에 대한 확신이 없 다면 어찌 가능할 것인가!

또한 겨레 사랑의 열정이 활화산 같고 독립에 대한 의지가 차돌 같을진대 어찌 주검을 두려워할 것인가!

우리는 너와 같은 골간을 비롯하여 밀정 놈들과 조선인민회, 간도협조회와 산하 무장토벌대, 조선인 거류민회, 만주 보민회에 이름을 둔 배신자들을 한놈 한놈 반드시 처단해 나갈 것이다.

그와 같은 일은 손바닥 뒤집기보다 쉬운 것이고, 뒤주 안에 든 쥐를 잡는 것보다 간단한 일이다.

그러나 다만 하나, 네 혈관 속에도 미량의 민족애는 남아 있으리라 생각하여 단 한 번 속죄의 기회를 주고자 한다.

앞으로 열흘 안에 부끄러운 제복을 벗고 왜놈 경찰에 사직서를 내라. 그런 다음 별도의 지시를 기다려라. 어머니의 품속 같은 민족의 사랑이 너를 기다리고 있다는 것을 잊지 말기 바란다.

만일에 이를 따르지 않을 시 그 결과가 어떤지는 우리가 그동안 실행한 일들로 능히 짐작할 수 있을 것이다. 이상.

첫머리 '경고장'이라는 글자는 붉은색으로 굵게 쓰였고, 끝에는 '천경단(天警團) 단장 일격선사(一擊禪士)'라고 적혀 있었다. 일격선사 옆에는 안중근 의사의 왼손 네 번째 손가락이 잘린 단지 동맹의 낙관이 찍혀 있었다.

문득 며칠 전 킹키치가 했던 말이 떠올랐다.

"정강이를 걷어 올리고 건널 수 있는 강 하나만 넘으면 조선 땅이라는 것을 명심하게. 그리고 여기선 밤낮을 구분해선 안 된다는 걸 알아야 하네."

경고장을 받은 후 불령선인 단체나 개인의 이름이 기록된 명부를 찾아봤으나 천경단이나 일격선사라는 이름은 어디에도 없었다. 그리고 한 가지 글귀가 며칠 동안 머릿속을 맴돌았다.

"동족을 사냥한 대가로 사무라이들이 던져 주는 찌꺼기를 얻어먹고 배부른 개가 되어 꼬리를 흔드는 것이 네가 바라던 인생이었는가?"

"흠, 저들 깐엔 제법 머리를 썼다고 생각하겠지. 비밀 연락소를 외진 곳에 정하기보단 사람들이 북적거리는 곳이 더 안전하다는 생각도 했을 테고, 게다가 뒤쪽으로 나 있는 골목을 따라 이십여 미터쯤 가면 사람들이 북적거리는 시장과 닿아 있고 앞은 복잡한 도로이니…."

아까부터 팔짱을 끼고 2층 유리창을 통해 아래쪽 한길 건너 목조건물을 정면으로 주시하고 있는 가와모토(川本) 순사부장이 혼잣말처럼 중얼거렸다.

일 년 중에서도 가장 풍요롭다는 10월 상달. 추수는 이미 끝나 조선인들 대부분이 하루 한두 끼는 죽을 먹어야 하는 생활도 이때만은 삼시 세끼 밥을 굶지 않는다. 날씨도 여러 날 비가 오지 않고 만추의 따사로운 햇볕이 대지를 포근히 어루만지는 계절이다.

저녁노을이 아스라이 이어진 빈 벌판 위로 진홍색 꽃가루를 뿌리고 지나간 다음 어둠의 장막이 내려진 거리는 줄지어 늘어선 가로등들이 꿈길 같은 분위기를 연출하고 있다. 도시의 한가운데로도 늦가을의 나뭇잎들이 떨어져 흩날리는 계절, 보통 때라면 한 폭의 풍경화처럼 정겨운 모습이다.

이곳은 해란강을 좌측으로 하여 동남쪽으로 길게 뻗은 육도하(六道河) 중앙부, 용정시가지에서도 매우 번화한 곳이다. 4차선의 넓은 도로 양옆으로 이제 막 새로 지어진 현대식 벽돌 건물들이 즐비하고, 더러는 짓고 있는 2, 3층 건물들도 눈에 띈다.

그러나 가로등이 환하게 비치고 있는 단층 초가 '용드레 소머리국밥집' 주위는 유달리 시선을 끈다. 좌우와 어울리지 않게 키 낮은 초가 몇 채가 꼬부랑 노인 형제들처럼 나란히 몸을 웅크리고 있기 때문이다.

이발소, 곡물가게, 푸줏간 등은 이미 문을 닫은 지 오래고 이 집만 불이 환하게 켜져 있다.

국밥집에서 한길 건너 맞은편에 있는 이 2층 건물은 국자가의 연길청에 근무하는 중국인 관리가 소유하고 있는 것으로 1층 가게들과 2층 방들을 전부 세를 주고 있다. 그리고 이 방은 집주인과 같은 관청에 근무하는 사람이 임차해 살고 있는데 며칠 동안은 들어오지 않기로 약속이 돼 있다. 가와모토 순사가 어떤 중국인을 내세워 그의 이름으로 빌린 것이다. 친구들과 이틀 동안 마작판을 벌일 계획이라며 제법 많은 돈을 줬으므로 그동안은 주인이 오지 않을 것이다.

국밥집은 길 건너 2층에서 바라보기에도 재미가 제법 쏠쏠하다는 것을 알 수 있다. 초저녁부터 지금까지 유독 이 집 굴뚝에서만 하얀 연기가 흑청색 밤하늘을 향해 쉬지 않고 피어오르고 있기 때문이다. 지금은 가게를 닫을 시간이 가까워지고 있어서 드나드는 발길들이 더욱 바쁘다.

"저 집이 불령선인들의 아지트로 쓰이고 있다는 단서를 어떻게 잡았습니까?"

스기야마가 가와모토를 향해 물었다. 유리창을 통과한 가로등 불빛이 가와모토의 얼굴 하단부 그늘을 타고 올라와 윗부분을 비스듬히 비추고는 짙은 눈썹 아래 동공에 반사되어 비수처럼 날 선 빛을 발하고 있다. 그 눈빛을 제외하면 달빛 아래 서 있는 석상 같은 모습이다.

"말도 마시오. 우리 밀정 놈들도 눈치채지 못했던 것을 내가 밤낮으로 보름 동안 잠복근무를 하면서 뒤를 밟은 끝에 확신을 얻었소. 물론 아직은 예측에 불과한 것이지만, 예측은 머잖아 사실로 전환될 것이라 믿고 있소. 하지만 윗사람들은 수사를 정식으로 승인한 지금까지도 믿지 못하는 것 같소. 이유는 자기들도 저 집에서 소머리국밥을 자주 먹곤 하거든. 심지어 가족이 없는 어떤 간부는 장부에 달아놓고 한 달 내내 저 집에서 점심을 먹기도 하니까 의심할 수가 있겠소? 게다가 주인 녀석이 얼뜨기처럼 생긴 데다 아주 넉살이 좋아서 느끼한 말투로 그럴듯하게 둘러대면 전혀 눈치를 챌 수가 없어요. 어쩌다 국밥 배달을 시키면 자기네 식당에서는 배달을 하지 않는 것을 원칙으로 하고 있는데 영사관 경찰서는 국밥집과 철로가 놓여 있어서 특별열차를 운행하고 있다고 이죽거리니까 직원들도 좋아하지 않을 수가 없지. 진담을 농담으로 전환하는 데에 뛰어난 재주가 있는 놈이니까 분명 잘 둘러대겠지만 우리가 뭐 한두 번 해보는 일이오?! 그런데 얼마 전 과장에게 보고하면서 집중적으로 미행을 하겠다고 하니까 그가 말하길 국밥집 주인이 수상한 짓을 할 확률은 십만분의 일도 안 된다고 하면서, 일이 산더미처럼 쌓였는데 쓰잘데기 없는 데에 시간 낭비하지 말고 쉬고 싶으면 차라리 휴가를 신청하라며 핀잔을 주더군. 하긴 나도 몇 년 동안 이 길로 출퇴근을 하면서 전혀 감을 잡지 못했으니 그럴 만도 하지."

갑자기 그가 말을 끊었다. 고개를 앞으로 길게 빼며 길 건너를 훑는다. 그곳에는 네댓 명의 청년들이 어깨를 마주치며 국밥집 문으로 들어가고 있었다.

"저놈들이 또 얼마나 시간을 지체시킬까?"

혼잣말을 시큰둥하게 내뱉고 나서 하던 말을 잇는다.

"우리 경찰의 퇴근이라는 게 일반 행정기관이나 개인 회사처럼 정해진 시간이 아니질 않소. 더욱이나 내가 수상하다고 점찍은 세 놈, 그러니까 내가 혐의를 두고 있는 놈들은 저 음식점 주인과 막노동꾼 김막쇠, 풍물장수 황만수인데, 이자들은 손님들이 한창 북적이는 초저녁 영업시간 대나, 아니면 새벽 시간대를 이용해서, 때로는 뒷골목 시장을 통해 저 집 뒷문으로 들어가기도 하니까 알 수가 없었던 거지. 그리고 자주 들락거리는 것도 아니고, 한꺼번에 모이는 일은 절대로 없어요. 두 놈이 각각 한 달에 한두 번은 반드시 저 집에 들어가 주인 녀석을 만나곤 하는데 무슨 꿍꿍이를 도모하고 있는지 알 수가 없단 말이오. 직업이 전혀 다르니까 장사와 연관돼 있을 거라는 생각도 할 수가 없어요. 놈들이 그런 행동을 하는 걸 보면 결코 좋은 일을 꾀하는 건 아닐 것이오.

엊그제 야근으로 밤을 꼬박 새우고 이른 아침 퇴근을 하는데 김막쇠라는 선인(鮮人) 놈이 눈에 띄질 않겠소. 놈은 과수댁을 찾아가는 바람난 유부남처럼 상반신을 잔뜩 웅크린 채 시장 골목으로 들어가고 있었소. 오래전부터 주시하고 있던 저 국밥집 방향으로 말이오. 장사를 하는 것도 아니고, 가족과 떨어져 사는 데다 막노동으로 먹고살기 때문에 장기간 보이지 않을 때가 많아 신병이 아리송한 놈이오. 그래서 놈이 자주 가는 인근 경찰서에도 은밀히 공조 요청을 해 놓고 있는 상태인데 그를 보자 머릿속에 뭔가가 반짝하고 떠올랐소. 내 나름의 촉(觸)이 발동을 한 거지."

거리 쪽에서 달려와 유리창을 투과한 가로등 불빛이 토호쿠(東北)섬

홋카이도(北海道) 출신의 사내가 선 후면의 벽에서 밀가루를 뿌린 것처럼 하얗게 반사되고 있었다. 그로 인해 가와모토의 얼굴 윤곽이 마치 짙은 어둠 너머로 새벽빛에 비친 산등성이처럼 선명하게 드러나 있다. 이 남자의 외모는 일본인의 대다수를 차지하고 있는 야마토 족(大和族)과 크게 차이가 나는 모습이다. 거무스름하지만 윤기 나는 피부에 광대뼈 아래로 볼이 파였고, 움푹 꺼진 눈 위로 쌍꺼풀이 지나갔다. 귀밑에서 턱까지 구레나룻과 코밑에 수염을 깎은 자리들이 유난히 푸르고 넓다. 온몸이 온통 털복숭이다. 이들은 스스로를 '야쿤쿠르'라고 불렀다. 일명 '아이누'라고 부르는데 해석하면 '사람'이라는 뜻이다. 본래는 '아이누 모시리', 즉 '사람의 아름답고 조용한 대지'라는 뜻으로 종교적 의미로 사용했는데 일본인들이 이들 부족의 이름을 '아이누'로 부르기 시작했다.

19세기 중반 메이지 정부가 보낸 사무라이들에 의해 홋가이도(北海島)가 정복된 이래 오늘날까지도 심한 차별적 대우로 일본인들 사이에선 '에조(エゾ, 새우)'라고도 불리는 그들 가운데에서 가와모토가 순사가 된 것은 특별한 사연이 있다.

그 사연은 언젠가 나타나겠지만 어쨌거나 그는 제국을 위해 매우 열정적으로 일하는 사람이다.

"그날 아침 저 집에서 나오는 김막쇠의 뒤를 밟았지요. 혹시나 미행당할 것을 우려해선지 이 마을 저 언덕을 넘나들며 안개를 피우는 바람에 꼬박 하루가 걸렸소. 몇몇 농가를 들러 부뚜막을 고쳐주거나 떨어진 흙벽 따위를 발라주면서 시간을 보내고 나서 저녁 무렵에 간 곳이 어딘지 아시오? 불령선인들의 집단 거주지인 명동촌이었소. 그곳에 총두목 격으로 활동하던 김약연이라는 자가 3.13 사건 때 검거되어 옌지(연길) 감옥에 수감됐었는데 얼마 전 출소했소. 놈이 그자의 집으로 가는 줄 알았으나 예상과 달리 김약연의 동생 학연의 집으로 들어갔소. 약 한 시간가량 머물다가 날이 어두워질 무렵에 나왔소. 김약연에 대해선 출소 후에 또 무슨 짓을 하지 않을까 우리 밀정들이 엄중하게 감시하고 있소. 김막쇠가 그 집에 들른 것으로 보아 내 추측엔 김약연에 대한 감시가 심하니까 동생 학연이 형이 하던 짓을 대신하는 게 아닌가 생각됩니다. 김학연의 집은 약연의 집으로부터 조금 떨어져 있으나 형제간에 오가는 것이야 의심받을 일이 아니질 않소. 그러니까 주목받는 약연이 아우를 통해 무슨 음모를 꾸며도 들통날 염려가 훨씬 적을 것이오. 마누라들을 매개로 쓸 수도 있을 테고…. 어쨌거나 막쇠 놈은 그 집에서 나와 밤길을 걸어서 또다시 저 소머리국밥 집으로 들어갔소. 올타꾸나, 임의동행하려고 놈이 들어간 뒷골목을 지키고 있었는데 아무리 기다려도 나오지를 않습디다. 밤이니까 안심하고 있을 것으로 판단한 내 실책이었소. 쥐새끼처럼 앞문으로 빠져나간 거지. 미행을 각오하면서 그런 행동을 한 것으로 볼 때 무언가 시급한 일이 있을 것이오. 게다가 더 이상 지체하다간 저 집 주인인 박가 놈까지 사라질지 몰라 과장에게 보고했더니 몇 번이나 사실이냐고 물었소. 소머리 국밥집을 갔다가 김약연의 동생 집을 들러서 다시 소머리국밥집으로 갔다면 뭔가가 있을 것 같기는 하다며, 그러나 국밥집은 많은 사람이 드나들어 관심을 받는 곳인데 물증도 없이 추정만으로 조사에 들어갈 수 있느냐고 하더군. 그래서 우선은 '암염(岩鹽) 불법구입'을 명목으로 잡아들여 조사를 해 보고 조그만 물증이라도 나오면 수사로 전환하겠다고 대답해서 도장을 받았소. 오늘은 운 좋게도 저자의 마누라도 조선인들의 잔치인 상상고사에 갔다가 지금쯤은 명동촌에 있는 아들한테 가 있을 것이오. 그걸 확인했으니까 일단 영창에 집어넣은 다음 빈집인 상태에서 편안하게 수색해 보면 필시 뭔가가 나올 것이오. 그렇게 한 발짝씩 어둠 속을 짚어가다 보면 광맥이 손에 잡히지 않겠소. 재수가 좋으면 금맥이 걸려들 수도 있고 말이오. 이번 기회에 아직 내 촉이 건강하게 살아있는지도 확인해 볼 참이오."

"저자를 체포한다면 김막쇠나 황만수가 아예 사라져 버릴 우려가 있지 않은가요?"

"그럴 수도 있겠지요. 하지만 까짓 송사리들보다 뭔가 큰 고기가 걸려들 것이라는 기대를 하고 있소…. 그 두 놈에 대해선 조직의 실체가 드러나는 즉시 수배령을 내리면 될 것이오. 중요한 것은 지금까지와 같은 음성적인 방법이 아니라, 정식 수사라는 지렛대를 가지고 바위를 들썩이면 그 밑에 숨어있는 물고기들까지 모두 잡아낼 수 있을 거라는 뜻이지."

스기야마는 보통의 일본인들과는 현저하게 다른 가와모토의 옆모습을 보면서 문득 생각한다. 저런 얼굴들도 또 몇 세기를 지나면 여느 일본인들과 같은 모습으로 변화될 것이다. 힘센 민족이 약한 민족을 날카로운 이빨로 조각조각 미세하게 씹어 죽을 만들어 삼키고, 위장 속에서 돌리고 분해하여 마침내는 자신의 몸으로 살찌우는 것. 그것은 상어와 작은 물고기들과의 관계와 같은 것이다. 작은 물고기들은 결코 자신들의 힘으로는 저항할 수 없는 것이 아닌가. 이 사람도 상어 몸의 일부분이 되기 위해 최선을 다하고 있는 것이리라.

가와모토와의 인연은 몇 달 전 스기야마가 이곳 용정 총영사관에 와서 전입신고를 하고 감찰과로 배속받은 때로부터다.

이곳에서도 봉천 영사관에 있을 때와 마찬가지로 외근을 할 때는 2

인 1조가 되어 행동하도록 되어 있다. 그중에 반드시 조선말을 하는 사람 한 명이 끼어 있어야 하는데 조선 말에 서툰 가와모토와 조선인 출신인 스기야마가 한 조가 되었다. 봉천에 있을 때와 다른 점이 있다면 그곳에서는 조장이 자신이었고, 일본인 출신 기리하라가 조원이었는데 이곳에서는 자신이 조원이라는 점이다. 계급은 같으나 근속연수는 가와모토가 앞선다. 봉천에서는 자신이 일본인처럼, 일본인인 기리하라가 조선인처럼 대우받았으나 이곳에선 아이누족 조장의 밑에 있게 된 것이다.

"어쩌면 이번 기회에 김낙연이라는 목사와 예수교 일당들을 영구히 잡아넣을 수 있으면 좋으련만 그렇게 될지는 모르겠소." 한참이 지나서야 가게 앞에 사람의 그림자가 모두 사라졌다.

굴뚝에 연기가 사그라드는 걸 보니 가게를 정리할 시간이 된 것 같다. 두 사람은 바쁘게 층계를 내려갔다.

'용드레 국밥집' 주인 박춘삼(朴春三)은 잠시 식당 안을 둘러보고는 입구로 나와 허리를 뒤로 젖히고 깊은 심호흡을 해본다.

아까부터 통증이 오는 것을 이를 악물며 참고 있었다. 종일토록 허리 펼 시간도 없이 분주하게 주방 안을 맴돌았기 때문이다. 평소 식당 안의 일은 마누라에게 맡기고 자신은 계산대에만 앉아 있었으니까 그걸 알 리 없었다. 되씹어 볼수록 자신이 참으로 한심하다는 생각이 든다. 식당을 개업한 지 5년이 다 돼 가는 지금까지 단 하루를 빼고는 그야말로 아무 생각도 없는 존재를 대하듯 부려 먹은 셈이다. 밤마다 앓음소리를 하는데도 어디가 잠시 아프거나 꿈을 꾸겠거니 생각하고 무덤덤했으니 말이다. 입이 무거운 마누라는 남편에게도 고충을 말하지 않은 것이다. 체험을 해 보지 않았다면 이마저도 몰랐을 것이 아닌가.

마누라가 속으로 어떤 생각을 하면서 살았을까. 부끄러움과 미안함이 교차한다. 그나마 오늘 하루 자유시간을 허락한 것은 참으로 잘했다는 생각이 든다. 5년 전보다 철이 들었기 때문인가, 아니면 생활이 나아진 때문인가. 생각하면 둘 다 해당되겠지. 개업 당시에 비한다면 반 십 년이 흘렀으니 마누라 생각을 할 나이도 됐다. 그리고 개미처럼 열심히 일해서 사는 환경도 나아졌다. 시내에서 멀리 떨어진 곳이긴 하지만 땅도 조금 샀다. 중국인으로 국적을 바꾸고치발역복(薙髮易服)하라는 현청(縣廳)의 협박이나 조동(租東: 지주)과 점산호(占山戶: 개간지 산주)들의 행패는 얼마나 심한가! 볼꼴 사나운 행패가 싫어서 동포인 한철민(韓哲民)이라는 사람을 제비뽑기로 호주인(戶主人)으로 선출하여 청나라 국적으로 바꾸게 하고 옷도 청나라 사람들이 입는 다부쇤즈나 마꿰를 입도록 했다. 물론 머리도 변발하여 땋아서 길게 늘였다. 그리고 각자가 가지고 있는 땅을 그의 명의로 하여 집조(執照, 등기)했다. 내부적으로 계약을 단단히 해 놓았으니까 별 문제는 없을 것이다.

청나라가 조선인의 노동력을 필요로 한 궁여지책이다. 이 과정에 이르기까지에는 동포들 간에 논란이 많았다. 만주가 우리 땅인데 왜 자존심 상하게 청나라 복장을 하고 집조 요청까지 해야 하느냐는 의견도 있었고, 세월이 흘러 지금 사람들이 죽고 나면 후손들이 토지 소유를 어떻게 증명받을 수 있겠느냐는 말들도 있었다. 하지만, 현실은 현실이다. 그나마 이렇게 할 수 있는 것도 다행이다. 토지 문제는 그것으로 해결되었고, 비록 낡은 구옥이지만 목 좋은 이곳 육도하 거리 중앙부에 식당을 열었다. 갖은 고생을 하면서도 성실하게 일한 보람으로 작년 가을 무렵부터는 짭짤한 재미를 보고 있으니 다른 조선인 동포들의 처지에 비하면 호사를 하고 있다고 해도 과언이 아니다. 이렇게

만 장사가 된다면 빚을 내 산 서 마지기 논의 부채도 머잖아 갚을 수 있을 것 같다. 그러나…이국땅에 쫓겨 와 일본영사관 경찰과 일본인, 청국 정부, 청국인 등 여러 방면으로부터 갖은 착취와 핍박을 받으며 허덕이고 있는 동포들을 생각하니 우울해진다.

오늘이 10월 음력 초사흘, 상상고사를 지내는 날이다. 단군께서 태백산 신단수에 천부인을 가지고 내려오셔서 조선 민족의 나라를 처음으로 개국하신 날이다. 이날은 온 동네 사람들이 모여서 단군 할아버지께 제사를 지낸 후 맛있는 음식들을 먹고 그네나 씨름을 구경하고 함께 춤을 추면서 즐거운 하루를 보내는 것으로 이곳 조선족들의 연례행사다.

마누라에게 용돈까지 주어 보냈으니 혹시 남편의 정신이 어떻게 된 것이 아닐까 혼란스러워할지도 모른다는 생각에 피식 웃음이 나온다. 잔치가 끝나면 그길로 명동촌으로 가서 몇 달 동안 얼굴을 보지 못한 막내도 보고 오라고 했다. 아마도 지금쯤은 맛있는 음식을 새끼 제비에게 먹이를 주듯 떠먹이고 있을 것이다. 두 명의 종업원에게도 어제 가게 문을 닫을 때 내일은 편히 쉬라고 허락을 해 놓았다. 분명 축제장에서 서로 만났을 것이고, 모두 맘 편하게 어울려 놀았을 것이다.

처음에는 자신도 오늘 하루 문을 닫고 더불어 즐길까도 생각했으나 한결같은 마음으로 잊지 않고 찾아오는 단골손님들을 외면할 수 없었다.

그리고 또 언제 예기치 못한 시간에… 그들이 방문할지도 모른다는 생각이 들었기 때문이다. 모두가 한가로운 이런 때에 더욱 긴장해야 한다.

새벽에 아내를 보내고 나서 주방 아주머니와 함께 저녁 9시가 가까워지는 이 시간까지 손님을 맞고 있다.

오늘의 마지막 손님으로 여겨지는 단골 노부부가 입구로 나와 음식 값을 낸다. 거스름돈을 건네려 하자

"국으 잘 먹었으니 승천(剩錢: 잔돈)은 됐습네다."

손을 젓고는 언제나처럼 인자한 미소를 보이며 사라진다.

손님을 배웅하고 전통(錢桶)에서 돈을 꺼내 주방 아주머니 손에 1원을 쥐어준다. 평소보다 많은 돈이라 사양하는 것을 억지로 등을 밀어 보냈다.

뒷마당에 있는 정낭(변소)에 가서 참았던 소피를 보고는 다시 돌아와 출입구 탁자 위에 낡아서 칠이 벗겨진 돈통의 뚜껑을 열었다.

제법 두툼하게 차올랐다. 돈을 금액 등급별로 구분해 놓는다. 왼손 가락에 지폐뭉치를 들은 다음, 오른쪽 엄지와 검지에 퉤 하고 침을 묻힌다. 그러고는 서툰 솜씨로 한 장 한 장 천천히 넘기기 시작한다. 손 가락이 말을 잘 듣지 않아 2중으로 넘긴 부분이 있을 때는 중간에서 다시 시작한다. 마지막 지폐를 넘기자 비로소 흡족한 웃음이 떠오른다. 지폐뭉치를 합해 반으로 접어 저고리 안쪽에 깊숙이 찔러 넣었다.

"어제보다는 조금 적은 것 같군. 하긴 동네가 텅 비었으니 이 정도면 괜찮은 편이지…"

내심 평소에 단골손님들 관리를 잘한 보답이라 생각하며 이제야 오늘의 일과가 모두 끝났다는 신호를 자신에게 보내는 듯 두 손바닥을 탁탁 털었다.

"오랜만에 쌍과부집에 가서 탁배기나 한잔하고 돌아올까?!"

오늘 아침 마당을 쓸고 있는데 쌍과부집 언니가 우연히 지나가다 보고는 자기도 오늘 상상에 가지를 못한다고 했다. 왜냐고 물으니까

새로 두부를 해 놓았는데 그걸 빨리 팔아야 한다면서 일 끝나거든 햇콩으로 빚은 두부 한 모 먹으러 오라고 한 말이 생각난 것이다.

하지만 위중한 시기라는 생각에 맘을 돌린다.

밖으로 나와 한길 아래위를 먼발치까지 두리번거리고는 뒤돌아서 식당 안으로 들어가기 위해 문을 열었다.

그 순간, 뭔가 뭉툭한 것이 등을 찌른다.

"조용히 해. 반항하면 이대로 송장이 된다."

낮게 깔리는 카랑한 명령.

"그대로 돌아서!"

돌아섰다.

등 뒤에서 다시 떨어지는 말,

"오른쪽 첫 번째 골목을 향해 걸어가!"

총구가 등을 쿡쿡 찌른다.

황급히 걸어 골목에 들어섰다. 가로등 불빛에 그림자가 반쯤 드러난 검은 색 지프가 있다.

말없이 등을 또 쿡 찌른다. 차에 올랐다.

주위를 살필 겨를도 없이 머리에 보자기가 씌워졌다. 그리고 재갈이 물렸다.

전속력으로 내달리는 차, 몸이 쏠릴 때마다 양옆에서 억센 손아귀가 조인다.

한참 만에 어느 곳엔가 지프가 섰다.

이곳은 길안가(吉安街)에 위치한 간도 일본 총영사관.

겉보기에도 지은 지 얼마 되지 않는 산뜻한 연황색의 3층 건물. 맨 위쪽 가운데 하늘로 치솟은 사각의 건물 위쪽 중앙에 새겨진 커다란 국화 문양이 대일본제국 황제의 권위를 나타내고 있다.

그 건물로부터 멀찌감치 떨어져서 주황색 벽돌로 둘러싸인 높다란 울타리 위로 가시철망이 둘러있고, 벽의 네 귀퉁이 토치카 위에서 기관총의 싸늘한 총구가 사방을 노려보고 있다.

부지면적 42,944㎡(1만 3천 평)에 본 건물 면적만 2,503㎡(757평)에 달하는 대일본제국의 치외법권 지대다. 총독부 소관이던 간도 임시파출소가 외교부 산하인 일본영사관으로 변한 곳으로 만주에 대한 일본 외교의 모든 지시와 협조에 관계된 일들이 내지 본청과 조선총독부로부터 접수되고, 보고되고, 또 때로는 기획되고, 실행되는 총본산이며 영사관 분관이라는 이름으로 각 지역에 배치된 경찰들의 행동을 지휘하는 본부다.

또한 항일세력을 조사·체포하고 말을 듣지 않으면 고문하는 곳이다. 그뿐 아니라 항일운동을 지원하는 민간의 토양을 제거하기 위해 명목상 제국의 신민(臣民)인 재만(在滿) 조선인을 관리하고 감시·색출하는 본부다.

울타리 주변에 일정한 간격으로 서 있는 높다란 경계등이 지상을 향해 대낮처럼 밝은 빛을 발하고 있다.

보초를 서던 헌병 둘이 뛰쳐나온다. 한 사람은 입구에 서서 차량을 향해 총을 겨누고 있고 다른 한 사람이 다가왔다.

수시로 드나드는 낯익은 차다.

운전수와 그 옆에 앉은 사람의 얼굴을 번갈아 확인하고 경례를 붙이고 나서 수신호를 보냈다. 육중한 철 대문이 양쪽으로 열렸다.

자동차는 미끄러지듯 영사관 안쪽 무겁고 괴기한 어둠 속으로 사라졌다.

춘삼을 입감하고 나온 가와모토가 회심의 미소를 짓는다. 오랜 경험을 통해 어떤 결과가 나올지를 예측하기 때문이다. 상대의 마음에 극도의 불안을 일으키고 나면 다음에 오는 것은 죽음을 각오한 결심이거나 좌절로 향하는 길이다. 강고함에서 좌절에 이르기까지에 걸리는 시간은 피의자에 따라 다르다. 저항은 신념으로부터 나온다. 신념이 강한 자일수록 시간이 오래 걸린다. 신념은 무엇인가? 사전에는 '어떤 사상이나 생각을 굳게 믿으며 그것을 실현하려는 의지'라고 기록돼 있다.

그러나 아주 드물게는 이러한 의미가 적용되지 않는 순교자들이 있긴 하다.

조선인 중에 적지 않은 숫자가 일본에 협조하고 있다. 그들은 일찌감치 비관적 예측을 했기 때문에 희망을 버렸다. 아니, 일본의 입장으로 보면 비관적 예측이 아니라 희망을 심어줬기 때문이라고 말해야 한다. 어쨌거나 그들에게 있어 신념이 희박하기 때문이라는 것은 부인할 수 없는 사실이다. 조국을 되찾고 고향으로 돌아간다는 희망보다는 절망의 추가 더 무거웠기 때문이다.

재만 조선인의 대다수는 강하든 약하든 신념을 지닌 자들이라고 보면 된다. 일본 경찰의 임무는 그들의 신념을 꺾어버림으로써 제국의 방침에 방해가 되는 동력을 제거하는 것이다.

붙잡혀 오는 자들의 부류는 다양하다. 고관대작으로 있던 자들도 있고 천민 출신들도 있다. 유식한 자들도 있고 무식한 자들도 있다. 부자인 자들도 있고 가난한 자들도 있다.

벼슬자리에 있던 자들이나 부자들을 돌아서게 하는 것이 평민 출신들보다 쉬울 때가 있는가 하면, 평민 출신을 돌아서게 하는 것이 벼슬자리에 있던 자들보다 어려울 때도 있다. 다만 조선인사회에 미치는 반향은 다르다.

불령선인으로 의심되는 자가 붙들려 오면 우선 고문 기구들을 보는 것만으로 공포를 느낀다. 고문은 단계적으로 진행된다. 단계가 올라갈수록 상상할 수 없는 공포가 쌓여간다. 고문의 종류는 대략 200여 가지쯤 되지만 제국은 식민지 백성들을 다스리기 위해 더욱더 진화되고 세분화한 방법을 연구하고 있다. 나날이 발전을 거듭하는 고문 기구들과 기법들을 보면 인간의 신체가 생각 이상으로 강해서 기구들이 어디까지 발전할 수 있을지 의문과 경이로움을 느끼게 한다.

처음에 피의자가 들어오면 그자의 얼굴과 전체적인 이미지를 살핀다. 순사들 대부분은 보자마자 어떻게 다룰지를 금방 파악한다. 그리고 10중 8, 9는 머릿속에 그린 대로 하면 오래지 않아 이실직고가 이루어진다. 그 이후에 기록되는 조서는 순사의 마음이 가는 대로 일사천리로 진행된다. 초기의 고문이 통하지 않으면 차츰 강도(强度)를 더해간다. 더해지는 강도와 반복되는 같은 질문, 그리고 협박과 회유….

중간중간 신념을 분산시키거나 희망을 파괴하기 위한 추임새를 넣는다. 악역과 선한 역을 분담하여 진행하기도 한다. 이를테면 병 주고 약 주는 식이다.

애국이라는 것이 개인의 행복이나 미래를 포기할 정도의 가치를 지닌 것이며, 신념이라는 것이 극한의 고통을 이겨낼 정도로 강고한 것인가. 가와모토 자신은 오랜 경험을 통해 대다수 인간에게 있어서는 애국이나 신념이라는 것이 그리 큰 의미가 없다는 것을 알고 있다. 그가 설치한 그물망의 한계를 벗어난 자들은 거의 없기 때문이다. 고문의 한계를 벗어나고자 자신과의 싸움을 벌이면 죽음에 이르거나 최소

한 불구가 된다. 몇몇은 인지능력을 상실했으며, 대부분은 백기를 들었다. 거대한 국가권력을 배경으로 한 고문 앞에서 개인의 신념이 얼마나 힘을 쓸 수 있을 것인가.

하물며 무식한 음식점 주인쯤이야…

이튿날 10시.

총영사관 경찰서 지하 제3호실, 입구의 명패에 '취조실'이라고 쓰여 있다. 그러나 실상은 고문실이다.

100평쯤 돼 보이는 넓은 방, 천장에 백열등이 켜져 있다. 싸늘한 분위기에 음산한 느낌을 들게 하는 것은 이곳이 깊은 지하실일 뿐만 아니라 고문 도구들이 사방에 널려 있기 때문이다. 무거운 철문을 열고 12개의 가파른 계단을 내려가면 시멘트 바닥 곳곳에 얼룩져 있는 핏자국들과 심한 비린내에 비위가 상한다. 계단을 12개나 만든 것도, 지하실을 깊게 한 것도 다 계산이 있기 때문이다. 이 계단을 내려갔던 사람치고 소신을 훼손당하지 않은 채 자기 발로 의연하게 걸어 올라온 사람이 있었던가? 수많은 조선인은 이 계단을 내려가면서 무슨 생각을 했을까?

이곳에 들어서는 순간부터 공간이 인간의 의식을 변화시킬 수 있다는 말을 실감하게 된다. 중앙에 직사각형의 긴 책상이 있고 양옆으로는 서너 개의 철제 의자들이 무질서하게 놓였다. 책상 위에는 언제라도 조서를 닦을 수 있도록 받침이 있는 종이와 펜들이 놓였다. 책상 오른쪽 구석에 어른의 허리 높이 정도 물을 담는 4각의 세면대와 수도꼭지는 물고문을 위해 설치한 것이다. 그 옆 넓고 긴 판자 위에는 단단한 참나무 몽둥이들과 가죽 채찍, 밧줄, 벽에 붙은 콘센트와 연결된 봉침들, 물그릇, 가스 토치, 인두, 크고 작은 쇠막대기들, 망치, 집게, 쇠꼬챙이, 바늘쌈지, 커다란 주사기와 대야 등이 아무렇게나 놓였다. 밑에는 커다란 휴지통에 피 묻은 헝겊 따위가 바닥까지 끌려 있다. 책상이 있는 왼쪽 구석 천장으로부터 아래로 어른의 허리만큼 높이에 굵은 밧줄이 늘어졌다. 기구들이 있는 반대편 벽 앞에 삼각형으로 된 나무 목마와 저울추처럼 생긴 무거운 쇠뭉치들도 보인다. 다른 벽에는 사람의 시체를 넣는 것 같은 관(棺)이 세워졌는데 그 내부에는 꼭짓점이 밑으로 향하고 지붕이 없는 이등변 삼각형의 틀이 또 하나 들어있는데 내부의 벽에는 날카로운 못들이 촘촘하게 옆으로 머리를 내밀고 있다. 그 왼편 구석으로는 벽과 연결하여 벽돌 한 장 높이로 낮게 테두리를 만든 바닥이 설치되었고, 바닥 위에는 유리조각이나 뾰족한 쇳조각, 사금파리, 채석장에서 볼 수 있는 작은 돌조각, 나무 조각 등이 마구 섞여 있다. 옆에는 무거운 석판들이 여러 개 쌓였다. 또한 안으로 대못이 박힌 둥그런 상자도 있고, 긴 철봉대도 두 개가 세워져 있다.

얼핏 보기만 해도 헛구역질이 날 광경이다.

춘삼은 눈앞에 있는 모습들을 보고 다시 눈을 감았다. 그는 책상에서 대여섯 발짝 떨어진 곳에 놓인 무쇠로 된 의자에 두 발은 각각 의자 다리에, 양손은 등받이 뒤로 결박당한 모습으로 앉았다. 그의 얼굴은 불과 하룻밤 사이에 몰라보게 변해 있었다. 양쪽 눈두덩에 푸르고 큰 멍이 생겼고 머리칼에는 피가 말라붙었다. 통통 부은 입술에도 핏자국이 있다. 맨살이 드러난 왼쪽 어깨 부분을 제외하고 찢어진 흰 저고리는 온통 피투성이다. 수염은 텁수룩하고 까마귀 둥지처럼 헝클어진 머리 아래로 눈자위가 움푹 파였다. 그는 꿈과 현실 사이를 오가고 있었다. 눈을 감고 있으면 정녕 생시가 아니라 꿈이라는 생각이 들었고, 눈을 뜨면 살벌한 고문 도구들이 엄연한 현실이라는 것을 인식하게 한다. 지난밤 이미 수차 경험했으므로 악마들이 마음만 먹으면 이곳에 놓인 도구들은 언제라도 자신을 파괴할 수 있다는 것을 잘 알고 있다.

아무도 없는 방에 묶여 있은 지 5시간째~.

그들이 새벽에 물러가고 나서는 마치 기다렸다는 듯이 온몸에 뼈마디가 쑤시고 곳곳이 숨을 쉴 수 없을 정도로 결려온다. 하지만 그보다 참기 어려운 것은 미칠 것만 같은 고요함이다.

격렬하고 긴 고문의 시간이 지나간 다음에 오는 고요함은 정상을 비정상으로 착각하게 한다. 지극히 불안한 느낌이다.

엊저녁 11시경에 붙들려 와서 새벽 5시까지 갖가지 방법의 고문이 쉴 없이 이어졌다.

처음에는 여러 사람이 달려들어 팔과 다리를 옴짝달싹 못 하게 각각 네 군데로 묶더니 외국인처럼 생긴 가와모토 순사가 참나무 몽둥이로 두들겨 패기 시작했다. 이유를 물어볼 시간적 여유를 주지 않았다. 인정사정 없이 몽둥이를 휘둘러 댔다. 머리가 깨져 피가 솟구치고 몸의 여러 부분이 조각조각 떨어져 나가는 것 같은 고통을 느꼈다. 아파서 비명을 지르면 그도 미친 사람처럼 소리를 지르며 더욱 매몰차게 몽둥이를 휘둘렀다. 이따금 국밥을 먹으러 오거나, 사무실에 배달하러 갈 때 다른 사람들과 달리 별로 농담도 하지 않아 점잖게만 보았던 가와모토가 이렇게 잔인하고 무서운 악마인 줄을 몰랐다. 그때 보던 얼굴과 여기서 보는 얼굴이 칠면조 색깔처럼 다를 줄은 상상조차 못 한 일이다. 외국인처럼 생긴 얼굴은 지옥의 악마로 상상되어 공포감을 증폭시켰다.

한참을 지나니까 그도 지쳤는지 숨을 헐떡이며 땀을 닦았다.

"리유나 좀 알레주기오. 무담시(무엇 때문에) 죄 없는 사렘을 잡아다가 사방데(전신에) 매르 앵기는 기요? 내가 무스기 잘못으 했소?"

가와모토가 핏발이 선 왕방울 눈을 춘삼의 얼굴 가까이 들이밀며 말했다.

"맛보기를 경험하고도 아직 잘 모르겠다면 주위를 둘러봐라. 저 기구들은 뱀의 혀를 지닌 거짓말쟁이들을 진실의 입을 가진 인간으로 만들기 위해 저승사자들로부터 빌려온 도구들이다. 지금껏 여기서 거짓말을 하고 밖으로 나간 사람은 없다. 이제부터 내가 묻는 말에 사실대로 대답을 한다면 너와 네 가족은 안녕을 지킬 수가 있다. 그렇지 않으면 모두 뼈가 으스러지고 내장이 파열되는 고통을 겪다가 마침내는 저승행 열차를 탈 수밖에 없어."라고 말하고 나서 잠시 뜸을 들이더니 춘삼의 옆에 놓인 의자에 한쪽 발을 올려놓고 내려다보며

"자~ 묻겠다. 막노동꾼 김막쇠와 풍물장수 황만수를 알고 있나?"

"모릅네다. 그런 사람으는 알지 못하오."

"그럼 김학연은 알고 있나?"

"것두 모르오."

"김약연 목사라는 이름은 들어본 적이 있나?"

"들어 못 봤소. 허지만서두 혹시 국밥 먹으러 온 손님 중에 그런 이름이 있었는지, 그건 잘 모르갔소."

"하아, 이 새끼 봐라. 전에 방문했던 날들은 제외하더라도 말이다. 상상날 전날 아침 일찍 김막쇠가 네 집에 들렀다가 오후엔 김학연의 집에 들렀고, 야음을 틈타 다시 너한테 들른 걸 다 알고 있는데 모른다고 시치미를 떼는 거야? 정말 몰라?"

"그런 이름들으는 모릅네다. 모르는 걸 모른다구 합지 어찌 안다구 거짓깔으 헌 단 말이오. 나는 모르오."

"고노 와 데키마센.(この子はできません. 이 새끼 안 되겠군.) 이왕 여기까지 왔으니 섭섭지 않게 맛보기만 보이고 좋은 분위기에서 대화로 문제를 풀어보려고 했는데 안 되겠군. 그렇다면 슬슬 제대로 된 맛을 보여주지."

옆에 있는 세 명의 형사에게 눈짓을 하자 우르르 달려들어 춘삼의 몸을 칠성판 같은 판자 위에 눕히고 몸과 고개를 움직이지 못하게 고정시켰다. 허공에 달린 그릇으로부터 미간으로 물방울이 똑똑 떨어져 내리기 시작했다. 낙하하는 시차는 일정했다. 그들은 이 모습을 확인한 다음 방으로 나가버렸다. 처음에는 별거 아닌 것으로 생각했는데 시간이 지날수록 물방울이 맺히는 때와, 떨어지는 순간 극도의 불안과 초조가 생기곤 했다. 한 시간 정도 지나자 마치 바위가 미간을 때리는 것 같은 고통을 느꼈고, 두 시간이 지나자 정신이 혼미해지더니 의식이 마비되어 버렸다.

흐릿한 눈 안으로 가와모토 순사의 얼굴이 들어왔다. 자신을 내려다보며 웃었다. 하얀 이빨이 드러났다. 그가 손을 뻗어 물통의 입구를 막았다. 그리고 30분쯤 지났다. 천장의 모습이 서서히 눈에 들어왔다.

"정신이 돌아왔군."

이번에는 입에 재갈을 물리고 얼굴에 무명 헝겊이 씌워졌다. 코로 뜨거운 물이 들어왔다. 매운 고춧가루를 탄 물에 숨을 쉴 수가 없다. 주전자에서 코로 들어갈 적마다 흑흑거리며 몸부림을 쳤다. 그러나 몸의 어느 부분도 움직여지지 않았다. 가와모토의 외침이 희미하게 들렸다.

"뭣들하고 있는 거야? 빨리 와서 이 새끼 얼굴에 물 좀 끼얹어!"

같은 고문이 두 번이나 반복됐다.

5시가 되자 무쇠 의자에 결박해 놓은 채 모두 밖으로 나갔다. 아침밥을 먹으러 가는 것 같았다.

온몸의 세포가 살려달라고 악머구리처럼 아우성을 친다. 깨진 유리 조각 위를 기어다닌 탓으로 정강이는 불에 타는 것 같다. 마음속으로 고통을 달래는 동안 서서히 졸음이 밀려든다. 잠은 신체적 고통보다 우선하는 것인가. 깜박 수면에 들었다. 어머니의 얼굴이 나타났다. 슬픈 표정으로 무언가를 말하고자 하는 것 같았으나 의미를 알 수가 없다. 어디서 자주 본 듯한 산과 개울들이 어른거렸다. 철문이 열리는 소리에 화들짝 깨어났다. 그들이 젊은 순사의 손에 밥그릇을 앞세우고 들어왔다. 가와모토는 작은 바퀴가 달린 춘삼의 의자를 뒤에서 발로 차듯이 밀어 책상 가까이에 닿도록 했다. 그리고 묶여 있던 팔을 풀어주었다.

책상 위에 놓인 멀건 된장 국밥과 김치.

"자, 밥부터 먹어라. 그리고 어차피 불게 될 거 모두 힘들게 할 필요가 없지 않나. 밥 먹고 기운 차려서 쉽게 가자. 알겠지?!"

밥그릇이 담긴 쟁반을 춘삼의 앞으로 옮겨준다.

"일 없수다."

"어서 먹어!"

"……"

가와모토가 춘삼을 노려본다. 마치 새를 향하고 있는 독사의 눈빛이다. 춘삼도 가와모토를 마주 본다. 모습은 초췌해도 눈빛은 별처럼 형형하다.

가와모토가 생각한다.

밤새껏 그 정도로 고문을 당했으면 보통은 풀이 죽어 머리도 들지 못할 텐데 여전히 기가 살아있는 모습을 보면 이자가 불령선인 집단의 일원이라는 것을 더욱 확신하게 한다. 그렇다면 절망에 도달할 때까지 혹독한 방법으로 다뤄야 한다. 하지만 아예 절망의 나락에 떨어질 결심을 한다면 만사 헛수고가 된다. 왜냐하면 모든 죄를 끌어안고 혼자서 희생할 생각이기 때문이다. 그러므로 고통을 최고도로 끌어올려 절망에 가까이 이르도록 한 다음 자신이 고통에서 벗어나는 명분을 가족의 안전과 결부시키도록 심리적인 변화를 이끌어내야 한다. 그것이 고문이라는 매개체를 활용하여 피의자의 신념을 와해시키는 심문자의 능력이다. 그런 방법으로 지금까지 많은 불령선인을 전향시키고 대일본제국의 협조자가 되도록 만들었다.

만에 하나 고문을 이기지 못해 죽는다고 해도 후환으로 남을 일은 없다. 왜냐하면 납치 과정을 본 사람이 없기 때문이다. 지금껏 하던 방법대로 시체만 처리하면 되는 일이다. 가능성은 적지만 이자가 죄 없는 사람이라 해도 마찬가지다.

춘삼의 의자를 문 옆으로부터 왼편에 있는 벽 앞으로 끌어다 놓았다. 그리고 바지를 벗긴 다음 날카로운 삼각형의 목마 위에 얹었다. 움직일 수 없도록 밧줄로 얽어매고는 양쪽 다리에 각각 쇠로 된 무거운 추를 달았다. 센고쿠 시대와 에도시대 혐의자에게 사용하던 고문 방법이다. 중세 유럽인들이 사용하던 '유다의 요람'이라는 고문 도구를 일본 경찰이 발전(?)시킨 것이다.

얼마 지나지 않아 사타구니에 서서히 통증이 오기 시작하더니 찢어지는 것 같다. 끙끙대며 참다가 마침내는 비명이 터져 나왔다. 가와모토는 재미있다는 표정으로 팔짱을 끼고 바라보고 있다.

울부짖음이 한 시간가량 계속된 다음에야 삼각 목마에서 내려졌다.

"자, 다시 묻겠다. 김막쇠를 통해 김학연에게 무엇을 전달하고 무엇을 받았나?"

"무스기 말을 하는 건지 알아 못 들겠소."

"그럼 네 집에서 나온 이 지도는 뭐야? 지도에 그려진 집들 위에 표시된 동그라미와 삼각형, 그리고 x자는 뭐야? 이건 누가 준 거야?"

"국밥을 먹으러 온 손님 중에 누가 떨구고 간 거이 아니겠소. 나와는 일 없수다."

"그렇다면 이 지도가 왜 네 집 안방 장롱 안 서랍에서 나와?"

"잘 간수했다가 손님이 찾으러 오면 주려고 했수다."

"이느 노코! 고이츠 하이모 니 다렝아, 이루 노카 후이카 이쯔난다!(犬の子! おい, 背後に誰がいるのか吹けよ, 吹けよ! 개새끼! 이 새끼야, 배후에 누가 있는지 불어, 불란 말이야!)"

이번에는 온몸을 발가벗기고 두꺼운 수건으로 눈을 가렸다. 담요를 깐 간이침대에 눕히고 가슴, 배, 허벅지, 정강이, 발목 등 다섯 군데를 단단히 묶었다. 몸에 물을 뿌린 다음 발에다 철사를 감았다. 전기 스위치를 켰다. 약하고 짧게, 강하고 길게, 다시 약하고 짧게 강하고 길게 길게…전류의 흐름이 반복될 때마다 내장까지 타들어가는 고통에 부르르~ 부르르~ 경련이 인다. 날개를 달고 지구 밖으로 날아가는 생각을 한다.

3일째 아침.

고문하던 사람들이 밥을 먹으러 나가고 없는 방.

춘삼이 발가벗긴 몸으로 두 개의 쇠 파이프에 매달려 있다. 마치 통닭구이의 모습이다. 그가 입었던 피 묻은 옷은 고문기구들 아래 휴지통 옆에 던져졌다.

몸의 무게로 인해 팔과 다리는 이미 고통의 시간이 지나 무감각 상태가 되었다. 머리가 천근이나 되는 것 같다. 목뼈가 부러질 것 같아서 고개를 들곤 하던 행동도 포기했다. 모든 피가 머리로 쏟아져 두뇌 작용마저 정지상태에 이르렀다.

새벽에 여러 번 회전을 당할 때는 형언할 수 없는 굴욕감을 느꼈다. 지금은 그런 걸 생각할 틈이 없다. 굴욕감을 느낄 수 있는 것은 사고력의 공간에 여유가 있을 때다. 지금은 다만 고통의 터널 저 끝에 바늘구멍만하게 남아 있는 의식의 빛줄기마저 어둠과 한세상이 되는 시간이 빨리 와 주기를 바라고 있다.

그러나 기대와는 다르게 춘삼의 촛불이 꺼지기 전에 그들은 다시 철문을 열고 돌아왔다. 여러 번의 경험으로 고통이 최고 정점을 찍었을 시간을 알고 있다.

벌거벗은 몸 그대로 의자에 앉혀졌다.

얼굴은 더욱 초췌하다. 바짝 마른 얼굴은 수염이 자라서 그동안 받은 고통의 흔적을 숨겨주고 있다. 그러나 알몸 곳곳을 구렁이처럼 감고 있는 채찍 자국과 멍, 찢긴 상처들은 지난밤에 또 다른 방법의 고문이 있었다는 것을 숨길 수 없다.

가와모토가 입에 물었던 이쑤시개를 퉤 하고 뱉으면서 말했다.

"자, 오늘은 특별히 돼지국밥을 마련했으니까 맛있게 먹고 기운 차려라. 그런 다음 기분 좋게 시작하자. 밖에는 아침햇살이 너무 좋다. 빨리 끝내고 볕을 쬐면서 가족이 있는 집으로 돌아가야지."

춘삼이 의자 등받이에 고개를 기댄 채 힘없는 목소리로 대답했다.

"일 없수다."

"오늘도 버텨 보겠다 이건가? 하지만 휴식도 없이 극기 훈련을 계속하게 되면 몸이 감당을 못할 텐데 그래도 좋아? 지금까지 맛본 건 스키다시(すきだし)에 불과한데 이제부터는 슬슬 우리 일본의 전통적 고문 맛을 보여줄까, 아니면 현대적인 조미료를 넣은 새로운 맛을 보게 해줄까? 그도 저도 구미가 안 당기면 조선인 출신 유명 형사들이 창조한 달콤 짭짜름한 맛을 보여줄까?"

"……."

가와모토는 책상 위에서 담배 한 개비를 꺼내 불을 붙이고는 깊게 빨아들였다가 허공으로 후우 뱉었다. 천장을 바라보며 한참 동안 담배를 피운 다음 꽁초를 시멘트 바닥에 비벼 끄면서

"아직도 저기 놓인 극기 훈련 기구들과 우리가 하고자 하는 일을 예측하지 못한다면 그건 매우 심각한 일이지…. 지금부터 특별히 자네를 위해 저 기구들이 어떻게 쓰이는지를 설명해 주겠네. 그러니까 잘 듣고 생각을 깊이 해."

그는 아주 부드러운, 그러나 빈정거리는 투로 말하고 나서 고문 기구들이 있는 곳으로 걸음을 옮겼다.

"여기 이 물건은 '철의 처녀'라는 품격 높은 이름으로 불리는 관(棺)이야. 안쪽에 무수한 쇠못들을 박았는데 옷을 벗기고 이 안에 넣은 다음 문을 닫으면 어떤 맛일까?! 아마도 까무러칠 정도로 부드러운 처녀의 몸에 단 1초도 지나지 않아 인간 세상에서는 느끼기 어려운 최상의 희열을 느끼게 되겠지."

다른 기구로 다가갔다.

"여기 이 길고 둥그런 '대못 상자'에 들어간다면 더욱 고혹적인 매력

에 빠지게 될 거다. 게다가 왼쪽이나 오른쪽으로 몇 바퀴 돌려주거나, 아예 멀리까지 굴려버리면 자네가 맛을 본 통닭구이와는 비교가 안될 정도로 천상의 희열을 맛볼 수 있을 거야. 상상만으로도 즐겁지 않은가."

"……"

"여기 이 벽관(壁棺) 안에는 꼭짓점이 밑으로 향하고 지붕이 없는 이등변 삼각형의 틀이 또 하나 들어있는데 자네처럼 고귀한 사람을 거꾸로 모시는 곳이야. 하룻밤 정도 자고 나면 알함브라 궁전에서 자고 난 기분을 느끼겠지?!…그리고 벽돌을 연결하여 사각형으로 만든 이 별도의 장소는 보다시피 유리 조각이나 쇳조각 파석 같은 것들이 섞여 있는데 바닥에 무릎을 꿇리고 넓적다리 위에 이 석판들을 올려놓으면 살아서 나가더라도 다리는 작동하지 않을 것일세. 고급스럽게도 부모형제나 친구의 등에 업혀 다니거나 수레를 타게 되겠지. 압슬(壓膝)이라고 부르는데 운이 좋으면 저승까지 직행할 수도 있어. 또한 이 에비제메(海老責)를 설명하자면 말일세. 에도시대에 행해지던 것으로, 붉어진 피부색이 새우 같아서 붙여진 이름이야. 여기 기둥에 양팔을 뒤로 돌려 묶고 그 상태에서 머리를 앞으로 당겨서 묶어 턱이 양발에 닿도록 하면 새우 모양이 되지. 30분만 지나도 혈액순환 장애가 발생해서 온몸이 보라빛으로 변하고 다음은, 그다음은 말이야 무의식의 경지로 들어가게 되는 거야. 하하하."

가와모토는 마치 강의를 하는 교수처럼 방안의 여기저기로 천천히 걸음을 옮기면서 계속하여 말을 이어갔다.

"하지만 굳이 오래전 선배님들이 쓰던 '주리틀기'나 '철의 처녀'나 '벽관'이나 '압슬', '낙형(烙刑)' 같은 방법을 쓰지 않아도 되지. 많이 들어봤겠지만, 청나라에서는 반역죄나 패륜죄, 흉악범 등에는 능지처참형(陵遲處斬刑) 혹은 능지처사(凌遲處死)라는 방법도 사용했다고 하네. 조선에서는 연산군과 광해군 시대에 많이 썼다더군. 사형수의 살을 2천 번 이상 발라내는 것이니까 그 고통이 어떻겠는가. 사형수가 일정 횟수 이내에서 죽으면 집행하던 자가 처벌을 받도록 정해져 있지. 하는 사람에게나 당하는 사람에게나 결코 바람직하지는 않아. 모든 기술은 시대의 변화에 따라 발전하는 것이니까 지금은 그런 건 쓰지 않네. 간단하고 쉬우면서도 극한의 즐거움을 주는 방법들이 얼마나 많은가…; 이를테면 오랜 시간 강렬한 백열등 앞에 세워놓아 정신착란을 일으키게 하여 자백을 받아내던가, 꼬부라진 송곳 하나로 이빨의 신경을 긁는다든가 척추신경을 긁어버리는 방법인데 후자의 경우는 겉으로 티가 나지 않으니까 죽여서는 안 되는 대상에게 활용할 수가 있어. 또한 뻰찌(펜치)로 손톱을 하나씩 뽑거나, 손가락 사이에 쇠막대를 끼우고 분질러 버리는 아주 간단하고 쉬운 방법들이 있네.

아킬레스건이라는 걸 끊어서 절뚝발이가 되게 할 수도 있어. 자네가 저엉 말을 듣지 않으면 아주 자극적이고 흥미진진한 방법을 쓸 수 있네. 아마도 깊은 관심을 갖게 될 테니까 이야기를 해 주지. 두 가지가 있는데 첫 번째는 '호두까기'라는 거야. 뭐 여기서 낭심(囊心)이니 음낭(陰囊)이니 고환(睾丸)이니 하는 고상한 말들은 어울리지 않으니까 그만두고 진솔한 표현으로 그냥 불알이라고 할게. 여하튼 불알 한 쪽을 망치로 으깨 버리는 거야. 그리고 나머지 한 쪽마저 으깨버린다고 망치를 위로 쳐들면 자네는 어떤 반응을 보일지, 나도 지금 이 방법에 관심을 두게 됐다는 걸 말해두고 싶어. 두 번째는 난세키(男性器, 남성 성기) 자체를 직접적으로 다루는 거야. 오줌이 나오는 요도에 기름종이를 쑤셔 넣은 다음 불을 붙이는 '종이심 박기'도 있고, 그것을 책상 위에 올려놓고 모욕감을 느끼라고 쌍욕을 퍼부으면서 몽둥이로 내려치는 방법도 있네. 까무러치면 물을 부어 깨어나게 하고 다시 내려치지. 이걸 딱 한 번 했는데도 눈동자가 흰자위로 변하면서 정신착란을 일으키더군. 또한 매듭이 꼬여진 굵은 밧줄을 휘둘러 치기도 해. 가장 간단한 방법은 난세키에 전기선을 연결하는 것이지. 이런 일을 겪은 자들은 피오줌을 싸게 되므로 살아도 산 게 아니야. 나는 주로 독립군이나 그들을 돕는 놈들에게 썼어. 왜냐하면 그놈들은 아예 씨를 말려버려야 되니까….

여자는 어떻게 다루는지 알아? 이건 백전노장인 나로서도 입에 올리기가 좀 쑥스럽고 계면쩍어. 하지만 자네 고집이 답변을 가로막으면 부득이 우회로를 찾아야 하니까 알아두는 게 참고가 될 거야. 모든 걸 까발려 줄게.

잡혀 온 여자가 지독하게 입을 열지 않는 경우 주로 쓰는 방법이 '미꾸라지 목욕탕'이야. 여자를 발가벗긴 다음 미꾸라지가 가득 든 통에 넣어버리지. 미꾸라지란 놈들은 습하고 따뜻한 곳을 찾아가는 습성이 있다는 건 자네도 알고 있지? 그리되면 여성의 성기가 갈기갈기 찢어져 결국은 사망에 이르게 돼. 이 기술은 원래 중국에서 개발됐는데 자백을 받기 위한 것이 아니라 죽이는 데 목적이 있었던 거야. 그러나 아픔을 참지 못하고 쉽게 자백하는 일도 있지. 그 밖에도 기다란 봉으로 자궁에 고통을 준다든가 살결이 여린 음부를 가죽 채찍으로 때리는 방법도 있어. 또 발가벗기고 예민한 곳들에 전기선을 연결하여 충격을 주기도 해. 그들 대부분은 풀려나더라도 죽을 때까지 수치심과 모멸감으로 불면증에 걸려 해골 같은 모습이 되는 거야. 뭐 어떤 형사들은 이상한 짓을 아무렇지도 않게 하더구만, 난 그런 행동을 아주 경멸해. 이 밖에도 신체의 여러 부위를 자르기, 굽기, 생이빨 뽑기, 손가락 사이에 막대 끼우고 끈으로 조르는 찰자, 물레방아 타기, 척추 분리하기, 상처에 소금 뿌리기, 뱀 감아주기에, 심지어 에도시대에는 난세키의 귀두 부위를 토란 줄기로 꼰 밧줄로 묶어두어 간지러움을 참지 못해 자백하도록 하는 방법도 있었어. 이런 걸 일일이 설명하자면 시간이 너무 걸리니까 이 정도로 해 두지. 자, 이제 마음을 돌리고 밥을 먹도록 해. 그런 다음 쉬운 길을 가자구. 내가 아직 실험을 해 보지 않은 단한 가지, 즉 척추 분리에 자네를 실험용으로 쓰지 않도록 해 주기 바라네. 나도 따뜻한 손길로 소머리국밥을 가져다주던 친동생같은 자네를 괴롭히는 것이 썩 마음에 내키지는 않으니까 말이야."

가와모토는 "내 마음 알겠지?"라고 묻고 나서 언제 가져왔는지 새 저고리와 바지를 앞에다 놓았다.

춘삼은 비틀거리면서 일어나 옷을 입었다. 그리고 책상 앞에 앉더니 미친 사람처럼 밥을 먹기 시작했다. 순사들이 눈을 동그렇게 뜨고 바라봤다. 고문과 협박이 먹혀 들었다는 생각을 하며 회심의 미소를 지었다. 게눈감추듯 밥을 먹고 물까지 벌컥벌컥 들이켰다. 가와모토는 깨끗이 비워진 그릇들과 춘삼의 얼굴을 번갈아 보며

"요쿠 야타, 요쿠 야타 모 키미모 부쿠타치모 민나 쇼리샤다!(よくやった, よくやった. もう君も僕たちもみんな勝利者だ! 잘했어 잘했어. 이젠 자네도 우리도 모두가 승리자야!)"라고 말했다. 두꺼운 입술이 귀에까지 붙는다.

가와모토가 묻고 어려운 말은 스기야마가 통역을 하면서 고바야시(小林) 순사가 드디어 정식으로 조서를 닦기 시작했다.

"이름은?"

"박춘삼."

대답이 순조롭다. 가와모토도 나긋나긋한 목소리로 묻는다.

"나이는?"

"마흔아홉."

"직업은?"

"국밥을 말아 팔고 농사도 지어 살고 있소."

"주소는?"

"연길현 숭례향 옹성라자 375번지."

"가게가 있는 곳은?"

"용정촌 육도하로 548번지."

"대부분의 시간을 용정에서 보내면서 주소는 왜 21㎞나 떨어진 국자가(연길)에 뒀나?"

"용정에서는 장사르 하고 농번기에는 연길에서 농사르 짓기 때문이오."

"무슨 헛소리야? 명월구에 주소를 둔 건 그곳이 돈화, 길림, 하얼빈과 연결되고, 남쪽으로는 국자가, 용정 등지로도 통하는 교통의 요충이기 때문이잖아. 불령선인들과 소통하기 위해 거기에 주소를 뒀다고 솔직하게 말해!"

"어방이 없는 말이오."

"가족은?"

"안까이와 아이 하나, 셋임다."

"아이는 어디서 살고 있나?"

"명동촌에 있수다."

"몇 살인가?"

"열세 살이우다."

"남자인가 여자인가?"

"남잡네다."

"아이가 왜 용정도 국가가도 아닌 명동촌에 가 있나?"

"거게서 하숙으 얻어 공부르 하고 있소."

"어느 학교에 다니나?"

"명동 보통학교에 다니고 있소."

"용정에는 우리가 설립한 간도 보통학교가 있고, 국자가에도 국자가 보통학교가 있는데 하필이면 집을 떠나 사상이 불순한 자들이 가르치는 명동 (보통)학교엘 보낸 이유가 뭔가?"

"어린 애들한테 무스기 사상 같은 거르 말으 하오. 아아가 가고 싶다고 해서 보낸 기요."

"거짓말! 하숙집 주소는?"

"거기 까정은 알지 못하오."

"하숙집 주인의 이름과 직업은?"

"것두 모릅네다."

가와모토는 춘삼의 눈을 응시하면서 고개를 갸우뚱한다.

"흠…아들을 맡겼는데 하숙집 주인의 이름이나 직업 정도는 알고 있는 게 상식인데…정말 모르는 건가?"

"모르오."

"좋아 그렇다고 인정하고, 아들의 이름과 학년은?"

"박종우, 5학년이우다."

고바야시 순사가 가와모토에게 묻는다.

"사무실에 연락해서 명동 보통학교 5학년 박종우 하숙집 주인의 이름과 직업을 알아보라고 할까요?"

"아니야. 그럴 필요는 없어." 하고는 심문을 계속한다.

"친한 친구나 평소에 교우하는 사람은?"

"아들 말입네까?"

"아니, 자네 말이야."

"여게가 객지니까니 싸리말 친구 같은 거는 없고, 이웃에 이따금 대포 한 잔 나누는 동미는 한둘이 있을 뿐이우다."

"그 두 사람의 이름은?"

"윤칠보와 한명수."

"두 명 외 최근 한 달 이내에 특별히 만난 사람은 누구지?"

"음식으 먹으러 오는 손님들 뿐이오."

"김막쇠는 왜 만났나?"

"처음 듣는 이름이라고 앙이 했소."

"이러면 약속이 틀리는 거잖아. 기껏 밥도 잘 먹었고, 쉬운 길로 가기로 했는데 왜 이래?!"

가와모토의 표정이나 말에는 사정하는 듯한 어감이 들어 있다. 그러나 곧 본래의 차가운 표정으로 돌아갔다.

"다시 한번 묻겠다. 김막쇠로부터 무엇을 전달 받았나?"

"정말루 들어 못 본 이름이우다."

"좋은 말 할 때 좋게 가자. 웅?!"

"나는 진짜루 말으 하구 있소."

"밥먹구 기운 차려서 우릴 놀리려고 했나?"

"아니오."

그러나 다시 차분하게 말한다.

"내가 사실을 얘기해 줄게. 김막쇠 그놈이 옆방에 붙들려 와 있단 말이야. 지금 하나씩 불고 있으니까 오리발 내밀어봐야 소용없어. 순순히 대답해."

어제 고문을 받던 때에도 비슷한 말을 했다. 만일에 그것이 사실이라면 지금쯤은 대질심문이 이루어졌을 것이다. 김막쇠는 붙들리지 않았음이 분명하다. 반복적으로 질문을 하는 것이 형사들의 수법이다. 그러다 보면 작은 꼬투리라도 나올 것이고, 그 꼬투리에서 줄기를 따라가면서 열매나 뿌리를 찾으려는 것이다. 꼬투리를 잡히지 않으려면 대답을 짧게 해야 한다.

"모르는 사람으 모른다 하구, 알지 못하는 일으 알지 못한다구 하는데 어찌 이럽메? 무시기 오리발이란 말이오?"

"김막쇠를 만난 날짜와 시간과 장소는?"

"나는 기딴 거 정말루 모른단 말이오."

"정말 몰라?"

"모르오."

"불과 사흘 전 새벽에 네 식당 집으로 찾아간 놈은 허깨비야?"

"기런 사실 없소."

"그러면 황만수는 언제 만났어? 설마 풍물장수 황만수도 모른다고는 할 수 없겠지."

"왜 자꾸만 모르는 사람만 물으면서 닦달으 하오? 한 사렘이라두 아는 이를 물어야 대답을 합지…."

"그러면 이 지도는 누가 그렸고, 여기 표시된 것들은 뭘 나타내는 거야?"

춘삼이 빙그레 웃으면서 대답했다.

"참 어방이 없는 물음이오. 기거를 내가 어찌 압메."

"김학연은 아는가? 감약연 목사는? 정재면 선생은?"

"백 번 물어도 모르는 건 모르는 기요."

"빠가야로!"

가와모토의 얼굴이 붉으락푸르락했다. 구둣발로 춘삼의 가슴을 걸어 찼다. 의자가 밀려나고 춘삼은 시멘트 바닥에 머리를 부딪쳐 뒹굴었다.

"이제 생각해 보니 이 새끼가 밥그릇을 비운 건 잔뜩 처먹고 기운 차려서 우리를 놀려먹으려던 거야. 모든 걸 저 혼자 짊어지고 저승으로 가겠다는 거고, 이왕 갈 거면 실컷 조롱이나 하고 가겠다는 심산이야. 아니지, 밖에 있는 놈들이 어떤 음모를 꾸미고 있다면 충분한 시간을 벌어주려는 계산인지도 몰라. 하지만 네놈들 계산대로 되지는 않을 거다. 그리고 착각하지 마라. 넌 혁명가가 아니야. 그냥 국밥이나 팔아서 돈이나 챙기는 음식 장사꾼이란 말이다. 위대한 제국이 하는 일에 '고맙습니다' 하고 머리를 조아리면서 국밥이나 열심히 팔아서 마누라 애새끼와 잘 살면 되는 거야. 아직도 내 말을 못 알아들어? 이 건방진 멍텅구리, 꼴통, 골 빈 조선놈아!"

그는 악에 받친 표정으로 이를 갈면서 춘삼의 멱살을 잡아 의자에 앉히고는 곤봉으로 퍽퍽퍽 내리쳤다. 머리에서 흐르는 피와 방금 시멘트 바닥에 얼굴이 벗겨져 흐르는 피가 범벅이 됐다. 계속되는 매질에 혼절하여 고개를 떨어트렸다.

"물, 물 가져와!"

가와모토가 소리쳤다.

바케츠를 받아들고 춘삼의 얼굴에 물을 부었다. 잠시 후 상반신이 흠뻑 젖은 춘삼이 천천히 고개를 들었다.

가와모토는 들고 있던 곤봉을 책상 위에 내던졌다. 숨이 차서 한참 동안 씩씩거리더니 담배에 불을 붙였다. 그리고 침묵이 흘렀다.

"너는 지금 나한테 세 가지 거짓말을 하고 있어. 첫째는 불과 사흘 전 새벽에 만났던 김막쇠와 풍물장수 황만수, 그리고 그놈들과 연결된 김학연을 모르는 사람이라고 시치미를 떼고 있고, 두 번째 거짓말은 간도 땅에 친척이 없다고 했어. 그런데 형이 있어. 세 번째는 지도에 그려진 집들과 그 위에 표시된 기호가 무엇을 의미하는지를 너는 알고 있어. 그리고 이 지도를 누군가에게 전달하려고 했던 거야. 그런데도 손님이 떨어트리고 간 거라고 하고 있어. 그렇다면 지도가 왜 네 집 안방의 장롱 안에 들어있는 거야? 스스로 생각해도 대답이 이상하지 않은가?!"

가와모토는 그의 눈을 뚫어지게 바라보면서 말을 계속한다.

"네 아들 종우는 말이야, 명동촌 하숙집에 있는 게 아니라 네 둘째 형의 집에 함께 살면서 학교에 다니고 있잖아. 너는 네 형의 이름을 알리고 싶지 않은 거야. 우리 대일본제국의 경찰이 그런 기초적인 것들조차 모르고 있을 것으로 생각한다면 크나큰 오산이지. 네 큰형은 고종황제가 죽었을 때 반일 시위를 하다가 지금 대전 형무소에 갇혀 있어. 네 큰형이나 너희 반동자들이 말하는 것처럼 우리는 민비를 살해하지도 않았고 나쁜 짓을 하지도 않았어. 모두가 불손한 자들이 반일 사상을 고취하기 위해 꾸며낸 거짓말일 뿐이야. 그리고 너와 둘째 형은 메이지 44년(1911년)에 함경도 집을 버리고 간도로 이사를 왔잖아. 메이지 44년이면 일한 합방 이듬해잖아. 그리고 말이야, 조선에서 제법 잘 살았는데 어느 날 갑자기 만주로 이사를 한 것을 보면 분명 뭔가가 있어. 너는 형의 그 뭔가를 숨기고 싶은 거지."

가와모토는 잠시 뜸을 들이고 나서 몸을 의자에 기댄다.

마음을 가라앉힌 후 말을 잇는다.

"고통을 받고 안 받고는 전적으로 자네가 하기에 달렸어. 어차피 모든 사실을 털어놓아야 하는데 왜 죽음의 길을 택하려고 하지? 몇 번이나 약속하지만 이실직고하면 자네의 신변은 확실하게 보장될 테고, 장사도 아주 잘 되게 해 주겠어. 어제저녁에 자네 가게를 어떻게 하면 더욱 잘 되게 할 수 있을까 생각해 봤는데 이런 방법도 있더군. 우리 영사관에서 직원 전체가 장부에 이름을 올리고 한 사람이 최소 하루 한 끼 이상을 고정적으로 국밥을 먹게 하는 거야. 그리되면 자연히 소문이 퍼져서 우리와 줄을 대려고 애쓰는 다른 관청에서도 손님들이 많이 올 것이니까 금방 부자가 될 수 있을 거야. 윗분들에게 건의하면 반드시 들어주게 돼 있어. 부질없고 희망도 없는 일에 신경 쓰지 않아도 되고, 신변을 위태롭게 하는 불량한 인간들을 만나는 위험한 짓을 하지 않아도 돼. 나라를 찾겠다는 부질없는 망상에 사로잡혀 헛된 짓거리를 하다가 죽어도 망국노의 처지로는 비석조차 세워질 일은 없어. 바늘구멍만큼의 가능성도 없는 일에 자네 목숨과, 가족의 목숨과, 그리고 힘들게 마련한 재산까지 걸기에는 너무 어처구니없고 멍청한 짓이라는 생각이 들지 않아?! 바보도 이런 짓은 하지 않아. 자네 자신을 되돌아봐. 생각하면 그동안 얼마나 불안하고 초조한 생활을 했는가. 그건 사는 게 아니야. 불령선인 놈들 편에 서봐야 돌아오는 건 죽음뿐이야. 늦게 낳아 눈에 넣어도 안 아플 아들과 그동안 고생만 시킨 마누라 어쩔 거야? 이제 좀 살만해졌는데 자네도 보람을 느끼고, 가족에게도 행복이라는 보상을 받게 해줘야지. 안 그래? 조선인 부자들이 우리 쪽으로 많이 돌아서고 있는 건 다 이유가 있어. 그들은 바보가 아니야, 똑똑하기 때문에 똑똑한 행동을 하는 거야. 우리 대일본제국의 신민이 되어 제국의 막강한 보호를 받아 재산을 지키면서 누구로부터도 침해받지 않는 자유와 행복을 누리고 싶기 때문이지. 자, 이젠 자네가 평소에 얘기한 것처럼 '용정영사관 경찰서'와 '용드레 소머리 국밥집'을 연결하는 급행열차를 타봐. 행복으로 들어가는 특급열차를 말이야. 가족을 생각해, 그리고 용기를 내!"

가와모토는 하던 말을 멈추고 마치 사랑하는 동생을 바라보듯 박춘삼의 얼굴을 바라봤다.

그러나 춘삼은 묵묵부답이다. 물에 씻겼던 자리에 다시금 피가 흐르고 있다. 그러나 가와모토는 그곳에 눈길조차 주지 않았다.

"내 말이 이해가 안 가나 본데 그렇다면 또 하나 말해줄까? 자네네 국밥집에서 쓰고 있는 소금이 정식으로 유통되는 게 아니더군. 한 소두(7.5kg)에 60전 하는 조선 소금을 야메(음성적 거래)로 40전에 사서 쓰고 있어. 그것도 교묘하게 국자가 집으로 사들인 다음 필요할 때마다 조금씩 이곳 용정으로 가져와 쓰고 있잖아. 국밥에 들어가는 소금을 1년 치만 계산해도 야메로 얻는 이익이 결코 적지 않을 테지. 저승사자처럼 육모방망이를 들고 국경을 지키는 사염집사대(私鹽緝士隊)의 눈을 속일 수는 있어도 우리를 속이지는 못해. 밀거래를 하는 놈들의 루트를 발견했지만, 아직은 그냥 보고만 있는데, 이참에 청국 정부에 정보를 줄까, 생각 중이야. 만일에 고발된다면 '용드레 소머리국밥집'이 문을 닫아야 하는 건 말할 필요조차 없는 일이고, 소금표를 사지 않고 사사로운 거래를 하여 국가 전매사업인 관염(官鹽)에 손실을 끼친 밀수꾼과, 그 소금을 장물로 산 자들은 최고 사형에 처할 수도 있어. 우리가 손 하나 까딱하지 않고 전화 한 통으로 처리할 수 있는 일이지. 알겠나?"

박춘삼이 또 한 번 흠칫 놀란다. 예리한 눈초리로 그 표정을 주시하면서 이야기를 계속한다.

"그뿐이 아니지. 자네의 가계금융도 위험수위에 도달해 있더군. 알다시피 조선인들의 90%는 농업에 종사하고, 그들 중 대부분은 자금압박을 받고 있는데 앞으로는 농업에 종사하는 사람들 위주로 대출 방침이 변경됐다는 거야. 우리 일본정부로선 양곡 증산과 농민의 충성심이 더 중요한 일이거든. 그래서 상인들에게 대출해 준 것은 만기가 되는 대로 회수한다더군. 자네가 식당을 개업할 때 조선은행 용정출장소로부터 사업자금으로 빌린 1천 원(현재의 금액으로 약 1억 원에 달하는 일본 화폐)이 두 달 후에 만기가 도래하는데 그 돈도 회수 대상에 포함돼 있다고 해. 장사가 좀 된다고 해도 1천 원을 한꺼번에 갚기는 쉽지 않은 일이 아니겠나. 유일한 방법은 중국인 지주들한테 부탁해야 하는데 5~6부에 달하는 고리채를 빌린다면 오래지 않아 배보다 배꼽이 더 커질 거야. 자네는 상업이 주업이긴 하지만 농사일도 하는 사람이니까 우리가 손쓰기에 따라 대출 연장을 할 수도 있고 끊을 수도 있겠지."

가와모토는 속이 타는지 주전자의 물을 컵에 한가득 따른 다음 한꺼번에 꿀꺽꿀꺽 마시고 나서 입술을 손등으로 쓰윽 닦았다.

"자아, 그럼 다시 한번 묻겠다. 최근 열흘 동안에 누구누구를 만났는지 이야기해 봐."

"음식으 먹으러 오는 손님들 외에는 이웃에 사는 윤칠보와 그저께 늦은 시간 술 한잔으 했을 뿐이고 특벨하게 만난 사람은 없수다."

가와모토가 의자에서 벌떡 일어나며 차가운 미소를 흘렸다.

"이놈이 죽은 뱀의 꼬리보다 더 지독한 놈일세. 정 그렇다면 하는 수 없지. 재미삼아 호두까기나 해 볼까."

춘삼은 몸을 부르르 떨었다. '호두까기'가 무엇을 의미하는지를 알기 때문이다. 그러나 이를 악문다. 여기까지 와서 꺾이면 안 된다.

춘삼이 꺽꺽 소리를 냈다.

"물 물, 물으 좀 주구레"

"안돼, 네놈은 물조차 마실 자격이 없어!"

가와모토가 소리쳤다. 그러고는 스기야마를 향해 "절대로 이놈에게 물을 줘선 안 됩니다. 절대로!" 하고는 화를 못 참겠는지 밖으로 나가 버렸다.

스기야마는 줄을 풀고 그를 들어 벽에 기대게 한 다음 주전자를 가져다 입에 대줬다. 닷새째 물 한 모금 먹지 못한 그는 물 한 주전자를 거의 다 마신 다음에야 축 늘어졌다. 마치 더는 소원이 없다는 모습이다. 멍이 들어 부풀어 오른 사이에 가늘고 초점 잃은 눈으로 스기야마를 올려다봤다.

한 시간쯤 지나 돌아온 가와모토는 스기야마에게 몹시 화를 냈고, 두 사람은 함께 밖으로 나갔다. 반쯤 열린 문틈 사이로 다투는 소리가 들렸다.

"이건 죄 없는 사람을 죽이려는 게 아니오?"

"죄가 있는지 없는지 당신이 어떻게 알고 있소? 아직 본격적으로 시작도 안 한 단계인데 재 뿌리는 말을 하는 이유가 뭐요?"

나흘째 오전 10시.

춘삼은 양손과 허리를 포승으로 묶인 채 무쇠의자에 앉았다.

몸을 덮고 있던 핏자국들을 누군가가 대략 닦아 주었으나 만신창이로 부어오른 얼굴에 눈 한쪽은 풍선처럼 부풀어 올라 아예 앞을 볼수 없고 나머지 한쪽만 바늘구멍처럼 겨우 사물을 분별할 수 있는 정도다. 그가 앉은 의자 앞에는 하얀 이빨 네 개가 떨어져 있다. 왼쪽 팔은 뼈가 부러져 너덜거린다. 그리고 아랫도리가 마치 지진이 일어난 마그마에 앉아 있는 것만 같다. 등허리가 끊어진 것 같다. 그러나 육체적 고통보다 더욱 참기 어려운 것은 치욕감과 굴욕감이다. 성에 대한 고문은 자존심을 갈가리 찢어놓는 가장 비열하고 추악한 만행이다. 한 줄기 깃대처럼 올곧게 세우고 있던 기력도 가을날의 서리맞은 나뭇잎처럼 힘없이 떨어져 내리는 느낌이다.

이날은 오전 내내 아무 일도 일어나지 않았다. 고문실은 조용했다. 이따금 자신도 모르게 흘러나오는 신음소리를 듣고 있을 뿐이다.

밥이 들어온 것으로 보아 점심시간이다. 배는 이미 말라붙었으나 음식은 생각조차 할 수가 없다. 특히 불처럼 이는 허리의 고통은 이를 악물어도 앓는 소리를 토하게 한다. 의식적으로 동지들의 얼굴을 떠올린다. 그들이 자신에게 준 신뢰의 무게를 생각한다. 모든 연락의 선들이 자신의 집을 거치도록 한 것은 무쇠보다 강한 믿음이 있기 때문이다. 한 사람의 희생은 다수의 희생과 연결될 수도 있고, 한 사람의 희생이 큰일을 성공시키는 보호막이 될 수도 있다. 이제 거의 막바지에 다다랐다는 생각이 든다. 고통을 단 1초라도 빨리 끝내 준다면 고문을 가하는 자를 오히려 은인으로 생각할 것 같다.

오래지 아니하여 가와모토가 우락부락하게 생긴 세 명의 직원들을 데리고 나타났다. 그들 중에 스기야마는 보이지 않고, 대신 다른 얼굴이 왔다. 아마도 다툰 일 때문일 것이다.

"자, 기운을 조금 차렸을 테니까 다시 시작해 볼까?!"

그의 손에는 커다란 주사기와 놋그릇이 들려 있다.

"아니, 그러기 전에 먼저 설명이 좀 필요할 것 같아. 너 혹시 이런 이름 들어봤나?

고문왕 가네무라 다이세키(김태석, 金泰錫), 고문귀신 마우라 히로(노덕술, 盧德述), 일등 창귀(倀鬼, 호랑이에게 먹힌 귀신) 계난수(桂蘭秀), 고문 대부 다카야마 기요타다(최연, 崔燕), 고문귀 가와모토 마사오(하판락, 河判洛), 이 사람들은 조선인 출신 형사들로 독립운동하는 놈들을 체포하고 자백을 받기 위해 스스로 고문 기술을 연마하고 활용하여 큰 공적을 쌓고 있는 대표적 인물들이다. 너희 놈들의 그 알량한 독립 정신을 내부로부터 정리해 주는 선봉장이니까 우리로서는 참으로 귀한 존재들이지. 일·선동조를 위해 애쓰는 충성심 깊은 그런 사람들이 있는가 하면 너 같은 미천한 것은 어찌하여 황제폐하를 배반하고 자백마저 거부하는지 참으로 어리석구나…"

그 말에 힘없이 축 늘어져 있던 춘삼이 머리를 들고 성난 얼굴로 대꾸한다.

"주두리 닥쳐라. 일본 왕이 어찌 내 왕이란 말이냐. 네놈들이 우리 조선 사람들으 없이보구(깔보구) 아다모끼로(마구잡이로) 우리네 강토를 아사빼고(빼앗고) 오신도신 평화롭게 사는 사람들으 몽댕이루 두드끼구, 쥑이구, 쫓아내구, 그 재산으 강탈하구, 즘생같은 짓을 하구두 무사할 줄 아느냐. 옛날부터 하늘우 뜻으 어기구서 살아남은 놈은 없다. 글카구 우리가 하는 일을 금전이나 이익의 잣대로 계산하는 네놈이야말로 과연 섬나라 해적의 후손이로구나.

나는 오늘 죽어도 한이 없다. 왜냐하니 천제께서 네놈들에게 불베

락으 안기구 우리를 방조하실(도와주실) 거니끼니!" 어느 구석에 그런 힘이 남아 있었는지 모를 일이다.

가와모토는 춘삼의 그런 모습을 한동안 멍하니 바라봤다. 어안이 벙벙한 표정이다.

"그러면 그렇지. 이놈이 이제야 본색을 드러내는구나. 아주 잘됐다. 지금부터는 고문귀 가와모토 마사오(河本正夫), 조선 이름 하판락(河判洛) 형사께서 개발한 기술로 네 정체를 한 껍질 더 벗겨보겠다. 부산 수상경찰서까지 가서 배운 특별한 착혈(搾血)기술이니까 똑똑히 잘 봐라."

형사들이 몸과 오른쪽 팔을 잡았다. 가와모토가 능숙한 솜씨로 혈관에 바늘을 꽂았다. 커다란 주사기의 뒷부분을 잡아당기자 혈액이 빠르게 채워졌다. 그는 바늘을 뽑고 주사기를 눌렀다. 피를 네댓 번 뽑아내니까 놋그릇이 진홍의 혈액으로 차올랐다.

"다시 묻는다. 이 지도는 누가 준 것인가?"

춘삼이 힘없는 목소리로 대답한다.

"모르는 일이다."

"바이슈흐 노 코!(売春婦の子, 창녀의 새끼!)"

처음에는 놋그릇에 담긴 피를 손바닥을 펴서 춘삼의 얼굴을 향해 뿌렸다. 능글거리면서 질문을 했다.

고문을 즐기고 있는 것이다. 춘삼의 얼굴과 옷이 온통 피로 물들었다. 한두 번 그러다가 성이 차지 않는지 놋그릇에 있는 피를 입에 한가득 넣더니 춘삼의 얼굴에 뿜어댔다. 그의 얼굴과 온몸이 피로 덮이고 핏방울이 뚝뚝 떨어져 바닥에 시뻘겋게 흘렀다.

그러고 나서 또 바늘을 꽂아 피를 뽑았다.

"김막쇠는 왜 만났나?"

"그런 사람 알지 못한다."

"쿠마 노 요나 코!(クマのような子, 곰 같은 새끼!)"

가와모토는 또다시 사발의 피를 뿜었다. 그러곤 피 묻은 이빨을 드러내며 히히거리고 웃었다. 지옥의 악귀, 바로 그 모습이다.

"제대로 대답하지 않으면 네 몸의 피가 전부 말라버리도록 해 줄 것이다!"

이튿날 10시경.

장쭤린 휘하의 길림성 공안국에서 리(李) 성을 가진 순관(巡官) 한 사람이 두 명의 순검을 데리고 오카다(岡田) 서장을 방문했다.

리 순관: 며칠 전 우리 관내에 있는 조선인 한 사람이 행방불명됐다는 신고가 접수되어 사방으로 수소문한 결과 귀 서의 직원들에 의해 연행됐다는 정보가 있어서 데리러 왔습니다.

오카다 서장: 조선인 이름이 무엇이오?

리 순관: 박춘삼이라는 49세의 남자입니다.

오카다 서장: 박춘삼? 어디서 많이 들은 이름이긴 한데, 어쨌든 그런 이름의 조선인이 와 있다는 말은 들은 적이 없소. 금시초문이오.

리 순관: 믿을 만한 정보이고 어느 정도 알고 왔으니까 신병(身柄)을 인계해 주시기 바랍니다.

오카다 서장: 확인해 보겠소.

서장은 짐짓 모르는 체 시치미를 떼면서 비서에게 야마자키(山崎) 감사과장을 부르라고 했고 오래지 않아 과장이 서장

앞에 부동자세로 섰다.

"야마자키 과장, 혹시 자네네 과(課)에 박춘삼이라는 조선인이 와 있나?"

"그런 이름의 피의자는 없습니다."

"틀림없나?"

"네, 분명 그런 사람은 없습니다."

서장은 거 보라는 듯이 순관의 얼굴을 건너다 본다.

"박춘삼? 귀에 익은 이름인데 직업이 뭐라고 하던가요?"

"'용드레 소머리국밥집'이라는 음식점을 하고 있습니다."

"아하, 우리가 이따금 찾아가던 그 국밥집 주인이로군. 그런데 그 사람이 어쩐 일로 행불이 됐단 말인가?!"

리 순관(야마자키 과장을 향해): 우리가 파악하고 있는 내용과 과장님의 말씀이 많이 다르군요. 하지만 이 일은 매우 중요한 사안인 만큼 분명하게 말씀드려야겠습니다. 5일 전 저녁 10:00~11:00 간에 박춘삼이 자신의 영업점에서 실종됐다는 사실을 이튿날 오후에 접수하고 수사에 들어갔는데 다행스럽게도 현장을 우연히 목격한 사람이 있어서 검은 지프차와 개략적인 상황들을 파악할 수 있었습니다. 그자의 죄명이 뭔지는 모르나 만일에 죄가 있다면 간도협약에 의해 우리 봉천성에서 조사를 해야 할 것입니다. 더욱이나 그가 사는 연길현 숭례향 옹성라자는 잡거지(雜居地)로서 우리 중국경찰의 관할 지역이기도 합니다. 그러므로 박춘삼에 관한 일들은 전적으로 우리의 소관사항이라는 점을 서장님이나 과장님께서도 잘 알고 계시리라 생각됩니다만...."

그 말을 듣고 있던 서장이 눈살을 찌푸린다.

"이 보시오 리 순관, 당신이 우리 일본 경찰을 어떤 눈으로 보고 있는지는 모르지만, 이 자리에 간도협약의 내용을 모르는 사람은 없소. 메이지 42년, 즉 당신네 선통(宣統) 원년 7월 20일 북경에서 체결된 간도협약, 그 제4조에 기록된 내용을 내가 원문대로 읊어 드릴까?

'도문강 이북지방의 잡거구역(雜居區域) 내 간지(墾地) 거주의 한국민은 법권에 복종하며 청국 지방관의 관할 재판에 귀부(歸附)한다. 청국 관할은 우(右) 한국민을 청국민과 동양(同樣)하게 대우하여야 하며 납세 기타 일체 행정상의 처분도 청국민과 동일하여야 한다. 우(右) 한국민에 관계되는 민사(民事) 형사(刑事) 일체의 소송사건은 청국 관할에서 청국의 법률을 안조(按照)하여 공평히 재판하여야 하며 일본국 영사관 또는 그의 위임을 받은 관리는 자유로이 법정에 입회할 수 있다. 단, 인명에 관한 중안(重案)에 대하여서는 모름지기 먼저 일본국 영사관에 지조(知照)하여야 한다. 일본국 영사관에서 만약 법률을 고안(考案)하지 않고 판단한 조건(條件)이 있음을 인정하였을 때는 공정히 재판을 기하기 위하여 따로 관리를 파견하여 복심(覆審)할 것을 청국에 요구할 수 있다.' 이것이 그 조문의 내용이오. 우리는 그 협약에 의해 외국인의 거주와 상업활동이 보장된 용정과 두도구(頭道溝) 국자가(局子街) 백초구(百草溝)와, 이미 1905년 네르친스크 조약에 의해 개방지로 결정돼 있는 훈춘 등 5개의 상부지에 우리 영사관과 경찰서를 개설하고 대일본제국의 신민인 한국인들의 권익 보호와 생활 향상을 위해 노력하고 있소. 일·청 양국 간의 우호를 돈독히 하기 위해 우리가 갖고 있던 한국인에 관한 재판권까지도 귀국에 넘겨주긴 했지만, 상부지 이외 잡거지역이라고 해서 한국인을 보호해야 할 의무와 권리까지 저버린 것은 아니오. 그것은 간도협약에서 귀국의 재판정에 우리 관헌이 자유롭게 드나들 수 있고, 인명에 관한 중대한 사건이 있을 시는 귀 재판관이 우리 일본에 알려야 할 의무가 있소. 또한 재판이 공정하게 이루어지지 않고 있다고 판단될 경우 우리 관헌이 복심을 청구할 수 있는 것도 명문화하고 있소. 더욱이나 방금 당신이 말한 것처럼 박춘삼이라는 자가 그 국밥집 주인인 것이 틀림없다면 그의 음식점이 있는 장소는 간도협약에 의해 우리 일본의 권리가 확보되어 있는 상부지(商埠地)인 것이오. 아니, 그보다 먼저 선결되어야 할 것은 우리 일본이나 귀 청나라나 속인주의(屬人主義)를 취하고 있소. 그러므로 그가 어느 나라 국적을 소유하고 있는가를 판단해야 하는데 확인하고 온 것이오?"

순관이 우물쭈물한다.

"자, 이제 야마자키 과장의 확인에 의해 박춘삼이라는 자가 우리 영사관 경찰서에 없다는 것은 분명해졌소. 그가 중국인으로 국적변경을 했을 가능성은 크지 않은 것 같소. 어쨌거나 우리는 그자의 국적이 어딘지를 조사할 것이오. 만일에 우리 일본국의 신민으로 밝혀진다면 오히려 귀 경찰처에 실종 문제에 대한 책임을 물어야 할 것 같소. 그렇지 않소?"

서장의 차가운 답변을 들은 중국 경찰들은 평시에도 일본의 위세에 눌려 약점을 잡히지 않기 위해 전전긍긍하고 있는 터라 더는 주장을 펴지 못했다.

6일째 되는 날 밤 9시경 춘삼의 몸은 거적으로 덮여 있었다.

49년의 생애를 살아온 그의 모습은 이국땅에서 기구하게 살아온 일생처럼 차마 표현하지 못할 정도로 흉측하게 변해 있었다.

11시가 되자 시신은 차에 실려 어느 곳인가로 향했고 그로부터 30분쯤 달려 이름 모를 깊은 산골짜기에 도달했다.

그곳에는 중국인 쿨리로 보이는 두 사람이 대기하고 있었다.

운전수 옆자리에 동승했던 일본인 순사가 차에서 내려 그들에게 다가가자 두 사람 모두 꾸벅 인사를 했다. 순사가 포켓에서 봉투를 꺼내더니 그들 중 한 사람에게 건넸다. 쿨리들이 머리가 땅에 닿도록 인사를 했다. 순사가 자동차의 뒷문을 열어주었다. 쿨리들은 미리 준비한 들것에 시체를 얹은 다음 낑낑대며 초승달이 걸린 산마루를 오르기 시작했다. 순사와 쿨리들 사이에 대화가 한마디도 없지만 모든 일이 아주 능숙하게 이루어지고 있는 것으로 미루어 평소에도 이런 거래가 있었음을 짐작케 한다. 일본인 순사는 그들의 뒤를 따라 몇 발짝 산을 오르다가 되돌아서 차로 돌아왔다. 그러고는 운전수를 보며

"감시를 하지 않아도 별일 없겠지?" 하고 물었고 운전수가

"한두 번 해 보는 일인가요? 저 쿨리들이 일당의 세 배나 주는 밥줄을 잃기 싫으면 지금까지 하던 대로 잘 파묻겠지요. 별일 없을 테니

돌아갑시다. 송장을 싣고 오느라 찜찜한 기분인데 어디 가서 술이나 한잔하고 들어가는 게 좋지 않을까요? 윗분들도 이미 퇴근했을 테니까 말입니다'라고 대답했다.

영사관 차 소리가 골짜기 아래로 사라지면서 쿨리 중의 한 사람이 나지막하게 휘파람을 불었다.

그 소리를 듣고 약 50미터쯤 떨어진 숲속에서 세 명의 검은 그림자가 모습을 드러냈다.

그들은 시신에게로 달려갔다. 한 사람이 거적을 들추고 얼굴에 손전등을 비췄다. 한참을 들여다본다.

"어허, 얼굴이 부어서 잘 모르겠더니 자세히 보니 맞구먼…."

"어허허허 어허~"

한 사람이 시신의 심장에 귀를 댔다. 잠시 그러고 있다가 고개를 들었다. 믿기지 않는지 하늘을 올려다보고는 다시 귀를 댔다.

그러고는 소리쳤다.

"어허 이런 기적이 있나. 천제님, 옥황상제님, 감사합니다. 감사합니다."

그들은 춘삼의 몸을 들쳐 업고 바람처럼 산비탈을 내려갔다.

감찰과 직원들은 모두 맥이 풀렸다. 증거를 찾지 못한 사건은 이러지도 저러지도 못하는 상황에 봉착했고, 과장으로부터 꾸지람을 받은 가와모토는 어깨가 축 늘어져 있었다. 그러나 추적을 포기하지는 않았다. 얼마의 시일이 지나고는 밀정들을 찾아다니며 귓속말을 하기도 하고 어딘가를 부지런히 쏘다녔다. 과장이나 서장도 이 사건을 포기한 것으로 보이진 않았다. 박춘삼을 경찰로 납치한 후 그의 집 장롱에서 지도를 확보하였으나 의욕이 넘쳐서 너무 가혹한 고문을 한 탓에 피의자를 죽음에 이르게 했으니 모두 허사가 됐다. 분명 어떤 음모의 실체가 존재한다는 것을 확신하게 되었으므로 질책은 한 번으로 끝났다. 그리고 가와모토의 출장도 허용했다.

　이즈음 스기야마에게 청천벽력과도 같은 통보가 날아들었다.

　봉천 영사관에서 같이 근무했던 직원으로부터 아버지가 돌아가셨다는 전화를 받은 것이다.

　내용인즉 전보가 봉천 영사관 경찰서로 왔는데 전보를 용정으로 보내는 것보다는 직접 알려주는 것이 빠를 것이라는 생각으로 전화를 했다는 것이다.

　5일 전에 돌아가셨다는 것만 알 수 있을 뿐 왜, 무엇 때문에 돌아가셨는지를 알 수 없었다.

제5편

동학, 최후의 결전

오랜 세월 그리워했던 고향 산하, 그토록 밟아 보고 싶었던 땅이건만 개울을 건너 작은하니로 들어가는 발걸음은 집이 가까워질수록 점점 무거워졌다. 멀리 어스름 속에 잠든 고향집이 나타나자 커다란 개가 컹컹 짖어대더니 뛰쳐나왔다. 꼬리를 흔들면서 주변을 맴돌았다. 어머니는 혹시나 하고 잠을 자지 않고 계셨던 것 같다. 한밤중에도 대뜸 아들의 목소리를 알아들었다.

장례는 이미 끝나 있었다. 어머니는 아들의 어깨를 부여잡고 하염없이 눈물을 흘렸다. 몰라볼 정도로 노쇠한 어머니의 모습을 보면서 한없는 죄책감을 느꼈다. 꺼져 들어가는 목소리로 띄엄띄엄 말씀하셨다. 아버지의 사인은 최근 들어 몇 달간 폭음으로 인해 급격하게 건강이 악화된 때문이었다. 황달이 들고 복수가 차기 시작하여 내촌 물걸리에 있는 용하다는 의원을 찾아갔지만 이미 때가 늦었다고 하더라는 것이다. 그로부터 달포쯤 아래위로 피를 토하기 시작하더니 얼마 지나지 않아 운명을 하셨다. 눈을 감기 전 정신이 혼미한 상태에서 허공에 손을 저으며 아들의 이름을 부르곤 했다며 어머니는 치마폭으로 눈물을 훔쳤다. 시신은 기약 없이 기다릴 수만은 없어 화장(火葬)을 했고, 유골은 유언에 따라 생전에 그토록 사랑하던 동네 주변에 뿌렸다고 한다.

안방에 모셔놓은 영전에 향을 피우고 절을 한 다음 아버지가 자주 찾던 뒷산에 올라 술을 뿌렸다.

개동이가 있을 때 아버지는 술을 많이 마시지 않았었다. 동네에 큰일이라도 있을 때 권에 못 이겨 막걸리 한두 잔을 했을 뿐이다. 그런데 어떻게 건강을 해칠 정도로 술을 마셨단 말인가?!

술을 본격적으로 입에 대기 시작한 시기는 승구 아재가 동네에서 사라진 즈음부터라고 한다.

개동이가 떠나고 1년쯤 된 어느 날 마을에 경찰들이 들이닥쳤다. 파출소뿐만 아니라 홍천 본서에서까지 출장한 삼십여 명의 순사들이 나타나 마을을 둘러싸고 집집을 뒤지기 시작했다. 그들이 맨 먼저 찾아간 곳은 승구네 집이었다. 주인이 없는 집을 샅샅이 수색하기 시작했다. 안방과 윗방은 물론이요, 광이나 심지어는 싸리나무 울타리까지, 마당을 비롯한 뒷마당을 발로 쾅쾅 울려보며 무언가를 찾아내고자 부산을 떨었다. 몇 시간을 수색 끝에 드디어는 앞마당 장독대 밑에 꼬깃꼬깃 접어 찔러 넣은 두 장의 종이와 지도 한 장을 발견했다.

나머지 집들도 뒤지고 다녔다. 그렇지만 다른 집에서는 아무것도 발견하지 못했다.

개동이네에 가까이 와서는 먼발치에서 건너다보며 자기들끼리 수군대더니 다른 집으로 가더라는 것이다. 경찰들이 동네를 떠나고 난 후부터 아버지와 어머니는 개동이가 집을 떠난 이후에 겪었던 때보다 더욱 심한 따돌림을 받아야 했다.

일본 순사의 집만 수색을 하지 않았다면서 마치 무서운 범죄라도 저지른 양 가까이 오기를 저어했다는 것이다. 평소에 친밀했던 사람들도 이웃의 눈을 의식했기 때문에 한동안은 발길을 끊었다. 꽤는 오랜 시간이 흐른 후에야 왕래가 시작됐으나 옛날 같지는 않았다.

어떻게 된 일일까?

어느 장날 승구 아재는 순사들이 잠깐 장터에 나간 빈틈을 타 분소에 들어가 양쪽 어깨에 총 한 자루씩을 메고 나오다 발각이 되어 쫓기는 몸이 되었다. 본서뿐만 아니라 경찰국에서도 출동했다. 개미 새끼 한 마리 빠져나가지 못할 삼엄한 포위망을 쳤는데도 어디로 사라졌는지 오리무중이었다. 그 총은 신형 무라타 연발총이었다. 그러고 보니 평소에도 입버릇처럼 무라타 소총이나 스나이더 소총을 아름다운 여인에 비유하며 그 총들을 품속에 안는 것이 소원이라고 했던 기억이 난다.

하지만 그가 평소 분소 순사들과 친숙한 사이라 사냥을 핑계로 총을 빌려 달아날 수도 있던 터라 선뜻 이해가 가지 않았다. 나중에 알게 된 것이지만 그때는 순사들의 필요도 있었고 총기 관리체계가 잠시 느슨한 상태였으나 이후로는 도 경찰국으로부터 총기류에 대한 통제가 엄격하게 시행되어 총을 빌릴 수 없게 되었다는 것이다.

순사들이 동네를 휩쓸고 지나간 며칠 뒤부터 토막토막 끊어져 들려오는 소문에 의하면 승구가 장독대 밑에 감춰놓았던 종이에는 총독부 약도와 총감관저의 내부구조를 그린 도면이 나왔다고 한다. 그와 함께 조선 반도의 철도, 도로 및 검문소를 표시한 5만분의 1 지도가 발견됐다. 그 말을 듣는 동안 아찔한 느낌이 들었다. 경성으로 총감을 찾아갔을 때 관저에 함께 들어가고 싶어 여러 번 졸랐던 것, 내부구조를 꼬치꼬치 캐물었던 것도 다 이유가 있었기 때문이다. 평소 승구와 친했던 아버지는 참고인으로 불려 갔다가 몇 시간 뒤 경찰서를 나왔다.

아들과 오랫동안 이야기를 나눈 어머니는 점심을 먹고 나서 어수선해진 안팎을 정리하는 일을 시작했다. 스기야마는 어머니로부터 들은 이야기와 살아 계실 때 아버지의 속마음을 헤아려 보려 애썼다. 그때마다 어딘가로 사라졌던 기억의 파편들이 살아나 비탄과 그리움으로 몸을 떨게 했다. 다행스럽게도 탕건(宕巾)과 갓이며 두루마기, 지팡이, 돋보기, 신고 다니시던 짚신 같은 유물들은 버리지 않고 남아 있었다. 그 유품 하나하나를 매만질 때마다 울컥거렸다.

어느 순간 문득 아버지가 드나들던 광(창고)으로 시선이 갔다.

앞마당 구석에 위치하면서도 들여다본 적이 없다. 그곳은 어릴 적부터 호기심을 자극했으나 한편으로는 두려움의 대상이기도 했다. 두꺼운 판자로 짜인 문에는 저승의 입구에나 있을 것 같은 커다란 무쇠 자물통이 걸려 있었다. 그 자물통은 붉은 칠이 벗겨져서 버짐 난 아이의 머리통 같은 모습이지만 무언의 소리로 으르렁거리며 아무도 범접할 수 없다는 경고를 끊임없이 보냈다. 어렸을 때 느낀 것은 아버지 외의 누군가가 문을 열면 그 순간 머리에 두 개의 뿔이 달린 마왕이 달려들 것 같은 그런 기분이었다. 그러니 안에 뭐가 있는지 도통 알 수가 없었다. 어쩌면 그 열쇠를 열고 입구를 무사히 통과하기만 하면 그림에서 보던 반짝거리는 보석상자나 어머니의 목과 팔을 몇 번이나 감고도 남을 하얀 진주 같은 것들이 쌓여 있을 것이라는 생각을 했다. 조금 자라서는 배가 고플 때마다 동전 뭉치나 팔랑팔랑한 일본 지폐가 숨겨져 있을 것이라는 상상을 했다. 철이 들기 시작하고 아버지가 목각으로 된 군인이나 목총 같은 물건들을 들고 드나드는 모습을 보고는 광에 대해 큰 의미나 관심을 두지 않았다. 돈 되는 일이라고는 한 적이 없는 아버지의 일상과 비교하여 헛된 꿈이라는 것을 알고 있기 때문이다.

가족의 생각이야 어떻든 이상스럽게도 이곳을 드나들 때 아버지의 얼굴은 환희로 가득 차고 온몸에 생기가 흘렀다. 우울하고 어두운 표정을 짓고 있다가도 주위를 둘러보며 예의 그 버짐 난 자물통을 열 때면 언제 그랬냐는 듯이 다른 사람으로 변해 있었다. 하지만 아무 때나 광을 열지는 않았다. 며칠 동안 깊은 생각에 잠겨 있거나, 밤늦도록 아랫방에서 잔기침 소리가 있은 다음 날, 그런 때에는 대부분 문이 열렸다. 광은 아버지에게 있어 유일하게 위로받을 수 있는 곳이며, 삶의 충전소 같았다.

한참 동안 그곳을 응시하다가 방으로 뛰어 들어가 아버지가 쓰던 책상 서랍을 열었다. 열쇠가 없었다. 이곳저곳을 뒤지다가 까치발을 하고 선반 안쪽으로 손을 저어보니 벽 쪽에 무언가 쇠붙이 같은 것이 손끝에 닿는다. 부엌문 쪽으로 가서 다시 까치발을 하고 집어냈다. 어릴 적부터 보아 오던 열쇠다. 그렇지만 형태가 약간 변해 있었다. 세 개의 이빨 가운데 하나가 빠져버린 것 같은 둥글고 긴 대의 끝에는 명주실을 꼬아 만든 반 뼘가량의 줄이 있고, 그 끝에는 나무로 깎은 동전 모양의 조각품이 매달려 있었다. 동전 2개 넓이 조각품의 양쪽은 얼핏 보기에는 아무것도 없었으나 밖으로 나와 밝은 곳에서 보니 그리 심하지 않은 굴곡이 져 있었다. 무언가 글씨를 새겨넣었다가 낫으로 깎아버린 것 같다. 손끝으로 더듬어 가며 자세히 살펴보니 지워진 글자의 윤곽이 나타났다. 앞면에는 侍天(시천) 두 글자가, 뒷면에는 主(주)자로 보였다. 낫으로 깎은 데다 손때가 묻어있으므로 쉽사리 눈에 띄지 않은 것이다.

자물통을 열고 광 안으로 들어갔다. 긴장과 흥분이 밀려왔다. 내부는 캄캄했다. 사방 벽을 두꺼운 판자들로 몇 겹이나 못을 쳤기 때문이다. 옅은 먼지 냄새가 코끝에 닿았다. 실처럼 가느다란 빛을 따라 북쪽으로 나 있는 작은 창문을 열었다. 그제야 빛이 밀려 들어와 안을 환하게 비춘다. 광의 바닥에는 톱이나 장도리나 망치 같은 연장들과 짐승의 형상을 만들다 중단한 통나무들과 나무 부스러기들이 어수선하게 널렸고 주위로는 벽을 따라 호랑이나 곰 독수리 사슴 따위의 목각들이 마치 전시물처럼 놓였는데 몇 번이나 기름칠을 한 것으로 보이는 그 목각들은 창문으로 들어오는 햇빛을 받아 반짝거렸다. 누구나 하나쯤 방에 두고 싶을 정도로 솜씨 좋은 작품들이라는 생각이 들었다. 한쪽 구석에는 예닐곱 개의 가마니가 쌓였다. 가마니 안에 들어있는 것들을 손으로 헤집어 보니 목각들을 만들기 위해 산에서 수집해 놓은 광솔 그루터기들이다.

창문 아래에는 연장을 걸어둘 수 있도록 좁고 긴 사각의 막대가 박혀 동그란 고리에 몇 개의 끌과 톱이나 자(尺) 같은 연장들이 매달려 있었다. 그 외에 특별한 것은 아무것도 발견할 수가 없다. 나무를 깎아 만든 병정이나 목총도 없다.

조금은 허탈한 느낌이 들었다. 그러나 안도의 한숨이 나왔다. 문을 열다가 문지방 위에 걸음을 멈추고 뒤를 돌아봤다. 아무래도 석연치 않은 느낌이다.

어린 아들의 눈을 의식하면서까지 그토록 열심히 깎았던 목총이며 병정들은 다 어디로 갔단 말인가? 하나를 만드는 데에도 지극한 정성이 들어갔는데 그 많은 것들을 모두 불태웠단 말인가? 무엇 때문에?

오기와 집념의 화신인 아버지가 자신의 분신과 같은 것들을 그리 쉽게 불에 넣었을 리 없다. 그 하나하나를 깎는 과정마다 영혼을 불어넣는 것 같던 모습을 생각하면 지금도 전신에 소름이 돋는다. 그렇다면 다른 곳에 또 광이 있단 말인가? 그럴 리 없다.

성냥을 가져다가 광솔에 불을 붙였다.

오랫동안 순사 생활로 쌓아온 촉이 발동했다.

바닥에 너저분하게 널려 있는 것들을 가운데로 모았다. 주변에 진열된 목각들도 가운데로 옮겼다. 가마니를 뒤집어 안에 있는 내용물들을 바닥에 쏟아 가운데로 모았다. 가마니를 쌓아놓았던 자리에 습기를 예방하기 위해 깔아놓은 것으로 보이는 판자들도 들어냈다. 그런 다음 불빛을 비추며 자세히 살펴보니 가마니를 쌓아놓았던 곳, 벽과 벽이 마주치는 구석에 대못 하나가 머리를 내밀고 있다. 못을 중심으로 더욱 가까이 불빛을 댔다. 마룻바닥에 깔린 판자의 색깔이 다른 곳의 판자와 미세한 차이가 나는 것 같다. 그곳은 폭이 50~60센티 정도밖에 되지 않을 짧은 부분으로 색깔의 차이도 미세하여 분명하게 말하기 어려운 정도다.

머릿속을 번개처럼 스치는 것이 있다. 판자 위에 머리를 내밀고 있는 대못 대가리에 열쇠 끝에 매달려 있는 끈을 걸었다. 그리고 힘주어 들어 올렸다. 아니나 다를까, 사각으로 된 작은 판자가 솟구쳤고 그 자리로 사람 하나가 겨우 빠져나갈 만한 구멍이 드러났다. 마루 밑은 깊게 판 땅굴이 사다리와 연결되어 있었다. 상체를 들고 다리를 아래로 들이밀었다. 밑으로 내려오니 다시 그 옆으로 통로가 나 있었다. 다시 5미터쯤 기어갔다. 어른 10여 명은 너끈히 서거나 앉을 수 있는 커다란 지하실이 나타났다. 지하실의 정면에는 돌확이 놓였는데 그 돌확에는 깃대가 꽂혀 있다. 깃대의 끝에 달린 커다란 깃발은 중앙에 호랑이가 그려졌는데 위쪽에는 궁을(弓乙), 아래쪽에는 '중부 동학농민혁명군'이라 쓰인, 몹시 얼룩이 진 것이다. 몇 걸음 다가가 자세히 살펴보니 그 얼룩은 핏자국이 분명하다. 깃대 앞 벽면에는 창호지에 쓴 큰 글씨로 '至氣今至願爲大降 侍天主造化定永世不忘萬事知(지기금지원위대강 시천주조화정영세불망만사지)라는 21자가 쓰여 있다. 내용을 풀어보니 '하느님께서 나와 조화롭게 하나 되옵니다. 영원토록 잊지 않고 모든 것을 알게 하소서. 지극한 하느님의 기운을 크게 내려주시기를 원합니다'라는 의미다. 그 앞에 놓인 네 다리 소반 위에 두툼한 책은 금방이라도 누군가가 읽다가 자리를 뜬 것처럼 펼쳐진 채로다. 표지에 '東經大全(동경대전)'이라 쓰여 있다. 소반 앞과 양옆으로 마치 책을 옹위하듯 작은 목각의 군인들이 삼십 개쯤 감싸고 있다. 한쪽 구석에는 책이나 문서를 싼 것으로 보이는 보따리 하나가 놓였다.

'경국대전'을 중심으로 한 양쪽 벽 옆에 백여 개가량 되는 죽창과 죽도, 또한 그만큼의 목총들이 쌓였다. 그곳에는 서너 자루의 화승총과 창, 장검과 단도, 심지어는 날카롭게 날을 간 쇠스랑이나 괭이도 있었다. 반짝거리는 쇠붙이가 특별하게 시선을 끈다. 꺼내 보니 총이다. 손에 감각이 달라 불빛에 비춰봤다. 그것은 놀랍게도 독일제 마우저 1871이다. 11밀리 탄환 한 발씩을 약실에 넣고 쏘는 단발식인데 성능이 우수하기로 정평이 나 있다. 방아쇠 뭉치를 비롯하여 총신까지 잘 닦여 있고 사용하는 데에 전혀 부족함이 없을 정도다.

윤활유 통 하나가 옆에 있는 것으로 보아 총기들은 최근까지도 관리를 하고 있었음이 분명하다. 총을 든 채로 생각해 본다. 도대체 어떤 경로로 이 마우저 총이 이곳에 있게 된 걸까? 한참 동안 이리저리 생각의 폭을 넓혀가자 어렴풋이 짐작 가는 방향이 있다. 구한말 대한 제국 군대는 러시아제 소총으로 무장을 했었다. 그러나 러시아의 영향력이 커지자 그 종속에서 벗어나 보겠다며 독일로부터 총기를 수입한 적이 있는데 그 총 중의 하나가 아닐까? 언젠가 승구 아재가 이 총에 대해 자세한 설명을 해 준 적이 있었다. 그렇다면…?

또한 목총 같은 것들은 더러 본 적이 있으나 화승총이나 죽창을 비롯한 그 외의 무기들은 어떻게 마련할 수 있었을까? 실로 귀신도 놀랄 일이다. 이 모든 것은 치밀한 계획하에 장구한 시일에 걸쳐서 하나씩 확보해 나갔을 것이지만, 보통의 담력과 집념이 아니면 감히 생각조차 못 할 일이다. 그리고 보니 낚싯대를 만든다거나 나물 건조대를 만든다면서 장날이면 그 먼 거리를 대나무를 메고 절뚝거리며 오시던 모습도 다 이유가 있는 행동이었다. 막상 집안을 둘러보면 대나무로 만든 물건이 하나도 없어서 궁금했었다. 하기야 나무가 지천인 이 산골에서 굳이 구하기 어려운 대나무로 그런 물건들을 만들 이유가 없다.

누렇게 색이 바랜 노트에 눈길이 갔다. 덮개를 열었다. 한 자 한 자 정성스레 쓴 깨알 같은 글씨들이 나왔다. 읽는 동안 눈이 휘둥그레졌다. 노트에는 군사의 조직도와 지휘체계에 따른 명단이 기록되어 있었다. 맨 위 총대장 자리에는 아버지 한상윤(韓祥潤)의 이름이 있고 그 옆으로 두 개의 선이 그어진 자리에는 군사(軍師), 즉 작전을 짜는 데 도움을 주는 사람으로 안 모(某)라는 낯선 이름과 군수물자 담당으로 아랫말 승달이 아버지 이름이 있다. 총대장 직속으로 1중대~ 4중대까지의 명단이 있는데 1중대장 겸 참모장에는 승구 아재가 쓰여 있고 2중대장에는 본말 형순 아버지를 비롯하여 대원으로 작은하니 청년들의 이름도 드문드문 섞여 있다. 그들은 아버지와 평소 이야기를 자주 나

넜던 사람들이다. 그리고 노트의 양쪽으로 그려진 커다란 내면 일대의 지도에는 부대 주둔지와 진격로가 매우 상세하게 표시돼 있었다. 원당3거리에서 미산으로 가는 험한 수류 양로나 양양 서면에서 청두와 연결된 신배령(新排嶺) 응봉령(鷹峰嶺) 등 산길, 혹은 자운에서 봉평쪽과 연결된 보래령 등 험한 길들이 표시되어 있었다.

짐작건대 아버지는 일본군과 관군들이 마지막 한 사람까지 찾아내겠다며 혈안이 되어 찾아다니던 동학교도임에 틀림이 없다는 생각이 들었다. 아니, 어쩌면 해산당했던 대한제국의 군인인지도 모른다. 지금 생각하니 총을 훔치려다 도주한 승구 아재도 비슷한 신분이었기 때문에 나이를 초월하여 형제처럼 절친한 사이로 지냈던 것 같다.

아버지는 지하 토굴에 들어올 때마다 저 목각인형들을 진짜 군인이라고 생각하면서 일본에 대해 적개심을 불태웠을 것이다. 그런데 어머니는 이런 사실을 몰랐을까? 40년을 넘게 같이 살아오면서 몰랐을 리가 없다.

도대체 아버지의 본래 모습은 어떤 것인가?

개동이는 문서 보따리를 들고 밖으로 나왔다. 때마침 빨랫거리들을 담은 대야를 들고 문을 나서려던 어머니는 아들이 부르는 소리와 심각한 얼굴을 보고는 대야를 마루에 내려놓고 아들을 따라 방으로 들어왔다.

개동이는 광에 대한 이야기와, 지금까지 보아왔던 아버지의 전혀 다른 두 모습, 두 분이 결혼에 이르게 된 과정, 아버지가 마음속에 감추고 있던 것들 등 평소에 갖고 있었던 궁금증들을 일시에 쏟아냈다. 어머니는 아들의 이야기를 듣는 동안 아무 말씀도 하지 않았다. 놀라지도 않았다. 다만 이따금 눈을 감거나 천장을 올려다보기만 했다. 그것은 아마도 청춘의 어느 시점에서 아버지를 만나던 때의 아름다운 사랑을 반추하거나, 슬픔과 그리움을 감추기 위해 애써 태연한 척하는 모습이거나, 혹은 아들에게도 말 못 할 어떤 비밀을 지키기 위해 변명을 생각하고 있는지도 모른다.

이야기를 듣고 난 어머니는 가라앉은 목소리로 천천히 말씀했다.

"아버지에 대한 얘기들은 네가 알아서 좋을 게 없다. 더욱이나 너는 일본 순사다. 게다가 때가 때인지라 너뿐만 아니라 누구도 들어서 좋을 게 없다. 오늘 일들은 못 본 것으로 해 다오. 나도 네 아버지에 관한 얘기는 무덤까지 가지고 가려고 한다. 그리 알아라."

"아니요 어머니. 아버지는 다른 사람이 아닌 저의 아버지입니다. 살아 계실 때 서운한 적도 있었지만 제게 영혼을 불어넣어 주시고 저와 어머니의 정신적 지주이셨습니다. 아버지의 삶이 어떠했고, 생각이 나와 다르더라도 아들인 저로서는 모든 것을 알아야 할 권리가 있습니다. 그러한 것들을 모른 척 외면하고 지나간다면 저는 아버지 없이 자란 사람이 됩니다. 알고 난 후 판단의 문제는 전적으로 제 몫입니다. 걱정 마시고 말씀해 주십시오."

아들의 단호한 목소리에 어머니는 깊은 한숨을 쉬었다. 그리고 한참 동안 아들의 얼굴을 살폈다. 물러서지 않겠다는 의지가 확고하다는 것을 알고는

"어쩔 수가 없구나…" 깊은 한숨을 쉬었다.

"……"

"그때 나는 스물다섯 살이었다. 대개 열댓 살 전후로 시집들을 가곤 했으니까 늦어도 한참 늦은 나이라 동네에서 수군대기도 했지. … 그 해는 남쪽 어느 고을의 원님이 토색질이 심해서 농민들이 들고일어

났던 때다. 몇 달 동안 나라 안팎이 뒤숭숭했단다. 그리고 한동안 잠잠해지나 싶었는데 전라도 쪽에서 또 수천 명의 농민이 관청을 습격했다는 말이 돌았다. 얼마 후 이번에는 청나라 군대와 일본 군대가 우리 땅에 들어와 전쟁을 했는데 일본 군대가 이겼다고 하더구나. 기세가 오른 일본 군대가 왕궁에 쳐들어가 온갖 못된 짓을 하면서 자기 나라로 돌아가지 않고 눌러앉았는데 그네들을 쫓기 위해 동학군이 또다시 일어났다는 것이다. 이번에는 전국에서 몇십만이 참여했기 때문에 나라에서도 겁을 먹고 있다고 하더구나. 내면 지역에서도 차(車) 아무개라는 동학교도가 들고일어났다고 하더라. 그때 우리 동네에는 반수 이상의 사람이 쉬쉬하면서 동학교를 믿고 있었는데 그들 가운데에서 젊은이들과 몇몇 농사 짓는 장정들이 거기에 참여한다고 자진해서 갔다. 내면의 차 대장이 지휘하는 군대가 엄청 강해져서 사기가 하늘을 찔러 가는 곳마다 이기고 있다는 소문이 들렸다. 그리고 얼마 뒤, 큰 싸움이 벌어졌는데 동학군의 시체가 산처럼 쌓이고 골짜기마다 핏물이 흘러 내를 이루고 있다고 하더구나. 들려오는 소문마다 겁을 먹게 하는 것들이었다. 동네는 울음바다가 됐구 노인들은 마을을 돌아다니면서 여자들이나 어린아이들한테 절대로 마을 밖으로 나가지 말라고 신신당부를 했다. 바깥출입을 못 하고 밤에도 문을 꼭꼭 걸어 잠그고 있었다. 한 이틀 동안은 우리 동네에도 밤낮으로 총소리가 들리고 관군들이 몰려들어 총을 뺑뺑 쏴대면서 온 동네와 산들을 뒤지고 다녔다. 동학군에 참여하러 나갔던 이들의 집 대주(주인 어른)들이 매를 맞으면서 끌려갔다. 그리곤 며칠 잠잠했는데 어느 날 밤 이슥한 시간에…"

어머니는 까마득하게 흘러간 옛길을 더듬어가며 느릿느릿 이야기의 실타래를 풀어갔다. 여자 팔자는 뒤웅박과 같다고 했던가. 문풍지를 넘어온 아침 햇살에 비친 주름살 많고 초췌한 얼굴은 어머니가 고행처럼 지나온 인생을 나타내주고 있었다.

　어머니의 말씀을 모두 듣고 나서 토굴에서 가져온 보따리를 풀었다. 그리고 윗방 창가에 앉아 하나하나 살펴보기 시작했다.
　보따리에는 동경유사와 더불어 경전 중 하나인 용담유사(龍潭遺詞)가 있고, 해설서인 해월신사법설(海月神師法說) 같은 서책들이 있었다. 아버지가 직접 필사한 것으로 보이는 용담가(龍潭歌)나 교훈가(敎訓歌), 몽중노소문답가(夢中老少問答歌)라는 제목의 작은 책자들은 새카맣게 손때가 묻고 귀퉁이는 찢어져 너풀거렸다.
　어떤 종이에는 아무렇게나 낙서를 한 글들도 있었다.

　　내가 또한 신선되어 비상천 한다 해도/ 개갈은 왜적놈을 하날
　　님께 조화받아/ 일야간에 소멸하여 전지무궁 하여놓고

라든가 혹은

　　개갈은 왜적놈이 전세임진 왔다가서/ 술 싼일 못했다고 쇠줄
　　로 안 먹는 줄/ 세상사람 누가 알고 그역시 원수로다

　이런 글들은 같은 종이에 몇 번이나 휘갈겨 쓴 것으로 보아 심리적인 불안정상태나 분노를 삭이는 과정에 있었던 것으로 여겨졌다. 교류를 나누었던 사람들로 추정되는 명단도 있었는데 혼자만 알 수 있도록 세 자 중 한 자는 먹물로 지워져 있었다. 몇 가지 전투에 관한 이론

서도 발견되었다. 아버지는 동학교도였고, 갑오년 동학농민전쟁에 참여했던 전사가 틀림없었다. 직접 겪은 일들을 일기처럼 날짜별로 세밀하게 정리한 기록들이 있었기 때문이다. 돌아가시기 전, 아주 최근에 쓴 몇 장의 종이에는 전에 썼던 것들보다 더욱 진한 회한과 분노의 문장들이 불꽃처럼 타오르고 있었다.

두 식경 남짓 서류들을 읽고 어머니의 말씀과 공간들을 맞춰 나가는 동안 설산을 넘고 있는 한 사나이의 모습이 활동사진처럼 눈앞에서 움직이기 시작했다. 그것은 전국에서 들불처럼 봉기한 동학농민전쟁이 최후의 결전으로 전개된 총결산과 같은 것이었다.

…갑오년(1894) 겨울은 예년에 비해 유난히 춥고 눈이 많이 내렸다.

11월(음력) 초순의 어느 날 밤, 홍천군 내면 오대산 서남쪽 산기슭을 사냥꾼에 쫓기는 짐승처럼 절뚝거리며 눈밭을 헤치는 사내가 있었다.

어떤 격렬한 싸움이 있었는지 상투를 비집고 나온 긴 머리칼들이 이따금 산비탈을 타고 몰려오는 바람에 시야를 가려 손으로 연신 빗어 올리고 있다.

초겨울부터 내리기 시작한 눈은 허리까지 차오른 곳도 있다. 얼음장처럼 싸늘하고 투명한 백야의 하늘은 금방이라도 쨍하고 소리를 내며 갈라질 것 같은 느낌이다. 쏟아지는 무심한 달빛에 키다리 나목의 무수한 그림자들이 창검을 손에 쥔 채 쓰러진 분노에 찬 시신 같은 모습으로 눈 위에 긴 그림자들을 드리우고 있다. 사내의 손에는 나뭇가지에 엉길까, 깃발을 감아서 묶은 깃대 하나가 들려 있다. 왼쪽 다리에 심한 상처를 입었는지 흰 바지가랑이, 지혈을 위해 동여맨 허벅지 부분에 끈적한 핏물이 번지고 있다.

그러나 상처 난 다리보다는 깃대를 소중하게 여기는 것 같은 움직임이다. 몸이 기우뚱거릴 때마다 더욱 힘주어 깃대를 끌어안곤 한다. 언제 입었는지 저고리는 때에 절고 곳곳이 찢어져 속살이 드러났다. 그러나 저고리 양쪽 어깨에는 검정색 굵은 글씨로 '弓乙(궁을)'이라는 글자가 달빛이 비치는 곳으로 나올 때마다 선명하다. '천심'을 나타낸 것으로 보아 동학교도가 분명하다. 허리에도 흰색의 띠를 졸랐다. 바지 아래에는 각반을 감았다. 총 맞은 다리를 끌며 한참을 달리다가 발을 헛디뎌 눈 위로 미끄러졌다. 안간힘을 써서 참나무 둥치를 끌어안고는 나무 그림자 속으로 몸을 웅크린다. 심한 통증을 참느라 이를 악물며 황급히 어깨에 멘 화승총을 내리고 부싯돌을 꺼내면서 눈밭에 엎드린다. 산등성이 쪽으로 총구를 겨누고는 사방으로 눈을 돌리기도 하고, 멀리까지 귀를 기울인다. 쏴아~ 바람이 또 한 번 나무들의 우듬지를 쓸고 지나가며 눈보라를 뿌렸다. 그는 한 손으로 총을 잡고 눈 위를 엉금엉금 기어 오르며 조금 전 미끄럼을 탔던 주위를 살폈다. 몇 걸음 앞에 나무 그림자로 띠를 두르고 누워있는 깃대가 시야에 들어왔다. 총을 어깨에 올리고는 조심스레 다가가 깃대를 움켜쥔다. 다시 허우적거리며 걸음을 옮기기 시작한다. 마른 동태 같은 짚신이 발에 감은 헝겊을 얼리며 냉기를 전파한 지 오래, 지금은 무감각한 상태다. 동상에 걸릴지도 모른다는 두려움이 스치지만, 그런 것에 신경 쓸 여유가 없다. 일분 일초라도 빨리 관군과 민보군(民保軍)의 포위망을 벗어나야 한다.

차기석(車箕錫) 대장의 목소리가 귓청을 때린다.

"나는 이 포위망을 벗어날 수 없을 것 같소. 동지도 아시다시피 우리 중에 성한 사람이 별로 없소. 이 깃발을 받으시오. 동지들의 피로 얼룩진 이 깃발은 죽은 자들이 살아 있다는 증거요. 당신은 나의 시체를 넘고, 또 다른 이는 당신의 시체를 넘어 이 깃발이 중단없이 나부끼게 해 주시오. 그리하여 우리 땅에서 왜군과 탐관오리를 몰아내고 차별 없고 착취 없는 인시천(人是天=사람이 곧 하늘) 새 세상을 만들어야 합니다. 우리가 이번 싸움에서 설사 패배한다고 하더라도 그것은 패배가 아닙니다. 이것은 위대한 혁명이오. 조선에 나라가 만들어지고 역사가 시작된 이래 누 천 년간 보라는 것만 보고 알라는 것만 알고 하라는 것만 해 온 이 땅의 빈농들과 소위 팔천(八賤), 칠반천역(七般賤役)의 사람들도 이제는 보고 싶은 것을 보고, 알고 싶은 것을 알고, 하고 싶은 것을 하기 위해 무엇을 어떻게 해야 하는지 눈을 뜨게 만들었습니다. 무지한 사람은 노예로 머물지만, 눈뜬 사람은 주인이 될 수 있소이다. 장막에 가려져 있다가 햇볕 세상으로 나온 사람들이 장막 안에 있을 때처럼 손발이 묶여 있을 리는 없소. 이제부터 역사의 수레바퀴는 백성의 뜻에 따라 굴러갈 것입니다. 나는 새 역사가 시작되는 새벽빛을 똑똑히 보았고, 민중이 주인이 되는 시대를 만드는 거사(擧事)에 함께했으니 죽어도 여한이 없소. 지금 이 깃발을 들고 빨리 몸을 피하시오. 그리고 우리를 대신하여 재기의 기회를 만들어 주시오. 상윤(祥潤) 동지, 부디 몸조심하시오.”

말을 하는 동안에도 총소리는 점점 다가오고 있었다. 옆에 있던 동지가 쓰러졌다. 차기석 대장은 뜨겁게 잡았던 손을 놓았다. 그리고 갑자기 상윤의 상체를 계곡 쪽으로 밀었다. 현기증을 느끼며 낭떠러지에서 떨어졌다. 눈 위를 굴렀다. 뒤를 이어 깃발을 둘둘 만 깃대가 날아왔다.

산마루를 흔드는 함성들과 함께 총소리가 콩 볶듯 했다. 벌떡 일어나 깃대를 부여잡고 달리기 시작했다. 백 미터쯤 뛰고 있을 때 핑— 허공을 가르는 소리와 함께 왼쪽 다리에 통증이 왔다. 펄썩 주저앉았다. 황급히 바지를 벗고 통증이 있는 곳을 살핀다. 다리를 움직여 본다. 뼈를 다친 것도 같다. 끈적한 액체가 바지를 적시고 있다. 저고리 안쪽에 넣어뒀던 광목 조각을 꺼냈다. 총 맞은 곳을 서너 번 힘주어 동여맸다. 깃대를 안고 눈 위를 굴렀다. 눈에 박혀 멈춰지면 빠져나와 다시 구르기를 반복했다. 그늘에 가려진 웅덩이가 나타났다. 가만히 엎드려 귀를 기울인다. 아득히 능선 쪽, 계속되는 총소리, 그리고 쇠와 쇠가 부딪치는 마찰음… 바람 소리에 흩어지는 아련한 함성… 그리고 고요
….

총칼에 쓰러지는 동지들의 모습이 눈앞에 어린다. 눈에 이슬이 맺힌다.

뜨거운 것이 흘러내리는 눈을 껌벅이며, 분노와 비탄에 찬 울음소리를 흐흑거리며, 높은 산이라 생각되는 방향으로 있는 힘을 다해 절뚝거리며 달린다. 멀리, 좀 더 멀리, 그리고 더욱 깊은 숲으로….

서너 시간은 왔을까. 조금은 안심을 해도 될 거리라는 생각이 들자, 전신에 맥이 풀리고 총 맞은 다리에 통증이 살아난다. 그러나 아침이 되면 눈 위에 난 발자국을 따라 사냥개를 앞세우고 추격대가 달려올 것이다. 저들을 따돌리기 위해선 될수록 여러 계곡을 건너고 눈이 없는 상록 수림대들을 지나다녀야 한다. 생각이 미치자 늦췄던 발걸음에 속도를 가하기 시작한다. 한 시각쯤 가다가 흘낏 아래를 보니 작은 계곡 소나무들에 둘러싸인 조그마한 바위 아래에 검은 공지가 시야에 들어왔다.

그곳은 눈이 없고 아늑했다. 자세히 보니 바위 아래가 깊이 파여 있어서 한 사람 정도는 능히 몸을 숨길만 하다. 무엇보다 상처 난 발을

녹여야 한다. 주변에 마른 가지들을 조금 모아다가 부싯돌을 쳐 불을 붙였다. 이내 온기가 감돈다. 살 것 같다. 나뭇가지 사이로 하늘을 올려다본다. 달빛은 어찌하여 저토록 교교한가!

…상윤이 최시형 신사(神師)의 밀명을 받아 그의 직계인 내면의 차기석 대접주에게 9월 18일로 예정된 총기포령을 알리고자 충북 옥천군 청산면 문바윗골의 대도소(大都所)를 나온 것은 9월 5일이었다. 전국의 동학도들에 대한 총동원령이 가까운 시일 안에 발동될 것이라는 데에는 의문의 여지가 없었다. 다만 언제 발동될 것인가가 초미의 관심사인 시점이었다. 그동안 최시형 신사의 '아직은 때가 아니다'라는 타이름과 설득으로 각지에서 불끈거리던 세력들이 대체로 관아의 법을 지키고 순응하는 모습을 보여 왔으나 8월에 들어서면서 행동이 달라지기 시작했다. 청일전쟁에서 승리한 일본이 왕궁에 들어가 수비병들을 죽이고 대신들을 협박했다는 소식이 알려진 이후 분노해 있던 동학교도들과 농민들은 저들이 관군과 합세하여 동학교도와 농민들의 토벌을 준비하고 있다는 소식에 폭발하기 시작했다. 일본군이 부산과 서울 간을 비롯하여 각지에 전선을 부설하는 일이라든지 전신주를 세우는 일 등에 우리 동포들을 강제로 동원하자 곳곳에서 충돌하는 일이 발생했다. 동학교도들과 농민들의 관아에 대한 세 과시도 거세졌다. 8.2에는 수천 명이 공주부내(公州府內)로 가 시위를 했고, 12일에는 천안에서 일본인 6명을 살해하는 일이 발생했으며, 19일에는 수천 명이 금강 변에 모여 '척왜척양'과 '삼정개혁'을 외쳤다. 민간인들이 정찰 나온 일본 군인을 죽이는 일도 있었고, 일본군의 일에 인력을 동원하라는 영을 내린 현관을 포박하는 일도 발생했으며 무기를 탈취당한 현감

이 파직되는 일도 있었다. 그리고 25일에는 남접(南接)의 2인자이며 급진주의자인 김개남(金開男)이 전봉준(全琫準)과 손화중(孫化中)의 거듭된 설득도 뿌리치고 전라좌도 집강소가 설치되어 있는 남원에 동학농민군의 취회처(聚會處)를 만들고 7만의 인원으로 재 기포를 선언하기에 이르렀다. 9월에 들어서서는 이런 일들이 더욱 강렬하게, 급속도로 전개되었다. 남접 각처에서 의거를 명목으로 지주나 관리들을 구타하거나 토호들의 재물을 약탈하는 일들이 잦아졌고, 봉기의 기미를 보이지 않는 북접에 대한 불만이 폭발할 우려마저 팽배해 있었다. 동학의 운명을 책임지고 있는 해월 신사로서는 더는 미룰 수 없는 시점이 다가오고 있다는 것을 느끼고 있었다. 13일에는 남접의 거두 해몽(海夢; 전봉준, 녹두장군)이 삼례역(參禮驛)에서 재봉기를 선언하여 며칠 사이에 11만여의 동학농민군이 참여를 천명했다. 그러니까 5일에 첩첩산중 강원도로 길을 떠난 상윤이 삼례 봉기의 소식을 접하게 된 것은 훨씬 뒤의 일이다. 9.18일로 예정된 해월 신사의 총기포령은 전국의 동학교도들에게 내리는 가장 크고 중요한 영(令)이다. 이 계획을 반 달쯤 앞두고 비밀리에 내면의 차기석 대접주에게 알리려는 것은 중부내륙의 중심 세력인 차기석 동학농민군으로 하여금 사전에 치밀한 계획을 수립하여 같은 날 봉기토록 함으로써 일본군을 척살하고 조정이 바른길로 가도록 하려는 데에 목적이 있었다. 내면은 서쪽으로는 홍천 서석, 북으로는 인제, 남으로는 평창과 횡성, 동으로는 양양과 경계를 이루는 6개 군현의 중심에 위치해 있다. 또한 초기 해월 신사가 정한 동학 교단의 지역 거점인 법소(法所)와 도소(都所)는 충청도 11개소, 전라도 4개소와 강원도 2개소였다. 그 2개소는 내면의 차기석 대접주와 인제의 김치운 대접주의 법소다. 그리고 동학의 교세가 확장됨에 따라 강릉 원주를 비롯하여 홍천 횡성과 영월·평창·정선, 양양·인제 등에 몇 명의 대접주(大接主)나 수접주(首接主)들이 있지만, 강원도 동학농민군을 통솔하는 사실상의 수령은 차기석을 중심으로 한 중부내륙 세력과, 정선 여량역(餘糧驛)의 지왈길(池日吉)과 삼척의 황찰방(黃察訪) 등 몇몇을 중심으로 한 영서 중부 및 동부 세력이다. 차기석 대접주는 강릉 홍천 영월 평창 정선 등 5개 읍면의 동학군을 지휘하는 접주로서 사실상 강원도의 총수령이고, 열정이나 능력 등 여러 면으로 중부지방에서 가장 큰 기대를 받는 인물이다.

대접주를 찾아가는 길은 험했다.

충청도에서 강원도로 들어서서 영월과 평창을 지나는 길도 첩첩산중인데 봉평에서 내면으로 가는 길은 그 길들보다 험하기 이를 데 없었다. 봉평에서 보래령을 넘는 장장 60여 리에 이르는 구간은 홍정산과 회령봉, 보래령 계방산 오대산 등 산세가 높고 험하기로 소문난 데다 하늘이 보이지 않을 정도로 수림이 빽빽하게 들어차서 관군들도 접근하기가 어려울 것이라 여겨졌다. 대낮에도 산짐승들의 울부짖는 소리가 산과 계곡을 흔들곤 했다. 아무리 단련된 관군이라 하더라도 험한 산에서 지리에 익숙한 사람들과 맞붙는다면 결코 승리를 장담할 수 없을 것이다.

창말에 있는 대도소를 찾았을 때 차기석 대접주는 두꺼비 같은 커다란 손을 잡고 흔들며 매우 반가워했다. 고맙게도 차 대접주는 전에 그가 청산 문바윗골 최시형 신사를 방문했을 때 곁에 있던 상윤과 잠시 대화를 했던 일을 기억하고 있었다. 그는 먼저 최시형 신사의 안부를 물었다. 나라와 백성들에 대한 걱정 때문에 침식을 편히 하지 못하고 계신다는 말을 하자 커다란 몸을 벽에 기대고 얼굴을 젖히며

"우리가 신사님의 고통을 덜어드려야 할 텐데…" 한동안 어두운 표정을 지었다.

그러나 이내 얼굴의 그늘을 걷어내며 확신에 찬 어조로

"모든 일이 잘될 것입니다. 순도(殉道)하신 수운(水雲; 최제우) 대신사께서도 말씀하시지 않으셨습니까, '천지 만물의 개벽은 공기로써, 인생만사의 개벽은 정신으로써 하나니 너의 정신이 곧 천지의 공기이니라. 지금에 그대들은 가히 하지 못할 일을 생각지 말고 먼저 각자가 본래 있는 정신을 개벽하면 만사의 개벽은 그다음 차례의 일이니라'라고 말씀입니다. 의로운 일에는 항상 고통이 따르게 마련이지만, 그 고통을 뚫고 나가면 반드시 밝은 세상이 펼쳐지는 법이지요. 한울님께서 수운 대신사님과 해월(海月, 최시형) 신사님을 이 땅에 보내신 것은 오늘과 같은 백성들의 어려움이 있을 것을 미리 알고 하신 일입니다. 뜻이 그러하실진대 우리가 힘껏 일어서 싸우면 어찌 승리도 주시지 않겠습니까. 반드시 그리 해야지요."라고 말했다.

상윤이 주위 사람들을 둘러보며 머뭇거리자

"걱정하지 마십시오. 여기 있는 사람들은 모두 내 몸과 다름이 없으니까요."

그제야 총기포령 날짜를 알려주고 현재 충청 전라지역에서 전개되고 있는 상황과 궁금해하는 것들을 설명했다. 대접주는 마른 나무통을 울리는 것 같은 굵은 목소리로 껄껄 웃었다.

"신사님과 나는 도(道)로써 통하는 것 같소이다. 기포령에 대한 소식을 무작정 기다리고만 있을 수가 없어서 우리 중부 접에서도 독자적으로 이달 18일에 기포할 예정으로 있었습니다."

상윤은 이야기를 나누면서 매우 강렬한 인상을 받았다.

그는 매우 낙천적이고 열정적인 사람이며, 많은 사람을 통솔하면서도 노인이나 부녀자나 아이들에 이르기까지 예의 바르고 겸손했다. 밖에서는 강하다고 알려져 있으나 안에선 한없이 약한 사람이었다. '사람이 바로 한울이니 사람 섬기기를 한울같이 하라'는 사인여천(事人如天)의 말씀을 실천궁행하는 지도자라는 것을 알 수 있었다. 몸집이나 얼굴처럼 선이 굵으면서도 판단력이 빠르고 일단 결정한 일은 물불을 가리지 않고 밀고 나갔다. 불의를 용납하지 않았으나 정상을 참작할 줄 아는 따뜻한 감성을 지닌 사람이기도 했다. 혼란한 시기인지라 이곳에서도 많은 일이 있었다. 어떤 사람이 동학교도의 이름을 빌려 평소 사이가 나빴던 이웃집에 불을 질렀다. 차 접주가 그 사람을 붙잡아 옥에 가두어 놓고도 범인의 아내가 출산 후 먹을 것이 없어 고통받고 있다는 말을 듣고는 조리할 사람을 구해 쌀과 미역을 가지고 가도록 했다는 말을 들었다.

9월18일, 아침부터 흰옷을 입고 이마에 띠를 두른 사람들이 사방에서 모여들기 시작했다. 그들의 양쪽 어깨에는 까만 실로 굵게 수놓은 '弓乙'이라는 글자가 박혀 있었다. 머리에는 하얀 수건이나 종이로 고깔모자를 만들어 썼으며, 각각 화승총이나 창과 검을 지녔고, 그도 없는 사람들은 긴 죽창을 들었다.

노인들이나 여인들, 어린아이들도 모여들었다. 그들도 모두 하얀 고깔을 쓰고 있었다. 그리 길지 않은 시차를 두고 각지에서 온 행렬들이 나타났다. 그 행렬들의 맨 앞에는 지역 이름을 쓰거나, 혹은 갖가지 구호를 쓴 높다란 깃대들이 서고 그 뒤를 따라 사람들이 들어왔다.

숫자는 점점 불어나 예정된 병시(丙時; 11시경)가 가까워지자, 창말 골짜기가 인산인해를 이루었다. 군중들이 떠드는 소리에 옆 사람의 말도 알아듣지 못할 정도다.

이윽고 사회자가 특별히 만든 연단 앞에 나타났고 구령에 따라 흩어져 있던 사람들이 자리를 잡기 시작했다.

맨 앞에는 지역을 표시한 깃대를 앞세운 기수들이 나란히 섰다. 깃대에는 왼쪽부터 강릉, 원주, 홍천, 횡성, 영월 평창 정선, 양양, 인제라는 글씨가 쓰여 있고 그 뒤에는 무기를 든 장정들이 출신 지역별로 자리를 잡았다. 그리고 '보국안민', '광제창생', '척왜척양', '외세배격', '가렴주구 징치', '탐관오리 척결' 등등의 구호를 쓴 수백 개의 만장이 도열한 사람들의 주위를 에워싸고 있는 일반인들의 뒤로 높이 들려 있었다. 그 만장들은 마침 불어오는 바람을 타고 힘차게 나부꼈다.

천여 명의 장정들과, 그들보다 배가 넘는 일반인들이 사회자가 부르는 구령을 따라 "외세를 물리치고 조선을 구하자!", "삼정개혁 보국안민!", "탐관오리 징치하고 폐정개혁 이룩하자!", "백성이 주인이다. 나라를 바로 잡자!", "만인은 평등하다. 귀천의 구별 없다!" 등의 구호를 복창했다. 장정들이 들고 있던 천여 개 창검과 수백 개 깃대가 와- 와- 하늘을 찔렀다. 그들이 부르짖는 함성은 골짜기 산들을 쩡쩡 울리면서 멀리멀리 퍼져 나갔다.

분위기가 최고조에 달하자 관동포 이원팔(李元八), 홍천포 심상훈(沈相勳), 인제포 김치운(金致雲), 정선포 유시헌(劉時憲) 등등과 함께 단하에 앉았던 차기석 대접주가 단상에 올랐다. 십여 개의 깃발이 그가 선 옆면과 후면을 호위하듯 둘러섰다. 그의 바로 옆에는 이번 기포를 위해 특별히 만든 것으로 보이는 깃발이 서 있다. 그 깃발에는 삼색의 실로 수놓은 호랑이가 그려져 있어서 특별히 눈길을 끌었다. 황갈색 바탕에 검은 줄무늬가 있는 호랑이는 사나운 눈으로 전면을 노려보고 있었다. 흰 털을 드러낸 앞가슴에서 뻗어 나온 힘찬 다리와 그 끝에 크고 날카로운 발톱들은 금방이라도 무엇인가를 요절낼 것처럼 살기를 품고 있다. 호랑이의 머리 위쪽에는 굵은 글자로 '己乙'이라 쓰였고, 밑에는 '중부 지역 동학농민혁명군'이라 쓰여 있다. 사람들이 호랑이와 대접주를 번갈아 바라봤다.

바로 그때 창안산(蒼安山) 위에 떠 있는 해가 구름을 헤치고 나와 차기석 대접주와 골짜기를 가득 메운 사람들을 비췄다. 멀리 석화산 차돌바위 머리도 붉은 서기를 반짝이며 신비감을 자아내고 있었다. 대접주가 천천히 고개를 돌려 좌우를 한 바퀴 둘러봤다.

군중의 눈동자는 그를 응시하고 사방은 물을 뿌린 듯 조용하다.

"사랑하는 동학교도 여러분과 농민 여러분!"

사람들이 침을 꿀꺽 삼켰다.

"우리는 무슨 민족입니까?"

모두가 큰소리로 대답했다.

"배달민족입니다."

"배달민족의 조국은 어느 나라입니까?"

"조선입니다."

"여러분은 배달민족과 조선을 사랑하고 있습니까?"

"네~~"

"아무렴요."

함성이 골짜기에 메아리쳤다.

"그렇다면 조선에 강도가 쳐들어온다면 어떻게 하겠습니까?"

의미를 알아차린 군중들이 일제히 소리쳤다.

"왜적을 물리치자!"

"왜놈 강도들을 쓸어버리자아!"

창검과 깃발들이 공중으로 솟구쳤다. 와- 와… 먼 산 위로 새들이 까맣게 날았다.

"또한 나라가 병들었다면 어떻게 해야 합니까?"

"고쳐야 합니다아~~"대접주는 잠시 말을 멈추고 흡족한 표정으로 군중을 바라봤다.

함성은 좀처럼 가라앉지 않을 것 같다. 그는 잔기침을 두어 번 하고 나서 우렁찬 목소리로 말을 이었다.

"사랑하는 농민 형제자매 여러분, 그리고 동학교도 여러분!

저는 이 순간부터 오직 하나의 목적을 위해 한마음으로 떨쳐 일어난 우리들의 호칭을 동학농민혁명군, 약칭 '혁명군'으로 부르겠습니다.

혁명은 무엇입니까? 그것은 지금까지의 폐습과 구악을 모두 깨트리고 새로운 세상을 만드는 일입니다.

지금 우리 조선은 바람 앞의 등불처럼 위태로운 지경에 처해 있습니다. 안으로는 회복하기 어려운 부패의 중병에 걸렸고, 밖으로부터는 왜놈들의 침입을 받아 나라를 빼앗길 위기에 처해 있습니다.

당초에 우리 동학도들은 다만 진리를 배우고 깨우치는 일에만 종사하려 하였으나 나라가 누란의 위기에 처한 것을 보고 어찌 교리를 연구하는 데에만 안주할 수 있겠습니까?!

고래로 조선 사람들은 흰옷을 즐겨 입고 가무를 즐기며 이웃과의 화친을 도모하고 평화를 사랑하는 민족입니다. 또한 조선은 학문과 예절을 숭상하는 선비의 나라입니다.그럼에도 불구하고 나약한 조정의 청탁을 받은 청나라 군대 2,800명이 금년(갑오년) 5월 5일에 우리 동학교도들을 죽이기 위해 아산만에 상륙했고, 바로 이튿날에는 천진조약 제5조와 제물포조약 제3조를 빌미로 왜병 8,000명이 제 나라 영사와 거류민을 보호한다는 구실로 제물포에 불법 상륙했습니다. 그러나 제가 얻은 정보에 의하면, 왜국은 이미 작년 12월 23일에 평시 기구를 전시체제로 전환하고 어떠한 구실을 걸고라도 전쟁을 개시하려는 계획을 완료해 놓고 있었습니다. 그리하여 조선에 대한 정보를 수집하기 위해 군함 츠쿠바(筑波)와 오시마(大島)를 파견하여 우리나라 연근해의 수심이라든가 해안의 구조와 20만 한양 인구를 아사 혹은 항복시키기 위한 수단으로 식량창고 현황까지 조사를 마쳤다고 합니다. 아니, 지금으로부터 19년 전인 단기 4208(1875)년에 군함 운양호(雲揚, 일본발음 운요)를 강화도와 영종도로 보내 민간인들을 죽이고 약탈 방화를 한 것은 조선침략의 흉계가 있었기 때문에 그 구실을 만들기 위한 것이었습니다. 놈들은 계획을 착착 진행하여 왔습니다. 조선을 들어먹고 만주에까지 군사를 이동시키려는 계획으로 부산항에서 서울까지 내륙을 관통하는 경부선철도는 이미 재작년(1892) 8월에 고노 다카노부(下野天瑞)란 측량기사의 책임 아래 970리(386㎞) 측량을 전부 마쳐놓은 상태입니다.

　우리는 지금 나라를 빼앗기느냐 지키느냐 절체절명의 순간에 놓여 있습니다. 정세가 이러함에도 조정의 어리석은 대신들과 친청, 친일 주구 세력들이 군주의 눈을 가리고 남의 나라 군대를 빌려 내 나라 백성을 도륙 내겠다는 계산을 하고 있으니 자고로 남의 힘을 빌려 국가의 일을 도모함은 성공한 적이 없으며, 오히려 남의 먹이가 되고 죄 없는 백성이 곤욕을 당할 위험만 초래하는 짓입니다. 이는 15세기 서양의 저명한 지략가 마기아유리(馬基雅維利, 마키아벨리)라는 사람도 같은 말을 했습니다. 그럼에도 불구하고 민씨 일족의 우두머리로 선혜청(宣惠廳=재정담당)과 장위영(壯衛營=군사담당)의 최고 책임자로 조정의 인사권까지 장악하고 있는 민영준(閔泳駿) 같은 자는 파병을 반대하는 대신들에게 '청나라 군대가 오면 청나라 속국이 될 가능성이 높다. 그러나 동학군에 의해 정권을 잃는 것보다는 계속 권력을 잡는 것이 중요하다.'라며 청병(請兵) 반대를 무력화시켜 청나라 군대를 불러들였습니다.

청·일 양군이 아산만과 제물포로 들어옴에 따라 우리 동학교도와 농민들은 나라의 안위를 염려하여 외국 군대의 개입에 대한 구실을 주지 않고 철군에 대한 교섭의 조건을 만들어 주기 위해 관군과 화평 약조를 맺어 스스로 전주성에서 물러났습니다. 그리고 폐정(弊政)을 개혁하고 민심을 안정시키고자 집강소(執綱所)를 설치하여 동학교도와 농민 스스로 군현의 살림을 운영했음은 여러분도 아시는 바와 같습니다. 백성들의 희망과 달리 왜병과 청군은 남의 땅에서 전쟁을 자행하고, 마침내는 왜의 승리로 결말이 났으니 염려했던 바와 같이 머슴을 길들이려다 왈짜에게 안방을 내준 형국이 되고 말았습니다.

무엄하게도 6월 21일 새벽에 왜병 제5사단 혼성 제9여단의 졸개들과 낭인들은 경복궁을 기습하여 궁을 파괴하고 군주를 겁박하여 친일내각을 구성했으니 하늘이 놀라고 땅이 흔들릴 일이 아니겠습니까!

이후 왜는 최신 무기로 장착한 군대로 협박을 일삼으며 점점 더 깊숙이 내정에 간여하고 있습니다. 심지어는 조선 군대의 군령권이 왜국 공사 이노우에 가오루(井上馨)의 압력에 의해 일본군 후비 보병 제19대대장 미나미 고시로(南小四郎) 소좌란 놈의 손아귀에 들어갔으니 창피하고 분통이 터져 피를 토할 지경입니다.

이로써 우리 동학농민군의 폐정개혁을 받아들여 국정을 쇄신하려던 조정은 왜국 공사의 간섭을 받아야만 하게 되었습니다.

또한 청나라가 하는 행동은 어떠합니까? 불과 스무 살 중반, 코밑에 솜털이 송송한 원세개(袁世凱, 위안스카이)란 자에게 주찰조선총리교섭통상사의(駐紮朝鮮總理交涉通商事宜)라는 감투를 씌워 조선에 보냈습니다. 그자는 궁궐 안에까지 가마를 타고 들락거리기를 고집하며 감히 우리 대군주(황제, 고종)를 폐위시키려 했고, 외교사절 임명이나 재정문제 등에도 사사건건 간섭해 왔습니다. 청나라가 조선을 얼마나 얕잡아 보면 이런 작태를 벌이도록 했겠습니까?

또한 패배한 청나라 군사들의 모습은 어떠했던가요?! 이홍장의 군대는 정규군과의 전투 경험이 없고, 겨우 무도(巫道)에 현혹된 민간인들이 일으킨 태평천국의 난이나 평정하던 치안 유지군인데 세 배에 가까운 일본의 정규군을 상대하여 이길 수가 있었겠습니까? 조선 지원병이라는 지위를 빙자하여 시종일관 오만하고 무례한 자세로 우리 관민을 백안시(白眼視)하던 그들은 도망가면서도 추악한 모습을 보였습니다. 함경도로 향하는 연변 군현의 수장들을 겁박하여 식량과 우마와 피류를 강요한 탓으로 농민들은 봄에 파종할 씨앗과, 밭갈이를 하며 한 식구로 살았던 소까지 빼앗겼으니 참으로 석양을 지나는 까마귀가 울고 이웃집 개가 웃을 일이 아니겠습니까?! 오호라, 어쩌다 우리 조선이 이토록 허약한 나라가 되었습니까?! 어허 어허 어허…."

차 대장(隊將)은 말을 잊지 못해 탄식을 연발하며 하늘을 올려다보았다. 한동안 눈에서 불꽃이 일더니 뒤이어 눈가가 촉촉이 젖었다. 보는 이들도 비통한 심정으로 어금니를 깨물었다. 마음을 가라앉힌 대장은 말을 이었다.

"왜국은 우리나라와 이웃해 있어 일찍이 선진문물을 가르치고 예와 도리를 깨우쳐 주었음에도 그 은혜에 반하여 침략과, 해적질과, 온갖 악행을 자행해 왔으니 이 어찌 나라라고 할 수 있으며, 이들과 어찌 평화와 선린을 논할 수 있겠습니까?! 돌이켜보면 임진년(1592)에 시작된 침략으로 무려 7년의 전쟁을 치르는 동안 이 땅의 선한 백성들이 수도 없이 불귀의 객이 되었고, 집과 가재도구는 불에 타고 국토는 황폐하여 헐벗고 굶주린 백성들이 길가에 나 앉아야 했습니다. 왜적은 군자금을 마련하기 위해 10만의 백성을 부산 앞바다에서 포도아(葡萄牙, 포르투갈) 노예선에 팔았으며 이들은 영영 돌아오지 못했습니다. 오늘날 저들의 군사가 우리 땅에 무단 침입하여 소위 '내정개혁안'이라는 것을 들먹이고 있음은 임진년에 꺾였던 침략의 마수를 3백여 년이 지난 오늘에 다시 드러내고 있는 것이 아니고 무엇이겠습니까!

해적질로부터 군대를 동원한 침략에 이르기까지 수도 없이 나쁜 짓을 자행해 온 이놈들의 근성은 앞으로 1만 년이 흘러도 결코 변하지 않을 것입니다.

우리는 지나(중국)를 비롯하여 저 멀리 북방대륙을 호령하던 고구려 호태왕(好太王; 광개토대왕)의 후예이며, 을지문덕 장군과 양만춘 장군의 후예이고, 도요토미 히데요시의 왜군을 한꺼번에 수장시킨 이순신 장군의 후예입니다.

우리는 평화를 사랑하는 민족이지만 침입자에 대해서는 단호히 응징했습니다.

그리고 오늘 위대한 정신을 이어받아 왜적을 쓸어버리고자 이 자리에 섰습니다.

허약한 조정 대신들은 일본의 의도가 조선의 침략과 병탄(併呑)에 있는 줄을 알면서도 교정청(校正廳)이니 군국기무처(軍國機務處)니 하는 것들을 급조하여 개혁이라는 미명을 앞세워 바보 춤을 추고 있으니 참으로 삼척동자와 같은 행동입니다. 그뿐 아니라 왜놈들은 금년 7월에 소위 조·일 동맹이라는 것을 강압적으로 늑결하여 외교관계를 단절시키고 자신들에 대한 적극적인 지지를 강요하면서 병탄에 제1의 저항세력인 우리 동학교도와 농민들을 도륙 내고자 방방곡곡으로 군대를 파병하고 있습니다.

또한 살피건대 조선의 내정은 어떠합니까?

당초 전라도 무장(茂長)에서 동학 농민들이 창의문(倡義文)을 포고하고 일어선 것은 전라우도 고부군(古阜郡)의 군수 조병갑이 만석보를 축조하여 지나친 사용료를 부과하고, 태인군수를 지냈던 제 아비의 공덕비를 세우겠다며 엄청난 조세와 잡세, 그리고 노역을 강요한 데에서 비롯되었으며, 조병갑과 그 수하들에게 책임을 묻고 잘못된 일을 바로잡고자 함이었습니다. 그럼에도 불구하고 탄원서를 가지고 간 전봉준의 아버지 전창혁에게 곤장을 쳐 장독(杖毒)으로 죽음에 이르게 했습니다. 이후 조병갑이 다시 군수로 돌아오는 이치에 맞지 않은 인사(人事)를 행하여 봉기를 촉발시켰고, 신임 안핵사(按覈使) 이용태가 부여된 사명을 망각하고 오히려 교도들을 체포 살해하는 등의 만행을 자행함으로 더는 좌시할 수 없는 단계에 이르렀습니다. 그리고 마침내는 탐관오리들의 노략질과 가렴주구(苛斂誅求)로 인내의 한계에 도달해 있던 백성들의 울분과 분노를 폭발시켜 전국적인 봉기로 확대되었습니다.

의롭고 용감한 혁명군 용사 여러분! 그리고 뜻깊은 출발점에 자리를 함께해 주신 사랑하는 부모 형제 여러분!

사마천이 말하기를 '민(民)은 식이위천(食以爲天)'이라고 하여 '사람은 먹는 것을 하늘로 삼는다'고 했는데 오늘날 백성의 삶은 어떠합니까?

지주제는 더욱 강화되고, 일반농민들에게 돌아올 몫은 쪼그라들었으며, 왜국으로부터 물밀듯 들어온 상품들은 농촌경제와 도시의 가내공업들을 말살하기 시작했습니다. 불한이율(不寒而慄)이라고 '춥지도 않은데 몸을 떤다'는 말이 있습니다. 나라의 사정이 이러함에도 외척의 발호로 인한 삼정의 문란과 관료의 부패는 어떠합니까?!

삼정이란 전정(田政)과 군정(軍政)과 환곡(還穀)을 말함입니다. 그런데 나라의 운영과 백성의 생활에 공(共)히 이로움을 진작시켜야 할 삼정의 운영은 어떠합니까?

전정은 나라 살림을 위해 부과하는 세곡으로 정확한 조사, 측량과 대장(臺帳) 작성을 기초로 농사의 풍흉(豊凶)에 따라 형평과 균형, 2심 3심을 거쳐 공정하고 균형된 조세를 부과하여야 합니다. 그러나 토지 소유를 제대로 파악하지 못한 관리들이 주먹구구식으로 총액만 채우기에 급급하거나, 아전(衙前)과 서리(胥吏)들이 답험(踏驗)·급재(給災)·작부(作夫)를 거두면서 대장을 허위 작성하고, 세목을 임의 변경하거나 혹은 백지징세(白地徵稅)나, 은결(隱結)·누결(漏結)과 허위 문서를 작성하는 등으로 횡령 착복 등 각종 부정을 자행하고 있으므로 농민들은 해마다 규정된 금액보다 훨씬 많은 세(稅)를 지고 가뜩이나 힘든 살림에다 이를 갚느라 헤어날 길이 없습니다.

군정(軍政)은 어떠한가요?

군정은 군대의 운영을 위한 밑거름입니다. 1가구에 정남(丁男, 군역에 소집될 남자) 1명이면 군포(軍布) 1필이나 혹은 쌀 여섯 말을 납부하도록 정해져 있음에도, 세력 있는 자들의 몫을 힘없는 농민들에게 이전(移轉) 부담시키거나, 온갖 해괴한 방법으로 농민의 고혈을 짜고 있지 않습니까!

예컨대 사망한 장정의 가족에게 백골징포(白骨徵布), 어린아이를 장정으로 올려 황구첨정(黃口簽丁), 도망자의 가족에게 징수하는 족징(族徵), 도망자의 몫을 이웃이 부담하는 인징(隣徵) 등등 말도 안 되는 각종 명목의 수탈을 자행하고 있습니다. 더욱이 기가 막힌 것은 병영의 군관들이 검열을 구실로 하급 부대를 순회하며 뇌물을 받고 있고, 지면례(知面禮), 예전(禮錢) 등 초면에 인사를 나눈 것에도 예의라는 명목으로 노략질을 하고 있으니 백성과 영토를 수호하는 기본이 무너져 가히 망국지경(亡國之境)에 이르렀습니다.

또한 환곡(還穀)이라 함은 고구려 때부터 시행돼 온 진휼 제도로서 봄에 절량농가나 종자가 떨어진 농가가 발생했을 때 빌려주었다가 가을에 유, 무상으로 돌려받는 양곡입니다. 그러나 현재는 관청과 군문(軍門)의 재정을 확보하기 위한 수단으로 변질하여 부패한 관리의 축재에 활용되고 있습니다. 양곡이 필요치 않은 농민도 강제로 곡식을 받아두었다가 고율의 이자와 함께 납부해야 하고, 이도 시원치 않아 서류상으로만 존재하는 허류곡(虛留穀), 고을의 아전들이 공전이나 군포를 개인적인 용도로 쓰고 그것을 채우기 위해 액수 이상으로 강제 징수하는 도결(都結) 등등 부패가 만연해 있습니다.

어찌 이뿐입니까?!

나이 어린 국왕의 외척인 민씨 일족은 독단적인 권력을 행사하면서 국정을 자신들의 안위와 사리사욕을 위한 도구로 변질시키고 있습니다. 관직을 사고파는 일이 상식처럼 되어 있으니 평양감사 자리가 80만 냥, 경상감사 70만 냥, 강원감사나 목사 부사가 15만 냥이고 그 밑에 현 청의 말단 벼슬아치까지 사고파는 금액이 매겨져 있으니 벼슬을 산 자들이 백성으로부터 고혈을 짜는 것은 너무도 뻔한 이치가 아니겠습니까?!

또한 양반과 상인, 남녀와 노소, 빈부의 차별은 어떠합니까?

어찌하여 백정은 명주옷을 입을 수 없고 가죽신을 신을 수 없으며, 죽어서도 상여를 탈 수 없단 말입니까?! 어찌하여 열 살도 안 된 아이가 칠순이 넘은 어른을 보고 하대를 하는 이 어처구니없는 모습을 두고 봐야만 하는 것입니까? 백정인 남자들은 장가를 들어도 상투를 틀지 못하고 그들의 부녀자는 결혼해도 비녀를 꽂지 못한단 말입니까. 어인 연유로 남자는 관리가 될 수 있는데 여성은 평생 집에서 일만 하는 존재로 머물러야 합니까?

우리 동학도와 여기 모이신 농민 형제자매는 모든 차별을 단연코 거부합니다. 이런 개가 웃을 차별들은 반드시 혁파해야만 합니다.

백성과 나라를 위한 대의의 깃발을 높이 들고 이 자리에 선 혁명군 여러분!

고서(맹자)에 쓰여 있기를 천시자아민시 천청자아민청(天視自我民視 天聽自我民聽)이라고 했습니다. 즉, '하늘은 우리 백성들이 보는 것을 따라서 보고, 우리 백성들이 듣는 것을 따라서 듣는다'는 말입니다. 백성으로부터 부여받은 권력이 백성을 핍박하고 어찌 온전하기를 바랄 것입니까?!

이에 우리 중부지역의 동학교도들과 농민들은 4대 명의(名義)를 포(布)하고 12대 기율을 세워 분연히 일어섰으니 한울님과 지하에 계신 조상님들께서 우리가 나아가는 길을 밝혀 주실 것입니다.

우리의 목표는 뚜렷하고 정당합니다.

첫째로는 일본 오랑캐를 삼천리 강토에서 몰아내고, 둘째로는 탐관오리의 징치와 가렴주구의 척결이며, 끝으로 신분과 계급, 양반과 상인, 남녀노소와 빈부의 차별이 없는 나라를 만들고자 함입니다.

이것은 정의와 평등, 자존에 기반한 대역사이며 인류 보편의 가치와 부합하는 일이라, 경향 각지의 포(包), 접주(接主)님들과 농민들은 물론이요, 뜻있는 양반 관료와 유생들이 날로 동참하고 있으니 어찌 성공에 도달하지 않겠습니까!

나는 중부지역 동학농민군을 대표하여 이 자리에 서서 내외에 공포합니다.

'우리의 진군에 반항하는 자, 대를 이어 멍에를 지게 될 것이다. 주저하는 자, 아무것도 이룰 수 없을 것이다. 천재일우의 호기를 놓치지 말라. 특히 수령방백들의 횡포를 참고 견뎌온 부 현의 하급관리들과, 유림의 인사들, 관군에 부화뇌동(附和雷同)하는 보부상들과 행상 등은 지금 바로 돌아서서 이 대열에 합류하라. 시기를 놓치면 후회해야 소용없는 일이니 전국의 남녀와 노소는 즉시 떨쳐 일어나 오직 한 마음으로 대변혁의 역사적 대열에 동참하기를 바라노라.'

끝으로 동학농민혁명군 동지 여러분들에게 당부의 말씀을 드립니다.

우리의 창의는 애국애족과 정의를 위한 순수하고 아름다운 것입니다. 그러므로 죄 있는 자의 생명도 가볍게 여겨서는 안 되며, 이 시기를 틈타 남의 물건을 도둑질하거나, 가옥과 재산에 불을 지르거나, 사사로운 감정으로 타인을 음해하는 사람이 있어서도 안 되겠습니다. 그것은 우리의 고귀한 이름을 '도둑떼'라는 더러운 이름으로 전락시키는 행위이며, 의로운 거사를 불의의 나락으로 떨어트리는 것이기 때문입니다. 우리를 '도둑떼'라고 부르는 왜군과 관군에게 그 이름이 합당하다는 빌미를 주어서는 절대로 안 됩니다.

우리의 목표가 정당하고 행동이 정의롭다면 후세의 역사는 올바른 평가를 내려줄 것입니다. 그런 의미에서 대오를 정연히 하고 질서를 지키며 오직 백성과 나라를 위하는 일념으로 투쟁해 주실 것을 간곡히 당부드립니다.

갑오년 갑술 18일.

중부 동학농민혁명군 대장 차기석 "

차 대장의 말이 끝나자 모두가 큰 소리로 "축멸왜이(逐滅倭夷!)", "진멸권부(盡滅權腐)!", "제세안민(濟世安民!)"을 부르짖었다. 사기가 하늘에 닿았다….

통증이 계속되면 무감각해지는 것인가. 감각이 없다. 사그라드는 불덩이를 나무꼬챙이로 헤치며 차기석 대장의 모습을 회상하고 있던 상윤은 문득 제자리로 돌아왔다. 눈을 들어보니 동편 산등성이가 훤하게 밝아오고 있었다. 갑자기 온몸에 힘이 썰물처럼 빠지는 것을 느꼈다. 그러고 보니 어제저녁 무렵 관군과 전투를 벌이기 전 꽁꽁 언 주먹밥 한 덩이를 먹은 게 하루 동안 먹은 음식의 전부다. 인간이 위급하면 먹지 않아도 힘이 생기는 것일까? 배고픈 줄 모르고 밤새 달려온 것은 자신이 생각해도 참으로 놀라운 일이다.

깃대 밑에는 아직도 헝겊에 싸인 주먹 한 개쯤 크기의 보자기가 매달려 있다. 배가 등에 닿아 허리가 꼬부라지고 있지만 풀기가 망설여진다. 그 작은 보자기는 차기석 대장이 허리춤에 달고 다니던 것이다. 그와 함께 후퇴하며 싸우는 동안 감자떡 덩어리를 꺼내 한두 개씩 아껴 먹는 것을 보았던 터다. 상윤과 헤어질 때 마지막이라 생각하고 깃대 밑에다 자신이 아껴온 음식을 매달아 던진 것이다. 한참을 망설이다가 보자기를 풀었다. 조약돌 같은 모습의 감자떡 세 개를 꺼내 그중 한 개를 사그라드는 불덩이 위에 녹였다. 그리고 아주 천천히 즐기며 씹어서 넘겼다. 천상의 맛이란 이런 것을 뜻할 것이라는 생각이 들었다.

흰 눈 위에 반사되는 붉은 햇볕은 마음을 더욱 불안하게 만들었다. 모닥불을 피웠던 자리를 쓸어서 깊이 쌓인 눈 속에 묻고 다시 뛰기 시작했다. 한참을 가다 보니 호랑이 발자국이 있다. 두 마리가 지나간 자국이다. 호랑이라면…잠시 서서 생각한다. 만일 추격대가 온다면 사냥개는 물론이고 사람도 호랑이의 발자국을 따라 가지는 않을 것이다. 이 길이 오히려 안전할지도 모른다. 한 식경 가까이 발자국을 따라 걷다가 벗어나 오른편으로 한참을 달리다 비로소 걸음을 천천히 했다.

두 번째 감자떡을 먹은 것은 해가 골짜기 건너 산마루에 뉘엿뉘엿 져갈 무렵이다. 이제 더는 산을 헤맬 힘이 없다. 민가를 찾아야 한다는 생각이 들었다. 그것은 마음에서 들리는 아주 간절한 외침이었다. 사람이 살 것이라 여겨지는 골짜기를 골라 계곡을 내려갔다. 한참을 내려가자 여기저기 흩어져 있는 수십 개의 섶 나뭇단들이 나타났다. 주변에 찍힌 발자국들로 보아 한 곳에 쌓아뒀던 것을 사람들이 흩트린 것이 분명하다. 눈 위에 엎드려 그곳을 살폈다. 조금씩 기어서 가까이 다가갔다. 어지러운 발자국들과 핏자국들이 널려 있는 것으로 보아 나뭇단 속에 숨어있던 혁명군들이 토벌대와 백병전을 벌였다는 것을 짐작할 수 있다. 눈 위에 시체를 끌고 간 자국도 있다. 사람과 개의 발자국이 산 위쪽으로도 올라가 있었다. 추격대의 일부는 포로들을 끌고 가고 일부는 위쪽으로 추격을 계속하고 있을 것이다.

두어 마장(약 1㎞)쯤 아래로 내려가 살펴보곤 다시 나뭇단 근처로 올라왔다. 밤이 오기를 기다렸다. 어둠이 내리고 한참을 지난 다음 흩어진 나뭇단 몇 개를 한곳으로 모았다. 그런 다음 안으로 들어갔다. 바깥공기와는 비교할 수 없이 아늑했다. 깃대를 옆에 두고 한쪽 구석에 몸을 기댄 다음 감자떡을 갉아 먹었다. 온몸이 나른해 오는 가운데에도 다시금 지난 며칠간의 모습이 떠올랐다.

…차기석 대장은 기포령을 포고하고 나서 각 지역의 접주들로 하여금 곳곳에 창의문을 게시하도록 하는 한편, 홍천, 인제, 양양, 평창 고성 등지에 사람을 보내 참여를 독려했다. 내면으로의 진입로인 구룡령(九龍嶺)과 운두령(雲頭嶺), 보래령, 뱃재(율전) 방내 미산 등과 요충지의 경계를 강화하고 직접 순찰을 돌기도 했으며, 화승총과 연환, 화약, 창칼 등 무기와 곡식을 모으고 군자금을 마련하기 위해 백방으로 애를 썼다.

그동안 좋은 소식도 들려왔다. 내면과 인접한 봉평에 사는 윤태열(尹泰烈)이라는 사람이 차 대장을 찾아왔다. 스스로 차기석 부대의 일원이 되고자 봉평에서 동학농민군들을 모병하고 있는데 이미 많은 이들이 합류하고 있고 무기와 식량, 미투리 등을 확보해 나가고 있다면서 중요한 일이 있을 때마다 보고할 것이라고 말했다. 그러나 이로부터 약 한 달 후인 10.26일에 윤태열은 봉평 민보군(民保軍)에 체포되어 따르던 동지들과 함께 목이 잘렸다. 어쨌든 당시로서는 중부동학농민혁명군에 많은 사람이 지원해 왔으므로 대원들의 사기가 충천했다.

그러는 동안에도 차 대장은 무언가 깊은 생각에 잠긴 듯한 모습을 자주 보였다. 어느 날 지휘관들과 참모들을 한자리에 불렀다.

"정탐(偵探)에 의하면 왜놈 군사들이 대부대를 동원해 우리 혁명군들을 무차별 학살하고 있다는 소식이오. 아무래도 전략을 바꿔야겠습니다. 하루라도 빨리 보은 장내리로 가야 할 것 같습니다. 우리가 지금까지 생각해 온 것은 이곳 내면의 험준한 지리적 이점을 이용한다면 적들과 싸워 능히 이길 수 있다는 믿음이었소. 하지만 곰곰 생각해 본 결과 그것은 매우 위험천만한 생각이라는 걸 깨달았습니다. 왜냐하면 내면 같은 지역은 적들보다 강할 때에는 밖으로 뻗어갈 수 있어서 유리하게 작용하지만 반대의 경우는 자칫 독 안에 갇힌 쥐와 같은 신세가 될 수 있소. 적이 인명의 손실을 최소화하기 위해 보급품을 차단하고 장기전을 펼칠 시에는 오래 버틸 수가 없습니다. 비록 원근에 우리 동학교도들과 동조하는 농민들이 많다고는 하나 대부분 힘이 약하고 자신을 드러내기를 꺼려합니다. 그에 반해 저들은 세력이 강하고 부유한 자들로서 내면을 포위하고 사방에서 공격해 들어온다면 감당하기가 어려울 것이오. 우리가 강릉 관아를 공격했다가 철수한 이후에도 영동 15개 면마다 오가작통(五家作統: 5집을 1통(統)으로 조직하고 10통을 2개 초(哨)로 나누어 대장 2명을 뽑는 체제)을 수시로 점검하는 등 치밀하게 대처하고 있는 것을 보면 가볍게 볼 일이 아닙니다. 그런 연유로 나는 여러분과 더불어 보은의 장내리로 가고자 합니다. 그것은 신사님을 보호하는 동시에 우선은 북접을 강하게 만들고, 다음으로 남접과 합쳐 강대한 세력을 만들어 한양으로 쳐들어가는 것이 가장 빠르고 효율적인 방법이라고 생각하기 때문입니다. 아시다시피 장내리는 작년 3월에 우리 동학농민군이 제1차 기포를 한 곳이며 최시형 신사께서 계시는 청산 문바우골과 지척에 있고, 가까운 곳에는 손병희 손천민 대접주를 비롯한 10 두령이 있어서 우리가 그곳으로 간다면 보다 큰 힘이 될 것이오. 지리적으로는 왕실촌을 넘어 들어오는 길 외에 추풍령을 넘어 황간 청산으로 통하는 길과, 상주에서 팔음산을 넘어 청산으로 통하는 길이 있어 운신(運身)하기에도 매우 좋은 곳이오. 내 생각이 이러한데 여러분의 뜻은 어떠신지요?"

접주 박종백(朴鐘伯)이 물었다.

"신사께서 여기 계신 상윤 접주님을 보내 총기포 날짜를 미리 알려주시고, 함께 일하도록 배려해 주시는 등 우리 중부 혁명군의 활동에 큰 기대를 걸고 계시는데 이곳을 떠나 보은으로 간다면 실망하시지 않겠습니까? 대도소에서 짜놓은 계획에도 차질이 생길 것이구요."

"싸움은 상황의 변화에 따라 대처해야 하는 것이오. 지금쯤 신사님께서도 일본군과 관군 민보군이 합세한 강력한 적에 대처하기 위해 힘의 집중을 원하고 계실 것입니다. 사람을 보내 상황과 뜻을 보고드릴 생각입니다. 백번 고민하고 드리는 말씀이오. 세력을 강대하게 만들어 바로 한양으로 쳐들어가는 것이 희생을 줄이면서 승리를 얻을 수 있는 유일한 길입니다."

장시간의 토론이 있은 뒤 모두가 차 대장의 의견을 따르기로 했다.

"그런데 문제가 있소. 우리가 장내리로 가려면 가장 시급한 문제가 무기를 확보하는 것이오. 아무리 사람이 많으면 뭣하겠습니까. 총이 없으면 백전백패합니다. 그런데도 우리가 소유하고 있는 건 몇 정 안 되는 화승총이지 않소. 최신식 아리사카(有坂銃-99식) 소총 같은 건 구할 수 없겠지만 스나이더 엔필드(Snider Enfield) 정도의 연발총과 수류탄 같은 무기들을 반드시 확보해야 합니다. 또한 최소한 두 명에 한 정 정도는 갖고 있어야 합니다. 그러니 돈을 마련하여 유능한 대원들에게 나누어 주어 전국 각처로 보내시오. 총을 구할 수 있을 만한 곳으로 말이오. 시급한 일입니다. 유의할 점은 만일에 우리의 취약한 무기상황을 적들이 알면 가장 큰 약점이 될 것이니까 절대 비밀로 해야 할 것입니다."

당시 혁명군들이 소지한 소총은 총에 노끈(화승)을 달고 그 노끈에 불을 붙여 화약에 점화시키는 구식 화승총으로 비나 눈이 오면 사격을 할 수 없는 약점이 있는 데다 중량도 3.6~5.4kg나 되었다. 게다가 유효사거리는 70m에 불과했으며, 탄환 장전도 총구를 통해 장전하는 전장식(前裝式)이어서 숙달된 사수라 하더라도 30초에 한 발을 발사할 수 있을 뿐이었다. 명중률이나 살상력이 매우 낮았고, 신속 대응이나 야간 기습에 취약했다.

구 한국군들이 개조하여 사용한 신식 뇌관식 화승총은 사거리도 600미터에 달하고 사용하기에 편리했으나 보급되지 않았다.

혁명군은 한편으로 지난번의 패배를 설욕하기 위해 강릉 대도호부 관아를 쳐들어갈 것이라는 소문을 퍼트려 적군이 합세하지 못하도록 연막을 폈다. 10월 초, 차 대장은 비밀리에 소규모 부대를 이끌고 중요 지역을 다니면서 정세를 탐지했고 충주의 서창에서는 가흥병참부(可興兵站部)에서 급파된 일본군과 싸우기도 했다. 출정을 다녀온 차 대장의 얼굴에는 비장감이 서려 있었다.

"이번 출정을 통해 우리는 왜놈 군사들과 관군과 민보군이 신식무기를 갖추고 한통속이 되어 동학교도와 혁명에 참여하고 있는 농민들을 무지막지하게 살육하고 있는 것을 직접 목격했소. 그러므로 지금까지 우리가 해왔던 미시적이고 온정주의적 태도로는 승리할 수 없습니다. 과감한 작전이 필요해요. 무기가 문젭니다. 각지로 떠난 사람들한테서는 아직 아무 소식도 없습니까?"

"아직 없습니다."

"허어~ 이거 큰일이군. 그러면 이렇게 손 놓고 있을 게 아니라 우선은 부대를 사통팔달 길이 많은 서석으로 옮깁시다. 여기는 소부대만 남겨놓아 총을 구하러 떠난 사람들과 소통하게 하구요. 그러기 위해 할 일이 있소. 물걸리엘 다녀와야겠소."

"물걸리엔 왜 가시려구요?"

"내게 생각이 있소. 알아볼 일도 있고 간 김에 만나볼 사람도 있소이다. 이종락 중정은 집에 있을까?"

"미리 연락을 해 놓을 걸 그랬습니다."

"아니오, 우리 일이라는 게 늘 그렇듯이 불시에 만나는 것이 제일 안전하고 서로가 편한 일이오. 이 중정이 없으면 최 중정이나 다른 형제들을 만나 안내를 해 달라고 하면 되지 않겠소."

"그렇긴 합니다만…."

물걸리는 홍천강의 상류지역으로 영서와 영동 사이 요충지이며 지역적 특수성으로 인해 국가가 소유하고 있는 대규모 창고인 동창(東倉)이 있다. 동창은 영서와 영동 일대의 백성들로부터 수탈한 대동미를 비롯한 양곡과 해산물 생필품 등을 보관하고 있다가 강에 물이 차서 배나 뗏목을 띄울 수 있게 되면 홍천강을 통해 한양으로 운송하곤 하던 이를테면 중앙정부의 창고다. 사람들은 일찍부터 깨었으나 성정이 진실하고 온화했다. 농민들이나 마을에서 장사하는 이들은 품질을 속이거나 가격을 부풀리는 등의 장난질을 하는 이가 없었다. 그러므로 곡식이나 산림 부산물, 해산물, 소금 등의 물산 거래가 활발하여 동서에서 몰려드는 사람들로 매일이 장날 같았다.

시간은 임시(壬時, 22:30 ~ 23:30), 늦은 시간이다. 어슴푸레 상현달 아래 세 명의 건장한 사람들이 내면 방내(坊內) 무네미를 경유하여 행치령

(行治嶺)을 넘고 있다. 차기석 대접주와 집강(執綱) 남궁 설, 젊은 대정(大正) 신주호다. 출발할 때는 늦가을 밤의 한기가 스며들어 몸을 움츠리게 했으나 뱃재 고개에 들어설 때쯤에는 이마에서 땀방울이 송글송글 맺혔다. 얼굴을 연신 손등으로 닦는다. 아래쪽으로 가다가 내촌면 물걸리 절골로 들어섰다. 한참을 내려가자, 산 아래로 띄엄띄엄 집들이 눈에 들어온다. 어느 집에선가 개가 짖었다.

세 사람은 커다란 소나무 아래 넝쿨 옆에 걸음을 멈췄다. 둘은 그 자리에 머물고 신 대정이 샛길을 따라 산밑에 있는 오두막으로 다가갔다. 여기저기 집들에서 개 짖는 소리에 신경이 쓰여 가다가 걸음을 멈추고 귀를 세웠다가 다시 걸음을 옮긴다. 오두막집 앞에 다가갔다. 호롱불 빛조차 없다. 낮은 음성으로 주인을 불렀다.

"이 중정(中正, 동학의 품계) 있소?"

한 번 더 부르려다가 입을 닫았다. 방에서 옅은 기침 소리가 났기 때문이다.

동학교도들은 때가 때인지라 신경이 바늘 끝처럼 예민하다. 주인이 한 손으로 바지춤을 올리며 문을 열고 나왔다. 두 사람 사이에 인사는 거추장스런 치레다.

"대접주께서 오셨습니다. 언덕 위 소나무 아래에서 기다리고 계십니다."

중정이 흠칫 놀란다.

"이토록 깊은 밤에 대접주께서 어찌…"

주인이 앞에 서고 객이 뒤를 따라 부지런히 언덕을 오른다. 소나무 아래에서 기다리고 있던 차 대장이 다가가고 서로의 손을 마주 잡았다. 말이 없다. 맞잡은 손을 통해 서로의 피가 심장에서 심장으로 교류한다.

"야심한 밤에 대접주께서 어찌 험한 산길을 직접 오셨습니까?"

"자세한 이야기는 나중에 하기로 하고, 요즘 저들의 동향은 어떻소?"

다짜고짜 묻는 말이라 알아듣지 못할 거란 생각에 이내 다음 말을 잇는다.

"동창 창고에 대한 경계 태세나 감시 상태가 어떠냐는 겁니다."

잠시 머뭇거리다가 대답한다.

"추수와 뒷정리가 바빠 보름 남짓은 신경 쓰지 못했습니다. 동네가 조용하니까 특별한 일은 없는 것 같습니다."

"창고의 상황에 대해 정확하게 알아야겠소이다."

이 중정은 잠시 생각하더니

"마방집 청년을 만나보시는 게 어떻겠습니까? 그 청년에게 물어보는 것이 제일 정확할 겁니다"라고 말했다.

"좋소이다. 그러지 않아도 고맙다는 생각을 늘 하고 있다가 온 길에 만나보려던 참이오."

마방집 아들 김덕원 청년은 비밀리에 동학을 포교하고 혁명군에도 정보를 제공하는 등 일대에서 큰 활약을 하고 있었다. 그러나 차 대장은 이따금 올라오는 보고만 들었을 뿐 청년을 만나본 적은 없다.

"청년의 아버님이 벼슬을 한 분이라고 하지 않았소?!"

"네, 부친이 통정대부(通政大夫) 정3품 당상관을 하시다가 나라가 도탄에 빠지자 관직을 버리고 낙향하셨습니다. 고향 사람들이 궁핍으로부터 벗어나도록 도움을 주고자 논을 개간하고 수로를 내는 등 애를 쓰고 계십니다."

"모두가 일본 놈들에 빌붙어 나라까지 팔아먹는 시대에 참으로 훌류한 분이군요. 청년이 부친의 가르침을 받은가 보오. 허나, 자칫하다가 꼬리라도 잡히는 날이면…"

"그 청년과 함께 행동하는 또래가 몇몇이 있는데 나이는 어리지만 감시망에 걸려들 정도로 어리숙한 인물들이 아닙니다."

네 사람은 동네 가운데 큰길을 택하지 않고 밭 옆으로 나 있는 좁고 꼬부라진 길을 걸어 마을로 다가갔다. 앞쪽에서 와자지껄 떠드는 소리가 났다. 얼른 숲속으로 몸을 숨겼다. 술취한 사람 셋이 유행가를 읊조리며 좁은 길을 갈지자로 비틀거린다. 그들이 지나가자 다시 걸음을 떼어놓는다.

"여기서부터는 잘 살펴야 합니다."

안내자가 몸을 낮추자 뒤따르는 사람들도 따라서 낮췄다. 커다란 건물 앞으로 다가갔다. 마구간 냄새가 풍겨왔다. 듣던 대로 나그네와 말의 숙식을 제공하는 마방집이다. 여러 개의 창살에 호롱불이 켜져 있고 문 앞에 신발들이 어지러이 널렸다. 마구간에 가까이 다가가자, 말들이 서성대는 소리가 들린다. 이 중정은 세 사람을 마구간 뒤에서 기다리게 하고 사라졌다. 잠시 후 두 개의 실루엣이 어둠 속으로 들어왔다.

키가 큰 그림자가 묵례를 하고 나서 따라오라는 손짓을 한다. 그가 마구간 뒤에 붙은 방문을 열었다. 신주호 대정은 밖에서 망을 보고 셋은 주인을 따라 들어갔다. 호롱불이 켜지고 서로가 얼굴을 바라본다.

한 사람은 수염이 텁수룩한 40대 초반의 사나이, 차기석 대접주다. 마주 앉은 사람은 얼굴로 보아 얼핏 20세가 채 안 돼 보이는 청년이다. 자세히 보니 코밑에 잔털이 송송한 17, 8세 정도로 보인다. 키가 훤칠하고 눈에서 총기가 난다.

대장이 손을 내민다. 청년은 쑥스러워하면서도 머리를 숙여 손을 잡는다.

"휜휜 장부로군. 내가 차기석이라는 사람일세. 위험을 무릅쓰고 도움을 많이 준다는 말을 듣고 언제 한 번 만나 고맙다는 인사를 해야겠다는 생각은 하고 있었네. 오늘에야 비로소 만나보게 됐구먼. 그러나 감사를 표시할 게 없으니 미안한 마음이 드네."라고 말하자 청년은 쑥스런 표정으로

"제가 뭐 한 일 있었나요." 겸손히 머리를 숙인다. 차 대장은 남궁집강을 건너다보며

"젊은 나이에도 두려워하지 않고 뛰어드는 이들이 있으니 어찌 성공에 이르지 못하겠소이까."라고 말한다.

"그렇습니다."

그는 따뜻한 눈길로 묻는다.

"요즘 창고 경비는 어떠한가? 혹시 관청 사람들이 자주 왔다 가거나 외부에서 순검들이 무리를 지어 오는 일 같은 건 없는가?"

"그런 건 보이지 않습니다. 하지만…."

모두의 시선이 그의 입을 바라본다.

"경비하는 사람이라야 한두 명에 불과하지만 근래 들어 보부상들이 5~6명 7~8명씩 무리를 지어 불쑥불쑥 나타나곤 합니다. 이따금 저희 집에서도 묵습니다. 전에는 이렇게 떼를 지어 자주 나타나지는 않았습니다."

"무엇 때문일까?"

"잘 모르겠습니다. 마을에서도 그걸 궁금해합니다."

이 중정이 말한다.

"동네 사람들이 울끈 불끈하니까 혹시 창고에 불이라도 지르지 않을까 겁을 내는 것이 아닐까요? 그래서 심리적인 겁박을 하는 것 같습니다."

"창고를 보호할 생각이라면 보부상들을 보낼 것이 아니라 관에서 경비인력을 늘리면 되지 않겠소?"

남궁 집강이 말한다.

"그럴 인력이 있나요. 사방에서 봉기가 발생하여 이리 갔다 저리 갔다 땜질하기에도 부족할 텐데요. 이럴 때 부려 먹기에는 통상아문(通商衙門, 외교부)에 소속된 보부상들이 제일이 아니겠습니까? 정부 소속으로 묶어서 뒤를 봐주는 것은 뜯어먹기도 좋으려니와 아쉬울 때 동원하기도 쉽기 때문이지요."

"주민에게 겁을 주려는 계산일 겁니다."

'장돌뱅이' '장꾼' 등으로 불리는 이들의 역사는 고려시대부터 존재했다. 그러나 정부에서 체계적인 관리를 한 것은 이조 초기로부터였으며 역할이 주목받은 것은 개항 이후다. 정부의 보호 아래 행상업을 독점하여 전국적인 조직을 갖고 있으므로 국가에서 필요로 할 때는 정보탐지나 준군사적인 기능까지도 담당했다. 또한 필요에 따라 소속이 변하면서 정치적 목적에 이용되기도 했다.

이 중정이 소년에게 묻는다.

"어디서 오는 사람들이라고 하던가? 좌단(左團)인가, 우단(右團)인가?"

좌단(負商, 등짐장수)은 주로 조잡한 상품이나 생필품을 판매하고, 우단(褓商, 봇짐장수)은 정밀한 세공품이나 값비싼 사치품을 판매한다.

"주로 강릉과 양양 쪽 사람들이 합세해서 오는데 좌단이 올 때도 있고 우단이 올 때도 있습니다. 드물게는 합동으로 올 때도 있습니다."

차 대장이 말한다.

"검정개가 오든 황개가 오든 뭐 그런 게 문제가 되겠소." 말하고 나서 청년의 앞으로 목을 길게 빼며 마치 밖에서 누가 듣는 것처럼 가까이 오라는 손짓을 한다.

"이보게 덕원 군, 자네도 짐작하겠지만 우리 혁명군은 숫자는 많으나 식량이 부족하네. 생각 끝에 여기 창고를 점령하려고 하는데 혹시 문제 되는 건 없겠는가? 이를테면 자체 경비단이 조직돼 있거나, 혹은 주민들께서 크게 반대하신다거나, 그밖에 예상치 못하는 문제 같은 것들 말일세."

"아시는 것처럼 이 마을엔 동학 경전의 탄생지인 인제 갑둔리와 가깝고, 해월 신사께서 직접 포교 활동을 하신 양양과도 깊이 연결돼 있어서 일찍부터 동학도들이 많이 계십니다. 마을 분들이 은밀하게 성금을 보내드린 것도 다 그런 연유가 있기 때문입니다. 현감의 명령으로 돌발사태에 대비하여 경비단을 조직하긴 했지만, 혁명군에서 하시는 일엔 나서지 않을 것입니다."

"그 말 믿어도 되는가?"

"제가 대장님 앞에서 어찌 허튼 말을 하겠습니까. 믿으셔도 됩니다."

"매우 기쁜 대답이로군. 그런데 걱정하는 또 한 가지는 창고를 점령하는 과정에서 사람들이 몰려들 것인데 불의의 사고가 발생하지 않을까 하는 것이네."

"그건 염려하지 마십시오. 저와 함께 죽음도 불사할 뜻맞는 친구들이 몇 명 있습니다. 전영균, 이문순, 전우균을 비롯해 10여 명 가까운 선후배와 친구들이 은밀하게 경계를 하겠습니다."

대장이 손바닥으로 무릎을 쳤다.

"좋아. 그렇다면 청년들을 믿고 일을 결행하겠네."

차 대장은 그밖에 몇 가지를 물어본 다음 자리에서 일어서며 청년의 손을 잡았다.

"이 다음에 나라에 큰 동량이 될게야. 과업을 이루고 나서 다시 만나세."

덕원 청년은 행치령 경계에까지 안내하고 나서 인사를 했다. 차 대장은 아주 오랜만에 콧노래를 흥얼거리며 어둠 속을 걸어갔다.

10월 13일 유시(酉時, 18시)경 차 대장은 내면 창말에 주둔하고 있는 본대에서 최소의 경비인력만 남겨두고 전원 서석면 풍암리로 부대를 옮기도록 조치한 후 자신은 1,000여 명을 이끌고 창말을 출발하여 뱃재(고개)를 넘었다. 내면에서 물걸리로 가려면 며칠 전처럼 승지동과 문바우와 방내를 경유하여 행치령에서 절골을 이용할 수 있으나 동창의 배후를 통해 들어가려는 생각이다. 그믐이라 한 치 앞도 볼 수 없도록 캄캄했으나 익숙한 길이라 거침이 없었다.

그날 밤 늦게 솔치(고개)에 도착하여 숲속에 몸을 감추고 이튿날 저녁때까지 휴식을 취하며 밤이 오기를 기다렸다.

진시(辰時)에 주먹밥 한 덩이씩을 먹었다. 그리고 산비탈을 이용해 장야촌에 도착했다. 주위를 살펴본 뒤 곧바로 물걸리로 향하는 길에 들어섰다. 약 3마장(약 1.2㎞)쯤 갔을 때 갑자기 두 갈래 길이 나타났다.

"어느 길로 가야 하는가. 잘 못하면 엉뚱한 곳으로 가게 되는 것이 아닌가?"

화촌면 출신 이정근 대정이 말했다.

"걱정하지 않으셔도 됩니다. 오른쪽으로 가면 새말이라는 동네가 나오고 왼편으로 가면 조룬(조운동)으로 가는데 그곳에서 오른편으로 꺾어 한참 가면 또한 새말이 나옵니다. 두 길 모두 한곳에서 만나게 돼 있으나 조룬길이 시간이 조금 더 걸립니다."

오른쪽 길로 연결된 산길을 넘어가니 마을이 나타났다. 밭둑에 엎드려 동정을 살핀 후 빠르게 이동하여 동창으로 쳐들어갔다.

경비원들이 소리를 질렀다. 주막에 있던 보부상 10여 명이 각자 손에 무기 하나씩을 들고 뛰쳐나왔다.

싸움을 하는 과정에서 보부상 일곱 명이 피살되고 낫가리가 불에 탔으나 다친 주민은 없었다. 중간에 소식을 들은 신임 홍천현감 서학순(徐學淳)이 검시관(檢屍官)을 데리고 급히 달려왔으나 위세에 눌려 현장에는 접근하지 못했다. 그는 7월에 부임했다.

혁명군은 창고를 열고 식량과 부식품을 꺼내 우마차에 실은 다음 나머지는 가난한 사람들이 갖고 갈 때까지 지켜 섰다가 불을 질렀다. 오랫동안 수탈의 상징으로 군림해 왔던 대형 창고 건물은 불이 붙자마자 화마가 헛바닥을 날름거리고 불꽃이 하늘로 치솟았다. 그들은 곧바로 수하리를 지나 풍암리로 향했다. 그리고 사전 약속한 대로 내면에서 온 본대와 합쳐 풍암리 서낭고개를 중심으로 언덕에 진을 쳤다. 내면과 서석은 이웃해 있어서 예로부터 친인척들이 나누어 살기도 했고, 사이가 좋아서 서로 간에 사돈도 맺고 왕래가 잦았다. 그리고 서석의 옆에는 또한 삼 형제 중 하나인 내촌이 있다. 차기석은 서석 내촌의 뜻을 같이하는 사람들과, 관군 민보군과 최후 결전을 벌이고자 전국에서 몰려드는 동학군 패잔병들을 합하여 세력을 키우는 한편, 이번 전쟁의 승패가 현대식 무기를 확보하는 데에 달렸다는 것을 알고 갖은 노력을 기울이고 있었다.

한편, 혁명군이 진을 친 서낭고개는 천연의 요충지였다. 뒤로는 아미산과 고양산이 울타리를 치고 앞은 평야를 이뤄 홍천, 내촌, 횡성 원주, 내면에서 오는 길이 훤히 내려다보이는 구릉지대다. 그러나 숲이나 바위가 없어 은폐하기 쉬운 곳은 아니다.

시간이 흐르는 동안 전투에서 패한 사람들을 비롯하여 의협심으로 분노한 사람들이 몰려들어 세가 점점 불어났다. 어느덧 혁명군은 3,600여 명에 달하는 커다란 세력이 되었다. 그들은 대의를 위해 목숨을 돌보지 않는 우직하고 선량한 사람들이었다. 그러나 무기에 대한 소식은 없어 초조한 시간만 흘렀다.

곳곳에 솥이 걸리고 자원해서 모인 여인들이 밥과 반찬을 만들면 남자들이 날랐다. 낮이면 수백 곳의 참호에 흰 깃발이 펄럭였고, 밤이면 곳곳에서 타오르는 모닥불 빛으로 이곳이 전쟁터가 아니고 어떤 거대한 왕국의 야외 향연장처럼 보였다. 사람들은 낭만과 흥분과 기대와 두려움, 분노와 비애가 뒤섞인 묘한 감정을 느끼고 있었다.

상윤이 차 대장을 보고 말했다.

"왜적에 대한 적개심이 얼마나 격하고 수령방백과 아전들의 횡포가 얼마나 심하면 저처럼 많은 이들이 세상을 바꿀 수 있다는 희망으로 불나비가 되는 것도 마다하지 않고 모여들겠습니까?!"

대장은 참호의 불빛을 바라보며 엄숙한 표정으로 대답했다.

"우리 백성은 바다와 같아서 겉보기에는 그냥 햇볕에 반짝거리는 낭만적인 모습으로 보이지만 그 밑에 심성은 깊이를 가늠할 수 없습니다. 밭을 갈아 수확하기까지는 얼마나 깊은 생각과 세밀한 보살핌과 고뇌가 있습니까. 그 과정에서 자연스럽게 인내와 지혜와 성찰이 생기게 되는 것입니다. 저분들은 깊은 침묵 속에서도 국가적으로 중요한 일이나 정책 등에는 자연스럽게 의사를 하나로 결집합니다. 결코 경솔하거나 도덕의 범주를 벗어나거나 편향적이지 않습니다. 매우 정의롭고 깊이가 있고 중용적인 방법을 택하지요. 만일 특정 권력이 공정하지 못한 정책이나 폭력적인 힘을 행사한다면 물밑에 잠재해 있던 각개의 힘은 하나로 합쳐져 강력한 저항력으로 반사됩니다. 평소 겉보기엔 평온하고 밖으로 드러나지 않는 과묵한 모습이지만, 도저히 인정할 수 없는 사건이나 부당한 세력이 도전해 올 땐 하나로 결집한 힘이 분노가 되어 하늘을 뒤덮고 산을 허물며 배를 뒤집습니다. 외적이 침입하고 탐관오리가 설쳐 나라가 도탄에 빠져도 우리가 절망하지 않는 것은 저분들과 같은 정의로운 힘이 나라의 물길을 바른 곳으로 흐르도록 지키기 때문입니다. 무릇 관리가 된 자들은 여론에 귀를 기울이는 일을 게을리하지 말아야 할 것입니다. 지금의 혁명은 통치자와 그 무리들이 귀를 닫고 백성을 백안시하고 수탈과 통치의 대상으로만 여긴 필연적인 결과입니다."

어느 날 저녁 무렵 차 대장은 반가운 손님들을 맞았다.

물걸리 김덕원이 혁명군에 참여하기 위해 청년 7명과 함께 도착한 것이다.

그들은 기동대에 소속되었다.

차기석 혁명군의 세력은 날로 커졌다. 전라 충청 경상 황해도를 비롯하여 전국 각지에서 봉기의 횃불을 들었다가 전투에서 패배한 동학군들이 마지막 희망을 걸고 밤중에 산길을 통하거나, 혹은 여러 모습으로 위장하여 최후의 결전장인 이곳 풍암리에 희망을 걸고 무거운 발을 끌며 모여들고 있었다. 그들을 통해 적에 대한 정보도 어느 정도는 분석되고 있었으나 가장 효과적으로 쓰일 시간은 너무 많이 소모되고 있었다. 무기는 확보되지 않았고, 차기석 대장은 초조함에 짧은 잠조차 제대로 이루지 못했다. 어느 날은 일본군의 동학군 진압대 4개 부대 가운데 강원도와 충청도를 담당한 동로군, 즉 이시모리(石森, 대위) 부대를 배후에서 공격하여 무기를 탈취하려는 작전도 계획했으나 실행하지는 못했다. 어쨌거나 풍암리에서 시간을 보낸 것은 치명적인 실수로 귀결되었다. 그것은 혁명군의 위세에 놀라 허둥지둥하고 있던 중앙정부와 춘천의 친군진어영(親軍鎮禦營), 홍천 현감에게도 대비할 시간을 주었기 때문이다. 양호도순무영(兩湖都巡撫營: 혁명군을 토벌하기 위해 임시로 설립한 중앙기관)에서는 소모관(召募官)인 경기도 지평 현감 맹영재(孟英在)에게 급히 홍천으로 가도록 지시했고, 강원감영이나 홍천과 횡성에서도 관군과 민보군이 전열을 갖추기 시작했다.

척후로부터 가장 먼저 보고가 올라온 것은 횡성 현감 유동근(柳東根)이 150여 명의 병력을 이끌고 춘당리에 주둔하고 있는데 나날이 그 숫자를 키워서 현재는 300여 명에 달한다는 것이다. 그것은 하군두리를 통해 횡성과 원주를 경유하여 충청도로 가는 하나의 길이 막혔다는 의미다.

혁명군은 10.20일 묘시(0:500~06:30)에 500명의 특공대를 편성하여 춘당리를 기습 공격했다. 그러나 미리 대비하고 있던 적으로부터 부대장(副隊長) 2명을 비롯하여 다수의 인명을 잃는 수모를 당했다.

설상가상으로 이튿날에는 지평 현감 맹영재의 척후 부대가 풍암리로 들어오는 진입로인 화촌 조개터(鳥介垈)에 도달했다. 이 길은 홍천을 경유하여 서울과 춘천 원주로 나아가는 주된 도로다. 맹영재 부대가 조개터 부근에 도달해 보니 지난여름의 장마로 길이 끊겼으므로 창수

(槍手) 10명을 혁명군처럼 하얀 고깔모자에 흰옷을 입혀 전면의 형세를 살피도록 했다. 그들은 혁명군 군사 4명을 사로잡았고 혁명군 소부대가 장야촌에 진을 치고 있다는 사실까지 알게 되었다. 장야촌(長野村=장평)에 주둔하고 있던 부대는 맹영재 군의 급습으로 100명의 대원 가운데 20여 명의 희생자를 내고 풍암리로 물러났다.

맹영재 부대가 이곳에 오기까지에는 그럴 만한 사건이 있었다. 홍천 감물악면(甘勿岳面; 현재의 서면)의 팔봉(八峰)과 필곡(筆谷)에 살고 있는 동학 교도 고석주(高錫柱) 이희일(李熙一) 등이 그곳에 접소를 차리고 인접한 경기도 지평까지 넘나들며 세력 확대를 도모하면서 돈과 식량을 모으고 있었다. 이 소식을 들은 양반 유생들의 여론이 비등했는데 민보군 조직에 앞장선 사람이 전 감역(監役; 관에서 하는 각종 공사를 감독하는 사람) 맹영재였다. 그는 자신이 조직한 민보군과 관군 등 300여 명으로 토벌대를 조직하여 감물악면 팔봉으로 쳐들어가 고석주 등 8명을 죽이고 동학 세력을 와해시켰다. 이에 혁명군의 위세에 방향을 잡지 못해 허둥거리고 있던 양호도순무영에서는 이미 순무영을 설립하기 이전부터 전과를 올리고 있는 맹영재를 기전소모관(畿甸召募官=경기도 지역에서 군사를 모집하는 권한이 있는 사람)에 임명하고, 그로부터 얼마 지나지 않아 지평 현감을 겸직하도록 명했다. 그는 하루아침에 벼락출세를 한 셈이다. 또한 여주와 죽산·안성 등지에서의 활약을 본 후에는 도의 경계에 구애받지 말고 행동하라는 권한을 부여한다. 당시의 일본군은 이전까지 사용하던 영국제 스나이더 엔필드(Snider Enfield) 1853이나 프랑스제 샤스 포(Chassepot) 1858형 등이 성능이 좋지 않고 체계화할 필요성이 대두됨에 따라 퇴역시키고 육군 소령 무라타 츠네요시(村田經芳)가 개발한, 당시로서는 혁명적인 무라타 18로 교체했다. 그에 따라 맹영재의 관군은 일본군에서 불하한 스나이더 소총을 지급받게 되었으며, 부대는 1분에 3,000발이 발사되는 개틀링 기관총(Gatling gun)까지 보유하고 있었다. 한껏 사기가 오른 지평 현감 맹영재는 강원도 지역에서 가장 강력한 세력이며, 현재는 전국 동학군의 최후 보루인 차기석 혁명군을 제압하고자 대부대를 이끌고 출병했다. 차기석 부대로서는 무기를 확보하지 못하고 이제나저제나 기다리다 허를 찔린 것이다.

맹영재 부대는 본 대원 600여 명에다 양근(楊根: 1908년에 지평군과 통폐합되어 양평군으로 개편되기 전 경기도 산하 행정구역)과 여주(驪州)의 민보군 60여 명, 친군진어영(親軍鎭禦營)의 140명, 그리고 홍천 민보군 200여 명이 합류한 1천여의 강력한 세력이다. 그들은 22일 솔치고개(松峙)에 도달했으나 혁명군에서 미리 불을 놓았으므로 더는 안쪽으로 나아가지 못했다. 밤늦게 비가 내려 불은 꺼졌다.

승패를 판가름낼 싸움은 22일 새벽부터 시작됐다.

늦가을 비 온 뒤 산촌의 하늘은 청명하고 울긋불긋 물든 산하는 아름다웠다. 그러나 고즈넉하고 서정적인 서석 풍암리(豊岩里)는 새벽부터 살기가 어렸다.

첫 전투는 을시(乙時: 06:30~07:30)경 어론리(魚論里)에서 벌어졌다. 본대가 진을 치고 있는 풍암리 입구를 지키고 있던 100여 명의 부대원은 적을 맞아 용감히 싸웠으나 불과 1시간 만에 10여 명의 사상자를 내고 도주했다. 맹영재 부대는 쫓기는 혁명군의 뒤를 따라 일제히 풍암리로 쳐들어왔다. 언덕 위에서 이 모습을 보고 있던 포수와 창수들이 뛰쳐나가 동지들을 구해 돌아왔다.

불안정한 상황에서도 혁명군은 만반의 대비 태세를 갖추고 적을 기다리고 있었다. 제1진은 서낭고개 언덕 아래 평야지대와 인접한 곳에

활모양으로 둥글게 50여 군데의 참호를 파고 참호마다 젊은 대원들을 배치해 놓았다. 그리고 참호 2곳 중 1곳마다 각기 2명의 화승총 포수들을 배치하여 교대로 사격이 가능하도록 했다. 날씨가 좋아 화승의 불이 꺼질 염려는 없으므로 사수들은 결의를 다지고 있었다. 제2선인 능선 중앙은 띠 모양으로 참호를 파고 각각 포수 1명과, 창과 죽창을 든 20여 명씩을 배치했다. 그리고 최종 3진인 서낭고개 주변은 창검을 든 500여 명의 기동대가 전황에 따라 신축적으로 기동할 수 있도록 지휘부를 옹위하고 있었다. 그곳에는 1725년(영조1년)에 개발한 천보총(千步銃)도 있었다.

한편, 맹영재 부대는 미리 짜놓은 계획에 따라 본대를 중심으로 내면과 횡성으로 가는 방향인 맨 오른쪽에 홍천 민보군이, 다음으로 양근과 여주의 민보군을, 홍천과 물걸리로 빠지는 어론리 방향에는 춘천에서 온 친군진어영의 군사들을 배치했다. 그리고 각 부대의 앞에는 소총수들이 배치됐으며, 중앙의 본대 앞에는 6개의 총열을 갖춘 개틀링 기관총을 설치했다. 그들은 배치가 완료되자 멀리서부터 기다랗고 예리한 칼이 꽂힌 총검을 앞으로 향한 채 일정한 대오를 유지하며 빠르지도 느리지도 않은 보통의 걸음으로 다가오기 시작했다. 마치 쇠로 만든 병정들이 걸어오는 것 같은 모습이다.

500m⋯⋯300m⋯150m⋯.

그러나 혁명군 병사들은 참호에 몸을 감춘 채 돌 사이 구멍으로 전면을 응시했다. 적들이 소유한 총기가 어떤 성능을 보유하고 있는지를 잘 알기 때문이다.

화승총의 유효사거리가 기껏해야 70미터에 재장전 소요 시간이 아무리 빨라도 30초가 걸리는 데 비해 적들이 보유한 총기는 납탄을 쟁이고 화약을 넣은 다음 발사하는 전장식 소총이 아니다. 승(繩: 노끈)에 불을 붙일 필요도, 서서 화약을 장전하는 위험도 없다. 탄환과 화약이 한 구조 안에 있어서 방아쇠만 당기면 총알이 날아가는 혁명적인 볼트 액션(bolt action)의 후장식 소총이다. 유효사거리 800미터, 1분에 12발을 발사한다. 이미 우금치 전투에서 동학군 4만을 살상할 때 모리야(森尾雅一) 대위가 이끄는 일본군 100명이 단 1명의 전사자만 발생한 것만 보더라도 그들이 소유한 무라타 소총의 성능이 어떠한지를 알 수 있다.

적들은 100m 앞에 다가와선 걸음을 멈추고 혁명군 쪽을 바라만 보고 있다. 총알이 미치지 못하는 것을 알고 조롱하는 교만한 태도다. 대열의 옆에 군관 복장을 한 자가 팔짱을 끼고 서서 이쪽을 넘겨다보며 히죽이 웃고 있다. 참호 속에서 바라보는 이들은 분노가 머리끝까지 차오르지만 어쩔 수 없다.

맹영재 부대 가운데에서 확성기가 울렸다.

"이미 너희들은 패잔병과 다름없다. 오합지졸에다 장난감 같은 무기로 어떻게 우리와 싸워 이길 수 있겠는가. 헛된 일에 목숨 버리지 말라. 지금 즉시 두 손 들고 일어서 나오라. 그러면 목숨은 살려줄 것이다. 그러나 열 번을 셀 때까지 나오지 않으면 인정사정없이 죽탕 쳐 지옥으로 보내줄 것이다. 자아~"

말이 채 끝나기도 전에 언덕 위 혁명군 쪽에서 확성기가 울렸다.

"헛소리 말아라. 우리는 오늘 썩은 왕조와 왜놈의 개가 된 너희에게 백성이 내리는 정의의 철퇴가 어떤가 그 맛을 보여줄 것이다. 지금 당장 무릎을 꿇고 머리를 숙여라. 그러면 목숨만은 살려줄 것이다."

아래쪽 병사들이 총을 위로 솟구치며 웃고 떠들어댔다.

다시 맹영재 부대에서 외치는 소리

"자아 지금부터 열을 셀 것이다. 그 안에 손들고 나오는 사람은 온전히 집으로 돌아가게 될 것이니 걱정 말고 나오라. 하나…둘…셋…."

언덕 위 혁명군 쪽에서 남녀의 깔깔거리고 웃는 소리들이 들려왔다. 열 번을 헤아렸으나 손을 들고 나오는 사람은 아무도 없다. 들리는 것은 야유와 조롱뿐이다.

서로가 대치한 상태에서 두 식경 정도의 시간이 흘렀다.

어느 순간 드르륵 드륵 드르륵 언덕을 향해 개틀링 기관총이 발사됐다.

성황당 나무 아래에서 흙먼지들이 일었다. 처음 보는 놀라운 병기로 기를 죽이기 위한 것이다.

혁명군들이 참호 속에서 몸을 움츠렸다.

총소리가 멎었다. 잠시 뒤 중키에 단단한 몸으로 보이는 사람이 앞으로 나섰다. 군관 복장의 사람들 대여섯이 그의 옆에 늘어섰다.

"비도(匪徒) 차기석은 듣거라. 나는 국가를 혼란으로 몰아가며 백성의 삶을 혼탁하게 만드는 역도의 무리를 소탕하기 위해 온 기전소모관 겸 지평현감 맹영재다. 내가 거느린 군대는 잘 훈련된 군사와 현대식 무기를 갖춘 강력한 부대다. 한 번에 3천 발을 발사하는 총을 본 적이 있느냐?

공연한 목숨 버리지 말고 손들고 나오라고 할 때 순순히 나오거라. 그러면 목숨은 보전하겠다는 약속을 하노라. 생각할 시간도 필요하겠지. 앞으로 반 식경의 여유를 주겠다. 그 이후에 발생할 일은 너희의 상상을 훨씬 뛰어넘을 것이다."

바로 그때다. 언덕 위에서 수염이 텁수룩한 사내 한 명이 머리 위로 줄을 한 바퀴 돌리더니 앞쪽으로 허리를 숙였다. 돌멩이 하나가 공중을 날았다.

"어억!"

현감의 옆에 섰던 군관이 얼굴을 싸잡고 나뒹굴었다. 돌멩이는 150m를 날아가 정확하게 이마를 맞추고 피 묻은 모습으로 뒹굴었다.

혁명군 쪽에서 와아~ 하고 탄성이 터졌다.

주위에 섰던 사람들이 현감과 부상자를 감싸고 황망히 달아나기에 바쁘다.

줄팔매라고도 하고 투석구(投石具)라고도 하는 옛날 무기로 간단하지만, 고도의 기술이 필요하다. 위력은 상당하다.

"맹영재는 듣거라!"

성황당 나무 아래에 키 크고 우람한 체격의 사내가 나타났다. 주위로 역시 체격이 좋은 사람들이 둘러섰다.

"나는 중부 동학농민혁명군 대장 차기석이다. 네 머리통을 박살내려 했으나 초면이고, 비록 동족을 때려잡은 공으로 벼락출세를 했을망정 사또는 사또인지라 예를 갖추고자 옆에 놈이 대신 초면 인사를 받도록 했느니라.

나는 최시형 신사님을 모시고 궁으로 들어가 임금과 담판을 벌이려 했는데 어쩌다 너 같은 조무래기로 인해 길이 막혔구나. 하지만 오히려 잘된 일이다. 포악하고 부패한 왕조와 왜놈의 앞잡이가 되어 제 나라 백성을 괴롭히는 너와, 네 졸개들을 척결하고 당당히 한양으로 진군할 것이다. 비록 현대식 무기는 갖추지 못했으나 필승의 의지는 하늘을 찌르고 있고, 재래식 무기일망정 그에 못지않으니 한번 겨뤄보자꾸나. 또한 알리노니 너희 중에 나라와 백성을 생각하는 선한 자들도 있을 것이다. 마음은 아니로되 어쩌다 그 자리에 이끌려 나왔을 것으로 생각된다. 마지막으로 단 한 번의 기회를 주려고 하니 지금 즉시 그곳을 벗어나 여기 정의의 대열에 합류하라. 또한 뜻있는 이들은 왜구와 부패한 정권의 앞잡이인 맹영재를 체포하여 데리고 오거나, 그것이 불가능하면 손에 들고 있는 총으로 사살하라. 자아, 이 순간부터 반 식경의 여유를 주겠다."

"억!"

총소리가 들리고 차 대장의 옆에 서 있던 누군가가 쓰러졌다. 박윤수 집강이 목에 총알을 맞고 고통에 몸부림쳤다. 주위로 선혈이 낭자하다.

곧이어 아래쪽에서 외치는 소리가 들렸다.

"받은 대로 초면 인사를 했느니라!"

주위 사람들이 부상자와 차 대장을 호위하여 나무 뒤편으로 피신했다.

잠시 정적이 흘렀다. 어디선가 풀매미 소리가 쓰르륵거린다.

다시 정적을 깨트리며 개틀링 기관총이 드르륵 드르륵 기분 나쁜 쇳소리를 냈다.

총소리가 끝남과 동시에

"제1중대 돌격!" 하는 소리가 들렸다. 총창을 앞세운 맹영재 부대원들이 언덕을 향해 치달았다. 언덕 위에서 둥~ 하고 북소리가 들렸다. 아래쪽 참호에 수그리고 있던 혁명군 용사들이 몸을 일으키며 사정권 안으로 들어오는 맹영재 부대원들을 향해 화승총을 발사했다.

아래쪽에서

"제2중대 좌우로 공격!" 명령이 떨어졌다. 귀청을 찢는 것 같은 총소리와 함께 맹영재 부대 2중대원들이 언덕으로 올라오며 좌우로 갈라졌다. 북소리가 두 번 울렸다. 갑자기 언덕 위에 활을 든 30여 명의 궁수가 모습을 드러냈다. 시위를 벗어난 활들이 100여m를 날아갔다. 공격조 중 서너 명이 화살을 맞고 쓰러졌다. 그들 속에서 잠시 혼란이 일었으나 "일제 돌격!" 명령이 떨어졌다. 적들이 까맣게 올라오기 시작했다. 참호 안에 있던 혁명군 병사들도 3열 4열 차례로 일어서며 사격을 가했다.

좌우에서 관망하던 춘천의 친군진 어영군과 홍천 민보군, 양근 여주 민보군이 측면에서 쳐들어왔다.

총을 쏘고 나서 납탄을 넣고 화약을 다지기 위해 허둥지둥하는 동안 사방에서 전우들이 픽픽 쓰러지고 있었다. 동지들이 쓰러지는 광경을 본 혁명군들의 눈에서 불꽃이 튀었다. 호 안에 있던 사람들이 전원 창을 들고 뛰쳐나와 돌진했다. 적들은 달려오는 사람들을 향해 더욱 맹렬하게 총을 쏘아댔다. 언덕 위쪽에서 이 모습을 보고 있던 사람들의 얼굴이 분노로 일그러졌다. 일제히 칼과 창과 죽창과 도끼와 낫 쇠스랑을 들고 일어섰다. 65세가 된 노인도 있었고 14세 소년도 있었다. 할머니도 있었다.

오시(午時, 11:50~12:30) 무렵에 시작한 싸움은 해가 서산마루에 가까운 신시(申時, 15:30~16:30)까지 계속됐다. 차기석의 혁명군은 맹영재 부대에 비해 수적으로는 월등했으나 상대가 되지 못했다. 부대원의 반수가까이가 현대식 총포를 갖추고 정기적으로 훈련을 연마한 정규군에다 민보군이라 할지라도 비상시에 대비해 수시로 훈련을 연마한 싸움꾼들과는 비교조차 할 수 없는 일이다. 게다가 저들은 양호순무영의 지원을 받아 무기와 장비를 탄탄하게 갖추었다.

그러나 혁명군은 주눅 들거나 도망하는 사람이 없었다. 보잘것없는 무기를 들고 강대한 적을 맞아 피투성이가 되어 싸우고 또 싸웠다. 칼에 찔린 상태에서도 바짓가랑이를 붙들고 이빨로 물어뜯었다. 일방적인 싸움은 시간이 지날수록 급속하게 사상자가 늘어나고 있었다. 피가 튀고 울부짖는 소리가 하늘을 흔들었다. 총을 맞아 쓰러진 사람, 팔이나 다리가 잘려 나간 사람, 창칼에 찔려 창자가 흘러나온 사람, 눈알이 빠져나와 볼에 붙은 사람, 흰옷에 번져가는 진홍빛 가슴을 잡고 숨을 헐떡거리는 사람, 원한 서린 동공을 하늘로 향한 채 이미 죽어있는 사람, 누가 누군지 분간할 수 없이 사람들이 뒤엉켜 돌아갔다. 생지옥이란 이런 모습을 말하는 것이리라.

상윤이 적을 쓰러트리고 얼핏 차기석 대장 쪽으로 눈을 돌리니 그는 십수 명의 적에 둘러싸여 칼을 휘두르고 있었다. 상윤의 외치는 소리에 가까운 곳에서 창칼을 휘두르고 있던 몇몇이 달려갔다. 그리고 간신히 위기를 벗어났다. 주위를 둘러보니 이미 대세는 완전히 기울었고 적들은 확인 사살을 하고 있었다.

"대장님 아무래도 안 되겠습니다. 비통하지만 물러나 내일을 기약해야 합니다."

오덕현(吳德玄) 성찰(省察)이 말했다. 그 말에 차 대장이 버럭 고함을 질렀다.

"무슨 소리요! 저토록 수많은 내 형제자매가 죽어가는데 어찌 내일을 입에 올릴 수 있소? 비키시오. 나는 여기서 한 놈이라도 더 죽이고 끝을 낼 작정이오."

"대장이 그러시면 중부 혁명군의 생명도 여기서 끝나는 것입니다. 자(尺)도 짧을 때가 있고 치도 길 때가 있습니다. 우리들의 큰 뜻을 여기서 접으려는 것입니까? 분한 마음은 우리도 같습니다. 한 번 패한다고 포기하면 세상을 바꾸려는 우리의 꿈은 보잘것없는 것이었다는 게 됩니다. 일단 여기서 물러나 설욕의 기회를 만들어야 합니다."

그들은 분함을 이기지 못해 눈물을 흘리고 있는 차 대장의 팔을 이끌고 그곳으로부터 물러났다.

고요하던 산촌의 늦가을 하늘을 물들이고 있는 저녁노을은 원한 서린 백성들의 시신이 뒤엉긴 언덕을 불태우면서 미지의 어둠 속으로 서서히 가라앉고 있었다. 화약 연기 피어오르는 하늘에 기러기 몇 마리 힘겹게 날아가고 있었다.

이후 풍암리 일대는 몇 해 동안 시체 썩는 냄새가 코를 찔렀다. 같은 날 제사를 지내는 집들이 많았다. 누가 알까 쉬 쉬 하면서…….

그리고 매년 10.23.에는 800여 분들의 넋을 기리기 위해 풍암리에 조성한 동학 혁명군 전적지에서 추모제를 올리곤 한다. (날씨가 추운 시기이므로 양력으로 변경)

차기석 등은 뱃재(율전) 입구가 봉쇄됐다는 소식에 봉평을 통해 내면으로 들어갔다.

퇴각한 사람들 500여 명을 모아 급히 부대를 꾸리고 적의 공격에 대비하기 시작했다. 인원을 2개 부대로 나누어 적의 움직임에 따라 임기응변으로 대응하기로 했다. 제1대 300명은 차 대장이 지휘하여 자운(紫雲)과 창말 일대를 사수하기로 하고, 제2대 200여 명은 강원봉이 지휘하여 원당과 청두 일대를 지키기로 했다. 비록 병력은 적지만 이 일대 지리를 꿰뚫고 있으므로 공격자의 허를 찌르겠다는 생각으로 전의를 불태웠다.

한편, 맹영재 부대는 25일에도 풍암리에 머물며 혁명에 가담한 사람들을 잡아들여 주요 인사들은 목을 베거나, 혹은 붙잡힌 사람들이 너무 많으므로 배도표(背道標: 다시는 동학을 믿지 않겠다는 표)를 주어 훈계 방면을 하는 등 뒷정리로 바빴다. 그리고 차기석의 혁명군에게 재기불능의 치명상을 입혔다고 판단한 맹영재는 26일 본대를 이끌고 충청도로 출발하고 홍천 민보군과 춘천에서 온 친군진어영의 군사들이 혁명군을 추격하기 시작했다.

11.6. 혁명군은 작은 승리를 거두었다. 인접한 봉평의 민보군 대장 강위서가 내산면으로 쳐들어가 첫 밤을 2리(창촌) 창고에서 묵다가 차기석이 지휘하는 혁명군의 기습으로 11명의 사상자를 내고 도주했다. 가라앉아 있던 사기가 이번 승리로 인해 고무되었다. 그러나 4일 후인 11월 10일, 퇴각했던 강위서 군 300여 명은 강릉도호부 도암면 종사관 박동의의 군사와 함께 보래령을 넘어 다시 내면으로 쳐들어가 전투를 벌였고, 혁명군은 패배하여 자운리 괸돌과 덕두원 밀림 속으로 자리를 옮겼다. 11일에는 허경(許墹)이 지휘하는 홍천 민보군과 강위서의 군이 합세하여 공격해 들어왔다. 연이어 계속되는 추격대의 공격은 미처 대비할 틈을 주지 않았다. 자운에서 패배한 차기석의 혁명군은 창촌에서 벌어진 전투에서도 밀려 원당(院堂)에 도달했다. 그리고 이곳에 진을 치고 있던 강원봉의 소부대원 70여 명과 함께 곤드레골 일원에서 벌어진 4시간에 걸친 혈투에서도 패배했다. 차 대장과 잔여 병력 160여 명은 추격대에 쫓기며 늘원(광원)을 거쳐 청두(青頭)골로 들어가 강원봉의 본대 130명과 합해 총 300명 가까운 병력이 되었다. 그러나 이곳에서는 이미 격전이 벌어지고 있었다. 양양에서 진부를 거쳐 운두령을 넘어 청두로 달려온 종사관 이석범(李錫範)의 포군(砲軍) 50여 명이 혁명군

을 공격하고 있었다. 차기석 군과 강원봉 군이 합세하여 악전고투했으나 적은 또 다른 길을 통해서도 쏟아져 들어왔다. 이석범의 동생 이국범(李國範)의 군사가 신배령을 통해 쳐들어왔고, 양양의 김익제(金翼濟)가 민보군을 이끌고 응봉령을 넘어왔다. 계속해서 밀린 혁명군이 약수산(藥水山)에 도달했을 즈음에는 남은 인원이 채 70명이 되지 않았고 그나마도 성한 사람은 몇 명에 불과했다. 시간은 이미 신시(辛時: 18:30~19:30)에 도달해 있었다. 차기석 대장이 상윤과 작별을 고한 것은 그때쯤이었다…:

　나뭇단들 속에서 불안한 밤을 보낸 상윤은 새벽이 되자 밖으로 나왔다. 그리고 가까운 숲속에 숨어서 마지막 감자떡을 먹었다. 지루한 하루를 보내며 밤이 되기를 기다렸다. 다리에 통증이 점점 심해지고 있었다.
　절망이 엄습해 올 때마다 차 대장이 했던 말을 떠올렸다.
　"동지들의 피로 얼룩진 이 깃발은 죽은 자들이 살아 있다는 증거요. 당신은 나의 시체를 넘고, 또 다른 이는 당신의 시체를 넘어 이 깃발이 중단없이 나부끼게 해 주시오."
　옆에 세워둔 깃발을 쓰다듬었다. 살 수 있다는 확신은 없다. 그러나 죽기 위해 살아야 하는 것이 의무다.
　밤이 왔다. 달빛에 반사되는 눈을 밟으며 터덜터덜 산을 내려갔다. 한 시간쯤 내려가자 멀리 오른쪽 비탈 아래 오두막 한 채가 희미하게 시야에 들어왔다. 둘러보니 주위에 다른 집은 눈에 띄지 않았다. 발소리를 내지 않으려 조심하면서 가까이 다가갔다. 집 뒷마당과 경계를 이루는 언덕 위에 커다란 나무 한 그루가 있었다. 달빛 그늘에 몸을 숨기고 아래를 내려다봤다. 작고 초라한 귀틀집은 초저녁인데도 무거운 적막에 싸여 있다. 불빛도 없고 인기척도 없다. 비로소 눈을 돌려 뒷마당을 살펴본다. 언덕 아래 장독대에 서너 개의 장독이 있는데 뚜껑 위에 눈이 없다. 그리고 부엌으로 연결된 곳에도 외줄로 검게 길이 나 있는 것으로 미루어 사람이 살고 있음이 분명하다. 한참 동안 그 자리에 서서 생각해 본다. 이처럼 외따로 떨어진 집에는 추격대가 숨어있거나, 집주인에게 분명 주의나 신고 명령이 엄하게 내려져 있을 것이다. 우선은 먹을 것을 구해 산속에 숨어서 하루 이틀 동정을 살피면서 상황에 따라 움직여야 할 것 같다.

신경을 고추 세우고 발자국을 조심스레 떼어 놓으며 부엌으로 다가갔다. 문은 굳게 잠겨 있었다. 부근을 살폈으나 통나무로 지어진 귀틀집이라 다른 곳으로는 들어갈 방법이 없다. 가느다란 나뭇가지를 꺾어 걸대가 걸린 틈새로 넣었다. 그리고 오른쪽으로 조금씩 밀어내기 시작했다. 밀다가 귀를 세우기를 반복했다. 마침내 달가닥, 작은 소리를 내며 걸대가 열렸다. 다리의 통증을 어금니를 물고 참으면서 한쪽 문을 아주 조금씩 열었다. 몸 하나가 들어갈 틈이 되었다. 옆으로 비킨 자세로 한발씩 안으로 떼어 놓았다. 몸이 안으로 완전히 들어가면서 참았던 호흡을 끊어서 배출했다. 문틈 사이로 달빛이 들어왔으므로 희끄무레한 부엌의 모습을 살필 수 있었다. 조심스레 솥뚜껑을 열었다. 실망스럽게도 솥은 횅하니 굶주린 뱃속을 드러내 보였다. 부뚜막 위를 비롯해 이곳저곳 둘러본다.

그때다. 하마터면 뒤로 나자빠질 뻔했다.

"솥엔 남아 있는 게 없을 게요. 오른쪽 구석 나뭇단 뒤를 보면 가마니에 감자가 몇 덩어리 있을 거외다."

부엌과 맞닿아 있는 문 안쪽 어둠 속에서 나는 묵직한 말소리다. 상윤은 얼어붙은 것처럼 한동안 움직이지 못했다. 저쪽에서도 더 이상 말이 없다. 언제까지 그 자리에 서 있을 수만은 없다. 황급히 오른쪽 구석으로 달려가 섶나무 단을 끌어당겼다. 가마니를 열었다.

"고맙습니다, 고맙습니다. 정말 고맙습니다."

감자를 품에 안고 나오면서 울먹였다. 보이지 않는 상대를 향해 연신 머리를 조아렸다. 밖으로 나오자마자 왔던 곳을 향해 질뚝거리며 내달렸다. 하지만 곧이어 불안이 꼬리를 물고 따라왔다. 혹시 관군의 사주를 받아 미끼를 놓은 것이 아닐까? 추위와 굶주림을 견디지 못한 혁명군 패잔병들이 마침내는 마을의 외딴 가옥으로 찾아들게 될 것은 충분히 예상할 수 있는 일이다. 그들을 잡기 위해 관아의 사주를 받은 주민이 쳐놓은 그물이 아닐까? 혁명군 패잔병이 이런 집에 숨어들었다가 거주하고 있는 주민에게 위해를 가할 수도 있을 것이다. 그럴 때 먹거리를 주어 보낸다면… 위기를 모면할 수 있을 것이고, 관아에 알릴 시간을 벌 수도 있을 것이다. 그렇다면…다시 그 외딴집으로 가서? 그러나 이내 머리를 흔들며 생각을 떨쳐버렸다. 백성을 위해 몸을 바치고자 하는 사람이 자신의 안전을 위해 어찌 백성을 죽일 수 있단 말인가. 천부당만부당 한 일이다.

본래의 자리로 돌아와 앉았으나 도통 불안을 떨쳐버릴 수가 없다. 얼굴을 알 수 없는 그 사람의 목소리를 분석해 본다. 몇 살이나 되었을까? 성격은? 목소리의 품격이나 흐름으로 미루어 환갑은 넘은 노인으로 여겨진다. 굵은 목소리는 흔들리지 않는 성격일 것이고, 낮고 느린 흐름은 침착한 이라는 것을 짐작하게 한다. 감정보다는 이성에 충실한 사람이다. 아니다, 세상사를 많이 경험한 노인이라면 침착할 수 있다. 매우 완악(頑惡)하거나 무척 관대하거나 둘 중의 하나라고 생각해 두자. 하지만 이런 분석은 허공에 그리는 그림과 같은 것, 목소리가 어떻든 가장 중요한 변수는 그가 혁명군에 대해 어떤 감정을 갖고 있는가이다. 호의적인 생각이라면 희망적이지만, 적대적 감정을 갖고 있다면 끝이다. 그것을 알 수 있는 것은 시간이다. 늦어도 내일 오시(午時, 11:30~12:30)면 판가름 날 일이다. 그때쯤이면 관군이 오고도 남을 충분한 시간이기 때문이다. 지금으로선 다른 곳으로 도망친다는 것은 의미 없는 짓이다. 심한 부상에 탈진한 상태에서 얼마 못 가 붙들릴 것은 불을 보듯 뻔하다. 차라리 한 놈이라도 더 죽이고 끝을 낼 수밖에 없다. 나무에 기대놓았던 총을 집어 총열을 쓰다듬어 보고는 다시 세운다. 기다려 보자. 마음을 진정시키고 생감자를 씹었다. 그런 다음 눈을 헤쳤다. 밑에 쌓여 있는 가랑잎들을 모아서 두껍게 깔고 몸에도 덮었다. 얼굴만 내놓은 상태에서 밤을 보냈다. 시간이 이처럼 늦게 간다는 걸 처음 알았다. 그러나 오시가 가까워질수록 초조와 불안감은 도를 더해 갔다.

하지만 예상한 시간이 훨씬 지나도록 아무 일도 일어나지 않았다. 이따금 작은 새들이 나뭇가지 사이를 푸륵 거리며 눈 위에 반사되는 햇살을 즐기고 있을 뿐 숲은 고요하고 산은 고즈넉하다.

서서히 긴장이 풀리니까 사지가 나른해지고 졸음이 쏟아졌다. 다리에 통증도 멎었다. 얼마 동안인지 잠을 잤다. 오랜만에 깊은 잠이다. 그리고 날감자를 씹었다. 입안이 아리고 설사가 났으므로 다음날 이른 새벽에는 나뭇가지들을 모아 부싯돌을 쳐서 불을 붙인 다음 감자를 구웠다. 미래를 예상할 수 없으므로 감자를 아끼고 아껴서 먹었다.

그렇게 엿새를 지났다. 감자가 몇 개 남지 않아 다시금 배고픔의 위기가 다가오고 마음속에 갈등이 파도치기 시작했다.

두어 차례 다가가 그 외딴집을 살펴봤다.

그때마다 집은 아무 기척도 없이 조용하기만 하다. 어느 날 저녁녘 굴뚝에서 연기가 나는 것을 보았다. 여전히 사람이 살고는 있으나 식구가 적다는 것을 짐작할 수 있었다. 모험을 해 보기로 했다. 다음날 한밤중에 다시 그 집으로 다가갔다.

그리고 문 앞에 서서 안쪽을 향해 나직이 말했다.

"주인어른 계십니까?"

대답이 없다.

"주인어른 계십니까?"

"누구요?"

며칠 전 들었던 예의 그 묵직하고 차분한 음성이다. 가슴이 쿵쾅거렸다.

"네, 며칠 전 밤중에 감자를 얻어갔던 사람입니다."

구차한 설명은 필요 없는 일이다. 상대는 이미 이쪽의 신분을 짐작하고 있으니까 말이다.

"잠시 기다리시오."

창문에 희미한 불빛이 비치고 문이 열렸다.

"들어오시오."

가마니가 깔린 작은 방안에는 등잔불이 켜져 있고 상투를 튼 머리에 왜소한 체구의 한 노인이 부엌 쪽 벽에 상체를 기대고 정좌를 한 모습으로 있었다. 그의 한쪽 옆으로는 방금 밀어놓은 것으로 보이는 누더기 이불이 아무렇게나 놓여 있다. 윗방에 문이 닫혀 있다.

60세가 좀 넘어 보이는 노인은 뜻밖에도 맹인이다. 눈꺼풀이 주저앉아 동자를 반쯤 가리고 있었다. 그러나 기대의 눈으로 바라보기 때문인지 그의 얼굴에서 온화함을 느꼈다.

잠시 무거운 적막이 흐르고 나서 주인이 먼저 입을 열었다.

"몸을 다친 것이오?"

"어떻게 아셨습니까?"

"들어올 때 동작이 느리고 신음 소리를 내는 것으로 짐작을 했소. 게다가 멀리 도망가지 못하고 다시 찾아오지 않았소."

"네, 정확하게 맞추셨습니다. 왼쪽 다리를 좀 심하게 다쳤습니다."

"저녁은 먹었소?"

"아직…."

머리를 숙이며 낮은 소리로 대답했다.

노인은 "감자가 다 떨어진 모양이군" 혼잣말처럼 중얼거리고 나서

"부끄러워할 것 없소. 인간도 먹어야 생존하는 동물이요. 세종께서도 식위민천(食爲民天, 밥은 백성의 하늘이다)이라고 하셨소. 우선 밥부터 먹고 다른 일을 합시다"라고 말했다. 그리고 부엌에서 달그락거리는 소리가 났고 잠시 후 개다리소반을 들고 들어왔다. 상윤이 얼른 받아 자리에 놓았다.

우물쭈물하는 것을 눈치챘는지

"어서 드시오. 여러 날을 굶다시피 했으니 오죽이나 배가 고프겠소."

노인의 말이 떨어지자마자 허겁지겁 먹기 시작했다. 감자와 타갠 옥수수로 지은 밥이 고봉으로 담겨 있다. 실로 오랜만에 맛보는 김치와 함께 게눈감추듯 먹어 치웠다.

수저를 놓으며 "감사히 잘 먹었습니다"라고 인사를 했으나 대답하지

않고 손을 더듬어 밥상을 옆으로 밀어놓고 나서

"다친 데가 어딘지 내봐 보시오."라고 말했다.

다리를 가까이 대자 눈을 꿈벅거리며 발목을 더듬어 그 부분을 확인했다. 그러고는 한 손을 길게 뻗어 머리맡에 놓인 작은 상자를 끌어당겨 뚜껑을 열었다. 안에는 크고 작은 침들과 삼각으로 된 날카로운 모습의 칼이나 솜 등이 있었다.

상처 난 부위에 무언가 약물을 뿌리고 나서 조심스레 헝겊을 풀기 시작했다. 피가 말라붙었던 자리인지라 몹시 아파 신음 소리를 냈다. 헝겊을 모두 풀어내니까 피가 마구 쏟아졌다. 노인은 솜으로 연신 피를 닦아내며 혀를 끌끌 차더니

"허어, 동맥이 끊어졌군. 평생 불구로 살아야겠소."라고 말했다.

그때 윗방에서 젊은 여자의 말소리가 들려왔다.

"아버지, 누가 왔어요?"

노인은 여전히 손을 움직이면서

"아니다. 아무 일 없으니 그냥 자거라."라고 대답했다. 윗방에서는 이내 얕게 코 고는 소리가 들렸다.

헝겊을 풀고 약을 바른 다음 솜을 붙이고 나서 새 헝겊으로 묶었다. 상처 부근에 몇 번인가 침을 놓았다. 그런 일련의 과정이 마치 눈이 멀쩡한 숙련된 의원이 하는 것처럼 능수능란하게 진행되는 것을 보고 상윤은 내심 감사와 감탄을 동시에 느끼고 있었다. 상처에 대한 치료를 끝내고 나서 환자를 엎드리게 한 다음 다리와 어깨 부분에 침을 꽂았다.

"한참 기다려야 효험이 있소. 그리고 며칠 동안 계속해야 하오. 다친 지는 얼마나 됐소?"

"여드레쯤 되는 것 같습니다."

"그럼 청두 부근에서 싸운 것이오?"

"네, 약수산에서 전투를 하다가 패했습니다."

"용케도 살아왔소. 사방에 관군들이 눈을 번득이면서 곳곳을 뒤지고 있는데 말이오. 여기도 하루에 한두 번은 사람이 왔다 가곤 한다오."

상윤은 내심 깜짝 놀랐다. 자신이 살펴봤을 때는 아무도 발견할 수가 없었는데 하루에 한두 번 수색대가 왔다 간다니 너무 안이하게 생각하고 있었다는 것을 깨달았다. 하기야 전투를 치른 지 며칠이나 지났다고…. 생각하면 그것은 당연한 것이지만, 놀라운 것은 이 노인이 생명의 위험을 무릅쓰고 자신을 치료해 주고 있다는 사실이다. 그는 고발하지 않았으며 오히려 막다른 골목에서 오직 하나의 희망을 걸고 찾아온 사람을 따뜻하게 맞이하여 치료까지 해 주고 있다. 생명을 내놓아야 할 각오가 없이는 할 수 없는 일이다.

상윤은 엎드린 채로 노인에게 물었다.

"그런데 영감님께서는 어찌하여 위험을 무릅쓰고 저를 구해 주시는 것입니까?"

노인은 허허 웃고 나서

"이 나이쯤 되면 세상 만물이 측은하게 여겨지는 법이오. 인생이란 말이오, 태어나 사는 동안에 즐거운 일들도 있긴 하지만 대부분의 날은 아프거나 슬프거나 힘든 일들의 연속이오. 죽음을 필연으로 맞아야 하는 생명의 한계를 지닌 데다 쉼 없이 일하고, 본성과는 다르게, 때로는 싸워야 생존할 수 있는 것이 인생이오. 돌려서 보면 사람마다 거꾸로 서서 발끝으로 지구를 받치고 있는 모습이 아니겠소. 60 평생을 사는 동안 즐거웠던 시간은 단 5일밖에 없었다는 죽음을 목전에 둔 어느 노인의 말도 들었소. 하지만 그런 것들조차 죽음 앞에선 무슨 의미가 있겠소. 젊었을 때는 사소한 일들도 마치 사활이 걸린 문제처럼 중요하게 여겨져 경솔하게 행동하지만 나이 들어 뒤돌아보면 왜 아무것도 아닌 일을 가지고 그때 그런 행동을 했을까, 스스로 부끄러워 낯을 붉힐 때도 많다오. 꿈길처럼 왔다 가는 인생에서 말이오. 때로는 벌써 이렇게 세월이 흘렀나 놀랄 때도 있지요. 오죽하면 어떤 이는 인생천지지간 약백구지과극 홀연이사(人生天地之間 若白駒之過隙 忽然而已)라 했겠소. 인생은 천지 사이에 흰 망아지가 작은 문틈으로 달려 지나가는 것과 같은 찰나에 불과한 것이오. 어찌 나만의 인생이 그러하리오. 땅과 바다와 하늘에 사는 모든 중생이 같은 처지가 아니겠소이까. 미물들을 사다가 방생(放生)도 하는 게 사람이거늘 살 만큼 산 나이인데 하물며 쫓기는 사람을 어찌 외면할 수 있겠소. 한 사람을 구하는 것은 우주를 구하는 것과 같다고 하셨소. 그리고 산골 외진 곳에 살려면 돌팔이 침술가 정도는 되어야 긴급한 상황을 맞을 때 나와 이웃을 구할 수가 있지요. 침술은 그런 데 쓰고자 배운 것이오."

"그러시군요. 이 은혜를 어찌 갚아야 할지 모르겠습니다."

"아니요, 은혜랄 것까진 없소이다. 마음을 편안하게 하시오."

"감사합니다."

"그런데 나이가 몇이오?"

"올해로 스물여덟입니다."

"장가는 들었소?"

"웬걸요, 아직…."

"허허, 큰 산을 가꾸는 데 바빠 집터를 만들지 못한 셈이군. 큰 뜻이 있어 아직 못한 것이야…."

"아닙니다. 큰 뜻이 무엇입니까. 딸을 주실 분이 없어서 결혼을 못했습니다."

노인은 또 너털웃음을 허허 웃었다.

그리고 고향이 어디며 부모님이 생존해 계시는지 등등 이것저것을 물었다.

노인은 침을 빼면서 말했다. "이런 치료를 서너 번은 해야 좀 효험이 있을 텐데…."

그러나 한결 좋아진 기분이 들었다. 몸을 일으키며 찬찬히 노인을 바라봤다. 그의 입에서 무언가 희망적인 말이 나올 것이라는 기대를 하면서 물었다.

"혹시 차기석 대장에 대해 알고 계신가요?"

"알다마다요. 이 고장 사람으로 어찌 차 대장을 모를 리 있소."

"그럼 약수산 전투 이후 그분의 행적에 대해서도 알고 계신 것이 있으신지요?"

"체포되어 참형에 처해졌다고 하오."

"아…."

예상은 하고 있었지만, 막상 그 말을 듣고 나니 세상이 와르르 무너지는 것만 같다. 온몸의 피가 모두 빠져나가는 느낌이다. 눈물이 마구 쏟아졌다. 노인은 상윤의 울음이 끝나기를 기다리고 있다가

"차 대장과는 어떤 사이요?"라고 물었다.

"직접 옆에서 모시고 있었습니다. 그리고…."

상윤은 그동안에 있었던 일들을 이야기했다.

"그랬군…."

노인은 한참 만에 천천히 입을 열었다.

"차 대장은 약수산에서 최후의 결전을 하다가 친군진어영과 홍천과 양양 평창에서 온 관군과 민보군에게 포위되어 붙들렸다는 말을 며칠 전에 들었었소. 그런 줄로만 알고 있었는데 어저께 장에 갔다가 들은 이야기는…."

…11.15일 약수산에서 체포된 차기석 대장은 포승줄에 묶여 그길로 원당에 도착하여 무리와 함께 잠시 강가에서 휴식을 취했다.

상투는 풀어져 헝클어진 머리칼이 어깨를 덮었고 몸은 피투성이가 되어 성한 곳이 없었으나 머리칼 사이로 보이는 눈에선 형형한 광채가 났고, 모습은 여전히 늠름했다.

그는 소모 종사관 박동의(朴東儀)와 홍천 종사관 허경(許坰)을 향해

"이보시오 종사관 나으리들, 어차피 나는 죽을 목숨이오만, 죽음에 앞서 두 가지만 부탁하리다. 모든 책임은 나에게 있는 것이니 부디 여기 함께 있는 분들은 온전히 집으로 돌아가게 해 주시오. 가족들이 얼마나 기다리겠소이까. 부탁드리리다. 그리고 고사에 절영지연(絶纓之宴)이라는 말도 있거니와 내 마지막 저승 가는 행장을 어릴 적부터 뛰놀던 이 마을, 이 개울가에서 시작하고 싶으니 허락해 주시구려. 만일 부사의 허락을 받아야 한다면 이삼일 기다리며 그리해 줄 수도 있지 않겠소."

그러나 두 사람은 고개를 가로저었다.

"둘 중 한 가지도 들어줄 수 없단 말이오?"

"닥쳐라 이놈아, 혹세무민에 대역죄를 짓고도 어찌 주둥아리를 함부로 놀리고 있는 것이냐. 죄인 된 놈 뜻대로 해 준다면 어찌 국법이 바로 설 수 있을까?!"

박동의가 꾸짖는 말이다.

"헛헛허허허."

차기석은 허공을 향해 큰 소리로 너털웃음을 웃었다.

"고향에서 뜻을 세워 출병하고 이제 고향에서 마무리를 하려 하나 이마저도 허락을 않으니 참으로 야박한 세상에 태어났도다."

그러자 옆에 묶여 있는 집강(執綱) 박석원(朴碩元)이 맞장구를 쳤다.

"예로부터 죽음을 앞둔 사람의 소원은 들어주는 법이거늘 참으로 야박하구려. 하지만 도마 위의 고기가 죽음을 두려워하겠소이까. 우리 또한 목숨을 구걸할 생각은 없소이다. 저승길이 적막할 텐데 길동무해 함께 가면 심심치는 않을 것이오. 아니 그렇소이까?!"

하지만 그날 강바람이 사납게 휘몰아치는 원당 개울가에서 박석원과 오덕현은 참형(斬刑)에 처해졌고 잘린 목은 동학 비도(匪徒) 아무개라는 이름을 달고 창말 양수교 삼거리에 열흘 동안 장대에 매달려 있었다.

소모 종사관 박동의는 그 밤으로 차기석을 앞세우고 운두령을 넘어 강릉 관아로 향했다. 주위에 수십 명의 군졸이 에워싸고 경비가 삼엄했다.

11.22. 곤시(坤時: 14:30~15:30), 강릉 대도호부 지과정(군사훈련장) 사대(射臺) 댓돌 아래에 손이 뒤로 묶인 차기석이 꿇려 있다. 댓돌 위에는 빈 교의(交倚)가 놓였고 주위엔 창을 든 병졸들이 둘러섰다. 담장 밑으로는 아침부터 방청인들이 모여들어 인산인해를 이루었다. 잠시 뒤 급창(吸唱, 원님의 명령을 크게 되풀이하는 사람)이 큰 소리로 '원님 납시오'를 외쳤다. 이어서 임영관(臨瀛館)을 나온 부사 겸 관동소모사 이회원

(李會源)이 느린 걸음으로 들어왔다. 시끄럽게 떠들던 사람들이 일제히 입을 닫았다.

부사가 두어 번 헛기침을 하면서 교의에 앉았다. 그는 상체를 등걸이에 한껏 기대고 양팔을 팔걸이에 걸친 다음 죄인을 지긋이 내려다본다. 죄인이 묵례를 했다. 부사는 인사에는 미동도 하지 않고 그를 바라보기만 한다. 차츰 눈에 불꽃이 일고 얼굴에 노기가 서린다. 댓돌 아래 차기석 또한 눈 한 번 깜박이지 않고 부사를 마주 보고 있다. 서로가 기 싸움을 하는 것 같다. 마침내 침묵을 깨고 부사가 먼저 입을 열었다. 목소리는 가라앉았으나 노기가 서렸다.

"죄인은 묻는 말에 답하라. 너는 어찌하여 난학(亂學)을 앞세워 우매한 백성을 도적떼로 만들고 처처를 횡행하며 사람을 죽이고 재물을 강탈하는 등 세상을 어지럽혔는가?"

차기석은 잠시 숙였던 상체를 꼿꼿이 들었다. 그리고 부사를 쏘아보며 대답한다.

"사또께서는 지금 말씀을 잘 못 하고 계십니다. 난학이라니요? 동학은 난학이 아닙니다."

부사의 눈썹이 올라갔다.

"학문을 연구한다는 미명을 앞세워 혹세무민(惑世誣民)한 것이 난학이 아니고 무엇이란 말이더냐?"

차 대장이 말을 받는다.

"영동과 영서 군현 백성들의 홍복(洪福)을 위해 일하시는 사또께서 어찌 고을의 백성들이 탁마(琢磨) 정진하고 있는 동학에 대해 그리도 모르고 계신단 말씀입니까? 그 말씀이야말로 묵적지수(墨翟之守,낡은 틀에 얽매어 있음)로 동학을 잘못 알고 계시는 것이옵니다. 동학의 이념은 인시천(人是天), 즉 사람 존중이며, 인간 평등사상입니다. 또한 작금에 이르러서는 자립자강(自立自强)과 외세배격이기도 합니다. 그리고 합기덕(合其德) 정기심(定其心)의 법도에 정진함으로써 현세에서 바른 삶을 살고, 후천 세계에서는 복을 받자는 것입니다. 동학은 결코 나쁜 것이 아니며 오히려 세상을 이롭게 하는 인격도야의 학문이고, 지극히 겸손한 도(道)이며, 치유의 종교일 뿐만 아니라 절망하는 백성들에게 희망을 주는 길잡이라는 것을 어이 모르신단 말씀입니까?"

"시끄럽다 이놈아, 내 네놈들의 속셈을 모를 줄 알았더냐. 너희가 말하는 그 후천세계라는 것은 현세를 비관과 모순으로 가득 찬 말세(末世)로 보고 세상을 뒤집어 역성혁명(易姓革命)을 꾀하려는 것이 아니더냐. 만일에 너희가 모신다는 한울이라는 신이 진실과 정의를 추구하고 인간에게 올바른 것을 가르치는 존재라면 네놈들이 어찌 폭력적인 방법으로 세상을 혼란케 한단 말이냐? 말은 그럴듯하게 하면서도 행실은 살인과 도적질을 일상사로 하는 자들을 어찌 도둑의 무리라고 하지 않을 수 있을 것인가! 너희는 입에는 꿀을 발랐으되 뱃속엔 칼을 품고 세상을 뒤집어 제 잇속을 채우려는 사악한 비도(匪徒)에 불과할 따름이로다."

"사또께서는 이 또한 잘못 알고 계십니다. 세상이 이처럼 혼란하게 된 원인은 저희에게 있는 것이 아니라 무능한 왕가와, 사대주의에 사로잡힌 조정의 친일 친청(親淸) 주구들과, 부패한 관리들에게 있습니다. 막다른 골목에 이르면 개도 범에게 달려드는 법이거늘, 위에서 눌리고 아래는 찢겨서 죽지 못해 사는 지경에 이른 데다, 작금에는 외세의 침략으로 나라가 망국 지경인 상황에서 백성 된 도리로 어찌 손 놓고 앉아 있을 수 있단 말씀입니까?! 이는 잘못된 짓이 아니라 이 땅에 사는

사람으로 마땅히 해야 할 도리이며, 의로운 행동입니다. 또한 역성혁명
으로 말하시면 조선의 개국부터가 역성혁명인데 어찌 그걸 입에 올리
십니까. 우리는 역성혁명을 하려는 것이 아니라 왜구와 청나라 오랑캐
들을 몰아내고 백성이 주인인 나라를 세우려는 것입니다."

"저런 저런 방약무도(傍若無道)한 놈을 보았나. 이놈아, 조선의 개국이
어찌 역성혁명이란 말이더냐."

일단 소리높여 꾸짖었으나 위화도(威化島) 회군이 떠오르자 잠시 당황
한 빛을 띤다. 시선을 다른 곳으로 돌렸다가 이내 제자리로 돌아왔다.

"국왕 폐하의 은덕이 방방곡곡에 퍼져 있는 이 나라가 바로 백성의
나라다. 자애로우신 국왕 폐하를 배반하고 너희들이 벌이고 있는 망
동이 바로 역성혁명이니라. 듣건대 불란서(佛蘭西) 백성들이 미쳐 돌아
갔다고 하더니 너희 놈들도 전염이 된 것이냐. 그토록 수많은 사람을
죽이고 가옥을 불태우고, 재물을 약탈하는 악행을 자행하고도 공의를
주장하고 있다니 참으로 도적은 도적이로다."

부사가 혀를 끌끌 찼다. 그러나 차기석은 허공에 대고 껄껄 너털웃
음을 날렸다. 조금도 주눅 들지 않은 모습이다.

"설마 인시천 사인여천(人是天 事人如天)을 전파하는 명색이 동학교의
대접주란 자가 그와 같은 짓을 사주했다고 생각하지는 않으시겠지
요?! 식구가 많다 보면 별의별 사람이 다 있듯이 사람을 죽이고 가옥
을 불태우고 재물을 약탈한 것은 일부 무지한 자들이 자행한 것으로
이를 상식을 가진 선량한 대다수 동학교도나 농민으로 보편화시키는
것은 전혀 사리에 부합하지 않는 일입니다. 또한 저희에게서만 발생한
것도 아닙니다. 그 책임이 저희만의 것이 아니라는 말씀입니다."

"어허, 저런 뻔뻔한 놈이 있나…. 그래, 도대체 그와 같은 짓을 한 자

가 너희 말고 누가 있고, 책임을 질 사람이 누가 또 있단 말이더냐?"

"대단히 외람되오나 사또께서는 과연 오늘의 혼돈한 사태에서 과연 자유로울 수 있으신지요? 사람을 죽인 일로 계산하면 조정의 녹을 먹은 자들이 한 짓이 더 많았고, 가옥에 불을 지른 숫자도 군졸들이 행한 짓이 더 많습니다. 정치를 잘못한 탓으로 살기가 힘들어 횃불을 든 사람들을 어찌하여 그토록 무자비하게 죽여야 했으며, 그들의 가족은 어찌 살라고 집들을 불살라버린 것입니까? 이는 애자필보(睚眦必報: 눈 한 번 흘긴 것도 잊지 않고 기억해 뒀다가 복수를 한다는 뜻)의 용렬함이 아닐런지요. 한비자(韓非子: 춘추전국시대에 살았던 철학자)도 '형과불피대신 상선불유 필부(刑過不避大臣 賞善不遺匹夫)'라 했습니다. 잘못을 말할 때는 대신도 피해 가지 못하고 상을 줄 때는 일반 백성도 빠지지 않아야 하거늘 관리가 하는 짓은 언제나 정당한 것이고, 몸뚱어리밖에 없는 백성이 항거하는 것은 불법한 것이란 말씀입니까?"

"네 어찌 한비자의 한 부분만 읽고 주둥아리를 함부로 놀리는 것이냐. 그 말씀의 요체는 '군왕이 나라를 다스리려면 권세로 위엄을 세우고 법규를 엄히 하여야 한다'는 것이다. 하지만 우리 주상께서는 백성을 지극히 사랑하시어 공자(孔子)의 말씀을 따라 덕치(德治)와 인치(仁治)를 하고 계시다. 그렇다고 해서 도적떼를 방관, 묵인한다면 세상이 어찌 될 것이며, 국법의 존재 이유는 무엇이란 말이냐?"

그 말에 차기석은 빙그레 웃는다.

"악법도 법이라는 말이 있긴 하나, 그것은 지배자를 위한 여의봉(如意棒)에 불과한 것이고 백성들에겐 받아들일 수 없는 허문(虛文)에 지나지 않는 것입니다. 맹자께서 말씀하시기를 명위천수 실위민수(名爲天授 實爲民授: 왕의 권한은 명분상으로는 하늘이 부여하지만 실질적으로는 백성이 부여한다)

라고 했습니다. 실질이 이러함에도 어찌 백성에게 지키지 못할 법을 만들어 놓고 강요할 수가 있습니까?! 그런 법은 존재하지 않는 것과 다름이 없으므로 지키지 않아도 된다고 생각합니다."

"시끄럽다 이놈, 내 너의 그런 궤변이나 듣고 있을 위치에 있지 않다. 한마디 반성의 말이라도 있을까 기대했거늘 참으로 방약무도(傍若無道)한 놈이로구나. 이제 너의 머리를 베어 삼문 앞에 효수하여 만인으로 하여금 경계가 되게 할 것이다."

부사는 호령을 하고 나서 마음을 가라앉혔다. 행위는 괘씸하지만, 나이 40 초반에 형장의 이슬로 사라질 것을 생각하니 측은한 마음이 들었다. 음성을 낮추어 묻는다.

"마지막으로 할 말은 없는가?"

차기석은 조용히 눈을 감았다. 마음을 다스리고 있는 듯하다. 그리고 잠시 후 입을 열었다.

"기회를 주셔서 감사합니다. 손자병법에 이르기를 '패배는 자신에게 달렸고, 이기는 건 적에게 달렸다(不可勝在己 可勝在敵)'는 말이 있습니다만 패장으로서 부끄러움을 무릅쓰고 한 말씀 드리겠습니다. 나는 남아로 태어나 이 한 몸 기꺼이 바쳐 가난하고 고통받는 백성들을 위해 새로운 나라를 만들고자 깃발을 들었으나 운이 미치지 못해 여기서 끝을 맺습니다. 역사는 이긴 자의 붓으로 기록하는 것이므로 훗날 우리들의 의거가 한낱 무지몽매한 도적의 무리가 저지른 것으로 기록될 것입니다. 그 행위 또한 살인과 약탈 방화를 일삼은 야만적인 것으로 그려질 것입니다. 관군이나 민보군의 행위는 한 점의 과오조차 없는 정당한 것으로 평가할 것으로 짐작합니다. 무슨 연유로 불행한 사태가 발생했는지에 대한 이유는 은폐될 것입니다. 그러나 괘념치 않습니다. 오랫동안 닫혔던 세상의 문을 우리가 열었다는 것에 만족합니다. 나와 우리 중부 동학농민혁명군 동지들은 이 대열의 선봉에 섰던 것을 자랑스럽게 여기고 있습니다. 또한 비록 패하기는 했으나 전국에서 봉기한 정의로운 투쟁의 최종 결전장의 중심에 우리가 있었다는 것에 자부심을 느낍니다. 저희가 싸운 전투를 제외하고 어찌 동학 농민 혁명을 논할 수 있겠습니까?! 우리의 혁명은 아래로부터의 혁명이며, 결코 힘을 소유한 특정 계층이 행한 혁명이 아닙니다. 그러므로 나는 이 나라가 반드시 보통사람들의 나라가 될 것이라는 신념을 안고 죽습니다. 사또께서는 국사를 처리함에 공평무사(公平無私)한 분이라고 들었습니다. 부디 골경지신(骨鯁之臣: 목구멍에 걸린 생선가시처럼 듣기에 괴로운 직언을 하는 강직한 신하)의 몫을 담당하시어 지금부터라도 군왕께서 주관에 흔들림 없이 바른길을 가시도록 충언해 주시기 바랍니다. 작금의 세계는 약육강식의 막바지에 들어 있습니다. 18세기 후반 영국으로부터 시작된 산업혁명은 유럽 각국의 부를 증대시켰고, 그를 바탕으로 막강한 군사력을 갖춘 영국을 비롯한 서반아(스페인), 화란(네덜란드), 포도아(포르투갈), 보로사(普魯土, 프로이센, 독일), 불란서(프랑스)등 여러 나라들은 일찍부터 아시아 아프리카 남미 등을 누비며 식민지 확보에 광분했습니다. 그들은 마치 밀림에서 짐승을 사냥하듯이 함선에 대포를 달고 5대양 6대주를 종횡무진 누비며 어떤 때는 하루에도 여러 개의 섬을 파괴와 학살로 정신없이 쓸어 담아 식민지를 만들어 자기네 나라 군주나 유명 인사의 이름을 붙이곤 했습니다. 간교한 섬나라 왜구는 화란인으로부터 이런 국제정세에 눈을 뜨게 되었고, 한편으로는 난학(蘭學)을 통해 서양 문물을 급속하게 습득하면서 미처 잠에서 깨어나지 못한 조선을 총칼로 정복하고 이를 디딤돌로 삼아 대륙을 정복하고자 음흉

한 야욕을 획책하고 있습니다. 이러한 때에 군왕께서 자칫 외세에 흔들리거나, 혹은 임사홍(任士洪)이나 김자점(金自點) 같은 간신들의 달콤한 말이나, 외척 민씨들의 경도된 진언에 귀를 기울여 잘못된 판단을 내리신다면 영원히 돌이킬 수 없는 화를 입게 될 것입니다. 조선은 남의 지배를 받게 될 것이고, 임금은 쫓겨날 것이며, 백성은 지옥에 빠질 것입니다. 부디 동학교도들을 비롯한 충신들의 간언에 귀를 기울여 안으로 백성의 뜻과 힘을 한데 모으고, 이를 바탕으로 외세에 대응하신다면 비록 깨달음이 늦었으나 조선은 다시금 안전을 확보할 수 있을 것입니다. 또한 국사를 민의에 따라 운영하신다면 시대의 조류를 깨달은 현군으로 만세에 걸쳐 그 이름이 회자(膾炙)될 것입니다. 사또께서는 군왕께 부디 백척간두에 있는 나라와 백성을 잊지 마시도록 간언해 주소서."

말을 마친 얼굴에는 분노나 비웃음이 사라졌다. 망나니의 칼 앞에 앉았으나 미소가 감돈다.

부사는 죄인을 내려다보며 무슨 뜬금없는 말이냐는 생각을 하고 있었다. 그러나 이 자가 무인(武人)이 되었더라면 큰 동량(棟梁)으로 나라에 공헌하였을 것을 참으로 애석한 일이로다. 이제라도 회유를 해 볼까? 상감께 주청을 올리면 안 될 것도 없다. 그러나 생각을 멈춘다. 빙탄부동기이입(氷炭不同器而入, 얼음과 숯불은 같은 그릇에 오래 넣어둘 수 없음)이며 방납원조불가(方枘圓鑿不可, 네모난 각목을 둥근 구멍에 넣을 수 없음)로다.

부드러운 목소리로 묻는다.

"달리 원하는 것은 없는가?"

"황천으로 가는 길은 멀고 객점(客店)은 없다던데 가다가 목이 마르면 어찌하겠습니까. 탁배기 한 잔 주시면 감사한 마음으로 마시고 길을 떠나겠습니다."

"오라를 풀고 술을 가져다 주어라."

죄인에 대한 최대한의 배려다.

차기석은 나졸이 건네주는 탁주 한 사발을 두 손으로 받쳐 들고 꿀꺽꿀꺽 마셨다. 팔소매로 입을 쓰윽 닦은 다음 부사에게 눈인사를 건네고는 목을 앞으로 늘였다.

이것이 중부 동학농민혁명군 대장 차기석의 마지막 모습이다.

그로부터 25년이 흐른 1919년 3월 1일 서울 탑골공원에서 독립 만세의 함성이 울려 퍼졌고, 만세운동은 전국으로 확대되어 그해 4월 초에는 호국의 고장 홍천군의 여러 면이 거사에 돌입했다. 홍천, 동면, 북방면 등의 거사와 함께 3일에는 홍천군 내촌면 물걸리에서 '대한독립 만세 소리'가 지축을 흔들었다. 5개 면 3,000여 명이 운집한 운동을 주도한 사람이 다름 아닌 김덕원 장두(掌頭)다. 그날 이곳에서는 일경의 총칼에 여덟 분이 순국하시고 20여 명이 총상을 입었다. 덕원 공은 3년 동안 일경의 눈을 피해 도피 생활을 했다. 그가 은신해 있던 곳은 도깨비집이라 하여 사람들이 도깨비가 나오는 줄 알고 피해 다녔다. 그러나 결국은 일경에 붙들려 3년간 모진 고문을 받아 건강을 잃고 석방되어 척야산에서 생활하시다가 별세하셨다.

최근 도깨비집으로부터 350m 되는 곳에서 놀라운 사실이 발견되었다. 이곳에는 물레방아와 돌다리가 있고 길옆에 커다란 암벽이 있다. 평소에는 인적이 드물고 앞 개울에는 마을 사람들이 이따금 와서 목욕을 하는 곳이다. 암벽의 밑부분은 장마가 지거나 비가 많이 올 때는 물에 잠기고 가물 때는 아래쪽까지 모습을 보이곤 한다. 그런데 이 암벽의 밑부분에서 '대한민국 만세'라는 글자가 발견되었다. 정밀하고 아름답게 새긴 글자는 아니지만 금방 보기에도 한 자 한 자 정성을 들여 음각한 것이다.

당시 물걸리 만세운동으로 일경의 추적을 당한 사람 중에는 도깨비집 주인으로 본격적인 독립운동의 뜻을 품고 만주로 건너가기 전 덕원 장두를 오랫동안 숨기고 보살펴준 연규환(延圭桓) 공도 있었다. 아마도 만주에 간 규환 공은 상해 임시정부와 맥이 닿아 있었을 것이고 덕원 장두는 그를 통해 왕이 다스리는 나라가 아니라 백성이 주인인 국가를 보았을 것이며 그것을 알리기 위해 몰래 바위에 글자를 새겼을 것으로 여겨진다. 지나는 바람 소리에 혹시나 발소리가 섞이지 않았나, 가슴 졸이며 오직 조국 독립의 신념 하나로 정신을 모아 한 획 한 획 망치를 두들겼을 그 심정에 경외감과 아픔을 동시에 느끼게 된다. '대한민국 만세' 여섯 글자를 새기는 데에 얼마나 오랜 긴장과 초조함의 시간이 흘렀을 것인가!

연규환 공은 압록강변 강계(후창)에 말없이 잠들어 계신다.

그리고 3·1 만세운동의 고귀한 뜻을 기리기 위해 물걸리 동창마을에는 팔열각(八烈閣)이 세워졌으나 1991년 부임한 지 얼마 되지 않은 임무룡 군수가 나라사랑과 호국정신 함양을 목적으로 대대적인 공원조성을 제의하고 군민이 자발적 운동을 전개하여 성금을 모으게 된다. 군민의 열화와 같은 호응과 홍천군의 행, 재정적 지원으로 '물걸리 기미 만세 공원'을 성공적으로 조성하였다. 특히 김덕원 열사의 후손인 서울 남대문시장 동찬기업 남강(南江) 김창묵(金昌黙) 회장은 이 사업에 거금을 쾌척하였으며, 이후에도 수십 년 동안 지속적으로 사비를 투입하여 충열의 교육장을 만들어 애국 독립사상 고취에 온몸을 바치고 계시다.

2023.10. 필자가 자료수집을 위해 물걸리 '동창만세운동 기념사업회'를 방문했을 때 김 회장께서는 102세 상수(上壽)의 연세임에도 노구를 이끄시고 방문객들에게 3·1독립운동과 동학혁명 사상을 설파하시며 직접 현장학습을 안내하는 모습을 볼 수 있었다. "물질은 안개와 같으나 민족정기는 유구히 흘러야 하는 장강(長江)과 같은 것"이라는 말씀이 가슴에 긴 여운으로 남았다. 이와 같은 일은 결코 아무나 할 수 있는 것이 아니며, 오직 겨레와 나라 사랑의 확고한 신념과 민족정신 고양에 대한 집념이 있어야만 가능한 일이다. 현재 이곳에는 사시사철 아름다운 '척야산 문화수목원'이 조성돼 있고, 중국 길림성 집안시 태왕진(太王鎭)에 있는 호태왕비(好太王碑)가 실물보다 조금 크게 세워져 있다. 안중근 의사와 윤봉길 의사를 비롯하여 여러 애국열사께서 쓰신 탁본을 새긴 비석과 길림성으로부터 직접 옮겨와 조성한 고구려군의 전방지휘소인 요망대(瞭望臺) 등이 있어서 살아있는 교육장으로서의 역할에 기여하고 있다. 독자 여러분께서는 자녀들의 손을 잡고 방문해 보시기를 권해 드립니다. 또한 이 성스런 사업에 참여했던 모든 이들의 건강과 행복을 기원하며 김창묵 회장께서 오래오래 건강을 지키시어 국민 애국정신 함양에 이바지해주시기를 간절히 기원합니다.

"그럼 이제 어디로 갈 참이오?"

노인이 물었다.

이미 창이 파르스레 밝아오고 있었다.

"왔던 곳으로 가서 생각이 떠오를 때까지 그냥 숨어 있어야 할 것 같습니다."

"고향에 돌아가야 하지 않겠소? 그러려면…"

"아니올시다. 지금 고향에 간들 기다리는 것은 현상금을 걸어놓은 초상화와 밀고(密告)밖에 더 있겠습니까? 잠시 숨어서 생명을 보존한 연 후에 갈 길을 생각해 보겠습니다."

노인이 자애로운 미소를 머금고 상윤을 바라봤다.

"그러면 이렇게 하시게."

박형팔 노인은 말을 놓고 있었다. 상윤으로서도 매우 반가운 일이다.

"집 뒤 능선을 타고 서너 마장(약 150m)쯤 올라가다가 위를 올려다보면 능선 위에 아름드리 참나무 고목들이 열댓 그루 있을 걸세. 그 나무들의 밑둥을 찬찬히 훑어보면 그중 한 그루가 땅과 닿은 부분이 삭아 구멍이 나 있을 게야. 입구는 좁지만, 안으로 들어가면 능히 운신을 할 수 있을 걸세. 우선은 사태가 어느 정도 안정될 때까지 그곳에 숨어 있도록 하시게."

"눈이 불편하시면서 어찌 산속에 있는 나무들 밑둥까지 알고 계십니까?"

"허허, 눈이 멀었다고 내 사는 곳의 지형지물까지 몰라서야 어찌 살아 있는 사람이라고 할 수 있을까. 산속 수십 리 밖 어떤 곳에 어떤 나물 밭이 있는지까지 알고 있을 정도는 돼야지…그리고 먹을 것은 감자와 강냉이밖에 없지만, 끼니때마다 좀 넉넉하게 지을 테니까 그리 알고."

먹을 것과 이불 등을 싸 들고 노인이 얘기한 곳으로 올라갔다. 한 그루씩 자세히 살펴보니 과연 가운데에 서 있는 나무의 밑둥에 구멍이 파여 있었다. 짙은 그늘 속에 있는 구멍은 이끼와 잔뿌리들과 가랑잎에 가려져서 발견하기가 쉽지 않았다. 그리고 좁아서 들어갈 수가 없었다. 호미와 낫으로 흙과 잔뿌리들을 끊어내는 작업을 했더니 그제야 몸 하나가 들어갈 만한 구멍이 생겼다. 기어서 안으로 들어가 보니 한 사람이 운신하기에는 별 어려움이 없다.

나무들이 가득 들어선 언덕은 극히 일부의 지역을 제외하곤 늘 깊은 그늘에 덮여 있어서 볕을 보기가 쉽지 않았다. 그러나 산허리 가운데에 밋밋하게 솟은 곳이라 맑은 날 아래를 내려다보면 아득히 먼 계곡의 끝까지도 눈에 들어왔다. 햇볕이 넘실거리는 계곡에는 아래쪽 가운데에 예닐곱 채가 모인 작은마을을 가운데 두고 주변으로 띄엄띄엄 한두 채씩의 집들이 보이고 여러 갈래의 계곡이 있어서 그 안쪽으로는 또 얼마의 집들이 있는지는 대중이 가지 않았다. 멀리 입구로부터 마을의 발밑까지 이어진 작은 개울은 맑은 날이면 은빛 비늘들로 출렁거렸다. 이따금 햇볕이 드는 곳을 찾아 아래를 바라볼 때마다 그곳에 사는 사람들의 생활도 곤궁하고 힘들다는 것은 잊은 채 세상의 모든 축복이 한곳으로 모인 것 같다는 생각을 할 때가 많았다. 이런 풍경을 감상하는 즐거움으로 시름을 잊을 수 있다는 것은 얼마나 다행한 일인가! 하루에도 몇 번씩 마을을 내려다보는 것이 일과처럼 되었다. 때로는 따가운 태양이 며칠 동안 머리 위에 머물며 눈 아래 펼쳐진 백색의 기슭 가운데를 검은 붓 자국으로 살려내어 나무꾼들이 다니는 길을 열어주기도 했고, 어느 때는 골짜기 아래로부터 마른 나뭇가지를 흔들며 불어오는 꽃샘바람이 다시는 봄을 실어다 주지 않을 것처럼 산을 흔들어 놓기도 했다. 그러나 바람이 몰아쳐도, 머리 위에 검은 먹구름이 덮여도 모든 광경이 아름다웠다. 맑은 날 밤이면 진청색 하늘에서 쏟아져 내리는 별들을 보며 신(神)과 우주를 생각했다. 이따금 멀리서 도끼질하는 소리가 바람을 타고 아련히 들려올 때도 있고, 가까운 곳에서 딱따구리가 나무를 쪼는 소리도 들렸다. 어느 땐가 젊은 남녀가 바로 옆에 있는 나무 밑에까지 와서 미래에 관한 무지갯빛 이야기를 속삭이기도 했다. 나무꾼이 올라와 지게에 잔뜩 나무를 지고 내려가는 일도 드물지 않았다. 그들은 마치 가까운 곳에 사람이 있는 것을 알면서도 모르는 체하는 것 같았다. 그런 모습이나 음향들이 없는 때에도 마을과 산은 늘 부지런히 무언가를 하고 있다는 것을 느꼈다. 봄비가 내리는 밤이면 깊고도 끝없는 외로움의 광야를 헤매다가 잠이 들었다. 먼 옛적 뛰놀던 꿈을 꾸다가 한밤중에 깨어나면 외로움에 몸서리쳤다. 그러나 나무 밑동으로 파르라니 엷은 새벽빛이 스며들기 시작하면 그 외로움조차도 행복의 하나라는 것을 깨닫고 탄생의 기회를 주신 상제께 감사를 드렸다. 그렇게 1년 가까이 지내는 동안 상윤은 마을과 자신이 동일체라는 감정을 갖게 되었고, 사람들이 주변을 돌아다닐 때 비록 통나무 속에 숨어 있긴 했으나 미소를 지을 때가 많았다. 어느 때는 밖을 내다보다가 산골짜기처럼 깊은 주름이 박힌 얼굴에 평생 흙과 더불어 살아온 선하디 선한 얼굴의 나무꾼에게 달려가 마치 이웃 사람에게 대하듯 말을 붙이려는 자신의 충동적이고 무모한 유혹에 정신이 번쩍 든 때도 있었다. 그는 수십 년 이웃해 살아왔던 사람처럼 이미 마을이나 사람들과 심적으로 친숙해 있었다.

먹을거리는 보통 때와는 다른 정해진 시간대에 노인의 집 굴뚝에서 연기가 나면 그날 밤중이나 이튿날 이른 새벽에 조심스레 부엌으로 가서 부뚜막에 바가지로 덮어놓은 음식을 가져오곤 했다.

어느 날 노인이 말했다.

"봄이 돼서 그런지 요즘 들어 나졸들이 마을에 뻔질나게 드나든다고 하네. 며칠 전 새벽엔 셋이 우리 집에도 왔었구…. 막바지 정리를 하는 게 아닐까 하는 생각이야. 당분간 자네가 먹는 음식은 틈을 봐서 복순이가 가지고 갈 테니 그리 알게. 젊은 남녀 간에 좀 쑥스러움이 있겠지만 때가 때인 만큼 그런 것에 구애받을 순 없지 않겠나."

그로부터 복순 처녀는 나물 바구니에 먹을 것들을 넣고는 산으로 가는 일이 많아졌다. 그리고 시간이 지나면서 차츰 상윤을 볼 때마다 고개를 돌리지 않아도 됐고, 자연스레 말을 나누는 사이가 됐다. 이따금 상처에 약을 바르고 헝겊을 감아주기도 했다. 그리고 속 깊은 이야기도 나누는 사이로 발전했다. 그녀의 어머니는 산에 갔다가 짐승에 해를 당해 간신히 집에 돌아왔으나 그로 인해 일찍 저세상으로 갔고, 남동생이 하나 있었는데 이런 환경에서 농사에는 희망이 없다고 투덜대더니 3년 전 어느 봄날에 집을 나가 소식이 없다고 했다. 그런 날들이 계속되고 오래지 않아 두 사람은 서로의 장래를 약속하는 사이가 되었다.

그런데 어느 날 그녀가 아버지로부터 전해 들었다며 2대 교주 해월(海月) 최시형 선사께서 원주 송골(松谷)에서 관군에 체포되어 얼마 전 참수당했다며 마지막 모습을 전해주었다.

형장으로 가기 직전의 모습을 사진으로 찍어야 했는데 모진 고문으로 앉을 수가 없어서 등에다 키(곡식 등의 불순물을 걸러내는 용기)를 매어 앉힌 다음 찍었다 한다.

마지막 말씀을 물으니 이렇게 답했다.

"내가 고종을 절대 용서할 수 없는 이유를 말하겠다. 그는 민족종교인 동학을 온갖 방법으로 짓밟았기 때문이다."

그로부터 며칠간 상윤은 매일 임시에 맞추어 삼칠주(三七呪)를 읊조리며 북쪽을 향해 예를 올렸다.

깊은 번민으로 좀체 잠을 이루지 못했다.

나라란 어떻게 만들어지는 것인가?

맨 처음 왕이 되고자 한 사람들은 전설을 창조했다. 절대신(絶對神)에 맞설 사람은 아무도 없다. 다음은 다른 부족이나 나라를 침략했다. 이 과정에서 특권층이 생겨났다. 일반백성은 인간 병기나 군수품 조달자가 되었다. 왕의 세력이 커지면 황제를 꿈꿨다. 더욱 많은 백성이 희생물이 됐다. 복종하지 않으면 살육과 강압과 협박과 수탈과 달콤한 회유와 거짓말이 있었다. 백성들은 도구로 이용당했을 뿐이다. 그들은 수백 년 장구한 세월 피지배와 굴종을 당연한 것으로 여기며 살아왔다. 그들에게 눈과 귀는 있으되 입이 없었다. 자신의 존재는 존재하지 않았다. 글자는 특정 계층의 전유물이었으므로 글자를 모르는 사람들은 정보에 무지할 수밖에 없었다.

부리기 좋도록 계층을 만들었다. 계층이 많을수록 지배자나 특권층의 권위는 향상되고 권력은 강화되었다. 겉으로는 양인, 천민이라는 2계급의 양천제이나 실질적으로는 양반, 중인, 상민, 천민이라는 4계급으로 나누어져 전 국민의 5%에 불과한 양반계급이 실질적인 지배자로 군림했다. 공신들에게는 관직이 없어도 토지가 부여되었으며 그들의 자손은 벼슬이 없어도 양반 대접을 받았다.

수백 년 역사에서 자신을 내던져 백성을 깨우치고 신분을 평등화하려고 했던 참된 군주나 신하가 있었던가.

백성이 깨어날까 두려워하기 때문이다. 백성이 깨어나면 권리를 요구하고, 마침내는 평등을 요구할 것이다. 그러므로 백성이 어둠을 헤치고 나오는 일은 전적으로 자신들의 힘으로 할 일이다. 먼저 그들 중에서 깨닫는 자가 있어야 한다. 그러나 깨닫는 것만으로는 아무것도 이룰 수 없다. 깨달아 횃불을 들어야 한다.

어둠을 밀어내고 모든 사람이 세상을 볼 수 있도록 해야 한다. 그리고 이것이 세상이라고 외쳐야 한다. 보고 들으면 말을 하라고 말해야 한다. 부당하면 부당하다는 것을, 억울하면 억울하다는 것을 말하라고 말해야 한다. 삶에 대한 주인은 자기 자신이라는 것을 깨닫게 해야 한다. 국가 발전은 백성, 즉 국민의 의식 수준에 달려 있다. 의식 수준의 향상은 인권 확립으로부터 비롯된다. 왕이나 독재자들이 꺼리는 것이 이 부분이다. 그들이 인권을 부정하면 싸워서 원래 국민 개개인이 태어날 때부터 갖고 있던 대로 환수해야 한다. 인권이 확립되면 국민 한 사람 한 사람이 나라의 주인이라는 인식을 갖게 된다. 그런 나라는 외세에 강하고 안으로는 부유해진다. 하지만 왕이나 독재자들은 국민이 깨어나면 무슨 일을 저지를지 몰라 그들을 울타리 안에 가두려고 한다.

더욱이 이 시대는 개혁과 개방을 요구하고 있다. 세계사의 조류를 타지 못하는 국가나 민족은 지진아가 된다. 강한 나라의 지배를 받는 나라가 될 수밖에 없다.

동학은 세계사의 조류에 부응한 자각 운동이며 개혁운동이다. 백성에게는 민주 의식을, 국가에는 근대화의 동력을, 역사적으로는 자주와 정통성의 확립을 고취한 운동이다. 시대적 요청을 외면하는 것은 망국으로 가는 길이다.

왕과 세도가들이 신분제 사수에 목숨을 걸고 있으나 그것이야말로 공멸을 자초하는 어리석기 짝이 없는 생각이다. 장막을 친다고 햇볕이 들지 않을 것인가. 강보로 덮었다고 얼음이 녹지 않을 것인가. 힘 있는 나라들이 팔짱을 끼고 바라만 볼 것인가. 왜놈들이 이

핑계 저 핑계를 대고 이 땅에 들어와 발호하고 있음은 이미 때가 늦었다는 것을 뜻한다.

횃불을 들고 민중 속으로 들어가 온갖 가시밭길을 마다하지 않고 자각 운동을 벌이던 이가 해월 최시형 신사다. 그가 뜻을 이루지 못한 채 왕권의 희생물이 되었다. 자주, 자립, 자강의 대의가 외세에 유린당한 이 모순된 현상은 무엇이란 말인가.

오호라, 우주 만물을 창조하시고 모든 살아 있는 것들의 생사여탈과 운명을 좌우하시는 천제시여! 우리 민족을 지켜주시고 우매하고 무능한 집권자들이 잠에서 깨어나도록 해 주소서.

상윤은 아슬아슬한 위기의 순간들이 몇 번 있었으나 노인과 복순 처녀의 도움으로 화를 면할 수 있었다.

그해 가을, 산에 낙엽이 한두 잎씩 떨어지던 때 박 노인은 호미를 들고 혼자만이 아는 숲으로 갔다. 육구만달 한 뿌리를 캐서 이끼로 덮고 장롱 깊이 넣어뒀던 비단 보자기를 꺼내 고이 싸고는 다시 몇 겹 보자기로 감아 어깨에 걸쳤다.

지팡이로 땅을 두들기며 산을 내려갔다. 그가 보름 가까이 지나 돌아왔을 때 두루마기 깃에 때가 끼고 행색이 초라한 것으로 보아 어디 먼 길을 다녀온 것으로 짐작됐다.

두어 달이 지나서 이번에는 곰의 쓸개를 허리춤에 지니고 길을 떠났다. 그리고 또 보름 가까이 지나서야 돌아왔다. 몇 달 후엔 사면에 용이 새겨진 피나무 바둑판을 지고 산을 내려갔다.

그런데 이게 웬일인가. 노인이 돌아온 지 한 달도 채 되지 아니하여 의금사(義禁司: 갑오개혁 이전의 의금부))에서 순관이 나졸들을 데리고 나타났다. 그들은 집에 있던 박 노인과 나무 밑에 은거해 있는 상윤을 끌어내 오랏줄로 묶어 앞세우고 사라졌다. 복순이 애걸복걸 매달렸으나 소용없는 일이다. 동네가 발칵 뒤집혔다.

그리고 서너 달 달쯤 지나 두 사람이 함께 돌아왔다. 마치 친척 집에 다녀온 사람들처럼 무덤덤한 표정이다. 노인이나 상윤이나 얼굴에 기름기가 돌았고 입성도 말끔하며 신수가 훤해 있었다.

"참으로 귀신이 곡할 일일세그려. 중죄인을 1년 가까이 감쪽같이 숨겨온 것도 대단한 일이거니와 한양까지 붙들려 갔다가 아무 일 없었던 것처럼 돌아온 건 또 어인 내막인가?"

"그러게나 말일세. 장님 문고리 잡았다는 말이 있긴 하지만 생판 그런 것도 아닐세. 노인이 최근 들어 의관을 차려입고 어딘가를 갔다가 오곤 하더니 죽을 사람을 살려낸 게 분명하이. 간이 크고 두뇌가 명석한 줄은 알고 있으나 보통 사람 같으면 꿈이나 꿀 일인가?!"

"겉으론 붙들려 간 것 같지만 사실은 의금사 감옥에 가두고 보호하다가 면죄부를 주어 방면한 것이 아니겠나?!"

"그러구 보니 제일 끝발 있는 기관의 감옥이 제일 안전한 곳이었던 셈이네그려."

"박 노인은 앞을 보지 못하나 세상을 볼 수 있고, 우리는 앞을 볼 수 있으나 세상을 보지 못하네그려."

동네 사람들이 나누는 말이다.

"마을에 총각은 없고, 혼기 지난 딸을 시집보내지 못해 애를 썼는데 그런 계산이 있었던 게 아닐까? 언뜻 보니까 총각이 훤칠하게 생겼더구만."

"그리되면 마을에 경사로운 일이라서 좋고, 혼인한 다음에 우리와 이웃해 품앗이도 하면서 오순도순 살면 더욱 좋은 일이 아니겠는가."

"아무렴, 국수도 한 번 배불리 먹을 수 있어서 좋구…."

"그렇구 말구."박 노인이 누구와 연결되어 어떤 과정을 거쳤는지는 아무도 모른다. 이후에도 박 노인으로부터 그와 관련된 말은 일체 들을 수 없었다. 그리고 작은하니 골짜기 하늘을 하얗게 덮으며 눈이 내리던 날 상윤은 사모관대를 하고 복순은 원삼에 족두리를 썼다. 박 노인의 집 앞마당에서 마을 사람들의 축복을 받으며 조촐한 결혼식을 올렸다. 곤궁한 마을에 참으로 오랜만에 노랫소리가 울려 퍼졌다. 두 사람은 마을에 빈집을 얻어 신혼살림을 꾸렸다.

1년 뒤 복순은 아들을 낳았다. 두 사람은 박 노인의 권유에 따라 아이의 이름을 '개동이'라 부르기로 했다. 아이 때 귀한 이름일수록 나쁜 귀신들이 위해를 가할 염려가 있다는 속설에 따른 것이다. 따로 무영(武英)이라는 이름을 지어놓고 있던 상윤은 아이가 자라 20세가 되면 관명(冠名)으로 그 이름을 붙여주리라 생각하고 장인과 아내의 말에 따랐다.

노인도 이따금 산비탈을 내려와 새로 태어난 아기를 안고 콧노래를 흥얼거렸다. 내외 또한 자주 노인을 찾아뵙고 지극정성으로 보살펴 드렸다. 가난하지만 행복한 일상이 계속되었다.

그런데 개동이가 차츰 자라면서 부부 사이에 작은 갈등이 생기기 시작했다.

남편 상윤은 아들이 일곱 살을 넘긴 때로부터 노골적으로 입에 올리지는 않았으나 오랫동안 꿈꾸고 있던 속내를 은연중에 드러내기 시작했다. 어린 아들에게 빠른 걸음으로 산을 오르내리게 하거나, 혹은 먼 곳으로 달리기를 시키거나, 목검으로 칼 쓰는 방법을 가르쳤다. 산 아래 외딴곳에 있는 곳집(상여나 제구를 넣어두는 집)에 물건을 감추어 놓고 밤중에 그것을 가져오라고 명을 내리기도 했다. 어린아이가 감당하기에는 가혹할 정도로 거칠고 힘든 훈련이었다. 아이가 매우 무섭고 고통스러워 훈련이 끝나기가 무섭게 엄마에게 달려와 치마폭에 안겨 울곤 했다.

평범하게 길러 가난하더라도 고난이 없는 인생이 되기를 바라는 복순은 남편의 그런 행동들이 영 못마땅했다. 그뿐 아니라 동학 혁명군에 몸담았던 남편이 다른 사람들의 눈에 어떻게 비칠지도 걱정스러웠다. 그러나 아들을 훌륭한 무사로 길러 자신이 이루지 못하고 있는 계획을 실행하고자 하는 남편의 욕망은 좀체 수그러들지 않았다. 이 일로 인해 부부 사이에는 다른 사람들이 알까 쉬쉬하면서도 자주 신경전이 생겨났고 심각한 상황으로 전개되는 때가 많아졌다.

"나는 이 세상을 모두 준다고 해도 바꾸지 않을 내 소중한 아들을 싸움꾼으로 만들어서 당신과 같이 불행한 사람을 만들고 싶지 않아요. 당신 뜻을 따를 수 없으니 이제부터 하고 싶은 대로 하면서 사시구려."

개동이가 아홉 살이 되던 해의 어느 여름날 인내의 한계에 다다른 부부는 한바탕 대판 싸움을 벌였고, 복순은 아들을 데리고 집을 나가 버렸다. 며칠 후 장인이 산을 내려왔다.

"이보게 한 서방, 자네는 어찌 그리도 옆에 있는 사람들의 마음을 모르는가?"

짐작은 가지만 구체적으로 무슨 말인지를 몰라 뒷머리만 벅벅 긁었다.

"결혼해서 살림을 차릴 때는 여자나 남자나 상대가 세상에서 제일

잘난 사람으로 보이고 생명을 던져서라도 지키고 싶은 사람이지만 여자가 일단 아이를 낳으면 그 아이가 남편보다 소중하게 여겨진다는 걸 모르는가? 그것은 인간뿐만 아니라 다른 동물의 세계도 마찬가지일세. 그것이 옥황상제께서 지구에 사는 모든 동물이 대대로 이어가도록 만든 근본 원리라는 말일세. 게다가 자네는 지금 무리한 생각을 하고 있어. 자네와 복순이가 그리는 꿈은 하늘과 땅의 차이가 있지 않은가. 내가 보기에 자네가 생각하는 가정은 이를테면 훌륭한 무사를 기르기 위한 병영과 같은 것이고, 복순이가 바라는 가정은 가난해도 곳곳에 행복이 숨 쉬는 소박한 삶이 아니겠는가. 복순이는 결혼 이후에야 자네가 무슨 생각에 젖어 있는지를 알게 됐고, 그 생각을 지금까지 버리지 못하고 있는 것에 큰 실망을 하고 있어. 지금은 갑오년 그해로부터 십여 년 가까이 흘렀고 세상은 많이 변했네. 한두 사람의 의지와 힘으로 완악하고 집요한 일본을 무너트리겠다는 생각은 애꿎은 희생만 초래할 뿐일세. 나 또한 생명을 걸다시피 하여 자네를 구출한 것은 복순이가 꿈꾸는 그런 행복 속에서 살다가 웃으면서 눈을 감고 싶기 때문이었네. 자네가 알다시피 집 나간 아들놈은 죽었는지 살았는지 소식조차 모르고 오늘 죽을지 내일 죽을지 모르는 내가 누릴 수 있는 행복이란 게 따사로운 햇볕 속에 손주를 안고 흥얼거리는 것 외에 뭐가 더 있겠나. 우리 세 사람을 위해 자네의 마음을 돌려줄 수 없겠는가?!"

장인의 간절한 요청은 상윤의 마음을 움직였다. 며칠 동안 고민 끝에 마음을 바꾸었다. 아들에 대한 기대를 접고 때가 오기를 기다리면서 모든 준비를 스스로 해 나가기로 결심했다. 이후로부터 개동이를 대하는 태도도 냉담해졌다. 박 노인이 보기에 상윤의 이런 태도는 아들에 대한 기대를 접기 위한 의식적인 행동으로 보였지만 차라리 그것이 낫다는 생각에서 간섭하지 않았다. 그런 태도는 세월이 가면서 굳어졌다.

그런데 어느 날 마을에 승구라는 청년이 들어와 살게 되면서 두 사람은 친형제처럼 친밀한 사이가 되었다. 아들에 대한 기대와 애정이 그 청년에게로 간 것으로 보였다.

아버지의 장례와 유품들에 대한 정리를 시작했다. 신경이 쓰이는 일이긴 하지만 피 묻은 깃발과 깃대는 막상 버리려고 생각하니 마음이 무거워 토굴 구석에 그대로 세워두었다. 밖으로 나온 다음 아무도 토굴을 알아볼 수 없게 대못을 몇 개 박아버렸다.

그래도 몇 가지 할 일이 남아 있었다. 동네 사람들에게 인사도 해야 했다. 꽤 멀리 떨어져 있는 곳까지 일일이 집들을 방문했다. 연세가 많은 갑수 노인과 형길 노인은 고인이 되었고 다른 사람들은 모두 변함없는 동네의 모습처럼 별 탈 없이 지내고 있었다. 할머니들이나 나이 든 아주머니들은 "아이구 개동이!" 하고 손을 맞잡으며 위로와 반가움을 표했다. 오랜만에 들어보는 자신의 이름인 '개동이'라는 호칭이 전과는 달리 그렇게나 정겹고 반갑게 들릴 수가 없다.

그러나 바깥노인들을 비롯한 남자들은 달랐다. 송 영감네 집을 방문했을 때는 충격을 받았다. 그의 집 가까이에 있는 버드나무 밑에 다가갔을 때 분명 서너 번의 큰기침 소리를 들었는데 손녀딸 은희의 대답은 할아버지가 멀리 출타 중이라고 했다. 아마도 창호지 문 가운데에 나 있는 작은 유리 구멍으로 사람이 오는 것을 내다보고 있었을 것이다. 특히나 젊은 사람들이 건네는 인사는 아버지의 죽음에 대한 몇 마디 위로와 개동이에 대해 안부를 물었으나 눈빛은 경계와 멸시의 빛이 역력했다. 그들의 눈빛에선 배신자에 대한 멸시나 혐오감 같은 것이 감지되었다.

한 사람이 오랫동안 집을 떠났다가 돌아왔을 때 그는 자신이 선한 천사가 돼 있거나 혹은 뿔 달린 도깨비가 돼 있는 것을 발견하게 되는 경우가 더러 있다. 그러나 이 경우는 다른 것이고 자신은 그들을 이해해야 한다고 생각되었다.

맨 끝으로 능환의 움막집을 향해 어스름이 짓든 비탈길을 올라갔다. 가슴이 울렁거리고 맥박이 요동쳤다. 의식적으로 냉정을 유지하고자 애썼으나 마음대로 되지 않았다. 적지 않은 기간 이국땅에서 차디찬 순사 생활을 했으면서도 이 정도의 감정조차 조절하지 못하는 절제력에 대해 자신을 책망했다.

뜻밖에도 능환은 맞잡은 손을 흔들며 무척 반가워했다.

"이게 도대체 얼마 만이오? 그래 몸은 건강하지요? 그동안 어떻게 지냈소? 언제 떠날 예정이오?"

한꺼번에 많은 질문을 쏟아냈다. 그는 전과 달리 매우 건강해 보였다. 햇볕에 검게 탄 얼굴과 가슴을 편 당당한 모습은 병이 완치됐음을 알려주고 있었다. 그와 이야기를 나누는 동안 여기저기 살펴보았으나 삼월의 모습은 보이지 않았다.

묻는 말에 대강 몇 마디를 하고 떠나려 하자 몹시 아쉬워하는 표정을 지었다.

"조금만 기다리면 삼월이가 올 텐데…"

능환의 바람과는 달리 이야기를 계속하다가는 분위기에 휩쓸릴 것 같았으므로 적당히 얼버무리고 언덕을 내려왔다.

저녁 무렵 밥상머리에서 어머니가 아들의 눈치를 보면서 말씀했다.

"애야, 에미는 자나 깨나 너에 대한 걱정뿐이다. 여자와 달리 남자가, 그것도 생판 낯선 땅에서 생활하는 게 그리 조런치 않은 일이다. 이제 장례도 끝났고, 우리 집도 정리가 좀 돼야 하지 않겠니?! 온 김에 삼월이를 만나 보는 게 어떻겠니. 걔 오래비도 만나 아주 결정을 내리도록 해라. 내일이라두 식을 올리면 에미는 여기서 안심하구 살 수 있을 것 같다. 그게 안 되면 최소한 약혼이라두 하구 떠나라. 그러구 나서 별도로 날을 잡아 식을 올려 데리고 가면 되지 않겠니."

"알았어요. 제 일은 제가 알아서 할게요."

"그게 어찌 너 혼자만의 일이냐. 아버지도 돌아가셨는데 어미 마음을 안정시켜 주려면 그렇게 해줘야 마땅한 일이 아니겠니."

"……."

아무래도 결정을 내려야 할 시점에 왔다는 생각이 들었다. 그것은 하루 이틀 갑작스럽게 생각한 것이 아니다.

대강 몇 술 뜨고는 물러나 봉순의 집을 찾았다. 삼월의 단짝 봉순은 같은 마을 필수와 결혼하여 멀지 않은 이웃에 살고 있다는 말을 들었기 때문이다.

봉순은 반가워했고 잠깐 이야기를 나눴다. 그녀는 삼월에 대한 이야기를 들려주었다. 내면과 이웃해 있는 평창군 진부면에 산다는 박 부자네로부터 들어온 청혼에 관한 이야기다.

막내아들의 배필감을 찾던 박 부자가 누군가로부터 이야기를 전해 듣고는 은밀하게 사람을 놓아 살펴보게 했다. 그리고 능환 남매가 비록 서얼 출신이라고는 하나 내막을 들여다보면 결코 가벼이 여기지 못

할 뼈대 있는 집안 출신이고 당사자도 어려서부터 글과 예법을 익혀 어떤 규수에도 뒤지지 않는 소양을 갖췄다는 이야기를 들었다. 그러나 주위 사람들이 만류했다. 시골 부자이긴 하지만 재력도 탄탄하고 여기저기 끈을 달아 권세도 누리고 있는 집안에서 내로라하는 신붓감들을 뿌리치고 하필이면 뒤 봐줄 친인척도 없는 고아와 같은 신세에다 깊은 산골에서 가난하게 사는 집 처녀를 택하느냐는 것이다. 그러나 박 부자는 다음에 태어날 손자도 생각해야 한다며 막무가내로 삼월이를 점찍었다. 게다가 당사자인 막내 도령도 먼발치에서 그녀를 한 번 보고 나서는 군말이 없었다고 한다. 이런 상황에서야 거칠 것이 무엇이 있겠는가.

드디어 매파가 작은하니를 찾았다. 쉽게 결정이 날 것으로 예상하고 의기양양하게 삼월이 앞에 앉았던 매파는 뜻하지 않은 말을 듣고 돌아갔다. 그녀가 들은 대답은 이미 장래를 약속한 사람이 있다는 것이었다.

내용을 알지 못하는 다른 곳에서도 이따금 청혼이 들어오고 있다고 한다.

이런 이야기를 들려준 봉순은 헤어질 때 의미심장한 이야기를 했다.

"오라버니, 그래도 워낙 빼어난 신붓감이라 안심할 수 없을 거예요. 그리고 한번 날아간 봉황새는 되돌아오지 않아요. 무슨 뜻인지 알겠지요?!"

어둠이 골짜기를 덮고 있었다. 나뭇가지 사이로 아득히 허공에는 실눈 같은 초승달이 걸려 있다. 그러고 보니 손가락 끝에 초승달을 매달고 있는 이 나무는 추억이 서려 있는 나무다. 기둥을 쓰다듬어 본다.

삼월이와 함께 산비탈을 돌아다니곤 하던 5월의 어느 날 갑작스레 쏟아지는 비를 피하고자 달려간 곳이 가까이 있던 이 나무 밑이다. 그 계절의 계방산은 온갖 꽃들이 다투어 피어나 향기에 덮이고 마치 동화 속의 화원 같은 들뜬 감정을 느끼게 한다. 때죽나무도 진초록의 잎들 사이에 작고 하얀 수많은 별을 달고 있었다. 둘은 그리 크지 않은 나무 밑에 쪼그리고 앉아 비에 젖은 서로의 얼굴을 바라보며 키득거리다가 노랑 옷을 입은 때죽나무 수술도 별 우산 속에 들어앉아 가장자리로 흘러내리는 봄비를 감상하고 있는 모습을 신비한 느낌으로 바라봤다. 때죽나무는 꽃이 피기 전에는 뚜껑 덮은 백자 항아리 모습이고 꽃이 피었을 때는 종(鐘)의 모습을 한다. 나무는 진한 향기를 피우다가 여름이 지날 무렵엔 별 모양의 꽃잎들을 떨궜다. 땅에 흩어져 있는 꽃잎을 누가 더 많이 줍는지 꿀밤 맞기 내기도 했다. 삼월은 손바닥 가득 꽃잎을 들고는 오늘 밤 다른 별들이 뜰 때 하늘로 날려 보내 주겠다면서 그러면 내일부터는 더 많은 별을 보게 될 것이라고 했다. 그러고 보니 때죽나무는 필 때나 질 때나 꽃도 향기도 모두 아름다운 나무다. 이후부터 때죽나무 아래에 있는 바위에 앉아 이야기를 나누는 날이 많아졌다. 지금 이 자리에 서니 그동안 미처 잊고 있었던 일들이 골짜기 하늘 가득 돋아나는 별들처럼 새록새록 살아나고 있다.

얼마나 그리워했던 사람인가.

처음 고향을 떠나 헌병학교에서 교육을 받을 때는 고된 훈련으로 인해 삼월을 생각할 겨를이 없었다. 그저 점호가 끝나고 잠들기 전이나 휴식 시간 같은 때에 얼굴이 잠깐씩 떠올랐다 사라지곤 했다.

그러나 만주로 발령을 받아 근무하면서부터는 하루에 몇 번씩 삼월의 모습이 떠올랐다. 봉천에 있던 때에도 용정에 와서도 같았다. 근무가 끝나고 모처럼의 여유로운 시간에 창문 앞에 서서 유리창 너머로 밖을 바라볼 때는 그녀가 무언가 알 수 없는 이야기를 하며 손짓을 했다. 특히 범죄인을 심문하는 고통스런 일을 할 때나 위험한 일을 겪을 때는 그때마다 다가와 때로는 충고를, 때로는 위로를 속삭였다. 그것은 수년의 시간과 천 리 공간을 초월한 영혼과 영혼의 만남이었다. 그녀의 모습은 없는 곳에도 있었고, 그녀가 하는 말은 귀에 들리지 않아도 가슴으로 전해졌다.

때죽나무 아래에서의 추억도 그랬다. 아마도 가장 아름다운 추억들은 가장 외롭거나 고되거나 혹은 어려운 상황에 있을 때 자주 나타나는 것 같다. 하숙집 잠자리에서도 삼월의 모습이 나타났다 사라지곤 했다. 거리를 가다가 몇 번 삼월의 뒷모습을 본 적도 있었다. 그럴 리 없다고 생각하면서도 부지런히 발걸음을 옮겨 지나치고 보면 역시 다른 사람이었다.

그리움이 쌓이고 세월이 한 해씩 더해지면서 둘 사이에 놓인 강폭이 점점 넓어지고 있다는 것에 두려움을 느끼기 시작했다. 결혼을 서둘러야겠다는 생각이 든 것은 그 무렵부터로 기억한다. 그런데 웬일인지 결혼을 생각할 때마다 뒤이어 야마가타 정무총감의 얼굴이 떠오르곤 했다. 알 수 없는 일이었다.

차일피일 시간이 지나고 또 몇 해가 흘렀다. 시간이 흐름에 따라 경찰서 내에서 능력을 인정받기 시작했다. 업무량이 늘어나고 집중도가 높아졌다. 그와 같은 것들은 일에 대한 자부심을 높여주었고 스스로 인식하지 못하는 사이에 제국에 대한 충성심이 끊임없이 올라갔다. 업무와 그리움 사이에 갈등의 싹이 자라기 시작했다. 그즈음 잠자리에 들면 꿈을 많이 꾸었던 것으로 기억된다. 때로는 무언가에 쫓기다가

까마득한 벼랑 끝에 서서 두려움에 떨기도 했고, 내린천 홍수에 떠내려가는 삼월을 따라가며 울부짖다가 깨어나기도 했다. 어느 때는 그녀와 고향 사람들이 영사관 지하 취조실에 포승줄로 묶여 있었는데 그들은 순사 복장에 가죽 채찍을 들고 있는 사내를 원망이 가득한 눈으로 쳐다보고 있었다. 당시의 꿈들은 대부분이 별로 좋지 않은 것들로 한밤중에 깨어나면 잠들지 못하는 때가 많았다. 이튿날 아침이면 마치 송곳으로 쑤신 것처럼 머리가 아팠다. 그런 날들엔 대부분 일이 손에 잡히지 않았다. 파도치는 먼바다에 있는 어선처럼 상상과 현실이 심하게 출렁거렸다. 상상이 화려하게 치장되면 현실이 멀어지고 현실이 비만해지면 상상이 줄어들었다. 차차 무게의 추가 현실 쪽으로 기울어졌다. 지금 생각하면 그것은 갈등에서 탈출하기 위한 자기 합리화였던지도 모른다. 알에서 깨어나고 있다는 것을 칭찬하는 음성이 어느 곳에선가 끊임없이 귓전을 속삭였다.

사랑이란 무엇인가? 국가로부터 선택받은 사람에게 사랑 같은 건 다만 일상사의 극히 작은 영역에 불과한 것이다. 게다가 책임과 의무가 배제된 사랑은 공허한 존재다. 야마가타 정무총감도 말하지 않았던가. "개인이 소유한 모든 것은, 생명조차도 황제께 귀속된 것이며, 그분의 위에 존재하는 것은 아무것도 없다."라고 말이다.

생각이 정리되기 시작했다. 절대 충성과 절대 복종 외에 다른 것들은 부수적인 것들이라는 생각이 그동안 느슨해 있던 자신의 정신상태에 경각심을 주었다. 그제야 비로소 편안한 마음을 가질 수 있었다.

그런데 지금 때죽나무 아래에서 파도처럼 휘몰아치는 갈등은 무엇이란 말인가? 개동이는 스기야마가 되기도 하고 스기야마가 개동이가 되기도 했다. 그러나 잠시 후에는 자기통제에 대한 끈을 조이기 시작했다.

무심한 초승달만 어둠의 바다 가운데 홀로 여유롭다.

이윽고 발소리가 들렸다.

마을 어귀 쪽으로부터 두 개의 실루엣이 점점 가까이 다가와 짙은 형체로 그의 앞에 섰다.

"오라버니, 오랜만에 좋은 말씀 나누세요. 나 바쁜 일이 있어서 먼저 갑니다."

봉순의 발소리가 멀어져갔다. 두 사람은 발소리가 사라지고 나서도 한참을 말없이 그대로 서 있었다.

삼월의 옷소매를 가벼이 이끌어 바위에 앉았다.

시간이 정지된 것 같은 숨 막히는 만남…무슨 말부터 해야 할지 머릿속이 복잡하게 돌아가고 있었다.

"안녕하셨지요?"

삼월이 먼저 입을 열었다.

"잘 있었소?"

삼월은 아주 가느다란 소리로 "네"라고 대답했다. 그 목소리는 기다림의 고통을 알면서도 묻고 있는 데 대한 원망이 아닌가 하는 느낌이 들게 했다.

"아버님 별세는 너무도 안타깝고 슬픈 일이었어요. 위로 드려요."

"집에 와서 많은 수고를 해 줬다는데 감사하오."

"뭘요, 제가 뭐 한 게 있다고…"

삼월이 쑥스러운지 옷고름을 매만진다.

"만주 생활은 어떠셨어요?"

"사람 사는 곳인데 여기와 별반 다른 게 있겠소."

스무고개 같은 만주 이야기가 왜 없겠는가. 하지만 심드렁하게 대꾸한다.

"아이, 자꾸만 존댓말을…."

"하도 오랜만이라…허허."

어색한 웃음 뒤에 침묵이 흐른다.

"하니에 대해 궁금하지 않으세요?"

"여기 건강한 모습으로 와 있지 않소."

삼월은 입을 가리고 나지막한 소리로 웃었다.

"그게 아니라 작은이의 짝 하니 말이에요."

개동이는 순간적으로 '작은이'라는 말이 무엇을 의미하는지는 깨달았으나 그녀가 의도적으로 '짝'이라는 말에 힘을 주는 것 같아 당황했다. 그러나 시침을 떼고 대답했다.

"우리 개는 건강해 보이던데 작은이는 잘 있소?"

"네, 건강하게 아주 잘 있어요."

그녀는 작은이에 대한 이야기가 나오자 숙였던 고개를 들었다. 희미한 초승달에 비친 옆얼굴은 잘 그려놓은 예술작품처럼 여전히 아름다웠다. 그 얼굴을 받치고 있는 긴 목과 머리에서 등을 타고 흘러내린 숱 많은 까만 머리에서는 연한 비누 냄새가 났다. 아니, 향긋한 야생화 냄새다. 너무도 그리웠던 향기! 낮이라면 얼마나 더 아름다워졌는지 볼 수 있으련만…그런 생각을 했으나 이내 지워버렸다.

"아주 건강하게 잘 있어요. 아마도 우리 동네에 있는 개들은 반수 이상이 작은이와 하니의 자손이라고 해두 과언이 아닐 거예요. 전에 한 번 손가락으로 헤아려 봤는데 다른 동네에 간 애들까지 계산하면 대략 30마리쯤 되는 것 같아요. 작은이와 하니가 고조할아버지가 됐고 그 밑에 할아버지 아들 손자 증손자 해서 아주 건강하게 잘들 살고 있어요. 영리하고 용감해서 동네에 곰이나 산돼지 고라니들이 내려와 농작물을 파헤치려고 해도 우리 애들이 있는 집에서는 한 군데도 피해를 본 적이 없다고 해요. 성격도 온순해서 주인들로부터 사랑을 독차지하고 있구요."

삼월은 잠시 말을 끊었다. 그리고 개동이를 향해 고개를 돌리고

"작은이와 하니가 우리 동네에 온 지 얼마나 됐는지 아세요?"라고 물었다.

"글세…한 7, 8년 됐을까? 헤아려 보지는 않았소."

삼월이와 헤어진 세월을 늘 가슴속으로 헤아려 왔지만, 짐짓 이런 대답을 할 수밖에 없다는 사실에 잠시 서글픔을 느꼈다. 하지만 삼월은

"바쁘게 지내는 생활이라 그러실 거예요. 하지만 대략 맞추셨어요. 작은이와 하니가 온 해가 4251년이니까 올해로 8년이 됐어요. 그러니까 고손자까지 태어났지 않겠어요. 어쩌면 제가 모르는 고손자가 더 있는지도 몰라요. 세월이 참 빠르다고 생각지 않으세요?"라며 다 이해하고 있다는 말로 그의 미안한 마음을 안심시키고자 했다.

스기야마는 그 옛날의 어느 봄날로 돌아가고 있다는 느낌을 받았다. 삼월의 손에 이끌려 계방산 야생초화원으로 들어가고 있는 것 같았다. 그리고 자신의 옆에 앉아 종달새처럼 아름다운 이야기를 하고 있는, 너무도 그리워했던, 사랑스런 이 아가씨를 따뜻이 안아주면서 위로의 말을 해 주고 싶다는 생각이 몇 번이나 가슴에 솟구쳤다. 그때마다 한 편에서 들리는 소리는 화원에서 빨리 벗어나 자기 자리로 돌아가라고 외치는 누군가의 음성이다. 그리고 너는 분명히 맹세하지 않았느냐 하는 꾸지람도 따랐다.

말해야 한다. 말해야 한다…, 하지만 차마 입이 열리지 않았다. 그동안에도 삼월이 무슨 말인가를 속삭였으나 귀에 들어오지 않았다.

몇 번의 망설임 끝에 조용히 입을 열었다.

"삼월 씨, 지금부터 진지하게 내 말을 들어줘요."

이름에 존칭을 붙인 생경한 호칭과 엄숙할 정도의 진지함에 삼월은 긴장하는 것 같았다. 보랏빛 미래를 확인받는 기대가 어그러지는 느낌을 받고 있을 것이다.

"우리 두 사람의 관계를 오랫동안 생각해 봤소. 그리고 지금과 같은 상태를 지속한다는 건 삼월 씨는 물론이고 나에게도 바람직한 일이 아니라는 결론에 도달했소. 그대는 아름답고 총명한 여성이오. 그러므로 내가 하는 말을 충분히 이해할 것으로 믿고 있소."

개동이의 목소리는 떨리고 있었다.

"북간도 땅은 뱀과 살쾡이와 독거미와 자칼이 밤낮으로 횡행하는 곳이오. 자고 나면 누군가가 죽어 있고 매 순간이 칼날 위에 선 것과 같은 위험이 도사리고 있는 곳이오. 그런 곳에 당신을 데려갈 수는 없소. 그것은 우리 두 사람의 불행을 예약하는 것과 같기 때문이오. 그렇다고 지금의 상황에서 고향에 돌아와 살 수는 없소. 설사 그런다고 하더라도 세상이 나를 편안하게 살도록 두지는 않을 것이오. 또한 사랑이란 책임과 의무가 수반되는 것이오. 이상에만 치우친 사랑은 공허한 것이오. 그리하여 오래전에 내가 내린 결론은 이제 우리의 관계를 이쯤에서 명확하게 할 수밖에 없다는 것이오."

순간 삼월이 말을 끊었다.

"다음 말은 하지 마세요. 제발 하지 마세요. 그리고 내 말을 들어보세요."

그녀는 가슴에 손을 올리고 호흡을 가다듬었다. 그리고 입을 열었다.

"우선 묻겠어요. 당신은 옛날과 변함없이 나를 사랑하고 있지요?"

"……."

개동이는 갑작스런 질문에 말문이 콱 막혔다. 우물쭈물하는 사이에 거짓말이 입에서 나오질 않았기 때문이다. 그러나 이내 마음을 다잡았다.

"솔직히 말한다면 나는 당신을 더는 사랑하지 않소."

"나를 똑바로 보고 말하세요."

그믐밤에 그 말이 무슨 의미가 있을까 생각하고 있을 때 삼월이 재차 말했다.

"당신이 나를 사랑하지 않는다는 말이 거짓이 아니라면 서로의 얼굴을 알아볼 수 없는 밤이지만 내 눈을 향해 똑바로 바라보면서 말을 하세요. 당신의 떨고 있는 목소리가 거짓말을 하고 있다는 것을 나타내고 있어요. 우리가 가졌던 그 많은 날의 아름다웠던 일들을 어찌 지울 수가 있겠어요. 그리고 나에 대한 당신의 마음이 변함없다면 세상에서 우리 사이를 떼어 놓을 장애물은 존재하지 않아요. 분명히 말씀드리지만 제 마음은 전혀 변함이 없어요. 아픔도 쓰라림도 고난도 위험도 심지어는 죽음까지도 각오하고 있어요. 나는 모든 어려움을 극복할 수 있어요. 진부한 얘기로 들릴지는 모르지만 사랑은 진실의 토양 위에 피는 꽃이라고 생각해요. 거짓을 진실인 양 위장하고 자신의 잘못된 생각을 합리화하는 방법은 상대를 슬프게 할 뿐만 아니라 자기 자신에게도 영원히 벗어나기 어려운 고통을 주는 어리석은 행동이에요. 북간도가 위험한 곳이라는 이유로 나와의 이별을 통고하는 것은 다른 목적을 위한 거짓임이 분명해요. 또한 그것은 나에 대한 모욕이에요. 이후부터 당신도 나도 각자의 삶은 불행을 안고 사는 것이에요. 또한 그처럼 위험한 곳에서 만일 당신이 불행을 맞게 된다면 행복으로 치환될 가능성을 포기해 버린 후회로 인해 제가 평생 괴로워할 거라는 생각은 안 하셨어요?"

삼월의 말은 무엇 하나 틀린 점이 없고 호소력이 강했다. 그녀가 다른 길을 가게 하려면 칼날처럼 단호해야 한다고 자신에게 일렀다.

"지금까지 한 말들을 충분히 알아들었소. 그리고 아까는 갑작스러운 질문이라 미처 대답하지 못한 말이 있소. 세월이 흐르면 많은 것들이 변하게 되어 있소. 그동안 우리 두 사람 사이에도 세월이 흘렀고 감정의 농도도 희석됐소. 다시 한번 말하지만, 당신은 모든 걸 갖춘 여성이오. 그리고 이 세상에는 보잘것없는 나보다 천만 배 훌륭한 청년들이 많소. 일생을 불안과 고통 속에서 보내지 말고 현명한 길을 가시오. 먼저 일어서겠소. 건강하고 행복하기를 빌겠소."

스기야마는 일어서 뚜벅뚜벅 어둠 속으로 걸어갔다.

뒤에서 삼월의 울부짖는 소리가 들려왔다.

"당신의 불행은 내 불행이야. 돌아와~, 빨리 돌아와~"

그리고 이런 외침도 들렸다.

"내 마음까지 짓밟으면서 알 수 없는 곳으로 가고 있는 당신은 바보야~"

그러나 뒤돌아보지 않고 걸었다. 자갈 밟는 발소리가 심장을 때렸다.

중천에 뜬 초승달은 가느다란 턱을 고이고 먼 북쪽을 바라보고 있었다. 어디선가 부엉이가 울었다.